Staffan Svedenborg

Mitt Liv Bakom Ratten

MIX
Papper från ansvarsfulla källor
Paper from responsible sources
FSC® C105338
FSC
www.fsc.org

Innehåll:

Mitt Liv Bakom Ratten

- remastered and extended edition

Copyright © All rights reserved 2017 - 2024,
text & foto Staffan Svedenborg
Fjärde tryckningen efter provtryck, redigering och bearbetning.
Text, bilder, formgivning av Gunilla & Staffan Svedenborg.
Stort tack till Gunilla mitt livs kärlek, min bästa vän
och mor till våra barn.
See you in my dreams.

Förlag: BoD • Books on Demand, Stockholm, Sverige
Tryck: Libri Plureos GmbH, Hamburg, Tyskland

Förvaras torrt och svalt, kan innehålla spår av nötter.

ISBN: 978-91-8080-077-8

Mitt Liv Bakom Ratten - kapitel 1
- En bra början?

Camilla och Jennifer hjälper Gunilla med E-typens ekerhjul.

23 juli 2016 kom att bli utkastet till boken Mitt Liv Bakom Ratten.

En bok om kärleken till bilen. En kärlek som jag delar med så många andra. Bland dem min bättre hälft och älskade Gunilla. Säkert också med dig som läser detta.

Att skriva detta min bok var ingen plötslig påkommen impuls eller något slags hugskott – att skriva ner mina upplevelser och minnen som motorjournalist som jag varit i en bra bit över trettio år är något som hade surrat i mitt huvud under kanske något år eller säkert längre innan den 23 juli 2016 då de första meningarna kom på plats.

Skyll inte bara detta på mig då medskyldig är flera av mina före detta kollegor men framförallt min kärlek och fru Gunilla och våra barn Jennifer, Camilla och Max.

Titeln "Mitt Liv Bakom Ratten" har jag delvis snott från en gammal kompis – Alfred E. Neuman som jag hade som arbets-kollega under min tid som serietecknare där han på papper som seriefigur figurerade i tidningen MAD där hans epos var "Mitt Liv Bakom Flötet".

En fd kollega – PeO Kjellström sa efter att han läst mitt första utkast,

- Boken borde heta "Mitt liv mellan kniv och gaffel på fina hotell".

Det ligger nog något i det. Många middagar, fina hotell har det blivit men jag har också haft förmånen att få köra så gott som alla nya bilar som haft premiär under mina år.

Av alla dessa bilar är det få, faktiskt kanske bara två - tre bilmodeller som jag skulle vilja ha som bottensänke. Det är ett ganska bra betyg med tanke på den enorma mängd nya bilmodeller som bilindustrin spottat ur sig varje år.

Till det har jag träffat en mängd intressanta och karismatiska människor som designers, utvecklare, analytiker, tävlingsförare, företagsledare men också olika bilföretags pressrepresentanter som är de som satt mig i kontakt med ovan nämnda personer.

Resorna har varit många. Otroligt många. Stundtals kändes det som att Arlanda flygplats, Frankfurt eller Münchens flygplats varit mitt andra hem.

Det har blivit en bra bit över 1000 biltester och provkörningar och med det snudd på 700 resor, de flesta med flyg under årens lopp. Skulle jag mäta dem skulle sträckan bli ett flertal varv runt vår glob. Så här efteråt tycker jag att det kanske blev lite för många resor.

Med kalkylatorn i hand så räknade jag (den räknade – inte jag) ut att jag varit hemifrån över fyra år. Otroligt – hela fyra år.

Nu så här efteråt känns det inte så bra. Speciellt då jag försummat min familj och mig själv de åren. Annars kan jag inte blunda för – vilket underbart jobb jag haft. Absolut världens bästa.

Många av upplevelserna har varit helt fantastiska och väl värda att minnas och flera av dem har jag tänkt dela med mig här i boken. Minnen som säkert ändå kommer att blekna med åren. Längst bak här i boken finns en listning på de bilar jag provkört genom åren. Säkert inte alla men de flesta.

De första meningarna i det första utkastet kom till då jag satt i den då nyligen uppackade och hopmonterade soffan där vår strävhåriga foxterrier Ettan och den andra hunden – Lillan av obestämd ras tagit plats inunder.

Ett par veckor tidigare hade vi packat ihop hela vårt bohag i flyttkartonger efter över trettio år i Järfälla. Tavlor, ett flertal oljemålningar som hade virats in i bubbelplast och filtar. Många med flyg- och motormotiv av bland annat Frank Wootton och Dion Pears (som målningen här bredvid) där den senares målningar av bilar och kända racingmoments även prytt självaste Enzo Ferraris kontor och vårt svenska rallyess Erik Carlsson "på taket". Något som jag kommer att berätta mer om längre fram i boken.

Vi hade ett par veckor tidigare lämnat byggkaoset i Stockholmsförorten Järfälla bakom oss som de sista tio åren hade blivit en hektisk inflygningssträcka till både Arlanda och Bromma flygplats över den en gång lilla landsorten Barkarby där vi bodde.

Vi hamnade drygt 50 mil sydväst och i den lilla avkroken Lilla Edet som betyder "passage" för att där packa upp våra flyttkartonger.

Lilla Edet har en stolthet – toapapper som orten blivit berömd för. "Dubbelkräpp riiiiver gott" som det hette i nån reklam.

För oss blev det ett stopp på fem år innan vi flyttade eller passerade vidare söderöver till Skåne och Ängelholm där jag som barn upplevt många somrar på familjens sommargård.

"Tänk vilket minne han har" kanske någon av er säger vilket är smickrande. Men riktigt så är det inte. Tempot på de flesta provkörningarna var ofta mycket koncentrerat, till och med hetsigt att jag – inte bara jag utan även mina kollegor ofta frågade oss "Var var vi förra veckan? Vad såg och vad körde vi?" Det har till och med varit så att jag snudd på kunnat ta gift på att "jag har inte kört den där bilen!" Men efter att sedan sett mina egna bilder i mitt fotoarkiv eller i någon artikel förstod jag att ibland gick det lite väl fort, på tok alldeles för fort.

Ofta råkade jag och mina kolleger ut för bilföretagens högt ställda ambition eller ihärdighet om man så vill, vilket vid flera tillfällen tog sig sådan form att de ville nyttja varje vaken minut hos oss till sin "korvstoppning" på de deltagande motorjournalisterna.

Under åren har jag träffat de flesta som haft med bilindustrin att göra, både utomlands och hemmavid. De flesta möten har varit fantastiska och minnesvärda som även resulterat i att bli goda vänner, både vad gäller PR-och marknadspersoner men också journalistkollegor både utomlands och i Sverige. Personer värda att nämna. Men det finns de som inte varit så trevliga eller knappt ärliga men dem tänker jag inte ödsla en bokstav på. Hade du förväntat dig en "svart-lista" så finns det en del att berätta men nu blir det ingen sådan – inte i den här boken i alla fall.

Var var vi..? Jo, minnet. Det var ofta riktigt svårt att komma ihåg "var, när och vad?" Även från vecka till vecka. Min far – Jaguar-entusiast som fostrat mig tillsammans med min mor och som jag kommer att återkomma till lärde mig att "föra dagbok" som han sa. Kanske inte så utförligt men i alla fall att anteckna stolpar eller göra noteringar att fungera som ett läsminne vars syfte var att väcka upp slumrande minnen då jag läste de ofta slarvigt nedplitade raderna i min anteckningsbok. En bok som även den har en liten historia då jag fick den av ingen mindre än racerföraren Clay Regazzoni.

Alla resor och upplevelser har ett datum vilket jag följt så gott jag kunnat. Sedan att jag delat in boken i namngivna kapitel är mer för att jag själv skulle komma ihåg vad jag skrivit och inte. Men jag säger som alla krögare – hoppas det smakar.

Jag börjar från början genom att titta tillbaka i tiden.

Pappa – förebild för bilentusiasten

Min far – Björn vars hjärta klappade starkt för engelska bilar blev till en början med en tysk bil – en svart folkvagn som första bil någon gång i början på 50-talet.

Då bodde vi i Solna som ligger lite lätt norr om Stockholm där jag som liten tog mina första steg och fick senare hjälpa pappa med att tvätta "pärlan".

Tvätta bilar tyckte jag var kul och längs Råsundavägen där vi bodde stod det alltid bilar parkerade i långa rader.

En vårdag då jag hade kommit upp ett par år i ålder bevittnade jag hur snön hade töat och hur smältvattnet porlade längs ränn-stenen och utmed raden av i mitt tycke väldigt vintersmutsiga bilar. Så här kan det inte se ut, jag måste göra en insats, tänkte jag kanske. Klart var att bilarna behövde tvättas och det med en gång.

Planen var enkel men effektiv.

Genom att doppa mina lovikkavantar i det isiga smältvattnet lyfte jag upp dem för att sedan med svepande rörelser gå på bilarnas och skrubba dem rena.

Oh, vad fina de blev.

Smutsen rann av men då smältvattnet var blandat med sand så blev även bilarnas lack lite lätt repade eller polerade vilket nog låter bättre. Vaddå..? Mattlackade bilar är inne idag. Jag var före eller hur?

Jag vill minnas att jag var väldigt nöjd med min insats när jag slutade för kvällen med iskalla händer men var fast besluten att ta upp projektet följande morgon. Alla skulle få en ren bil.

Men någon fortsättning på biltvätten kom det aldrig att bli. Detta efter att ett antal bilägare samma kväll stod i vår farstu och la fram sina anklagelser och klagomål på den lille entusiastiske biltvättaren.

En folkvagn till passerade i familjen. Det var en sen 50-talare då folkorna hade fått som man sa en stor bakruta.

Pappa som gillade att pilla lite på sin folka såg till att en lätt trimning gjordes. Men det räckte tydligen inte efter vad jag efteråt förstått.

På den tiden hade vi vänstertrafik som bland annat Japan, Australien men också England hade och fortsätter att ha. Till dessa länder exporterade Volkswagen bara högerstyrda bilar.

Att med en svensk bil – vänsterstyrd som de alla var försöka sig på en säker omkörning var ganska svårt och minst sagt osäkert. Visionär som pappa var så fanns där bara en lösning. Han lyckades helt enkelt köpa en folka som var högerstyrd och egentligen avsedd att exporteras till England. Den första generationen av folkan tillverkades under hela 65 år och i fler än 21 miljoner exemplar.

Familjens högerstyrda folkvagn fick följa med oss till Vällingby (nordväst om Stockholm) som invigdes 1954 och som vi kom att flytta till och då till ett helt nytt knappt färdigbyggt villaområde två år senare 1956.

Jag hade hunnit bli fyra år och efter ytterligare lika många år så byttes folkan in mot en relativt ny vit Ford Taunus P3 från början av 60-talet. Formen var för tiden ganska unik och har på senare år lyfts till skyarna  för sin unika design. Taunusen som hade 55 hk i bas fanns också i en vassare version med en tvåportsförgasare – Taunus Tudor Super eller TS kort och gott på 75 hk. En racer i mångas ögon.

Även Taunusen fick till sist se sig utbytt men då i mitten av 60-talet.

Varken mamma eller pappa sa något om något bilbyte den

dagen det hände, utan plötsligt stod där en lite bullig bil på vår garageinfart. Även den vit men det stod Jaguar på det vackra kylaremblemet som också hade ett jaguarhuvud med vassa tänder som var mer respektingivande än kylarmärket hos en Ford, Volvo eller Saab.

Wow, vi hade en Jaguar! Inte den vassaste men ändå.

Jag kände mig redan som kung i kvarteret där det stod ett par Volvo PV, Amazon, Saab och nån Ford Anglia på garageuppfarterna.

Jag var väl en sådär tio, tolv år när Jaguaren – en Mk 2 (mark 2), med den raka sexan som alla jaguarer då hade men med den klenaste motorn på 2.4 liter – 120 hk istället för 3.8:an som verkligen hade klös i motorn med sina 220 hk som även satt i sportbilen E-type när den gjorde sin entré. Men det var ändå betydligt mer än vad VW, Fiat, Ford, Hundkojan kunde visa upp. De kom inte ens över 50 hästkrafter men det kunde visserligen Volvo PV. Men vår Jaguars 120 hästar var hästlängder därifrån.

Bilintresset kompisarna emellan var stort.

Att hålla koll på hur högt graderade hastighetsmätarna var väldigt viktigt för oss.

Jag – eller rättare sagt vår Jaguar blev kvarterets vinnare med 200 km/tim på mätaren.

Gränna-förbannelsen

Varje sommar efter skolavslutning packades familjens två bilar inför sommarlovet.

Vi barn åkte med pappa i Jaguaren och mamma körde sin Fiat 500 som var fullpackad till bristningsgränsen med allt vad vi skulle kunna tänka oss behöva under det kommande sommarlovet på familjens sommargård i Ängelholm.

Det var knappt man kunde se lilla mamma bland all packning.

Hon var liten i sig själv – mätte 156 i längd och hade Mumin, familjens hund – en skotte som resesällskap i passagerarsätet.

Det lilla och det enda bagage som vi hade i Jaguaren var instuvat i bagageutrymmet.

- Kör man Jaguar ska den framföras ståndsmässigt, sa alltid pappa. Vilket vi också gjorde. Det betydde att ett takräcke absolut inte var att tänka på för Jaguarens del. Det betydde i stället att mammas Fiat även fick ha strykbrädan på taket.

Vilken syn – först kom Jaguaren och därefter den lilla knubbiga Fiaten med en strykbräda likt en surfingbräda på taket. Stundtals såg det säkert ut som att Fiaten ville köra om Jaguaren.

Det var och är 55 mil mellan Vällingby som var vår bostadsadress utanför Stockholm till landstället i Ängelholm. En resa som då borde tagit kanske sex till sju timmar att avverka – om man körde den i ett sträck. En anledning till den långa restiden var att då var det inte speciellt mycket motorväg. Den andra anledningen var att det var omöjligt för oss passera Gränna obemärkt. Det hände aldrig.

Det gick inte en gång utan att det alltid hände något i metropolen Gränna. Så gott som alltid på väg till Ängelholm och nästan lika ofta på väg hem till Vällingby och alltid var det mammas bil som gav upp efter halva sträckan – de körda 30 milen till Gränna.

Fiatens motorhaveri betydde oftast att någon av de två eller att båda kolvarna hade givit upp. Vid ett tillfälle tappade vi helt enkelt motorn. Motorfästet hade helt enkelt gått av men som tur var hade vi Mumin – familjens skotte med och han hade ett koppel som vi kunde binda upp motorn med. Vid ett annat tillfälle gick fläktremmen av men det fixades med syrrans strumpbyxor av nylon.

Det var som att det svävade en förbannelse över Gränna. När mamma bytte bil från Fiat 500 till en hundkoja – Mini 850, grön med vitt tak trodde vi att vi skulle lyckas smita förbi gudarnas vakande ögon. Men icke.

Allt upprepade sig.

Vi körde först i Jaguaren och mamma och Mumin kom efter i den då överlastade kojan.

Lagom i nedförsbacken på den då relativt nybyggda motorvägen förbi Gränna dog kojan.

Det var nätt och jämt att mamma kunde svänga av in mot Gränna (samma avfart som till hotell och restaurang Gyllene Uttern) och in på då Essos bensinstation (idag polkagristillverkning). Spåret efter kojan var tydligt då det låg en sträng av svart, kladdig olja ända från motorvägen och in på stationen.

Vad som hänt var att oljepatronen eller oljefiltret om man så vill hade helt enkelt gått av.

Stationsföreståndaren välkomnade oss med sitt allra vänligaste leende vilket han alltid gjorde. Man kunde riktigt se hur han vädrade välkomnande semesterpengar och i vanlig ordning skulle han fixa bilen. Vi hade inget annat val än att lämna bilen där och flytta över all packning inklusive mamma, skotten och strykbrädan till Jaguaren.

Veckan därpå eller så tog pappa tåget till Gränna för att hämta mammas då nyreparerade bil.

Även pappas Jaguar Mk 2 drabbades av "motor-fatigue" vilket krävde en genomgripande motorrenovering.

Den stackars patienten - Jaguaren rullades då in i ett av uthusen vi hade på landet och som hade kraftiga takbjälkar. Där lyfte vi toppen med hjälp av ett stöddigt rep. Notera – ingen fancy motorlyft utan bara ett kraftigt rep och muskelkraft. Efter att toppen var av kunde vi konstatera ett par brända ventiler.

Delar, nya ventiler och topplockspackning beställdes.

När delarna kom slipade vi in de nya ventilerna med en pinne som vi fäst med en sugkopp i ena änden som höll fast i själva ventilen. Sedan för att få upp farten och slipa in själva ventilen med slippasta hade vi en båge med ett snöre som vi drog fram och tillbaka på samma sätt som man gör upp eld i scouterna. En annan metod som vi också använde oss av var att vi hade en drillborr. Ingen el eller några batterier här inte utan allt gjordes med handkraft. Proffsigt va!?

Vid återmontering klämde vi tyvärr ett oljerör som orsakade ett par dagars försening och extra reparation men toppen kom på till sist och efter återmontering av kammar och inställning av ventilshims, utblås, avgassystem och insug med förgasare, luftfilter så var det dags för att koppla på batteriet och sedan vrida om startnyckeln.

Spänningen var olidlig när vi först som alltid hörde bensinpumpen ticka i upp där den satt i bagageutrymmet varpå pappa kunde trycka på den svarta startknappen.

Fantastiskt! Den startade på första försöket och gick jämt. Tänkas kan att vår finmotorik kanske inte varit så långt ifrån hur motorn en gång i tiden hade plockats ihop. Men jag betvivlar att de slipade in ventiler på samma sätt som vi gjorde.

Pappas Mk 2:a byttes ett par år senare ut mot en Jaguar S-type – den tidigare modellen som finns i en nyare tappning idag. En modell som kom till för att flirta med den amerikanska marknaden med vad man där då efterfrågade som till exempel ett hyfsat stort bagage.

Helgonet, körkort och bilskrotar - 1972

Efter ett par år som AD-assistent (AD = Art Director) eller lärling om man så vill på ett par reklambyråer fick jag som 20-åring 1972 ett sommarjobb som serietecknare hos Bonniers serietidningsförlag Semic i Sundbyberg.

I samma veva tog jag körkort. Inte som 18-åring utan snarare ett år senare. Varför – det blev bara så.

På den tiden kunde man köra upp som privatist. Vilket betydde att man inte behövde gå i nån körskola utan kunde plugga och sedan övningsköra med någon som haft körkort i minst fem år. Jag körde med min pappa och i familjens lilla Fiat 500 samma bil som vi även anmält att ha till uppkörningen.

När det var dags för uppkörning körde mamma mig till körskolan i Bromma där körkortsinspektören eller vad han kunde ha för titel väntade. Mamma klev ur bilen och höll upp dörren till inspektören som redan då såg skräckslagen ut.

- Får jag verkligen plats i den där lilla bilen? sa han och ansträngde sig till det yttersta för att få in sin kropp på passagerarsätet. Han var stor, tjock för att vara sann och mätte säkert två meter. När han äntligen fått igen dörren sa han lätt irriterad,

- Låt oss få det här undanstökat.

Jag vred om tändningsnyckeln och drog i startspaken på golvet som jag knappt kom åt då inspektörens skinka och lår svämmade över sätesdynan.

Motorn hoppade igång och vi kunde påbörja uppkörningen.

Efter att ha kört omkring en kvart, kanske tjugo minuter körde jag tillbaka till körskolan efter hans instruktioner och parkerade där mamma stod och väntade.

Inspektören hade inte sagt något de senaste minuterna men öppnade nu munnen och sa,

- Lovar du att inte preja av eller göra om bilarna i rondeller till motorcyklar så ska du få körkortet. Varpå han öppnade dörren som flög upp som att den hade varit fjäderbelastad och minuten därpå stod inspektören stönande på trottoaren och tittade hatiskt på mammas lilla Fiat 500.

Med körkortet färskt i hand blev första bilen en hyfsat bra Austin A40 Farina med 37 hk under huven. Under den perioden träffade jag också mitt hjärtas kärlek Gunilla. Att hennes pappa hade en bilverkstad var en bonus i det hela.

Vår – ja jag ansåg att det var Gunillas o min A40 och kom att ersättas av en rad hundkojor, men också av ett par av de större modellerna från samma engelska tillverkare BMC – 1100 och 1300-modellen (design av italienska Pininfarina) och som kom att kallas för rävlyan i Sverige.

Vid ett tillfälle hade jag 3 rävlyor stående vars friska delar plockades ihop till en fräsch sådan efter många kvällar och nätters mekande i Gunillas pappas verkstad.

Dagtid satt jag vid mitt ritbord och jobbade med mina serier på serietidningsförlaget Semic. Kom ihåg att jag vid något tillfälle kände små klumpar av underredsmassa som fastnat i håret och hår fanns det gott om på den tiden.

I jakten på delar hade jag gjort ett register på bra bilskrotar som jag ringde då och då. Jag hade gratis telefon på jobbet så det drabbade ingen fattig. Men vid nåt tillfälle gnällde min chef Börje över att just min telefonanslutning hade lite väl många utgående samtal.

Bilskrotar var för mig en härlig plats. I närheten hade jag Sollentuna Bildemontering och där tillbringade jag många timmar. De hade en avdelning "plocka själv" som jag var extra förtjust i. Där stod det alltid ett femtiotal bilar i olika stadier av demontering som man fick skruva bort delar på och sedan betala för. För att komma in på området fick man först gå uppför en trappa, in genom butiken och när man passerade disken så fick man visa upp vad man hade i verktygslådan om man hade nån sån med sig. Sedan var det bara att öppna dörren och gå trappan ner till de väntande skrotbilarna.

När jag besökte skroten var jag oftast klädd i en stor mekaroverall med byxbenen nerstoppade i stövelskaften och visst hade jag en verktygslåda.

Jag gick upp för trappen, genom butiken där nån av grabbarna som jag lärde känna väl kollade min verktygslåda. Väl nere bland bilarna började letandet.

Fläktmotor till kupén från en Simca var densamma som i en hundkoja. Torkarmotorer i en engelsk bil passade ofta så gott som alla engelska bilar.

Sedan allt småkrafs inklusive skruvar, bultar och muttrar. En förutsättning för att meka är att man har ett bra sortiment – lager av just detta.

Merparten kanske så mycket som 90 procent av det som jag plockade loss hamnade innanför min overall. Alltså inga större prylar men väl

skruvar o muttrar, kanske fina fästen, kylaremblem, lås osv.

Efter nån timme var jag ofta klar och jag kunde ta de första kliven uppför trappan mot butiken. Stövlarna var ofta blytunga av allt som låg i dem och i overallsbenen. Ibland var det oerhört svårt att gå upp, förbi disken och sedan nedför trappan och ut till min väntande bil.

Nåt litet visade jag oftast upp och fick kanske då betala nån tia eller så.

Då och då fick jag också tips om vad som var på gång att nästa vecka hamna på "plocka-själv".

Den till sist för mig ultimata rävlyan fick en MG 1300 motor på 70 hästar (mot 48 hk i original) som jag och blivande svärfar Benke med verkstad hämtade från en bilskrot.

Utöver att karossen var lackad i gult så hade jag också lyckats få tag i en komplett inredning med skinnsäten och valnötspaneler och de små eleganta picknickborden från toppmodellen av rävlyor – VandenPlas Princess. Att man lyckats få in så mycket skinn och träpaneler i en så pass liten bil var skickligt. Det var sannerligen en Rolls-Royce i miniformat.

Min eller vår Vanden-Plas Princess med sina 70 hk var fantastisk på många sätt men samtidigt lite besvärlig. Den hade dubbla SU-förgasare som jag aldrig lyckades få att gå jämt. Antar så här efteråt att de säkert  var slitna och av den anledningen inte lirade ihop. I ett sista försök satte jag i en tvåports Weberförgasare, lät bromsa bilen och finjustera förgasaren men det gjorde inte saken bättre.

Knappt ett år senare fick Pricessen se sig utbytt mot en ganska fräsch Rover 2000. Utöver det konsumerades en Ford Taunus.

Sommarjobbet som det var tänkt från början bland seriefigurerna blev långt – hela tio år som anställd på Semic som ägdes av Bonniers.

Det var här som Fantomen, Agent X9, Buster, Knasen och senare MAD och till det resten av serievärlden blev levande. Själv jobbade jag med en seriefigur som hade TV-anknytning och hette Simon Templar och som gick under smeknamnet the Saint på originalspråket engelska och Helgonet på svenska.

Helgonets upphovs-
makare och manus-
författare hette Leslie
Charteris och jobbade
under andra världs-
kriget tillsammans
med Ian Flemming på
hemliga MI6 där de
båda lärde sig skriva
desinformation och
tuffa agentintriger. MI6
som betyder Military
Intelligence Section
6 är Storbritanniens
underrättelsetjänst och
ansvarar för landets

spionaktiviteter utomlands. Trots att organisationen funnits sedan
1909 medgav inte de brittiska myndigheterna dess existens
förrän 1994. Inte så konstigt med tanke på att MI6 motto var
och fortfarande är "Semper Occultus" vilket är latin och betyder
"alltid hemligt".

Intryck och inspiration måste ha funnits på MI6 i överflöd vilket
var anledning till att Ian Fleming gav sig i kast med James Bond
och Leslie Charteris med Helgonet.

Som redaktör men också medtecknare av Helgonet träffade jag
då och då i London alla de som hade med Helgonet att göra,
bland dem Donne Avenell som även var en av Fantomens manus-
författare men framför allt hjälpskrivare till Leslie och kom att
bli en god vän till mig och Gunilla.

I såväl TV-serien (i svart/vitt 1962-69) och i serietidningen körde
Helgonet som var tecknad som Roger Moore sin vita Volvo P1800
med registreringsnummer ST1 som stod för Simon Templar 1.

P1800 hade svensk design – Pelle Petterson men det ville inte
Volvo höras talas om utan angav istället ett Italienskt designhus
som ansvarig för linjerna. Det var mer exotiskt tyckte Volvo.

Tanken var från början att Helgonet skulle köra en Jaguar E-type
vilket kanske inte var så konstigt då serien var engelsk och spelades
in på hemmaplan. Men Jaguar hade så stor efterfrågan på sin
nyligen introducerade sportbil E-type att de helt enkelt inte kunde
leverera någon bil till inspelningen av TV-serien.

Volvos ledning i Göteborg vars P1800 hade sin debut samma
år som E-type fick höra talas om dilemmat – att Jaguar inte kunde
leverera en filmbiltog tog då kontakt med inspelningsstudion.

Ganska omgående fick Volvo grönt ljus och levererade inte en utan ett flertal P1800. Volvo skickade också uppskurna karosser för att underlätta filminspelningarna.

Att tillverkningen av P1800 inte den första tiden kom från Sverige och Göteborg utan tillverkades i engelska West Bromwich – snudd på ett stenkast från inspelningsstudion underlättade en hel del när det gällde TV-inspelningen. Tillverkare var då Jensen som utöver tillverkade P1800 även gjorde egna bilar.

Även Roger Moore fick sin egen – privata P1800.

Det blev succé för både Helgonet och Volvo P1800.

Två år senare (1963) flyttades tillverkningen hem till Sverige och till Lundbyfabriken i Göteborg men då kom P1800 att heta P1800S där bokstaven S stod för Sverige.

Vad jag gjorde som redaktör, tecknare och Jaguarentusiast var att återställa ordningen i historien och att Helgonet i seriernas värld från mitten av 70-talet körde en Jaguar E-type. Allt med Leslie Charteris välsignelse.

Jaggan från Kalix - 1975

Det var kanske inte så konstigt att även jag med tanke på min fars bilintresse men också att min flickvän Gunilla skulle bli Jaguarentusiaster.

I början av 1975 hade vi fått korn på en hyfsat fräsch Jaguar Mk 2 med en 3.8-liters rak sexa på 220 hk från 1964 som var till salu.

Det begärda priset var inom min budget men bilen var inte nästgårds utan istället så långt bort i Sverige man kan tänka sig – i Kalix. En resa som skulle ta oss 13 timmar att köra – enkel väg och då 98 mil i snö och kyla.

Jag kom överens med ägaren och vi skulle komma och se på bilen. Nästa telefonsamtal gick till stadshotellet eller vad det var där jag bokade en övernattning för oss två. Sedan köpte vi varsin bussbiljett tur och retur med hemfärd på söndagen.

Lördagen i februari kom och Gunilla hade under natten blivit ordentligt förkyld och hade feber när vi äntrade bussen med riktning Kalix.

Efter fyra timmar och trettio mil stannade bussen.

Utomhus var det kanske femton minus så ingen var direkt sugen på att gå ut och pulsa runt i snön. Men det fick vi alla göra då det visade sig att bussen hade tappat ett hjul och var det som orsakat det spontana stoppet.

Där blev vi sittande i någon timme tills en reservbuss kom och vi alla fick flytta över vårt bagage liksom oss själva innan resan kunde fortsätta med totalt tre timmars försening.

Gunilla var så sjuk och febrig att hon knappt visste var hon var. Stackare.

Det var sen kväll när vi kom fram till Kalix där vi möttes av minst en halvmeter snö där kvicksilvret på snudd slagit i botten och visade en bra bit under tjugo minus. Allt var stängt. Inte en människa syntes någonstans. Vi lyckades i alla fall hitta till hotellet och kunde få krypa ner i sängarna och sova. Vilken dag...

Dagen efter hade vi precis ätit frukost och Gunilla var någorlunda på bättringsvägen när han som skulle sälja Jaguaren till oss dök upp. Inte i en Jaguar utan i en hårt sliten Citroën där innertaket slokade likt en hängmatta ovanför våra huvuden. Jag tänkte bara "hoppas Jaggan är i bättre skick än det här".

Cittran tog oss en bra bit ut på landet. För varje mil bilen avverkade blev snövallarna högre och högre. Till sist stannade bilen och då framför ett igenbommat och igensnöat garage.

Att ta ut bilen var inte att tänka på då snödjupet var en bra bit över metern och temperaturen hade fallit till minus tjugofem grader.

Vi hjälptes åt att skotta rent framför garagedörrarna så vi kunde öppna och komma in och få se bilen och ta lite bilder.

Det var ingen pärla som mötte oss utan snarare en mycket väl använd bruksbil. Snudd på samma skick som ägarens Cittra.

Det skulle nog inte räcka med en tvätt och vaxning för att få den till en pärla. Men en sak var bra – det fanns ingen rost.

Affären gjordes upp och vi kom överens om att ägaren skulle köra ner bilen i april lagom till påsk och där och då utväxlas mot pengar.

Våren och påsken kom och dagen för leverans av vår Jaguar Mk 2 var inne.

Vi hade väntat spänt hela dagen utan att höra ett knyst förrän till kvällen då ägaren hörde av sig.

Det var ingen glad före detta Jaguarägare jag hade i telefon. Snarare tvärt om. Detta då han berättade att allt gått bra till dess att han kom norr om Uppsala – till Rimbo där han kom in för snabbt i en rondell och åkte av och flugit ut på en åker där han också rullade ett par varv med bilen.

Jag trodde inte mina öron. Hade han kört av vägen och slagit runt med bilen? Slagit runt! Bilen hade rullat!

Gunilla och jag pratade om det och hon fick på sin lott att prata med sin pappa. Vi åkte dit och tack och lov fick vi med oss Gunillas pappa Benke.

Det var ingen vacker syn som mötte oss. Snarare en katastrof där den ledsna Jaguaren stod på åkern visserligen på sina fyra hjul.

Vindrutan var spräckt, bakrutan lika så. Även sidorutorna och alla fyra dörrar var repade och skulle inte kunna användas. Hela bilen var bucklig och taket inslaget. Det enda som var helt och hade kvar sin originalform var bakluckan och stötfångarna fram och bak. Att stötfångarna var intakta var inte så konstigt då de var pressade i fyra säkert fem millimeter tjock plåt och kunde närmast likas vid murbräckor. Tittar man på designen så är de som dagens avbärarräcken längs våra motorvägar. Klarar allt.

Inuti var bilen också sönderslagen. Trälister var avbrutna eller splittrade. Här och var fanns det lite blodfläckar och sedan en massa jord som hade flugit in när bilen rullade runt på åkern. Det visade sig att han hade haft med sig två tjejer i bilen och skulle säkert stila lite men att det hela hade gått överstyr.

Olyckan var fruktansvärd men de hade alla tur att ingen dött men det blev som sagt stora plåtskador på bilen och diverse blessyrer på de åkande.

Hur skulle vi göra nu? Här stod vi med en före detta Jaguar – nu som ett vrak.

Gunillas pappa Benke tyckte ändå att vi skulle försöka göra bil av vraket. Så blev det.

Vi hade varit förutseende och tagit med oss en "dolly" till Rimbo som vi fick upp Jaggan  på. Affären gjordes upp. Priset blev hälften av vad vi hade kommit överens om i Kalix då bilen var hel. Ändå kändes det som en dålig affär.

Sent, sent samma kväll eller natt kom vi hem och kunde lasta av det ledsna Jaguarvraket i verkstaden. *(se bild ovan)*

Då började ett maratonjobb.

Renoveringen - 1975

Benke var en skicklig plåtis som drog och knackade ut alla bucklor på fram och bakflyglar och motorhuv. Dörrarna byttes mot räta och fräscha sådana från en bilskrot liksom sidofönster. Taket var det värre med.

Vi beslutade oss för att helt enkelt kapa av taket vid takstolparna och svetsa dit ett nytt – nja, ett begagnat som jag efter lite sökande hittade hos en Jaguarmek och som hade ett soltak i sig. Vilket lyft!

Därefter återstod hela inredningen. Alla trälister och paneler slipades och lackades var och en för sig utöver de spräckta trälister som jag lyckades ersätta med begagnade sådana.

Därpå blev det dags för sprutspackling, slipning och sprutspackling igen innan lackering av själva karossen.

Den hemska karossfärgen "golden sand" som mina engelska kolleger givit smeknamnet Jewish Racing Gold var en beigeaktig, guldliknande färg. En kulör som av vår Christer Glenning från TV:s Trafikmagasinet döpte till "dam-strumpe-färg" byttes mot något som kom att likna British Racing Green. Men egentligen var färgen en Beckersfärg som hette Jägargrön, något som billackeraren inte hade något emot att lägga på.

Jäklar vad fint det blev!

När sedan lacken fått stå en vecka och blivit lite hård monterades nya gummilister, allt krom och sedan hela inredningen.

Som pricken över i så lyckades jag hitta fem ekerhjul på en skrot i Stockholm. De kom säkert från ett gammalt urstädat lager från Bergengrens Bil i Bromma som på den tiden var återförsäljare och generalagent för Jaguar.

De kromade ekerhjulen var i otroligt fint skick, som nya minst sagt och det enda som måste åtgärdas var att med svets försiktigt värma och knacka ut en lätt inslagen kant på samtliga fälgar. Detta hade säkerligen gubbarna på Bergengrens gjort för att ingen skulle kunna använda fälgarna men tack o lov gjort halvhjärtat.

Därefter var det bara att byta ut hjulnaven med pinnbultarna och sätta på ekerhjulsnav med så kallad rudgekoppling där hjulnavet eller hubben som det också heter har splines på yttersidan som greppar mot ekerhjulets insida som har liknande splines. Sedan hålls alltihop ihop på plats av en stor vingmutter (en spinner) som man skulle slå på eller av med en kopparhammare. Ett system som man fortfarande har på formel 1-bilar men som man har mutterdragare till.

För att inte hjulen ska lossna i fart har ena sidans spinners högergängning medan den andra sidan har vänstergäng. Som vägledning på vilken sida det är höger- respektive vänstergäng så står det på spinnersen lite kryptiskt "nearside" och "offside", vilket är då vilket?

Jo, naturligtvis handlar det om att man i öriket England har högerstyrda bilar och kör på vänster sida på vägen. I trafik har passageraren som sitter på bilens vänstra sida närmast till trottoarkanten vilket är "nearside" medan föraren då sitter "offside" längst ifrån trottoarkanten. Sedan har spinnersen ofta en pil och texten "undo" som talar om åt vilket håll man ska slå av vingmuttern. Logiskt och enkelt va..?

Åren innan hade Bilprovningen rört upp himmel och jord då de ansåg att vingmuttrar på ekerhjul var en säkerhetsrisk och borde – snarare måste förbjudas. Även jänkarna hade samma uppfattning och ville förbjuda dessa.

Upprinnelsen till detta var att en kvinna – den då världskända dansösen Isadora Duncan som förolyckats 1927 i sin bil – en Amlicar som hade som de flesta bilar från den tiden ekerhjul. Vid tillfället var hon iklädd i en lång scarfs som av någon outgrundlig anledning trasslade in sig i en av bakhjulens vingmutter som på så sätt orsakat hennes död.

Isadora Duncan ströps omedelbart och blev så gott som halshuggen av scarfen. Sedan dess vilar hon på Père-Lachaise-kyrkogården i Paris tillsammans med 800 000 andra själar, bland dem kändisar som Jim Morrison, sångare från the Doors, författaren Oscar Wilde, sångerska Edith Piaf och tonsättaren Chopin för att nämna några.

Lite märkligt kan man tycka att ett förbud skulle aktualiseras sådär 50 år efter den olyckan men det var väl någon på Svensk Bilprovning som ville göra sig duktig. Bilprovningen satte förbudet i verket och nobbade stenhårt bilar med ekerhjulsmuttrar på 70 -talet. Hade man någon form av spinner eller ekerhjulsmuttrar var kravet att själva vingarna måste var avsågade vilket man var tvingad att ha för att få bilen godkänd av Svensk Bilprovningen som ett statligt bolag och var de enda som besiktigade bilar. Man hade helt enkelt inget val. Många sågade av vingarna men hade ofta en riktig uppsättning med spinners med vingar som man bytte till efter besiktningen. Annars lånade man av kompisar som redan hade sågat sönder sina spinners. Så småningom kom det även ekerhjulsmuttrar som var gjutna utan vingar men som krävde ett specialverktyg för att lossa och dra fast.

Så här efteråt kan man fråga sig vilka som styrde Svensk Bilprovning, staten visserligen, det vet vi men var låg kompetensen – om det över huvud taget fanns någon.

London på nya däck och motortransplantation - 1977

Året därpå – i maj1977 var renoveringen så gott som klar och Gunilla och jag körde över Mk 2:an till London för att få en sedan någon månad tidigare beställd motortransplantation vilket var en nödvändighet då motorn läckte olja som ett såll och var något orkeslös.

Vi körde till Göteborg och tog därifrån Englandsfärjan över till engelska Felixtowe.

Innan vi körde ombord tog vi en extra försäkring (20 kronor per överfart) på bilen. Detta med tanke på att de varnade för grov sjö. På sjön gällde nämligen inte den vanliga bilförsäkringen (vet inte om det är så idag).

"Dra åt handbromsen ordentligt", fick vi uppmaningen att göra där vi parkerade inne i fartyget uppe på en ramp.

24 timmar senare och utan nämnvärd sjögång rullade vi av färjan och styrde mot London och området Bloomsbury och vårt hotell som visade sig inte var någon höjdare men som skulle bli vår fasta punkt de närmaste tre dygnen.

Utsövda och med en stadig engelsk frukost innanför västen körde vi genom den hetsiga morgontrafiken vilket var svettigt med tanke på att jag körde en vänsterstyrd bil för oss på fel sida om vägen – i vänstertrafik. Okej, det kunde vara värre, som att köra högerstyrt.

Gunilla läste kartan för glatta livet.

Vi korsade Themsen och styrde sedan mot Elephant and Castle där vi till sist hittade fram till Jaguarspecialisten Noland där själva motorbytet skulle ske.

Området var inte det trevligaste vi besökt och inte heller verkstan som mer såg ut som en bilskrot.

Det var med viss oro vi lämnade bilen i deras vård och tog tunnelbanan så fort som möjligt därifrån.

Det var i det här området som den irländska familjen Hoolihan eller Hooligan enligt sägnen bodde och gjorde London osäkert under andra hälften av 1800-talet. Våld och hot var familjens signum och ur deras namn kom sedan benämningen "huliganer".

Tre dagar senare checkade vi ut från vårt hotell och tog en taxi till Nolans på St Georges Way.

Där stod vår gröna MK 2 men utan motor men med den nya motorn på en bänk bredvid. Vi blev något sura men lastade in våra prylar i bagaget på vår Jagga.

Mekarna lovade att bilen ska vara klar vid halv åtta samma eftermiddag – kväll.

Vi spenderade dagen med att promenera omkring i området. Förfasade oss över hur nedgånget allt var. Det var inte alltid husen hade fönster utan ofta var de igenspikade med brädor, plywood, korrugerad plåt eller liknande. Överallt låg det skräp i drivor. Till och med kyrkan i området var förfallen till den grad att rivning bara återstod."Keep out - Danger" var budskapet på skyltar som fanns överallt.

En ljuspunkt i tillvaron för oss var då vi tog varsin hamburgare på Wimpys och sedan ett snabbt pubbesök. (*bild ovan: Gunilla förfasas över all skrot på innergården hos Nolans Garage*)

Halv åtta var vi åter tillbaka på Nolans garage och möttes av vår bil som stod där med varm motorhuv vilket gjorde oss lättade.

Betalade de resterande 490 pund till de 100 som vi tidigare skickat från Sverige i handpenning.

6 000 svenska kronor var ett bra pris för en splirrans ny motor och koppling, tyckte vi. En liknande operation som skulle ha kostat 20 000 i Sverige. Egentligen skulle vi ha deklarerat motorbytet i den svenska tullen på hemväg och betalat skatt för den men det sket vi i.

När vi satt oss i bilen kom en av mekarna – Mike springande, det var han som var den jag hade haft kontakt med i telefon från Sverige då jag beställde motorbytet.

- Ska bara sätta in rotorn, sa han och visade oss motordelen som han höll i handen.

- Man kan aldrig vara för säker i såna här områden, menade han. Jaguar Mk 2 med 3.8-litersmotorn var under flera år på 60 och 70-talet skurkarnas bil (get-away-car) nummer ett då polisen inte hade en chans att hänga med en Jaguar 3.8.

Jojo, vår bil var säkert ett eftertraktat stöldobjekt...

Innan vi körde iväg fick vi instruktioner att inte överskrida 2000 varv under de första 80 milen och inte heller köra fortare än 50 miles eller 80 km/tim då motorn måste köras in.

Vi körde ut ur det deprimerande området men stannade bara efter tio minuters körning för att torka rent instrument, instrumentpanel och ratten från oljiga fingeravtryck.

Vi körde mot vårt mål för natten – Canterbury med ögonen

fästade på varvräknaren
då hastighetsmätaren inte
fungerade. Troligtvis var
vajern bara inte rätt
ansluten till växellådan.
Efter två timmars körning
och tolv mil med en motor
som sjöng underbart svängde
vi in genom grindarna till

Abbot Barton Hotel i Canterbury. *(bild ovan: Abbot Barton)*

Framför oss hade vi sedan en tur på ett par dagar för att köra in
den nya motorn. En tripp som gick söderöver, ner mot Brighton,
Portsmouth, Bournemouth men också till Beaulieu där det var
möte för Jaguar Drivers Club.

Efter att ha passerat en massa småbyar och girat för kor på vägen
kom vi fram till Beaulieu där vi rullade in på ett fält som hade
samlat ungefär 600 Jaguarer. Lite väl mycket tyckte även jag.

Efter den upplevelsen gick resan vidare tillbaka norrut mot
Salisbury där vi skulle bo en natt på trevliga Rose and Crown
för att dagen efter köra till förorten Guildsford och därifrån
återvända till Nolands på St Georges Way för oljebyte och en
ventiljustering som vi hade bokat in.

Så gott som varje morgon hade jag kollat vilka däckverkstäder
det fanns i det område vi befann oss i. Hittade en annons i en
kvällstidning om en däckfirma i Ealing, nordväst om London.
Jag ringde dem och det slutade med att jag bokade fem nya
Pirellidäck som med montering skulle kosta oss 115 pund. Taget,
sa vi och lämnade Guildsford, körde rakt nordväst längs utkanten
av London som verkligen var trafiktät och upp till Ealing.

I annonsen skröt däckfirman att de hade den senaste balanserings-
tekniken med dator.

Väl framme insåg vi ganska snabbt att det som hade stått i annonsen
eller som killen i telefon skröt över inte riktigt stämde.

Men men… Jaggan lyftes upp och hjulen togs av. Sedan krängdes
de gamla slitna däcken av och nya monterades på ekerfälgarna.

Därpå kom vi till den omtalade balanseringen som skulle vara
datoriserad. Pyttsan, den var i det närmaste ett skämt.

Däckkillen hade liksom ett kvastskaft med en krage på där ett
hjul i taget lyftes upp på kvastskaftet och lades ner på kragen.
På toppen av kvastskaftet satt en vattenpassbubbla eller libell
som det heter och som var det som visade däckets balans. Jag
kunde inte låta bli utan frågade,

- Var är datorn?

Han slängde en blick på mig men sa inget utan pekade på sitt huvud samtidigt som han glodde intensivt på bubblan under glaset då han strödde ut balansvikterna runt fälgkanten. När han var nöjd lyftes hjulet försiktigt ner och han knackade fast vikterna. Klart!

På fyra nya Pirelli Cinturato och ett i bagageutrymmet som reservhjul letade vi oss österut igenom London igen och till Nolans Garage där chefen själv och Mike höll på att meka med en XJS V12:a som lät riktigt illa. Det finns väl inget motorrum som haft så mycket slangar, rör och kablar som just Jaguars V12:a. Så inte undra på att motorinstallationen kallades "plummers nightmare".

Okej dagens bilar är inte sämre de med att vara trånga och de har ofta en massa plastsjok som döljer alla rördragningar.

De båda mekarna var fullt upptagna med att ställa en diagnos på motorfelet. Överläggningen rörde sig om de skulle lyfta ur hela motorn eller bara lyfta den ena cylinderbanken – det vill säga toppen för 6 av de 12 cylindrarna.

- Storjobb på gång, sa Gerry Nolan till kunden som stod bredvid och tittade skräckslaget och storögt på Gerry och hans mekaniker.

Efter 20 minuter hade meken Mike skruvat ur alla 12 tändstift och kunde högljutt konstatera att felet var bara ett sprucket tändstift. Mr Nolan fick spel och slängde iväg det trasiga tändstiftet med en smäll in i väggen åtföljt av en svavelosande harang på engelska.

Då sken kunden upp och för oss kändes det som att Mr Nolan gått miste om ett trevligt guldkantat och enkelt storjobb.

För vår egen del blev det inte någon ventiljustering då de ville göra det dagen efter fastän det var bokat till denna dag.

- Det går tyvärr inte då vi ska med färjan ikväll till Göteborg, sa jag vilket inte var riktigt sant då båten skulle gå dagen efter vid lunchtid men att vi hade bokat rum på Posthouse i Ipswich och ville på så sätt vara i god tid till färjeavgången.

Mike tog sig i alla fall tid att lyssna på motorn och pillade lite på ena förgasaren som han bytte membran och nål på.

Samma kväll checkade vi in på Posthouse och dagen efter skulle vi bara behöva köra två mil till färjan i Felixtowe. Jag lyckades låna (ta) till mig en redan smutsig handduk från hotellet som jag morgonen därpå kunde putsa upp de kromade ekerhjulen med.

Totalt sett hade vi kört 155 mil i England med den nya motorn och kunde därefter belasta motorn lite mer.

Från färjelägret i Göteborg körde vi direkt till Jaguarklubbens årsmöte i Härskogen i Lerum där vi eller rättare sagt vår Jagga kammade hem 2:a pris i klubbens eleganstävling.

När Gunilla och jag samma år på sensommaren körde vår nyrenoverade gröna Jaguar Mk 2 mot Skåne så drabbades även vi av Grännas förbannelse. Mitt i nedförsbacken mot avfarten till Gränna och Gyllene Uttern började det ryka under instrument-brädan (jo man får säga instrumentbrädan då den i vårt fall var av trä. Men att skriva detsamma om en modernare bil är i mitt tycke helt fel då där säkert inte finns en enda gnutta trä). För att få stopp på röken och en eventuell förestående kabelbrand stängde jag av tändningen vilket resulterade i att motorn stängdes av men då hade jag heller inget bromsservo. Snacka Jaggan var tung-bromsad men det gick i alla fall.

Efter att vi försökt undersöka vad som hänt gick det att köra vidare. Vad orsaken var till röken fick vi aldrig kläm på och det hände inte heller fler gånger så länge vi ägde bilen. Tack och lov.

Säkert var det bara förbannelsen. Men varje gång vi passerade Gränna tänkte vi på det och höll fingarna korsade. Spooky!

1982 - Mitt Liv Bakom Ratten - kapitel 2
- Den är skitbra! Äntligen en riktig motortidning! sa Gunnar Friberg

1981 träffade jag Kjell då nyanställd på Semic och som redaktör för Buster som kom att bli min kompanjon i Automobil.

Det som gjorde att vi träffades var att vi båda körde Jaguar. Kjell i en stor svart Jaguar Mk 9 från 50-talet som ägts av min pappas ofta konsulterade jaguarmekaniker i Spånga och jag i min – tio år yngre Jaguar Mk 2.

Skillnaden Kjell och mig mellan var att han var en kostymnisse medan jag som jobbade på ateljén helst var klädd i jeans och med espadrillos på fötterna.

Kjell hade tidigare köpt en mörkgrön Triumph Herald 13/60 i mycket bra skick av en före detta motorjournalist – Åke Borglund. Men då Kjell var lite ombytlig av sig så frågade han mig efter ett par månader om jag var intresserad av att ta över Heralden. Jag nappade direkt.

Triumph Herald hade kanske inte det mest eleganta design i mina ögon fastän det var italienaren Giovanni Michelotti som stod för linjerna men den hade stora fördelar. Motorn som var fyrcylindrig och på 61 hästar var extremt lättåtkomlig då huven veks fram som på en Jaguar E-type. Sedan hade den en sådan finess som att taket var avskruvbart. Man kunde alltså skruva av taket och lyfta av detsamma och vips hade man en cabriolet utan någon sufflett visserligen.

När vi sedan kommer till säkerhet så hade Heralden säkerhetsstötfångare. Jo jo, så var det. Stötfångarna fram och bak var klädda med vitt gummi. Kanske två centimeter tjockt. Men att rattstången som inte var delbar var spikrak och slutade precis bakom stötfångaren fram var inte så säkert. Precis som på en Volvo Amazon innan 1968. Inga bra bilar att krocka med alltså.

Heralden fanns som tvådörrars coupé och som tvådörrars kombi men också som cabriolet. Det satte griller i huvudet på mig. Efter mycket letande bland annat i Gula Tidningen som var den stora annonstidningen likt Blocket eller Marketplace idag på Internet fick jag av en händelse tag i en person som hade haft samma idé som jag – att bygga om sin Herald till en cab. Han hade köpt en riktig cab i England men som han plockat på alla delar som måste bytas men när hans skulle börja pusslet kroknade han. Jag fick köpa allt. Och det var en massa delar. Inte bara en sufflettställning utan massa stag och extraplåtar. Det blev en riktig stor hög med delar då vi lastade av allt när han kom och pengar byttes mot cabbdelar.

Tanken på att börja såga och svetsa i Heralden blev lite väl mycket i mitt huvud även om svärfar Benke kunde hjälpa till med ombyggnationen.

Vi hade ju fått barn och vi hade ju också Jaggan som måste skötas om och så var det mycket med jobbet.

Nä, jag kroknade också så jag satte ut en annons i Gula Tidningen och sålde både bil och hela cabkitet.

Men innan vi sålde Heralden hann vi med att byta vindruta även på den. Vi – Benke och jag var bra på att byta vindrutor. Det gjorde vi på bland annat vår MG 1300 och någon hundkoja. Vår expertis sträckte sig även till bakrutor. Detta då vår Jaguar som stod uppallad under vinterhalvåret vid ett tillfälle hade fått bakrutan splittrad. Säkert till följd av att vi hade bytt tak och att det blivit spänningar som gått ut över bakrutan. Men som sagt, det fixade vi.

Att få ut, ta ut en kass vindruta kan man göra på många sätt. Mest normalt om man ska göra det själv är att man pressar ut den inifrån genom att sätta fötterna mot rutan och på så sätt trycka ut den efter det att man tagit bort tjäderlisten (låslist). Ett annat sätt är att göra som min pappa Björn gjorde och som lät byta vindruta på sin vita Jaguar Mk 2 ett par månader efter att han hade köpt bilen.

Han valde ett mer dramatiskt tillvägagångssätt.

Han hade bokat byte av vindruta hos Jaguarverkstaden Bergengrens i Bromma. Ett byte som skulle gå på försäkringen.

- Ja det är ett litet hål i rutan kan man säga, hade min far sagt i telefon till verkmästaren som bokade in jobbet till dagen därpå.

Dagen därpå körde pappa dit men stannade nåt kvarter innan och körde där in mellan ett par lagerbyggnader och stannade.

Gick ur bilen, öppnade bakluckan och tog fram en stor klyvyxa som han tidigare lagt dit.

Gick fram till bilen och svingade yxan som i en explosion spräckte vindrutan i tusen små bitar som virvlade runt likt en snöstorm.

Nöjd med resultatet la han tillbaka yxan i bagageutrymmet och körde till verkstan kikandes genom ett stort hål i rutan och lämnar in bilen för det inbokade vindrutebytet.

Efter några timmar i väntrummet på verkstan var jobbet klart och Jaggan hade fått en ny, hel och repfri vindruta.

- Jag förstår att det måste ha varit svårt att köra med ett så pass stort hål i vindruta, sa verkmästaren när han lämnade över bilnycklarna till pappa och fortsatte,

- Den lilla blomvasen som hade suttit i rutkanten la vi förresten i bakluckan om ni skulle undra bredvid er yxa.

Dom hade alltså sett yxan och förstod då hela sammanhanget.

Så fort Kjell och jag träffades på jobbet så pratade vi bil. Det var ingen måtta på hur mycket bilsnack det kunde bli. Vi läste båda så många engelska motortidningar vi kunde komma över och till sist började vi prata i termerna att göra en svensk motortidning. Varför inte?

Samma år drog vi igång Automobil. För att behålla våra jobb la vi en tät rökridå över allt som hade med Automobil att göra. Titeln Automobil registrerades åt oss av en barndomsvän Peter L som gick med att stå som utgivare och som bodde och bor i Malmö.

Kjell och jag använde också då andra namn än våra riktiga till våra artiklar i Automobil. Kjell hette Åkesson i efternamn och jag Staffan Björnsson. Allt var bara påhittat för att vi som jag tidigare nämnt skulle kunna ha kvar våra ordinarie jobb och löner då vi visste att tidningen skulle sluka pengar den första tiden – kanske till och med nåt år eller så. Vi hade båda också familjer. Det blev en nervös tid.

Det jobb som vi gjorde för Automobil skötte vi på kvällar, nätter och helger. Okej, det blev lite mörkrumsjobb även dagtid på jobbet för min del men inte så mycket.

Att jobba åtta dagar i veckan till klockan två på natten blev en vana. Man hade ju kul på jobbet. Okej, veckan hade då bara sju dagar som idag men det kändes ofta som åtta.

Jag men vanligen Gunilla som även skötte Automobils bokföring gick upp klockan 07:30 på vardagarna för se till att Jennifer fick frukost och att hon kom till dagis innan jag drog till det inkomstbringande jobbet på Semic bland alla seriefigurer. Vilket liv! Ja, det var fantastiskt, samtidigt helt galet.

Jag vill bli en "toon" (tecknad seriefigur) i mitt nästa liv.

Pepparkakor och Zingo - 1982

Att finansiera hela projektet med tryck och distribution var inte gratis. Att försöka få tidningen distribuerad genom den stora tidningskanalen Presam gick inte. Detta då vi stoppades av stor-ägarna till Presam (numera Tidsam) – Bonniers som ville skydda Teknikens Värld och den andra storägaren Albinsson & Sjöberg som höll bland annat Bilsport under armarna. Deras agerande mot oss luktade maffiametoder tyckte vi då och även så här efteråt då alla våra trevare och vänliga försök från vår sida bara tystades ner och svarades inte ens på. Vi var ormar i deras trädgård.

Mitt i detta hade vi turen att träffa på ett par lika galna entusiaster som oss själva. En arkitekt – Bert Carlsson och en bankdirektör. Bankdirektören Jan-Olov Gustavsson hade förresten en silver-färgad Jensen Interceptor som jag och Gunilla senare köpte.

Kredit var ordet som vi även fick från vårt finska tryckeri Laakapaino Oy i Borgå. Men det krävde först ett möte i Finland till vilket vi åkte i en lånad entusiastbil – en Mercedes 220 SE Coupé från Bert Carlsson till tryckeriägarens stora förtjusning då han var Mercedesentusiast. Men han talade lika ofta om att han en gång ägt en Ferrari och haft en äkta guldtändare – Dupont att tända sina cigarrer med.

Där satt vi, Kjell och jag i Borgå och åt pepparkakor och drack Zingo medan vi förhandlade om tryck och leverans.

Samma sak kom att upprepas kommande år och åren därpå. När vi så tagit i hand på affären kramade "pappa"– tryckeriägare Olavi oss och kallade oss från den dagen för sina "söner". Lite märkligt var bara att vi under de kommande åren alltid fick skriva på skuldsedlar för tidningstrycket. Gör man så mot sina barn – sina söner?

Spänningen var oliiidlig i januari 1982 då det första numret av Automobil skulle komma ut. Vi hade lyckats via omvägar få till distributionen av tidningen på den något mindre distributionskanalen Interpress utan att behöva avslöja oss. Måste så här efteråt säga att det var bra att vi hamnade där då de var suveräna att jobba med.

Men överallt, både vad gäller distribution, prenumerations-hantering o.s.v. så kände vi att de ledande förlagen med Bonnier i spetsen flåsade oss i nacken. En sak var väldigt klar – blev vi upptäckta så skulle vi få sparken. Om så skedde skulle vi inte ha några pengar att finansiera fortsättningen och framtida utveckling av Automobil. Knappt ens våra familjer. Det skulle alltså bli ett platt fall.

Premiärdag – första utgivningsdagen. Vi åkte runt till kiosker och bensinstationer och kollade att vår tidning var väl skyltad samtidigt som vi pratade med de som jobbade där. Fanns inte

Automobil i deras hyllor frågade vi "Har ni tidningen Automobil? Inte? Den ska vara jättebra. Kanske ni kan ta hem den?" Expediterna visste inte vilka vi var utan såg oss bara som engagerade kunder men antecknade det vi sa och lovade att det skulle beställas.

Våra sömnlösa frågor de kommande dagarna blev – "Hur har Automobil mottagits? Är det en flipp eller en stinkande flopp?"

Vem kunde svara på en sådan fråga? Kjell tog telefonen och ringde Bonnierskrapan där legenden och motorentusiasten Gunnar Friberg som till vardags körde Bentley jobbade.

- Hejsan Gunnar, sa Kjell. Efter lite kallprat ställde Kjell frågan med stort F.

- Har du sett den nya motortidningen Automobil? Vad tror du om den?

Svaret lät inte vänta på sig.

- Den är skitbra! Så ska en riktig motortidning se ut! nästan skrek han i luren. Såpass att även jag hörde det.

De orden räckte för oss – Kjell, Gunilla och mig – vi tre som hade del i projektet.

Genom London i en MG Metro - 1982

Vi gjorde så många egna artiklar vi kunde. På min lott hade det blivit att ta hand om fotografering då det var jag som ägde en kamera och göra tidningens layout fram till tryckfärdiga original. Layout hade jag lärt och gjort under mina år på Semic.

Vi köpte också in en hel del reportage från engelska och amerikanska tidningar vilket föranledde hårda prisförhandlingar. Men det gick vägen till vår fördel.

Med första numret av Automobil ute i kioskerna flög Gunilla och jag till England för ett par dagars semester i februari -82 men också för att provköra en Metro som vi hade blivit lovade av Rovers engelska PR-manager.

Metron hade haft sin premiär två år tidigare men kom sedan i en strid ström av olika versioner och med varierande kylaremblem som Austin, MG, Morris, Rover. Allt från blyga 34 hästar till den fyrhjulsdrivna MG Metro GR4 rallybil med V6:a på 410 hästar.

Vi bodde i London och vår testbil – en helt ordinär MG Metro var levererad till hotellets parkering.

Det var med viss – mycket stor vill jag ändar det till ängslan jag satte mig bakom ratten som var på höger sida där jag för första gången skulle växla med vänster hand. Bredvid mig hade jag Gunilla med knät fullt av kartor.

Vi tog ut riktningen till Coventry där vi skulle göra ett besök och reportage på Jaguarfabriken.

Jag hann väl knappt köra ett par kilometer på de stundtals smala innervägarna genom London förrän det small till.

Jag hade tagit en parkerad bils backspegel med min vänstra yttre backspegel. Oh, my goood! Så fruktansvärt. Jag hade kört på en parkerad bil.

Okej, jag ser lite dåligt. Har inget stereoseende så det är väl kanske mitt försvar till olyckan.

Jag stannade bilen nån kilometer längre fram och överlät ratten till Gunilla. Hon körde därefter varenda meter under de dagar vi hade Metron och avslutade det hela med att lotsa oss genom Londons trafikkaos i värsta rusningstrafik som om hon var infödd Londonbo.

Körningen skulle enligt hotellet ta två och en halv timme men vi åkte fel ett par gånger så restiden blev det dubbla.

När vi väl kom fram där vi bestämt möte med en person från Jaguar som skulle guida oss genom fabriken var klockan tolv och fabriken stod stilla då de tusentals anställda hade lunch. Klockan två rullade det löpande bandet igång igen och vi fick vår guidning genom den anrika fabriken – Browns Lane.

Gjorde ett par avstickare som man gör på semester innan vi letade oss tillbaka till London där vi besökte vår engelska samarbets-partner Practical Classic från vilka vi köpte renoveringsserier om bland annat hundkojan som blev en riktig långkörare i Automobil.

Till sist gjorde ett reportage på det fantastiska bilmuseet BL (British Leyland) Heritage Collection som öppnade 1968 men som idag i nya lokaler heter British Motor Museum. Här finns så gott som alla engelsktillverkade bilar. Ett museum som man snudd kan gå vilse i.

England och Bosham - 1982

Bara månaden därpå bilade vi – Gunilla, jag och då vår tvååriga dotter Jennifer i vår första Jaguar XJ6 till England där vi genom en kontakt i Sverige hyrt ett litet "cottage" eller stuga som vi

säger i Sverige. Orten hette och heter Bosham och är en liten ort i Chichester, West Sussex (Englands sydkust) med kanske då två tusen invånare.

XJ6:an var då tio år gammal och i mycket bra skick – mekanisk sett då jag köpte den. Förra ägaren Per Andersson hade själv renoverat motorn och fixat till lite extra hästar utöver de 185 som kom ut ur den raka sexan på 4.2 liter.

Per var och är en trollkonstnär vad gäller motorer och befattar sig helst med engelska sådana. Jag minns att jag ringde Per vid nåt tillfälle då han för en gångs skull var hemma i Sverige på semester då han annars jobbade utomlands. Vi pratade bilar som vanligt och han berättade att han tyckte sig höra ett missljud ifrån motorn i hans Morris Minor.

Ett par timmar senare ringde han tillbaka och berättade att han hade hört rätt – att det var ett slitet vevaxellager som var orsaken till oljudet. Han hade då rivit ner motorn och slitit ut vevaxeln och bytt vevlagren och stoppat tillbaka alltihopa på bara ett par timmar.

Pers jobb utomlands var lite annorlunda. Han jobbade för ett större rederi och där med fartygsmotorer eller maskiner som det heter då det gäller fartyg. Sådana där stora som man kan ta sig in i och där maskinens kolvar är betydligt större än en bils.

En tid jobbade han i Hong Kong och för att komma till jobbet de gånger han var på kontoret var färdmedlet inte bil utan rulltrappor. Kanske inte så konstigt med det men om jag säger att varje dag åkte Per och ytterligare 60 000 personer i en rulltrappa som på morgonen åkte upp och på eftermiddagen – mot kväll åkte nedåt. Annars när han var på nån båt, ofta någon stor tankbåt så var färdmedlet där hiss genom fem - sex däck och sedan cykel då det är stora avstånd mellan bryggan och maskinrummet.

Engelska bilar har det så gott som alltid varit för Per förutom en, nja snarare två avstickare till ett annat örike – Japan. Då var det Lexus LS400 det gällde. En bilmodell som jag första gången körde 1989 som du kan läsa om längre fram i boken.

I Sverige har vi som bekant krav att bilar ska ha sommardäck sommartid och vinterdäck under den kalla årstiden när vi har vinter. Per som jobbade merparten utomlands i bland annat Thailand ordnade så att hans fru Mia alltid kunde köra på rätt sorts däck även om han själv inte var hemma. Alltså hade han men också hon inte bara en utan två Lexus LS400. Den ena utrustad med sommar- och den andra med vinterdäck. Enkelt och praktiskt. Väder efter kläder eller här – däck efter väder.

Men ögonstenen har alltid varit och är fortfarande hans underbara vita Jaguar XK 120 fhc (fixed-head-coupé) som den heter. En unik bil på många sätt. *(se bild på föregående sida)*

Efter att ha kört av färjan, tagit den första rondellen och kommit ut på rätt sida – vänster sida alltså var det raka spåret söderut mot Bosham där det första som mötte oss då vi svängde in på vår gata var grannens Rolls-Royce Corniche med registreringsplåtarna TF2 vilket betyder "tea for two". Fyndigt va..!

Så gott som varje morgon då vi drog upp rullgardinen rullade Larry ut sin Rolls-Royce och parkerade densamma framför sin villa. Med ett dämpat surr från sufflettens elmotor fälldes canvastaket ned och den lille Larry som till utseendet skulle kunna vara skådespelaren Danny DeVitos dubbelgångare knäppte på sufflettskyddet.

Runt halsen hade Larry en guldlänk eller snarare en kätting, så hade han av någon anledning hamnat i Boshams hamn, inte långt ifrån hade han säkert sjunkit till botten som en sten. Om det inte var ebb förstås.

Larry jobbade i London och pendlade den sträckan måndag till fredag. En tripp på 12 mil som tog två timmar enkel väg.

- Då är det skönt att man har en snabb Porsche som vardagsbil.

Varje kväll vid sjutiden upprepades ritualen men i omvänd ordning.

Vissa hissar och halar flaggan, andra cabbar upp och ner kunde vi konstatera.

Rollsen då? Jo, den stod där i blagande sol eller i störtregn, för det mesta nedcabbad. Hade det regnat under dagen så var Larry sysselsatt en halvtimme extra med att ösa Rollsen då han kom hem.

The Anchor Bleu - 1982

Bosham är en liten förort till staden Chichester som ligger i grevskapet West Sussex i södra England mellan Portsmouth och Brighton.

Byn eller förorten hade då vi var där det viktigaste,

vilket var ett postkontor som även sålde lite livsmedel men där fanns också två pubar. Den ena The Anchor Bleu, en sån där typisk och mysig engelsk pub som man skulle kunna tillbringa en hel dag i.

Puben låg och ligger precis vid småbåtshamnen och när det var flod kunde man sitta inne i puben och se ut över segelbåtarna som reste sig och guppade i vattnet.

När det så var ebb och vattnet drog sig undan lade sig båtarna på sidan igen i väntan på att tidvattnet skulle komma tillbaka.

The Anchor Bleu var ofta full – på folk alltså. Här åt man en rustik lunch om man nu inte blev mätt på en pint öl eller tre.

Puben hade två parkeringsplatser – där den ena lite mindre var på pubens framsida och den andra på pubens baksida men som man bara kunde komma åt och parkera på då vattnet dragit sig undan och det var ebb.

Men alla fattade inte riktigt det. Till flera av pubens stammisars förtjusning var det alltid någon turist som varje år höll på att få sin bil dränkt i vattnet som då rullade in när det övergick till flod.

- Well, well... du skulle ha sett hur han släppte sin pint i bardisken och rusade ut och runt puben för att vada ut till bilen och köra upp den ur blötan, skrattade gubbarna och förväntade sig en runda på min bekostnad.

Den gode Larry hjälpte mig då plötsligt generatorn i Jaggan lagt av. Inga problem tänkte jag då vi var i Jaguarlandet men vad fel jag hade då det visade sig att vänsterstyrda Jaguarer XJ6:or hade en annan generator och tydligen en annan placering var den satt. Så att ha fått generatorfel på en vänsterstyrd XJ6 i ett land där så gott som 100 procent av alla XJ6:or av vår årsmodell hade en annan generator var plötsligt ett problem. Men dagen efter hade Larry kontaktat en verkstad som fixade problemet åt oss. *(bild ovan: Jennifer och jag framför Larrys Rolls)*

Det blev ett par reportage på den vistelsen som sedan kom in i Automobil.

Jo, det blev mer än ett par reportage – snarare ett om dan. Det gällde att smida medan järnet var varmt som det heter. Kanske inte den bästa familjesemester men så blev det.

Bland reportagen besökte vi Rolls-Royce i Crewe. Ja, inte

Gunilla och Jennifer som snällt väntade i bilen beväpnade med sagoböcker, kakor och annat för att få tiden att gå.

Rollsfabriken var redan då en gammal och sliten fabrik där man under andra världskriget hade byggt flygplansmotorer men då kriget tog slut la man 1946 om produktionen till biltillverkning där hantverk var lika med högsta kvalitét.

Något som jag idag har svårt att tro då en välprogrammerad robot säkert kan göra sitt jobb både mer effektivt och bättre sju dagar i veckan, dygnet runt än vad en människa kan. I förlängningen har vi nu AI (artificiell intelligens) som står i farstun då vi människor snart kan riskera att bli överflödiga.

I slutet av 90-talet delades syskonbilarna Rolls-Royce och Bentley upp varpå Rolls köptes av BMW och Bentley av Volkswagen.

I Crewe fortsatte ändå produktionen av Rolls-Royce och Bentley sida vid sida till hösten 2002 då Rollstillverkningen flyttades till den då nya fabriken i Goodwood medan Bentley fortsatte att tillverkas i fabriken som moderniserades och byggdes ut.

Minns såväl hur jag klev in genom huvudkontorets entrédörrar och höll sånär på att snubbla på den bubbliga tvåfärgade blåa heltäckningsmattan (ljusblå invid väggarna men mörkblå eller snarare nött gråblå där folk gått fram och tillbaka till receptionen). Jag hann knappt anmäla mitt ärende förrän PR-chefen och hans assistent dök upp. Tack, jag var väntad.

Under ett par timmar fick jag en grundlig guidning genom hela fabriken. Så gott som alla moment gicks igenom.

Bland de kanske intressantaste var hur kylaren var uppbyggd med alla dess konvexa ytor som reflekterade sol- och dagsljus på ett speciellt sätt mot kylarmaskoten Spirit of Ecstasy.

Hennes historia, hur figurinen gjöts och alla nya finesser med hur den på nya modeller sänktes ner i kylaren när bilen låses för att undvika eventuell förstörelse eller stöld.

Vad som förvånade mig var att utanför ett par av monterings-hallarna stod flera nakna men färdiglackerade chassin men också karosser i duggregnet i väntan på att tas in och få inredning och annat monterat. De måste ju rosta där de stod?

Efter ett par timmar var jag ganska mör då klockan var kanske kvart i fem på eftermiddagen. Mina tankar gick till Gunilla och

Jennifer i bilen där utanför.

Jag befann mig då på förmannens kontor och kunde genom ett stort fönster se ut över själva området. Noterade då att så gott som alla stationer var obemannade. Inga vagnar eller truckar åkte fram och tillbaka som tidigare med delar. Inte en kotte syntes till. Inte heller på förmannens kontor. Jag var ensam.

Plötsligt på slaget fem ljöd en siren varpå området plötsligt kryllade av folk. De kom rusande ut från de olika byggnaderna och mot de höga grindarna.

Fick senare höra att de – fabriksarbetarna med all säkerhet hade stått som packade sillar längs fabriksväggarna för att inte synas av ledningen i väntan på att sirenen skulle ljuda.

Rolls-Royce är världens lyxigaste bil. Handbyggd med en enastående kvalitet som de är ensamma om. Detta enligt Rolls själva. Men bakgrunden då? Det jag fick uppleva gav mig en helt annan syn på Rolls-Royce än jag haft tidigare. Är myten om Rolls-Royce större än verkligheten? Något du kan läsa om längre fram i boken.

Vi besökte också ett par specialister som byggde egna bilar på ofta Jaguar-komponenter då med fördel XJ6:or. En av dessa Destrier. Namnet Destrier var benämningen på den typ av häst som under medeltiden användes som strids- eller tornerhäst. En riktig kämpe.

Medan vi var där – i vårt hyrda "cottage" kom Automobil nummer 2 ut.

Ett par dagar efter det – kanske efter en vecka ringde Kjell som var minst sagt upprörd då försäljningsstatistiken pekade nästan rakt nedåt. Kjell lät desperat och ville att vi skulle sluta, det vill säga lägga ner tidningsprojektet helt enkelt.

Veckan därpå körde vi, Gunilla, Jennifer och jag hemåt. Som tur var så tog vare sig jag eller Gunilla åt oss av Kjells negationer. Vi körde planenligt ombord på Englands-färjan i Felixtowe som skulle lägga till i Göteborg dagen därpå.

Efter att ha lämnat bilen på bildäck och att vi inkvarterat oss i vår hytt gick vi tre till restaurangen för att få en bit mat medan färjan stävade ut ur hamnen mot öppet vatten.

När vi sitter där dyker ett par bekanta ansikten upp. Det var min mamma och pappa, även de var på väg hem från en snabbvisit i England där de hade gjort London. Pappa för att se på hus och mamma för att shoppa.

Det blev en fin avslutning på semestern och vi såg fram emot hösten med allt vad det innebar.

Bilsalonger

Som brukligt säljer första numret av en ny tidning bra. När så nummer två kommer har oftast nyfikenheten lagt sig och försäljningen dalar eller planar ut de första månaderna.

Månaden därpå till nummer tre hade läsarna tagit till sig Automobil och vi hade vad vi kunde kalla en läsekrets.

Till och med vår Majestät kung Carl Gustaf ville ha Automobil, en önskan som framfördes i ett brev via hans pressekreterare Elisabeth Tarras-Wahlberg. Ett av få brev som jag ramade in och som fick hänga bredvid breven från Sir Stirling Moss och designhusets Bertones grundare och ägare Nuccio Bertone.

Syns man inte så finns man inte som det heter.

Bilsalonger var i ropet och hade så varit ända sedan 40-talet och drog hur mycket besökare som helst. Okej, det gällde de stora salongerna som till exempel Frankfurt, Paris, Genève, Detroit. I Sverige var det inte samma drag men det började så smått.

Vi lyckades under ett par år klämma in oss på Stockholms Bilsalong som hölls i Sollentuna under hösten. Det var förresten den första bilmässa vi var med på.

Två år i rad var vi också med på Bilsalongen i Malmö eller Motormässan som det också kallades. Eventet gick av stapeln på våren varade en vecka vardera och jag bodde ena gången hemma hos Peter Lingstrand – han som i början stod som utgivare av Automobil innan vi kunde kasta loss och säga upp oss från Bonniers. Andra gången bodde jag på hotellet som var i anslutning till mässan.

Första dagarna var okej. Mycket folk och mycket frågor. När mässan stängde för kvällen surrade det fortfarande i huvudet när jag tog ett avslappnade bad på mitt hotellrum.

Det var faktiskt jobbigt, riktigt jobbigt att stå i montern åtta timmar om dan. För stod man inte där och höll koll på det som fanns i montern så försvann de prylar som var lösa eller som gick att plocka bort. Vid ett tillfälle under en bilsalong vet jag att Mercedes blev av med växelspaksknopparna på alla sina utställda bilar.

Jag var extra försiktig då vi ena året hade en Lamborghini Countach i vår monter som var en riktig publikmagnet och som alla ville klämma och peta på. Det hjälpte knappast att jag satte upp en liten skylt med texten "Rör ej".

- Har jag betalt biljett att komma in så har jag rätt att göra som jag vill, var en kommentar jag fick av en besökare på grund av skylten.

Min tanke var att efter en veckas petande och klämmande så skulle den delen – en bit av framflygeln på bilen vara så klämd på att den skulle ha svällt om jag inte gjorde något åt saken. Jag försökte trycka in bilen så nära väggen som det bara gick bara för att undvika alla som skulle peta eller klämma på bilen.

Det andra året hade vi en inhysing i vår monter – Göran som sålde specialfälgar i lättmetall som också var i ropet. Han var en försiktig person och hade med sig en kraftig kedja och ett stöddigt hänglås som han låste fast fälgarna med.

Det stora problemet kom sista mässdagen då jag rev montern och packade ihop de grejor som skulle med hem. Då kom också Göran för att ta hand om sina fälgar, de tio aluminiumfälgarna som satt hopkedjade och med ett kraftigt lås. Han hade ett problem… han kunde inte hitta nyckeln. Hur det slutade vet jag inte.

Från nummer tre 1982 hade Automobil en stadig, stabil och stigande försäljning.

Så blev det åren igenom – en sakta men hela tiden stigande försäljningskurva.

Som bäst sålde vi i Sverige över 57 000 ex i månaden. Okej, det var i början av 90-talet. Idag säljer de största, då våra före detta konkurrenter, knappt en fjärdedel av vad vi sålde då. Vi var störst! eller på väg att bli redan då.

(bild nedan: Lamborghini Countach)

- Första körningen, Lamborghini Miura SV, Jackie Stewart, Caroll Shelby och Stirling Moss

Första körningen och då den första dagboksnoteringen jag gjorde var i maj 1983. Lancia var riktigt heta de åren på rallysträckorna och lanserade också en lagomversion till gemene man – Lancia Volymex för gatbruk.

Vi var en handfull svenska motorjournalister tillsammans med sex gånger så många utländska kollegor som blev inbjudna av Lancia att i Turin provköra Lancia Volymex. Så här i efterhand en trevlig, italienskt temperamentsfull bil, i elegant italiensk design i klass med Alfa Romero där den senare fortfarande var fristående biltillverkare och som Fiat inte hade någon kontroll över förrän tre år senare – 1986.

Jag hade precis blivit pappa för andra gången och hade då två flickor – Jennifer och senast Camilla och en skotte (hund) vid namn Daisy som senare kom att kallas för fru Karlsson tillsammans med Gunilla när jag gav mig iväg till Italien och där Turin.

Nerverna låg om man så säger utanpå kroppen. Tror inte jag sov mycket den natten innan flyget skulle avgå till Italien. Bara att flyga var en oro bara det.

Provkörningen av Lancia Volymex var förlagd till bergen och berg finns det gott om i Turin likaså krokiga och knixiga vägar. Enligt historien – långt tillbaka beboddes Turin av det keltoliguriska folket – tauriner som fick sitt namn från det keltiska ordet berg – "tau" som sedan fick bli stadens namn Torino – Turin.

Staden Turin är en fantastisk stad med sina långa arkader med butiker, kaféer och barer som ligger vägg i vägg. Bar- och kafélivet är viktigt för italienare som älskar att umgås.

En arbetsdag brukar ofta börja med ett snabbstopp på väg till jobbet vid just ett kafé för att där snabbt dra i sig en cappuccino som är italienarnas morgondryck eller en espresso, kanske en dubbel sådan för att någon minut senare slänga sig ut i den då avgasosande trafikkaoset igen.

Men att beställa en cappuccino efter lunch är otänkbart för italienare men väl för oss turister.

Dagtid är bar- och kaféerna i många fall en oas där man kan sitta i timmar och se på människor, trafiken och då sippa på en kaffe eller varför inte en välkyld öl – Peroni Nastro Azzurro. Vilket underbart liv.

Mot kvällen, redan vid sex - sjutiden så sker en förändring på de lite finare kaféerna. Servitörer och servitriser byter om till vit skjorta och svart fluga samtidigt som cocktailshakern kommer fram och man börjar servera long-drinks. Trots att det kan vara ganska varmt i mitten av mars ända in i oktober så kom damerna förr (till och med på 1970-talet) iklädda pälsar ovanpå sina eleganta afton-klänningar och herrarna i svarta kostymer. Det var tider det.

Ursäkta stickspåret ovan… Tillbaka till körningen. Ju längre upp vi kom på teststräckan (grusvägar hela tiden) med Lancia Volymex desto snävare och skarpare blev kurvorna.

Väl uppe mottogs vi av jackettklädda servitörer och servitriser med vita handskar som höll stora skinande brickor med kristallglas fyllda med läskande mousserande vin. Inget för mig som bara dricker öl. En halvtimme senare följde lunchen.

Efter ett par timmar var lunchen aväten och då vi gick ut till våra väntande testbilar fick var och en av oss med sig en liten present i form av en liten ask innehållande handgjorda och underbart goda chokladpraliner och en otroligt fin – även den handgjord och numrerad liten modell av den bil vi kört – Lancia Volymex.

Vägen nerför berget gick betydligt snabbare än uppfärden. Jag noterade att många före mig, på väg ner nu även sneddat friskt genom de skarpa kurvorna. Något som kanske framkallats av intaget av det italienska vinet.

Väl nere på slättlandet var det bara att stå på, vilket vi också gjorde. Vägarna var landsvägar, de flesta torra och dammiga grus-vägar mellan de små byarna. Några hastighetsbegränsningar gällde inte oss. Tvärt om, där stod italienska polisen, carabinieri som istället hejade på oss att höja hastigheten. Vägdammet låg som en tät tjocka men alla skrattade och vinkade glatt då vi passerade.

Fiat har sitt ursprung i Turin där bokstäverna FIAT står för Fabbrica Italiana Automobili Torino.

Från den norditalienska staden Turin verkade Fiatgruppen i över hundra år vars huvudkontor också då var placerat i Turin men som i nutid ligger konstigt nog i London, England.

I Turin finns sedan 1916 Fiats Lingottofabrik som då när den invigdes blev Europas största bilfabrik.

Uppe på taket – fem våningar upp finns en ovalbana med en hyfsad banking på vilken man under åren testkörde alla nytill-verkade Fiatbilar så fort de rullat av bandet. I filmen, den första

av "the Italian job" med Michael Caine och Benny Hill kör tre hunkojorna uppe på Lingottos testbana. Bara den sekvensen är värd hela filmen. Mer om den filmen länger fram i boken.

Idag är Lingottofabriken nedlagd sedan 1982 och precis innan den höll på att förfalla totalt blev hela området, byggnad och allt K-märkt och man började restaurera och bygga om alltihop.

Idag håller många företag, bland dem Fiat ofta sina pressmöten där. Vid flera tillfällen har jag varit där tillsammans med en bra bit över tusen journalister.

Istället för biltillverkning finns där idag en konserthall, teater, universitet, ett par hotell, restauranger och ett flertal butiker. Kvar är testbanan och den fantastiska uppfarten – fem våningar upp till taket. *(se bild här ovan)*

Fiat koncerner är megastor idag. Från att ha varit Fiat, Alfa Romeo, Abarth, Lancia, Ferrari och Maserati har familjen utökats kraftigt med en början 2012 då man slog sig ihop med amerikanska Chrysler och gruppen utökades med märken som Dodge och Jeep.

Sedan 2021 ingår också den franska PSA-gruppen med modellfloran Peugeot, Citroën och Opel där den senare också heter Vauxhall i England.

Vi har sett sammanslagningar tidigare som funkat men också de som spruckit som till exempel mellan Chrysler och Mercedes.

Själv är jag tveksam till att det här äktenskapet mellan italienare, tyskar, fransmän och jänkare kommer att hålla. Men den som lever får se.

Urbani – underbara Urbani - 1983

I Turin finns det ett rikt utbud av hotell men också restauranger. En av höjdpunkterna vad gäller restauranger heter Ristorante Urbani och som ligger vid Corso Vittorio Emanuele II. Jag rekommenderar ett besök.

Senast jag var där hade Urbani flyttat ett kvarter, till större lokaler men stämningen och den typiskt Italienska kaotiska stämningen var densamma då som nu.

Urbani var då jag var där första gången -83 ingen restaurang som gemene man kände till utan var snarare en doldis i Turins restaurangsväng och den var annorlunda – minst sagt – mer en showrestaurang kanske lite som streetfood på restaurang.

Servitörer och servitriser var ofta sämre klädda än gästerna. Här var det jeans, T-shirt och gympadojor som gällde. Maten skulle ut och det i ett rasande tempo. Restaurangen var indelad i två matsalar. Båda med kakelklädda väggar och klinkers på golvet. Ingen mysbelysning här inte utan skarpa kallt vitlysande ljusrör i taket och stora bord, bland dem långbord.

Stämningen var alltid hög och i varje hörn hängde det stora tjock-TV-apparater. Alla med olika TV-program. Inget program det andra likt – ett härligt kaos även i taket.

Mat och dryck bokstavligen flödade.

När vi väl satt oss så kom vin och öl in. Lika snabbt kom fat med italiensk lufttorkad skinka dränkt i olivolja med krossade nötter på samtidigt kom det in stora fat med grillat bröd med någon sorts jättegod tomatsörja på.

I samma takt som de renskrapade faten skickades ut ersattes de av nya med mer och fler kulinariska läckerheter.

Jag måste erkänna att jag kan inget över huvud taget om matlagning men jag kan äta. Men som sagt jag kunde lätt räkna till minst ett tiotal maträtter som kom in i raskt tempo liksom att avätna tallrikar och bestick åkte ut med blixtens hastighet.

Hela det klassiska italienska matutbudet, till och med en utsökt pizza landade på mitt bord.

När det var dags för efterrätt kom mandelskorpor in och hemgjord – hemkokt sprit – Grappa vars flaskor som var inslagna i aluminiumfolie serverades.

Grappa är en italiensk spritdryck gjord på resterna som blivit kvar efter att man pressat vindruvor till vin. Sedan har det fått jäsa till en alkoholhalt av 40 till 50 procent. Starka grejor och i mitt tycke inte speciellt gott. Det luktar också lite annorlunda men slank ner – hos vissa.

När det sen var dags att gå till utgången stod värden där – Toni – drypande av svett och tackade för besöket och gav varje kvinna som lämnade hans restaurang en varm puss men också en vacker röd ros. Så italienskt men också så elegant.

Men efter tolvslaget säkert senare än så hände det saker på Urbani. Då normalt folk hade gått hem för att sova gled Maserati-limousinerna in framför restaurangens entré och släppte av sina passagerare som oftast var trojkan – höjdarna inom Fiat med självaste Giovanni mer känd som Gianni Agnelli i spetsen. Ja, även de måste ju få äta.

Vi journalister bodde ofta på Jolly Hotell som var beläget mitt i Turin och som med åren kom att bli ett stammishotell för oss motorjournalister – även så för mig.
Jolly Hotell var inte det fräschaste jag sett men väl så personligt. Det kändes som att inget här hade förändrats eller ens renoverats sedan 1936 då det invigdes. Idag ingår hotellet i en hotellkedja och har blivit renoverat. Det på både gott och ont. Men fortfarande är det härligt med luftiga fyra - fem meter i takhöjd och marmor så gott som överallt.

Väckarklockan var allt som oftast ställd på nio vilket kanske var en timme senare än då det var provkörningar med andra biltill-verkare och i andra länder. Men när det var i Italien så gällde regeln "var sak har sin tid". Så det var alltid gott om tid att äta frukost. Det var då och här som jag upptäckte min italienska kärlek – Nutella. Denna underbara hasselnötskräm med kakao som jag under åren släpat hem i stora som små burkar och som mina barn växt upp på och med.
Under alla mina år tror jag inte att vare sig vi svenska motor-journalister eller några av mina nordiska kolleger varit orsak till att vi blivit försenade på någon avgång någonsin. Vi var alltid först och på tid. Men i Italien är det nästan en regel att allt ska vara försenat, så varför komma i tid när ingen annan gör det..?

Så mycket mer av värde blev det inte under 1983. Jo, jag deltog i en presskörning med Saab 900 Aero förutom att jag besökte bilsalongen i Bryssel för att också dricka en Irish Coffe inbjuden av Ford på anrika Candide – krogen som under andra världskriget ska ha varit verklighetens Lifeline i TV-serien om motståndsrörelsen i Belgien. Åren därpå kom en parodi på serien med namnet Allo, allo emliga armén. Båda klart sevärda.

BMW M5, Honda CRX, San Pedro, Escort cab - 1984
Automobil gick som tåget. Varje månad påvisades en upplage-ökning. Kul, sa vi men vi förstod inte riktigt storheten i det då. Vi var så inne i att göra tidning att inget annat kunde tränga in.
Resorna var både många och jobbiga men samtidigt ett måste för att vi skulle kunna producera och trycka färska, heta reportage och intressanta provkörningar i Automobil före andra konkurrerande tidningar. Vi delade därför upp resorna oss emellan som jobbade

med själva produktionen efter bästa förmåga. Ändå blev det mycket för var och en. För min del blev det 14 provkörningsresor 1984. Mycket tyckte jag då men inte speciellt med tanke på kommande år.

Årets första resa i januari -84 gick till Frankrike och där Perpignan som ligger norr om gränsen till Spanien för att på ort och ställe där köra den lilla sportbilen Honda CRX som var i ropet just då. Även vi på tidningen Automobil hade en egen Honda CRX som vår anställde Robban tävlade med.

Under tiden jag var i Perpignan ett par dagar var det ett par kollegor som gjorde en utflykt till skatteparadiset Andorra som ligger tre timmar och 20 mil därifrån men då vägarna var så fruktansvärt dåliga (inget för den som är höjdrädd) så var ingen höjdare utan mer sex timmars slöseri med tid och bensin.

Ford Escort Cabriolet tog mig till den spanska semesterorten Marbella i början av februari. Marbella som redan då var en ort för de välbeställda där de små vita eleganta husen – de flesta semesterhem låg i bergsluttningarna likt pärlband.

Då var det inte illa med 25 graders värme och strålande sol vilket vi i den lilla svenska gruppen tyckte var underbart och helt overkligt.

Jag bodde på lyxhotellet Puerto Romano som var den plats och hotell som bland annat tennislegenden Björn Borg bodde och tränade på under ett par år och ett hotell som jag kom att bo på fler gånger under de kommande åren.

Direkt utanför hotellet gick vägen ner till klippön Gibraltar som tillhör England. Någon motorväg fanns det ännu inte utan mer en hårt trafikerad landsväg, halvdåligt asfalterad mellan byarna.

Lite jobbigt som djurvän var att se alla ensamma åsnor som stod bundna mitt ute på något torrt och soldränkt fält. Det fanns också de stackare som stod bundna vid ett skovelhjul för att gå runt och runt och på så sätt pumpa upp vatten till bevattningssystemet.

Vanligt var också alla de vildhundar som sprang omkring överallt, inte minst på vägarna där de blev ihjälkörda och sedan som döda blev liggande längs landsvägarna uppsvullna som ballonger av sol och värme. Tyvärr kunde jag konstatera att man i Spanien inte alltid haft samma syn på djurs liv som vi nordbor.

Vägen från Marbella till Gibraltar är åtta mil lång och tar en

timme att köra idag då det är mer eller mindre motorväg hela vägen.
Då - 1984 tog samma körning minst det dubbla.

På testslingan som bar nedåt Gibraltar passerade jag en liten
by vid namn San Pedro.

I byn fanns då en bilverkstad – inte någon liten utan snarare en
stor. Där höll jag på att få dåndimpen. Verkstaden var auktoriserad
för Aston-Martin, Jaguar, Rolls, Bentley, Ferrari, Lamborghini
och Saab. Vad hade Saab där att göra? Men så var det. Det här stället
skulle jag minsann lägga på minnet för kommande reportage
kommande år, vilket också kom att ske.

Bara ett par månader senare, i början av maj besökte jag Peugeots
tävlingsavdelning där vi – en lite skara journalister fick se Peugeots
turboladdade men också fyrhjulsdrivna rallyraket baserad på
205-modellen. En riktig smällkaramell vill jag mena.

En annan drömbil var BMW M5 som var ett riktigt muskelpaket
värt sitt M och som jag provkörde i Innsbruck och flög därifrån
direkt vidare till Fiat som visade sin nya och på många sätt, enligt
presskonferensen innovativa Fire-motor.

Lite lustigt tyckte vi, men inte Fiat, var att en av provkörnings-
bilarna drabbades under själva provkörningen med motorjournalister
av en motorbrand. Fire on fire, så att säga.

Racinglegenden Clay Regazzoni - 1984

I Italien och
naturligtvis på
Lingotto hade
Lancia en inter-
nationell visning
av sin nya smäll-
karamell Lancia
S4 i en vass rally-
tappning. S4 hade
mellan 450 och 600
hästar och till det
fyrhjulsdrivning. Men den fanns också i en lite snällare gatversion
för vanligt folk – Lancia Stradale på 250 hk som jag kom att köra
på den lilla ön Elba i september -95.

Lancia laddade på allt vad de kunde och året därpå fick tävlings-
bilen över 1000 hästkrafter med hjälp av både turbo och kompressor.
För att ge lite stjärnstatus till sin presentation hade Lancia bjudit
in den före detta Formel 1-föraren Gianclaudio Giuseppe "Clay"
Regazzoni. Det var där och då jag fick den blåa skinnklädda boken

med guldpräglingen Martini Racing som kom att bli min dagbok på alla mina resor.

Clay var trots det italienska namneten schweizisk racerförare som var aktiv mellan 1970 och -80. Hans största F1-merit blev en andraplacering 1974. Hans sista F1-race kom att bli 1980 då han råkade ut för en allvarlig krasch i USA's GP vilket gjorde att han blev rullstolsbunden och förlamad från midjan och nedåt. Men han gav inte upp så lätt utan ställde bland annat upp i ökenrallyt Paris - Dakar.

Clay blev 67 år och omkom i en trafikolycka den 15 december 2006. Vid obduktionen framkom det att han ska ha dött en naturlig död strax före eller i själva ögonblicket för bilolyckan.

Alfa Romeo hade mycket för sig på 80-talet innan Fiat la sig i. Alfa 90 var ett sådant exempel. Undrar om någon kommer ihåg den..? I alla fall var det en udda fågel om man får säga så.

För den som inte vet så är eller mer var Alfa 90 en fyradörrars Alfa som tillverkades mellan 1984 och -87 och som hade en liten finurlig detalj. Framtill satt en spoiler under stötfångaren som sänkte sig automatiskt under körning och som enligt experter och teknikerna skulle ge ett bättre luftflöde under bilen. Hur mycket vetenskap det var vet jag inte men det var udda och typiskt Alfa att komma med sådana fiffiga uppfinningar. Ytterligare en detalj i Alfa 90 var en medföljande attachéväska som hade sitt eget anpassade fack i instrumentpanelen på passagerarsidan. Varför kan man fråga sig.

Vallelunga, två varv på två hjul - 1984

I maj -84 flög jag till Rom för att där vara med på introduktionen av Fiat Uno SX. En Fiatmodell signerad designgurun Giorgetto Giugiaro på ItalDesign och som skulle överleva (bilmodellen alltså) ända till 2002 då den efter ett antal uppgraderingar och lyftningar fick vila i frid.

Bilen lyckades kapa åt sig titeln Årets Bil samma år – 1984. Hästkraftsuttaget var mellan 45 och 70 hk men det kom en vassare version med turbo på 100 hk året därpå.

Min co-driver eller den motorjournalist som jag delade bil med var Svenerik Eriksson som varit Ronnie Petersons kompis och handy-man då Ronnie som ganska tidigt fick sitt smeknamn

"Superswede" bakades till Formel 1-förare i slutet av 60-talet. F1-debuten kom 1970 i Monaco och hans sista race blev Italiens Grand Prix på Monza i september 1978. Vad som orsakade Ronnies fruktansvärda krasch var att Riccardo Patrese och James Hunt hade kört ihop och att deras bilar blockerade banan. Ronnie som kom strax efter kraschade in i avbärarräcket varpå hans Lotus fattade eld. James Hunt var den som försökte rädda Ronnie ur det brinnande vraket. På sjukhuset kunde man konstatera att Ronnie hade tjugosju frakturer i båda benen. Han fick intensivvård och opererades men under natten förvärrade hans tillstånd och det konstaterades att fettvävnad hamnat i blodomloppet där det blockerade kärl i lungorna.

Ronnie Peterson blev 34 år och förklarades död den 11 september 1978.

Under de åtta åren han var aktiv inom F1 hann han köra 123 lopp och vann tio av dem.

Hans hustru Barbro sedan tre år kom aldrig över Ronnies död utan begick självmord i december samma år. Ronnie och Barbro är begravda på Almby kyrkogård i Örebro.

Med i Fiaten – liggandes i baksätet hade vi en mycket trött kollega och racingentusiast Tompa Viking. En legendarisk motorskribent som skrev sina första motorreportage och biltester redan som 16 åring. Utan körkort?

- Javisst, men det gick bra ändå, brukade Tompa svara, man kör inte med körkortet.

- Vi är i Rom vilket betyder att Autodromo Vallelunga som bara är tre mil norr om Rom så varför inte åka dit och lägga ett par varv om det nu är öppet, föreslog Svenerik när jag körde ut ur Rom genom den avgasosande morgontrafiken där Tompa somnat i baksätet.

- Det enda som skulle få Tompa att vakna och på gott humör är att få åka ett par varv på Vallelunga, sa Svenerik entusiastisk.

Sagt och gjort. Vi avvek från testrutten och körde mot Vallelunga med hjälp av den karta som låg i bilen.

Grinden till banan vaktades av en äldre herre som inte förstod ett smack av vad vi ville utan vinkade in oss och pekade att vi skulle köra fram till banans kontor vilket vi gjorde.

Efter lite gestikulerande och efter att ett par sedlar bytt ägare släpptes vi in.

- Just you two? No more? sa mannen på kontoret som kramade sedlarna han nyss fått i handen och tittade ut mot parkeringen där vår röda Fiat Uno stod.

- Si si, sa vi och nickade och hoppades på att Tompa inte skulle vakna just då och sticka upp huvudet från baksätet, vilket han inte heller gjorde.

Banan var vår! Vi gav järnet och körde verkligen så det rykte. Det blev fler varv än två vilket senare syntes på däcken. Men jisses vad kul det var. Även en Fiat Uno hade överraskande nog vissa racinggener trots sina futtiga 70 hästar.

Tompa då. Nä, han vaknade inte trots att vi som Svenerik sa körde "doorhandle cornering" som betyder – då dörrhandtagen tar i asfalten i kurvorna – vilket var en lätt överdrift. Men kul hade vi.

Från after-work-öl till Ferrari BB 512 - 1984

Det var inte alls ovanligt att våra läsare hörde av sig. De ringde om förslag och idéer, både bra och ibland galna till helt vansinniga uppslag men också för att framföra kritik.

De vansinniga kom oftast på fredagar efter tre då kanske telefonörerna tagit fredag och eventuellt också tagit en "after-work-öl" eller två. Bland dessa samtal kom ibland förfrågningar om vi ville provköra och plåta den som ringde hans eller hennes bil och skriva ihop en artikel om den i Automobil. Våra svar blev allt som oftast,

- Javisst vill vi det, tack, jättebra idé, men vi måste nog prata igenom det här på redaktionen först. Men ring oss på måndag nån gång efter lunch så ska vi nog kunna ge ett besked.

De flesta som på fredagen hade erbjudit oss sin story och bil hörde aldrig av sig på måndagen. Men ett par som gjorde det minns jag så väl.

Bland dessa en kille som hade en Ferrari BB 512, röd förstås. En helt fantastisk och underbar bil. En otrolig Ferrariskapelse som visades på bilutställningen i Turin 1971 men som kom i produktion först 1976.

Bokstäverna BB står för Berlinetta Boxer vilket betyder att motorn är en platt V12:a med 180 graders vinkel mellan cylinderbankarna, fyra överliggande kamaxlar med kamremsdrivning. Cylindervolymen är på 4.4 liter och hästkraftsuttaget var på 360 hästar.

Det blev en kanonartikel men också ett strålande omslag i Automobil nummer tre 1984.

329 exemplar av den första BB512 blev det innan Ferrari uppgraderade modellen fem år senare 1981.

Jackie Stewart, Caroll Shelby och Stirling Moss - 1984

Vartannat år var det Birmingham Motorshow och jag hade fått en pressinbjudan till bilmässan som skulle ha sin pressdag fredag den 14:e oktober 1984.

Samma helg bjöd Birmingham stad på Birmingham Streetrace vilket betydde att en stor samling racerbilar med ett lika stort och imponerande gäng celebriteter skulle synas på stadens för dagen avstängda gator.

Mediaintresset i England var enormt (inget i Sverige) på dessa event vilket gjorde att det var i stort sett omöjligt att få tag i något hotellrum. Men jag hade turen att få hjälp av pressfolket på MG Rover för att hitta ett hotellrum mitt i stan. Det blev på ett litet hotell eller snarare pensionat – hotel Anabell. Så här efteråt påminde det mycket om Fawlty Towers eller Pang i Bygget som den hette då den gick på TV i Sverige. Ett typiskt konstigt och konstlat svenskt namn på en bra engelsk TV-serie. Märkligt att TV över huvud taget godkände det men det var någon släkting till programdirektören som föreslog det fick jag höra.

Jag kom till hotellet, ett tvåvånings radhus på eftermiddagen den 13 oktober och checkade in. Vädret var lite höstigt även i Birmingham men betydligt varmare än det Sverige jag lämnat. Fick det sista rummet – ett litet rum på övre våningen med utsikt mot gatan.

Ställde väskan, gick ut och hittade ett par kvarter bort ett litet köpcentrum där jag åt fish-and-chips som naturligtvis serverades på klassiskt vis i tidningspapper. Det är nog just tidningspappret eller rättare sagt trycksvärtan som gör smaken. Tog sedan en pint i den lilla men välsorterade baren på hotellet.

Pensionatet hade en gästtelefon under trappan till övervåningen från vilken jag ringde hem till Gunilla och Jennifer. I samma stund som Gunilla svarade spelades Stevie Wonders hit – "I just called to say I love you". Vilket jag ju gjorde. Från det datumet kom det att bli vår melodi. Varm om hjärtat tog jag vägen om baren och tog en pint till.

Sedan bjöd bartendern mig på en pint. När jag så stod där och stöttade upp baren så öppnades plötsligt dörrarna och in kom ungefär tjugo flickor eller rättare sagt unga damer.

Enligt bartendern som log med hela ansiktet och som var den enda manliga person i hotellet förutom jag själv, var de alla nyutexaminerade sjuksköterskor och här för en avslutningsfest.

Jag blev fast i baren den kvällen. Det blev en pint – eller så till. Vågade knappt titta mig över axeln till sjuksköterskorna. Undrade i mitt stilla sinne om de ville ta pulsen eller så. Jag var i alla fall i goda händer om det skulle hända något – sjukt alltså.

Vid elvatiden gjorde sig sömnen och alla ölen sig påmind och jag ansåg att det var dags att jag drog mig tillbaka. Jag kunde ju inte bara gå utan kände att jag måste göra det med lite stil så jag sa "goodnight, ladies", som en riktig engelsman och tog mig upp för den branta trappan till övervåningen snudd på alla fyra.

Upptäckte då att mitt rum var väldigt litet med en säng som upptog 90 procent att rumsytan. Det var knappt att jag kunde gå runt sängen. I anslutning till rummet hade jag en kombinerad toalett och dusch. För att spara utrymme fanns där igen ordinär dörr utan en skjutdörr. Duschen var lite speciell då man skulle ställa in den på vilken väderlek det var för att få rätt tempererat vatten – sol, moln, regn osv. Säkert fiffigt en gång i tiden men den funkade inte. Jag kom i alla fall i säng.

Men intaget av ölen fortsatte att göra sig påmint, så efter en halvtimmes karusell i huvudet var det bara att gå upp och ta sig in på bekvämlighetsinrättningen – toaletten. Att må illa är inget kul.

Tillbringade tre kanske fyra timmar där som busschaffis. Det värsta var att i själva toaletten så hängde ett sånt där grönt doftblock som luktade något fruktansvärt. Den doften var ihärdig och hade jag sedan kvar i håret två hårtvättar senare. Än i dag är jag allergisk mot den doften.

Jag vill minnas att jag dagen därpå tog taxi till bilsalongen och var där så gott som hela dagen och plockade material och fotograferade och tog sedan taxi tillbaka till pensionatet. Någon pint öl blev det inte den dagen och inte heller till kvällen för den delen.

Istället spetsade jag på Birmingham Streetrace dagen efter.

Efter ett intag av frukost gick jag ut på stan. Jisses så mycket häftiga bilar det stod överallt och som kom körande.

På en parkering stod ett gäng före detta Formelbilar av för mig okända stall, en hoper Ferrari, Porschar, specialbyggen och ett par Ford GT 40, en handfull Jaguar C- och

D-type. Allt kantat av tillhörande celebriteter som racinglegenderna Jackie Stewart, Caroll Shelby, den senare som jag kände igen på den bredbrättade Stetsonhatten och sedan Stirling Moss som vi till Automobil fick ett deal med att ge ut hans bok "All but my life".

En som skulle ha varit med var Duncan Hamilton som tog hem segern i Le Mans 1953 i en Jaguar C-type men Duncan dog den 13 maj samma år 74 år gammal. Han levde hårt och fort om man så säger. *(bild på C-type på föregående sida)*

Körde man då? Jovisst, det var inte fullt ös utan mer typ uppvisningsrace längs banan som gick genom centrum med motorljud på högsta nivå och doften av högoktanig bensin.

Pers Lamborghini Miura SV - 1984

En person som gjort ett stort avtryck hos mig var Per A. Säger inte mer än så förutom att han idag är en av Sveriges miljardärer och redan 1984 ägare av ett lönsamt fastighetsbolag.

Det var så enkelt. Han var en av de som ringde en eftermiddag och berättade att han hade ett par för oss kanske intressanta bilar.

Vi fick adressen som visade sig vara i vårat närområde. Ett ställe som vi kört förbi säkert ett hundratal gånger men inte ens märkt. Det var en tillbommad lagerlokal av något slag där det inte hände någonting.

Vi åkte dit för att ta en titt. Hittade till den oansenliga adressen. Ett anspråkslöst envånings grått lagerhus där vi efter att ha knackat en stund på en dörr blev insläppta av en snubbe i blåställ som visade sig vara Pers bror och ansvarig för brorsans bilar.

Vad vi hade framför oss var en liten nätt samling på kanske femton bilar. Ett par tidiga Mercedes SL, någon Pagoda, ett par Jaguarer, några Ferraris men där samlingen kröntes av en Lamborghini Miura SV.

Vilken syn. Helt otrolig.

- Ni får låna bilen, sa brorsan, och gjorde en gest mot Miuran. Den är startklar som alla hans andra bilar.

Vi kom överens om att återkomma ett par dagar senare vilket vi också gjorde med en annan bil - en Saab 900 Aero lackad i pearl vitt. Unik för sitt slag, trots att det bara var en Saab. Men vilket omslag det blev i Automobil nummer 11 1984! En riktig kiosk-

vältare som vi brukade säga med en unik Lamborghini Miura och en Saab 900 Aero. Vilken syn!

Miura kom att tillverkas i 764 exemplar varav den vassare Miura SV med en V12 på 385 hk (35 hk mer än basmodellen) i bara 150 exemplar).

Varför tussa ihop den ultimata sportbilen med en svennebil har den förklaringen att vi ville vända oss till båda kategorier bilälskare.

En sista resa från 1984 som jag vill nämna är då det vankades körning av Audi Quattro. Modellen kom visserligen 1980 men fick en hel del uppgraderingar 1984.

Vi flög till München för att kliva på ett chartrat tåg från Audi där vi sysselsatte oss med att äta en mycket god lunch medan tåget tog oss till den "exklusiva skidorten" Sankt Moritz i Schweiz som det ofta står i resebroschyrerna och där Palace Hotel som verkligen inte går av för hackor.

När tåget gled in på stationen så möttes vi av rader med perfekt parkerade Audi Quattros. Vilken syn även det.

Fick lite instruktioner och med road-book i bilen körde vi som alltid – två journalister i varje bil till det utsatta hotellet.

Dagen därpå skulle vi få prova på föret – inte vi men väl med de bilar som vi körde. Bilar delades ut bland oss journalister och vi körde enligt anvisningarna i road-book mot backen (någon GPS fanns inte då). Men innan dess och en halvtimme efter avfärden från hotellet skulle vi få något värmande att dricka. Tro't eller ej, men vi serverades rykande varm alkoholhaltig Glühwein eller glögg som vi säger. Vi svenskar var nog de enda som tackade nej. Sedan blev det åka av i backen.

Sverige, Norge och Finland - 1984

Det gick inte många år förrän vi fick förfrågningar från våra grannländer – Norge och Finland att ge ut Automobil även där och då på norska respektive finska. Vi hade en viss erfarenhet av samproduktion sedan tidigare genom jobbet hos Semic och då Bonniers så det var inget problem.

Okej, det finska språket är för oss helt oförståeligt samtidigt som det är tjugo procent längre vilket vi fick ta hänsyn till då jag gjorde layouten. Den norska utgivaren fick betala en hyfsad slant för vårt material för den norska editionen som hette Automobil som även den finska utgivaren fick göra för sin Super Car vilket den kom att heta i Finland.

Norrmännen behöll som sagt namnet Automobil då den svenska upplagan sålts där tidigare med bra resultat. Det stod sedan fritt var och en utgivare byta ut redaktionellt material som kanske passade bättre det egna landet. Detta måste jag säga var mer ett krav än ett önskemål från oss då vi ville ha en nationell prägel på de olika utgåvorna. En del tester och provkörningar gjorde vi i Norge. I ytterligare en strävan att göra den finska utgivningen inhemsk så döptes jag om att i Super Car heta Tapani Ruotsalainen, kul va!?

Fördelarna med samproduktion var många. Från att vi till den svenska utgåvan tagit hela tryckkostnaden själva delade vi den nu på tre – Sverige, Norge och Finland. När vi tryckt vår upplaga stoppades pressarna och svartplåtarna lyftes ut för att ersättas av de norska. När så den upplagan var klar hände samma sak med den finska editionen. Enkelt, snabbt och för oss otroligt lönsamt. Automobil blev för oss en riktig kassako.

- Daytona, Bugatti, Kungens Cobra och Gunilla kör ekonomirally

Det nya året fick en rykande eller snarare en flygande start med flyg till USA och där Daytona för att kolla på Daytona 24-timmars den 31 januari.

Flög SAS i businessklass över Atlanten vilket även då betydde bekvämare säten, gosiga strumpor, åtta musikkanaler, bra eller kanske hyfsad bra mat och drinkar. Men några moderna sovsäten hade man ännu inte. Såg i alla fall filmen Myteriet på Bounty.
(bild bredvid: Gunilla kör ekonomirally i Turin)

Hade sedan flera år tillbaka en önskan och en dröm att kunna prata italienska så innan USA-resan köpte jag en så kallad Lingafonkurs på italienska. Min kurs var som de flesta språkkurser från Lingafon uppbyggt på att man lärde sig fraser eller meningar med någorlunda rätt uttal mer än grammatik och sånt. Tyckte att det var ett utmärkt tillfälle att under tolv timmar dit och lika många timmar hem vrålplugga italienska.

Mellanlandade i ett snöigt New York för att där byta plan till Atlanta men som var nån timme försenad på grund av dåligt väder även där. Som värdelöst vetande är Atlanta Airport en av världens största flygplatser där över 100 miljoner flygresenärer passerade 2015.

Då jag på grund av flygförseningen hade missat min flyganslutning till Daytona fick jag ett rum på Atlanta Hilton som jag mer kom ihåg som ett halvsjaskigt motell, som man sett på amerikanska filmer förr för att sedan kunna ta morgonflyget till Daytona.

Toksov i alla fall sju timmar och efter en stadig frukost – "the american way" med allt vad det innebar som ett berg av plättar indränkta i sirap, nån liter coca-cola (Atlanta är Coca-Colas hemstad) och sedan åter till flygplatsen.

Lämnade ett grått och regnigt Atlanta för att landa i ett 25-gradigt och soligt Daytona 26 timmar efter att jag klivit på mitt plan på Arlanda.

Dolly Parton, Derek Bell och Jackie Ickx - 1985

Hotellet i Daytona – även det Hilton gjorde däremot skäl för namnet. Så mycket utanför hotellet fanns inte att göra. Inga butiker, inte ens trottoarer. Skulle jag behöva ta mig nånstans så var det bil som gällde. Men jag hade utsikt utöver Atlanten och naturligtvis Daytona Beach vilket verkade vara där och om det hände något. På stranden kunde man köra bil och det fanns även trafikljus uppsatta.

Lördag betydde racestart och jag och en dansk kollega Kurt Ellegaard blev skjutsade ut till banan som har namnet Daytona International Speedway efter frukost för bland annat få våra presspass.

Stämningen runt banan var hög redan vid 12-tiden fastän starten skulle gå först tre timmar senare.

Då jag gick längs depåerna kom det plötsligt en lång vit limousine inrullande och stannade snudd obehagligt nära mig. Ur limon klev superstjärnorna Kenny Rogers och Dolly Parton som åren innan släppt sin gemensamma hit, "Islands In The Stream" som strömmade samtidigt ur högtalarna där en snudd på hysterisk kommentator berättade om de besökande. Publiken rycktes med och stod upp på läktarna och applåderade.

De följande 24 timmarna blev en riktig folkfest. Jag alternerade mellan de olika racingstallen BF Goodrich (däcktillverkare) och min favorit som var Jaguar Group 44 som även var  med i Le Mans och slutade då på en 13:e plats over-all. Träffade där också racinglegenderna Jacky Ickx och den engelske racerföraren Derek Bell.

Tillbaka i smällkalla Sverige och veckan därpå i februari hade jag fokus på Porsche 944 Turbo som premiärvisades i Nice, Frankrike varför även jag var där. Det var egentligen ingen introduktion som jag önskade att få åka på men jag var de enda som var på redaktionen som var tillgänglig och premiären av Porsche 944 Turbo var viktig för oss och Automobil som vi ville skulle ligga i framkant.

Derek Bell som hade ett deal med Porsche dök upp och hade även med kollegan och kompisen Jackie Ickx. Det var nästan overkligt att träffa de båda som jag bara ett par dagar innan träffat och pratat med på Daytona.

Mina svenska kolleger förstod inte riktigt varför Jackie och Derek kom fram och hälsade på mig som att vi varit gamla kompisar.

Måste tillstå att det var riktigt kul att träffas och vi tog sedan en öl i baren och pratade naturligtvis om förra veckans race på Daytona 24-timmars.

Halvåret därefter på Le Mans 24-timmarsrace placerade sig Derek som 3:a over-all och Jackie Ickx som 10:a. Schyssta kompisar man har... Jag kommer ihåg dem, minns de mig? Ähum, inte riktigt säker på det. Men det blev för mig ett minne för livet.

På tal om Group 44 som jag följde på Daytona där de tävlade med Jaguars XJR så la de ner stallet ett par år senare och bilarna spreds till olika ägare. Men 2015 såldes en XJR-5 IMSA GTP för 3,3 miljoner svenska kronor på auktion. Med tanke på att det nu gått över 35 år sedan de tillverkades så lär det nog snart stå 10 miljoner svenska kronor på den prislappen.

Kungens Cobra och advokatens Rolls - 1985

På hemmafronten var det lugnt och stabilt. Försäljningssiffrorna för Automobil var stabila och upplagorna i både Sverige, Finland och Norge pekade uppåt.

En bilhandlarkompis till oss - Nils-Börje fick in en lite unik bil – en äkta Shelby Cobra från 1966. Enda nackdelen var att den var ljusblå. Annars i bra skick.

En som fick reda den unika bilens existens och som sedan köpte bilen var vår monark Carl XVI Gustaf. Med det skulle kungen ha två ganska unika bilar från samma år då den andra var en Pontiac Tempest GTO convertible. Men finast av dem alla är nog ändå majestätets Mustang Shelby 350 från 1965 som idag är värd 2 till 2,5 miljoner kronor.

Som kungens andra bilar så registrerades inte Cobran på majestätet själv utan som brukligt på hovstallet. *(se förteckning på sid 67)*

En snygg brevlåda vid en attraktiv adress är bra och kan kanske förstärkas med en lämplig bil på garageinfarten.

Så kände en av våra läsare – då en känd advokat i Täby – som är en norrförort till Stockholm. Advokaten var övertygad om att det var just det att en exklusiv bil skulle höja hans status i området.

Han visste vad han ville ha – en Rolls-Royce förstås. Men han hade ett problem.

Ingen garageuppfart?

Jodå, där fanns det plats för flera bilar.

Inga Pengar?

Nej nej, pengar fanns det gott om.

Problemet var bara att han inte hade något körkort.

- Har inte haft tid att skaffa nåt, sa han då han kontaktade oss.

Han var ju prenumerant på Automobil och tack vare våra kontakter så ordnade vi fram en Rolls åt honom som sedan kom att stå parkerad ett par år på hans garageuppfart. All for show, som det heter.

En advokatkollega till honom som var boxningsintresserad och starkt engagerad i den sporten hade både pengar, bil och körkort och ringde oss och frågade om vi ville fotografera hans bil – en Aston MartinV8 Vantage.

- Kommer! sa vi och slängde oss i en av våra bilar och körde ut till Lidingö där vi stämt möte med advokaten och hans gröna Aston.

Utöver stativ, kameror och film hade vi allt som ofta med ett par falska nummerplåtar. Faktiskt från den Rover 2000 som jag skrev om i början av boken och som var det enda jag tog med mig då vi hittade bilen slaktad i ett grustag i Enköping efter att den varit stulen och försvunnen i en vecka.

Det var inte alla som ville skylta med sitt registreringsnummer och troligtvis inte om man var en celebritet eller som i det här fallet – en kändisadvokat.

Då vi kom fram var advokaten och bilen redan på plats. Solen låg rätt och jag laddade kameran med passande film.

Vi frågade om han ville att vi skulle byta registreringsskylt så ingen skulle kunna spåra bilen till honom.

- Nä, det behövs inte, svarade han, men ni har kanske nån tejp med er så kan vi istället tejpa över skylten, föreslog han.

Okej, vi tejpade skylten. Men både bokstäver och de tre siffrorna syntes igenom tejpen då de var stansade i regplåten och visade regnumret i svag relief. Men det var ok sa advokaten som vad vi förstod ville att det skulle synas lite att det var hans bil.

Det blev i alla fall en bra plåtning och ett bra reportage i Automobil.

Gunilla kör Lancia Mobil economy run - 1985

I juni 1985 var det jag som för en gångs skull körde ut Gunilla till Arlanda. Annars brukade det vara tvärt om – hon skjutsar ut mig. Anledningen till detta var att vi på Automobil hade fått en inbjudan att köra ett ekonomilopp med Lancia's nya modell Y10 som hade sin världspremiär samma år och som sedan kom att tillverkas till 1995. Som medarrangör var bränsleföretaget Mobil Oil och platsen för "Lancia Mobil economy run 1985" som det stod på inbjudan var italienska Turin. Men det gjordes i alla fall ganska seriöst. Bilarna hade specialtankar som vägdes både före och efter de olika körsträckorna. Sedan spelade själva tidsåtgången in. Naturligtvis var det inget race i sin egentliga mening utan snarare ett PR-jippo. Men det var ändå intressant och fyra trevliga dagar tyckte Gunilla. Tilläggas bör att Gunilla även var med året innan.

I hennes reportaget som var i Automobil nr 8 1985 (för övrigt samma nummer där vi testade Lotus Turbo Esprit mot Ferrari 308 Qv GTB den Ferrari som Gunilla och jag köpte ett par år senare). Utöver Gunilla som representerade Svenska Automobil bestod startfältet av 80 journalister från olika europeiska länder.

När jag hämtade henne den 28:e på Arlanda hade hon med sig en gigantisk blomsterbukett som väckte uppmärksamhet bland de som stod utanför tullen och väntade. Ja, jag kan förstå det för hon såg verkligen ut som en kändis där hon kom med den kolossala buketten som hon hade fått av Fiat/Lancia vid utcheckningen samma morgon. Även jag blev lite starstruck.

Ettore och bröderna

Hur mycket får en bil kosta? Ibland tycks det inte finnas några gränser för det.

Bugatti är det mest mytomspunna bilmärket i historien. Att det till och med finns de som kan göra vad som helst för en bil har också bevisats.

Ett sådant exempel är bröderna Schlumpf som hade ett spinneri i Mulhouse, Alsace.

Man kan lugnt säga att de två bröderna hade det väl förspänt.

Familjen Schlumpfs textilfabrik hade gått i arv från deras farfar till deras far, som i sin tur överlät den växande och lönande industrin till sönerna. Aldrig förr har verkligheten så väl illustrerat talesättet om de tre generationerna som "förvärvar, förvaltar och till sist fördärvar".

Bröderna Hans och Fritz Schlumpf övertog spinneriet i Mulhouse 1935. Företaget växte med fler spinnerier och affärerna gick så bra att Fritz kunde ägna sig åt sitt stora samlarintresse – gamla bilar. Han samlade visserligen på det mesta, men framför allt bilar.

När Bugattifabriken i närbelägna Molsheim slutligen bommade igen i början av 1960 var Fritz genast på plats och köpte allt han kunde komma över. Det var mer eller mindre kompletta bilar, motorer, chassin, reservdelar och så vidare.

Far och farfar Schlumpf roterade nog likt textilmaskiner om de hade fått vetskap om brödernas passion som till sist störtade familjeföretaget i fördärvet.

Bilar!

Men inte vilka bilar som helst utan Bugatti-bilar.

Under hela efterkrigstiden och långt in på 70-talet blomstrade familjen Schlumpfs textilindustri, bröderna drog in stora pengar – och gjorde av med dem lika snabbt.

I mitten av 1970-talet hade Fritz samlat på sig runt 400 bilar, varav över 100 av märket Bugatti.

Farfars fabriksbyggnader i Mulhouse, Alsace var bastanta och bra, men då de moderna maskinerna krävde nya, större hallar så underhölls även den äldre delen av fabriken minutiöst. Luckor för fönstren, kraftiga lås och bommar för dörrarna höll nyfikna borta.

Inte ens textilarbetarna hade någon aning om vad som försiggick därinne, de åkte hem efter sina skift och brydde sig inte så mycket om de gamla byggnaderna.

200 gjutna gatlyktor

I början av 1980-talet var det någon på företagets ekonomi-avdelning som höjde på ögonbrynen. "Vem har beställt 200 gjutna gatlyktor, kopior av dem som står i Paris?"

Det var då det stod klart att företaget inte gick med vinst trots den stora omsättningen. Snarare var kostnaderna så höga att firman blödde som en stucken gris. Men det var bröderna som var ägare och de var nöjda. Ägare gör ju som de vill och det gjorde bröderna.

På nätterna kom täckta lastbilar rullande genom byarna till brödernas industriområde.

Ingen reagerade på de nattliga transporterna då det var naturligt

att man nattetid fraktade råmaterial och färdiga tyger. Men vad byborna inte visste var att på en stor del av lastbilsflaken fanns Bugattibilar och inte tygbalar.

Endast ett fåtal trotjänare var invigda i brödernas hemlighet och i skydd av mörkret rullades Bugatti-vagnar i olika skick in i de gamla fabrikslokalerna vars portar sedan stängdes och låstes noga.

Trotjänarna för bröderna var inte textilarbetare, utan erfarna bilmekaniker som hade arbetat 10 till 15 år med att renovera bilarna till nyskick.

Då Schlumpfs textilindustri började gå riktigt knackigt sköt den franska staten till flera miljoner francs. Pengar som i brödernas händer fortsatte att gå till att köpa in Bugatti-bilar från hela världen.

Det påstods att då Hans och Fritz Schlumpf fått nys om någon Bugatti så skrev de till ägaren och frågade hur mycket han ville ha för sin Bugatti. Så det var inte så konstigt att det till sist gick käpprätt åt skogen ekonomiskt.

När konkursförvaltaren var på plats öppnades de hemlighetsfulla lokalerna. Där stod världens mest omfattande samling av Bugatti-bilar på vackert stenlagda gångar, belysta av 200 utsökta kopior av Paris äldsta gatlyktor.

De två bröderna Schlumpf fick då bråttom och tog till flykten och smet över gränsen till Schweiz för att försöka undgå skattmasen, pressen och en minst sagt upprretad befolkning.

Deras museum var redan på väg att splittras, men räddades tack och lov.

Jag träffade en av bröderna på bilsalongen i Genève 1985. Det var Fritz, som då var gammal och sliten som stöttades av en platinablonderad sköterska. *(se bild på nästa sida)*

Några år efteråt – 1992 läste jag att han hade dött.

I början av 1990-talet återuppstod det en gång så stolta bilmärket Bugatti igen som jag kommer att berätta om längre fram i boken.

Hela projektet startade med att flytta Ettore Bugattis ande i form av en brinnande fackla – gaslåga från Mulhouse till norditalienska Campogalliano.

Självklart gick det inte att förflytta Ettore så enkelt, han var inte i den gamla Bugattifabriken i Molsheim längre utan i Schlumpfmuseet med de två bröderna.

Underbart är kort som det heter och 1996 gick den Bugattisagan i konkurs.

Idag finns Bugatti mer än någonsin tack vare tyska Volkswagen som bland annat tillverkar Bugatti Veyron (1200 hk) och Chiron med hela 1479 hästkrafter under motorhuven.

Skidlift till BMW - 1985

Den 14:e augusti mitt i den svenska sommarvärmen bjöds jag till München av BMW för att provköra BMW 325i och den fyrhjulsdrivna versionen 325ix.

Först blev det lunch i BMW's högkvarter – BMW Hochhaus-München för att efter det ta plats bakom ratten på en 325i med siktet inställt på Tyrolen och där ett riktigt joddlarhotell som det ofta är i Tyrolen för natten.

Kvällen avslutades med en sommarvarm utomhusmiddag med utsikt mot de snöklädda alptopparna.

Dagen efter var planen att vi skulle tas oss upp med linbana och skidlift till toppen för att där på en isklädd glaciär köra den fyrhjulsdrivna 325ix som också hade premiär detta år.

Sagt och gjort och iklädd i kavaj, snygga byxor och lågskor klev jag först in i en linbana som tog mig och mina kolleger upp säkert tusen meter längs berget.

Klev av i snömodd och kyla för att bli hänvisad till en skidlift som skulle ta mig de sista hundra meterna upp till glaciären där BMW 325ix skulle stå och vänta.

Jag mer eller mindre halkade in i den öppna skidliften som för mig mer var likt en parksoffa och var något jag aldrig suttit eller åkt i tidigare.

I ena handen hade jag min kamera och med andra handen höll

jag mig krampaktigt fast i den oroligt gungande skidliftens ryggstöd.

- Du måste fälla ner bommen, vrålade Leif H, som var svensk PR-kille hos BMW när min skidlift tog fart mot toppen. "Hur f... ska det gå till?" tänkte jag.

Ska jag släppa kameran eller den hand som höll mig kvar i liften för att fälla ner den där jä... bommen samtidigt som människorna som fanns inunder mig nere på marken blev mer och mer små som myror ju högre liften steg.

Hur jag överlevde vet jag inte men släppte taget om något gjorde jag inte, vilket kanske märks.

Provkörning på Elba - 1985

Hösten 1985 rullade på och i september landade jag på den lilla italienska ön Elba. Bakom arrangemanget som hade startat från Bromma flygplats i en niositsig privatkärra stod grupperingen Saab-Lancia.

Efter en mellanlandning och tankning i Hannover flög vi vidare till Pisa vars enda berömdhet är sitt lutande torn som då det begav sig betraktades som ett fiasko varpå någon i chefsställning fick plikta med sitt liv. Sedan därifrån i ett annat plan till Elba där vi lite märkligt landade på något fält som senare skulle bli en flygplats.

Saab och Lancia hade en kortvarig romans märkena emellan under 1970- och 80-talet.

Till att börja med så sålde saabåterförsäljarna Lanciamodellerna A112 och Prisma.

Saab letade efter en efterträdare till Saab 96 som tillverkades mellan 1960 och som man lät somna in 1980 samma år som Lancia skulle börja sälja Lancia Delta. Man kan inte säga annat än att kaross-designen var minst sagt läcker med sina kantiga linjer som hade skapats av ItalDesign. Att den sedan i grunden var en utveckling från Fiat Ritmo som även Lancia Prisma hade smakade inte så bra. En kollega till mig, Anders H på Svenska Dagbladet testkörde Lancia Prisma som han gav betyget "som att kyssa sin syster". Så upphetsande var den bilmodellen.

Snabba handslag och säkert lite pengar löste problemet för Saab som bytte ut Lancia emblemet mot en Saab-Lancia logotyp och sifferkombinationen 600 vilket den kom att heta då den såldes i Sverige, Norge och Danmark.

Jag minns såväl hur Torsten Å dåvarande svenska PR-chef hos Saab som även hade ett förflutet som kartläsare åt det svenska rallyesset Erik Carlsson hade rynkat på näsan åt inblandningen av Lancia som enligt honom var skräp.

Okej, han hade till stor del rätt då man utöver att ha stora kvalitetsproblem men också att man fick bygga om värme- och kylsystem så att det skulle funka för vårt nordiska klimat. Men värre var att det fann stora kvalitetsproblem – framför allt med rost.

De fyras klubb

Toppen av samarbetet mellan Saab och Fiat-gruppen blev vad som kom att kallas för de fyras klubb där fyra biltillverkare – Alfa Romeo, Fiat, Lancia och Saab tog fram en gemensam bottenplatta där var och en sedan byggde en ny bilmodell som också hade var och ens egna motorer. Det blev ett riktigt kostnadseffektivt sätt att bygga en ny bilmodell på tack vare delade utvecklingskostnader av det gemensamma chassit men också genom att man använde sig av många gemensamma komponenter.

Saab 9000 introducerades 1984 med Lancia Thema bara ett halvår efter Saabs lansering.

Alfa överst och inunder Fiat Croma, Lancia Thema och sedan Saab 9000.

Fiat Croma såg dagens ljus 1985 och till sist Alfa Romeo 164 som kom sist 1987 och som bara hade chassi gemensamt med de andra tre medan till exempel Saab 9000 hade samma dörrar och vindruta som systermodellen Fiat Croma.

För designen stod Giorgetto Giugiaro på ItalDesign och vår svenske bildesigner Björn Envall som "saabifierade" Saab 9000.

Värt att nämna är att Lancia Thema hade en riktig smällkaramell i sin toppversion 8.32 bestyckad med Ferraris V8 på 240 hästar under huven hämtad från Ferrari 308 QV. Sifferkombinationen 8.32 i Lancia Thema betydde 8 cylindrar och 32 ventiler. Likt Ferraris QV som står för åtta ventiler per cylinder – "quattro valvole" på italienska. Ett fantastiskt koncept men som tyvärr råkade ut för ett par missöden då ett par 8.32:or av någon konstig anledning hade tappat sina motorer under körning.

- Äh, sa Torsten, positiv som alltid, de snåla italienarna har tunnare plåt i sitt chassi än vad vår Saab har.

Utöver att Napoleon 1814 suttit i husarrest på Elba i nästan ett år så varade provkörningen två dagar av Lancia S4 i sin gatuversion som hade 250 lagomhästar i jämförelese med 400 som låg i rally-versionen som jag hade fått en förhandstitt på året innan i Turin då jag träffade Clay Reggazoni.

Vi fick även köra Lancia Delta HF Turbo. Trevliga bilar med stor personlighet båda två men här undrar jag – hur många av dessa italienska konstverk finns kvar idag?

Sindelfingen – från plåtrulle till färdig bil - 1985

Lagom till den tyska oktoberfesten där öl flödar i floder styrde vi, Kjell och jag mot Tyskland. Men vi var två veckor för tidiga så det blev inte så mycket oktoberfest eller öl för oss.

Vi landade i Frankfurt och blev upplockade av en uniformsklädd chaufför från Mercedes-Benz i en lika passande Mercedeslimousine.

Vi blev raskt körda de 20 milen till vårt hotell i Sindelfingen som ligger nån mil utanför Stuttgart som är Mercedes högkvarter.

Mot kvällningen och till den inbjudna kvällsmaten med topparna på Mercedes kom även Günter Maier, då svensk PR-ansvarig.

Vi var väl kanske tio personer runt bordet och jag kan än idag inte glömma ett av diskussionsämnena.

En av de yngre PR-killarna från Mercedes som vi bedömde var någon sorts påläggskalv hade för några månader sedan kommit tillbaka från sin praktiktid hos Mercedes i USA. Vid bordet berättade han hur öppet och fritt allting var i USA och inte så stelt som i Tyskland. Jag kan hålla med om detta till viss del då det inte för så många år sedan var vanligt att just tyskarna alltid hade kostym och slips och höll hårt på sina titlar. De duade inte varandra utan tilltalade varandra med både titel och efternamn även om de jobbat sida vid sida i många år.

Den unge entusiastiske PR-killen berättade vidare hur man kunde komma till ett party och där bli bjuden på allsköns röka eller andra droger.

- Det kunde ligga en hel hög med kokain framme för den som ville ha en lina, berättade han. Vi svenskar inklusive Günter var fortfarande chockerade då vi senare skildes för kvällen.

Dagen efter gjorde vi det klassiska reportaget "från ax till limpa" eller kanske mer passande från plåtrulle till färdig bil i Mercedes Sindelfingen-fabrik där vi blev slussade mellan de olika stationerna.

Vi började från början med de gigantiska plåtpressnings-maskinerna som pressade hela bottenplåtar, karossidor, tak-konstruktioner med flera tons tryck. Ett förfärligt oväsen som också kändes tydligt i fabriksgolvet då pressarna stampade och gjorde sitt jobb.

Vidare till olika faser av montering. Hjulaxlar, drivlinor med växellåda och motor. Inredning och till färdig bil som till sist rullade av bandet.

Vi fick också en inblick i den delvis hemliga produktionen av skottsäkra och bepansrade Mercedesbilar som man sålde i dussintals till statsöverhuvuden världen över.

Samma eftermiddag lämnade vi området i en Mercedes-Benz 2.3 16, en riktig Fritz-raket som det kanske skulle kunna heta på tyska. Men om 4-cylindrar och 185 hk är så mycket raket tycker inte jag.

Vi körde nordväst över mot den lilla staden Koblenz. Där besökte vi bilförädlaren Zender som visade oss sina vassa stylingpaket för bland annat Ferrari och Porsche.

Vi hann också med ett besök hos trimmaren Koenig som satte sprutt på både BMW, Mercedes, Lambo och Ferrari. Som mest tryckte man in 700 hästkrafter med hjälp av en dubbelturbo i en Ferrari Testarossa 1990. 0 till 100 klarades på 3,8 sekunder och toppfarten lovades ligga på 339 km/tim.

Tugga på den du... - 1985

Natten var bokad på ett typiskt tyskt gasthaus i staden Koblez vilket innebär att man bor ovanpå eller i samband med en pub, bar och restaurang eller gasthaus som det heter i Tyskland vilket ofta garanterar att man inte har tråkigt utan att stämningen är hög – i vaket tillstånd.

Vi parkerade Mercan utanför på parkeringen och stegade mot ingången som hade en snurrdörr.

Jag först och möttes på andra sidan av en gigantisk schäfer. Den största jag någonsin sett varken före eller efter. Framför tassarna låg en benknockla i storleksklassen som ett människohuvud.

Det räckte för mig. Så istället för att gå in eller snarare ramla in i receptionen tog jag varvet ut igen genom svängdörren.

Såg att Kjell var på väg in och jag tänkte att schäfern säkert gillade honom bättre då han var lite fetare än jag på den tiden. Tugga på den du...

Hotellrummet var stort men ingen höjdare men det var faktiskt en tvårummare med badrum. Om vi ska börja med badrummet så bjöds det här på en eltandborste med en lätt sliten borste. Kunde säkert vara effektiv några månader till, tyckte Kjell och försökte skoja till det. Nä, fy... vad äckligt. Sedan fanns det en stor säng i det ena rummet och en stor soffa eller mer en ottoman i det andra rummet. Vi drog lott och jag vann sängen så Kjell fick sova på ottomanen.

Dessa starka intryck krävde minst ett par tyska öl – som vi gick ner i gasthausets bierstube för att inta drycken.

Vilka stammisarna var syntes väl. De flesta var klädda i kamouflage-jackor och hade stickade luvor neddragna över öron och snudd på ögon. Det gav en känsla av att de på nåt konstigt sätt blivit kvar där sedan kriget.

Då den storbystade servitrisen drämde ner en ny ölstånka så markerade hon antalet på det solkiga glasunderlägget med ett jack med sin kniv.

En dam som man absolut inte käftade med.

Nån timme senare gick vi lagom i gasen upp till vårt rum. Ingen av oss rörde eltandborsten ska tilläggas. Natti-natti.

Klockan tre vaknade jag av klockspel liksom varje heltimme därefter. Vi bodde tydligen vägg i vägg med en kyrka. Trevligt men varför måste vissa kyrkor föra sånt förb... väsen på nätterna.

Vi gjorde också en snabb avstickare till AMG men då de inte ännu var rumsrena hos Mercedes så sågs det inte med blida ögon då de senare fick reda på att vi gjort så. Detta då AMG ännu inte var införlivat med Mercedes-Benz.

Om du inte visste det så står bokstäverna AMG för grundarnas namn Hans Werner **A**ufrecht och Erhard **M**elcher samt Aufrechts födelseort som var **G**roßaspach. Gnisslet och de sura minerna mellan de båda företagen skulle vara till januari 1999 då Daimler AG (Mercedes-Benz) tog sin oäkting till sin barm och in i sin familj. Det var fler än Mercedes kunder som efterfrågade de vässade motorerna som AMG kunde erbjuda, bland dessa sportbils-tillverkaren Pagani Zonda.

Den största behållningen av vår Tysklandstripp var besöket hos bilbyggaren Silberfalke eller Lorenz & Rankl som gjorde två egna

modeller: Silver Hawk som var en AC Cobra-kopia och sedan ett eget hopkok som hette Silver Falcon som vad vi förstod var en kopia på BMW Z8. Båda öppna och tvåsitsiga. Stommen i de båda modellerna var en rörram i rostfritt stål på vilken sedan karossen i aluminium kläddes.

Lorenz & Rankl var så säkra på att deras skapelser inte skulle rosta så de gav 100 års rostskyddsgaranti.

Hjärtat i båda bilarna var naturligtvis V8:or från Mercedes på 5 till 5.6 liter och när det gällde Silberfalke hade den 240 hk. Men önskades en 12-cylindrig motor på 5.4 liter fanns det också. Utöver de två egna modellerna sågade man även av taken på Ferrari 308, 328, 412 och BB 512. Vissa bilmodeller kunde de även tvåla till att bli kombi eller stationsvagnar som det lite flottare heter. Vilka slaktare!

Brännheta pengar - 1985

Vi var fullt koncentrerade på att göra Automobil så bra som den bara kunde bli.

I slutet av december ett år. Minns inte vilket men vår revisor ringde och sa att vi hade för mycket pengar i kassan och inget att dra av det mot. Trevligt att vara stadd i kassan men vi ville ju inte skatta bort allt.

- Ni kan väl köpa nåt? föreslog han och sa i andra andetaget,

- Men det måste bli innan årsskiftet om vi ska kunna dra av det mot vad ni har i kassan, sa han och la på luren.

Det var knappt en vecka kvar på året. Vad skull vi köpa? Nån lokal? Nja så mycket pengar hade vi inte. Kameror? Nä, det hade vi. Varsin bil? Tja, varför inte.

Vi slängde oss i Kjells bil och körde in mot stan för att skanna av ett antal bilhandlare. De handlare som mötte oss trodde nog att vi var bara tokiga eller påverkade av något.

- Bränner pengarna i fickorna på er? fick vi höra. Javisst så var det.

Dagen efter hittade vi en BMW 635 CSi, en BMW 3.0 CSi och en Jaguar XJ6.

Kjell tog hand om 635:an och jag och Gunilla tog vårdnaden om Jaguaren. Hur 3.0 CSi kom med har jag ingen aning om. Kanske fick vi den på köpet? Troligtvis var det så. Då vi hade Automobils redaktion i Gunillas o mitt hus i Barkarby så fick den följa med dit och blev parkerad på garageinfarten i väntan på bättre tider.

Vintern kom sent det året men snön la sig som ett täcke över allt som vanligt.

XJ6:an kom att funka bra under vintern likaså Kjells 635:a förutom den gången han fick springa igång bilen vilket han gjorde – själv. Bilen startade inte en morgon så han fick knuffa igång den och då den kommit upp i bra fart slet han upp dörren och hoppade in bakom ratten, vred om tändningsnyckeln och petade i tvåans växel varpå bilen startade. En minst sagt livsfarlig övning men den funkade.

3.0:an kändes närmast som om att den bara var i vägen där den stod insnöad på garageinfarten och syntes inte till förrän i början av mars då den tittade fram likt snödropparna i rabatten.

forts från sid 55...

Kungens bilar.

Redan i vårt första nummer av Automobil (1982) hade vi med en av Hans Majestät Carl XVI Gustafs bilar - en Daimler som han ärvt från sin farfar Gustaf VI Adolf.

Här följer några av alla hans bilar:

Mercedes-Benz 540 K	Volvo PV60 - 1946
Daimler 27 HP Limousine - 1950	Ford Mustang GT - 1965
Shelby Mustang 350 GT - 1965	Pontiac GTO Conv - 1966
Shelby AC Cobra - 1966	Cadillac Fleetwood 75 - 1969
De Tomaso Pantera - 1971	Porsche 911 Targa - 1973
Ferrari 599 GTB - 2007	BMW M8 Comp Coupé - 2020

- Par i Jensen, vår Jaguar E-type och Ferrari 308

Våren kom och då blev det dags för en del trädgårdsbestyr mellan tidningsmakandet, reportagen, flygningarna och provkörningarna.

Buskar och träd klipptes i rask takt. Var skulle vi göra av det vi klippt? Där stod då en BMW 3.0 CSi så lägligt parkerad. Vad göra? Jo, jag tryckte ner kvistar och pinnar i bagageluckan och drog sedan ett spännband över så bakluckan stod som en ballong. Ha, så ska en 3.0 CSi användas om ingen visste det tidigare.

1986 kom snabbt och skulle bli ett ganska tunt år vad gäller pressresor för min del.

I mars bar det i alla fall av till Rom med Alitalia. Mellanlandade i Milano som bara hade plus tio grader och duggregn.

Övningen i Rom för dagen var Alfa Romeo som visade sin Alfa 75 som vässat genom att lägga på en turbo.

Året innan i juli hade jag deltagit i premiären av grundmodellen Alfa Romeo 75 som visades på hemmaplan – Milano. Värmen den månaden var nästan olidlig. Utöver den grandiosa introduktionen och premiärkörningen med allt vad det innebar fick jag också ett besök på alfamuseet i Arese och till det en trevlig lunch med Alfas direktion.

Bara veckan därpå flög jag till Wien för att delta i introduktionen av Saab 9000i.

Lufthansaflyget avgick från Arlanda 12:53 enligt min logg och landade på Frankfurts flygplats 15:05. Därifrån sedan 16:45 till Wien där jag landade 18:05. Med andra ord en hel dag i flygplan. Blev skjutsad till ett gammalt hotell snarare en gård som var från 1700-talet men som då SAS hade pengar köpte det och kallade det för SAS Palais. Det unika med detta ställe var att det under andra världskriget varit ett högkvarter för nassarna. Efter kriget – 1945 stövlade ryssarna in och huserade där till 1955. Sedan stod det tomt till 1984 då någon rustade upp stället och sålde det till SAS.

Dagen efter ankomsten delade vi journalister upp oss i två och två och körde mot gränsen till Ungern där vårt mål sedan var Budapest efter 45 mil. Ungern var då väldigt fattigt och som jag skulle kunna tänka mig att Sverige såg ut på 1940-talet.

Kom fram till hotellet Atrium-Hyatt vid 16-tiden där jag också bodde över. Gick sedan med ett par kollegor ut på stan och för-undrades av att allt var så billigt mot svenska priser. Bilen då? Provkörningen av Saab 9000i? Jo, den var väl bra... Saabisch - tråkig med andra ord.

Par i Jensen

Efter inpulsköpet av de båda BMW:arna och XJ6:an följde en jättelång rad av bilar. Bilar som passerade redaktionen var en hoper hundkojor, ett par Porschar, lika många Jaguarer, en Nissan 280 ZX, ett par Range Rover, en Rover 3500, Rover Vitesse, Toyota Supra. Ett par Buick Electra, Citroën av någon sort och form och en Ferrari samt två stycken Jensen Interceptor. *(se bild här inunder)*

Den Jensen Interceptor Gunilla och jag köpte och körde, var lite speciell. Till att börja med köpte vi den av vår tama bankdirektör Jan-Olov så att klaga var inte att tänka på, då kanske krediten kunde ryka.

Elsystemet i Jensen var engelskt vilket betydde att kabelhärvan var ett riktigt ormbo där en bestämd kabelfärg eller märkning plötsligt kunde ha bytt färg efter nästa snap-connector som skarvstyckena heter.

De elektriska koppling-arna är som sagt lite speciella på så gott som alla äldre engelska bilar – Mini, Rover, Jaguar, Rolls-Royce och så vidare. De hade alla samma

teknik som med åren visade sig inte vara speciellt säker eller till-förlitlig, men engelsmännen gillade den valda tekniken med snap-connector varför den fortsatte i många år.

Till dig som inte vet så betyder det att snap-connector är en pålödd metallkula i ändarna av en elledning. För att koppla ihop en sådan ledning med en annan ledning så gjordes det med en skarvhylsa – ett rör av metall men som hade ett isolerande plastöverdrag. Det var bara att trycka in sladden med metallkulan så blev det kontakt. Att koppla ihop var lika enkelt som att koppla isär då det bara var att slita isär ledningen från skarvhylsan. Men allt som ofta så kunde sladdarna hoppa isär av sig själv. Då hade man problem.

Förra ägaren – Jan-Olov var rädd för rost vilket gjorde att han lät fylla alla balkar, alla skarvar, innanför dörrplåtar och trösklar med tunnflytande så kallad penetrerande rostskyddsolja. Bra jobbat. Men det gjorde också att elen vandrade lite som den ville i kablarna. Då jag tryckte på knappen för att öppna bilens sollucka kunde istället tanklocket öppnas eller tvärt om.

En annan egenhet var motorn. Under huven ruvade en V8:a på 6.2 liter från Chrysler som även satt i flera av de amerikanska polisbilarna på 330 hästar. Okej, det hästkraftsantalet står inte bland produktionsspecifikationerna men i våra engelska papper från Jensen stod det så. Men i det svenska besiktningsinstrumentet stod det att vår Jensen bara hade 33 hästar vilket gjorde att det blev en diskussion vartenda år vid den årliga kontrollbesiktningen med Svensk Bilprovning.

Under tiden som Jan-Olov ägde bilen lät han också sy upp en ny skinninredning i blått mjukt handskskinn vilket kanske inte är det bästa då det är på tok för mjukt för att ha till skinnsäten.

Kjell hade också samtidigt en Jensen. Även den med motor och automatlåda från Chrysler men på 7.2 liter och 350 hk. Gemen-samt med de båda bilarna var förutom utseendet med den fantastiskt stora bakrutan var att de var bakhjulsdrivna, törstiga och snabba – så länge det gick rakt fram.

Sedan fanns Jensen som fyrhjulsdriven som då hette Interceptor FF där bokstäverna står för Ferguson Formula som var det företag som levererade fyrhjulsdrivningssystemet. FF tillverkades mellan 1966 och -71 och kom att bli den första fyrhjulsdrivna person-bilen. Interceptor FF fanns bara som högerstyrd då själva fördelningslådan för fyrhjulsdrivningen tog upp mycket plats på vänster sida fram som i England var passagerarsidan. En sådan Jensen plåtade jag bara för en artikel i Automobil. Mer om det längre fram.

"Gar bakom ladan och skiter..."

När jag tidigare skrev om min resa till Daytona, USA så nämnde jag att jag hade med mig en språkkurs på italienska. Italienska som i mina öron är ett minst sagt läckert språk. Pratas det snabbt så låter det som en kulspruta och så ville jag kunna prata.

När jag då och då var i Italien så försökte jag mig på att svänga mig med lite italienska fraser här och där. Jag kunde och kan beställa både mat, öl och tändstickor utan problem. Till och med fråga efter svenska tändstickor som då heter "fiammiferi svedesi". Jag tyckte att min italienska gick hyfsat bra.

En av våra läsare och kompis hade ett par bilar som vi plåtade och gjorde reportage på. Han var gift med en italienska som lustigt nog bara någon månad tidigare köpt sig en Lingafonkurs på svenska. Vid ett tillfälle var vi hemma hos Albert S, vilket han hette, då hans italienska fru kom in.

- Fabi, du kan väl säga något på svenska, sa Albert till sin fru på italienska varpå hon sken upp som en sol och ur munnen kom frasen,

- Jag gar bakom ladan och skiter fasaner! sa hon stolt och väntade på vår reaktion.

Vi höll alla på att dö av skratt. För min del fastnade skrattet i halsen. Tänk om jag talar lika taskig italienska som Fabi pratar svenska var min första tanke.

Det kom att bli slutet på mina språkstudier. Den svindyra kursen med en hel hoper kassettband i den tjusiga Cavalettväskan fick istället fungera som dörrstopp inne på kontoret.

Gunillas och min Jaguar E-type

Efter knappt tio år var vi färdiga med vår mörkgröna Jaguar Mk 2:a som såldes. Köpare var en bageriägare som kom med att antal lådor med färskbakat bröd samma dag han skulle hämta Jaggan men också för att ge mig en bunt pengar.

Men när den lycklige köparen körde iväg grät våra två döttrar Jennifer och Camilla som ville ha tillbaka "mamma Jaguar" som de kallade den. Bilen rullar än idag har jag sett.

Att köra Volvo passade inte om man skulle vara bilentusiast och till råga på det ägare av Automobil. Nä, då krävdes att man levde upp till sitt kall. Jag jagade inte på utan snarare var det Kjell och några andra personer i min omgivning som förespråkade – en sportbil.

Och sportbil blev det, i form av en Jaguar E-type cabriolet eller OTS (open two seater) som dess rätta benämning är. Det var en serie 1 från 1966 med en 4.2-liters rak sexa med 265 hästar under

den långa motorhuven.

Enda felet var att den, bilen hade helt fel färg – golden sand… igen, och för andra gången.

E-typen var i otroligt fint skick och innan den fick sig en "make over" vilket betydde omlackering gjorde vi ett reportage med den och en minst lika fin Mercedes Pagoda 280 SL i maj 1987.

Utöver en omsorgsfull riktning av karossen som gjordes av två entusiaster – Regefalk & Rahm i Åkersberga som specialiserat sig på att montera soltak såg även till att den blev lackerad.

Det blev en hel del spacklande och slipande av karossen som i original var mer vågig än rät. Så var det på de flesta bilar från 1960-talet. Så Johan och Pelle som de heter fick slita och när så grunden var klar blev E-typen lackerad röd av en lackeringsfirma i området. Inte vilken röd kulör som helst utan Ferrari-röd. Så det kan bli. Jag fick försvara mig med att jag inte hade råd med en Ferrari men väl med ett par burkar med Ferrari-rött.

Så här efteråt brukar jag tänka – hade jag varit vid mina sinnens fulla bruk hade jag förstås lackat bilen i riktig British Racing Green. Men det är som sagt inte alltid hjärnan är rätt iskruvad.

Sätena kläddes om med nytt beige Connollyskinn som jag köpt in från England.

En Jaguarvän till oss, Anki som under åren sytt upp special-inredningar till många av Volvos prototyp- och projektbilar sydde en ny sufflett och tack vare Anki och hennes Kalle fick vi även tag i en originalhardtop. Hardtopen blev en både dyrbar och komplicerad renovering. Men jag ville ha allt till vår E-type så en hardtop skulle det vara. Hardtopen som var gjord i glasfiber hade med åren krackelerat vilket krävde en hel del spackling. Sedan skulle det till ett nytt innertak i hardtopen. Bakrutan som man knappt kunde se igenom ersattes men nytt och klart plexiglas. Men formen var mycket speciell då den inte var rak eller rät på något sett. Konvex både vågrät som lodrät. Men till sist blev det rätt och hardtopen lackerades.

Nya däck blev det också – BF Goodrich Comp T/A. Fina svålar som verkligen klädde bilen och fyllde ut hjulhusen väl.

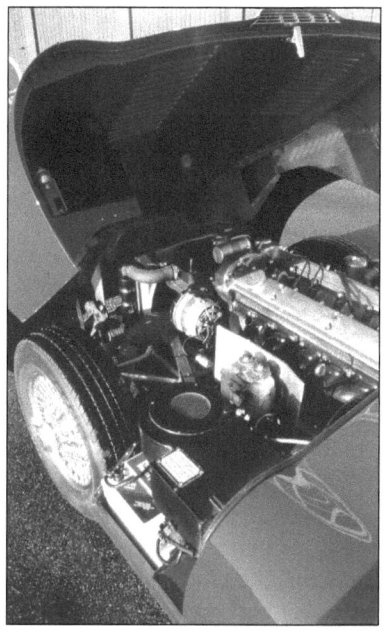

Varje kontrollbesiktning betydde problem för vår Jaguar E-type. Bilen hade tre stora – sörplande SU- förgasare. Under ett år blev det cirka 200 mil, knappast mer.

Men de tre stora HD6-förgasarna skapade problem då bilprovningen hela tiden snörpte åt reglerna. Men snart visste vi alla – inklusive bilprovarna att det bara var att besiktiga med kanske tio liter bensin och fyra flaskor karburatorsprit i tanken. Först då fick man godkända värden. Det tipset fick jag faktiskt från Svensk Bilprovning.

Gränna passerades även i E-typen ett par gånger utan missöden. Gudarna hade väl annat att göra än att hålla koll på oss.

Gränna är unik på många sätt. Först är det väl polkagris-tillverkningen men sedan också hotellet Amalia Hus där vi bott ett par gånger. Minst lika ljuvligt är också hotell och gästgiveriet Gyllene Uttern som ligger helt perfekt placerat vid E4:an med en fantastisk utsikt över Vättern och södra Visingsö. Etablissemanget som öppnade 1930 kom att bli ett landmärke för alla genomresande. Här var det också populärt att hålla bröllop.

Under åren har Gyllene Uttern varit både mycket bra men också dåligt. Det har med andra ord varit berg- och dalbana vad gäller kvalité på mat och boende.

När vi vid ett tillfälle körde till Sofiero Slott i vår E-type för att där delta i en bilutställning så stannade Gunilla och jag på hemväg – halva vägen vid Gyllene Uttern för att äta en god bit mat – vilket det också blev och sedan sova över. Hotellet var fullt men vi fick överraskande nog bröllopssviten. Parkeringen på gårdsplanen utanför hotellet var också full och även på andra sidan den lilla genomfartsvägen.

- Var kan vi parkera vår ögonsten för att ha bästa koll på den? frågade jag i receptionen varpå den fick stå precis utanför deras fönster i receptionen där det satt personal hela natten. Det kändes

tryggt tyckte vi.
- Och vi har något snyggt att titta på genom fönstret, sa de som
satt i receptionen.

Vår E-type blev också filmstjärna. Vi fick ofta förfrågningar,
bland dem från ett TV-produktionsbolag som ville hyra vår E-type
till att vara med i komedi-serien Smash som sändes 1990. "Vi ska
inte köra bilen utan bara ha den upphissad på en bärgare i en scen"
hette det från den person som ringde. Mitt svar blev nej tack då
jag inte tyckte det lät speciellt seriöst. När jag sedan såg den scenen
så var jag glad att jag sagt nej. I just den scenen där vår E-type
skulle varit med var en annan E-type, gul har jag för mig upphissad
med framhjulen på bärgaren och i själva bilen satt ett par av
skådisarna från TV-serien medan bärgaren körde iväg. Knappast kul.
Desto seriösare var Posten som ville ha med vår E-type på ett
par olika reklaminslag. Bland dem så plåtades vår E-type ute på
kajen nere vid Värtahamnen tillsammans med en massa andra
prylar som möbler mattor och så vidare och som skulle illustrera
paket. Det vill säga allt som kunde skickas med Posten – tydligen
också inklusive en Jaguar E-type. Det blev en kanonbild liksom
ett par studiobilder som gjordes senare på hösten.
Så gott som varje år – runt skolavslutningen fick vi förfrågningar
om att låna/hyra ut E-typen eller Ferrarin. Ibland var det lätt att
säga nej men ibland desto svårare när det rörde sig om till exempel
grannar. Vid ett tillfälle fick jag även en förfrågan från kollegorna
på Teknikens Värld som ville låna Ferrarin för att fira av en
medarbetare som skulle sluta. Nej blev det även där. Kanske med
eftertryck. Vi var ju trots allt konkurrenter.

E-typen stannade hos oss i femton år. Tyvärr fick den inte röra
på sig så ofta som man kanske hade önskat. Jobb – ofta för mycket,
kom emellan. Lite märkligt. Här gjorde vi en tidning för bilentusiaster
vars budskap var att se och uppskatta tjusningenoch kärleken till
just bilen. Något som jag själv inte kunde göra just då.

"Skött som ett barn"

En annan bil som satt sina hjulspår i Gunillas och mitt hjärta och minne var den Jaguar XJ6 serie 2 som vi köpte som begagnad 1987. Försäljaren Lars W från Malmö sa,

- Bilen är skött som ett barn och att du kan lugnt köpa denna direktionskörda svarta Jaguar.

Det lät ju bra och jag kommer ihåg ordalydelsen exakt. Så jag slog till via telefon utan att ha sett den. Jag ville ju lita på Lars W som hade ett gott rykte om sig.

Vid samma tillfälle hade vi en BMW 750i som testbil och som skulle tillbaka till Malmö varför jag körde ner den för att där återlämna den till Söderströmgruppen som i princip låg nästgårds med där Jaguaren och Lars W huserade. Då kunde jag köra vår nya Jagga hem var tanken.

Efter att ha parkerat den underbara BMW:n och ringt om hämtning av densamma stod jag där med den svarta Jaguaren framför mig. Blänkande svart och med duvblå skinninredning. Allt var bra tills jag fick se bilens högersida. Den var krockad!

- Du sa att den var skött som ett barn! Nu vill jag se förra ägarens barn, tack, sa jag till Lars Wendel, som den sluge bilförsäljaren hette.

- Vilken katastrof. Bilen var ju smälld!

Samma år tog vi Englandsfärjan med vår "nya" då ännu lätt skadade svarta Jaguar till öriket. Det var i midsommarveckan som vi rullade ombord på Englandsfärjan, Gunilla, döttrarna Jennifer och Camilla. Barnen höll till i baksätet som sig bör och för att göra det lite bekvämare för dem hade vi satt dit en tjock gosig filt ovanpå sätet. Säkerhetsbälten… ja och… ibland…

Vi ett par månader innan bokat in oss på en holidayresort där vi hyrt ett litet cottage i staden Rye som ligger i södra England. I Rye finns bland annat ett fantastiskt fint flygmuseum som visar både Spitfire- och Messerschmittplan och allt runt flyg och andra världskriget. Jo, det damp säkert ner nåt flygplan då och då i närheten under krigets dagar. Både engelska men också tyska.

Så fort vi närmade oss den engelska kusten efter att ha rullat av bilfärjan började det regna och ta mig tusan det regnade hela midsommar och för övrigt hela den semestern.

Åren tidigare hade vi vid våra årliga besök i London – då som oftast bara Gunilla och jag alltid sett till att komma dit på en torsdag för att få i oss ett färskt avsnitt av Emmerdale Farm eller Hem till Gården som serien döptes till här hemma och som sänts sedan 1972. Serien är fortfarande populär i England men också i Sverige och går här fortfarande även om vi har en eftersläpning på nåt år eller så.

Vi missade inte ett enda avsnitt. Då vi inte kunde se avsnitten så bandade vi dem (VHS bandspelare) detta mycket beroende på att jag var så mycket och så ofta borta på jobb. Men vi jobbade på det och såg så många avsnitt vi kunde under veckorna. Det blev faktiskt som en drog. Men ändå och till sist hade vi kanske tio tretimmars VHS-band som väntade på att bli sedda. 60 avsnitt vilket är lika med 30 timmar. Jag gjorde pinan kort. Tog alla banden och gick till soptunnan. Det blev det sista med den serien – vi var fria! Okej, vi har väl fusktittat på nåt avsnitt nu såhär i nutid men det är inte samma sak fastän det verkar gå i samma hjulspår så att säga.

Vid varje Londonbesök ingick också ett besök till Bayswater road där det är utställning och försäljning av konst varje söndag. Amatörer som proffs.

Året innan hade vi varit där och fått korn på en konsthandlare som sålde tavlor med temat bilar och flygplan. Målningarna var fantastiska. Konstnären som tavelförsäljaren representerade hette Dion Pears och ett av hans verk finns med i boken om Ferraris grundare Enso Ferrari där han sitter vid sitt skrivbord med en av Pears oljemålningar hängande bakom sig. Även Stirling Moss och vår egen Erik Carlsson "på taket" hade målningar av Pears. Jo, jag vet jag nämnde detta i början av boken.

Vi köpte allt vi kom över. Det blev ett par fina tavlor med bilmotiv som till exempel racingfighten "Fangios greatest win 1957", "German Grand Prix", "Fangios Maserati beat the Ferraris of Hawthorne and Collins" *(se sid 4)*.

Stora ögonblickshändelser från en svunnen tid i racingvärlden. Eller vad sägs om "The speed-fight between a Jaguar SS and a Bullfighter". Målning som jag än har idag.

Att få träffa Mr Pears var inte att tänka på då han var mycket skygg. Och inte blev det lättare då han hade dött.

Tillbaka till sommarvistelsen i engelska Rye där vi ovanpå allt fick besked om att vi haft inbrott hemma.

Senare och på väg mot hamnen i Felixtowe för att ta bilfärjan hem till Sverige passerade vi vår vän konsthandlaren John som då berättade att Dion Pears som sagt dött någon eller några månader tidigare. John dukade där och då upp de tavlor han nu hade kvar att sälja. Det var inte många men vi åkte därifrån med två olje-målningar med bilmotiv och två med flygplansmotiv.

Med tanke på inbrottet som skulle möta oss vände vi lite deppiga hemåt. Som om inte det var nog så fick jag en riktig överraskning när vi kommit hem.

Då jag städade ur baksätet så såg det ut som om en hamster hade naggat på framsätenas ryggstöd, nackskydd och sedan fortsatt runt längs sidodörrarnas trälister.

Den dagen var tung. Vilka de skyldiga var kan du säkert räkna ut.

Vår Ferrari 308 GTB QV

I nummer åtta av Automobil – 1985 hade vi en biltest mellan en Lotus Turbo Esprit och en Ferrari 308 GTB QV. Vi körde testet och fotograferingen på Bromma flygplats.

Slutresultatet blev att Lotusen nådde helt enkelt inte upp till Ferrarins standard.

Lotusen kändes faktiskt som ett hemma-bygge medan Ferrarin var sofistikerad, elegant och välavstämd. Som kanske odjuret och skönheten.

Jag liksom både Gunilla och Kjell körde de båda testbilarna. Sedan återlämnades de till respektive ägare.

Vi hade god kontakt med Sportvagnsservice på Lidingö som mekade såväl Aston Martin, Ferrari, Jaguar, Maserati och annat exotiskt. Många kontakter knöts där genom Lasse Bortz som också ordnade så vi kunde låna bilar för att skriva och fotografera. En liten kul grej var att Lasse inte var utbildad bilmekaniker utan självlärd sådan men ändå otroligt duktig. Men vad han var utbildad till att vara TV-reparatör.

Tre år senare fick jag höra att den Ferrari 308 GTB QV som jag fotograferat 1985 var till salu. Ägare var en tidigare svensk rally-legend vid namn Papp-Isak, som egentligen hette Sigurd Isacson och som tävlade med bland annat DKW (numera Audi) och tog

en som det skrevs om i landets tidningar "en spektakulär kurv-tagning på Gelleråsen i augusti 1957" där

Vår Ferrari och vår Buick Electra

han lät sin DKW ta kurvan på två hjul".

Jag ringde vår bankkontakt Jan-Olov som var på semester men som ordnade så att jag dagen efter kunde åka till banken och få en bunt sedlar motsvarande handpenningen i näven.

Så enkelt var det att bli Ferrariägare – inte svårare än att köpa en folka.

Vilken syn det var att kika in i vårt garage med vår Jaguar E-type bredvid Ferrain. Ofta var jag i garaget och pysslade med något eller bara satt där och läste något och naturligtvis beundrade de två konstverken som stod framför mig. Det var också kul att höra folks beundrande kommentarer när de gick förbi.

Ferrarin hade också ett speciellt ljud som var riktigt vasst. Detta tack vare avgassystemet från Ansa som släppte igenom lite extra oväsen. Medan E-typens ljud var mer moget och vuxet. Fastän även den hade ett specialbyggt avgassystem i polerat rostfritt stål. Vilket fantastiskt par.

Varje nyårsafton hade jag som tradition att ta ut båda bilarna för en liten repa, i stort sett vilket väder det än var. På den tiden var det inget vinterdäckkrav som inte heller idag krävs av en bil från 60-talet. Då är det okej att köra med sommardäck året runt.

I alla fall så tog jag först ut E-typen på en timmes luftning. Först lite försiktigt på motorvägen mot Kungsängen och sedan så fort det gick och jag vågade köra. Nedcabbat? Javisst, vad annars!?

Därefter hem och byta bil till Ferrarin som följde samma spår.

Så kan man fira en nyårsafton, så firade jag, häftigare än allt fyrverkeri en nyårsafton.

1986 - Mitt Liv Bakom Ratten - kapitel 6
- Marocko, San Francisco, hos Clint Eastwood i Carmel-by-the-Sea

Att vara flygrädd är inget för en motorjournalist. Att flyga är ett måste i jobbet. Detta då alla internationella provkörningar görs på platser i Europa som kan ses som knutpunkter för motorjournalister världen över. Ofta förläggs provkörningarna där det är stabilt väder och med bra och mycket ljus vilket underlättar vid fotografering och filmning. Då är det Sydtyskland, Frankrike, Italien, Spanien, Portugal eller längre söderut som gäller – sol och värme, ja tack.

No smoking

De närmaste femton åren blev det mycket resor och nästan för många provkörningar.

Ofta flög jag från en provkörning direkt till nästa och ibland även till en tredje innan jag kunde vända hem igen och se min familj.

När det gällde de italienska bilmärkena så var det oftast det italienska flygbolaget Alitalia som gällde. Non-smoking var starkt på gång redan på 90-talet och ett försök var att tillåta rökning längst bak i planen eller tvärt om hos vissa andra flygbolag.

Mediterranean Airlines hade en egen lösning på problemet med att ha tillåten rökning mitt i planet från låt säga raderna 15 till 20. Men jag tror att Alitalia ändå tog priset då man ett tag, visserligen kort sådant hade rökning i flygplanets vänstra sida och icke-rökare på motsatt sida. Smart eller?

I under 80-talet flög jag och kollegorna så gott som alltid i business-class mot ekonomiklass som är det som gäller idag. Samtidigt var flygbiljetterna dyra då men då fanns inga direkta säkerhetskontroller eller andra regler och inte heller några lågprisflyg där man kunde köpa en flygbiljett för några hundralappar.

På morgonflyget från Arlanda med SAS till låt säga Köpenhamn som redan då var den flygplats, den knutpunkt från vilka de flesta flygdestinationer utgick ifrån, fick man alltid en frukostbricka med kaffe, smörgås och en liten flaska Gammel Dansk (38 procent alkohol) eller Underberg – liten men ändå på 44 % alkohol för att man så att säga skulle komma igång. En sur, bitter och hemsk dryck i mitt tycke och som inte längre finns på frukostbrickorna, tack och lov för det.

På den tiden var det heller inte så noga med säkerheten – jag menar säkerhetskontrollen innan man gick ombord på flyget. Har inget minne av att det ens fanns någon "security" på flygplatserna.

Men efter 11:e september 2001 förändrades hela världen och det blev säkerhetskontroller på alla flygplatser sedan också vad gäller kryssningsfartyg. Allt måste och skulle kollas. Okej, detta för allas vår egen säkerhet då det fanns och fortfarande finns galningar och terrorister över allt. Vid ett tillfälle när vi hade ett eget flyg – chartrat av Peugeot så var vi i Frankrike och hade landat på en liten lokal flygplats från vilken den planerade provkörningen skulle utgå ifrån vilken den också gjorde utan problem.

När vi dagen efter skulle flyga tillbaka till civilisationen så hade den lilla flygplatsen även den nåtts av säkerhetstänket och satt upp en sån där skannerbåge som vi alla flygpassagerare skulle gå igenom. Så även vårt bagage, trots att merparten av oss bara hade handbagage så skulle även det röntgas och trots att vi bara var kanske tjugo motorjournalister – finnar, norrmän, danskar och ett litet gäng svenskar så tog säkerhetskontrollen sin tid. Det verkade nästan som att flygplatspersonalen njöt lite av stundens allvar och kände sig lite maktberusade.

Vissa av kollegorna hade köpt lokalproducerat vin och andra drycker, konserverade syltor, oliver, gåslever eller något annat istoppat i burk eller på flaska. Säkerhetspersonalen som naturligtvis var uniformerad kollade allt och kommenterade inköpen med utropen,

- Ah, vilket bra val av vin! Merveilleusement! (underbart!)
- Den här gåslevern är den bästa i hela regionen! Magnifique!
- Syltade päron från grannbyn är fantastiska liksom era grisfötter! Excellente!

Allt på franska givetvis och godkändes och rann igenom kontrollen trots ihållande tjut från röntgenutrustningen. Det som inte slank igenom fanns hos min kollega Hasse Britth som hade en nyinköpt tio-pack med små rakbladshuvuden.

- Hallå, dessa är farliga och får inte tas in i planet, blev bedömningen av säkerhetspersonalen varpå Hasse blev mer än sur.

Frågan var, vilket var störst säkerhetsrisk? Alla vinflaskor, konserverna eller Hasses små, kanske tre centimeter långa rakblads-huvuden med ett utstick på kanske tre millimeter som skulle fästas på ett skaft för att kunna användas?

Visa mig ärret!

Säkerhetskontrollen har alltid för mig varit det största irritations-momentet inför alla flygningar. Detta beroende på att jag blev höftopererad 2006 och har således en höft i plåt eller snarare i rostfritt stål om vi ska vara noga. Det har betytt att jag alltid fastnat i säkerhetskontrollen för att få en extra fingerfärdig och närgången undersökning. Okej, säkerhetskollen är för min och mina med-passagerares skull. Det är jag medveten om.

Men, innan säkerhetspersonen kört ner fingrarna innanför linningen på mina brallor och dragit dem varvet runt så hade det kanske varit på sin plats att han först kollat höften med sin hand-skanner. Pep den då så var just höften orsaken.

Men så görs det inte. Istället så var och är linningen innanför byxorna intressantare att undersöka manuellt än vad det elektroniska verktyget kan förmedla.

Beroende på hur långt ner security kört ner fingrarna så brukade jag när han – vilket det oftast var, kört halvvarvet och då hans öra snudd på mötte min mun sa jag "nice!" vilket gjorde att security-människan ifråga hoppade till och blev oftast skitförbannad i klass med vad jag då redan var.

Vid ett tillfälle – faktiskt så sent som 2015 då jag skulle passera säkerhetskontrollen på Arlanda där jag även i vanlig ordning fastnade.

Efter att ha passerat skannerbågen pekade jag som alltid på min högra höft för att som vanlig påvisa vad som givit utslag på skannern. Till en början ville säkerhetskontrollanten att jag skulle ställa mig exakt på de gula skoavtryck som var direkt innanför skannerbågen.

Jag ställde mig på de gula fotavtrycken men inte exakt vilket jag inte kan – fixar inte det mentalt utan ställde mig lite, lite snett bredvid.

Han blev irriterad och frågade om jag hade något intyg på min höftoperation. Jag talade då om för honom att något sådant som ett intyg för höftoperation utför man inte. Då kom frågan eller snarare ordern…

- Då vill jag se ärret efter operationen!

- Är du inte riktigt klok din jävel, var mitt spontana svar varpå han surnade till på allvar och krävde det med höjd röst.

- Jag kan stoppa dig från att ta ditt flyg om det är det du vill, hasplade han ur sig.

Då blev jag lite lätt irriterad och knuffade undan honom vilket resulterade i att det kom ytterligare en säkerhetsmänniska som hade hört hela konversationen och bad om ursäkt å sin kollegas vägnar.

- Han är ny på jobbet och har inte lärt sig allt, var hennes ursäkt.

Mitt svar passar nog inte för att återges här men det var ganska kraftigt.

Saab och Volvo

Efter sexton år var det dags att pensionera Saab 99 som kom 1968 och som jag tyckte var ful redan då.

På den tiden levde bilmodellerna längre då det också tog lång tid att ta fram nya modeller. Diskussionerna kring att ta fram en ersättare till Saab 99 hade börjat redan 1974.

Projektet fick då kodnamnet NGS vilket betydde Ny Generation Saab. Men planerna blev försenade till 1977 då man gick igenom utkasten som döptes om till X29. Tufft arbetsnamn som säkert hade inspirerats av seriefiguren Agent X9 mer än att syfta på att den nya Saaben skulle vara fyrhjulsdriven. Men troligtvis var detta en från Saab tidig start på det förslag om samgående mellan Saab och Volvo som kom ett par år senare. Man ville helt enkelt vara beredd.

Men det blev som bekant ingen sammanslagning de två svenska biltillverkarna mellan. Istället fann Volvo en samarbetspartner i Renault och Saab blev då stående där ensam men hittade till sist en samarbetspartner i Fiatkoncernen 1979 i "de fyras klubb" som jag tidigare skrivit om.

Låst i kulsprutornas korssikte - 1986

I mars 1986 närmare bestämt den 17 mars var jag i Wien, Österrike för att göra "en ordentlig" provkörning som det stod i inbjudan från Saab av Saab 9000i som skulle ha sin premiär senare samma år 1986 – två år efter att basversionen 9000 hade introducerats.

Flygningen var lång med start från Arlanda till Frankfurt med Lufthansa där vi landade klockan tre på eftermiddagen för att sedan flyga vidare till Wien där vi landade tre timmar senare.

Bodde på ett gammalt fint hotell. Snarare var det själva byggnaden som var gammal och någorlunda fin. Huset hade en historia från 1800-talet och hade varit tyskarnas högkvarter under andra världskriget för att från 1945 bebos av ryssar till 1955. Efter det stod det tomt till dess att SAS hotellkedja köpte upp det 1984. Men nu trettio år senare verkar det än en gång stå tomt då det svar jag får när jag försöker kontakta hotellet är att det är "permanent stängt". Synd på en fin historia. Vet att jag nämnt detta hotell tidigare.

Dag två körde vi teststräckan på ungefär 25 mil till Budapest, Ungern. Det var lite krångligt vid gränsöverfarten då vägen inte gick rakt utan i sicksack. Det var nästan så man kände hur vi var låsta vid de ungerska korssiktena på de kulsprutor som följde oss fram till tull och passkontroll.

På andra sidan – i Ungern märktes det att vi var i öst och så fort vi hade passerat gränskontrollen upphörde bilradion att fungera. Ingen signal.

Det var som att komma in i en annan värld och i ett annat årtionde. Kanske 1936 istället för fyrtio år senare 1986 som det var. Fattigdomen var slående. Häst och vagn var lika vanligt i trafiken som rykande och stinkande Trabant-bilar.

Trabant var öststaternas stolthet och den rostade inte. Istället var det vanligt att den åts upp av råttor som knaprade i sig karossen som var gjord av fiberarmerad plast (Duroplast) likt glasfiber där fibrerna vanligtvis var av bomull eller ull som råttorna mumsade i sig.

Dag tre var det dags att köra tillbaka till Wien genom den krångliga gränskontrollen och plötsligt på andra sidan vaknade radion till liv.

Trots den långa och grundliga provkörningen gav Saab 9000i mig ingen önskan om mer.

Peugeot i Quarzazate - 1986

De flesta biltillverkare höll sina premiärer och provkörningar i Europa förutom Peugeot som under 80-talet la så gott som alla sina körningar i norra Afrika.

I april -86 bar det av till Marocko och där staden Quarzazate med sina 70 000 invånare för att där köra Peugeot 309 och 205 cabriolet. Vägen eller rättare sagt resan dit var ganska omständlig och började med British Airways från Arlanda till ett typiskt grå-mulet London och den myllrande flygplatsen Heathrow där jag

till sist hittade till gaten med Air France-planet som två timmar senare med mig ombord landade i Tanger som ligger i norra Marocko vid Gibraltar sund.

En timme efter landning avgick nästa flyg – Royal Air Marocco med slutmål den lilla bergsbyn i Atlasbergen – Quarzazate där det var kolsvart när jag och kolleger klev ur planet och omfamnades av en behaglig värme då vi blev hänvisade till en ranglig gammal och sliten buss från 50- kanske i bästa fall 60-talet som tog oss genom vad jag uppfattade trots mörkret som en djungel fram till hotellet Les Ryads, där för mig snudd på en svit väntade i vilken jag till sist kunde knyta mig vid halv två på natten.

Det hade varit en lååång och minst sagt seg dag.

Upp sex timmar senare – 07:30. Klädsel var kortbrallor och T-shirt vilket kanske var lite väl optimistiskt från min sida då jag klev ut i den kyliga morgonbrisen där jag då också kunde konstatera att jag var den enda journalist iförd kortbrallor vilket vissa kolleger log lite snett åt.

Dagens körning var vikt för Peugeot 309.

Efter att ha läst mina anteckningar kan jag konstatera att 309:an inte var en bil i min smak. Mycket beroende på att den egentligen från början var ämnad att ha blivit en ny Talbotmodell med namnet Arizona. Peugeot som ägde märket Talbot la i slutfasen ner utvecklings-arbetet för Talbot varför den nästan färdiga bilmodellen Talbot Arizona istället fick bli Peugeot 309.

1993 slutade Peugeot tillverka och sälja 309 i Europa efter bara sju år varpå hela produktionsapparaten, karosspressar, verktyg – rubbet flyttades till Indien där den byggdes fram till 1997.

Efter en lätt lunch i ett beduintält – en lunch som jag inte vågade äta förutom ett par – tre stora och söta apelsiner tog jag en genväg tillbaka till hotellet för att inta en solstol vid poolen ett par timmar. En av de få gånger man fått lite egen tid.

Mot eftermiddagen då solen minskade i styrka och temperaturen med det sjönk tog jag en tur ut på stan och mot souken.

Fascinerades av pulsen och sorlet från alla människor. Det full-komligt kryllade av folk i gränderna där det såldes allt möjligt från kryddor, snabelskor, mattor till fårögon som låg snyggt uppradade i en kartong

utanför en matbutik liksom ett berg av fårhuvuden.

Butiksägaren som precis var i färd med att slakta ett får utanför sin butik gjorde att jag fick sicksacka mellan inälvor och blod som rann längs gränden.

Nöjde mig med att köpa en nybakad bulle direkt från en bakugn för en dirham som då var cirka 90 öre. Fick tag på ett par vykort och frimärken innan det var dags att gå tillbaka till hotellet där det skulle serveras kvällsmat. Men det var ett helsike att hitta ut ur souken som det heter och som var och är ett virrvarr – en gigantisk labyrint med hundratals marknadsplatser och alla sina gränder.

Tror att kvällsmaten senare var får eller nåt liknande så stirrade den i alla fall inte mot mig. Men anrättningen såg ändå inte så aptitlig ut så det fick åter igen bli ett par – tre apelsiner.

Senare mot kvällen började det blåsa kallt och när det blåser så är det inte bara kalla vindar utan också sand som följer med. Det är som sagt varmt på dagarna men desto kallare på kvällar och nätter.

Nyfångade ödlor till salu - 1986

Dag tre började klockan 07:45 enligt loggen som från början bjöd på en strålande sol och en riktigt bra frukost. Europeisk sådan.

Morgonen blev inte sämre av att det utanför hotellet stod en rad Peugeot 205 cabrioleter nedcabbade *(se bild här ovan)* och väntade på oss journalister.

Åter igen hade jag kortbrallor och T-shirt. Men nu var jag inte ensam då flera kollegor hakat på min klädestrend. Inga fåniga leenden den morgonen inte.

Peugeot 205 hade varit och blev en riktig succé under åren 1983 till -98 och är fortfarande Peugeots bäst säljande modell någonsin som kom att tillverkas i totalt 5,3 miljoner exemplar. En imponerande siffra men också ett kvitto på att 205:an var en riktigt bra bil. Men hur många exemplar ser man idag i trafiken? Inte många tyvärr.

205:an fanns som två- och fyrdörrars halvkombi och som cabriolet. Någon ren kombi blev det aldrig förutom ett par prototyper.

I versionen GTI fick den en vass motor på 105 hk som även skrämdes upp till 130 hk.

Den gjorde också ett starkt avtryck på rallybanorna och som en specialversion med mittmotor och fyrhjulsdrivning och betydligt mer hästar. Av den versionen blev det bara 200 exemplar som såldes till privatpersoner då merparten gick till Peugeots tävlingsavdelning.

Teststräckan jag körde gick söderöver mot mytomspunna Agadir och uppför bergen. Uppför, uppför hela tiden på de grusade vägarna. Solen värmde intensivt så T-shirten åkte av.

Stundtals var det riktiga serpentinvägar med riktigt vassa kurvor som verkligen nöp till och bilen gled på gruset.

Inte en kotte inom synhåll.

Utsikten var helt fantastisk. Men det var stundtals inte så kul att titta ner då man kunde se utbrunna bilar och bussar som tydligen kraschat och störtat brinnande ner i ravinerna från de slingrande bergsvägarna. Det var väl här och då som jag började bli höjdrädd.

Teststräckan fortsatte hela tiden uppåt tills toppen var nådd.

Gissa jag hoppade till då jag i en snäv kurva fick möte med en man iförd turban och en fotsid långrock eller kaftan som man säkert säger där. I handen höll han en stor ödla som han ville sälja. Sälja till vad? Som husdjur? Snarare som mat... Men var kom han ifrån?

I nästa kurva såg jag bara huvudet på en person som tittade på mig och vinkade glatt. Var kom de alla ifrån?

Ner igen längs sand- och grusvägen som i kurvorna var förrädiska då man lätt kunde få sladd i rullgruset. Ner mot slättlandet och mot den lilla staden eller kanske rättare sagt byn Gaz som vi körde igenom.

Mitt i byn satt ett gäng gubbarna utanför nåt som liknade ett kafé och pillade på sina radband och drack kaffe eller var det kanske nån sorts te?

Mitt på torget fanns en pyramid av apelsiner och inte långt därifrån jobbade byns frisör.

Han hade ingen lokal men väl en stol som hans kund satt på. Kunden hade en stor cape på sig som skulle förhindra att de klippta hårtestarna skulle hamna och fastna på hans kläder.

När min kollega Hasse Christiansen lyfte sin kamera för att ta ett par bilder på frisören "in action" så att säga lyfte frisören helt enkelt på sin kunds cape över dennes huvud och dök själv inunder.

Märkligt beteende men som vi senare fick förklarat att om man blev avporträtterad eller fotograferad så blev man också av med sin själ. Tänkvärt men själva scenen ute på gatan var ganska skojigt tyckte vi.

Duva i kanel... mmm - 1986

Vi körde vidare och längs de snustorra och dammiga vägarna stod folk, vuxna och barn som klappade händer och hejade på oss som om det vore en rallysträcka vi körde.

Sand, sand och mer sand. Vi var mitt ute i öknen där inget växte eller stack upp från den torra marken förutom telefonstolpar.

Stannade till och hann knappt kliva ur bilen förrän det stod någon bakom mig. Det var en liten leende marockan som tiggde cigaretter eller pengar. Var tusan kom han ifrån? Nyss syntes inte en kotte på flera kilometers avstånd. Så surrealistiskt och skrämmande overkligt.

- Larson, sa mannen och knäppte med fingrarna. Ja, det lät som Larsson men han sa faktiskt l´argent som det stavas och betyder pengar. Han ville alltså ha pengar.

Va? säger han Larsson? tänkte jag då som inte visste vad han menade.

- Jo, jo Larsson kommer snart, svarade jag och pekade nedåt bergsvägen med tanke på att kollega Bosse Larsson snart även han skulle passera.

Vi körde vidare till en någorlunda civilisation och mot vårt hotell.

Klockan sex skulle det bli presskonferens med påföljande middag. Jag tog en dusch och i badrummets spegel såg min överkropp ganska kul ut då jag hade ett vitt streck från vänster nyckelben över bröstet och ner till höger sida. Det var där som säkerhetsbältet hade fungerat som ett solskydd.

Till middag bjöds det på nåt som liknade Marockos nationalrätt med bland annat linser, russin och couscous mixat med någon sorts flygfä – troligtvis duva med massor av kanel på. Det blev alltså ingen middag den kvällen heller.

När trummorna och avslutningsfestligheter började vid 23-tiden var det dags för mig att sova.

Dag 4 var det dags att packa för hemresa och därefter blev det frukost.

Buss till flygplatsen och där flyg till Casablanca och sedan vidare till London och där en väntan på två timmar samt lite shopping.

Landade på ett halvkallt Arlanda 21:30. Kallt men det var obeskrivligt skönt att vara hemma och få äta riktig mat istället för apelsiner.

Med Saab i San Francisco - 1986

Uppskattade verkligen att få vara hemma med Gunilla och familjen ett par veckor innan det var dags igen och då till Los Angeles och USA för att köra Saab 900 Turbo 16 Cabriolet.

Det hela började den andre juni 1986 klockan 10:15 med flyg från Arlanda mot Köpenhamn där jag landade 50 minuter senare.

Bagaget var redan incheckat med slutdestination Los Angeles så det var inget att bry sig om. Själv tog jag mig till SAS VIP-lounge där en dansk öl intogs tillsammans med ett par danska "smörre-bröd" i väntan på incheckning på nästa flight.

12:10 var det tid att gå ombord på SAS DC 10 till Los Angeles och där i Business-class där man sitter 2+3+2 det vill säga sju i rad. Det var helt ok men att sitta som i turistklass nio i rad och i elva timmar måste ha givit mer än träsmak.

Jag hann knappt installera mig förrän det meddelades att avgången skulle bli något försenad. Efter ytterligare en halvtimme meddelades det att,

- Det telefonsystem vi har i planet mellan för och akter fungerar inte men att man jobbade på det.

Till sist taxade planet ut mot startplattan. Äntligen tänkte jag – iväg. Då la allt av och meddelandet i högtalarna löd,

- Tyvärr måste vi gå tillbaka till gaten då planets roder inte fungerar.

När vi åter var i transithallen för att få nya besked fick vi passagerare varsin kupong som beviljade mig en gratis öl, biff med pommes eller två smörgåsar i restaurangen.

Alla försök att komma iväg till LA misslyckades. Saabfolket försökte även boka om oss journalister till Finnair via London men inte heller det funkade.

Nästa bud från SAS var buss och övernattning på Sheraton i Köpenhamn vilket vi gjorde.

Men vilken besvikelse!

Åt i alla fall middag på hotellet och ringde hem innan jag kröp till kojs. Varken någon tandborste eller nåt annat hade jag med mig då allt låg i bagaget som fanns på nåt plan. Men SAS försåg oss med välfyllda necessärer.

Dagen efter vaknade jag 06:30 på Sheraton i Köpenhamn och tyvärr inte i USA. En dag förlorad kände jag och gick ner till frukosten som intogs i ett nafs. Ut till den väntande bussen som tog oss till flygplatsen och incheckning – igen.

Äntligen var vi luftburna 10:15 och då serverades en drink till de som ville ha.

Hade vi enligt plan varit framme i Los Angeles skulle vi denna första dag ha besökt världens största flygplan – Spruce Goose som den populärt kallas eller H-4 Hercules som den egentligen heter. Planet är världens största sjöflygplan, konstruerad i trä och byggd 1947. Lastförmågan var 59 ton där åtta stycken 28-cylindriga motorer som tillsammans gav 3000 hästkrafter skulle se till att planet kunde flyga.

Detta var miljardären Howard Hughes baby där amerikanska staten hade laddat in 22 miljoner dollar och Hughes 18 miljoner i projektet. Flera av senatorerna trodde inte att planet skulle kunna flyga varför Howard själv provflög planet för att motbevisa detta.

Flygturen som Howard gjorde varade i cirka 70 sekunder som blev både den första och än så länge sista flygningen innan den låstes in i en luftkonditionerad hangar vid Long Beach där den står än idag.

Klockan 12:00 lokal tid eller 21:00 svensk tid landade jag i Los Angeles.

Efter att ha trampat igenom tull och passkontroll stod jag utanför flygterminalen och väntade på den utlovade bussen som skulle hämta upp oss svenskar.

Men då ingen buss dök upp så fick det bli taxi till hotellet Sea Bucket, Portofino Inn, King Harbour på Rodondo Beach där Saab-folket med Erik Carlsson "på taket" i spetsen väntade. Erik eller "farfar" som vi som kände honom kallade honom behöver kanske ingen presentation – men ändå. Han var född i Trollhättan och var större delen av sitt liv rally- och fabriksförare för Saab. Erik var mästare i både RAC- och Monte Carlo-rallyt. Rallykarriären var från 1955 till 1965 och mitt i den vevan gifte han sig med den kvinnliga rallyföraren Pat Moss, syster till Stirling Moss. Erik dog 86 år gammal 2015.

Bröderna Marx, Chaplin och Greta Garbo - 1986

Det blev en riktig rivstart på den dagen. Först lunch och sedan iväg ut ur Los Angeles mot Hollywood och de stora bokstäverna vilket var svårare att komma till än jag trodde.

På väg ut körde vi igenom stan och längs Hollywood Boulevard och där den berömda stjärnbeströdda trottoaren Walk of Fame finns med över 2 500 stjärnor, bland dem Ingrid Bergman, Beatles, Roger Moore och grodan Kermit.

Vid ett trafikljus – rött sådant stannade vi – två Saabar i bredd och som på en given signal cabbade vi ner. Det måste ha varit en syn för alla runt om då två identiska bilar cabbade ner samtidigt.

Teststräckan som var på 35 svenska mil blev en seg körning speciellt ut genom LA. där man som trafikant inte håller undan och lägger sig i innerfilen utan lägger sig i den fil man vill – kanske ytterfil och blir liggande där tills det är dags att svänga vänster kanske fem mil längre fram eller senare. Att ligga bakom och blinka med helljus eller ännu värre att tuta är inget att rekommendera. Detta då det troligtvis ligger en pistol eller revolver i var och varannan bils handskfack.

Vi gjorde ett glasstopp vid mediemogulen Hearsts fuskslott Hearst

Castle som började byggas 1919 men som stod helt klart först på 50-talets slut. Men på 20- och 30-talet var det en samlingsplats för festande politiker och skådisar som flögs in eller kördes in med Hearsts egna tåg. Bland gästerna fanns dåtidens stjärnor och kändisar som bland annat Bröderna Marx, Charlie Chaplin, Greta Garbo och vårt svenska flygäss Charles Lindbergh.

Pengar betyder mycket i USA och familjen Hearst är en av de rikaste i världen bland Rockefeller och Goldmans som med sina 28 miljarder dollar vilket är 252 000 000 000 (252 tusen miljoner svenska kronor) och håller med det en 9:e plats bland världens rikaste enligt finanstidningen Forbes. Nummer ett innehar familjen Walton med sina 130 miljarder dollar och som äger stormarknadskedjan Wal-Mart. Med sådana pengar skulle de kunna köpa hela Sverige. Det gör att Donald Trump på pappret är en fattiglapp med sina "ynka" 4,5 miljarder dollar. What a joke!

Jag åkte genom småstäder där jag möttes av skyltar som talade om hur stor befolkningen var. Vissa "hålor" hade nyligen fått tillökning eller att någon fallit ifrån varför "gårdagens siffror" var korrigerade med färg och pensel.

Räkor i ketchup och Clint Eastwood - 1986

Anlände mer än trött till The Inn at Morro Bay vid 21-tiden.

Vid incheckningen fick jag förfrågan om jag ville ha något att äta och blev erbjuden en skål stora räkor.

- Ja tack, blev mitt omedelbara svar. Räkor är aldrig fel även mitt i natten.

In kom en skål med kokta stora tigerräkor. Förväntade mig en bytta chilisås men fick den "american way" vilket betyder – ketchup. Gott men ändå inte det jag hade förväntat mig. Ketchup...

och till det en amerikansk öl innan jag intog sängen då jag varit vaken i 27 timmar i sträck och kände mig ganska mosig.

Dag tre. Jäklar vad jag sovit – ursäkta min "franska". Men jag kände mig som en ny människa. Intog frukost bestående av bacon och ägg och fick för första gången höra uttrycket "sunny-side-up" (gulan upp) vilket jag aldrig hört tidigare. Till det ett par munkar – sockersliskiga härliga donuts och till det ett glas underbar och fruktig juice. Det kallar jag en näringsrik frukost… eller? Borde kanske tagit en cola istället?

Körde ut ur Morro Bay genom indianmark och längs kustvägen mot Santa Luciabergen till lunchstället Nepenthe som ligger vid Big Sur som bjöd på en fantastisk utsikt och lika fantastiska hamburgare – Ambrosia burger med smörstekta bröd. En härlig och smörig dröm.

Det finns många små tavernor eller bättre restauranger längs Highway 1, ofta i samband med någon fin utsiktsplats.

Även de finare krogarna sätter en heder i att ha hamburgare på sin meny eller Harbor Burger som är lite lyxigare och ofta inte med det stora bulliga brödet utan mer ett bröd likt formfranska men även det smörstekt. Syndigt gott! Sedan är det alltid 100 % nötkött, ibland med vissa extragoda inslag som kanske tryffel, anklever och som sagt smörstekta bröd (som ingen av de svenska hamburgerkedjorna lärt sig göra i Sverige) till detta ett femtiotal "siders", vilket är tilltugg till själva burgaren.

Det kan vara sådana saker som olika sorters lök som också kan vara stekt, rostad eller picklad, vanligt bacon eller rökt sådan, olika sorters svamp, prickig korv, chilikorv, olika smakfulla ostar, avokado och frukt, "you name it, we got it", som det heter.

Och visst finns det alltid gigantiska biffar i kiloklassen för den som vill ha något rejält på tallriken.

Skulle man sedan inte klara av att pressa ner all mat är det brukligt och helt ok att man ber om att få resterna i en "doggie-bag" när man lämnar restaurangen.

Men maten hamnar oftast inte hos hunden utan snarare på husses tallrik när hungern sätter in igen.

Nyätna körde vi vidare mot Monterey, känd för sina musikfestivaler och för att nobelprisförfattaren John Steinbeck bodde där då han skrev sin nobelprisnovell.

Carmel By the Sea som orten heter och ligger i Monterey County där självaste Clint Eastwood var borgmästare ett år mellan 1986 och -87. Staden har tidigare gjort sig känd för att bebos av konstnärer och författare. Bland dessa vår svenske författare Vilhelm Moberg som bodde där under en tid på 1950-talet.

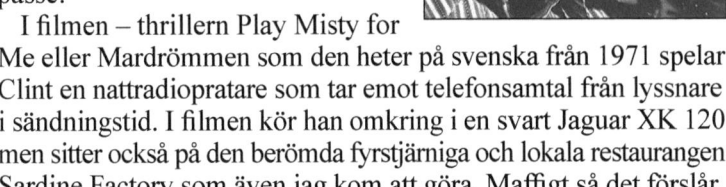

Vi skulle ha fått träffat Clintan men då vi var en dag sena så var det mötet passé.

I filmen – thrillern Play Misty for Me eller Mardrömmen som den heter på svenska från 1971 spelar Clint en nattradiopratare som tar emot telefonsamtal från lyssnare i sändningstid. I filmen kör han omkring i en svart Jaguar XK 120 men sitter också på den berömda fyrstjärniga och lokala restaurangen Sardine Factory som även jag kom att göra. Maffigt så det förslår.

Men först – Carmel är en riktig liten lyxstad med knappt 4 000 välbärgade invånare och med en rad exklusiva butiker och dyra men smakfulla restauranger.

Själv hittade jag en kul butik – Christmas Shop som hade allt det i julpynt som man kan önska sig – även på sommaren. Köpte en lång julgransslinga med ett hundratal kulörta smålampor som enligt expediten kunde blinka för kanske bara 200 svenska kronor, ett klipp tyckte jag. Något liknande fanns över huvud taget inte i Sverige.

Att jag sedan blev tvingad att köpa en transformator till elen som omvandlade svenska 220 volt till 110 volt vilket var det som ljusslingan krävde kostade 800 kronor var en annan sak.

Köpte också en tröja med ett kul julmotiv på till Gunilla.

För egen del investerade jag i en enkel T-shirt och en bumpersticker med texten "Clint for President", men så blev det nu inte utan det blev Ronald Reagan som satt kvar som president till 1989.

Tillbaka till Monterey. Innan kom fram stannade vi vid kusten för att ta ett par bilder på den lilla ö, snarare kobbe som ligger utanför och som då var full med pelikaner och sälar som låg och solade. En fantastisk syn.

Vi checkade in på hotellet Spindrift Inn, 652 Cannery Row. En gata som även John Steinbeck skrivit om i sin novell. Jag fick ett fint rum med havsutsikt där jag även kunde se sälarna som solade på klipporna.

Efter en dusch och klädbyte blev det en kort promenad till fisk- och skaldjursrestaurangen Sardine Factory.

Då förra seklet var ungt livnärde sig staden på att göra fisk-
konserver. Men de gamla fabrikslokalerna är nu ombyggda till
tjusiga butiker och restauranger.

Efter ett litet tal av självaste ägaren till lika sommelier Charles
JR som framhöll restaurangens historiska värde som enligt honom
var oslagbart trots att USA bara hade 240 år på nacken och att han
hade en vinkällare som bestod av 45 000 exklusiva vinflaskor (även
det oslagbart enligt honom) var det dags för middag.

Han berättade med stor inlevelse att vi skulle få äta tre rätter
– förrätt, huvudrätt och efterrätt. Till det skulle det serveras tre olika,
speciellt utvalda och unika viner och till det även tre olika klassiska
musikstycken.

Så blev det äntligen dags att beställa mat och dryck.

Charles JR i in roll som servitör pös omkring i salongen och
riktigt njöt av sitt framträdande och sin oslagbara storhet.

Det skulle bli en skaldjurskanapé till förrätt. Sedan gratinerad
hummer och därefter någon efterrätt som jag inte noterat. Men
annars lät menyn underbar.

En öl tack... - 1986

Vin beställdes enligt rekommendation – tills Charles JR kom
fram till mig. Men före mig satt min kollega Hasse Britth från
tidningen Motorföraren som är Motorförarnas Helnykterhetsförbunds
medlemstidning. Här kammade den gode C. JR noll då beställ-
ningen blev "en Coca-Cola utan is". Lätt irriterad vände han sig
till mig. "What sort of wine, sir?" frågade han och höll på att dänga
till mig med den förgyllda sommeliersked (provsmakningssked
som en sommelier eller vinkypare som det hette förr har) som
hängde runt hans hals i en kedja.

- A beer please, sa jag. C. JR sa inget utan drog bara iväg.

Jag fick i alla fall i mig två gratinerade hummerhalvor vilka var
toppen och någon mexikansk öl som min bordsgranne Erik Carlsson
benämnde som "kolsyrat vatten". Erik som var en stor älskare
av korv och öl sa,

- Du ska snart få smaka på ett riktigt bra öl. Håll ut och vänta.

Dag fyra började med frukost klockan åtta som bestod av jordgubbar,
kaffe och juice och ett gigantiskt wienerbröd som i USA och säkert
i fler länder istället heter "Dainish".

Körriktningen blev mot Californiens vindistrikt Napa Valley
och där Rutherford Hills.

Det var skönt att slippa bergskörningarna då vi körde genom

ett vackert böljande landskap med solvarma dalar fulla med vinstockar och här och där stora villor med en gigantiska paraboler på sina tomter som gjorde att de som bodde där kunde hålla kontakt med omvärlden.

Vi stannade för lunch på restaurangen och resorten Auberge du Soleil vilket är lika dyrt som det låter. En övernattning här kostar idag nästan 12 000:- för ett dubbelrum men då ingår frukost vilket kanske kan vara en tröst om man tycker att pannkakor med lönnsirap kan vara värt det.

Till lunch fick jag en god kanadensisk öl – Moosehead. När vi så skulle köra vidare fick var och en tre flaskor vin från en av de bästa vingårdarna i området. Erik som ju visste att jag gillade öl bättre gav mig istället en liten låda med sex flaskor Moosehead. Tack Erik, hoppas du läser detta där du är.

San Francisco - 1986

Vi körde vidare till nästa mål som var San Francisco, 15 mil norrut längs Highway 1 som vi så gott som följt sedan dag ett.

Highway 1 sträcker sig från Los Angeles och upp till Seattle innan grannlandet Canada tar vid. Filmbitna har ofta ett speciellt förhållande till den vackra vägsträckan Highway 1, som varit med i många filmer, bland annat i Tjejen som visste för mycket med Goldie Hawn.

Här är landskapet varierande där vägen stundtals går högt upp i bergen genom molnen med den klarblå oceanen djupt nedanför. Att köra Highway 1 är inte alls som andra amerikanska motorvägar som till exempel den mellan Phoenix och Las Vegas där vägen i timtal kan vara spikrak, bil- och folktom. Där är det endast räfflorna efter oljetrågens brutala närkontakt med asfalten i vägguppen och

kulhålen i kaktusar och vägskyltar som avslöjar att här har andra bilar och skjutglada människor passerat.

Vi kunde i horisonten se den magnifika Golden Gatebron innan vi först körde in i en tunnel. *(se bild föregående sida)*

När vi kom ut ur tunneln på andra sidan körde vi sedan ut på själva bron. Bron som byggdes mellan 1933 och -37 ritades av en Joseph Baermann Strauss som även står staty framför Golden Gatebron och som även ritat järnvägsbron över Trollhätte kanal i Sverige.

Ett tiotal personer fick sätta livet till under bygget av Golden Gate och sedan dess har även 1 600 personer tagit sina liv då de hoppat från bron.

På den gigantiska bron som är 2,7 kilometer lång arbetar ett gäng vars jobb är bara att måla bron. När de är färdiga med ett målningsvarv vilket tar tre - fyra år är det bara att börja om igen. Då förstår man att bron är både lång och stor.

Det var eftermiddag när vi körde över den sexfiliga bron (tre i varje riktning) och trafiken tätnade för att mot slutet av bron krypa fram. Väl av bron körde vi uppför en brant backe och sedan ner på en lika brant men väldigt krokig väg – Lombard Street men som fått namnet "the crookedest street in the world" som så gott som alla som turistar i San Francisco besökt och besöker. Annars är den lika vanlig på film. *(se bild nästa sida)*

När det gäller bilar och film så går det inte att nämna San Francisco utan att nämna de fantastiska biljakter som Steve McQueen gjorde här i den odödliga klassikern Bullitt från 1968 där han kör livet ur en Ford Mustang 350 fastback och skurkens Dodge Charger. Noteras bör att det är McQueen som gör sina egna stunt genomgående i filmen. Har du inte sett den – se den.

Hittade fram till hotellet Fishermans Warf som inte bara är ett pråligt hotell utan också en stadsdel i San Francisco. Gav en dollar i dricks (!) för att få min väska uppkånkad till rummet.

Efter ett par minuter stod jag och fotografkollegan Hasse C utanför hotellet redo för en promenad nedåt hamnen vilket inte var så långt. Därifrån kunde vi se ut över till ön Alcatraz där man i mitten på 1800-talet byggt ett militärfängelse. Kändaste fången var gangsterkungen Al Capone som satt där en tid innan han benådades 1939.

1963 stängdes fängelset men under åren det var ett fängelse försökte 36 fångar rymma härifrån varav 15 dog, snarare drunknade under sina flyktförsök.

Istället för att lägga minst ett tjugotal dollar på att besöka Alcatraz så tog vi en pizzaslice för två dollar styck. Idag kostar ett besök som varar lite mer än två timmar på fängelseön 41 dollar. Undrar om det är värt det eller är det en av många turistfällor.

Tillbaka till hotellet, dusch och ombyte av kläder. Utanför väntade ett par limousiner, sådana där lååååånga amerikanska som skulle ta oss journalister till Chinatown och där en Kinarestaurang.

Sent om sider låg maten framför mig som var lite grönsaker, bland dem bambuskott och vattenkastanjer. Exotiskt så det förslog – då. Något som vi inte var vana vid – då.

Sedan kom något in som såg ut som skulle kunna ha varit en liten kyckling eller en välmatad kanariefågel men det var en vaktel så det blev inte mycket ätit den kvällen.

Tillbaka till hotellet i limon för att checka in till morgondagens flyg.

6 juni – femte dagen på den utflykten var det dags att flyga hem.

Upp klockan åtta och till frukost som bestod av ägg och bacon. Åt även en smarrig frukostburgare då det inte blev så mycket mat kvällen innan. Därefter limo till flygplatsen och sedan flyg till Seattle på tidtabell. Samma sak med flyget till Köpenhamn där jag landade elva timmar senare.

Från Kastrup blev det tåget och sedan tågfärja över till Helsingborg där kärleken – Gunilla väntade.

Det här kom att bli en av de mest minnesvärda provkörningar jag gjort. Helt fantastisk från början till slut både vad gäller resmål, bil, men också med trevliga kollegor. Synd bara att den blev en dag kort där vi missade en hel del. Kunde kanske ha blivit bundis med självaste Clint Eastwood han kan ju lite svenska då han är gift med en svensk kvinna.

Efter detta, en månads vila och eftertraktat familjeliv varefter det bar av till USA – igen.

- Askungesagan Cadillac Allanté och Jensen

Sex veckor senare flög jag igen till USA igen, då inbjuden av General Motors (GM) och till bilstaden Detroit och där inför premiären av en ny Cadillac. Cadillac är för jänkarna lika heligt som den fjärde juli, nationaldagen, den amerikanska flaggan och nationalsången "The Star-Sprangled Banner".

Den svenska delegationen var två personer, Åke Borglund från Teknikens Värld och jag. Ett starkt team med tonvikt på Åke som varit med i leken i då över trettio år mot mina fjuttiga fyra.

Vi startade den 22:e juli 1986 med SAS-flyg från Arlanda till London, Heathrow och där en väntan som blev två timmar lång innan British Airways med sin jumbojet lyfte mot Detroit.

Lyckades slumra lite på planet men såg också ett par filmer innan planet tog mark i USA.

Om flyget var segt så var väntan – att köa i en timme i immigration där inresehandlingar och bagage kollades minutiöst, värre. Men det var inget mot vad det är idag. Om det finns något som kan ta och jobbar i immigration. Otrevligare människor har jag aldrig strött på. Undrar var de kommer ifrån..?

Detroit från 73:e våningen - 1986

Väl igenom nålsögat vid 19-tiden lokal tid eller mitt i natten 02:00 Sverigetid väntade en GM-representant med en Cadillac Fleetwood Brougham som körde oss till vårt hotell – Westin Hotel, en jättekoloss på 73 våningar och 1 068 rum som ska ha medverkat i en actionfilm med Burt Reynolds. Vilken vet jag inte. Till den som gillar en storslagen utsikt finns det en restaurang på översta våningen som snurrar runt ett varv på trettio minuter. Risk för sjösjuka?

Själv bodde jag på 44:e våningen och hade utsikt över Detroit-floden som delas med grannlandet Kanada.

Vi bjöds välkomna med en drink och lite snittar i GM's VIP-svit på 65:e våningen innan det var dags att säga god natt. Efter att ha bläddrat igenom alla tjugo TV-kanaler däckade jag och försvann in i en stundade en välbehövlig sömn.

Upp 07:00 med reveljen och upp till GM's VIP-svit där det serverades frukost bestående av kaffe och te samt ett otal sorters wienerbröd, det ena kladdigare än det andra. Gott och nyttigt..?

En timme senare tog vi hissen ner till gatuplan där skjuts väntade på oss för körning till GM's design och tekniska center som hade haft sin premiär redan 1956 då det var populärt med stora fenor på bilarna.

Stället, om man får säga så om GM's designcenter är gigantiskt och består av 38 olika byggnader där så många som 21 000 personer arbetar som mest. Där finns två mil vanlig väg, testbanor och en stor sjö på området.

Vi blev avsläppta vid entrén till GM's Research Laboratories där vi fick en guidad visning av de olika tekniska avdelningarna av ingen mindre än chefen själv, Robert Frosch, forskare och före detta chef för amerikanska NASA som är myndigheten för rymdfart och rymdforskning.

Chuck Jordan från skiss till mock-up - 1986

Efter det kom vi till designcentret där vi möttes av Charles M. Jordan eller Chuck som han kort och gott kallade sig.

Chuck började hos GM 1949 medan han fortfarande studerade till designer. En av hans första projekt vid 28 års ålder var designen av Aerotrain, ett strömlinjeformat tåg som kom 1955. Fyra år därpå hade han klättrat och var då chefsdesigner hos Cadillac och var den som designade de enorma fenorna som bland annat 1960 års Cadillac Coupe de Ville fick.

Chuck tillhörde designtoppen hos GM från 1986 till 1992 och under den tiden hann han också med att vara designchef hos Opel som GM då ägde.

Det var full aktivitet på de olika avdelningarna där man bland annat skissade på kommande modeller, ritade bilar i full skala, liksom stod och karvade i fullskaliga lermodeller till att designa enskilda detaljer som handtag, backspeglar, solskydd osv.

Inspiration hämtade man från naturen varför det på vissa avdelningar drällde av till exempel torkade blommor, frukt, stenar, olika sorters trä, drivved - allt som kunde stimulera till form och design.

Vissa avdelningar hade svarta dörrar vilka var låsta och hemliga och där kom inte vem som helst in. I utrymmena och korridorer mellan de olika design-avdelningarna stod det bilar uppställda. Vissa mock-ups (fullskale-modeller) som aldrig kommit längre än att just bli modellförslag som refuserats av designledningen eller spännande prototyper och produktionsmodeller. Bara detta måste vara en inspirationskälla om något.

- Val av material är lika viktigt som själva bilens design, sa Chuck då han släppte in oss i ett stort rum, snarare en sal.

På väggarna hängde det gardiner i rader – såg det ut som. Men jag fick snart förklaringen att detta var nästa års kollektion av textilier till de bilmodeller som skulle komma om först ett - två år eller så. Dörrsidor, hela inredningar i långa rader. Till vilka bilar de var avsedda för gick inte att lista ut då allt var kodat. Ja, det gällde redan då och gäller än idag att ligga i framkant.

Då en bilmodell passerat skisstadiet och då även godkänts som lermodell är nästa fas att göra en fullskalemodell. Blir den godkänd var nästa steg att fullskalemodellen fick en karossfärg, glasrutor, grill, kromlister och naturligtvis lysen fram och bak som design-teamet tänkt sig.

Då och där stod man inför det slutgiltiga beskedet.

Skulle det bli tummen upp eller tumme ner? För att se projekt-bilen i olika ljus, i olika vinklar men också omgiven av andra bil-modeller blev vi slussade att få se det stora och "heliga" visnings-rummet som var ännu en gigantisk sal ovanpå designavdelningen dit bilarna togs upp med hiss.

Här kunde man öppna upp helt för att släppa in dagsljus efter önskemål för att se hur ljus, skugga, sol eller mörker spelade och reflekterade i de olika projektbilarnas lack och form.

Klockan fyra på eftermiddagen var visningen slut och vi blev hämtade av vår chaufför som körde oss tillbaka till hotellet.

Fick ett par timmar ledigt så jag tog hissen ner och gick ut på stan för att se om jag kunde hitta några presenter till den väntande familjen där hemma.

Tre timmar senare stod chauffören och vår limo där igen och körde oss till ett förortsområde som heter Bloomfield Hills, cirka tre mil norr om Detroit.

Vi hade blivit bjudna hem till Chuck och hans fru på en "enkel buffémiddag" tillsammans med ett par vänner till dem förutom oss.

Som alltid i de finare amerikanska och välbärgade förorterna var allt och är så otroligt prydligt. Stora välskötta villor och trädgårdar. Inte några tufsiga gräsmattor här inte. En liten kul sak är att själva villorna är ofta placerade långt bak på tomten vilket gör att man har en stor framsida mot vägen men då istället en smal tarm till tomt på baksidan av huset. Den syns ju ändå inte och är inget att skryta med vilket man vill göra med en imponerande och väl tilltagen framsida.

"Just for the day" Ferrarigul Fiero - 1986

Vi blev avsläppta utanför villan och mottagen av en servitris iklädd svart klänning och ett vitt förkläde som frågade vad vi ville ha att dricka. G&T, sa jag och hade knappt hunnit dra andan då jag fick ett glas i handen med vad som smakade gin och tonic och en farlig massa krossad is.

Det var mycket folk i den stora trädgården – bland dem, Robert Frosch som jag träffat tidigare under dagen men Chuck syntes inte till. Hans fru syntes i alla fall. Hon for runt med en gigantisk spray-flaska och sprutade hysteriskt på alla buskar mot mygg och andra insekter som skulle kunna tänkas utgöra ett hot mot oss.

Alla verkade samlade utom Chuck som i samma stund kom körandes in på gräsmattan i en gul Pontiac Fiero. Vilken entré!

Alla gäster samlades runt bilen och Chuck berättade att han låtit lacka Fieron i Ferrarigul dagen till ära. Chuck som tidigare berättat att han var en stor Ferrarivän visade mig sin Ferrari Testarossa som stod i villans stora garage bredvid en otroligt fin Cadillac

(bild ovan Pontiac Fiero)

Fleetwood som tydligen var fruns bil.

Men samtalsämnet var Ferrari och Chuck visade mig sin Ferrari-klocka som han hade runt handleden. Jag kunde då inte låta bli utan drog upp kavajärmen och visade honom – min Ferrariklocka. Vi blev kompisar – tror jag.

Zzzzz... - 1986

Dag tre blev en upprepning vad gäller frukosten från dagen innan men nu var den förstärkt med chokladdoppade munkar.

På schemat stod besök på GM's huvudkontor.

Först avnjöts ett föredrag (zzzzz) om GM's export. Därefter ett kort tal och frågestund med GM's högste, styrelseordförande – Robert C. Stempel. Därefter fick vi oss till livs allt om utveck-lingen av magneter och som avslutning på det sömnpillret fick vi varsin liten men urstark magnet och med den ett varningens ord att inte ha magneten i närheten av kontokort eller annat som kan tänkas kunna bli avmagnetiserat.

- Var försiktiga med magneten också om ni har en pacemaker.

Lunch intogs därefter på ett flott ställe dit vi promenerade. Jag hade magneten hela tiden i ena handen för jag visste helt enkelt inte vad jag skulle göra av den.

När jag kom in på restaurangen efter det att kollegorna från såväl England som Tyskland och även de amerikanska gått in och satt sig till bords så gick jag förbi garderoben med diverse hängare som var fullsatta med de magneter vi fått. Tydligen var det fler än jag som var rädd för magneterna.

Klockan tre på eftermiddagen amerikansk tid var jag tillbaka på mitt hotellrum.

På eftermiddagsprogrammet stod "officiell presentation av Cadillac Allanté". Ja, så var det äntligen dags för det jag åkt hit för.

Enligt programmet så skulle presentationen hållas på exklusiva Orshard Lake Country Club, ett tidsfördriv för de verkligt rika som ville spela golf, segla eller bara koppla av vid någon av poolerna eller restaurangerna.

Utöver mig var vi ett hundratals journalister som var samlade på gräsmattan vid stora poolen liksom ett gäng halvchefer och topparna från GM med Cadillacchefen John O. Grettenberger i spetsen iklädd en kritvit kostym. Mina tankar gick direkt till påven och hur han kunde hålla hov med sina undersåtar som flockades runt honom likt flugor på en sockerbit. Likheten var minst sagt slående.

Då, plötsligt nerdimpandes från himmelen med helikopter anlände den alltid välskräddade Sergio Pininfarina med sonen Andrea. Wow, vilken entré.

Två talarstolar stod uppställda och med hjälp av champagne piskades stämningen upp till nästan en frireligiös hysteri. De båda – Grettenberger och Pininfarina intog varsin talastol.

- Det här blir den bästa Cadillac som någonsin har byggts, vi kommer att ta köpare från alla konkurrenter och sänka snittåldern på våra kunder med 10 år, predikade Grettenberger. Pininfarina ökade sirapsdosen från sin talarstol med att tårögt förklara att detta var hans enda och stora livsdröm,

- Att få vara delaktig och bygga en Cadillac.

Säljare, halvchefer och PR-folk var som i extas, de stod på stolarna och applåderade hejdlöst. Hade det bara berott på en lyckad pressvisning skulle Cadillac Allanté redan då vara en dundersuccé.

Men det kom att visa sig att Cadillac hade stora bekymmer – kunderna var visserligen trogna, men blev bara äldre och äldre – märket fick alldeles för få och unga köpare.

Genomsnittsåldern steg och steg. När den nådde 64 år beslutade oroliga GM-direktörer att föryngra produkterna, annars skulle man snart stå utan köpare därför att kunderna till slut blev för gamla att köra bil eller skulle helt enkelt ha dött ut.

Världens längsta löpande band - 1986

Allanté var tänkt som en amerikansk Mercedes SL-sportvagn och var faktiskt den första tvåsitsiga Cadillacen sedan 1942.

Alla marknadsföringstrick användes. Bland annat flirtade man vilt med de många amerikaner som hade italiensk bakgrund. Allanté hade inte bara designats av den italienske mästaren Sergio Pininfarina utan var också med att bygga den. Kunde det bli bättre!?

Tror inte att Sergio under åren dragit speciellt många streck när det gäller design men han var en skicklig affärsman och en duktig sådan på alla plan som kunde träffa överenskommelse med såväl Ferrari, Peugeot och Cadillac att få stå för deras design och det var hans namn som inte bara stod för designen utan ofta också för själva produktionen då bland annat Cadillac Allanté kom att byggas i Pininfarinas fabrik San Giorgio Canavese i norra Italien.

Produktionen kom att kallas "världens längsta löpande band" och löpte då mellan amerikanska Detroit och Turin.

Men Turin hade en sliten och omodern flygplats, så GM hostade upp en ansenlig mängd dollar liksom tyska flygbolaget Lufthansa som hade flygkontraktet med GM och vips fick den nord-italienska industristaden en ny start- och landningsbana och terminalbyggnad samt toppmodern teknik.

En passande bottenplatta togs ur GM's stora produktion och flögs i specialbyggda jumbojets av Lufthansa till Turin och skickades därifrån vidare till Pininfarinas fabrik.

På bottenplattan byggdes sedan karossen upp, lackerades, fick inredning i skinn, sufflett samt en hardtop.

Färdigbyggda karosser flögs sedan tillbaka till USA för slutmontering av drivlinor, hjulupphängningar etcetera.

Tutto – allt på italienska var standard - 1986

Allanté skulle enligt GM's ledning konkurrera med Mercedes SL, men nådde aldrig upp till den tyska och faktiskt överlägsna rivalen.

Men med 61 procent av vikten fram, framhjulsdrivning och en minst sagt mjuk fjädring gjorde Allanté till en osäker bil på snabba och kurviga vägar. Något som visserligen inte är så vanligt i USA, som mer har ett vägnät av breda och raka vägar. Men i Europa är snabba och kurviga vägar desto vanligare och Cadillac såg Europa som en stor potential marknad.

Det var egentligen inget fel på själva konstruktionen.

Cadillac hade tagit hjälp av Porsches utvecklingscenter som hade arbetat med karossens bärighet och krocksäkerhet hade kommit fram till att GM's hjulupphängningar med fjäderben fram och stötdämparben/tvärställd bladfjäder bak var väl så kompetenta.

En 170 hästars V8 på 4.1 liter, med en 4-stegs automat, diverse lyxutrustning som maxistereo, färddator och en fin luftkonditionering kompletterade denna lilla Cadillac, vars enda extrautrustning bestod av en tidig mobiltelefon – allt annat var standard.

Inredningarna var magnifika, Recaro-stolar i skinn med el-justering

– 10-ways som jänkarna säger. Den analoga instrumenteringen var avsedd för Europa, USA fick det digitala flipperspelet med bläddrande siffror.

Dagen efter (25 juli, dag fyra och sista dagen totalt) började som vanligt med wienerbröd men också munkar med nyheten för dagen – muffins.

Med den tumultartade sessionen och kanske trötta efter kvällens efterfest med Grettenberger och Pininfarina blev min kollega Åke och jag – de enda journalisterna på plats då vi var lovade en provtur med det amerikanska undret.

Här i Europa är vi motorjournalister vana vid att få provköra nykomlingar grundligt, 20 till 30 mil på landsväg, genom städer och ibland några varv på en motorbana är inte alls ovanligt.

I USA var det annorlunda, där gick pressvisningen mer ut på att berätta om olika utrustningsalternativ och priser. En provkörning av själva bilen var mindre intressant.

Ett varv på GM's testbana i Milford som skulle ta knappt tre minuter skulle vi i alla fall få. Till att börja med heter det inte testbana eller "test-track" utan "proving-ground" på GM-språk. Testar, provar och utvärderar gör man på en testbana medan man istället får bekräftat hur rätt, hur bra och riktigt det är på en provingground där ordet "proving" står för att man där bevisar – ger ett kvitto på hur bra konstruktionen är. Stora ord, minsann.

Här hade de ställt upp inte bara med en Allanté utan också med en Cadillac Limousine 75 special och en Cadillac Eldorado. Trespannet hos Cadillac.

Ett krav från GM-folket var att vi skulle ha hjälm på under körningen med Allanté.

Åke krängde på sig en utlånad hjälm och drog iväg med skrikande däck.

- Oh dear, oh my good, så fort får han inte köra, skrek PR-folket när Åke sladdade in i den chikan som GM-folket tidigare satt upp för att hålla farten nere. Det blev inte bara ett varv, utan fyra innan de upprörda värdarna genom att köra ut en funktionärsbil i ett försök att spärra av banan för Åke och på så sätt få stopp på den "galne svenske motorjournalisten" som hade fått för sig att han skulle testköra bilen.

Lunchbuffén kom som ett naturligt avbrott och därefter intervjuer för den som önskade med både Grettenberger och Pininfarina innan det var dags att packa ihop och bli skjutsad ut till flygplatsen för att äntra flyget från British Airways med slutdestination

Heathrow, London dit vi anlände sex timmar senare.

En timme senare avgick SAS från Heathrow till Arlanda och därifrån blev det taxi hem för mig. Då hade jag varit vaken i 36 timmar i ett svep.

Skulle Cadillac Allanté bli en flipp eller dunderflopp? Fortsättning följer från Italien i september bara ett par sidor längre fram i boken.

Gardasjön och Alfa 33 Super - 1986

Den 11 september har en dålig klang men hade det inte 1986 då jag skulle få provköra Alfa 33 Super 1.7 QV i trakterna runt Gardasjön i Italien.

Dagen började med att äldsta dottern, Jennifer, då 6 år gammal redan var vaken då jag klev upp klockan sju och insisterade på att hon skulle koka kaffe till mig. Men vi skippade det och åt varsitt päron istället. Medan jag ögnade igenom dagstidningen kollade hon att jag packat ner "fina skjortan och slipsen". Okej, jag måste erkänna att även jag hade slips på den tiden men bara på pressmiddagarna. Jennifer höll också ett öga på när den beställda taxin kom.

Från Arlanda till Milano med Alitalia där jag möttes av strålande sol och 26 kanske 27 graders värme – i september!

Shuttle-buss till Alfas högkvarter i Arese och där en underbar buffélunch inne i Alfas otroligt fina museum "Museo Storico Alfa Romeo" som för alla är värt ett besök vare sig man är en Alfisti eller inte. Enda problemet är att museet har hållit stängt lite då och då.

Utanför museet stod testbilarna på rad och det var bara att sätta sig bakom ratten och anta provkörningssträckan på femton mil till Gardasjön.

Alfa Romeo 33 kom 1983 och var det italienska svaret på tyska VW Golf. Under huven låg en fyrcylindrig boxermotor som levererade 118 hk i testbilen. Modellen levde fram till 1994 då den ersattes av Alfa 145 och 146.

Testbilen för dagen Alfa 33 Super bekände färg och var så temperamentsfull och välbalanserad som jag hade förväntat mig av en italienska i den storleksklassen och som riktigt gillade att jag ömsom stod på gasen eller bromsen.

Bodde på Grand Hotel Gandone Riviera – ett italienskt hotell inte alltför "grand" utan snarare halvdant men så otroligt trivsamt som alla italienska hotell .

Hann med lite shopping – en leksaksbil i form av en Ferrari BB512 till Jennifer och en Porsche 956 till Camilla. Klart tjejerna ska ha varsin bil – Burago förstås.

Middag och därefter presskonferens – båda halvdana även de.

Tog sedan en sväng på stan och med det en drink på en lokal bar. Att gå ut på stan och ta en öl och få vara själv har jag alltid försökt göra.

När jag kom tillbaka till hotellet och skulle krypa till kojs var det heller ingen höjdare utan jag blev tvingad att lyfta ner madrassen på golvet då det inte gick att sova i den i mitt tycke angivna hängmattan. Hem dagen därpå efter provkörningen.

Cadillac Allanté – sista delen – slutet - 1986

22 september. Flög från Arlanda via Frankfurt klockan 17. Landade och blev hämtad av en representant från Pininfarina som körde mig till mitt "favvohotell" Jolly Hotell i Turin. Fastän det var sent – ca 22 så måste jag bara ta en kort promenad.

Upp dagen efter den 23:e klockan 07:30 och intog en klen frukost. Italienarna är inte så mycket för frukost utan brukar nöja sig med en kopp Cappuccino eller en eller två starka Espressos.

Buss kom och hämtade mig och ett gäng utländska kollegor för att transportera oss till Pininfarinas nya fabrik i San Giorgio i Canavace där man också tillverkade Peugeot 205 cabriolet, nån Ferrarimodell men också Cadillac Allanté.

Besöket började på italienskt vis med kaffe och sedan pressinformation innan provkörningen tog vid. En kort provkörning som inte gav ifrån sig nåt direkt att skriva hem om.

Efter detta blev det presskonferens där Sergio Pininfarina och Cadillacchefen John O. Grettenberger deltog. Det blev lite småprat och utbyte av komplimanger dem emellan som ungefär likt det tidigare mötet jag var med på i USA. Grettenberger tog tillfället i akt att gratulera Pininfarina på hans födelsedag som varit ett par veckor innan. Pinin var inte sen utan grattade Grettenberger i förskott på hans förestående födelsedag. Så sött...

Än en gång – inte ett öga var torrt. Då var det både roligare och

intressantare att få se på produktionen vilket blev väl valda delar.

Cadillac blev en riktig askungesaga men en sorgsen sådan.

När proppen gick ur den sagan berodde det inte så mycket på utrustning eller grundkonstruktionen, istället var det slarv i flera led som orsakade att försäljningen tvärdog.

Först var det den förgyllda startnyckeln som förlorade sin gulddoublé på bara några veckor, sedan uppstod mängder med små och större fel.

Bland felen var att vissa kunder drabbades av att dörrlåsen vägrade öppna inifrån bilen, folk blev helt enkelt inlåsta och någon fick till och med skära sig ut genom den svindyra suffletten. Bilen läckte också in vatten vid dörrar och fönster. Det visade sig att italienarna hade petat in brunt omslagspapper inunder gummilisterna för att de skulle bli tjockare och täta bättre – metoden fungerade bara en kort tid men sedan läckte det åter in som ett såll.

"Flop of the year" men allt mer kompetent - 1986

Till slut stängde GM sitt 24-timmars assistansnummer, en telefonsvarare uppmanade istället köparna att återkomma på kontorstid – man klarade helt enkelt inte av anstormningen från rasande och besvikna kunder.

Negativa skriverier skrämde bort köparna. Målet hade varit att det skulle säljas 4 000 Allanté under -87, men bara 1 651 bilar hittade sina köpare.

Året därpå 1988 skulle 7 000 bilar byggas men det blev bara 2 500 och utöver det stod det osålda Allanté i GM's depåer sedan tidigare.

Den första versionen av Cadillac Allanté var knappast någon succé, bilen döptes till "Flop of the Year" som branschtidningen Automotive News utropade efter för många barnsjukdomar. De två första produktionsåren luktade onekligen fiasko.

Men det var då och här som sagan började bli intressant. Askungen var nämligen på väg att förvandlas till en vacker prinsessa.

GM som hade och har enorma resurser kan och kunde utreda och åtgärda vilka fel som helst, bara direktörerna anser att bilmodellen i fråga är värd det. Cadillacchefen John O. Grettenberger beslöt sig för att "visa dom jäklarna" och beordrade att Allanté skulle bli perfekt in i minsta detalj.

1989 års modell var ett stort steg åt rätt håll.

Allanté fick en 4.5-liters V8:a på 200 hk, en lägre utväxling som sänkte sprinten 0-100 km/tim från sega 10 till mer respektabla 8,5 sekunder. Men tyvärr orsakade åtgärderna en straffskatt i USA av Gas Guzzler Tax – bränsleslukarskatt – vilket höjde priset på bilen.

Allanté fick också progressiv servostyrning vilket gav bättre väg-känsla i högre hastighet, ett datorstyrt, halvaktivt stötdämparsystem med tre hårdhetsgrader och större hjul med lågprofildäck – allt för att förbättra väggreppet.

Året därpå, 1990 blev ännu mer intressant. Ett antispinnsystem ökade väggreppet ytterligare, bakvagnen förbättrades och stötdämparna blev "helaktiva", vilket gjorde att de slog över i hårdaste inställning under bromsning, hård acceleration eller kurvtagning.

Krockkudde på förarplatsen och en CD-spelare tillkom – fortfarande var allt standard utom mobiltelefonen.

Priset steg förstås i takt med att bilen blev alltmer tekniskt förädlad och GM beslöt erbjuda Allanté utan hardtop vilket då sänkte priset rejält. Då hade GM börjat få stil på Allanté, aktiv fjädring och många finesser eliminerade bristen på väggrepp – GM's tekniker jagade livet ur Pininfarinas arbetare för att öka kvalitén och det italienarna inte klarade av fixades i Detroit.

Men inget kunde rädda Allanté, den urusla starten hade gett bilen dåligt rykte och försäljningen sjönk ytterligare trots att nya Allanté faktiskt hade blivit så bra att den då kunde tävla med SL-vagnarna på allvar. Trots ihärdiga försök lyckades inte GM att få JR Ewing i den omåttligt populära TV-serien Dallas att köra Cadillac Allanté istället för Mercedes SL för att väcka köparnas intresse.

Produktionen lades ned i slutet av -92.

1993 blev sista årsmodellen, slutklämmen blev suverän tack vare att man från januari -92 monterade in den nya North Star V8:an på 295 hk och hade gjort ytterligare förfining av den aktiva fjädringen och antispinnsystemet. Cadillac hade äntligen en bil som inte bara var i klass med konkurrenterna, utan i många fall överlägsen dem.

Totalt tillverkades 21 430 Cadilac Allanté mellan 1986 och -93.

Askungen blev en vacker prinsessa – men då ströp GM henne!

Birmingham – Rover – Jensen och Jaguar - 1986

Jag hade precis hunnit ladda mina batterier ett par veckor med familjen innan det var dags att ut och resa igen – då den 12 oktober 1986 för en tripp i egen regi för vår tidning Automobil till Birmingham och där ett inplanerat besök på Birmingham Motorshow.

Fyra dagar hade vi, Kjell och jag planerat att göra England och tog första steget – flyget från Arlanda till London för att där byta plan till Birmingham.

Men så lätt gick det inte.

Flyget från Arlanda var försenat vilket resulterade i att när vi väl kom fram till Heathrow så hade vårt anslutningsflyg till Birmingham redan gått och nästa skulle gå först dagen efter.

Vet inte hur vi bar oss åt men vi fick istället tågbiljetter och biljetter till tunnelbanan från SAS. Men istället för tunnelbana tog vi en taxi från flygplatsen in till London och där Euston Station från vilken Birminghamtåget skulle avgå. Taxi kostar minst dubbelt så mycket som tunnelbanan men kan beroende på vilken tid på dygnet man åker ta sig snabbare till London.
Jo då, SAS betalade även taxiresan.

Utan stress kunde vi gå ombord på tåget och tog oss till restaurang-vagnen där vi drack varsin pint och kanske nån till och njöt av tågresan som bara tog en timma och 30 minuter. Ett klart bättre sätt att resa.
Klockan 18 stod vi på fast engelsk mark igen och efter fem minuters promenad klev vi in på Ladbrook Hotel i Birmingham. Ett kanske då tvåstjärnigt hotell, skulle jag tippa på. Efter en snabb installation gick vi ut och åt middag och sedan ett par pint öl på det. Cheers!

Måndag morgon den 13 oktober började bra med engelsk frukost – bangers (ofta tråkgråa men goda korvar), kippers (saltad rökt böckling eller stekt sill) – hela kitet utom black pudding (blodkorv).
Över det ett generöst lager HP-sås som engelsmännen har till allt. Till det Birmingham Mail, dagstidningen som varit nummer ett i Birmingham sedan 1870 och som gav mig en uppdatering om vad som hänt i världen där ute.
Den förbeställda taxin kom och körde oss till NEC vilket betyder National Exhibition Center och där under en vecka eller så Birmingham Motorshow som skulle premiäröppna klockan nio.
Vi kom fram i exakt rätt tid och travade runt mässan innan vi gick till Rovers monter för att där hämta nycklarna till den Rover Stirling 800 som vi skulle få ha och använda under de dagar vi var i England.
Jag lyckades också få en intervju med Jaguars dåvarande vd John Egan (1980 -90) som jag också tog en bild på. Precis innan jag tog bilden gav jag honom en Automobiltidning som han höll i handen då jag tog bilden. Bra blev det också.

Tisdag den 14 oktober hade vi tagit ut vägsträckan till Jensen Motors som höll till i West Bromwich. En körning på cirka 20 minuter nordväst om Birmingham.
Jensen grundades av Richard, Alan och Patrick Jensen och har

sina rötter från -30-talet där de fem år senare byggde inte bara egna bilar utan tillverkade även för andra bilmärken. Mellan 1960 och -63 byggde Jensen Volvo P1800 innan Volvo själva tog över och la produktionen i Göteborg, något som jag tidigare skrivit om. Även Austin-Healey byggdes här på 60-talet.

Den egna produktionen var den undersköna Jensen Interceptor som började byggas 1966 och som formgavs av italienska Carrozzeria Touring men det var Italienska Vignale som tillverkade de första bilarna innan Jensen själva tog över tillverkningen.

FF till stjärnorna

Som tidigare hade man Chryslers V8 och automatlåda. Med åren blev det större motorer men också en fyrhjulsdriven Interceptor FF som stod för Ferguson Formula som också hade utvecklat systemet och var den första seriebyggda personbilen med fyrhjulsdrivning.

Många av den tidens popstjärnor körde Jensen och helst FF-modellen. Beatlarnas Paul McCartney hade en liksom trummisen Ginger Baker i Eric Claptons band Cream.

Jensen Interceptor var också den första personbilen som fick låsningsfria bromsar. Systemet – Maxaret som kan liknas vid ABS kom från Dunlop och var utvecklat först och främst för flygplansindustrin.

Men succén uteblev trots alla innovationer. Mycket berodde på att de vänsterstyrda versionerna kom så sent samt att den fyrhjuls-drivna FF-versionen inte gick att göra vänsterstyrd på grund av att hela drivsystemet låg på vänster sida och inkräktade på utrymmet för en eventuell vänsterstyrd bil.

Det blev bara 320 tillverkade exemplar – alla högerstyrda då man 1971 beslutade att lägga ner tillverkningen av FF.

Innan dess gick norsk-amerikanen Kjell Qvale in i Jensen Motors. Qvale var amerikansk importör och letade efter en ersättare till Austin-Healey som hade lagts ner.

I ett samarbete mellan Jensens ingenjörer och Donald Healey tog man fram en tvåsitsig roadster som fick en tvåliters fyrcylindrig motor från Lotus. Jensen-Healey var född. Samma motor kom senare att användas i Lotus Esprit.

Trots att man lagt ner tillverkningen av FF rullade produktionen av Interceptor på, både som cabriolet och coupé. Toppmodell blev Interceptor SP där de två bokstäverna stod för "six-pack" med en V8-motor på 385 hk som fått tre dubbelförgasare. Men efterfrågan var sval och totalt tillverkades bara 232 ex av SP mellan 1972 och -73.

Jensen-Healey var planerad att bli Jensens volymmodell men oljekrisen 1973 satte stopp för det och drev företaget i konkurs 1976. Mellan 1972 och -76 tillverkades 10 000 Jensen-Healey. Sedan blev det stopp även för den.

Ur detta uppstod Jensen Part & Service som sålde reservdelar och erbjöd service och renoveringar.

Under åren 1983 och -92 erbjöd man en uppgraderad Interceptor IV som hade en 5.9-liters Chrysler V8:a under huven. Inte ens det lockade köparna och med det blev det bara 11 bilar som hittade sina kunder. 1993 tog det försöket slut och man slog vantarna i bordet som det heter.

Det senaste och kanske det sista försöket att återuppliva märket gjordes 2002 med Jensen S-V8 Roadster som hade visats redan 1998. Men det blev bara 32 tillverkade bilar. Synd på så rara ärtor, tycker säkert fler än jag.

I väntan på Jaguar - 1986

Sista dagen den 15 oktober ställde vi den lånade Rovern på hotellets parkering och lämnade nycklarna i receptionen då den senare skulle bli upphämtad av vännerna hos Rover.

Vi tog taxi till för mig mitt mecka – Jaguarfabriken – Browns Lane i Coventry. Där hade jag avtalat med PR-avdelningen att få hämta en Jaguar XJ40 som precis hade haft världspremiär på förmiddagen.

Vi var där på överenskommen tid och anmälde oss i receptionen och fick besked att de meddelat PR-ansvarig Ian Norris att vi var på plats och väntade på honom.

Vi väntade… väntade… och väntade. Det började närma sig klockan tolv och lunch. Lunch i Sverige tar 45 minuter. Samma lunch men en publunch tar säkert mer tid. Gissa jag var irriterad på denna nonchalans.

Där stod vi och gnisslade tänder och hade väntat i tre timmar utan någon som helst antydan till kontakt med Jaguars PR-avdelning.

Då… plötsligt ser jag ett par som kommer ut från entrén. En kvinna och en lång smal man cirka 190 lång.

- Det är Ian! sa jag till Kjell.
- Lugn, svarade Kjell och jag fann mig – för Kjells skull.
Där stod vi ytterligare en och en halv timma.

Ian kom till sist tillbaka och fem minuter senare kom han ut till den stora parkeringsplatsen där vi väntat i fem timmar.

- Sorry, ursäktade han sig och lämnade över ett par nycklar till en XJ40 snett bakom oss och som stått där hela tiden sedan vi kom på förmiddagen.

Vi körde iväg i Jaggan och letade upp ett par foto-spots.

Plåta, plåta, plåta... Köra, köra, köra… stadskörning, landsväg och motorväg.

Allt testades eller snarare provades på bara ett par timmar för att få en någorlunda uppfattning om bilen. Det var okej men det kändes inte riktigt bra då tiden var för kort för att kunna ge ett riktigt seriöst och objektivtomdöme om bilen.Vad som stressade Kjell och mig var att vi hade ett bokat flyg senare på eftermiddagen till London för att sedan ta anslutningsflyget till Arlanda och Stockholm.

Det började bli ont om tid då vi lämnade tillbaka Jaggan då vi igen träffade på Ian i receptionen som stod och limmade på receptionisten som han knappt kunde slita sig från. Vi frågade om det fanns någon vänlig själ som kunde skjutsa oss till flyget. Ian sa att han kunde göra det – nu direkt.

Efter lite småprat på väg mot flygplatsen så ställde jag lite i förbigående en fråga till Ian,

- När kommer arvtagaren till E-type? Den tidigare utlovade F-type?
Då tog det hus i helsike. Ian exploderade och nästan skrek,

- Ni jävla journalister nöjer er inte med något. Här har ni idag fått köra det senaste från Jaguar men det duger inte. Nej, nej, ni vill hela tiden ha mer!

Han var något upprörd och vi var tacksamma att vi i samband med hans utbrott var framme vid flygplatsen.

Kan inte motstå en 60-talsbild från Jaguars motoravdelning där man hantverksmässigt byggde ihop motorer och växellådor.

- 230 km/tim på räls, F1 i Japan och in kommer – tandläkaren

Början på 1987 började ganska lugnt när det gällde antalet resor men som senare rullade på och bjöd bland annat på min första och helt oförglömliga Japanresa. Totalt sett blev det ändå ett hektiskt och stressigt år.

En av de mer stressiga resorna var med Toyota till Luxemburg i augusti -87 för att köra nya Toyota Corolla.

Stress, stress, mer stress...

Vi flög från Arlanda direkt till Luxemburg i ett privatchartrat propellerplan. Kanske inte det absolut snabbaste men säkert det bästa och smidigaste sättet att ta sig dit på.

Då vi landade stod testbilarna där och väntade och det blev en teststräcka på tio mil enligt roadbooken. Jag och min co-driver hann knappt tillbaka till hotellet då presskonferensen redan hade börjat och direkt därpå slussades jag och mina svenska kolleger in i ett annat konferensrum för en för en svensk presskonferens där vi fick svenska specifikationerna och priser. Bra på alla sätt och vis.

Efter det väntade en buss utanför som tog oss europeiska motor-journalister till ett gammalt slott där middag serverades.

Tillbaka till hotellet strax efter midnatt för ett par timmars sömn.

Dagen efter hade samma snabba tempo. Nu var teststräckan längre – 30 mil och gick in i Tyskland och till staden Koblenz och tillbaka. Någon lunch hann vi inte med.

Då jag lämnade testbilen var det bara att sätta sig i bussen som tog mig till flygplatsen och där det lilla bullriga flygplanet väntade för hemtransport.

Vid fler än ett par tillfällen har schemat varit så snävt att man inte ens hunnit ställa in väskan på hotellrummet utan fått sätta sig direkt till bords eller till presskonferens.

Vid ett tillfälle i november 1995 var jag i USA i bara ett dygn! för att i Spartanburg provköra BMW:s nykomling – BMW Z3. Men det var i stressigaste laget. Återkommer till den körningen längre fram.

Fyra bilar i ett - 1987

I september var det storslagen premiär eller "grande prima" som de säger i Italien för Alfa Romeo 164 i Milano. Tre till-verkare av de fyra som delade på produktionen – Saab 9000, Fiat Croma och Lancia Thema hade redan haft sin premiär och med Alfa Romeo 164 var de fyras klubb komplett. Ja, du har säkert läst det i ett tidigare kapitel här i boken.

Alfa eller **A**nonima **L**ombarda **F**abbrica **A**utomobili som bok-stäverna står för har varit med sedan 1910 men då Nicola Romeo tog över företaget 1918 kom det att heta Alfa Romeo.

1986 införlivades Alfa Romeo med Fiat. En fusion som jag fick höra från många hos Alfa Romeo var ett dråpslag.

Sedan 2014 ägs alltihopa, det vill säga – Alfa Romeo, Chrysler, Dodge, Fiat, Jeep, Lancia, Maserati av den internationella konsortiet Fiat Chrysler Automobiles. Totalt hade man 400 000 anställda och omsatte 200 miljarder euro om året och mer skulle det bli.

Jag flög till Milano via Köpenhamn där jag landade i 30 graders värme. Notera att det var den 21:e september – även lite väl varmt för italienarna själva så där års. Bodde på hotell Brun som så ofta då det gällde Milano och Alfa Romeo.

Dagen efter var det lika kväljande varmt. Alla vi journalister som bott på hotellet bussades till Mirafiori där själva premiären skulle ske inför både tidningar, radio och TV.

Mirafiori var Fiats andrafabrik som öppnade 1939 och blev Fiats stolthet efter Lingotto som hade rullat igång redan 1923 i Fiats hemstad Turin.

I Mirafiori hade man tillverkat bland annat första generation Fiat 500, Fiat Ritmo och då jag var där Lancia Thema.

Utanför fabriken på parkeringsplatsen hade Alfa-folket satt upp tälttak i stil med dagens partytält och inunder dessa i någorlunda svalka stod testbilarna för oss journalister att låna som vi ville. På den tiden – 1987 fanns det inga navigationssystem vare sig fasta eller lösa sådana i bilarna utan vi körde alltid efter en roadbook med avståndsangivelser var man skulle svänga så det gällde att hålla koll på bilens trippmätare. I bästa fall hade roadbooken foto på de korsningar eller byggnader som skulle göra att man kunde orientera sig och känna igen då de passerades innan man skulle svänga.

Att köra en bil på hemmaplan som man är van vid och hittar i eller efter en roadbook är en sak, men att få en bil och köra fritt utan att veta var man är funkar oftast inte. Men så var det på Alfa-körningen – fri körning med hopp om att man skulle hitta tillbaka.

Alfa 164 fick full poäng av mig. Stilren design både vad gäller utanpåverket men också vad gäller inredningen med en underbar komfort – detta förutom alla knappar på instrumentpanelen som mer såg ut som ett piano. Även designen i motorrummet fick pluspoäng med de kromade insugsrören.

Med tanke på alla bilar och alla journalister som var inblandade i en jättepresentation likt den som Alfa bjöd på är det förvånande att det inte hänt flera olyckor under åren än det gjort. Vid Alfa 164-körningen hände faktiskt en olycka. Än en gång var det nog stressen som var orsak till det hela. Ett par danska kollegor körde på motorvägen och skulle svänga av från densamma men man var osäker på att det var rätt avfart. För sent och i för hög hastighet såg de den lilla gula skylt som Alfa satt upp vid avfarten varpå föraren la om ratten till avfarten vilket resulterade att bilen fick sladd och slog runt. Men danskarna – gott virke i dem – klarade sig med bara lätta blessyrer medan skroten fick ta hand om sin första Alfa 164.

Sergio Pininfarina – igen - 1987

Fiat och Alfa hade säkert dammsugit Europa på alla journalister med någon som helst motoranknytning. Säkert var vi 800 journalister på plats. Till de som hellre ville se stan gick det shuttlebussar till och ifrån Mirafiori och Milano titt som tätt.

Träffade och skakade hand med Sergio Pininfarina som jag senast såg och träffade i samband med fabriksbesöket 1986 hos Pininfarina i San Giorgio där de skruvade ihop Cadillac Allanté.

Efter detta mästarmöte var det dags för ännu ett mästarmöte – lunch.

Jag har inte förr och inte heller efter den dagen sett en sånt gigantisk och dignande lunchbuffé. Italienska specialiteter och delikatesser i långa banor med nötkött, fläskkött, olika sorters skinka, pasta i alla dess former, fantastiska korvar, ett tiotal ostar där en hel parmesan stor som ett lastbilshjul och som var upphuggen i små kretonger låg på ett bord för sig. Jätteräkor, ostron, bläckfisk, musslor, enorma bakverk och efterrätter, allt, allt, allt. Så fort det började sina på något fat kom ett nytt in. Det tycktes aldrig finnas något slut på delikatesserna.

Priset tog nog ändå humrarna. Tänk en biffig hummer, cirka en meter lång. Overkligt som sådan men hummern var egentligen flera stycken som var skurna av hummerkött och sedan lagda eller monterade som det heter som om de vore en enda gigantisk hummer. Inga skal utan bara underbart rent hummerkött. Skickligt och helt otroligt.

Oblyg, dum eller oförstående som jag var satte jag min tallrik inunder serveringsfatet och satte kniven en bit in i hummern och drog ner ungefär tio centimeter av den konstgjorda hummern på min tallrik. Allt i bara – rent hummerkött. En sanndröm som jag inte fått uppleva någon mer gång – än.

Tokyo - 1987

Tre dagar efter Alfakörningen flög jag till Tokyo med Honda. Oj, vilken omställning. Efter en mellanlandning i Köpenhamn för att sedan fortsätta med ett fullpackat SAS-flyg landade planet på Tokyos flygplats Narita tio timmar senare.

Min kropp sa att klockan var tjugo i tre på morgonen svensk tid men den japanska klockan visade på tjugo i tio på förmiddagen. Måste säga att jag mådde smått illa bara av vetskapen av just detta – vad utsätter jag mig för?

Japan betyder "soluppgångens land". Där på en yta lite större än Norge som har en befolkning på 5,1 miljoner trängs 127 miljoner människor. Bara i Stor Tokyo bor det 35,7 miljoner människor. Säkert har befolkningen ökat sedan dess.

Vi – det lilla svenskgänget blev mottagna med en buss som tog oss direkt till Tokyo Motorshow som jag traskade runt på ett par timmar.

Efter fem timmar – gäääsp – blev vi äntligen skjutsade till vårt hotell – New Ontani för incheckning och eventuellt klädbyte innan middag som sedan intogs uppe på hotellets 40:e våning. Hotellet som ligger så att säga mitt i smeten är femstjärnigt och har 1 479 rum och 39 restauranger att välja mellan. Ganska stort, alltså.

Somnade inte i soppan men snudd på nån timme senare och då

hade jag varit vaken i cirka 29 timmar i sträck. Fy för att inte kunna sova på flygplan som alla andra normala människor.

Tisdag den 29 september åt jag japansk frukostbuffé i en hast för att inte missa vår shuttlebuss som tog oss till Hondas huvudkontor där vi fick träffa Hondas ledning.

Därefter lunch i en av Tokyos trädgårdar – vid hotel Chinzanso som bjuder på det vackraste i japansk trädgårdskonst som man kan tänka sig och har en stor damm med karpar. En grillad god lunch serverades. Knappast karpar. Karpar är förresten ett tecken på att man är förmögen. Ju fler karpar man har desto rikare är man enligt japansk tradition.

Fick efter det en dos sightseeing i Tokyo och även ett besök i ett japanskt tempel. Bussen med guiden stannade också till vid kejsarens palats. Där fanns det karpar. Har väl aldrig sett så många karpar på ett och samma ställe som i kejsarens vallgrav runt hans palats. Stora och feta var de också. Undrar ändå om de går att äta..?

230 km/tim på räls med whisky & Cola på burk - 1987

Jag har alltid varit lättsövd och då haft lika lätt för att vakna. Ofta utan att ha satt någon väckarklocka. Så att vakna och kliva upp i så kallade okristliga timmar har aldrig besvärat mig.

Dag tre vaknade jag klockan sex för att ställa ut min packade väska som skulle hämtas en halvtimme senare. Efter frukost.

Blev där och då helsåld på japansk frukost där allt är nyttigt. Alltså ingen fet eller stekt mat. Äggris, grillad fisk, misosoppa och grönsaker allt med massor av protein för en bra start på dagen. Efter det blev vi skjutsade till tågstationen där vi i samlad tropp klev ombord på Shinkansen som betyder "nya stambanan" på japanska eller Bullit Train som den heter lite mer europeiserad

och som låter lite mer spännande som tåget också kallas i Europa.

Tåget toppar 230 km/tim (då 1987) men som inte tog något bagage förutom små portföljer gjorde att våra väskor fick åka lastbil till vårt hotell i Toba. Från Tokyo är det cirka 30 mil till Toba då man måste köra runt Isebukten. På väg dit passerar man också staden Toyota som bilmärket själv bekostat och byggt upp och fick sitt namn 1959 där det idag bor över 423 000 invånare.

För vår del skulle Shinkansen ta oss de 30 milen på lite mindre än fem timmar inklusive det tågbyte vi skulle göra i Nagoya.

I Japan avgår tågen och speciellt Shinkansen på sekunden. Inga förseningar alltså. Här har de styrande av svenska tåg och pendeltåg mycket att lära. Hålla avgångstider – knappast... Notera då att de som åker tåg i Japan är säkert tio gånger fler än de som åker tåg i Sverige.

Tåget startade mjukt och gled sedan iväg. Från restaurangvagnen där jag startade min tågresa hade jag på väggen en hastighetsmätare som visade hur fort tåget körde. Nålen darrade lätt när den till sist nådde modiga 230 km/tim innan jag gick till min sittplats där jag kunde se hur det japanska landskapet svischade förbi. Idag har hastigheten ökats till svindlande 320 km/tim. Då är det snudd på ingen idé att sitta, titta ut och kolla landskapet som knappt går att se.

Plötsligt öppnades kupédörren och in skramlade en serverings-vagn med en servitris och en servitör i gröna käcka uniformer.

De började med att buga djupt för oss alla i kupén innan de började sin försäljning. På menyn fanns smörgåsar, kakor, nudlar, men också ett brett utbud av dricka. Allt från vatten, läsk, iste, kaffe till saké eller whisky och Cola färdigblandat på burk. Det senare är sedan långt tillbaka mycket populärt i Japan. Så pass populärt att myndig-heterna fick problem med nykterheten då även detta såldes i "vending machines" dygnet runt på stan. Vi hade också dessa varu-automat som de hette i Sverige då de fanns på 50- och 60-talet från vilka man kunde köpa mat genom att stoppa in mynt och sedan öppna en lucka och ta ut det man betalat för. Knappast whisky och Cola utan snarare en tetrapack (sån där trekantig förpackning) med mjölk och bröd, ost smör osv.

När så de entusiastiska och artiga försäljarna skulle gå ut från vår kupé så stannade de innan dörren. Vände sig om, bugade och tackade för våra köp medan de backade.

Även här har de styrande av svenska tåg och pendel-tåg något att lära. SJ's plastmackor :o(nej tack.

För oss stannade tåget i Shiroko där vi fick kliva upp i en stor buss. Japaner gillar kristallkronor och naturligtvis hade bussen en hel rad med kristallkronor.

Efter en lunch rullade bussen vidare till visning och genomgång av Hondas fabrik. Då bussen stannade utanför fabrikens reception klev en Hondarepresentant med famnen full av Hondakepsar ombord.

Efter sedvanliga hälsningsfraser och bugningar delades det ut kepsarna som han ville att vi skulle ta på oss. Därefter var det tänkt att vi skulle kliva ur bussen och sätta oss på den lilla läktare som stod uppställd framför receptionen så de kunde få ta ett par kort på oss som minne av vårt besök. Men innan vi klev av bussen så sa representanten åt oss att vi måste lämna kvar våra kameror ombord under fabriksbesöket.

- Nänä, får inte vi fotografera under fabriksbesöket får inte ni heller ta nån bild på oss uppradade på läktaren, sa en av mina sura kollegor som ansåg sig föra allas talan. Och så blev det. Ganska dumt att det blev så tycker jag så här efteråt.

Så vi tågade alla in i fabriken och det var första gången jag fick höra pling-plång-musik i klass med glassbilens jingel som vi alla säkert hört. Pling-plång-musik spelades upp då det rullande bandet av någon anledning stannat upp. Kanske nån vid monteringsbandet inte hann med eller att det fattades nån skruv eller så.

Då de olika monteringsstationerna hade alla olika pling-plång-trudelutter gjorde att det stundtals kunde bli en pling-plång-kakofoni utan dess like.

Därefter buss med kristallkronor tillbaka till hotellet Toba International och en riktig traditionell japansk middag vilket betyder, sitta på golvet utan skor och äta med pinnar. Gillade inte maten så mycket då… men väl nu.

Förste november – racestart - 1987

1977 var det sista år som man körde F1 i Japan på Fuji Raceway där James Hunt det året vann i en McLaren-Ford. Tio år senare var det åter dags för Japans Grand Prix som kördes för första gången på Suzuka-banan som ägs av Honda och som tidigare använts som testbana för Hondas motorcyklar och bilar.

Vår buss, en annan mot dagen innan men även den med kristallkronor ställdes på den stora parkeringsplatsen som redan på förmiddagen var så gott som full.

Många hade kommit redan dagen innan och sovit över i sina bilar och då säkert sett kvalet, eller kommit dit som vi för att inta sina platser och se på träningen, insupa atmosfären och sedan på eftermiddagen se själva racet.

Vi lämnade bussen i samlad tropp och tog oss till den anvisade läktaren som var vid start- och målrakan.

Strax därpå när vi vid tolvtiden skulle gå iväg och äta lite lunch hade även japanerna kommit på samma tanke.

De gick snällt och disciplinerat i en lång samlad rad längs gångvägarna ut mot det öppna området där det gick att köpa nåt att äta.

Vi var lite mer spontana eller oförskämda om man så vill och genade över gräsmattorna för att komma fram före den japanska invasionen.

Efter lunch var vi tillbaka till vår läktare och fick då reda på att den då engelske toppföraren Nigel Mansell inte skulle ställa upp i Japans GP då han hade kraschat hårt med sin Williams under kvalet.

Innan start underhölls vi av ett gäng veteranbilar som körde ett par varv runt banan. Efter det kom vaktparaden in och rev av ett par taktfasta låtar.

Till sist var det äntligen dags för racestart. Bilarna radade upp sig och när startlamporna släcktes for de iväg. När de avverkat ett varv så kom de åter förbi vår läktare med ett minst sagt öronbedövande dån. Ljudet från bilarna studsade upp på läktarna, mot betongtaket vilket förstärkte ljudet ytterligare. Det var som att sitta i en resonanslåda.

Två timmar senare stod det klart att vinnare blev Gerhard Berger, Ferrari tätt följd av Ayrton Senna, Lotus-Honda och vår Stefan "Lill-Lövis" Johansson, McLaren-TAG på en tredjeplats. Stefan Nils Edwin som han döpts till hade en F1 karriär som varade i elva år och gjorde att han startade i 103 race men vann aldrig men tog fyra andraplatser och åtta tredjeplaceringar. Vädergudarna gillade inte utgången av racet utan öppnade himmelens portar och lät regnet forsa ner efter målgång. Och då menar jag forsa. I japan kallar man det monsunregn.

Att ta sig efter målgång från vår parkeringsplats vid banan ut till motorvägen tog oss eller snarare bussen tre timmar. Säkert sov några istället över i sina bilar vilket är ganska vanligt att man gör i Japan. Så är det. För att komma till sina jobb i tid är det vanligt att man kör ut genom staden då det är minst trafik, förmodligen redan klockan två på natten. Stannar till när man är nästan framme och sover de sista timmarna i bilen innan det var dags att stämpla in på jobbet.

Nästa event på agendan innan vi skulle återförenas med Tokyo var att vi skulle äta middag på en vad jag förstod en berömd traditionell japansk restaurang som låg högt upp på en kulle. Men regnet gjorde allt för att sätta stopp för de planerna.

Tanken var att vår buss som kämpade genom regnet skulle ta oss upp till restaurangen men se det gick inte. Bussen kämpade på liksom bussvärdinnan som alltid finns med på en turistbuss och ska vägleda chauffören med sin visselpipa sprang ut och in genom bussen för att kolla att vägen var fri. Bussen gav till sist upp liksom även hon som då såg ut som en dränkt katt.

Men det fanns lösningar och rätt som det var kom ett par taxibilar som körde oss i skytteltrafik upp till restaurangen.

Skor är något speciellt i Japan. Säkert så också i hela den civiliserade världen men ändå på ett speciellt vis i Japan. Där gäller det att ytterskorna ska tas av helst utanför huset för att man sedan ska ta på ett par tunna tofflor eller inneskor som ofta finns för gäster i små fiffiga skokartonger innanför entrédörren som man då kan hasa omkring med.

Ska man sedan besöka toaletten så ska dessa inneskor tas av och ställas utanför WC-dörren då man där då bytt till ett par blåa tofflor. Sedan gäller det att komma ihåg att byta tillbaka till innetofflorna när WC-besöket är avklarat.

Dag sex var vi tillbaka i Tokyo för ett par dagars ledighet och shopping, men också för att äta en och annan stärkande västerländsk måltid på McDonalds där de ljumma kvällarna också passade utmärkt för lite barhäng med kollegorna.

En kollega i gänget – Gert K nöjde sig inte med lite barhäng utan det blev ganska mycket av den sällskapliga varan. Så pass mycket att han träffade på en japansk flicka som han festade med halva natten. Det var kanske tur att flickan inte var ensam utan hon hade med sig sin pappa som var tandläkare, fick jag berättat till frukost dagen efter.

... och in kommer – tandläkaren - 1987

Dagen efter skulle vi få besök av Honda Motors president Tadashi Kume som kom till hotellet enbart för att träffa oss. Storslaget, tycker jag än idag.

Vi var alla på plats i konferensrummet när Mr Kume gjorde sin entré. Först höll han ett litet tal till oss och när det var klart så rullades det in en vagn och på den en hög med små vackra kartonger. Mr Kume gick därpå runt och delade ut dessa kartonger - presenter som visade sig innehålla en fin bordsklocka i lackat trä till var och en av oss med en plakett där det stod till minne av vårt besök i Japan 1987 och Tadashi Kumes signatur. *(se bild nästa sida)*

Klockan står sedan dess i min bokhylla.

Stämningen var mycket högtidlig. Där stod vi allihop med varsin klocka i famnen när dörren till konferensrummet flyger upp och in kommer Gerts partyflicka och efter henne – pappan, tandläkaren. Jag kan lugnt säga att den högtidliga stämningen förbyttes till ett lätt kaos. Tandläkaren som talade god engelska förkunnade med stora gester högt och tydligt att hans dotter hittat sin man – Gert och att han nu krävde att Gert som han redan såg som sin svärson skulle gifta sig med henne. Något annat var otänkbart.

Gert, flickan, tandläkaren och vår tolk slussades ut ur rummet för att en kvart senare komma fram till en lösning som säkert var bra för alla parter. Vad uppgörelsen bestod i vet jag inte men Gert blev i alla fall inte kvar i Japan utan följde med oss andra hem med flyget till Sverige.

Tre dagar senare var jag åter på svensk mark. Detta – mitt första möte med Japan var en oerhört intressant upplevelse som gav mersmak. Både vad gäller landet men också maten och med besöket på Suzuka blev jag efter det en riktig F1-entusiast och är den enda sport jag gillar.

En stor F1-entusiast var Gunillas och min vän Bert Carlsson som även delade vårt intresse för Jaguar. Det var förresten Bert som lånade ut sin Mercedes 220 SE Coupé som vi hade med oss till det finska tryckeriet för att förhandla om trycket av Automobil och med Mercans hjälp imponera på ägaren Olavi som tack vare det tog emot oss med öppna armar.

Berts Cheva

Bert tog sitt körkort 1953 och fick då av sin pappa en bättre begagnad Chevrolet från 1929. En för sin tid trevlig bil och som väckte stor beundran hos 50-talets ungdomar. Att ha en egen bil och till råga på allt en Chevrolet gick hem hos flickorna. Bert var mycket medveten om vilken flickmagnet han hade och vid ett tillfälle gick det så hett till i Chevan att han blev av med sin skjorta – men inte på det sätt du tror.

Bert var redan då en gentleman ut i fingerspetsarna och hämtade alltid sitt kvinnliga sällskap på avtalad tid och plats. På den tiden – då utan bilbesiktning var det inte alls så ovanligt att en bil med över tjugo år på nacken hade sina brister. För Chevans del var det bromsarna som alltid fallerade, men ännu värre, ett trasigt dörrlås på passagerarsidan. Med sig i bilen hade Bert alltid ett par ordentliga vedklabbar.

Inte för att bilen var gengasdriven utan för att de fungerade som bromshjälp. För att försäkra sig om att eländet verkligen stannade vid till exempel bensinpumpen slängdes vedträna ut under hjulen efter ett bestämt mönster. Som extra bromsförstärkning hade ett par plankor tagits bort från golvet i baksätet så att baksätespassagerarna kunde sätta "klackarna" i backen när så behövdes.

Sällskapet för kvällen var Gullan P. Udding – kan vi kalla henne – och som Bert hämtat upp vid hennes jobb, som var på ett konditori i Bromma då hon slutade vid klockan åtta. Färden gick därefter mot Stockholms city.

Farten var inte speciellt hög, däremot stämningen och nere vid Stureplans-rondellen hände det.

Bert styrde in i rondellen, bilen krängde till lite och plötsligt öppnade sig passagerardörren på grund av det krånglande låset – varpå "kvällens attraktion" gjorde en snabb sorti genom det gapande dörrhålet. Nä, man hade inte säkerhetsbälten på den tiden om någon skulle undra…

Bert fick stopp på Chevan efter 200 meter tack vare ett par vedträ. Hans första reaktion var att han frös, och kände sig naken på något konstigt sätt.

Inte nog med att han förlorat sin dam som vägrade att sätta sig i bilen igen, utan också skjortan som hon dragit med sig i fallet när hon desperat hade försökt betvinga centrifugalkrafterna i rondellen fastän farten varit mycket låg – i knapp promenadtakt.

Gullan P. Udding behövde aldrig mer åka i Berts Cheva från 1929 då de något år därpå gifte sig och bytte upp sig till en ny och modern Jaguar, som då var en av de första bilar som hade skivbromsar runt om och verkligen kunde bromsa, utan vedträ eller hål i baksätets golv.

- Volvo i Döööda dalen, Las Vegas och whiskytest i Skottland

Även 1988 startade med raketfart. Inte riktigt likt nyårsafton men väl den 17 januari med provkörning av BMW's nya 5-serie i Portugal.

Själva eventet hölls på en golfbana vilket det är gott om där. Ni som spelar golf vet att golfbanor är ganska mjuka om man så säger. Något som vi andra dödliga inte vet ett skvatt om.

Och att köra ut en bil på en grön och fin golfbana är alltså inget jag sedan dess kan rekommendera. Jag vet. Där stod vi med en sprillans ny BMW och hade ställt upp kamerastativ och skulle fotografera när jag plötsligt fick ställa om kameravinkeln.

- Rör bilen på sig? frågade jag kollegan som stod bredvid.

- Ja, det är inte helt omöjligt, blev hans något dröjande svar.

Vi gick fram till bilen för att kolla och kunde då konstatera att så var fallet och att bilen hade sjunkit ner till fälgkanten bara på de få minuter den stått där. Undrade i mitt stilla sinne hur lång tid det skulle ta innan marken helt slukat bilen.

Som tur var vi på hotellets egna golfbana så vi blev inte trakasserade av golfgalningar eller hotellets personal eller jagade av banan eller vad det kan heta på golfspråk. Det enda om hände var att BMW-folket tittade lite snett på oss då de skulle ut och dra upp bilen ur gräsmattan.

Fiat på satellit - 1988

Under åren har Fiat alltid haft en förkärlek att dra ihop så gott som alla motorjournalister på en och samma gång. Ofta blev det 1 000 journalister som samlades samtidigt och på samma plats – många gånger i Turin och i någon av de stora konferenssalarna i

Fiats gamla och ombyggda fabrik Lingotto. Men vid ett speciellt tillfälle ville man prova något annat, något nytt. En presentation via satellit som det stod utskrivet i den inbjudan jag fått.

Trots att visningen skulle gå "live" via satellit som i min värld betydde att man skulle kunna sitta i Stockholm, London, Rom eller what ever då det sändes från rymden så var jag ändå tvungen att ta ett flyg.

Sagt och gjort. Den 25 januari flög jag till Frankfurt – alltså inte till Italienska Turin för att äta en sen kvällsmiddag men också för att vara på plats till morgondagens event – nya Fiat Tipo – via satellit.

Morgonen bjöd på regn – helt okej då jag var i Tyskland och inte i Italien för i Italien ska solen alltid skina. Fiat hade riggat upp en gigantisk satellitsändning med livesändning från Turin med en publik av inhemska journalisterna och nådde journalisterna i Paris, Madrid, London och Frankfurt där jag befann mig. Pressintroduktionen hölls och efter det Q & A (questions and answers) som frågades och besvarades i realtid även om man flaggade för att det kunde bli en viss fördröjning. Detta var fantastiskt för att vara 1988 – och det funkade! Efter det och då kamerorna och satelliten slocknat fick jag provköra den nya bilen då Fiat hade dukat upp ett antal nya Fiat Tipo utanför hotellet.

Samma sak skedde samtidigt i London, Paris och de andra länderna – och det funkade där också.

Vägvisare utanför dörren - 1988

Årets fjärde provkörning gick till Nice, Frankrike där nya Jaguar XJS Cabriolet stod på arbetsschemat.

Landade i Frankfurt för byte av flygplan men mottogs med att det var flygledarstrejk, något som med åren blev allt vanligare, så inga flyg lyfte och inga landade.

Vi - den lilla svenska gruppen lyckades ändå efter att ha väntat nästan en hel dag vid 21-tiden få flygbiljetter till en Air France-kärra som tog oss till Marseille där vi välkomnades av ösregn.

På den körningen var vi svenskar för en gångs skull ensamma utan vägledning från någon svensk PR-ansvarig. Men vi var inte helt borta då det stod på pressinbjudan vart vi skulle och vad

hotellet hette och ett telefonnummer till Jaguar.

Ett par av oss gick till biluthyrningsdisken och hyrde en bil.

Ringde Jaguar som sa att vi var välkomna och att de skulle ställa ut en person som skulle ha ett stort Jaguar paraply att spana efter oss och vägleda oss till hotellet som hette Juana och som låg i den lilla staden Juan les Pins vid Antibes i Nice.

Det var ungefär så mycket vi visste då vi startade och körde från Marseille med riktning Nice. En körning som skulle ta två timmar och tjugo mil.

Regnet fullkomligt vräkte ner och det var minst sagt kolsvart när vi klockan 01:00 irrade runt i den dåligt upplysta staden men vi hittade till sist hotellet efter att ha kört fel ett par gånger och letat.

Vi letade först och främst efter den utlovade vägvisaren men självklart också efter hotellet.

Någon utlovad vägvisare fick vi inte syn på. Men till sist lokaliserade vi hotellet och vem stod inte på hotellets entrétrappa med ett Jaguarparaply i handen – jo vägvisaren. Otroligt puckat att ställa honom där. Snacka vi var förbannade.

Dagen efter sken solen och alla inklusive jag trots incidenten med vägvisaren var på gott humör speciellt då det vankades provkörning av Jaguars XJS Cabriolet som fanns mellan 1988 och -91. En Jaguar som fanns med både en rak sexa eller den omtalade 5.3-liters V12:an. Effektuttaget ur 6:an var 285 hästar och var som mest 318 hk ur den större V12:an på 6 liter. Den som svarat för designen var Malcolm Sayer som även stod för designen av den klassiska Jaguar E-type. Sayers dog 1970 men hans design av XJS coupé fick liv först 1975 då den började tillverkas och även till XJS Cabriolet.

8 dagar i USA - 1988

Även 1988 bjöd på ett USA-äventyr som började den 2 maj.

Flög i riktning Kennedy Airport, New York. Såg under flygturen en passande film – Wall Street med Michael Douglas. Landade på Kennedy som var lite kyligt trots början av maj månad. Åkte buss in till city och Hotel Hyatt på East 42:nd Street, på fashionabla Park Avenue om nån ville veta.

Välkomnades med lunch som blev Ceasar Salad vilket just det hotellet är berömd för.

Tog hissen upp till rummet på 23:e våningen för att ställa in väskan och sedan ner igen.

Någon tid för eftertanke och reflektion om var jag var fanns tyvärr inte. No time for that. Men ut i det ögon och öronbedövande vimlet i New York med kollega Rolf som föreslog att vi skulle

ta oss upp i Empire State Building. När vi ställde oss i kö verkade
det inte vara så många i kö före oss… innan vi såg hur kön ringlade
sig vidare runt hörnet, runt nästa hörn och nästa...

Till sist efter att ha köat en bra stund blev vi insläppta i hissen
som tog oss upp på 86:e våningen vilket för min del var mer än
tillräckligt. Annars har Empire State Building som stod byggklart
1931 hela 102 våningar och mäter 449 meter upp i skyn inklusive
radiomasten.

Sov som en stock den natten och intog därefter frukost för att
sedan checka ut och ta mig ut till den buss som körde genom ett
grått och regnigt New York, Harlem, Brooklyn och till Volvos
amerikanska högkvarter där det serverades lunch samt till det en
berättelse om Volvos framgångssaga i USA. Efter denna faktiskt
trevliga korvstoppning blev vi körda till flygplatsen i fint väder
för att flyga till Washington där vi bodde på det hemtrevliga
hotellet Georgetown.

I björnskinn och IKEA - 1988

Washington och det område jag bodde i var betydligt lugnare
och trevligare än den hets, stress och puls jag lämnat i New York.
Inga gigantiska skyskrapor som trängdes här inte utan lite mer
småskaligt med fina villaområden.

Samma kväll gick jag ut med ett par kollegor till en bar för att se om vi kunde träffa på någon som vi kunde hänga med.

Hamnade på en bar där vi tog varsin öl när två tjejer kom och satte sig vid bordet bredvid. De hörde att vi inte pratade något språk som de förstod så de blev tydligen nyfikna på oss varpå vi berättade varifrån vi kom.

- Oh, Sweden… your capital is Switzerland, eh?

Vi förklarade att Sweden – Sverige är ett land och att Schweiz är ett annat land och att vår huvudstad är Stockholm. Okej!?

- Nämen, är det inte i Stockholm männen springer omkring endast iklädda björnskinnsbyxor och jagar flickor? var nästa påstående vi fick höra.

- Nä, och inte heller har vi isbjörnar på gatorna blev vårt svar. Flickornas ögon var stora som tefat. De var fascinerade över att vi nästan var från Nordpolen.

Washington och i den omgivningen vi var i, är om man säger mycket välbeställd. Här har folk bra jobb och tjänar bra. Liksom flickorna som sa att de hade två drömmar.

Den ena var att någon gång i livet få se havet. Okej, men lite konstigt tyckte vi. Dröm nummer två var att få åka och handla på ickiea.

- Ickiea – you know..? the big American departmentstore that also sells furniture.

Vi tänkte till… vad är ickiea..? Inte en susning. Då kom nån av oss på det. Ah... de menar IKEA. Japp, det var det. Men att få tjejerna att fatta att IKEA var svenskt och inte amerikanskt gick inte.

Onsdag den fjärde maj klev jag upp till duggregn klockan sju. Kallt och grått väder. Fick reda på att det var sommarväder hemma. Vi fick en guidad busstur genom Washington med besök på det gigantiska Lincoln-monumentet, Capitol Hill med allt vad det innebär där USA's kongress och regeringsbyggnader ligger.

Därifrån tog bussen oss till "Air and Space Center" som visade upp olika månlandare men också olika intressanta flygplan som till exempel Charles Lindberghs flygplan "Spirit of Saint Louis". För att neutralisera kunskapsintaget styrde vi därefter stegen mot ett hamburgerhak.

Samma eftermiddag höll Volvo ett föredrag i vårt hotells konferens-lokal om säkerhet vilket de är oslagbara mästare på. Direkt efter det blev vi skjutsade till flygplatsen för att borda ett flyg som tog oss till Dallas. Med det blev klockan ytterligare en timma minus i förhållande till New York. Då det gällde svensk tid blev det totalt sett sju timmar före. Guuu vad jobbigt.

I Dallas blev det en väntan på en timma på flyget till Phoenix där vi sedan landade ytterligare någon timma back. Då började det kännas jobbigt med alla tidsomställningar.

Vi var i alla fall i den amerikanska öknen med 25 graders kvav och torr värme trots att klockan var midnatt lokal tid. Efter ett tag rullade det in en buss som tog oss till hotell Fountains Suite Hotel.

Magnum 44 – Smith & Wesson model 29 - 1988

Morgonen dagen efter började med frukost och därefter bjöds det på ökensafari. Utanför hotellet stod ett par jeepar uppställda och till dem guider iklädd bredbrättade cowboyhattar - Stetson och revolverbälte som sig bör i vilda västern. Vi fick ta plats i jeeparna två och två. Mycket hopp och studs blev det.

Rätt som det var blev det tvärstopp på Jeepen.

- Vi höll nästan på att köra över en orm, utropade guiden.

Jo, jag såg den. Den var lika lång som Jeepen var bred där den ringlade över vägen. Vad för sorts orm hade jag ingen aning om och ville inte heller veta men den var som sagt lång och svart, det räckte för mig.

Guiden berättade att på den tiden det begav sig då indianerna var de som ägde landet hade de här indianerna i Phoenix inga hästar utan de sprang, och jäklar vad de kunde springa, timme efter timme och med den stekande solen ovanför. Kanske som den här dagen med blagande sol och 40 grader varmt.

Styrka men också stimulans hittade indianerna bland annat i frukten och blomman från Saguaro kaktusen som de kokade långsamt, i veckor för att utvinna saften som de sa men säkert var det mer så att frukterna eller blomman jäste och jäsningen blev alkohol och till sist stark sådan.

Kaktusarna i Phoenix, Arizona och säkert överallt annars i öknen är ena maklig rackare och växer långsamt och då den är en tio år gammal planta är den bara cirka fem centimeter hög. Många av de största exemplaren i Arizona uppskattas att vara över tvåhundra år gamla.

Genom Death Valley och i Arizona passerar man ofta dessa stora kaktusarna, tio till femton meter höga men vad tråkigt är att många av kaktusarna har fått agera pricktavla för skjutglada amerikaner vars kulhål gjort dem i många fall till såll.

- Do you like guns? Have you ever tried the cowboygun, Colt 45? frågade vår guide då han stannade Jeepen vid vad som såg ut som en skjutbana ute i det fria. Framför oss hade vi höga sandbankar men också här och var uppställda ölburkar och flaskor på rad.

Efter en kort demonstration där han sköt ner allt som gick att skjuta ställde han upp nya burkar och flaskor. Då var det vår tur.

Att pricka en burk på tio meters håll var inte det lättaste då en Colt 45 inte är något precisionsvapen direkt.

Det yrde om sanden och då och då flög burkar i luften. Kul, men i mina ögon ganska meningslöst. När övningen var slut tog guiden upp sin revolver, den som han hade i sitt höfthölster – en Magnum 44. En sån där långpipig kanon – Smith &Wesson model 29 som Clint Eastwood hade i filmen Dirty Harry från 1973.

Ljudet var minst sagt öronbedövande liksom effekten. Burkarna formligen flög i luften samtidigt som det blev en stor krater i sandbanken.

Än en gång fascinerades jag över var vi var – mitt ute i öknen och sand, sand, sand – miltals runt om vårt hotell i alla väderstreck som var en oas mitt i sandhelvetet.

Kvällen och Volvo bjöd på mexikansk grill med gigantiska revben, T-bonesteak, kyckling, majs och naturligtvis mexikansk öl och allt vad det innebar men också "tequila knack" eller "tequila slammer" som de själva säger.

Detta är en dryckestävling av tequila som dricks ur nubbeglas. Den som dragit i sig flest nubbar och med tomma glas som slagits i bordet vinner. Vinnaren fick en kupong vid varje vinst och efter fem kuponger kunde de lösas in mot en gratis tequila.

Klockan 23 tog sömnen över för min del och jag drog mig tillbaka och lämnade vårt bord med en hög papperskuponger som i alla fall inte jag utnyttjade.

Välkommen till Döööda Dalen - 1988
Dagen efter bjöd på strålande sol och en god frukost med äggröra, bacon och rostat bröd. Pannkakorna med lönnsirap fick vara. Flertalet kollegor var lite trötta efter gårdagens många tequila knack.

Tur att man avvek från baren i tid, tänkte jag.

Den buss som tidigare hade kört oss till hotellet hämtade oss och körde oss rakt ut i öknen till nästa anhalt som visade sig vara Volvos testanläggning eller proving ground som de själva kallade det. Ett hemligt ställe som inte ens syntes från den allmänna vägen vilket är meningen. Ändå bevakades stället utifrån av bilspioner som även strök omkring längs områdets staket.

- Välkomna till Volvos technical center i Döööda dalen. Allt sagt på göteborgska. Ja, så hälsades vi. Lite typiskt Volvo att göra svengelska tolkningar. Antingen ska man säga på svenska "Volvos tekniska center i Döda Dalen" eller "Volvos technical center in Death Valley".

Det var ett otroligt imponerande och spännande ställe. Någon större risk för regn fanns inte då man hade mindre än 50 millimeter nederbörd totalt sett per år. Och då området ligger 86 meter under havsytan blir där extremt höga temperaturer.

När jag var där i maj var det runt 30 grader men under juni – juli kan det bli en bra bit över 45 grader och på vintrarna kan temperaturen sjunka ända ner till fem minusgrader.

Så mycket levande finns inte här förutom lite fåglar, gnagare, olika sorters ödlor, skorpioner, ett tiotal ormarter där skallerormen är den farligaste och som gästade Volvos testcenter.

Inget kul ställe precis men som sagt intressant.

Här testade Volvo det mesta. Allt från den enklaste gummilist, backspegelkåpor, tanklock av plast till insynsskydd och instrument- paneler. Vad och hur är solens och värmens påverkan? Hur motverkar man att gummilister, plast, skumgummi och stoppning krymper? Torkar och spricker? Deformeras? Går det att förstärka de svaga punkterna på instrumentpaneler och solskydd? Hur effektiv är luftkonditioneringen?

Även hela bilar testades. När vi kom så stod ett par bilar med motorerna på och hade så gjort sedan ett par timmar tillbaka. Inte nog med det de stod med växel i, under belastning alltså.

Man mätte temperaturen på flera punkter på bilen och på flera ställen i såväl motor som i växellåda.

Efter lunch körde bussen oss genom Phoenix och sedan till Sun City som är uteslutande en pensionärsstad och sedan till flygplatsen där två små plan för sex passagerare i vardera plan väntade på oss för att flyga till – Las Vegas. Här ska spelas! Eller..?
Vi flög över men också genom Grand Canyon vilket man fick göra då – men inte nu längre. En upplevelse som var helt fantastisk. Vilka vyer. Vilka oerhörda bergsformationer.
Det är vid sådana här tillfällen man inser hur liten människan är.

”It´s the wild, wild west” - 1988
Landade på Las Vegas flygplats där det stod en massa privatkärror, de flesta av typen learjet. Ett par hemligt mattsvartlackerade även med svarta rutor.
På flygplatsen hade Volvo ställt upp ett antal bilar som vi skulle få provköra. Inga nyheter utan bara vanliga men aktuella bilmodeller som till exempel Volvo 740 som tillverkades mellan 1984 till -92. Testslingan på 20 mil tog oss genom Las Vegas, längs Las Vegas Strip förbi de lyxiga hotellen, bland dem Caesars Palace (som jag skulle checka in på dagen efter) och förbi de andra lyxhotellen med sina kasinon.

Ut mot Death Valley där vägen är spikrak och trafiken gles. Då är det lite svårt att hålla 55 mph vilket är 90 km/tim. Till sist blir det som en pina, ren tortyr. Men vi blev ombedda att hålla hastigheten då sheriffen är mer än tuff här och kan som man sett i filmer kanske stå och trycka bakom en kaktus eller reklamskylt.
Här fanns tydliga spår på att man trots allt kört fort här. På de ställen där vägen hade ett gupp kunde man se avtrycken från oljetrågen i vägbanans asfalt då bilar lyft över krönet och sedan landat med en duns då de allt som ofta amerikanska svampiga stötdämparna som inte kunnat ta emot smällen utan att oljetråget räfflat asfalten.
Så gott som alla kaktusar och vägskyltar vi passerade hade även här kulhål i sig. ”It´s the wild, wild west. No doubt about it”.

Etappmålet för dagen var Furnace Creek där man har ett rekord på den högsta uppmätta temperaturen i världen som nådde 56,7 grader Celsius den 10:e juni 1913.
Ett annat rekord sattes i juli 1972 då man mätte marktemperaturen till 93,9 grader. Detta kan vara den högsta yttemperatur som uppmätts på ett som det heter naturtomtområde vilket betyder att området

saknar all form av natur och något levande. Som på månen.

År 2000 var 31 personer mantalsskrivna i Furnace Creek. Tio år senare hade den siffran sjunkit till 24 personer. Inget vidare poppis ställe alltså. Men här finns faktiskt ett, nej två hotell fastän de är i princip ett och samma hotell. Furnace Creek Inn eller Furnace Creek Ranch. Det ena lite flottare än det andra. Till det en stor golfbana som man säger är den lägst belägna i världen. Vem har gått en golfrunda 65 meter under havsytan? Det kan man göra där. Men inte under sommaren då är allt stängt på grund av värmen.

Dag sex körde vi vidare. Temperaturen låg på kanske 10 plusgrader då vi klev in i bilarna efter frukost vid niotiden men redan efter nån timme hade det stigit till det dubbla.

Tanken var att vi skulle köra upp till den högsta punkten – Telescope Peak i Death Valley som ligger på 3 400 meter ovanför den lägsta punkten i världen.

Till en början var det inte så farligt. Men vartefter jag kom högre upp smalnade vägen av och till sist började det bli riktigt läskigt högt. Jag kom nog lite mer än halva vägen upp då jag parkerade bilen och klev ut.

Jag kunde inte köra en meter till.

Utsikten var vidunderlig men också för mig lika skrämmande. Och oj, vad kallt det var och jag som hade kortbrallor. Jag tog mig ner till fots och räckte över bilnycklarna till Volvofolket och förklarade situationen varför det stod en Volvo halvvägs uppför Telescope Peak.

Caesars Palace - 1988

Las Vegas eller Vegas rätt och slätt som jänkarna säger har inte alltid bara varit en spelhåla som storganstern Bugsy Siegel var med om att bygga upp. I början av 50-talet fanns där också en annan mycket spännande aktivitet. Atombombstestning.

Bara ett tiotal mil nordväst smällde man av atombomber och gjorde så ända till 1963. De som bodde i Las Vegas eller var på besök kunde allt som oftast se svampmolnen efter någon atomsprängning ute i Nevadaöknen. Las Vegas kom då att kallas för Atomic City.

Efter att ha stannat utanför entrén till Caesars Palace där "valet parking" (ofta ungdomar som parkerar gästernas bilar på restauranger och hotell i USA) tog hand om min bil gick jag vidare till entrén som visade sig vara ett rullband som jag bara stod på utan att behöva ta ett enda steg – så amerikanskt.

Jag färdades en bit upp och över nåt som kunde liknas vid en amerikansk tappning av Colosseum i Italien med kolonner och statyer av romerska härskare bland dem en sex meter hög staty av Julius Caesar.

Rullbandsfärden tog slut precis utanför entrén till Caesars som jänkarna kallar hotellet och det första jag stötte på var en rosa lätt vulgär Cadillac. Skylten med den rullande texten var minst lika smaklös den som skrek ut "Sätt i hundra dollar i automaten så får du tre spinn. Vem vet, det blir kanske du som i morgon kör iväg i en rosa Cadillac!"

Det blev inte jag – tack och lov, kanske bara för att jag inte satsade de hundra dollarna som maskinen skrek efter.

Caesars Palace är ett lyxhotell och kasino som började byggas 1962 och invigdes fyra år senare 1966 och har sedan dess byggts ut till att 2017 ha 3 976 rum fördelat på fem byggnader. Förutom de gigantiska spelhallarna där man kan spela på allt från enarmade banditer, som till största delen är ockuperade av blåhåriga damer, till roulett, blackjack, tärning och poker – dygnet runt.

Jag är inte så hemma på olika sorters spel så jag har nog missat något här. Sedan finns flera arenor som var och en har över 4 000 sittplatser där man har stora uppträdanden. Till exempel så har här visats boxningsmatcher samtidigt som man haft en konsert eller någon av de kända magikerna som till exempel Siegfried & Roy med sina tigrar.

Butiker och barer finns överallt. Här finns ett femtotal restauranger, bland dem TV-kocken Gordon Ramsay som öppnat Gordon Ramsay Pub & Grill för ett par år sedan och är en lite finare pubrestaurang. Ändå kan man här få engelska klassiker som "fish and chips", "bangers and mash" eller det mest engelska av engelskt "sheperd's pie", att sedan sköljas ner med en uppsjö av olika ölsorter.

Efter att ha checkat in och då fått min nyckel skickades min väska upp till mitt rum. Hotellportiern frågade mig om jag ville ha väckning och i så fall vilken tid.

- Klockan åtta, svarade jag.

- In the morning or in the evening, sir? blev följdfrågan.

Detta då vissa vill sova på dagarna för att vakna upp på kvällen och sedan spela hela natten. För min egen del fick rummet vänta då jag först måste ta en sväng genom de stora spelhallarna där det då klockan 18 redan var full fart på spelandet.

Att filma var förbjudet men jag gick omkring med min videokamera under armen – och filmade. Vid minst ett tillfälle blev jag tillfrågad om jag filmade varpå jag svarade nekande till detta. Jag hade den ju under armen. Okej, resultatet blev inte kanon men det gav en ganska bra bild ändå av spektaklet.

Överallt fanns det beväpnade vakter som cirkulerade mellan de olika spelaktiviteterna. Några andra som också cirkulerade var ett flertal lättfotade flickor som letade kunder.

Så fort någon vann så plingade det till eller något annat ljud som markerade att någon vunnit. Det åtföljdes nästan alltid av ett tjoande. Jänkare gillar att tjoa. Plingandet och tjoandet drog också till sig flickorna ur det lätta gardet som då flockades runt vinnaren likt flugor runt en sockerbit.

- I love you, ropade en av flickorna till mannen som bara någon minut tidigare varit helt obekant och säkert osynlig för henne. Kan det rubriceras som äkta kärlek eller kanske kärlek vid första eller andra ögonkastet?

Jag tog hissen upp till mitt rum på 24 våningen där jag hade ett jättestort rum och i mitten av rummet stod en stor – även den jättestor rund säng och ovanför den en rund spegel i taket. Kinky!

Inte illa för bara 145 dollar per natt. Det är ungefär 1 300 svenska kronor. (Idag när boken trycks kostar ett rum där 2 000 kronor). Rummet var fint om än med en lite syndig touch. Ett par tavlor, en TV och i badrummet fanns ett jättestort badkar, lagom för tre - fyra personer.

Kunde inte motstå utan jag tappade upp för ett bad.

Gick ut i rummet igen medan vattnet skvalade – tänkte beundra utsikten som säkert måste vara exceptionell så här från 24 våningen med en utsikt förhoppningsvis över hela Las Vegas.

Drog bort ett par av gardinerna. Men där fanns inget fönster utan istället en spegel. Samma sak bakom nästa gardin, och nästa. Rummet hade alltså inga fönster. Märkligt. Men det fick sedan sin förklaring. För att förhindra att folk skulle slänga sig ut genom fönstret efter att ha spelat bort sina pengar så hade man helt enkelt inga fönster – eller i alla fall inga öppningsbara sådana. Hur det är idag är jag osäker på.

Efter en halvtimme kunde jag ta mitt efterlängtade bad. Jo det tog en stund att fylla det gigantiska badkaret som säkert tog flera hundra liter.

Nybadad och naturligtvis påklädd gick jag därefter ut på stan för att ta en titt på de spektakulära neonljus som man får se i alla filmer där Las Vegas medverkat i. Jag har väl knappast sett något filmatinslag från Las Vegas som är filmat i dagsljus.

Middag var bokad till 20 och därefter fick vi se en show med illusionisten och magikern David Copperfield som även hann trolla bort frihetsgudinnan innan showen var slut.

Innan sängdags tog jag en sväng genom spelhallarna där så gott som alla spelare hade tvåliters stora hinkar i händerna. Träffade på en kollega som hade en hel hink med spelmarker.

Här var jag i spelstaden Nummer 1 men spelade inte bort en enda krona. Är det nåt fel, eller? Det var nästan så att jag blev religiös – inget spelande här inte! Helt sonika gick jag och la mig. Väckning var ju beställd sedan tidigare till klockan åtta för att vara exakt.

Hemma hos Rock Hudson - 1988

Vaknade till roomservice som rullade in ett brickbord med frukost. Nja, var faktiskt vaken innan som vanligt.

Packade ihop väskan mellan tuggorna och tog sedan hissen ner till receptionen där vi träffades allihop för avfärd mot flygplatsen som tog oss alla till Los Angeles där så gott som hela gänget flög vidare hem utom Volvos svenska PR-chef Ola Johansson och kollega Peter Andersson från tidningen Bil & MC och jag. Vi skulle alla vara kvar ytterligare ett par dagar. Peter och jag hade innan hyrt en röd och sprillans ny Corvette cabriolet som bara gått 53 miles eller 85 kilometer. Ola å sin sida försvann som blixten i en Volvo mot hotellet i Santa Monica för ett inbokat möte.

Vi – Peter och jag hade en hel del pyssel att få plats med vårt bagage i bilen men det gick till sist – om vi inte cabba ner.

Vi hade alla tre bokat varsitt rum på Westwood Marquise i Santa Monica där Ola som först hade ett möte men som vi komit överens om att träffa senare.

Vi körde 405:an North mot Santa Monica. Hittade hotellet ganska direkt och checkade in. Ställde i princip bara in väskorna på våra rum och sedan ut igen till den väntande Corvetten som då kunde cabbas ner vartefter vi körde ut på berömda Sunset Strip där många kändisar bor.

Hade på hotellet fått en liten karta som visade var vissa kändisar bodde men det säljs betydligt mer detaljerade kartor om kändisarnas villor så gott som överallt.

Stannade till utanför Julie Andrews hus. Men ingen – allra minst Julie Andrews syntes till. Körde också förbi Rock Hudsons hus, där verkade det vara full aktivitet med ett äldre par som stod utanför muren och försökte titta in. Bredvid dem stod en bastant säkerhetsvakt och såg hotfull ut. Märkligt.

Vi körde vidare och hamnade på ett gigantiskt köpcenter.

Här samlades tydligen traktens pensionärer på dagarna. Kanske inte så konstigt att man samlas på sådana ställen då det är tryggt och lugnt med säkerhetsvakter i så gott som varje butik.

Vi körde vidare och tog en sväng förbi filmbolaget eller den gigantiska filmstudion  Universal Studios men där kom vi tyvärr inte in.

Men vad stort det var och är – som en mindre svensk stad.

Försökte också ta oss till Hollywood Hills och den legendariska Hollywood-skylten med de stora bokstäverna som faktiskt är tretton meter höga men det var lika knepigt det – att över huvud taget komma i närheten.

Skylten sattes upp 1923 som reklam för ett byggprojekt och inte för filmstaden. Då stod det Hollywoodland. 1932 begick en ung amerikansk skådis "to be" – självmord genom att kasta sig ut från bokstaven H och tog på så sätt livet av sig.

På 60-talet var det dags igen. Samma bokstav – H träffades då av en Ford Mustang som körde utför klipporna ovanför skylten. Både bilen och bokstaven H totalförstördes men föraren – tillika den som skulle sköta om skylten klarade sig oskadd.

Vi tog samma väg tillbaka. Körde än en gång förbi hemma hos Rock Hudson. Där stod det gamla paret som fortfarande försökte titta över muren och säkerhetsvakten. Märkligt, men ändå inte. De var statyer. Snacka blåsning.

Parkerade Corvetten i hotellets garage och gick sedan till våra respektive rum.

Efter en stund knackade det på dörren. Utanför stod Peter med sin kamera i högsta hugg.

- Vet du att du bor i det rum – 1019 som Bruce Springsteen bodde i för ett halvår sedan? sa han och plåtade vilt. Själv bodde han i det rum som Whitney Houston bott i för en tid sedan. Big deal...

Goldie Hawn och Kurt Russel - 1988

Vi träffades senare samma kväll på Olas rum över en öl i väntan på att en fjärde person som var kändisjournalist för en svensk skvallertidning skulle dyka upp.

När så skedde tog han oss i sin bil till en för tiden trendig restaurang i Santa Monica för kvällsmat där jag åt en underbar middag. Vad det skulle ha varit vet jag inte och inte hade jag heller skrivit upp det mer än att "middagen var fantastisk".

Peter blev "starstruck" igen, genom att skådespelarparet Goldie Hawn och Kurt Russel satt vid bordet bredvid. Tur att han inte hade med sig kameran. Efter det blev vi skjutsade till en Stand-Up-show där självaste Bill Cosby uppträdde och drog sina vitsar.

9 maj. Upp och packade det sista innan frukost. Tog en sista sväng ut till Santa Monica Bay för att plåta bilen innan vi åkte tillbaka till hotellet och hämtade våra väskor.

Till flygplatsen och lämnade Corvetten som kostat oss cirka 600 kronor vardera under den tid vi haft den. Checkade in till flyget och det sista jag köpte var två mussepigg mössor till döttrarna.

Åtta timmar senare landade jag i Köpenhamn.

Landade till sist 15:30 på ett soligt Arlanda. Hem och sova... zzzzz.

I augusti blev det besök på Volvos holländska fabrik och flyg dit med privatcharter från Landvetter.

Nån vecka senare den 25 augusti var det provkörning av Volkswagen Corrado. Den största behållningen av den resan att få köra vår Ferrari 308 GTB QV till Arlanda. Gunilla körde sedan hem det röda fullblodet till garaget medan jag tog Lufthansa till penntillverkaren Faber-Castell, Staedtlers stad Nürnberg där även efterspelet från andra världskriget – rättegången hölls.

Glenturret och Skottland - 1988

I oktober – den 4:e stod det Skottland och Suzuki i min agenda. England och Skottland är resmål som alltid fått mitt hjärta att slå lite extra.

Ett regnigt och tråkgrått väder mötte mig och ett par (gråa även de?) svenska kollegor då vi landade i Glasgow – vem hade trott något annat? Så ska det vara.

Från flygplatsen blev det buss in till Edinburgh för incheckning på Sheraton Hotell.

Kallt, grått, rått men ändå mysigt skotskt. Gick ut på stan och tog en hamburgare – Wimpy såklart och en öl och njöt.

Publivet i Skottland och England skilde sig åt då man i England hade öppet mellan 11 och 15 för att sedan ha stängt till klockan 17:00 och sedan stänga för kvällen klockan 23:00. I Skottland öppnade man klockan 11 och hade sedan öppet hela dagen och kvällen till klockan 23:00.

Efter frukost dagen ecfter äntrade vi bilarna som var små, tuffa och fyrhjulsdrivna jeepar – Suzuki Vitara och som hade sin premiär i Skottland 1988 och som sedan skulle produceras i tio år framöver innan Vitara generation två tog över 1998.

Körde en bit på den utstakade teststräckan tills jag med kollega Hasse C i spetsen avvek till whiskydestilleriet Glenturret som började sin whiskytillverkning redan 1775. Där brygger man livets vatten – whisky som på gaeliska heter uesqueba (uttalas ishki va) och som i en finare form – maltwhisky i mognadsåldrarna från åtta till tjugofem års tappningar.

En förklaring varför 18 eller 25 års whisky är dyrare beror på att när man låt säga år ett lyckats göra en riktigt bra whiskybrygd och med det beslutat att låta en del av den brygden mogna vilket tar tid. Mognaden består i att man fyller upp en tunna – ofta en

tunna som tidigare varit fylld med portvin som under portvinstiden givit träet i ekfatet sin vätska och smak.

Det tomma fatet fylls med den whisky som redan då har en betydligt högre alkoholhalt än den vi vanligtvis köper. Därefter är det bara vila som gäller för den tunna som ska mogna.

Under varje år som mognadsprocessen pågår dunstar någon deciliter ut genom ekfatet. Efter ett antal år då whiskyn provsmakas har då kanske ytterligare ett par deciliter eller totalt nån liter dunstat ut genom träet som då kallas för "änglarnas andel".

På så sätt blir det mindre och mindre whisky i fatet som då fylls på med whisky från andra olika årgångar, men det gäller inte de finare sorterna som single malt där ingen, absolut ingen inblandning får förekomma. Så det är kanske inte så konstigt att en flaska single malt är dyrare än en vanlig flaska whiskey.

Vi körde in på området och knackade på ekdörren. Blev väl mottagna och fick en guidad tur genom hela processen från malt, destillering till tappning.

Jag hade haft en förkylning som släpade efter ända sedan VW Corradovisningen i slutet av augusti men den försvann som en vindpust då guiden öppnade locket på ett jäskar då jag stack fram nosen varpå de starka ångorna strömmade mot mig och mirakulöst rensade min näsa och mina bihålor likt en gigantisk fiktiv flaskborste. Därefter bjöds det på provsmakning. Men den stod jag över då whiskey inte är något för mig.

Tillbaka till provkörningsrutten och sedan till hotellet där det vankades skotsk lunch. Inte haggis om du trodde det men säkert något mer civiliserat. Därefter skulle vi alla skjutsas till flygplatsen för att flygas hem till Sverige.

Men då jag nu för en gångs skull var i Skottland så inte faderullan tänkte jag flyga hem efter bara ett dygn. Nä, här gällde det att ta tillvara på tillfället, så jag hade redan innan beslutat att stanna en extra natt och då ett extra dygn för att insupa atmosfären av Skottland. Aj, aj. Något egoistiskt tänkt tycker jag så här efteråt då älskade Gunilla var den som var hemma och skötte markservicen som det heter.

Ensam i Skottland - 1988

Efter lunch bussades kollegorna till flyget och jag fick skjuts in till Edinburgh och avsläppt på huvudgatan Princes Street nummer 43 där jag hade bokat ett hotellrum på Old Waverly Hotel. Ett hotell som verkligen levde och lever upp till sitt namn. Inte speciellt flott men mysigt, personligt, skotskt och rustikt.

Tog en sväng på stan som bjöd på en säckpipsspelande skotte utanför någon butik. Tittade upp mot Castle Rock och där slottet

Edinburgh Castle som är från 1100-talet. Hittade varsin kilt till Jennifer och Camilla men inget till min käresta, tyvärr. Hamnade på en trevlig pub – Guildford Arms där jag tog en pint öl och läste någon kvällstidning. Var så gott som ensam

på puben så det blev någon pint till innan jag vid 18-tiden gick tillbaka till hotellet för ett varmt bad – jag gillar att bada men bara i badkar. Därefter blev det kvällsmat och sedan en promenad.

Skönt att få vara ensam, utan kolleger menar jag.

Köpte ett par vykort och frimärken. Hamnade igen på puben. Skrev vykorten. Klockan 23 stängde puben och jag rasslade "hem" till mitt hotellrum.

6:e oktober. Upp klockan 09:00. Frukost med allt vad det innebar förutom klistrig gröt och blodkorv. Gick ut i – det fina vädret som bjöd på strålande ljummen höstsol med fantastiska höstfärger på träd och buskar.

Tog en promenad längs Princes Street, satte mig på en av bänkarna, lät tankarna flyga och tittade upp mot Edinburgh Castle där Mary Stuart, Queen of Scotland tillträdde tronen bara sex dagar gammal den 14 december 1542. Där bodde och levde hon och gjorde därifrån hårt motstånd mot engelsmännen. Men hon tvingades till sist fly från Skottland och levde sina sista 20 år i engelsk fångenskap där hon till sist avrättades då det påstods att hon ingått en komplott att mörda Englands drottning. Mary Stuart blev 44 år.

Här är det tvära kast genom århundraden då jag minuterna efter mina filosofiska tankar fyllde ansiktet med en Big Mac på Mc-Donalds. Hädar man eller? tänkte jag. Borde ha varit Wimpys?

Postade vykorten hem till nära och kära.

Tillbaka till hotellet för att hämta min väska och ringa efter en taxi som tog mig till flygplatsen. Bra timing gjorde att jag kunde ta ett tidigare flyg till Heathrow.

Sedan efter någon timmes väntan och förseningar på det landade jag på Arlanda 21:00 där taxi väntade på att köra hem mig.

Jaha, ett extradygn i Edinburgh var väl fint… eller..? Nä, det var det inte. Ändå var allt perfekt. Men jag märkte att jag inte alls njöt, utan snarare tittade jag hela tiden på klockan och räknade ner tiden. Nej, så här ska det inte vara men jag är så rastlös. Ska jag vara "en dag extra" ska det var med Gunilla, liksom på semester.

Friska Ferrari-hästar i Thema 8.32 - 1988

Den 11 oktober skulle jag få provköra Lancia Thema. En provkörning som jag sett fram emot. Det var Lancias version av samarbetet mellan Fiat, Alfa Romeo, Lancia och Saab där man bland annat hade en gemensam bottenplatta. För Saabs del blev det modellen 9000 men Lancia hade betydligt fler hästkrafter i sin vässade version som hette Thema 8.32 som hade 205 hk mot Saab 9000 som bara hade 130 hk. Senare fick Thema 8.32 tio hästar till – 215 hk innan den sagan tog slut.

Flög Alitalia från Arlanda till Turin och där vidare med anslutningsflyg – turbopropp (propellerflyg med turbo) till Florens.

Checkade in på Grand Hotel Villa Cora – femstjärnigt och som ligger två kilometer från stadskärnan. Presskonferens med påföljande middag och därefter blev det sängen.

Dagen efter bjöd på den rytande Lancia Thema 8.32 som har Ferraris V8:a lånad från Ferrari 308 och växellåda som jag själv för stunden hade hemma i garaget. Sifferkombinationen 8.32 kanske kan låta förbryllande men på Ferrarispråk betyder det att motorn är en V8:a och har 32 ventiler.

Bilen var fantastisk för att vara en sedan – en i mina ögon – en doldis med sin eleganta skinninredning/alcantara och träpaneler. Så elegant och samtidigt så diskret. Motorn svarade också upp till förväntningarna. Jag hade bara lite svårt med växellägena. Jo, den hade även Ferraris växelgrind. Men att i en sådan här bil ha ettans växel nere till vänster istället för som på alla andra bilar upp till vänster kändes konstigt. Inte i min egen Ferrari men väl här. Här i en personbil om än ganska ovanlig sådan.

Det blev bara 4 070 Lancia Thema 8.32 tillverkade. Jämför det med 503 000 tillverkade Saab 9000 under åren 1984 till 1998. Båda syskonmodellerna Fiat Croma och vanliga Lancia Thema sålde också bra men som sagt inte värstingmodellen 8.32. Den var till att börja med dyrare men det som blev spiken i kistan var att man drabbades av ett par motorhaverier.

Inte ett vanligt motorhaveri som då en motor helt enkelt ger upp utan det var lite mer än så. Ett par Thema 8.32 tappade helt enkelt sina motorer då de hade pressats på någon motorväg i hög hastighet. Jag kom ihåg att jag frågade den då svenska PR-ansvarige varför det var så och fick till svar: "Lancia snålade på plåttjockleken i motorrummet vilket är anledningen till motortappet". Själv tyckte jag det var lite underligt att Lancia skulle ha en annan plåttjocklek än både Fiat, Alfa och Saab.

Vi körde mot Pisa och det lutande tornet för att kolla in lutningen och därefter till den italienska staden Siena.

Körde senare tillbaka till Florens och sov över på hotell Villa Cora därefter frukost och sedan lunch och buss därpå till flyget och sedan hem den 13:e oktober.

Jaguar XJ220 – to be - 1988

Fyra dagar därpå – den 17:e oktober var det åter dags för Birmingham Motorshow som avverkas vart annat år. Då flög Gunilla och jag till öriket och där Birmingham via holländska Shiphold. Checkad in på Holiday Inn i Birmingham där vi senare på kvällen tog en promenad och sedan åt en god middag.

Dagen efter blev det engelsk frukost och med tröjan, för min egen del full med brödsmulor in i en taxi och genom duggregnet till bilmässan.

Vi såg då och där mässans höjdpunkt – Jaguar XJ220 som under en längre tid och i en rad pressreleaser hållit oss motorjournalister i stark förväntan utlovat bland annat en mittmonterad V12:a på över 500 hk, fyrhjulsdrivning och saxdörrar likt Lamborghini Countach, för att nämna några av godsakerna. Siffrorna 220 ingav också en stark tro på projektet som stod för 220 miles per hour vilket skulle bevisa topphastigheten och då omräknat till kilometer i timmen blev 350 km/tim. En hastighet som nåddes med en av prototyperna – men inte med någon av produktionsmodellerna.

Produktionsprognosen var satt till 200 exemplar men då penningstinna riskkapitalister la sina handpenningar ökades prognosen till 350 tillverkade bilar. *(se bild på förseriebilen på nästa sida)*

Hur det blev kan jag avslöja längre fram i boken – augusti 1992.

Fick i alla fall en intervju med då Jaguars vd Sir John Egan och även Aston Martins vd och bilentusiast Victor Gauntlett innan vi tog flyget till Heathrow och sedan till Arlanda.

Årsavslutning blev med Porsche, Alfa och Audi där först ut var en provkörning av Porsche 944 i Zürich, Schweiz där Porsche hade premiär med specialmodellen Turbo S. Hemligheten var enkelt förklarat en större turbo som lockade fram 250 hk ur motorn. Något som efterfrågats ända sedan introduktionen 1982. Då var effektuttaget ur den 4-cylindriga motorn ljumma 163 hk för att 1987 vässas till 190 hk men bara året därpå så blev det alltså 250 hk i 944 Turbo S som också fick diffbroms.

Alfa Romeo 75 kom med en facelift som Gunilla och jag fick bekanta oss med grundligt under fem dagar i Madrid i ett soligt och varmt november. Det blev ett flertal hotell och ska sanningen fram så var det inte så mycket bilkörning utan mer ett par trevliga dagar i spanien.

Året avslutades med den nya tvådörrars Audi Coupé i München. Med den nya Coupén som även senare kom som Cabriolet tog man bort modellbeteckningen 80.

Gubbilen och spåren efter DKW var definitivt borta.

- Fågeljakt i Mazda, Andrew & Donal, unik Ferrariprototyp från Pininfarina

Årets första resa kom i mars med Alfa Romeo 75 till Milano då 75:an hade fått bränsleinsprutning. Samma månad körde jag Peugeot 405 4x4 Mi16 på den lilla och vackra italienska ön Sardinien som är ett dyrt semesterparadis och som mest tillskrivits de välborna italienarna. Den vackra delen av ön heter Costa Smeralda och det är där på den norra sidan som den italienska och sicilianska gräddan firar sin semester i augusti.

Att ta sig dit är krångligt och då självaste ön är på många sätt svårtillgänglig gör att det i stort sett är omöjligt att stanna till invid vägen för att kunna få ett par vackra bilder tillsammans med de testbilar som vi journalister kommit dit för.

Men med åren hittade jag ett par fina "photo-spots" på norra sidan av Sardinien som jag sedan kom att använa flitigt.

Återkommer till Sardinien längre fram.

Grundmodellen Peugeot 405 hade presenterats två år tidigare – 1987 och ersatte då den utgående modellen 404. Året därpå 1988 valdes 405:an till Årets Bil. Vem kommer ihåg 404? Inte jag.

Designen var som så ofta från Pininfarina och bilen fanns som både fyradörrars sedan och något senare som kombi. De motoralternativen som erbjöds var 90 och 110 hk i den vanliga 405:an och hade två ventiler per

cylinder medan Mi16 fick, utöver den lilla läckra vingen på bakluckan, fyra ventiler vilket sifferkombinationen "16" avslöjar och till det 148 hk och fyrhjulsdrivning under ett par år.

Mi16 var riktigt kul att köra och hade en väldigt fin komfort där också fyrhjulsdrivningen gav bilen en extra dimension som med det faktiskt gav mig ett habegär. Senare kom en vassare men också ovanlig version – 405 T16 som hade en turbomotor på 220 hk. Då jä... gick det undan.

Toyota Supra – det japanska spjutet - 1989

En körning med det japanska spjutet eller kanske mer passande det japanska svärdet – ett samurajsvärd är det jag syftar på då det bjöds till en körning av Toyota Supra mellan Danmark och Tyskland som det kom att bli i början av april.

Flög från Arlanda till Köpenhamn där bilar väntade. Körde genom ett kylslaget Danmark. Färja sedan över mellan danska Rödby och Puttgarden in i Tyskland. Det gungade ganska bra på överfarten. Körde ner till Hamburg och åt lunch för att sedan vända upp mot Travemünde och ombord på färjan till Trelleborg.

Toyota Supra introducerades 1983 och hade då en rak sexa med 140 hk. Supra och Celica hade mycket gemensamt men 1986 blev Supran så att säga en egen modell och fick då en treliters rak sexa, dubbla överliggande kamaxlar och fyra ventiler per cylinder. Effektuttaget var då 200 hk.

Året därpå satte man även dit en turbo vilket ökade effekten till 232 hk. Supra Mk III som introducerades i Sverige 1989 fick ytterligare två hästar och en facelift med nydesignad front, ny bakspoiler, uppdaterad instrumentpanel och nya säten. Då blev den mycket attraktiv i mina ögon.

Sov inte mycket den natten på färjan då det gungade rejält mellan Travemünde och Trelleborg. Det var knappt vi kvällen innan hann få i oss någon kvällsmat förrän allt på båten stängde ner. Glas och

flaskor tejpades för att inte åka rutschkana på bar- och restauranggolvet.

Jag sov nog bara tre timmar den natten. Sjön var så grov att den gigantiska färjan trots sin storlek inte kunde gå in i hamn och lägga till på utsatt tid utan fick ligga ute på redden tills man ansåg att det var säkert att ta sig iland.

Väl iland körde jag från Trelleborg till Malmö där vi alla åt en stadig – och inte gungande frukost på hotell Skyline. Det här var och blev ett riktigt äventyr trots att det inte var speciellt exotiskt med flygresor och fina hotell. Kanske just därför.

Med Rover hos Shakespeare - 1989

Den 8 maj var det vår i Sverige men redan sommar i England.

Flög till Heathrow och vidare därifrån i buss till Woodstock och där lunch-uppehåll på en trevlig pub för att sedan åka vidare till Rovers fabrik i Cowley. En fabrik som hade rötter från 1913 då Morris Oxford Bullnose började byggas där.

Under åren blev det en rad olika kombinationer inom engelsk bilindustri där de inblandade var Morris Minor, Mini, Nuffield, Austin, Morris, British Leyland för att 1986 bli det privatägda Rover Group. I samband med det lades märket Austin Rover ner och de som över-levde var Land Rover, MG och Rover. En trots allt hoppfull men lite tilltufsad och ledsen samling.

Jag var en stor anhängare av Rover då Rover 2000 var en av mina första bilar. Kommer ihåg att då jag tankade min Rover för första gången på 70-talet kostade bensinen 89 öre litern. Dyrt tyckte jag. Därefter blev det både Rover 2200 och 3500 samt den eleganta Rover SD1 – den senare som den som ägde en sådan visste att den inte hade en helt rund ratt utan lätt fyrkantig sådan likt Austin Allegro.

Efter att ha travat igenom fabriken blev det provkörning av Rover 827 till Shakespeares födelsestad Stratford-upon-Avon och där incheckning på Shakespeare Hotel. *(se bild här ovan)*

Rover 827 var i grunden ett samarbete med Honda och var

efterträdare till Rover SD1 som fanns mellan åren 1976 till -86. Vitsen med en efterträdare är att nykomlingen bör och ska var bättre på alla sätt än föregångaren. Tyvärr så kändes det inte så.

Men grundmodellen Rover 800 blev snabbt engelsmännens favorit – ett mellanting mellan de slätstrukna Ford och Vauxhallbilarna – den senare som Opel i resten av Europa bland de tyska prestigemärkena Audi och BMW.

Motoralternativen var både fyrcylindriga och V6:or. Min testbil hade en V6:a under huven på 175 hk som även kom att hamna i andra Rovermodeller – men också i ett par MG-versioner.

Shakespeare Hotel var precis så mysigt som namnet gjorde gällande med kraftiga svarta träbjälkar i tak och väggar. Knarrande golv från tjocka och breda golvplankor, rustika, grovhuggna trämöbler, bylsiga fåtöljer och soffor.

Gjorde en slagning på namnet Shakespeare Hotel och fick upp minst hundra stycken bara i Europa. Men ska något vara äkta så är det väl de som finns i Shakespeares hemstad Stratford-upon-Avon där jag var. Gick ut i sommarvärmen och till en pub som hade uteservering – "beer garden" som det heter och beställde en pint Yorkshire Best Bitter som bara rann ner.

Efter frukost dagen efter körde jag tillbaka till Cowley där vi skulle få besöka och se lite av Rovers designavdelning där man stolt visade upp sina modeller i modern datamiljö – CAD-CAM. Avancerat så det förslog. Samma eftermiddag flögs vi hem efter bussresa tillbaka till Heathrow.

Lite längre fram – även detta i boken du läser kommer Rover tragiskt nog att slå vantarna i bordet 1994 och att BMW tar över klabbet liksom Cowleyfabriken där man sedan 2001 byggde en mängd olika versioner av Mini.

Tjugo oavdukade bord - 1989

Månaden därpå – 16 juni bjöd Mazda in till Japan.

På Arlanda strejkade bagagelastarna. Alltid något led i flyget som strejkade. Men avgång blev det i ett halvfullt SAS-plan till Moskva där planet sedan landade 15:00 eller 17:00 Moskvatid.

När planet taxade in mot gaten passerades en väldig massa flygplan. Som inte såg ut som vanliga passagerarplan då de till att börja med hade röda lock för motorerna vilket man sätter dit då planen står på marken en längre tid. Sedan en annan sak var att det såg ut som att de snabbt skulle kunna byggas om till nån form av stridsflyg då de hade bulor under flygplanskroppen liksom ovanpå. Det var inte fem eller tio plan – snarare femtio stycken.

Planet fortsatte in mot gaten och vi kunde gå in i terminalen. Det ösregnade så det var skönt att kunna gå av planet via en gåbrygga istället för att först behöva gå ut och nedför flygplanstrappan och in i en buss.

Framför oss hade vi en två timmars väntan innan anslutande flyg med en 747 Jumbojet från Japan Airline skulle ta oss vidare.

Tid för att shoppa och äta något. Moskvas flygplats var stor. Där kunde man säkert slå ihjäl tiden med att till exempel gå till frisören eller äta en matbit. Själv var jag ganska nyklippt men en bit mat skulle sitta fint. Letade mig fram till den stora restaurangen med plats för kanske hundra personer men där fanns bara ett tiotal ätande. Där stod det också säkert ett tjugotal oavdukade bord.

Tydligen gjorde man så i Moskva i väntan på hungriga turister, berättade Per Ohlsson som på den tiden var generalagent för Mazda i Sverige och Jaguar genom hans bolag Olle Ohlssonbolagen.

Någon mat för mig eller någon annan av mina kollegor blev det inte. Men vi lyckades köpa varsitt glas hallonsaft. Det var vad Moskvas flygplats hade att erbjuda. Taxfreeförsäljningen var också den lika med noll och intet.

Vi bordade 747:an som taxade ut i ösregnet.

Ute var det ett fruktansvärt väder där blixtarna kom närmare och närmare och åskan rullade in över flygplatsen. Väl framme på startplattan intog 747:an startposition och planets motorer varvades upp. Sedan kom ett starkt ljus varpå allt slocknade och det blev dödstyst.

Stod där i ett par minuter innan det skrapade till i högtalarna då kapten eller vem det var från flightdeck sa,

- En blixt slog precis ner i en av planets motorer vilket gör att vi måste återvända till gaten. Visst blev vi besvikna men samtidigt lättade då vi inte vet vad som skulle kunnat ha hänt om blixten slagit ner i samband med att vi lyfte eller kanske klättrade upp i luften till vår marschhöjd. Vem vet?

Tillbaka till gaten där vi alla ombord på 747:an fick lämna planet.

Michael Caine och Italian Job - 1989

Efter ytterligare två timmars väntan gick vi ombord på planet som hade reparerats (eller vad de gjort?).

Äntligen iväg. Faktiskt glad att få ha lämnat Moskva och Ryssland.

Såg en film med den engelska skådespelaren Michael Caine som bland annat gjort den fantastiska filmen The Italian Job, originalet från 1969 där man med ett gäng hundkojor rånar en bank i Italien på bankens alla guldtackor. *(se bild nästa sida)*

I filmen medverkar förutom Michael Caine även komikern Benny

Hill och när det gäller bilar en Lamborghini Miura, någon Aston Martin, en Jaguar E-type osv. Filmen börjar med att man får följa Miuran som kör i ett rasande tempo uppför serpentinvägarna och sedan in i en tunnel… Se den – originalet – The Italian Job eller Brottsplats Italien som den heter på svenska.

Ursäkta stickspåret. Men jag kunde inte låta bli. Sov inget på planet men slumrade säkert. Landade i ett regnigt Tokyo, på Naritas flygplats. Taxi till flygplatsens inrikesterminal Haneda som då kostade en smärre förmögenhet vilket även en taxiresa in till Tokyo city gjorde.

Det blev ett kort stopp på inrikesterminalen innan nästa Jumbojet lyfte mot Hiroshima som ligger i södra Japan. Bytet av plan blev ganska märkbart trots att bytet även var till en Boeing 747:a. Men sätena var där betydligt mindre och trängre än i den jumbojet som hade tagit oss från Europa till Japan. I Japan är allt mindre – även flygplanssäten. Men det fixade sig.

Servicen var på topp som alltid i Japan vilket var förväntat. Landade i Hiroshima och till trettio graders värme vilket för min egen del är något mer än vad jag tycker är behagligt.

Buss till vårt hotell Ana som visade sig ligga bara tio minuters promenad från Fredsparken där domen – det enda som stod pall, nja kanske inte så utan det var den enda byggnaden om än förvriden som stod kvar ur det bombade grustaget som Hiroshima var efter att jänkarna släppt atombomben den 6:e augusti 1945. *(se bild här ovan)*

Tog en promenad längs shoppingarkaderna där det verkligen kryllade av folk som både gick och cyklade. Kvällen avslutades med en lätt högtidlig mottagning med Mazda och kvällsmat.

My friends – Andrew and Donal - 1989

18 juni – upp klockan 08:00. Sovit som en stock. Efter japansk frukost till bussen – ha! – med kristallkronor till Mazdas testbana som ligger inne, väl dold i en skog.

Japanerna är väldigt måna om sin natur och alla djur där fåglar är väldigt högt skattade.

På banan fick vi först en presentation av vad vi skulle få göra och vad vi skulle få köra.

Till att börja med blev vi tillsagda att backa en meter från testbanans kant där det låg en rad gamla däck mellan avåkningszonen som ledde in till pit-lane och själva banan. Förklaringen kom snabbare än snabbt.

Plötsligt ur de gamla bildäcken sköts det upp raketer och sprakande fyrverkerier. Det var snudd på att ögonbrynen blev svedda. Därefter serverades lite förfriskningar i form av saft, te, kakor och naturligtvis provkörning på Mazdas höghastighetsbana med ett antal nya Mazdamodeller.

Hasse Britth och jag tog plats i en av Mazdas testbilar och körde ut på banan. Vartefter hastigheten ökade så kunde vi klättra högre och högre på bankingen tills bilen säkert höll eller lutade 50 grader.

Då plötsligt small det till.

Det var en rejäl smäll framför mig på vänster sida framför passagerarsidan där Hasse satt. Jag som körde högerstyrt vilket det är i Japan släppte direkt på gasen och bilen åkte ner från bankingen, ner till plan mark.

Vi var överens om att något gått sönder men vad förstod vi inte så jag körde halvvarvet runt till depåinfarten och rullade in.

Möttes där av hela gänget av Mazdafunktionärer och med tanke på deras ansiktsuttryck så trodde jag att hela nospartiet var borta.

Vi stannade framför dem, stängde av motorn och klev ur bilen för att vi också skulle kunna se skadorna.

Våra japanska värdar lät ahhhh… ohhhhh…. ahhhhh där dom stod och såg skräckslagna ut vid det ett stort hål, likt en papperskorg som tidigare varit vänster strålkastare. Allt var som bortblåst. Ingen strålkastare, ingen reflektor. Inte ens lyktpottan fanns kvar.

Vad hade hänt?

De lyfte på motorhuven och en massa fjädrar virvlade upp. Det var som om man skulle ha skurit hål på en kudde fylld med dunfjädrar och skakat den med full kraft i motorrummet.

- Jäklar, sa jag till Hasse, vi har kört på en fågel som rensat ur framflygeln och strålkastaren. Med tanke på japanernas nästan dyrkan av fåglar kommer de väl tvinga oss att begå harakiri, var min tanke. Men inget hände mer än att de bugade och bad om ursäkt för att bilen – deras bil träffat en fågel. Vi besvarade ursäkten med att buga ännu djupare och ursäktade vår dumhet.

Därefter fick vi besöka en del av Mazdas utvecklingsavdelning och bland annat se den stora och nybyggda vindtunneln.

Lunch blev det sedan på banan ur vackra pappkartonger som

i sig hade flera pappkartonger med ett flertal kalla och utsökta sushirätter. Smaskens.

Därefter buss med kristallkronor tillbaka till hotell Ana. Där det blev ett par timmars ledighet innan bussen hämtade oss för att köra till en japansk restaurang som hade västerländsk inredning – det vill säga med bord och stolar så man slapp vika ihop sig och sitta på golvet.

Promenerade sedan från restaurangen och hem till hotellet, längre än så var det inte från hotellet till restaurangen. Tog en sväng in genom baren. Vem träffade jag inte på där utan mina irländska vänner Andrew Hamilton från Irish Times och från Irish Television Donal Byrne, bror med den kände skådespelaren Gabriel Byrne.

Ett par av oss svenskar och Andrew samt Donal följde med Hans Rubenstein som då var svensk PR-ansvarig hos Mazda Sverige till hans rum där vi gjorde vårt yttersta för att tömma hans från början välfyllda minibar.

Klockan 02:00 var det avklarat och vi hade löst världens alla problem inklusive de våldsamheterna på Irland. Det sista jag såg var att Andrew som hade suttit på golvet vid sängens fotända hade kravlat sig upp och in inunder täcket och låg och sov där. Vi lämnade i alla fall till sist Hans rum och önskade varandra god natt.

Fjärde dagen – den 19 juni vaknade jag med en lätt huvudvärk eller med betongluva som det också kan kallas. Drack ett par Coca-Cola som frukost och checkade sedan ut vid åtta.

Shuttlebuss till Mazdas högkvarter för möte och presentation av Mazdas styrelse.

På plats och inför det mötet frågades det om någon önskade något att dricka. Innan dess hade jag i mitt stilla sinne undrat: vilka var med igår kväll då vi torrlade Hans minibar. När frågan om nåt läskande att dricka var det just de händerna som stacks upp som var med kvällen innan. Efter den läsken kändes det bättre.

Mazda bjöd också på lunchbuffé innan vår buss tog oss till Hiroshima Airport. Körde igenom Hiroshima till den delen där alla bilhandlare håller till.

Det var som att vara i Detroit. Överallt fanns telefon- och elstolpar. Med tanke på jordbävningar gräver man inte ner dessa ledningar utan de hänger likt tjocka, tunga knippen av lianer mellan stolparna.

Vi flög från Hiroshima till Tokyos inrikesflygplats. Bytte flyg – även det till en jumbojet och iväg till Sapporo som ligger i norra Japan och där man har skidåkning på vintrarna och även haft ett vinter-OS 1972.

Det blev en ordentlig temperaturomsvängning från 30 grader varmt i Hiroshima till futtiga 16 grader i ett regnigt Tokyo och sedan knappt 9 grader varmt men soligt i Sapporo.

Shuttlebuss till Keio Plaza Hotel. Tog ett bad och sedan var det middag på 22:a våningen och därefter i säng.

Dagen efter – den 20 juni checkade jag ut och tog hissen ner i garaget där testbilar stod och väntade.

Måste säga att jag har lite svårt för högerstyrda bilar och att köra på vänster sida av vägen och sedan växla med vänster hand som det även är i Storbritannien, Irland och Australien för att nämna ett par länder som har vänstertrafik. Tur att pedalerna ändå är desamma som i övriga Europa och faktiskt i hela världen.

Det småduggade hela tiden när jag körde genom det fantastiska landskapet med de rödaktiga bergen som såg ut som att någon hällt ut paprikapulver på dem men inte bara det, utan här och där i bergen väste det och pös också ut vit rök eller rättare sagt varm ånga. På en del ställen fullkomligt bolmade det. Berget verkade ihåligt eller hade säkert ett kanalsystem och alla gånger var det ett vulkanberg där smält sten – magma som i stelnad form byggt upp berget. Så här hade det pyst ända sedan 30-talet fick jag höra. Spektakulärt på många sätt.

Mot flygplatsen för att haka på jumbojeten till Tokyo. Flög flott i en klass som hette Superseat en trappa upp i bulan på jumbojeten och det var verkligen superseat. Så pass att jag faktiskt sov någon timme och vaknade till först under inflygningen som på så många flyg visades på ett flertal TV-skärmar bland annat då noshjulet dunkade i landningsbanan. Kom att tänka – att det är kanske så här jag ska flyga i fortsättningen för att få sova. Morsning… nä nä så kan det inte bli.

Kom så in till Tokyo vid niotiden på kvällen.

Hade lovat att handla nåt fint till barnen och Gunilla och lyckades hitta varsin riktigt fin kimono i rött siden med vackra fåglar på i hotellet Nikko Narita's shoppingplan. Det fick bli det sista på den här Japansvängen.

Dunkeld House med Jaguar - 1989

10 september. Vaknade med en praktförkylning. Noterar att jag ofta var förkyld de här åren. Tog ett par Alvedon och sedan körde Gunilla ut mig till Arlanda.

Avgång med British Airways till London för att tre timmar senare sitta på flyget till Edinburgh där efter landning en uniformsklädd chaufför väntade vid sin Daimler Limousine. Vi – kollega och fotograf Hasse C och jag tog plats i baksätet varpå limousinen tog oss norröver Edinburgh och förbi ett par whiskydestillerier till

vårt mål - Dunkeld House Hotel. *(se bild här ovan)*

Dunkeld House är som en liten herrgård eller country house som de själva säger. Här kunde och kan man säkert än idag boka en avslappnande weekend, vandra i den underbara skotska naturen och naturligtvis fiska och inta afternoon tea med alla dess tillbehör.

Någon bar eller pub i sin egentliga mening fanns inte på Dunkeld House utan här satt man i loungen i någon av de pösiga sofforna eller i öronlappsfåtöljerna och blev serverad på silverbricka. Men det fanns en pub – för fotfolket så att säga på baksidan av Dunkeld. Så jag smet iväg dit för att avnjuta en pint.

Dagen efter började med kippers och allt annat som hör Scottish breakfast till. Skippade som vanligt både den klistriga gröten och blodkorven.

Hasse C och jag lyckades lägga vantarna på en röd Jaguar 4.0 XJ6 med 4.0-motorn som kom detta år med 226 hk och ersatte den tidigare sexan på 3.6 liter som hade 203 hk. Men XJ6:an fanns också med en klen 165-hästars sexa på 2.9 liter men som försvann året därpå. Tack för det. Med 4.0-motorn kom också en elektroniskt styrd ZF-automat med två körprogram.

Testrutten gick genom det otroligt vackra landskapet mot Inverness där det var fullt med vita bollar på fälten som vid närmare koll var betande får. "Guu så gulligt", skulle Gunilla ha sagt om hon varit med. Men fåren var inte bara på fälten utan dök även upp mitt på vägen, inte lika "gulligt".

Tillbaka till Dunkeld House för lunch och sedan i Daimlerlimo åter till flygplatsen och flyg till Birmingham och därifrån med Lufthansa till Frankfurt, Tyskland för att besöka bilsalongen där. Termometern visade på 25 grader varmt när vi landade.

Frankfurt Motorshow - 1989

Flyg och sedan taxi till hotellet som låg på gångavstånd från Frankfurts bilsalong som jag skulle besöka dagen efter. Men först middagsmöte med de svenska representanterna för Jaguar.

Ett par kollegor hade tillkommit och bland dem Christer Glenning känd från teves Trafikmagasinet. Det bjöds på schweinshaxe (liknande fläsklägg) und sauerkraut och gigantiska stånkor med öl och en kraftfull dos joddlarmusik till det. Ungefär som att jämföras med grisfest på Kanarieöarna om nån kommer ihåg det. Men ändå tycker jag att det är jättegott och senast jag åt detta var då jag var i Tyskland

och bodde i Koblenz och bland annat besökte AMG 1985.

Efter den illustra middagen bjöd Christer Glenning på en drink i baren (tror nog att det ändå var Jaguar som tog notan).

Dagen efter blev det en promenad till själva bilutställningen, Frankfurt Motorshow.

Gick – snarare sprang runt mellan de olika montrarna och samlade in pressmaterial som jag sedan dumpade i en stor kartong som jag hade ställt i pressrummet för att då den var fylld skulle skickas hem med DHL som tillsammans med Michelin bjöd på frakten.

Det blev två stora kartonger nästan i klass med flyttkartonger som skickades hem från den salongen.

På pressdagarna som då ofta var två dagar var det bara vi journalister som blev insläppta på pressdagarna – så sades det uttryckligen och så stod det i reglerna. Men med åren så luckrades detta upp och de olika utställarna bjöd in viktiga kunder, anställda och sina familjer men också sina vänner. Det betydde att på eftermiddagarna

var det snudd på omöjligt att kunna fotografera en bil utan att den skymdes av en massa löst folk.

På Frankfurtsalongen liksom på alla andra salonger – Paris, Genève osv så bjöd flera av utställarna på lunch till oss journalister mellan kanske 11:00 och 13:00. Hos de som firade något extra serverades det champagne eller kanske starkare drycker.

Men jag var så fokuserad att hinna med alla utställare, både att träffa dem men också att få pressmaterial så jag missade ofta lunch-bjudningarna. På denna salong träffade jag vännen Håkan Engström som då var svensk PR-ansvarig för Opel.

- Hur är det Staffan, går det bra? frågade Håkan och drog sig i sin väldiga mustasch.

- Jag blir så trött på mig själv som år efter år har så jäkla bråttom att samla in pressmaterial att jag missar lunchen.

Svaret kom direkt och säkert från Håkans hjärta,

- Det är inte bara du som blir trött på dig, tro mig.

Håkan var – och är en sann vän… eller? I alla fall var det en omställning att först ha insupit det skotska lugnet och dess harmoni till att ha växlat om till hetsen, stressen i tyska Frankfurt.

Som det sägs i tävlingar likt fotboll, Skottland – Tyskland 2 - 0. För fotboll är väl en tävling fastän det kallas match.

Nobbade flyget – ville hem - 1989

I mitten av september – den 18:e och bara fem dagar efter att jag kommit hem från Skottland - Frankfurt-trippen var det dags igen. Då till Tokyo som det stod på flygbiljetten. De närmaste dagarna skulle jag få bekanta mig med Lexus – Toyotas lyxmärke. Vi var fem svenska motorjournalister på flyget till Japan inklusive vår representant från Lexus Sverige. Redan från början kände jag att den här resan var fel.

Lämnade kallt väder i Stockholm med Air France till Paris på utsatt tid 13:00 där planet landade enligt tidtabell. Så långt var det bra.

Nästa flyg – även det med Air France mot Tokyo, skulle lyfta 15:00 men det lyfte inte förrän 17:00 och måste efter det gå ner i Helsingfors. Då och där började strulet.

Jag flög alltså fram och tillbaka över Sverige vilket jag tyckte var i onödigt och gjorde att jag började bli lätt irriterad. Bidragande var också den bristfälliga information som vi fick eller snarare inte fick över huvud taget.

Vi fick inte stanna ombord på planet då vi landat i Helsingfors utan bussades in till flygplatsterminalen där vi skulle vänta på ytterligare besked. Här blev vi sittande i – två timmar till att börja med.

Blev ännu mer irriterad och på det sur – riktigt sur. Jag framförde mina åsikter till en representant från Air France att jag fått nog och ville avbryta min resa till Japan och nu flyga hem. Air France å sin sida ville diskutera detta sinsemellan och bad att få återkomma.

Två timmar senare sprakade det till i högtalarna och en röst på-annonserade att bussarna stod nu framkörda för att ta passagerarna till planet som inom kort skulle ta alla till Tokyo.

Alla lämnade terminalen – utom jag som var ilsken som ett bi. Då kommer en Air France representant som ler vänligt och börjar prata vänligt med mig som att jag vore ett barn. Kontentan av samtalet var att de hade berett en plats i första klass för mig till Japan om jag nu accepterade det och steg in i den limousine som stod framkörd utför terminalen med dörren öppen och väntade på mig.

Klart, jag är inte sån… jag är inte omöjlig… inte helt i alla fall. Jag reste mig och gick ut till den väntande limon som i skydd av mörkret körde mig fram till planets trappa och likt en president, rockstjärna eller någon annan dignitet klev jag uppför trappstegen som sista passagerare in i jumbojeten.

Väl inne blev jag välkomnad av en vänlig flygvärdinna och anvisad att gå uppför trapporna till bulan och till första klass. Kände mig sådär skämmig när jag sjönk ner i mitt stora breda säte i första-klassavdelningen som jag delade med sju andra då jag visste att mina kollegor satt inunder i turistklass. Suck… sånt är livet.

Planet lyfte och knappt hade det skett förrän pursern kom och fällde upp mitt bord som han sedan draperade med en bländvit linneduk. Det dukades med tre uppsättningar bestick, en dessert-sked och två vinglas. Bara där och då kändes det för mycket.

In på ett rullbord kom en förrätt i form av tre små sushirätter och därefter en elegant kreation av gåslever och hummer. Så utsökt gott!

Nästa rätt var ett val mellan lammstek eller kokt lax med en grönsaksmix och kokt potatis. Jag valde lamm och efter det kom en hisnande ostbricka med spröda kex och därefter en skål med färska jordgubbar och en bit hallontårta om man så ville. Till det visades filmen Twins med Arnold Schwarzenegger och Danny de Vito.

Själv somnade jag och sov i fem timmar. Rekord för min del. Landade i ett molnigt men varmt Tokyo med plus 27 grader klockan 18:00 lokal tid. Buss till Imperial Hotel där det blev lite kvällsmat och sedan i säng.

20 september, vaknade klockan åtta och åt en mer europeisk frukost än en japansk då den bestod av Cornflakes, rostat bröd med marmelad och stekt ägg med bacon.

Utanför fönstret regnade det men solen började tränga igenom medan jag åt min frukost. Därefter träffades vi svenska journalister för att åka en gemensam shuttlebuss till tågstationen och gå ombord på Shinkansen som skulle ta oss till Nagoya som man väl kan säga ligger mitt i Japan där en buss väntade på oss för att köra oss till Toyotas bilmuseum och där inta lunch. Men efter det ett spontant – vad det påstods – besök hos en Lexushandlare.

Incheckning på Nagoya Hilton - 1989

Duschad men kunde inte byta om då min väska ännu inte kommit fram från Tokyoflyget.

Lite senare hamnade vi alla på en japansk restaurang där maten vi beställt stektes på glödheta stekhällar eller teppanyaki som det heter framför oss. Lite som i Sverige typ en Mongolian restaurang.

Mätta och med en rejäl doft av stekos i våra kläder gick vi vidare med vår japanske guide till en japansk karaokeklubb. Tydligen kostade det en bra slant att komma in men vår guide förde en hård diskussion och till sist kom vi alla in utan några problem.

Det här var första gången jag kom i kontakt med karaoke. Vissa av oss – inte jag – tog tillfället att sjunga karaoke. Som uppmuntran fanns flinka servitriser som langade öl eller annat drickbart med blixtens hastighet.

Vår japanske guide hade ett stort glas – snarare en sejdel fyllt till bredden med whisky i ena handen så länge han stod stadigt i sina skor vilket han vägde upp med en attachéväska i den andra handen. Han släppte aldrig någonsin någon av dessa.

Men vem träffade jag inte där om inte – mina irländska vänner Andrew Hamilton och Donal Byrne.

”Oh, Donal, are you here!?” - 1989

När vi väl sitter där allihop inklusive våra irländska vänner öppnas dörren och in kommer två galanta damer. De båda utbrister i korus: ”Oh, Donal, are you here!? Last we met was in New York”.

Ähum… Donal du tycks ha många bekanta världen över vilket Donal inte förnekade. Visst är världen bra liten, var hans svar. Det sjöngs, skrålades och skålades till klockan 02:00 innan vi alla tog taxi därifrån och hem till hotellet.

21 september hämtades vi av buss – med kristallkronor, som tog oss till Lexusfabriken Tahara Plant som öppnades1979 där vi blev vallade runt. Här byggdes då Lexus flaggskepp LS400. Även

här var det pling-plång-musik som ljöd när något gått snett på det rullande bandet som då stannat och utlöst larmet. På flera ställen i fabriken hängde det skyltar som visade olika produktionssiffror för Lexus LS400 på just den avdelning vi besökte men också jämförde den med vad Jaguar XJ6 och Mercedes S-klass hade. Det var ganska lätt att fatta att det var just Jaguar och Mercedes man ville jämföra sig med och konkurrera rakt mot.

Efter lunch tog vi alla Shinkansen tillbaka till Tokyo och vårt hotell Imperial. Kvällen blev i princip en repris på gårdagskvällen.
Först restaurang där maten stektes framför oss och som även delade med sig av stekoset.
Därifrån till en liknande karaokeklubb som dagen innan. Där satt vi alla på rad med en filippinska mellan var och en av oss killar och som såg till att vi drack och helst av det dyraste. Även denna kväll taxi till hotellet. Tydligen är det så man roar sig på kvällarna i Tokyo.

Dagen efter hade vi fri förmiddag för shopping. Vid 13:00 kom buss som körde oss till flyget som skulle ta oss till Asahikawa i Hokkaido och vidare norr om Sapporo till Palace Hotel där den officiella tillställningen för Lexus LS400 skulle hållas.
Det var lite kylslaget med bara 13 grader varmt och kolsvart ute då vi landade klockan 18:00. Checkade in på hotellet i ett nafs och tog ett värmande bad och anslöt mig till mottagningen där ett jättegäng med motorjournalister var inbjudna 19:30 varpå det bjöds på drinkar, japansk traditionell musik och uppträdande.
På en scen stod en stor isskulptur av en Lexus LS400.
Här bjöds det också på en gigantisk middagsbuffé. Maten var fantastisk. Japanerna är mästare på färskvaror och där stod vi alla – i två timmar och åt vid små runda bord. Inte en enda stol i sikte. Vid 22-tiden var mottagningen över och kvällens värdar tackade för vårt deltagande varpå vi tog hissen upp till 17:e våningen där det bjöds på japansk öl och lite efterlängtade pizzabitar och sittplatser.

Lördag den 23 september och dag fyra på Japantouren blev en spännande dag. Frukost redan klockan sex och efter det väntade en buss på att köra ut oss till Toyotas testbana vilket tog två timmar att nå. Banan var av typen en höghastighetsbana med hög banking likt den jag körde på hos Mazda.

Dunkade runt banan i 236 km/tim som mest. Bilen gick som en dröm. Så perfekt i alla avseenden vilket jag tycker än idag. Kanske utseendet i dag kännas lite förlegat men vilken fantastisk bil.

Men det roliga var att vi även fick köra de två främsta konkurrenterna – Jaguar XJ6 och Mercedes S-klass. Ingen av dom var särskilt bra. Till att börja med hade de båda bilarna varit isärskruvade in till minsta lilla bit – säkert i utbildnings- och jämförelsesyfte och sedan skruvats ihop igen. Det senare märktes tydligt då det var missar här och där, bland annat vad gäller karosspassningen som var hemsk.

Vid 14:00 väntade bussen igen och flyg tillbaka till Tokyo med sina behagliga 25 plusgrader. Middag på hotellets restaurang och sedan upp och packa inför morgondagens flygning hem, men först en sista natt i Tokyo.

Dag fem, den 24 september blev det buss till Narita vilket är Tokyos storflygplats. Där följde en liten udda ceremoni. För att få lämna landet måste man nämligen betala 100 kronor i japansk valuta som då var 2 000 yen. Så det gällde att ha lite japanska stålingar kvar i plånboken om man skulle kunna ta sig ur landet.

Därefter med SAS som avgick på tid. Såg än en gång filmen Dirty Rotten Scandal med Michael Caine som jag började se i juni då jag flög till Japan med Mazda. Halvbra film.

Pininfarinas Ferrariprototyp – Mythos - 1989

Det började bli höst den 11 oktober men ändå var det 9 plusgrader ute. Hemma var familjen sjuk i feber och kraftig förkylning som jag själv nyligen hade tillfrisknat ifrån.

Flyg till Frankfurt som naturligtvis var försenat och därifrån med anslutningsflyg till Turin. Blev mottagen av en representant från Pininfarina med en gigantisk skylt med mitt namn på. Som nog ingen kunde ha missat.

Limo in till Turin och genom den underbara staden till mitt hotell – Jolly Hotell Principi di Piemonte – som att komma hem.

Tog en promenad och köpte ett par burkar Nutella vilket alltid stod på handlelistan hemifrån. Kan man inte köpa Nutella i Sverige? kanske nån undrar. Jo, men inte i burkar, sedan är Nutella ansedd som en lyxprodukt och därför belagd med nån lyxskatt varför den var svindyr hemma.

Tog en öl – Peroni Nastro Azzurro på en bar med utomhusservering inunder arkaden och tittade på folk. Träffade på ett par engelska kollegor – Tony Dron från tidningen Fast Lane och en annan tjomme som jag tappat namnet på men tror det var Mike Brewer som är programledare i TV-serien Wheeler Dealers.

Dagen efter – den 12:e oktober tog oss – tio journalister – där jag var den enda svensken till Pininfarinas högkvarter där de också har ett fint museum.

Först blev det som alltid kaffe – cappuccino eller espresso och därefter pressinformation och sedan genom rökridåer rullade Ferrari-prototypen – Ferrari Mythos ut och som man noga sa var en egen stilstudie men som man underförstått hoppades att Ferrari skulle köpa – vilket de inte gjorde. Ferrari Mythos som var baserad på Testarossa som senare skulle ha sin premiär på Tokyo Motor Show i oktober samma år blev inte den planerade succé som Pininfarina hade förutspått.

- Non puoi vincerle tutte, (ungefär: man kan inte alltid vinna) som Sergio Pininfarina sa senare då jag träffade honom.

Det var Testarossa som angav Mythos form men också motorns placering som var framför bakhjulen med en så kallad mittmotor-placering. Enligt obekräftade källor byggde Pininfarina bara tre exemplar av Mythos där två av dem såldes till sultanen av Brunei, Hassanal Bolkiah. Det tredje exemplaret finns i Pininfarinas design-center i Cambiano som ligger 1,5 mil utanför Turin.

London Motorshow och sagan om Gaylord - 1989

I december var Gunilla och jag i London för att spana in London Motorshow på Earls Court. Bodde på fina Berner Hotel på New Berner Street, ett stenkast från Oxford Street. Åt en underbar indisk

– hot – middag på den berömda indiska restaurangen Gaylords i Soho.

Namnet Gaylord är även ett namn på en fantastisk bil som vi skrev om i ett av de första numren av Automobil.

För att ta det från början var Gaylord en biltillverkare i Michigan under åren 1911 till -12. Men den Gaylord vi skrev om i Automobil var en one-off, det vill säga en prototyp från 1955.

Bakom det hela stod bröderna Jim och Ed Gaylord som var stora bilentusiaster och hade fått sin förmögenhet genom deras pappas patent på hårnålen vilket kanske i våra ögon idag låter märkligt, men så var det.

Grabbarna älskade bilar och de köpte bilar för pengarna.

Ena brorsan – Ed Gaylord skaffade sig den snabbaste bil som gick att få i slutet av 40-talet – en Packard. Polisen hade bevis på att detta var det snabbaste som då fanns på gatan.

Brodern Jim hade då träffat Alex Tremuli, designchef hos Tucker Corporation och som bröderna blivit personlig vän med varpå de frågade om han kunde tänka sig "designa världens bästa, mest fantastiska och vackraste sportbil" åt dem.

Alex tackade nej men rekommenderade designern Brooks Stevens som stod bakom Kaiser-Frazer, Willys-Overland och senare också bakom linjerna på Excalibur.

Brooks däremot tackade ja på stående fot varpå prototypen Gaylord visades upp på Parissalongen 1955. Men det blev ingen succé, snarare det motsatta, men jag tycker än idag att bilen är väl så läcker – mycket mer än en Porsche, Koenigsegg eller Ferrari av senaste snitt. Bakåtsträvare?

Alltid med knallgul halsduk - 1989

Årets sista pressresa – den 14 december gick till Modena för att provköra den då nya Maserati Shamal. För de flesta så är Modena Ferraris hemvist men från Modena kommer också De Tomaso och Maserati där den senare ägs av Ferrari.

Jag lämnade ett fem grader kallt Arlanda för ett regnigt men ändå åtta grader varmt Turin.

När vi landade hade den svenske Maseratiagenten hyrt en Alfa Romeo som han rattade med mig och en annan svensk kollega till Modena som hade ytterligare fem plusgrader att bjuda på. Då började det nästan likna svensk vår fastän vi var i mitten av december.

Vid 17:00 kom en buss och samlade upp oss journalister från hela Europa, även kollegor från USA, Japan och Australien.

Bussen stannade sedan vid Canalgrande Hotel som då ägdes av Alejandro de Tomaso som inte bara var berömd för att äga hotellet utan hade också en bakgrund som F1-förare mellan 1957 och -59 då han visserligen bara körde två F1-lopp utan att ta några placeringar. Annars tävlade han med och för Maserati och O.S.C.A. Men han är nog mest känd för att ha skapat och grundat sportbilsmärket De Tomaso där han också hade ett finger med i ett F1-stall. Han hade tydligen också intressen i de italienska karosstillverkarna Vignale och Ghia och hos motorcykeltillverkaren Moto Guzzi men framför allt Maserati. Hans signum var att alltid ha en knallgul halsduk på sig, ofta till en exklusiv och elegant rock – typ kamel-hårsulster. Kul kuf.

Maserati Shamal gick bilvärlden förbi utan att lämna något direkt avtryck. Och det hjälpte inte att vare sig jag eller några av alla motorjournalister var där. Bilen tillverkades mellan 1989 och 1996. Istället för den sexcylindriga snurran som Maserati Karif hade haft, hade man i Shamal tryckt ner en liten 3.2 liters V8:a med dubbel-turbo som lockade fram 326 ystra hästar.

Designen var gjord av Marcello Gandini, han som bland annat ritat undersköna Lamborghini Miura och Countach, Bugatti EB 110 och ett gäng personbilar och bussar – alla med de typiska sneda bakre hjulhusen som på Maserati Shamal och som kom att bli hans signatur. Men det blev ingen succé då bilen under sina sju år bara byggdes i 369 ex. Och bara för att spä på – den var inte kul.

- Vår Jaguar E-type Lightweight, åsnerace i Egypten och DeLorean

Raderna här innan nämnde jag Lamborghini Countach. En spektakulär bil på många sätt, både motor- och designmässigt. Men för att kunna göra en sån enkel sak som att backa en Countach krävs att man öppnar dörren och hasar ut sig på den breda tröskeln för att kunna se vart hän man backar.

Vår budbil - en Rolls - 1990

En dröm för många är att få ha suttit bakom ratten på en Rolls-Royce Silver Shadow men också att få ha kört densamma. Även jag hade under många år haft den drömmen.

Under ett par veckor hade vi på tidningen inte en utan två Rollsar som vi skulle göra en ordentlig beg-bil-test på. Vi hade tidigare pratat om att skaffa en "slängbil" en bil som vem av oss kunde ta för att åka och hämta posten, köpa lunch eller nåt annat ärende. Vad skulle vi välja? Ingen liten skruttbil kom vi överens om. Inte heller nån bedagad sportbil.

- Vad sägs om en Rolls? sa någon.

Alla började spinna på idén. En Rolls – okej?! Sedan gick vi alla igång på det.

- Med takräcke!? där det skulle kunna ha ett reservhjul och en bensindunk fastsurrat.

- Sedan behövde

ju inte kylarprydnaden vara på.

- Det skulle bli en depraverad, förfallen men ärlig redaktionsbil för oss på Automobil.

Jäklar, vi var alla så överens och pengarna fanns.

Men när vi skulle köpa vår redaktionsbil stötte vi på patrull. Den begagnade Rolls vi fastnat för var plötsligt inte till salu. Inga av de begagnade rollsar som fanns att få tag i var till salu. Vi vart helt enkelt portade.

- Det är nog inte meningen att vi ska ha en Rolls som "redaktionsbil" om importören – Förenade bil och där George W (Mr Rolls-Royce som han kallades) ska få bestämma. Vilket han gjorde så det blev ingen Rolls något som jag protesterade högljutt över – och gör det än idag.

Okej, låt oss återgå till våra testbilar.

Rolls var för mig en dröm så jag anmälde mig frivilligt att ta hand om den ena Rollsen vilket jag också gjorde. Under den veckan – tio dagar synade jag bilen ur alla vinklar och ju mer jag synade bilen desto snabbare grusades min dröm om Rolls-Royce.

Kommer så väl ihåg hur jag kollade plåtfalsningen inunder motorhuv, dörrar o baklucka som jag var övertygad om att de skulle vara spacklade, silkeslena men icke. Okej, de var inte vassa men hade råa plåtkanter som på vilken annan dussinbil som helst.

Ännu en besvikelse var askkopparna i bilen. De var visserligen snyggt kromade, javisst men även här var det råa plåtkanter och jag tror att det stod Made in China präglat inunder.

Komforten var däremot imponerande liksom gången på bilen som var fantastisk tack vare fjädring från Citroën som Rolls köpte på licens.

Själva motorn var inte så mycket att säga om förutom att det var och är en V8:a och V8:or finns det gott om.

Slutpläderingen blev att: Rolls-Royce ändå har något som få bilar har – imponatoreffekt. Och bäst är den om den får förbli en oprövad dröm liksom hos Lamborghini. Man ska nog inte förverkliga alla sina drömmar. Man blir bara besviken.

1990 blev ett lugnt år med knappt tio internationella pressresor som vi deltog i. Noteras bör att vi ofta tackade nej till många inbjudningar. Anledningen till att vi sa nej kunde vara att det som skulle visas och provköras inte var särskilt intressant för våra läsare men lika ofta berodde det på att vi helt enkelt inte hade tid. Men de körningar vi deltog i var desto intressantare med stundtals exotiska körningar som till Egypten, USA och ett par vändor till England.

Undersköna Portofino - 1990

I slutet av januari bar det av med Alfa Romeo till Sevilla, Spanien under tre dagar. Syftet var att klämma, känna men också köra Alfa 33 som fått en facelift både vad gällde fram- och bakparti i linje med Alfas nya "look" som 164:an angav. Men inte bara det. Alfa ville bjuda lite extra varför även Gunilla var med. Vi flög SAS till Köpenhamn där ett privat chartrat plan väntade och som tog oss till Sevilla. Buss sedan ut på landsbygden och till vårt hotell som hette Bobbadilla. Men vilket hotell. Helt fantastiskt.

Dagen efter blev det provkörning och fotografering av nya Alfa 33 som hade fått ny inredning och skulle två år senare (1992) få fyrhjulsdrivning. Därefter presskonferens och Q&A allt medan Gunilla fick en guidning av Alhambra. Borgen Alhambra tillhör världsarven och speglar det moriska väldet i Spanien på 1200-talet.

Två månader senare i mars var jag på plats i italienska Genua för att gå en holmgång med Fiat Uno Turbo. Uno turbo är vad jag tycker en typisk italiensk bil med mycket temperament som är gjord för att föraren står på gasen och lika snabbt står på bromsen.

Ur den fyrcylindriga 1,3-liters motorn vällde 105 hästar fram och som med en turbos hjälp förflyttade den lilla fyrkantiga lådan som bara vägde 1 300 kilo från stillastående till hundra på 8,9 sekunder. Kanske inte så imponerande idag med var det då och att sedan bilen toppade strax över 190 km/tim tycker jag är riktigt imponerande.

Chartrat plan blev det direkt från Arlanda med första anhalt Malmö där någon kollega plockades upp.

Nytankad lyfte vi en halvtimme senare och flög vidare mot Genua där vi landade. Jag och kollega Hasse Britth fick en Fiat Uno Turbo – röd som sig bör och som jag körde till Santa Margherita Ligure som ligger strax utanför den mest hänförande orten – Portofino med alla sina lyxyachts. *(bild här ovan)*

Här låg och ligger Rivabåtarna tätt och guppar sida vid sida. Underbart – även för en som inte är sådär överdrivet båtintresserad. Hotellets namn låter som taget från en Disneyfilm och hette Splendido men då Belmond Hotel Splendido. Ändå, vilket hotell, vilken utsikt. Helt magiskt. Vilket jag fick uppleva senare på kvällen när vi satt och blickade ut över det undersköna Portofino rökandes en fin cigarr. Fy, jag skäms, men så var det. Portofino och Hotel Splendido kom jag att besöka fler gånger under åren framöver.

En av årets exotiska resor gick av stapeln den 19 mars med en internationell körning av Peugeot 605 i Egypten.

Iväg med ett par svenska kollegor med Air France först till Paris för att där byta plan till en privatkärra som tog oss till Assuan med såväl finska, norska som danska kollegor. Assuan är en stad i södra Egypten vid Nilens östra strand, 88 mil söder om Kairo om nån vill veta. Kan det låta mer exotiskt?

Dagstemperaturen hade varit 27 varma grader men så där vid 21:30 hade kvicksilvret åkt ner till under hälften när vi klev av planet.

Vi blev alla körda till – inte ett vanligt hotell utan istället en stor båt eller kanske snarare en pråm som hette Nil Ritz och som låg vid Nilens strand.

Tog en nattmacka och en öl innan jag tog halvtrappan ner till hytten. Orientens tjusning...

Snabba skeppsråttor - 1990

Vaknade 07:30 och som alltid några minuter innan utsatt tid. Tio minuter senare kom den manuella väckningen som var en liten kille med en gong-gong som han ivrigt hamrade på medan han tog ett par varv i båtens alla korridorer.

Nattsömnen hade varit bra och lite sådär sömndrucken som det heter hasade jag fram till båtens fönster och drog bort gardinerna för att titta ut.

Det jag fick se fick mig verkligen att vakna till – en stor svart råtta som sprang utanför mitt hyttfönster längs båten eller skeppet däckkant – reling eller vad det kan heta.

Ordentligt vaken som jag blev intog jag frukost uppe på däcket där jag kunde se de väntande testbilarna som stod på rad längs kajen. I bilarna fanns det roadbooks som visade att första etappen på dagens körning skulle vara till Luxor dit jag anlände ungefär tre timmar senare.

Såg Luxortemplet, men den stora behållningen var när vi körde hem mot båthotellet igen. Folk vinkade, bilar blinkade och tutade, alla begeistrade över att ha mött en ny bilmodell de aldrig tidigare sett.

Vi stannade till i en liten by, gick snabbt ur bilen och låste den och gick därifrån.

Inom trettio sekunder omsvärmades vår Peugeot av nyfikna, så många att vi inte ens kunde se bilen. När nyfikenheten lagt sig kunde vi återvända till bilen och styra tillbaka till Nil Ritz.

Dagen efter var det ledigt. Till vårt förfogande hade vi åsneskjutsar med förare som vi fick använda och som tog oss till och från den lokala marknaden "souk" som den heter. Vi – jag och kollega Björn tog tillfället i akt och hoppade in i en vagn som sedan skramlade iväg.

Vad jobbigt med allt tiggeri. Björn föll för ett erbjudande att få sina skor putsade. Jag filmade detta med min video. Det var fantastiskt att se honom stå där och förklara till videon "att nu ska jag få mina svarta skor skinande blanka". När jag filmade smorde skoputsaren inte bara in Björns skor utan också hans vita strumpor med skokräm. Jag kunde knappt filma då jag skrattade så mycket att videokameran hoppade.

Aga Kahn och åsnerace - 1990

Tillbaka till hotellbåten. Jag var noga med att kolla utanför mitt runda fönster om det kanske stod nån hungrig råtta där och kikade in med sina röda ögon. Men, tack och lov inte.

Kvällsmat serverades på däck i samband med att båten la ut i skymningen och gled sakta iväg ut på Nilen. Målet var en ö där båten ankrade och där de som ville kunde ta sig upp till bergets topp där Aga Kahn, vilken i ordningen vet jag inte ligger begraven. Många gjorde det och de flesta var något tagna eller ansträngda efter klättringen när de kom tillbaka igen till båten som sedan tuffade hem i total mörker till vår kajplats vid midnatt.

Dag tre 21 mars. Frukost och sedan iväg i våra bilar mot Assuandammen och där templet Abu Simbel som stod klart 1224 f.Kr. *(bild ovan)* och är känt som Ramses Tempel hade tidigare sågats isär i lämpliga stycken och därefter lyfts upp i sektioner sextio meter över markytan vilket gjort att man kunde bygga den konstgjorda Nassersjön. Ett måste för områdets överlevnad och odlingar som krävde bevattning.

En tid efter det att man fyllt på vatten som förvandlade dalen till en sjö blev det populärt att segla på sjön men det förbjöds senare av säkerhetsskäl. Men vi fick en unik båttur på Nassersjön.

Det kändes som en rejäl kultur- och historiechock att gå in bakom de mäktiga statyerna som funnits där i över två tusen år och se de olika snyggt ihopsatta stenblocken med de gula plastbrickorna i varenda fog som det stod Skanska på och som på nåt sätt håller samman de stora stenblocken.

Körde därefter genom öknen i säkert 200 km/tim – eller med plattan i mattan som det heter.

Under två timmar såg jag bara två bilar men också en kamelflock. På tal om bilar så hade vi hela tiden en ambulans efter oss. Det var inte bara en ambulans utan vad jag förstod ett par – kanske tre stycken som oftast höll sig utom synhåll för oss men fanns där om något skulle hända. Better safe than sorry, som det heter.

Efter det körde Björn och jag tillbaka till Nil Ritz och där en svalkande öl.

Vid 21 blev det åsneskjuts till kvällens restaurang – Hotel Cataract – som var och är ett femstjärnig och en av de finaste restaurangerna i Assuan. Kanske och säkert också för fint för oss tänkte jag.

Vid 23 hände det bästa på hela resan: Vi skulle rejsa det vill säga tävla med åsna och vagn hem till båthotellet vilket vi gjorde.

På "startgridden" stod Hasse C med svart åsna, co-driver och en snudd på övertänd chaffis. Bredvid stod vi – Björn och jag med en brun åsna och chaffis.

Det blev ett tight race. Hasses kärra körde hårt men tappade ena hjulets gummidäck vilket gjorde att jag och Björn vann med minst en åsnelängd. En seger god som vilken annan.

Sista dagen var torsdagen den 22 mars. Upp vid åtta, ställde ut resväskan och sedan till frukost och därpå buss till flygplatsen.

Boeing 727 till Paris och därefter till Arlanda där jag landade 24:00.

Häftig resa som alltid med Peugeot som då vågade ta ut svängarna – rejält och med en medeltemperatur av 28 soliga grader. Det kommer mer av den varan längre fram i boken.

För mycket soppa – för lite soppa - 1990

Under Automobiltiden testade vi också en hel del förutom just bilar. Ett sådant exempel som blev otroligt uppmärksammat var när vi avslöjade att första generationen Volvo XC70 inte drev på alla hjulen vilket orsakade ett ramaskri hos Volvo men då även Polisen hade upplevt det så byttes drivsystemet till då svenska Haldex.

En annan test vi gjorde var att kolla den bensin som fanns i pumparna hos de olika bensinbolagen. Det hela började med att en kompis som jobbat i USA tog med sig sin bil som flyttgods till Sverige. Efter att ha kört i Sverige ett par månader och då på svensk bensin tyckte han att bilen kändes orkeslös mot vad den var i USA där han körde på amerikansk bensin.

Vi införskaffade ett gäng lika dana bruna glasflaskor. Sedan åkte vi runt till de olika bensinbolagen och fyllde på våra flaskor som vi bara märkte med olika siffror. Alltså inget som avslöjade varifrån bensinen kom något som vi höll för oss själva. Därefter tog vi kontakt med Statens Provningsanstalt som det hette då – idag Rise och deras labb i Borås vilket var de som kontrollerade all bensin och att de höll måttet – att de hade den energi som var utlovat. Vi hade innan vi drog igång detta fått ett muntligt ok från dem att de skulle testa och analysera våra bensinprover.

Alla flaskorna skickades till deras labb. Sedan gick nån vecka, kanske två när vi plötsligt fick beskedet att de inte ville testa bensinen i våra flaskor. De ville inte medverka i att vi skrev något som kunde vara ofördelaktigt för någon av deras kunder. Så det blev locket på.

Att ha rätt oktantal och rätt soppa i tanken är viktigt och påverkar både förbrukning men också effekten som till exempel att det på en Porsche kan betyda så mycket som 15 till 20 hästar plus med rätt soppa eller minus med ett lägre oktantal.

USA och en inbjudan från GM till bilstaden Detroit eller "Motorcity" som staden också kallas lockade den 25:e juni.

SAS till Paris och sedan flygplansbyte till North West Airline. Ett segt byte då det fattades soppa som måste fyllas på innan vi kunde påbörja flygningen till Detroit.

Klart. Äntligen iväg. Men icke...

Nu var planet för tungt – fulltankat. Så man måste tappa av lite bränsle.

Totalt blev vi fyra timmar försenade och inte uppvägdes det av att vi hade en egen öltunna stående längst fram i förstaklass-avdelningen där vi motorjournalister satt och egna ölsejdlar med våra namn ingraverade på. Snacka bortskämda...

Till sist kom planet iväg och jag såg filmen Back to the Future med Michael J. Fox där behållningen var att se hans bil – den spejsade DeLorean.

John Z DeLorean

Bilmärket DeLorean blev och var en askungesaga likt den om Cadillac Allanté.

Grundare var John Zachary DeLorean född i Detroit 1925 och som under sin karriär jobbade som designer, säkert under Chuck Jordan *(se kapitel 7)* hos GM där han formgav och marknadsförde bland annat Pontiac GTO, Pontiac Firebird och naturligtvis senare sin egen skapelse – DeLorean eller DMC-12 som betyder DeLorean Motor Company och siffrorna 12 som antyder den 12:e förseriebilen.

John Zach klättrade snabbt på GM's karriärstege och blev yngste chef för GM:s Pontiacdivision och fyra år senare yngste chef hos Chevrolet. Vid 48 år blev han även utnämnd till GM-vice president.

Drömmen om en egentillverkad bil hade han haft i flera år och 1973 startade han bolaget DMC och två år senare – 1975 rullade

produktionen igång i Dunmurry, sydväst om Belfast på Nordirland. Varför han hamnade på Nordirland berodde till stor del på att han lyckades få till ett samarbetsavtal med den brittiska staten som satsade 160 miljoner dollar (1,5 miljarder kronor) vilket då och än idag är en enorm summa. Men resan dit var ganska krokig.

Hans måtto var "Lev drömmen" vilket han också gjorde. Utseende och utstrålning ansåg John var bland det viktigaste hos en framgångsrik person. Så bland de första saker han gjorde var att låta göra en plastikoperation så han fick en haka likt Stålmannen eller att han blivit påverkad av Cadillacs vd John O. Grettenberger som hade liknande haka som gav honom ett starkt manligt uttryck.

Vid sin sida hade han då också gift sig med en 25 år yngre vacker fotomodell. Redan då besökte han bilhandlare över hela den amerikanska kontinenten för att få dem att beställa bilar som skulle levereras när väl produktionen kom igång på allvar. Många av handlarna var också investerare i bolaget.

Men John Zach behövde betydligt mer pengar så därför besökte han en rad välmående företag som var stadda i kassan.

Jakten på pengar tog honom inte bara runt i USA och till den amerikanska ögruppen Puerto Rico utan även till Europa och där Italien som hade många investerare och när John var där försökte han även att köpa Maserati. Vilket kan tyckas mycket märkligt men så var det.

En annan resa gick till Spanien där John utöver träffade och lunchade med ett antal investerare och då även försökte köpa en gammal och nerlagd GM fabrik.

Hans säljargument som han även berättade om i en TV-intervju var:
- Jag har beställningar på 30 000 bilar från de 400 säljare i USA som jag besökt.

Okej, det var kanske så men John hade inte en enda skriven order från någon av säljarna. Så därför drog sig investerarna ur en efter en.

Då hörde plötsligt en regeringsrepresentant från Nordirland av sig.

Nordirland och Belfast var mer eller mindre en krigszon där protestanter slogs mot katoliker. Bombningar, sprängningar och attentat var vardagsmat och jobben var få. Inga företag över huvud taget ville etablera sig i Nordirland och allra minst i Belfast.

John Zachary DeLorean drog sina väl inövade försäljningsargument och efter att han sagt det förlösande orden – att han skulle behöva anställa 2500 personer var affären i land.

Inga frågor ställdes från Nordirland eller England utan 84 miljoner pund (1 miljard, 75 miljoner kronor) betalades ut och kort därpå kunde man på nyheterna se de första spadtagen på vad som skulle komma att bli en toppmodern bilfabrik.

Det som var annorlunda med DeLorean var bland annat ett par intressanta designgrepp utöver att själva designen som var skapad av ingen mindre än Giorgetto Giugiaro på Italdesign var en kaross av borstad rostfritt stål från British Steel och måsvingedörrar. Men den rostfria karossen visade sig vara känslig för smuts, fettfläckar och annat som till exempel fingeravtryck. Därför är de bilar som finns kvar idag lackerade i klarlack eller någon färg.
Tre exemplar fick en karosslack eller snarare en pläterring i 24 karats guld.
Flera av underkonstruktionerna var av kompositmaterial.

Bland John Z DeLoreans vänner fanns entreprenören Colin Chapman som också styrde biltillverkaren Lotus. Colin fick höra talas om Johns projekt och fick där till ett avtal att Lotus skulle leverera en rörram till DMC-12. Enda problemet var att rörramen som var av vanligt kolstål visade sig vara rostkänslig.
Hela första årsproduktionen (80 bilar) gick till USA. Men det gick inte helt friktionsfritt då bilarna hade en del barnsjukdomar. Bland dem att måsvingedörrarna inte gick att öppna, ibland inte heller sidorutorna. Men överlag gick det riktigt bra för DeLorean och John Zach hade redan då en massa nya idéer på gång.
Han såg sitt bilimperium växa och förutspådde att han kunde bli lika stor och lönsam som GM. Bland idéerna fanns att köpa upp Alfa Romeo som hade det knackigt liksom Jeep.
Planer om att gå samman med Ford fanns också liksom att han skulle köpa upp en bank. Det fanns helt enkelt inget stopp på vad han trodde sig kunna förverkliga.
Vid ett tillfälle sa John Zach att han avstod från att ta ut någon lön i bolaget men riktigt så var det inte. Han tog istället 10 procent på allt som kom in i bolaget.
Hans vänskap med Colin Chapman växte och de båda startade ett gemensamägt investeringsbolag med bankkonton i Schweiz. Vad transaktionerna visade så skulle Johns andel vara 18 miljoner dollar och Colins lika mycket. Men vart Colins andel tog vägen vet man inte då han plötsligt dog och allt mörklades runt Colins död.

Än en gång kom John Zachary DeLorean att hamna i ekonomisk knipa och vände sig till sina engelska kontakter. Det hade ju gått bra att få kassan påfylld tidigare så det borde väl gå en gång till. Men då blev det stopp.
Den som verkligen satte stopp inte bara för drömmarna men

även för produktionen var Margaret Thatcher även kallad Järnladyn som då hon blev premiärminister drog proppen ur hela projektet och med det tog även den sagan slut.

Det var tufft för DeLorean och tuffare blev det då FBI arrangerade ett tillslag där John Zach blev arresterad och anklagad för att smuggla narkotika – kokain till ett värde av 24 miljoner dollar. Men det hela var planterat av FBI vilket gjorde att fallet las ned och John blev frisläppt.

Med det så var sagan om DeLorean DMC-12 slut.

Jag kan fortfarande för mitt inre öga se hur Michael J. Fox landar med sin DeLorean och öppnar måsvingedörren som glider upp med ett trolskt väsande.

Drivlinan var tänkt att vara en Wankelmotor men på grund av de hela tiden ökande bränslekostnaderna fick man se sig om efter en annan lösning som blev en V6:a från Volvo, samma motor som även satt i Volvo 760 och till den en växellåda från Renault.

Efter 9 200 tillverkade bilar var konkursen 1982 ett faktum. Men innan dess gjordes ett par försök att blåsa liv i tillverkningen men det var tyvärr dödsdömt.

När konkursförrättarna kom till DeLorean Motor Company hittade man ett hundratal omonterade bilar i olika stadier på bakgården. Detta och alla delar, även ett omfångsrikt reservdelslager såldes till ett amerikanskt företag och 2008 rullade DeLorean Motor Company igång i Huston, Texas. Nytillverkningen var baserad på 80 procent gamla delar och till den 20 procent som var nytillverkade vilket gjorde den nya DeLorean bättre på alla sätt.

Även om inte bilen blev en succé så startade John Z ett klockföretag där han lät tillverka ett fyrkantigt i mina ögon ganska fult armbandsur – DeLorean Time i en liten upplaga.

John Zachary DeLorean dog 2005 80 år gammal i USA.

Corvette ZR-1 - fjärde generationen - 1990

Mitt flyg landade i Boston på den amerikanska östkusten för att tanka innan vi kunde fortsätta till slutmålet.

Med tanke på bränslestrulet i Paris så verkade North West Airline inte ha så bra koll på vad planets bränsleförbrukning var. Tur att behovet inte uppstod då vi tidigare flög över öppet vatten - Atlanten.

Landade till sist i Detroit efter ytterligare 2 och en halv timmes flygning och kom till hotellet Radisson Resort – hur, kommer jag inte ihåg då jag var fruktansvärt övertrött.

26 juni – en tisdag vill jag minnas (står så i dagboken…).

Frukost och därefter pressinformation. Jag var den enda som hade kortbrallor (inte första gången...). Lite pinsamt men under dagen visade det sig att jag klätt mig rätt.

Efter pressinfo körde jag iväg mot Clear Water som ligger i ett område som heter Traverse i en Corvette ZR-1. Vilken bil! Men också att den tillverkades som en specialmodell mellan 1990 och -95. Traverse som var målet bjöd på ortsnamn som verkade komma från ett par cowboyfilmer. Vad sägs om Barker Creek som då och idag är en riktig spökstad och Rapid City där man kan tänka sig att det varit många vilda shoot-outs. Corvetten spann som en katt eller snarare som en puma med tanke på var jag var och svarade upp till mina förväntningar.

Corvette och hade som ZR-1 hyfsade 375 hästar under huven och visade sig kunna toppa 282 km/tim. För att hitta hästkrafterna hade GM fått hjälp av engelska Lotus som också såg till att motorblocket blev av aluminium men hade samma kubik och borrning som tidigare och fick i sin nya version fyra överliggande kamaxlar och till det fyra ventiler per cylinder. Modernt.

Borta var alltså 50-talets gjutjärn, stötstänger och två-ventilsystem som visst funkade men hade nog nått sin vägs ände.

ZR-1 blev en modern muskelbil. ZR-1 skilde sig en del från den "vanliga" Corvetten som utöver motorn hade ett annat bakparti med fyra fyrkantiga bakljus och fetare – bredare bakdäck. Sedan hade ZR-1 en nyckel "power-key" vilken när den satt i gav bilen full effekt på 282 hk – det vill säga trettio hästar extra från sina normalt 252 hk.

"Som då förvandlar bilen från Mr Hyde till Dr Jekyll", sa Mr Pringle som var en i teamet av motorkonstruktörer bakom den nya motorn då han tog plats i passagerarsätet och jag bakom ratten.

En nyckel tänkt att man skulle ta ur då kanske dottern eller sonen i huset lånade bilen. Samtidigt lite tramsigt i mina öron. Det här var bara början och då det skulle bli betydligt fler hästkrafter med åren. Inte bara från Corvette utan också från specialtrimmare som kunde leverera en bra bit över 400 hästkrafter.

Hamburgare och Harbor Burger - 1990

Hamburgare är som så mycket lika med USA – fastän det inte från grunden är amerikanskt vilket jänkarna hävdar. Likadant är det med ölmärket Budweiser och IKEA.

Lunch intogs på en lite finare restaurang som hade och har som alla restauranger hamburgare på sin meny. Själva köttet mixas med olika sorters nötkött och kryddas efter var och en restaurangs tycke och smak. Och för att göra det lite elegantare så serverades inte hamburgaren i det tjocka bull-brödet utan harborburger-style som är en smakfull och tunn smörstekt brödskiva likt en skiva formbröd vilket också låter exklusivare och i mina ögon godare.

Efter lunch iväg i en Chevrolet Caprice Estate – kombi alltså – till vårt hotell för natten Holiday Inn i Grand Haven, Spring Lane.

Men innan det var dags att ta kväll hann jag med ännu en prov-körning och vred då om tändningsnyckeln i en Pontiac Grand AM GTA som tog mig på en halvtimmes slinga runt hotellet där det sedan vankades drink i trädgården och på det kvällsmat och efter det för min del i säng. Men innan dess dagb+oksskrivning som alltid.

Dag tre den 27 juni vaknade jag till strålande väder klockan åtta och strax därpå serverades frukost. Redan då kändes det som jag hade kört igenom GM's alla bilmodeller men det stod ett tiotal åter. På´t igen.

Jag och kollega Rolf G tog oss an ytterligare en pressbil och drog iväg. Köra, köra, köra.

Vid 17:00 kom vi fram till Hotel Grand Traverse Village Resort and Spa – långt namn och loka flott i staden med samma namn.

Kvällsmaten var planerad att serveras och ätas utomhus men då det var risk för "thunderstorms" eller åskväder som vi säger i Sverige och i storlek stor gick vi alla in i hotellets matsal där man utöver mat hade ställt upp en Cadillac -59, en Corvette -60, en Impala, Chevelle och en Camaro allt kompat av ett ameri-kanskt rockband.

Dagen efter var ledig så här fanns inget att berätta men dagen därpå – fredag den 29 juni hände desto mer.

Det hade regnat under natten och vi harvade runt i pressbilarna men fick också presenterat för oss ett par fantastiska och oerhört inressanta Cadillac-prototyper som jag tror inga sett eller än mindre satt sitt fingeravtryck på. Det gjorde jag.

På eftermiddagen samlades vi – ett åttiotal journalister och PR-ansvariga från Italien, Tyskland, Frankrike, USA, Canada och den lilla svenska skaran på kajen utanför hotellet.

I vattnet som var Michigan Lake låg en spelbåt typ Mississippi hjulångare som precis lagt till.

Vi släpptes ombord men bara tjugo personer åt gången där hälften av oss visades upp på övre däck tillika speldäck där vi innan alla kommit ombord inte fick vara för många då det fanns en säkerhets-risk hörde jag och som jag tolkade att båten i värsta fall kunde slå runt om alla skulle vara där. Till sist var vi alla ombord jämt fördelade varpå båten kastade loss.

Kul men så här efteråt undrar jag hur det egentligen var med just denna båts säkerhet.

Spelade bort allt! Rubbet! - 1990

Utöver att vi som var med fick varsin liten hink med spelmarker för att spela Black Jack serverades det en rejäl matbuffé och öl till det.

Spel har aldrig intresserat mig men öl. Jag åt mig mätt och tog till det ett par som det brukar vara, bleka öl, likt Michelob Beer som varken har smak, någon styrka eller färg. Okej, jag var rastlös (som alltid) och ville komma iland och krypa i säng så snabbt som möjligt.

Kollegorna åt och drack på nedre däck medan jag och ett par andra höll till uppe på speldäck. Jag hade inte så mycket att göra utan spelade med de marker jag fått. Överallt stod det övergivna spelhinkar som jag städade undan. Bussigt va. Jag spelade bort allt! Rubbet! Men vann storslaget. Snacka vinnare…

När kvällen var över la hjulångaren åter till vid kajen utanför vårt hotell där vi möttes av ett discoskrål när vi gick in i hotellet.

Det var tjockt, minst sagt, i diskoteket och inga bord lediga.

Kollega Rolf gick för att kolla efter något ledigt bord medan jag tog på mig att hämta nåt att dricka – precis som vi inte fått nog på spelbåten.

Det var omöjligt att komma fram till baren så jag tänkte att det kanske fanns nåt i vårt VIP-rum. Sagt och gjort gick jag till vårt VIP-rum och greppade ex antal öl som jag tog tillbaka till väntande Rolf som under tiden inte bara hittat ett bord utan också en trevlig tjej som han fått plats bredvid och som han pratade mycket och entusiastiskt med.

Dagen efter - lördag den 30 började lite segt. Det hade varit tufft kvällen innan. Michelob, Miller eller vad det må vara var både smak- och färglös men hade ett visst tydligt sting ändå.

Frukost, skink- och champinjonomelett, rostat bröd och ett par koppar te och en Coca-Cola gjorde underverk på mig.

Kollegorna hämtade sina testbilar och droppade av en efter en. Då jag inte sett till Rolf frågade jag den svenske PR-ansvarige om Rolf synts till.

- Jo, han hade visst fått besök så här på morgonen men skulle snart komma ner, blev svaret varpå även han drog iväg i en testbil.

Då var det bara jag och en Cadillac STS kvar på hotellets parkering framför entrén.

Cadillac Seville STS kom att bli en för Cadillac mindre modell men likväl lika lyxig som just en Cadillac ska vara och tillverkades ända fram till 2004. STS hade  framhjulsdrivning och under motorhuven låg en 4.5-liters V8 med 305 hästkrafter och en fyrväxlad automatlåda. *(se bild här ovan)*

En kvart gick, en halvtimme... Då och då körde jag runt ett varv eller två på parkeringsplatsen. Till sist efter säkert en och en halv timme kom Rolf ut något stressad och lätt upprörd.

Nu hade vi mycket tid att ta igen då det längs teststräckan var inplanerat flera bilbyten med kollegor.

Efter en stund då Rolf lugnat ner sig frågade jag vad som hänt. Jo, flickan som han på kvällen träffat och pratat så hjärtligen med hade stannat till klockan tre då hon åkte hem.

- Ja, tro vad du vill men vi pratade bara, sa Rolf.

Men klockan sju på morgonen knackade det på Rolfs dörr och utanför stod gårdagens hjärtevärmare. Inte bara hon utan också med en färdigpackad resväska.

Hon hade gett sig den på att hon skulle följa med Rolf till Sverige och där Eskilstuna. Hon hade packat det hon behövde och hade skrivit ett avskedsbrev till sin man och smugit ut i mörkret för att följa med Rolf. För det hade han ju sagt ja till ett par timmar tidigare. Det tog alltså Rolf G ett par timmar att slingra sig ur den något pinsamma situationen.

Det står en låst Cadillac i en öken... - 1990

Vi körde så fort vi vågade och kom fram till vårt första bilbyte ute i en öken. Jag såg kollegorna på långt avstånd där de stod bredvid sin Cadillac som hade lyset på.

Vi hann knappt hoppa ur vår bil förrän kollegorna tagit plats, stängt dörrarna och kört iväg och lämnade ett stort dammoln efter sig och sin tidigare vår Cadillac och lämnat sin – nu vår Cadillac låst och med lyset på.

Här stod vi mitt i en öken, i blagande sol och med en temperatur på över 30 grader med en låst bil som till råga på allt hade strålkastarna tända.

Det var så att man kunde få värmeslag för mindre.

Någon mobil hade vi inte. Mobiltelefonen var då – 1990 en ganska ny företeelse. 1987 hade bara två procent av den svenska befolkningen en mobil vilket ökade till sjutton procent 1993. Så det var inte alls vanligt. Men vi hade tur då vi blev räddade av den svenska PR-representanten som skjutsade oss till nästa ställe som var lunchstället. Där satt kollegorna och mumsade.

- Hejsan Micke, vad har du i fickan Micke? frågade jag den kollega som vi hade bytt bil med. Han reste sig upp körde ner handen i fickan och fiskade upp ett par Cadillacnycklar som han överlämnade till våra funktionärer som ilade iväg för att hämta den övergivna ökenbilen.

Att det sedan framkom att det fanns en nyckel fastklistrad under bilens dörrtröskel på förarplatssidan skulle ändå inte ha hjälpt oss då vi inte visste om det förrän då det berättades för oss vid lunchstället.

Vid lunchen tog värden till orda för att berätta vem som vann gårdagens Black Jack på hjulångaren. Inget jag tänkte direkt på eller brydde mig om.

Va? Vem? Jag? Det var mitt namn. Jag blev framkallad för att ta emot mitt pris.

Då utbrast mina kollegor ut i ett rungande buuuu, då de visste hur jag myglat till mig segern och vinsten som visade sig vara en hemsk – till och med fruktansvärt ful brevpress i porslin. Men det var kul.

Efter lunch körde vi alla vidare till slutdestination Ypsilanti Radisson Resort Hotel sex mil väster om Detroit. Ett namn som låter finskt vilket det inte är utan har fått sitt namn efter en grekisk krigshjälte.

Vid sextiden, mot kvällningen blev vi bussade in till Detroit vilket tog ungefär en halvtimme och till Rattlesnake Club för kvällsmat och ett par öl – Moosehead.

Restaurangen The Snake som den också kort kallas kanske inte låter så sofistikerad men det var och är den. Klockan 22 flyttade vi på oss till en rockklubb som hade ett förbaskat bra liveband som spelade.

Sista dagen och första dagen i juli – söndag den 1:e kunde jag konstatera att det hade varit en helt fantastisk vecka. Att få ha sett alla Cadillacprototyper, köra flera Cadillacmodeller som sedan toppades med den feta Corvette ZR-1.

Närmast stundade American Airline till Chicago och därifrån med samma bolag till Arlanda som landade på utsatt tid. Ofta är det just det som är det bästa på resorna – att flygplanstider hålls. Måste säga att det var skönt att få komma hem.

Två kavajer i Genève - 1990

23 augusti bjöd Ford till Genève för att köra Ford Escort som kom att bli den femte generationen Escort som då fått lite mjukare linjer. Med det hade Ford med sin Escort en bilmodell i varje segment: fyradörrars sedan, halvkombi, kombi och en tvådörrars cabriolet. Det var varmt, 26 grader så valet av en cabriolet var inte så dumt. Escort kom också med ett flertal fyrcylindriga motoralternativ: från futtiga 60 hk till 105 hk och ett par dieslar.

Fetast var XR3i-versionen hade 130 hk och över den 150 hk i den väldesignade RS2000. Sedan toppade man med rivjärnet RS Cosworth som hade en turboladdad motor på 227 hk. Men något rivjärn fick vi inte köra i Genève. Utan det gjorde jag senare på hemmaplan i Stockholm.

Körde till lyxhotellet Royal Club Hotel som var och är lika fint som det låter och ligger på den franska sidan av Genèvesjön.

Senare på eftermiddagen satt vi ute på terrassen och lät oss fascineras av hotellgästernas lyxbilar som stod uppradade i långa banor. Funderade på hur mycket dricks det omsattes här varje kväll bara på hotellets parkering.

Kvällsmat skulle intas utomhus men då jag inte hade någon kavaj så trollade hovmästaren fram en sådan till mig med förklaringen att det var hotellet och restaurangens klädkod att män skulle ha kavaj. Det gick bra att ha kavajen på eller ha den hängande över ryggstödet.

Fjantigt tyckte och tycker jag än idag.

Efter avslutad middag kunde jag lämna tillbaka kavajen.

Då kollegorna ville spela lite så gick vi alla en kort promenad till ett närliggande casino.

Medelåldern på spelarna var ganska hög och som bestod av en stor del blåhåriga äldre damer nedtyngda av sina juveler. Vi gick in men jag blev stoppad – jag hade ingen kavaj. Än en gång trollades en kavaj fram som jag fick ha på mig eller bara hängande över axlarna.

Vår E-type som Lightweight - 1990

Bara dagarna efter var det dags att titta till öriket i väster igen och nya Jaguar XJ6 2.3 i Newcastle, England.

Blev hämtad från flygplatsen i Daimlerlimousine och körd till hotellet av en uniformerad chaufför som var som en bättre herrgård – Linden Hall som är från 1740 och är magnifik på många sätt – och som faktiskt hade en bar. Något som inte undgick mig så jag kunde inte motstå utan drack en Yorkshire Best Bitter och åt en typisk engelsk trekantig smörgås. Att smörgåsarna är trekantiga ska vara ett tecken på att den som gjort dem är nöjd med mackan. Undrar om SJ:s macor är trekantiga...

Sammantaget var allt på topp utom bilen – Jaguaren inte var någon höjdare utan kändes mer som ett mellanspel till vad som skulle komma åren därpå då också de fyrkantiga strålkastarna försvann.

Med på resan var den alltid kedjerökande Colin Cook, PR-manager för Jaguar som jag lärde känna redan i och med att vi drog igång Automobil 1982.

Vid det tillfälle då Gunilla och jag köpte vår E-type skrev han ett brev och gratulerade till köpet. Colin var mycket intresserad av Jaguars racinghistoria och försökte genom sin marknads-avdelning se till att synas i olika racing-event. Bland dem något uppvisningsjippo på Le Mans.

Då vi efter intagen kvällsmat stod vid baren – Colin med en cigg i handen och var och en med en pint öl framför sig frågade han mig hur det var med vår E-type. "Jo, det var bra", svarade jag "bara det att jag knappt hinner köra den, men Gunilla kör den nog mest".

Colin berättade om ett classic-car-race som Jaguar skulle delta i till nästa vår. De hade en bra erfaren förare – en amerikan men de saknade bil. Den amerikanske föraren ville nämligen ha en vänsterstyrd bil och de var svåra att hitta i England. Kravet var också att det måste vara en tidig E-type, cabb eller "open-two-seater" som det heter när vi pratar Jaguar E-type men inte så tidig som en "flat-floor" men ändå en serie 1 vilket vår var med täckta lyktglas osv.

- Skulle vi hitta ett exemplar måste den byggas om till en Lightweight och också bli racepreppad efter alla reglement, berättade Colin och tände nästa cigg på fimpen från den förra.

Colin berättade också att det skulle ta minst tre månader att skruva isär en lämplig E-type och konvertera den till en kompetent och konkurrenskraftig Lightweight. På listan stod – en svetsad säkerhetsbur, effektivare bromsar, fjädring, stötdämpare, utväxling, förstärkt växellåda och inte minst en betydligt vassare motor än en originalmotor.

Ett tag undrade jag vart diskussionen skulle leda till. Ganska snart fick jag svaret,

- Skulle du kunna tänka dig låna ut er E-type till oss? frågade Colin. I andra andetaget sa han att om jag sa ja skulle de betala en hyfsad slant i hyra. De skulle även komma och hämta bilen i ett täckt släp. Alla skador skulle repareras och sedan då racet var över skulle de bygga om bilen igen till dess originalskick och lacka om den i den färg vi ville ha.

Jag hickade – de ville låna vår E-type! Hann knappt tänka tanken klart då jag hörde mig själv säga.

- Javisst, kom mitt spontana svar, kom och hämta bilen när ni vill. Och inte vill vi ha tillbaka den i originalskick, nej tack, som Lightweight duger alldeles utmärkt. Jag kunde redan då för mitt inre öga se min, ja eller Gunillas och min E-type Lightweight lackad i British Racinggreen som det ska vara.

Dagen efter pratade vi igen om E-typen och dess förutsättningar. Colin var lite orolig att det började bli ont om tid och skulle i så fall vilja hämta bilen så snart som möjligt.

När vi skildes åt lovade jag att så fort jag kom hem skulle jag skicka lite bilder och all dokumentation på bilen.

Veckan därpå den 17 september flög Gunilla och jag till Birmingham för att insupa Birmingham Motorshow som var lite lam tyckte vi. Jag hade innan vi flög över pratat med Colin och vi kom överens om att ses på salongen.

Så blev det och Colin berättade då att man så sent som dagarna innan – i förrgår hittat en äkta Lightweight som visade sig skulle vara enklare att bygga om än vår bil. Det var till och med så att Jaguar fick köpa den bilen.

Senare i april då själva racet gick så totalkvaddade den amerikanske racerföraren sin E-type i början av racet. Den kom alltså aldrig ens i mål.

På sätt och vis var jag glad att det inte var vår E-type som han kraschade.

Med det avslutar jag 1990 och trampar vidare in på 1991.

Vår tid med Automobil hos Aller hade varit bra – kanske till och med för bra. Men under 1991 började det svaja ekonomiskt för Aller som tog bort tidningstitlar man inte förstod sig på.

Vi fick erbjudande om att "få" tillbaka Automobil med allt vad det innebar. Det var inte något tal om att betala tillbaka några pengar. Vi blev lämnade som en het potatis.

Jag och Gunilla ville starta om.Kanske hitta nya samarbets-partners men inte Kjell. Då och där blev det en spricka oss emellan som aldrig skulle repareras.

Under våren hittade Kjell en ny ägare som för noll kronor tog över Automobil. Världens sämsta affär. Ett svek och ett skamligt sådant från Kjell som såg till att det hände.

De som tog över var ett tidningsförlag – skurkar i Gunillas och mina ögon. Det här var och blev det första steget i nedmontering av både Automobil och vänskapen och kompanjonskapet.

Jaguar E-type var aldrig ämnad som en tävlingsbil men var ändå baserad på samma chassi som raceversionen av Jaguar D-type. E-type blev populär hos många raceentusiaster som lyckades få Jaguar att bygga en liten serie Lightweight som då byggde på E-type roadster (OTS = Open Two Seater) men hade som Lightweight en fast hardtop för vridstyvhetens skull. Karossen var av aluminium. Stötdämpare och fjädring blev fastare och fram satt en kraftigare krängningshämmare. Motorblocket var av gjuten aluminium och de tre stora SU-förgasarna ersattes av insprutning. Av den lilla serien Lightweight blev det bara 12 stycken och det verkar som att alla rullar än idag.

Jaguar E-type Lightweight
Rak 6:a, 3.781 cc
344 hk, 424 Nm
0-100 / topp: 5,0 sek, 251 km/tim
5 vxl manuell
Vikt: 1.009 kg

Jaguar E-type OTS
Rak 6:a, 3.781 cc
265 hk, 352 Nm
0-100 / topp: 8,8 sek, 240 km/tim
4 vxl manuell
Vikt: 1.119 kg

- Jaguar XJ220, Concorde i 2 Mach och premiär för Premium Motor

I mars 1991 körde jag den "femtielfte" versionen av Fiat Tipo i Turin. Åtminstone kändes det som så.

Innan vi skulle flyga hade vi tillgång till ett VIP-rum som vi delade med den svenska popgruppen Roxette med Per Gessle och Marie Fredriksson som plockade småkakor och drack kaffe, te och läsk med oss.

Bordade flyget – en liten privatkärra Commander 900 för sju personer varav två passagerare som fick sitta på toa. Lunch serverades – smörgåsar och öl eller läsk samt kaffe o te. Som alltid när man flyger små plan så är det inte servering i vanlig bemärkelse utan mer – langen går.

Över de snötäckta alperna och ner på andra sidan till Turin med härligt sommargröna gräsmattor.

Bodde i vanlig ordning på Jolly Hotel Principi di Piemonte i Turin. Temperaturen var behaglig med lite över tjugo grader.

I april började Gunillas havandemage synas vilket även den nya tidningsledningen noterade varpå hon fick sparken. Schyssta lirare att sparka någon för att vara gravid. Men vi var inte förvånade då vi visste att de inte var några ärliga personer vi hade att göra med.

Vi kontaktade facket men totalt tandlösa som de var och är hände inget. De vände istället bort blicken.

Det här gjorde att jag kroknade. Även så Kjell så vi såg till att också vi båda fick sparken.

Den lömske chefen Gunnar N vilket han var beordrade mig att en sista gång besöka kontoret för att som han sa överräcka en avskeds-present. Om det var ärligt menat eller om det var hans sista chans att ge mig en spark där bak vet jag inte. Troligtvis var det det senare. Han bestämde dag och tid men jag åkte aldrig dit.

I september 1991 föddes vår son Max. Namnet har ett litet ursprung från Jaguar XJ6 där det under ventilationsmunstyckena på instrumentpanelen syntes små pilar och orden Max Defrost. Okej, han heter bara Max men vi kallar honom då och då för just Max Defrost.

Vår kundtidning åt Statoil - 1992

1992 blev ett aktivt år men det blev något tomt utan att ha Automobil att pyssla med som vi hade haft sedan 10 år tillbaka. Men vi – Kjell och jag gjorde ett par kundtidningar – bland dem MercaDoktorns kundtidning som vi engagerade oss mycket i och en kundtidning åt ett laboratorieföretag.

Vi hade då också börjat prata med Statoil om att göra en bred kundtidning med motorinriktning till Statoilkunderna. Hela våren höll vi på att förhandla om vem som skulle betala vad och så vidare. Till sist kom vi överens och vi tre, Gunilla, Kjell och jag drog igång – än en gång. Men utgivningen skulle börja först nästa år, för Statoil ville att allt skulle vara på plats innan man slog på trumman så att säga.

Vi på vår sida hade också en hel del förberedelser att göra. Artiklar förbereddes liksom layout, utgivningsplaner som synkades med Statoil. Annonssäljare kontaktades liksom att vi tog in tryck-offerter. Men det återstod en massa frågor som först måste lösas. Vad skulle tidningen heta? Vem skulle äga utgivningstillståndet? Hur skulle prenumerationshanteringen skötas? Ska tidningen säljas i butik? Hade vi någon distributionskanal i så fall?

Det var så många frågor så det var ett bra beslut att göra allt klart innan vi blev så att säga officiella.

En som försökte sätta käppar i hjulet var Motormännens vd Tom C som gav ut tidningen Motor. Han ringde en dag berättade att han hört att jag höll på med ett tidningsprojekt som skulle heta något med "motor".

- Ja det stämmer bra, svarade jag. Men vad har det med dig och Motormännen att göra?

Då började karl svamla om att han som företrädare för en av Sveriges största frivilliga organisationer ansåg sig ha rätt att få se ett utkast på mitt tidningsprojekt bland annat för att säkerställa att mitt projekt inte efterliknar Motor.

- Jag kräver att få se detta och det snarast, sa han och försökte anta en myndighetston.

Än en gång kan jag inte ordagrant skriva vad jag svarade men det var en massa hårda ord, kanske någon svordom men också en stark önskan om att han skulle fara dit det är betydligt varmare. Något mer om saken sas inte efter detta. Han blev förresten inte långvarig på sin post som vd hos Motormännen.

Att samla material var den lätta biten och den 24 januari kom årets första körning av nya BMW 3-serie coupé i spanska Malaga. Efter mellanlandning i Zürich landade jag i ett varmt och soligt Spanien vid 15-tiden. Första provkörningen var så gott som klar.

I maj den 5:e påkallade Alfa Romeo uppmärksamhet varpå jag och svenskgänget med bland annat Tompa Viking flög till italienska Parma – som även givit namnet till den goda, lufttorkade Parmaskinkan. Vi flög privatcharter – en liten LcarJet för tio personer. Första stopp var Köpenhamn för att hämta upp kollegan Svenerik Eriksson – en gång kompis med vår svenske formel 1-förare Ronnie Peterson. Dagen efter blev vi bussade till Varanobanan som ligger tre mil sydväst om Parma för pressinformation om dagens händelse – premiären av Alfa Romeo 155 som kom att bli Alfas första fram-hjulsdrivna modell. Den byggde liksom flera andra modeller inom Fiatgruppen på samma bottenplatta som Fiat Tipo. Motorerna var Alfas egna fyrcylindriga twin-spark som betydde att den hade dubbeltändning men Alfa 155 kunde också fås med en V6:a. Två år senare kom en fyrhjulsdriven version – Q4 som fick sin drivlina från rallyesset Lancia Delta HF Integrale. Alfa 155 kom att tillverkas ända fram till 1998.

Efter det körning av Lancia Dedra i italienska och underbara Portofino för att i juni vara i Stuttgart och köra en Mercedes och sedan till Holland och en ny version av Toyota Corolla. Måste erkänna att jag uppskattade maten mer än någon av bilarna. Jag skulle kanske ha blivit matskribent istället.

I augusti -92 small det äntligen till med en riktig smällkaramell som från då och än idag är min största smällkaramell då jag hade fått en inbjudan att få köra Jaguar XJ220 på Salzburgring. Alla motorjournalisters dröm är att någon gång få köra en unik bil. Jag har gjort det. Men vägen dit var ganska krånglig och inleddes med tjugo mil i en taxi. Men först lite historia: XJ220 är en vidareutveckling ur Jaguars prototyp XJ13 och togs fram av ett entusiastiska gäng av tekniker och ingenjörer hos Jaguar och som gjorde det på sin fritid och kom att kallas "The Saturday Club".

En av de stora höjdpunkterna på Birmingham Motorshow 1988 var Jaguars prototyp till XJ220 – som jag tidigare skrivit om i kapitel 9 och som då utlovade en mittmonterad V12:a på över 500 hk, fyrhjulsdrivning som egentligen var densamma som Jensen hade i sin FF-modell på 60-talet och saxdörrar likt Lamborghini Countach. Wow, kan man önska sig något mer?

220 står för 220 miles per hour vilket skulle bevisa topphastigheten som då omräknat till kilometer i timmen är 350. En hastighet som klockades med en prototyp.

I den slutgiltiga produktionsversionen som visades tre år senare hade mycket av det från 1988 utlovade "lull-lullet" försvunnit.

Det blev ingen V12:a utan en turboladdad V6:a men som faktiskt var vassare än V12:an med sina 550 hk. Ingen fyrhjulsdrivning utan bara en traditionell bakhjulsdrivning. Inga saxdörrar utan konventionella, det vill säga vanliga dörrar. Men ett större nedköp var de yttre backspeglarna som man köpte in från Citroën. Jag upprepar – från Citroën! Huga!

Elton John och Sultanen av Brunei var ett par av kunderna som betalade 403 000 pund, cirka 5,7 miljoner svenska kronor för varsin XJ220. Men även den svenska Jaguarimportören Olle Olssonbolagen hade en stående en tid i sitt garage i Uppsala. Totalt byggdes 271 exemplar.

Jag och Jaguar XJ220 på Salzburgring - 1992

På inbjudan från Jaguars svenska representant som var mycket fåordig stod det att jag skulle få provköra Jaguars stolthet XJ220 på Salzburgring, en racerbana några mil öster om själva Salzburg i Österrike och inte att förväxlas med den större F1-banan Red Bull Ring som tidigare hette A1.

På Salsburgring har man kört sportvagnsklasser som DTM, European Touring Car Cup och Formel 2. Banan är ganska liten och mäter bara 42 kilometer och skulle man ta in en modern F1 skulle den klara ett varv på mindre än en minut.

Vid tidpunkten befann jag mig med min familj hos mina föräldrar i Helsingborg.

Min resa började den 10 augusti med helikopterflygning från Helsingborg över sundet till Köpenhamns flygplats. Hann med en öl i VIP-loungen som då hade ett utomhusterass där man kunde sitta som i mitt fall i solskenet och kolla in plan som landade eller flög iväg. Idag är det bara ett minne blott med tanke på säkerheten.

Nån timme senare iväg med flyg till München, där jag enligt inbjudan skulle träffa min värd.

"Sätt dig på väskan och vänta, så kommer jag och plockar upp dig", var hans meddelande som jag hade fått innan min avresa. Vanligtvis vill jag veta mer än så men han var ganska påstridig att jag bara skulle göra som han sagt – sätt dig på väskan…

Okej, sagt och gjort.

Efter landningen gick jag ut i terminalen och satte jag mig på min väska och väntade. Det gick en, två timmar utan att någon "plockade upp mig".

Efter tre timmar låg plötsligt Münchens flygplats helt öde. Även belysningen började släckas ner på sina ställen.

Vad visste jag? Inte så mycket då den inbjudan jag tidigare fått verkligen var knapphändig. Jo, en sak visste jag - på morgonen efter skulle jag vara på tävlingsbanan Salzburgring för att köra Jaguar XJ220 – det var allt.

Alltså måste jag ta mig till Salzburg. Jag räknade mina kontanter, möjligen skulle de räcka till en varmkorv, men knappast till en taxi till Salzburg. Men jag hade mina kontokort så jag gick ut till taxikön och hoppade in i första bilen.

På knagglig tyska redogjorde jag mitt dilemma för den svart-muskige och leende chauffören som svarade på lika knagglig tyska;

- Kein problem, tvärtom sken han upp som en sol vid tanken på tjugo mils körning till Salzburg. Då 1992 kunde man inte betala en taxiresa med konto eller kreditkort utan det var bara kontanter som gällde.

Än en gång talade jag om, försökte förtydliga för taxichaffisen att jag inte hade några kontanter utan bara kontokort.

- Kein problem, svarade han och log brett och petade i en växel och fick fart på taxin.

Han log i en halvtimme, tills han plötsligt släppte gasen. Tydligen hade mitt meddelande sjunkit in.

- Kein geld? (inga pengar) sa han frågande och tittade på mig i backspegeln.

Jag visade honom mina kontokort. Han mumlade något som jag inte förstod och ökade hastigheten igen. Regnet formligen vräkte ned på den blanksvarta asfalten och av farten att döma var vi redan på Salzburgring.

Under pistolhot - 1992

Vid tvåtiden på natten såg jag de första skyltarna som aviserade gränsen till Österrike.

Under tiden hade jag och chauffören kommit överens om att han skulle köra mig till ett av de större hotellen där jag skulle kunna ta ut kontanter på något av mina kontokort och betala min taxiresa.

Äntligen var vi vid gränsstationen och gränspolisen synade mitt pass.

Taxichauffören förklarade på sin knaggliga tyska vad som hänt och hjälpte upp ordbristen med yviga gester. Gränspolisen nickade till mig och gav tillbaka mitt pass. Tog ett steg tillbaka och granskade chauffören och hans pass då han plötsligt skrek,

- Du har för tusan inget visum! Vad i helsike gör du här? Här kan du inte komma in med ditt irakiska pass! Backar du inte ut ur gränsstationen inom två minuter arresterar jag er båda! vrålade han varpå han slet upp sin pistol.

Irakier?! Detta mitt i natten och mitt i den då så kallade Gulf-krisen och bara två kilometer bort från en varm hotellsäng.

Vi vände.

Efter några kilometer tillbaka och i ingenmansland kom vi till en bensinstation där vi eller rättare sagt taxichauffören försökte få ut pengar på mitt kontokort. Killarna bakom disken garvade gott åt de olika förslag som taxichaffisen försökte sig på. Ett av dem var att jag skulle köpa bensin för flera tusen kronor. Skratten hade ingen gräns.

Trött men också grinig lyckades jag få min irakiske vän att ringa en taxi i Salzburg och få dem att skicka en bil till bensinstationen.

Taxin kom och irakiern försökte en sista gång få fram kontanter ur mina kontokort. Men det enda som hände var att den andra taxikillen satte sig i sin bil och tänkte köra iväg – utan mig. Hit men inte längre tänkte jag! och skrev en skuldsedel på en servett, gav den till irakiern och bedyrade att vi skulle träffas i övermorgon på Münchens flygplats och ordna upp affärerna då jag skulle flyga tillbaka till Sverige.

Han å sin sida svor att om inte så skedde skulle jag få ångra den dagen jag blev född. Inte bara i detta liv utan i många liv därefter.

Mot Salzburg. Jag lämnade en dyblöt irakier som sorgset vinkade med en fullklottrad servett. Först klockan fyra på morgonen hade jag lyckats avpollettera den andra taxin genom att sätta upp hans räkning på mitt hotellrum på Hotel Salzburger Hof.

Trots att klockan redan var morgon hade jag svårt att somna då jag så att säga var uppe i varv.

Sov dåligt på detta lyxhotell då dagens händelser surrade hela tiden i mitt huvud.

Klockan åtta följande morgon efter en snabb frukost tog jag återigen en taxi, nu till Salzburgring där jag träffade min svenska värd som efter det att han betalt taxichauffören fick sina fiskar varma av mig om man så säger.

Med ryggen mot en tryckpress - 1992

På de bilder och posters som skickades ut med pressreleaser av XJ220 var bilen oftast fotograferad bakifrån och i den yttre backspegeln kunde man se en Ferrari F40 vilket då var den störste konkurrenten. Men även McLaren F1 och Porsche 959 var största rivaler. Lite symboliskt att ha Ferrari bakom sig – hotet i backspegeln.

Jag tog plats bakom ratten och bredvid mig – på höger sida hade jag den danske racerföraren John Nielsen som vann Le Man 24-timmars 1990 tillsammans med Martin Brundle i en Jaguar Silk Cut XJR 12.

I med ettan, tvåan, trean och sedan dags för den första kurvan och då en hård inbromsning.

Jag kommer ihåg det som om det vore igår.

Bromsarna verkligen sög tag i bromsskivorna och bromsade ner bilen på ett otroligt effektivt sätt som jag aldrig upplevt tidigare. Inte undra på då bilen hade bromsar liknande de avancerade bromsar i en Formel 1.

Jag blev också imponerad över Jaguarens instrumentering där utöver alla instrument även hade fyra runda instrument i dörrsidan. Vanliga Jaguarer har alltid haft en uppsjö av instrument och knappar likt ett flygplan men XJ220's instrumentering är i klassen en space shuttle.

Ut genom kurvan och i med trean, varva upp till maxvarv. Vid varje varvökning gjorde sig de dubbla turboaggregaten som laddade V6:an bakom min rygg sig påmind och på toppvarv kändes det som att stå med ryggen mot en galopperande tryckpress för att sedan vid varvsänkning minska.

Vilken känsla att ha en överdriven effekt men också att kunna tygla den. Både motoreffekt och bromsar var så rätt matchade att det var ett rent nöje att ta ett par varv på Salzburgring. Sprinten från stillastående till 100 gick på 3,8 sekunder. Det här är det fetaste jag någonsin kört. Både vad gäller pris och effekt.

Dagen därpå och väl inne på Münchens flygplats fick jag syn på min irakiske vän som stod och läste på avgångstavlorna med den solkiga skuldsedeln i handen.

Sällan har jag sett någon så glad, han grät av lycka och höll mig hårt i armen medan vi gick till flygplatsens bank och tog ut de pengar jag var skyldig honom från mitt kontokort.

Vad kan man lära sig av det här? Jo, det är alltid bra att veta vart man ska och då som nu är det bra att ha med sig kontanter, eller "cash is king" som jag fortfarande tycker det heter.

De som köpte en XJ220 trodde naturligtvis att priset skulle öka med åren från de 470 000 pund som var nybilspriset 1992 men så har det inte blivit. 350 000 pund kan du få en XJ220 för idag. Alltså ingen prisökning utan snarare en rejäl prissänkning på de i dag över 30 år som gått.

Den 8:e september fick jag köra en annan lite mer standard-sportbil men som ändå gav mig ett habegär utan att det skulle bränna ett hål i plånboken. Det var Mitsubishi 3000GT i Frankfurt, Tyskland.

Om vi ska göra en lätt jäm-förelse med vad jag nyligen upplevt – Jaguar XJ220 hade Mitsubishin även den en V6:a med dubbelturbo som Jaggan men med 320 mot Jaggans 550 hästar, men här hade japanen fyrhjulsdrivning. Ska vi sedan se på priset där Mitsubishi 3000GT kostade 428 000 kronor som årsmodell 1993 så kunde man kanske ha fått tio stycken 3000GT mot bara en Jaguar XJ220.

Vad skulle du ha valt?

Mitt val var ganska enkelt: Jaguar XJ220. Varför då? Jo, det är enklare att parkera en XJ220 istället för tio Mitsubishi 3000GT på garageuppfarten. Kul va!? Å andra sidan så var och är inte XJ220 så lätt att vare sig parkera eller köra i stadstrafik då den är lite väl bred – 222 cm.

3000GT var Mitsubishis svar på Toyotas Supra och Nissans 300 ZX. Honda då? Var inte den också en konkurrent? Jo, Honda NSX hade även den en V6:a på 290 hk men som kom först 1999. Då var det inte så många produktionsår kvar för 3000GT.

Året avslutades som så ofta med nyårsafton och fint väder.

Då som tidigare nyårsaftnar tog jag ut bilarna för en liten repa vare sig det var snö eller inte. Ferrarin startades upp. Det vassa ljudet genomborrade hela huset och spred sig ut på gatan. Efter ett par minuter då motorn blivit någorlunda varm backades bilen ut ur garaget. Snön knarrade under de breda däcken. Det blev en tur på ett par mil. Sedan hem och byta bil till E-typen och samma sträcka.

Ferrarin fungerade väldigt fint i vinterväglag varför jag använde den sedan hela våren som min vinterbil. Då, 1992 var det inga lagkrav på vinterdäck utan den lagen kom först 1999 så det var fritt fram att köra på sommardäck vilket jag också gjorde. Men jag måste erkänna att Ferrarins röda lack tog lite stryk av vinterns sand och salt. När det gällde E-typen så är den klassad som en veteranbil och veteranbilar behöver inte ha vinterdäck än idag.

Premium Motor - 1993

Under året 1992 som blev ett förberedande år för vår nya satsning och så gott som allt vi hade planerat föll på plats vad gällde vår nya tidning med Statoil som skulle heta Premium Motor. I mitt tycke ett ganska knäppt namn men med tanke på att Statoil hade en kund/medlemsklubb som hette Premium Club där man gav sina kortkunder en massa fördelar så fick det en logisk förklaring. Men ändå var inte allt riktigt på plats. Premiären drog ut på tiden men vi blev lovade att det skulle ske under det innevarande året. Statoil var otroligt noga att matcha tidningen rätt mot sina kunder vilket var väldigt många och som vi räknade som våra prenumeranter.

I juni 1993 var jag och familjen på Mallorca och njöt semester.

Sol och bad var det som efterfrågades av döttrarna (då 13 respektive 10 år) och den nästan tvåårige sonen. Jo, även Gunilla trånade efter sol och bad.

Hade innan tackat ja till en liten sensationell körning. Det var medieföretaget Promotor som rafsat ihop topparna inom italiensk bildesign samt ett gäng prominenta motorjournalister för en spektakulär flygning med överljudsplanet Concorde på självaste midsommarafton.

Jag klev upp klockan 05:00 på midsommaraftons morgon, klädde på mig och smög ner till hotellets reception där den förbeställda taxin väntade för att köra mig till Palmas flygplats och därifrån i flyg till Barcelona och sedan vidare till Paris där Concorde väntade.

I dubbla ljudhastigheten – spränger ljudvallen - 1993

Medan vi taxade ut till startbanan serverades ett glas mousserande vin, Dom Pèrignon -85 men jag som har ohyfset att inte gilla sådant utan tyr mig till öl, smuttade ändå på de dyra dropparna innan planet accelererade kraftigt och i startögonblicket kände jag planets enorma kraft. De fyra Rolls-Roycemotorerna hade vardera en dragkraft på hela 17,4 ton och sköt iväg planet i dryga 360 km/tim i 30 sekunder och strax därpå var vi uppe i luften och hjulen fälldes in. Planet fortsatte att stiga medan vinglasen fylldes på.

Planet var så gott som fullt. Utöver mig – den enda svensken ska tilläggas så fanns här digniteter som topparna från Bertone med självaste Nuccio i spetsen. Även Sergio Pininfarina med både son Andrea (dog i trafikolycka 2008) och dotter Lorenza som båda då var involverade i företaget liksom far och son Giugiaro från ItalDesign var med. Även topparna från Zagato fanns med

på passagerarlistan tillika de styrande från Ferrari och Fiat liksom från Maserati och de större karossmakarna, bland dem Castagna, Ghia och ytterligare en handfull karossbyggare som jag inte nu minns namnet på. Som sagt alla toppar var med – och jag som den ende svensken.

I en Concorde sitter eller satt man två och två med en mittgång emellan. Sätena var bekväma men väldigt trånga. Inte alls i klass med sätena i en jumbojet. Man satt alltså där man satt. När det gällde mittgången så var den inte lämpad för några eller inte ens någon rullande serveringsvagn eller knappt någon passagerare heller utan här var det bara för flygvärdinnorna som for fram och tillbaka med tallrikar, champagneflaskor och glas.

Vid starten var det vassa nospartiet sänkt fem grader, men i så kallat "subsonic" (vanlig flygplanshastighet) var nosen rak och i linje med resten av flygkroppen. Detta kan förklaras med att nospartiet på en Concorde är betydligt längre än på andra flygplan och vid låga farter som vid start och landning flyger deltavingade plan med mycket större vinkel mot banan än konventionella flygplan och nosen måste därför vinklas nedåt så piloterna ska kunna se var de är fastän de som i Concorde hade kameror och monitorer som såg och övervakade allt.

Med toppade vinglas – där jag fick nöja mig med vatten flög vi i normal flyghastighet, runt 900 km/tim medan planet fortsatte att stiga över de 10 000 meter där vanligt flyg håller sig. För att klara av det måste tyngdpunkten på planet ändras och det gjordes genom att man pumpade över bränsle från de främre till de bakre tankarna.

Redan vid 16 000 meters höjd är det atmosfäriska trycket bara en tiondel mot vad det är på jorden.

Vi flög ut över havet och det är då man kan flyga i "supersonic" – det vill säga i överljudsfart. Jag tittade på machometern som visade Mach 0,93. Inte överljudsfart än.

Då piloten aktiverade efterbrännkamrarna ökade luftmotståndet drastiskt vilket gjorde att planet då behövde mer kraft. Accelerationen kom då i två steg med någon sekunds mellanrum och det är då som planet spränger ljudvallen där och när vi flög över öppet hav och säkert skapade en kraftig knall vilket det blir då man passerar ljudvallen. Att passera ljudvallen gjorde man bara över havet eller över en öken för att undvika olägenheter för människor och djur på marken.

Inne i planet märktes det ingenting. Jag stirrade som förhäxad på machometern som bara stunden efter visade Mach 2 eller 2 179 km/tim vilket också var planets maxhastighet. *(jag i bild här bredvid)*

Planet flög då på 18 000 meters höjd uppe i stratosfären. Nästan dubbelt så högt som vanliga charterflyg.

Utanför planet var det inte alls ljusblått och soligt som jag trott utan snarare mörklila eller snudd på svart. Lite läskigt…

Istället koncentrerade jag mig på lunchen som bestod av äkta rysk störrom eller Belugacaviar (pris ca 20 000:- per kilo) till förrätt och därefter oxfilé med hummer och en smaskig chokladmousse som sköljdes ned med dyr champagne – bubbelvatten för mig.

1969 premiärflögs det första Concorde-planet, men först 1975 togs Concorde i drift som då hade 13 års utveckling bakom sig.

Men timingen var illa vald för Concordes premiär som fick hård konkurrens av Boeings nya jumbojet som tog betydligt fler passagerare

– mellan 300 och 500 passagerare mot 100 i en Concorde och till ett betydligt lägre pris. Ytterligare en faktor till den uteblivna succén var oljekrisen som gjorde flygbränslet betydligt dyrare för detta bränsleslukande överljudsplan. Totalt sett byggdes det bara 20 plan åt British Airways och Air France.

John Lennon och Mick Jagger

De flesta stora världsstjärnor har någon gång flugit med Concorde och flera av dem hade säkert klippkort på något eller säkert båda flygbolagens Concordeflighter.

Både John Lennon och Mick Jagger flög ofta till USA ibland bara över dagen bara för att köpa lite nya skivor när de kände för det. De hade råd. Varför Concorde blev så populär bland de välbeställda, som gladeligen betalade 40 000 kronor enkel resa, var att det bara tog tre timmar och trettio minuter att flyga sträckan London – New York. Jämför det med en Boeing 707 som flög samma sträcka på sex timmar.

Ett par år senare, torsdagen den 25 juli 2000 kom att bli dödsstöten för det som ansetts som framtidens flygplan.

Concorde 203 hade precis taxat ut mot startbanan i Paris för att påbörja sin flygning till New York.

Nästan precis en minut efter take-off och då planet accelererade längs startbanan exploderade ett av landningshjulen och slog hål på en bränsletank varpå planet började brinna.

Det visade sig senare att det som orsakat olyckan var en del som hade lossnat från en DC-10 som startat strax innan, och den delen orsakade punkteringen på det hjulet som vid just det tillfället saknade det så kallade "punkteringsskyddet" som normalt ska sitta framför hjulet.

När flygledarna rapporterade till kapten Christian Marty om branden, så beslutade kaptenen att lyfta planet – fortsätta stigningen, trots att planet inte nått den säkra lyfthastigheten. Samtidigt stängdes en av de fyra motorerna av, vilket tillsammans med den låga hastigheten ledde till att planet helt enkelt inte fick tillräckligt med lyftkraft, utan flög på mycket låg höjd tills det slutligen förlorade flygförmågan och kraschade in i ett hotell utanför Paris.

Alla hundra passagerare och personalen på nio personer omkom men också fyra personer på hotellet.

Under lång tid stod alla Concorde-planen på marken medan olyckan utreddes. Man kom sedan fram till att installera en kevlarduk mellan vingen och de känsliga bränsletankarna, vilket skulle leda till en mycket högre säkerhet. Concorde togs åter i drift den 11 september 2001, men händelserna den dagen (terror-dådet mot bland annat World Trade Center i New York där 2996 personer dog) gjorde att man sköt på den första flygningen till december månad.

Concordes sista kommersiella flygning gjordes den 24 oktober 2003.

Tre Concorde-plan landade tätt efter varandra på Heathrow flygplats i London. Det första kom från Edinburgh, det andra hade lyft från Heathrow och återvände efter en kort rundtur och det tredje planet, British Airways flight BA002 kom från JF Kennedy flygplats i New York.

De fem återstående flygbara Concorde-planen flögs de följande veckorna till sina slutdestinationer Manchester i Storbritannien, JF Kennedy, New York och Seattle i USA och till det sista till Barbados i Västindien.

Den absolut sista flygningen med en Concorde var turen från London Heathrow till slutstationen Filtons flygplats utanför Bristol i Storbritannien den 26 november 2003.

Men historien är inte riktigt slut där. Ett nytt samarbete mellan den franska flygplanstillverkaren och en japansk intressent var länge på tapeten och att en ny version av Concorde skulle vara aktuell men tidigast år 2017. En som var mycket engagerad i projektet var artisten Sting (Gordon Sumner) men än har inget hänt.

Då "min" Concorde närmade sig landning räknade machometern ned från Mach 2,02 till 0,93. Bränslet pumpades åter till de främre tankarna och ljudet inne i kabinen minskade så jag kunde prata med mina medpassagerare.

Nosen på planet sänktes med tolv grader och landningsbanan närmade sig med 275 km/tim. En luftkudde hade då bildats under planet på samma sätt som det gör då en stor sjöfågel landar på vattenytan och hjulen sätts ner i landningsbanan.

Concorden taxade in mot sin parkeringsplats och då motorerna stannat kunde jag veckla upp mig ur sätet och konstatera att jag var en av de få som flugit Concorde och i över Mach 2.

På kvällen blev det presskonferens och sedan till en restaurang för middag och avslutande småprat innan taxi till hotellet. Det kändes lite konstigt att jag var den enda svensken med på den fantastiska resan som jag också fick ett certifikat för som jag har på mitt kontor inom glas och ram.

Dagen efter blev det taxi ut till flygplatsen Charles de Gaulle för att sedan på midsommardagen återförenas med familjen på semesterorten Mallorca vid 14:30. Ja, så kan ett par dagar på jobbet te sig.

1 024 journalister på Lingotto - 1993

Sensommaren bjöd sedan på en sväng till Italien och Turin för att köra en faceliftad Fiat Punto. Det blev reguljärt flyg till Köpenhamn och sen privatcharter för oss svenska, danska, norska och finska journalister som så ofta.

Landade i ett underbart varmt då 30:e augusti 22-gradigt Turin. Dagen efter blev det shuttlebuss till Fiats gamla nedlagda fabrik Lingotto – då och idag K-märkt. Totalt sett var vi 1 024 inbjudna journalister. Kaos? Nä, det flöt på bra.1 024 på lunch? Kaos? Nä, även det funkade. Därefter tillbaka till hotellet för klädbyte. Jag var då och är än idag imponerad av att det gick så smidigt.

Utanför hotellet stod en rad bussar och vi blev alla körda till konserthuset Teatro Regio di Torino som är det stora konserthuset i Turin. Runt konserthuset hade man ställt upp kravallstängsel och utanför dessa var det en massa folk som trängdes. Längs den inhägnade vägen vakade en massa poliser, även beridna sådana.

Innanför staketen gick vi journalister, som betittades av folksamlingen. Men folksamlingen var inte där på grund av oss, utan för att efter vår konsert med "de tre tenorerna" med världsstjärnorna Luciano Pavarotti, Plácido Domingo och José Carreras var det deras tur i en extrakonsert att se och höra konserten.

Är jag ohyfsad och otacksam om jag säger att därpå följde en timmes sömnpiller? Därefter blev det poliskortege till ett slott där det äntligen blev mat. Allt tog sin tid så det blev taxi klockan tolv för mig till hotellet.

Resten av kollegorna kom hem kollektivt om man så säger vid tvåtiden på morgonen.

Dagen efter, den 1 september bussades vi alla åter till Lingotto. Kaffe till alla, och vilket surr.

Alla fick badges (namnbrickor) med olika färger med en angiven tid på som visade när det var ens tur att hoppa in i en av testbilarna. I väntan på det dracks det kaffe och åts småkakor.

Till sist avverkades teststräckan som var åtta mil runt Turin och därefter flyg hem till Sverige. Snabba puckar.

Året tionde och sista resa gick till Franska Annecy där jag och Hasse Britth den 4 oktober satte Peugeot 106 Rally på prov. Okej, trevlig bil men så mycket rally var det inte men lagom för normal trafik.

I oktober blev det till sist äntligen premiär för vår enorma satsning och senaste tidningsprojekt – Premium Motor. Äntligen hade alla de olika Statoilcheferna sagt sitt och vi kunde ringa över till Finland och vårt tryckeri Laakapaino Oy för att be dom att starta tryckpressarna. Det kändes lite speciellt att än en gång jobba ihop med våra vänner på det finska tryckeriet men som idag är nedlagt.

Upplagan var gigantisk då vi hade en tryckning säkert fem gånger Teknikens Världs. Det första numret kom i oktober 1993.

Det blev succé, tackar för det.

Premium Motor skickades till samtliga Premium Club-medlemmar men distribuerades också till alla Statoilmackar genom Statoils egna distributionskanal för att säljas.

Vi var runt och kollade lite bland mackarna och kunde konstatera att de skyltade Premium Motor på mycket bra sätt. Så även där blev det succé och lite klirr i kassan.

- Schumis Bugatti, jag som racerförare, 35 miljoner för ett vrak

1994 kom att bli väldigt hektiskt med tjugosju utlandsresor i jobbet. Ett tufft år med andra ord men har man världens roligaste jobb så har man. Eller för att citera en gammal kollega - Åke Borglund "hellre det än att jobba". Enligt den kinesiska kalendern var det hundens år vilket är lojalitetens, trofastheten och rättvisans år. Blev det så? Kanske.

Den 22 januari, -94 var vi – hela redaktionen för Premium Motor på Gran Canaria inbjudna av Statoil som hade förlagt sin årliga kick-off dit.

Med var vår så att säga "fjärde" redaktionsmedlem Olle S. Olle som var Statoilmackägare men framför allt bilentusiast av stora mått hade vi känt sedan Automobiltiden då han även då och då lånade ut någon eller några av sina bilar till oss för att göra reportage på. Corvette från 50-talet liksom Ford Thunderbird ett par Mustanger i otroligt fint skick. Faktiskt i bättre skick än den dagen de var nya. Genom Olles kontaktnät kom vi i kontakt med ytterligare bilentusiaster som vi fick låna bilar av.

En av dessa entusiaster var Matte L. som hade en otroligt fin och vit Ford Shelby G.T. 350 från 1965 med en V8 på 306 hk *(bild här ovan)* och en tomatröd Corvette, den senare från 1957 som även den hade en V8 men på 283 hk och en treväxlad manuell låda, båda i skick bättre än de var den dagen de hade rullat av produktionsbanden och hade samma ägare. Unika bilar på alla sätt som blev superreportage i Premium Motor som jag plåtade.

Olles egna bilar var i samma skick. Nästan på gränsen till för bra. Minns såväl den laxfärgade Ford Thunderbird -56 med sitt utanpåliggande reservhjul som vi fick låna och som jag fotograferade ute vid kungliga slottet på Drottningholm. Olle hade till och med original tändkablar och fabriksetiketter på sladdar och slangar. Lite överdrivet kan tyckas.

Olles roll hade en ganska stor betydelse för att vi fick till det med Statoil då han var djupt involverad i styrelserummet och verkligen pushade för vår sak.

Det var ingen direkt sommartemperatur som Grand Canaria bjöd på utan visade på 18 grader som mest då vi packade och tog därför inte med några badkläder.

Så gott som alla mackägare – 550 stycken var med och hade även sina respektive med sig. Utöver det hela den svenska ledningen vilket gjorde att vi kanske var 1 200 personer totalt. De flesta av oss alla bodde på Bahia Feliz som är en liten egen by med stora poolområden, butiker och ett par restauranger där flertalet av oss åt och umgicks på kvällarna.

Förutom oss själva hade vi fått med ett par – fyra kartonger av det senaste numret av Premium Motor som vi skulle dela ut till alla deltagare. En kanske lätt uppgift kan tyckas men som var svårare än man kan föreställa sig. Detta då vi måste gå runt till samtliga hotellrum och bungalows vilka ligger lite här och där inom det kuperade området. Sedan ner på huk utanför varje dörr och putta in en tidning inunder mellan dörrblad och tröskel.

600 knäböj blev det ungefär och det gjorde vi medan Statoil-folket hade sina schemalagda konferenser.

Vi hade annars inte så mycket att göra förutom att vara med på den utställning som Statoil satt ihop tillsammans med sina under-leverantörer för däck, bilvårdsprylar och annat som kan tänkas finnas på en bensinmack.

Vår sak var att promota Premium Motor, svara på frågor, ta emot idéer och synpunkter.

Lill-Lövis, Robert Wells och Björn Skifs - 1994

En sådan synpunkt eller snarare ett önskemål var att vi skulle ha med lite kändisar i Premium Motor.

- Sånt lyfter vårt varumärke och vår status, sa Statoils PR-ansvarige Carl-Henrik Svanberg.

Så redan i första numret öppnade vi med en intervju och ett reportage om och med Stefan "Lill-Lövis" Johansson. I samma nummer gjorde vi en special på Björn Skifs som precis hade haft premiär med sin film Drömkåken där det förekom en hel del bilar och där Statoil också var en av filmens sponsorer. Så den kopplingen kändes naturlig.

Därefter ett reportage med pianisten Charlie Norman som visade sig vara en stor bilentusiast och hade haft bilar som Plymouth Barracuda, Ford Mustang, Chevrolet Camaro men också en engelsk sportvagn som Austin Healey. När jag träffade honom för reportaget körde han Mitsubishi Eclipse. En idag udda bil om det ens finns kvar några.

Nästa person var Robert Wells som ofta spelade ihop med Charlie och som också beskrev sig själv som "biltokig". Hans första bil var en Volvo 145:a där sidorutorna måste tejpas fast för att inte ramla ner i dörrarna.

- Bilen var så hemsk att Lill-Babs som jag då jobbade med vägrade att åka med i den. Roberts passion var annars jänkare men också de lite större SUV:arna som då började bli vanligare och vanligare.

Andra bilentusiaster som vi gjorde reportage på var Jerry "Jerka" Williams och Svullo den senare som egentligen hette Micke Dubois som var populär i sin roll då han spelade polis med stora clownskor. Jerry eller Jerka var lite speciell. Vi träffade honom i pausen under en spelning. Med tanke på att han varit med ett par – säkert 30 år var han inte lättpratad. Snarare tvärt om. Något tillbakadragen skulle jag vilja säga och inte heller använde han så mycket slanguttryck som man hört honom göra på TV. Nej tvärt om. Han var mycket lågmäld och fåordig. Men han gillade bilar och motorcyklar. Körde själv en pickup. Det var väl så mycket vi fick ur honom på den intervjun.

Men den mest bil kunnigaste av dem alla var nog ändå Björn Skifs. Den alltid stressade men vänliga Björn bjöd hem oss till sin lilla herrgård som är en före detta prästgård på Södertörn. Björn var till en början lite blyg som också Jerry var.

Det är lite lustigt att träffa kändisar som i det här fallet Björn Skifs. Jag kommer ihåg honom sedan jag var 22 år och då Björn toppade listorna med hitenlåten Hooked on a Feeling 1974. Sedan dess har jag sett honom på TV – både som sångare men också som komiker och skådespelare. Det var nästan så att jag då kände honom.

- Hejsan Björn, kul att träffas, sa jag och fick till svar,
- Eh, hejsan...

Ja, även om jag "kände" honom kände han inte mig. Men efter att vi blivit inbjudna i hans vardagsrum där han berättade lite om sina intressen lossnade hans blyghet då vi kom in på vårt gemensamma intresse: Bilar!

Vi hade ordnat det så att Björn skulle få extraknäcka som testreporter hos oss och därför lånade vi honom hans drömbil under en vecka, en ny Range Rover LSE. Det var verkligen något att drömma om med ett pris strax under en halv miljon vilket var mycket 1994 då till exempel en Volvo 850 GLT kostade 247 000:-.

Själv hade Björn en ett par år gammal Range Rover men den hade inte finessen som att kunna sänka sig.

- När jag ska hämta mina gamla föräldrar från tåget måste jag nästan ha med en stege för att få in dem i min Range Rover då den är så hög. På LSE:n kan jag sänka bilen så de lätt kan ta sig i och ur.

När vi ett par timmar senare lämnar Björn stod redan ett par nya besökare utanför och väntade på honom beredda med antecknings-block och kameror. Men han släppte aldrig in några besökare – vi var undantaget. Han var och är en upptagen man men som lyckats förena ett hektiskt arbete samtidigt som han faktiskt också är den genomtrevlige person som vi sett och ser på TV.

När vi lämnat Björn och skulle köra hemåt så mötte vi två välbekanta bilar. Det var Kjells gula Porsche 911 och därefter min Ferrari 308 GTB. Varför vi mötte dem var för att vi veckan innan sålt dem båda till en bilhandlare som skulle exportera dem till Tyskland. Så mitt sista möte med Gunillas och min Ferrari var då de var på väg till tysklandsbåten. En liten lustig sak är Ferrarins svenska registreringsnummer AAL 057. När bilen blev exporterad så blev det registreringsnumret ledigt men finns än idag – på en lätt lastbil. Från rasande rött fullblod till lastbil. Hur kul är det?

I början av februari flög jag till Portugal och där Lissabon som bara bjöd på sjutton plusgrader och med det sin kallaste vinter på trettio år fick jag höra. Okej, det var lite bitande men inte som en februaridag i Sverige.

Uppdraget var att köra nya Toyota Celica. Den nya modellen kom att bli den sjätte generationen. Måste erkänna att jag inte kom ihåg ett skvatt av den bilen som alltså inte lämnade något intryck hos mig. Annars kommer jag ihåg de flesta bilar jag kört – om så bara något fragment men ofta mer.

Men jag kommer ihåg - tack vare dagboken att jag bodde på Caesar Park Hotel som ligger precis vid racerbanan i Estoril – Autódromo Fernanda Pires da Silva som banan egentligen heter där Mika Häkkinen tränade samma vecka. Det är däremot värt att minnas.

Mika körde det året -94 för McLaren tillsammans med Martin Brundle och fick sedan Nigel Mansell som sin stallkompis året därpå.

När vi satt och åt hörde vi hur han, Martin Brundle – eller kanske någon testförare låg där och skavde, varv efter varv – efter varv. Jo, det gällde inte bara att känna på banan utan också att prova och testa in alla nya komponenter på bilen, stora som små. Alla lika viktiga i den stora helheten. När jag släckt för natten och dragit täcket över huvudet kunde jag fortfarande höra hur F1:an passerade – varv efter varv, efter varv.

Manchester i april. Brun eller beige? - 1994

De flesta förknippar Manchester med långbyxor av manchester-tyg, det bredrandiga vävda bommulstyget men detta gäller bara oss svenskar. I staden med samma namn har man aldrig hört talas om tygsorten Manchester. Samma sak gäller det långa brödet painriche som fransmännen aldrig hört talas om utan är även det ett svenskt påfund.

Manchester var för inte så länge sedan en typisk, lite nedgången engelsk industristad. Men på 90-talet byggdes de då förfallna lagerhusen om till moderna kontor, hotell och exklusiva bostäder. Pubar fanns det gott om i hela öriket. Men i Manchester fanns och finns en pub som är mycket speciell för engelsmännen, och speciellt anhängare av den nu över sextioåriga TV-serien som startade 1960 och heter Coronation Street. "Corrie" som den kallas är en omåttligt populär TV-serie med över tio miljoner tittare per avsnitt och visas i de flesta länder, bland annat i Finland – men inte i Sverige konstigt nog.

Allt med Coronation Street är fejk. Det vill säga att allt är upp-byggt i en inspelningsstudio. Så också puben på Coronation Street som heter Rovers Return Inn. Där dricker man ölet Ridley, som finns på riktigt men dricks som sagt bara på Rovers Return. Ett helt kvarter med pub och allt är uppbyggt inne på TV-bolaget Granadas inspelningsområde där man spelat in många fina filmer och TV-serier.

Inspelningsområdet har utöver fuskgatan Coronation Street flera andra uppbyggda fuskgator med gatuskyltar som Baker Street då man spelade in deckarserien Sherlock Holmes.

Varje dag, om det inte pågår TV-inspelning så anordnas guidade turer för de som vill se det hela och ta en pint Ridley på Rovers Return.

En annan populär attraktion som jag passade på att ta del av var att se en fotbollsmatch (för övrigt min första och enda live-match hittills). 37 211 personer satt i publiken inklusive mig.

I baren serverades de sista förfriskningarna av kaffe, läsk, öl eller starkdrycker innan det blev "kick off" som det heter.

De som slogs eller snarare sparkades om bollen var Oldham och hemmalaget Manchester United. För en som aldrig sett en match kan jag tala om att det var en otrolig upplevelse hur publikhavet svängde från uppsluppen vänskap och glädje som på någon sekund förbyttes till hatiskt och blodigt allvar.

Ena stunden sjöngs det snudd på vackert för att i nästa sekund förbytas till hedniska avgrundsvrål. Men det var en otrolig stämning som bara måste upplevas. Om man nu gillar fotboll, vill sägas.

Så mycket fylla och slagsmål och andra dumheter finns det inte där, vare sig innan, under eller efter matchen. Så snacket om huliganer fanns i alla fall inte där och då.

Urbani – igen och igen - 1994

18 april bjöds vi – Automobil in till Turinsalongen varför Kjell och jag flög med Alitalia från Arlanda till Milano. När vi landat möttes vi av en uniformsklädd privatchaufför som körde oss till hotell Majestic som ligger inne i Turin och som Fiat bokat åt oss.

På hotellet väntade ett brev där det stod att vi var inbjudna att inta kvällsmat när vi så önskade mellan 20 och 22 på restaurang Urbani och på Fiats bekostnad men utan Fiats närvaro. En fantastiskt bra början, tyckte vi båda.

Tänk att igen få vara i Turin och att åter få besöka restaurang Urbani vilket var något som stod överst på min önskelista (så än idag) men första gången för Kjell.

Jag kunde vägen utantill så vi gick dit men möttes av en igenbommad entré men med en lapp på dörren. Efter ett par minuters tragglande med våra bristfälliga italienska språkkunskaper kom vi fram till att restaurangen flyttat bara ett kvarter bort. Vi följde de italienska anvisningarna och gick dit.

Det nya Urbani hade en avdelning i markplan och en i ett nedre plan. Som tidigare vill jag minnas.

Showen, maten, hastigheten och servicen var densamma som tidigare och det var ganska skönt lite svalare att få sitta på "övre däck" det vill säga i gatuplan där vi var placerade.

Folk kom och gick i en lika strid ström som vid tidigare Urbanibesök. Men ett tag kom det mer folk än det gick. Då kom plötsligt ett par bord nerhissades med rep från våningen ovanför och landade på trottoaren. Repen åket upp och lika snabbt kom ett gäng stolar. Lika kvickt rusade ett par servitörer ut och dukade upp borden mellan ett par parkerade bilar och på trottoaren. Snacka om kreativitet! Italien är härligt.

Samma kväll stod restaurangägaren Toni som alltid i dörren, lika svettdrypande, lika glatt leende och tackade för besöket och tryckte en blöt puss på var dams kind samtidigt som de fick varsin ros.

Dagen efter öppnade Turin Motorshow som vi gjorde reportage på.

I Fiats monter träffade jag Umberto Hardouin som jobbade på Fiats pressavdelning där han under något år även hade hand om Maserati. Han visste att vi ville besöka Bugattifabriken som då låg i Modena där även Ferrari håller till. Han lovade oss en chaufför med bil för vårat förestående besök. Jag tackade direkt ja till detta generösa erbjudande.

Den kvällen avslutades med ännu en kväll på Urbani – det kunde knappast bli bättre?

Efter frukost dag tre den 20:e april inväntade vi vår chaufför som gled in genom hotellets svängdörr med solglasögonen i pannan och presenterade sig:

- My name is Nico, do you want me to drive like my papa or like Stefano Modena?

Stefano Modena är en före detta italiensk formel 1-förare som då bland annat kört för Brabham, Tyrrel och Jordan. Hans bästa resultat blev en andraplacering i Kanadas GP 1991.

Vi valde alternativet Stefano Modena vilket gjorde att vår chaufför Nico verkligen brände ner till Modena. Det var nästan så att det luktade bränt gummi då Nico fått stopp på bilen – en Maserati utanför entrén till Bugatti Automobili S.p.A., Campogalliano i Modena.

Där möttes vi av marknadsassistenten hos Bugatti: Alessia Regazzoni som visade sig vara dotter till racerföraren Clay Regazzoni.

Två varv i Schumachers Bugatti - 1994

Ettore Bugatti var född i Milano 1881 men flyttade tidigt till

Alsace som ligger i Frankrike vid den tyska och schweiziska gränsen. 1909 började Ettore bygga sina egna bilar som bland annat han också tävlade med. Bugatti blev en framgångsrik tävlingsbil. Efter Bugattis död 1947 stängdes fabriken i Alsace efter att ha tillverkat 7 800 Bugattibilar.

Någon ny tillverkning av Bugatti skedde inte i Italien förrän den italienska affärsmannen Romano Artioli, som var importör för Suzuki och återförsäljare för Ferrari, köpte märket Bugatti 1987.
Som om inte det var nog.
Artioli köpte även loss Lotus från General Motors. Samtidigt fick bildesignern Marcello Gandini som även ritat Lamborghini Miura och Countach som du säkert läst här i boken tidigare om uppdraget att rita den bil som skulle byggas i aluminium i den nya fabriken – Bugatti EB110.
Men först måste man ha tak över huvudet varför man året därpå började bygga den nya Bugattifabriken på den 240 000 kvadratmeter stora tomten vilket sedan stod klart två år senare 1990.
Ytterligare ett år framåt till 1991 – presenterade Romano Artioli den nya Bugatti EB110 på Ettore Bugattis 110:e årsdag – därav namnet EB110.

De röda varningslamporna runt testbanan blinkade ilsket medan jag körde den gula Bugattin runt banan. Jag satt lite illa vilket inte var så konstigt då bilen var skräddarsydd för en betydligt kortare förare – Michael Schumacher som då var lite över 1,70. Den gula Bugatti EB110 SS (Sport Stradale) var faktiskt beställd och skulle levereras till Schumi som precis köpt bilen men att han hade gett tillåtelse att låta några motorjournalister få provköra den – mot ett visst prisavdrag. Schumi var ekonomiskt sinnad.
Utöver EB110 SS som hade en V12:a som laddades av fyra

turbo och gav då 612 hk fanns det en vassare version i EB110 Supersport med 670 hästkrafter för en halv miljon extra och i en lyxversion som då hette GT. Schumi som alltid ville ha extra köpte till lyxinredningen till sin SS.

Testbanan som var ganska blygsam och inte alls påfrestande eller utmanander för de bilar som kördes där. Slingan gick runt fabriksområdet, förbi besöksparkeringen där Nico väntade med sin Maserati för att sedan gå utmed den inglasade kontorsdelen och sedan avsluta med en lång raksträcka. Detta var å andra sidan det enda blygsamma med Bugattis verksamhet.

Efter ett – nej två varv var min provkörning slut och vi fick efter det en guidad tur genom fabriken som var det renaste jag sett, nästan så att man kunde ta av skorna och gå i strumplästen. All golvklinker var skinande blankt och stod det inte bilar på rad skulle man kunna tro att man var på ett sjukhus. Renligheten var på gränsen till steril.

Bugatti EB där bokstäverna EB står för – Ettore Bugatti hade ett kolfiberförstärkt chassi som byggdes av den franska flygplanstillverkaren Aerospatiale. Mittmotorn var en V12:a på 3,5 liter och turboladdad med fem ventiler per cylinder som gav mellan 560 till 670 hk. Till det kom också fyrhjulsdrivning. Sprinten noll till hundra klarades av på blygsamma 3,4 sekunder och toppfarten garanterades till 343 km/tim (vissa hävdar 351 km/tim) för den som vågade.

139 stycken EB110 tillverkades från 1991 till och med 1995. Tre år senare 1998 köpte Volkswagen Lamborghini men också Bugatti.

35 miljoner för renoveringsobjekt

För flera år sedan såldes en Bugatti Type 57S Atalante från 1937 som ett renoveringsobjekt för 35 miljoner kronor. Ursprunget för denna bil var Bugatti Type 57 som fick sin design av Jean Bugatti, son till Ettore Bugatti.

Modellen byggdes i flera varianter och i 710 exemplar från 1934 till 1940.

En av modellvarianterna var Type 57S. Type 57S Atalante hade en tvådörrars kaross med en vindruta gjord i ett enda glassjok till skillnad från delad vindruta som de flesta bilar på 30-talet hade. Här stod bokstaven S för Surbaissé som betyder sänkt på franska, men de flesta tyckte att bokstaven skulle stå för "Sport". Bara 43 Surbaissé byggdes och det blev bara 17 tillverkade av Bugatti Atalante 57 och 57S varav fyra står idag i Bugattimuseet i

Mulhouse, Frankrike. De flesta av modellerna hade en 3.2 liters rak åttacylindrig motor med dubbla överliggande kammar och en effekt på 160 hk.

1937 köpte Earl Howe som knappt någon känt till, den mest fashionabla av sportbilar som på den tiden gick att få – en Bugatti Type 57S Atalante med chassinummer 57 502.

Earlen som tidigare kört Bugattis tävlingsbilar var vän med familjen Bugatti men också engagerad av Sir Henry Birkin och ingick i de berömda "Bentley Boys" som tävlade med Bentleys.

Earl Howe's största bedrift på tävlingsbanorna var nog segern i Le Mans 1931 bakom ratten på en Alfa Romeo.

Earl Howe körde sin Bugatti åtta år framöver. Under de åren utrustade Howe sin bil med egendesignade stötfångare, yttre backspeglar på vindrutestolparna och ett bagageräcke ovanpå bilens baklucka.

Efter ett par ägarbyten under andra världskriget köpte en doktor Harold Carr bilen 1955 som han sedan körde, nästan dagligen fram till någon gång i början av 60-talet då han ställde in den i sitt garage. Doktor Harold blev 89 år och lämnade efter sig en Aston Martin i bra skick, men också en Jaguar som tyvärr var bortom all räddning och fick gå till skrot. Men pärlan – Bugattin hittades i garaget där den stått och samlat damm i över femtio år. *(se bild här inunder)*

Vad hände med Bugatti och då Schumis Bugatti?

Schumi fick sin Bugatti men sålde bilen samma år och som då var med om en allvarlig olycka men genomgick en reparation och renovering i Tyskland där den säkerligen rullar än idag. Vem som krockade Bugattin är inte riktigt klarlagt men mycket talar för att det var Schumi själv.

Vad hände med märket Bugatti?

1995 var den sagan slut. Romano Artioli slog vantarna i bordet och Bugatti gick i konkurs.

Konkursförvaltaren lyckades rädda lite pengar genom att sälja Lotus till Proton i Malaysia.

1997 köpte ett tyskt företag, Dauer upp allt som fanns kvar inklusive licensen att tillverka EB110 varpå man tillverkade ett dussin Dauer EB110 SS.

Den fantastiska fabriksbyggnaden som jag hade besökt vid prov-körningen såldes först till en spagettitillverkare och sedan vidare till en möbeltillverkare som inte ens hann flytta in förrän de gick i putten. Sedan dess har fabrikslokalerna stått tomma men vad som finns där idag vet jag inte.

1998 återuppstod märket Bugatti men då hos Volkswagen där den tycks ha hamnat i rätta händer. 2005 skakades bilvärlden om då Bugatti Veyron (2005 – 2011) presenterades med 1001 häst-krafter hämtade ur en dubbel-W16-cylindrig motor och till det fyrhjulsdrivning. Efter det fick den 1 201 hk som roadster och klockades då att nå 408,47 km/tim.

Modellen Chiron från 2016 kom att bli en av världens snabbaste (458 km/tim) men också dyraste bil. Motorn hade även den en dubbel W-motor (W16) på åtta liter som levererade 1 479 hk.

Idag 2024 kan VW men framför allt Bugatti stoltsera med att ha modellen Bugatti W16 Mistral med hästkraftsuttaget på otroliga 1 600 hk i modellen Bugatti W16 Mistral. Behövs det? Knappast men VW ville visa att de kan om de vill och det ville de.

Två dussin ostron på Lucia - 1994

25 april flög jag från Bromma i en niositsig Westwind som tog mig direkt till Shannon Airport på Irland för att på ort och ställe köra Saab 900 cabriolet. Måste säga att det är lite speciellt att flyga de där små planen. Ofta är det betydligt smidigare då man slipper den vanliga incheckningsrutinen då vi som passagerare får gå så att säga bredvid den vanliga incheckningen och säkerhets-kontrollen och genom en egen ingång. Ytterligare ett plus är att flygturen oftast är snabbare och då direkt utan flygplansbyten som en ordinär flygning hade krävt. Något jag kan rekommendera alltså...

Bara en och en halv månad tidigare så sent som den 14 mars hade jag varit i Rom och körde då Saab 900 turbo. Nu var det dags för modellen utan tak. Efter landning blev det bussning till Limerick In Hotel där Saab ställt upp en rad testbilar. Därifrån blev det sedan 16 mils körning till orten Portumna som ligger 13 mil väster om huvudstaden Dublin. Fick tyvärr köra uppcabbat då det regnade.

Dagen efter bjöd på strålande sol och provkörning från Limerick till Kilcolgan, Galway och då nedcabbat naturligtvis och där det vankades lunchstopp på Moran's Oyster Cottage som är en fisk- och skaldjursrestaurang som serverat skaldjur i över 250 år.

Där träffade jag naturligtvis Erik Carlsson "på taket" eller farfar som jag tidigare nämnt att vi journalister kallade honom och för oss alla – både svenska som utländska motorjournalister var han mer eller mindre är Mr Saab.

- Jag älskar det här stället. Här kan jag lätt sätta i mig ett dussin ostron, sa han och berättade att han varit där i december förra året för att reka inför att vi var där den här dagen. Han upptäckte då att det var den 13 december – självaste Lucia varför det då fick bli två dussin ostron.

Själv tycker jag inte om ostron då det mer känns som en präktig förkylning. Men jag gillar musslor och alla andra skaldjur.

Erik var inte den enda kändisen som gillade stället då det satt en väldig massa foton på kändisar som hade letat sig dit bland dem JR Ewing från Dallas och ett tjugotal till.

Efter en underbar skaldjurstallrik av hummer och krabba – inte ostron var det bara att vända och köra igenom det underbara och gröna landskapet igen till Shannons flygplats och till det väntande planet som lyfte och puttrade hem till Sverige.

I början av maj var jag åter i Italien. På körschemat stod en annan cabriolet – Fiat Punto cabriolet. Lyckades få en knallgul så det blev en lyckad plåtning nere i Portofinos hamn.

Bara dagarna därpå var det åter dags för att besöka Italien och Fiat som då visade sin Fiat Ulysse. En ganska konstig bilmodell typ stor familjefraktare, flexbil eller MPV som modellkategorin fick heta. Fiat Ulysse var ett samarbete mellan Citroën som för sin del byggde modellen Evasion, Lancia hade sin Zeta och Peugeot 806. Det som skilde de olika modellerna åt var utrustning, små kosmetiska detaljer och de olika tillverkaremblemen. Bilmodeller som troligtvis inte är saknade och bortglömda idag.

Andra generationen kom 2002 och då hade Citroën bytt namn

till C8, Lancia fick tillnamnet Phedra och Peugeot gick upp en siffra till 807 medan Fiat behöll sitt namn Ulysse. I Sverige såldes inte Lanciamodellen. Ulysse sålde dåligt fastän den var billigast och tillverkningen av Ulysse las ner 2010 medan både C8 och 807 såldes ända fram till 2014.

Racerförare för en dag - 1994

Den 13 juni var jag åter i Italien. Totalt sett flög jag fram och tillbaka sex gånger mellan Sverige och Italien detta år.

Säger någon "röd bil" så tänker jag automatiskt på Ferrari och Formel 1, tungviktare inom motorsport. Men då vi pratar om tävlingsbilar inom DTM (Deutsche Tourenwagen Meisterschaft) så var det Alfa Romeo som gällde.

Framför mig stod ett par Alfa 155:or men några standardbilar var de definitivt inte. Även om det yttre var väldigt standardbilslikt så var de absolut inte det inunder skalet. Här fanns spjutspetsteknologi likt Formel 1-bilar. Inga leksaker med andra ord.

Där stod jag iklädd en röd flamsäker racingoverall med en massa tjusigt broderade dekaler som den värsta racerförare.

På fötterna har jag ett par supertunna röda mockaskor som mer var gjorda för att fladdra mellan pedalerna än att gå med då de säkert skulle slitas ut efter bara en timmes promenad. Om någon vill veta så hade jag flamsäkra vita långkalsonger, strumpor och undertröja av samma material.

Min instruktör var Luca Badoer, en meriterad tävlingsförare som körde Formel 1 året innan och tog sin bästa placering – en sjundeplats i San Marino GP samma år. Senare 1998 blev han testförare hos Ferrari men körde också två race för Ferrari. Luca körde också åt ett konkurrerande stall – Minardi Ford i hela 16 race under 1999.

Vi satt i lunchrummet och Luca ritade på tavlan och försökte pränta in de idealspår jag skulle hålla runt den italienska Varanobanan som ligger utanför den italienska staden Parma. Staden som är mer berömd för sin lufttorkade skinka än Varanobanan eller Autodromo di Varano som då jag körde där var 1800 km lång mot idag då den är något kortare på 1640 km.

- Hemligheten är att hålla en så rak linje som möjligt genom kurvorna med så små rattrörelser som möjligt. Då går det snabbast, sa Luca och klottrade på tavlan.

Temperaturen i luften var över 25 grader och säkert tio till i banans asfalt när jag tryckte ner mig i det extremt skålade sätet i det fyrhjulsdrivna monstret Alfa 155.

Sitter man hemma framför TV:n är motorljudet från tävlings-bilarna snudd på glamoröst och maffigt då man kan höja eller sänka ljudet efter humör och behag. Men live – på bana blir det vassa motorljudet inifrån den bastuvarma bilen likt ett skenande tröskverk på 420 hästkrafter vid magiska 11 800 varv.

Växlarna slog jag in och utifrån lät det som pistolskott. Att fjädringen är stenhård kan man se på TV då förarnas hjälmar guppar likt flöten på en vattenyta.

Att över huvud taget ta sig runt banan, leta sig igenom de sex växlarna är faktiskt en bedrift. Att sedan tänka sig ett startfält med 15 till 20 vinnarsugna konkurrenter alla med fullgas-accelerationer, panik-inbromsningar och hela tiden en strid på kniven genom kurvorna – huga!

På bana med Larini och Badoer - 1994

Att stå still knappt en halv minut i depån är inte att tänka på. Motorn är så racepreppad och tål inte att stå på tomgång många sekunder utan vill göra det den är gjord för – accelerera. Racing-legenden Nicola Larini kliver in i sätet bredvid mig och vi rullar ut på banan och jag accelererar ut på den första raksträckan.

Larini debuterade i Formel 1 för Coloni, säsongen1987. Han avancerade uppåt och körde för Ferrari 1992 och -94 och kom som bäst tvåa i San Marinos Grand Prix 1994 i Ferrari efter Michael Schumacher i Benetton och spöade med andra ord Luca Badoer ordentligt. Körde sedan sitt sista F1-lopp 1997 då för

Sauber-Petronas.

Varanobanan är en snabb bana med tre riktigt hårda kurvor likt hästskor, plus en mängd, vissa luriga böjar och ett par fina raksträckor att växla upp och sträcka ut på.

- Växla ner till 2:an, gå in i kurvan, håll höger, lägg om ratten till vänster och ge gas! skriker Larini genom motorljudet. Alfan fullkomligt flyter likt en hal badtvål runt Varanobanan. Temperaturen i bilen är 35 till 40 grader men säkert tio upp inunder min hjälm och racestället.

- Stå på gasen! skriker Larini och slår med handen på dörrsidan då han vill att jag ska gasa mig igenom kurvorna. Alla normala körsätt ställs på ända. Här ska jag gasa istället för att bromsa, växla ner och styra.

Tävlingsbilarnas teknik är på toppnivå med motorer som har smarta motorstyrningssystem som även finns idag i de flesta moderna bilar med variabla ventil- och kamaxeltider och snabba lättväxlade växellådor.

Karosserna har samma utseende som jag tidigare sagt likt standardbilarna. Men utseendet är inte allt. Här är såväl fram- som bakparti gjort i superlätt kolfiber vilket lätt kan lyftas av och på om något måste fixas eller om det uppstått en skada.

Som säkert de flesta motorintresserade vet så blev jag inte antagen bland de stora racerförarna. Lika bra det. Men jag måste tillstå att jag är mer än väl nöjd att idag få se Formel 1 på TV vilket är den enda sport som jag intresserar mig för.

- Bristol Cars, Skibo Castle, Det gula helvetet och Miami

Vår väg bortspolad där vi kör in i Sinaiöknen.

Efter äventyret i Italien och ett par dagar i Paris där jag körde en lätt faceliftad Alfa Romeo 145 var jag och Gunilla en vecka i London i augusti.

Vi bodde på Strand Palace mitt emot Savoy Hotel där man knappt hade eller har råd gå in genom svängdörrarna än mindre dricka "five-o-clock-tea with scones". Vilket jag såg 2016 kostade 1 392 kronor för två. Men man kunde och kan lyxa till det lite och då ta "Champagne Afternoon Tea" för 1 740:-. Ska vi ta två eller dela? Vad det kostar idag då du läser detta vet jag inte men det har nog inte blivit billigare.

Vår plan var att göra ett par knäck i London när vi ändå var på plats så att säga. Som vi alltid gjort – även på den tiden då vi var i London för att träffa Gunilla och min vän Donne Avenell som var spökskrivare till seriens Helgonet.

Samtidigt blev det alltid tid att besöka några av de många bilhandlarna runt Queens Gate Gardens.

Vid ett tillfälle på 80-talet då vi var där stod jag och beundrade en Ferrari 365 GTB 4 från 1969. Jag var inte ensam om att göra det utan bilen hade ytterligare en intressent – Willie Green som var tävlingsförare på 60-talet och körde bland annat Porsche, Aston Martin, Ford GT 40 och Ferrari 365 GTB som han delade

med Derek Bell den senare som jag kommer att bli god vän med.

En stund senare kommer ett par mekar, öppnar upp det stora skyltfönstret och rullar ut Ferrarin ut ur visningsrummet eller show-room som man säger och ut till den kullerstensbelagda gränden eller innergatan om man så vill.

Willie tog plats bakom ratten och startade upp V12:an med sina 330 hästar vars ljud ekade vällustigt i gränden. Det var minst sagt ett mulligt ljud som spred sig då Willie minuterna senare då motoroljan nått rätt arbetstemperatur petade i ettans växel gasade lätt och rullade iväg. Jag hörde honom köra ut längs gränden och därefter ut i trafiken och hörde även honom passera både en och två gånger på gatan utanför. Ljudet från en Ferrari går inte att ta miste på.

Om Willie köpte Ferrarin eller ej vet jag inte. Jag övergick istället att beundra en mörkgrön Jaguar D-type som stod lite längre in i lokalen. Har för mig att de begärde åtta miljoner i svenska kronor för den. Något som jag definitivt inte hade. Å andra sidan var Jaggan högerstyrd... ni vet. Nej, det fick bli en pint öl på puben mitt emot tillsammans med Gunilla och varsin trekantsmacka.

I brunfläckig beige ylletröja - 1994

Det heter att aristokratin åker i Rolls-Royce eller Daimler, men kör Bentley, Aston Martin, Ferrari eller i gentlemannens doldis – en Bristol.

Vi, Gunilla och jag tog bussen till Kensington High Street för att besöka Bristols show-room där det stod ett par Bristols utställda och där vi skulle få träffa Mr Tony Crook, ägare till Bristol Cars. Ett möte som jag telefonledes hade fått bekräftat veckan innan då jag ringt från Sverige.

Vi gick in och tittade lite försiktigt oss om ifall det fanns någon person som skulle kunna tänkas vara Mr Crook men inte, den enda personen där var en liten gubbe iklädd en grå städrock och en beige ylletröja med bruna fläckar på – säkerligen fläckar från kaffe och ett ex antal druckna pints av Guinness. Det såg ut som att han gjorde en "moonwalk" där han hasade omkring med sin kvast. Han tittade på oss, nickade och viftade lite på sin lilla mustasch och fortsatte att sopa.

Jag frågade den gamle mannen om man kunde få provsitta nån av bilarna som stod i hallen. Han nickade jakande och låste upp en av dem. Jag kunde snabbt konstatera att vare sig man satt fram eller bak så var komforten lika imponerande. Allt som inte var eller är läder- eller skinnklätt var i valnötsträ och på golvet låg en tjocka mattor. Här och där finns små diskreta läslampor och fack för att lägga småprylar i för alla åkande.

Redan då var framsätena el-justerbara. Okej det hade jänkarna redan på 50-talet men hade inte de små uppfällbara brickorna i valnötsträ för att ställa champagneglaset av kristall på. Det hade Bristol, Rolls, Bentley och Jaguar på 50 och 60-talet och vår VandenPlas och Jaguar Mk 2 som vi har haft.

Trots att Rolls-Royce, Bentley, Jaguar, Aston Martin, Rover, MG, Land-Rover med flera ett par år senare kom att ägas av "utlänningar", så finns det några få ej erövrade bastioner kvar i Drottningens Imperium. Bristol var ett sådant exempel.

Hos entusiaster, anglofiler och kännare har bilmärket Bristol alltid varit förknippat med kvalité i såväl konstruktion som tillverkning, allt förpackat i en lyxigt diskret, nästan anonym kaross.

Men innan biltillverkning så byggde Bristol under första och andra världskriget 14 000 flygplan med namn som Bristol Blenheim, Beaufighter och Fighter. Efter andra världskriget ställdes produktionen om från flygplan till bilar då man fick ett licensavtal med BMW på vilken man byggde sin egen Bristol Type 400-modell.

I början av 50-talet, 1953, upphörde samarbetet med BMW då Bristol stod på egna ben.

För att få till en snitsig kaross tog man hjälp av den italienska bildesignern Zagato. Och i slutet på 50-talet inledde Bristol ett samarbete med Chrysler som redan från -59 började leverera V8-motorer från 5 liter och uppåt som Chrysler även gjorde till Jensen. Men hos Bristol var man noga med att betonade att det var ett samarbete med Chrysler och inte bara en leverans.

Motorn kom visserligen från Chrysler, men för att få den specifika karaktär som man ville ha ordnade Bristols egna tekniker till det. V8:an var magnifik och trots bara två ventiler per cylinder och stötstänger låg accelerationen noll till hundra på 6,6 sekunder och ett motorvarv på låga 1 700 varv/minut vid 112 km/tim.

400-modellen förfinades och kom som 401, 402, 403 och så vidare genom åren och 1970 kom 411 som var en riktig sportbil med en Chrysler V8 på 6.2 liter. Man använde även de gamla flygplansnamnen som Blenheim, Beaufighter till Bristolmodeller.

1973 tog Anthony "Tony" Crook som hade ett förflutet som jaktplanspilot under andra världskriget och hade flugit Bristol över hela bolaget och under hans ledning flyttades huvudkontoret till Kensington High Street i London medan tillverkningen var kvar i Filton, Bristol. Senare 1985 flyttades tillverkningen till Patchway som även det ligger i Bristol.

Den sista modellen i 400-serien blev 412 som till allas förvåning ersattes 1976 med modellbeteckningen 603 vilket Bristol förklarade med att det då var 603 år sedan staden Bristol blev till. Snarare kan man tolka det som om att man ville förhindra att modellbeteckningen skulle få det för olyckliga talet 413.

Bristol 603 blev den sista sifferkombinationen då man istället gav sina modeller namn som Britannia och Brigad där den senare fick en turbomatad motor.

1994 kom Bristol Blenheim och några år senare även Blenheim 2. Man tillverkade inte så många bilar så visst har det hänt att någon med för stor plånbok försökt köpa sig en bättre plats i leveranskön men hade då vänligt men bestämt blivit tillrådd av Bristols diskreta ägare och säljare Mr Crook att kanske köpa en Rolls eller Jaguar under väntetiden.

Knappt några personbilar idag byggs på en separat ram, utom Bristol som alltid haft detta. Fördelar med den separata konstruktionen är att den ger mycket bra vridstyvhet vilket förbättrar väg- och köregenskaper, dessutom isolerar man lättare bort vägljudet via gummimellanlägg till karossen som var av aluminium.

I båda framflyglarna bakom framhjulen kan man lyfta på en stor lucka. Där finns på klassiskt Bristolvis reservhjul, verktyg, batteri, bromsservo och säkringsbox. Detta menar man på Bristol hade två fördelar; man har ett stort bagageutrymme utan vare sig reservhjul eller batteri. För det andra så ger detta bilen en bättre balans med större tyngd inom hjulbasen. Men jag tror nog att konstruktionen istället blir nostung, då jag antar att såväl motor och växellåda som prylarna i facken väger en hel del.

”I´m mister Crook!” - 1994

Då vi hade varit i visningsrummet i över en halvtimme och ingen Mr Crook hade dykt upp började vi bli lite otåliga. Det var bara Gunilla, den gamle mannen som sopade och jag i lokalen.

Då det nästan var lunchdags gick jag fram till den gamle mannen som hade ställt undan sin sopkvast och hängt av sig den gråa städrocken och gjorde sig tydligen redo att gå på lunch.

- Vi ska kanske komma tillbaka efter lunch då Mr Crook dykt upp? föreslog jag. Svaret kom direkt;

- I´m mister Crook!

Kunde det vara möjligt? Han såg mer ut som en städare än den som förevisar en ny bil åt Mick Jagger och än mindre den man som eventuellt Sir Mick (Mick Jagger är numera adlad) skriver ett försäljningskontrakt med.

Mr Crook log ett svagt leende och föreslog att vi kanske kunde gå till puben runt hörnet för en pint och där prata lite vilket vi också gjorde.

Jag hade läst på lite hemma om Bristol och undrade hur en biltillverkare kunde överleva genom att bara producera 150 bilar per år. Något egentligt svar fick jag inte från Mr Crook. På min nästa fråga om vilka kunderna var fick jag inte heller något svar utan bara en viftning med mustaschen. Okej, jag vet att såväl Sting som David Bowie hade ett par stycken var. Tony berättade att all försäljning och alla kundkontakter bara gick genom honom själv och att han höll hårt på kundernas integritet.

Vi tackade för pratstunden och Mr Crook tackade för den pint han blev bjuden på vilket givit ett par nya bruna fläckar på hans delvis ljusbruna ylletröja.

Tony Crook – en gentleman vars totala diskretion är en hederssak. Bristol har alltid varit brittiska aristokratins doldis och kommer så att förbli… så länge imperiet åtminstone har Ritz, Savoy och "sega gubbar" som Mr Crook kvar.

1997 sålde Tony Crook halva bolaget och resterande del 2002 till nya investerare. Men han var verksam i bolaget ända fram till 2007. 2011 gick bolaget i konkurs men fick ny ägare i Kamkorp Autokraft som presenterade en ny Bristol 2016. Namnet på den retroinspirerad tvåsitsiga sportbilen var Bullet och byggde på ett kolfiberchassi. Motor och växellåda kom än en gång från BMW. Men det blev bara en prototyp och ingen produktion. Därefter kom ytterligare en konkurs så sent som 2020.

Men Tony Crook hann aldrig uppleva detta då han dog strax innan sin 94-årsdag 2014.

Skibo Castle - heaven on earth - 1994

Den 4:e september 1994 flög jag och en kollega i en liten privatkärra från Arlanda direkt till Inverness i Skottland där jag skulle få köra den då nya Jaguar XJR.

En fantastisk bil, tycker jag än idag med en rak sexa som då den fick en remdriven kompressor höjde effekten från 241 till 326 hästkrafter. Till det en fyrväxlad automat från GM. Äntligen hade Jaguar fått ordning på sina grejor sa man och siktade mot toppen igen.

Efter att ha blivit körd från flygplatsen i en Daimler DS420 eller Daimler Limousine som de flesta mer känner den som av en uniformsklädd chaufför och genom det vackra skotska landskapet rullade limon in på gårdsplanen framför det imponerande slottet.

Vi var ett litet gäng journalister som fått jaguars inbjudan där jag var en av bara två svenskar som någon timme efter att jag checkat in på mitt rum träffade mina kollegor nere i hallen framför den stora öppna spisen som sprakade och värmde gott.

Först bjöds det på en drink – whiskey – single malt som sig bör av en servitör eller var det kanske mer en betjänt iklädd kilt

innan vi blev inbjudna till den stora matsalen. Vad vi åt kommer jag inte ihåg men det var i alla fall inte den skotska rätten haggis. Haggis är en traditionell skotsk maträtt tillagad i en fårmage och bestående av lever, lunga och hjärta från får, havregryn och kryddor. Kan liknas vid vår svenska pölsa.

Efter matintaget blev det lite mingel igen i hallen vid den öppna spisen där också den gigantiska orgeln står och som någon tydligen spelade på förr då det var fest. *(se bild här ovan)*

Det blev ytterligare en whiskey till den som önskade innan det var dags att natta. Kommer så väl ihåg att en kollega frågade om han kunde få en G&T (gin och tonic) istället för en whiskey och fick till svar;

- Sorry Sir, but this is not a bar, viskade servitören och drog ut på sista ordet, bugade och tog ett steg bakåt.

En halvtimme senare hade jag klättrat upp i sängen som var minst en meter upp.

Sov som en stock och vaknade då klockan visade på sju av något gnällande och gällt pipande. Vevade jag upp rullgardinen, torkade av det igenimmade fönsterglaset och kikade ut mot Dornoch Firths blåa och kalla vatten. En fantastisk syn.

Ljudet – det gnällande och pipande som skar genom märg och ben tilltog i styrka och då kom jag på att det var en skotsk "väckar-klocka" i form av en säckpipespelande skotte som gick runt slottet – Skibo Castle (på skotska – Caisteal Sgìobail) – ett par varv tills alla gäster var väckta. Med eller utan deras medgivande.

När den stenrike – jag menar stålrike – Andrew Carnegie som blev miljardär på stål och då han blivit pappa på äldre dar lämnade han USA för att komma tillbaka till sina rötter i Skottland.

Norr om Inverness hittade han det han sökte – en lagom stor herrgård – Skibo och med gigantiska markarealer därtill.

Från herrgårdens salong kunde Carnegie se havet där han låtit ankra sin lyxjakt Sea Breeze. Där fanns också en anlagd laxtrappa med ett vackert vattenfall som smälte naturligt in i landskapet.

Allt var perfekt för hans planer om att låta bygga ett slott och 1899 lades den första stenen till det nya slottet – Skibo Castle. Det snålades verkligen inte på resurserna, bara det bästa material dög och pengar fanns det mycket gott om.

Jag kommer ihåg mitt badrum, som var något mindre än mitt sovrum, kanske trettio kvadrat. Där var trägolvet klätt med en liknande röda fastspikad matta som i sovrummet.

Mitt i badrummet stod ett stort vitemaljerat badkar i gjutjärn och vid ena långväggen fanns en rejäl öppen spis. Där fanns också den största toalett jag någonsin sett. Den var mer som en fåtölj med rejäla armstöd. Precis som i sovrummet fanns där också tre ringknappar på väggen märkta med texterna – jungfru, husfru och betjänt. Men jag klarade mig själv.

Rockefeller, Kipling och Kung Edward den VII - 1994

Ett par gånger om året bjöd familjen Carnegie in gäster från hela världen och i gästböckerna hittar man namn som Rockefeller, Kipling och kung Edward den VII, och senast popikonen Madonna som lät hålla sitt bröllop där, för att nämna några. Och alla väcktes även de då av en säckpipeblåsare som sakta gick runt slottet och gnällde. Den gäst som inte vaknade av det vaknade garanterat av slottets gigantiska orgel som stod nere i hallen, mitt emot den stora öppna spisen som jag tidigare nämnt med sina flera meter höga pipor och som man drog igång lagom till lunch.

Andrew Carnegie hade tidigt låtit anlägga en 18-håls golfbana men hans entusiasm för sporten var tyvärr större än skickligheten. Det påstås att de gäster som bodde där tvingades gå en runda med Andrew men att personalen innan brukade varna gästerna för att vinna över slottsherren då han kunde bli riktigt grinig.

Efter mitt morgonbad gick jag nerför halltrapporna längs den stora orgeln för att inta frukost. Väggarna i hela slottet är klädda i utsökta utsirade ekpaneler, även i taken. Nere i hallen möttes jag igen av den sprakande och öppna spisen och ett otal stirrande ögon från alla de jakttroféer som pryder väggarna.

En betjänt i kilt visade mig vägen till frukostbuffén som bjöd på stekt sill, bacon (som var och är mer som sidfläsk i öriket), blodkorv, rostat bröd och gröt. Allt sånt som starka skottar är gjorda av.

Skibo Castle är femstjärnigt och ligger ungefär en timmes bilväg norr om Inverness. Till Inverness flygplats går det dagligt flyg till och från Heathrow, Gatwick och Lutons flygplats. Även privat-flyg landar och lyfter därifrån, för den som undrar.

Skibo Castle kan också låta sin privatkörda limousine hämta gäster eller så skickar man sin helikopter.

Ända fram till 1981 bodde familjen Carnegie på Skibo för att sedan året därpå låta det göras om till en privat golfklubb som det är idag. Men man behöver inte vara golfentusiast eller bli medlem vilket annars kostar en smärre förmögenhet… 350 000 kronor om året (1994) för att få göra ett besök.

Skibo Castle har 21 gästrum i slottsbyggnaden och ytterligare elva gästrum i separata stugor på området – kanske inte så wow som själva slottet men säkert mer lämpliga för familjer. I slottet kostar (håll i dig!) en övernattning för två i dubbelrum under hög-säsong (1 maj – 31 oktober) 33 000 svenska kronor. Då ingår alla aktiviteter som en 9 och 18-håls golfbana, tennisbanor, möjlighet till flugfiske, lerduveskytte, fasanjakt, hästridning och att köra off-road med terrängbilar, mat och all dryck man kan få i sig.

Skibo har också en relaxavdelning med en 25 meters uppvärmd simbassäng och spaanläggning. Allt detta får man tillgång till men man måste då bo över i minst två nätter, så dubbla alltså det priset från 2022 jag nyss angav.

Något som Skibo Castle har jag aldrig stött på. Otroligt dyrt men lika fint, men man behöver inte bo över. Bara ett litet besök kanske räcker för att man ska få ett trevligt minne för livet. För Skibo Castle är som Andrew Carnegie själv sagt "heaven on earth" (himlen på jorden).

Cala di Volpe – Sardinien - 1994

I mitten av september flög jag åter igen i ett litet plan – en Cessna Citation från Köpenhamn till Sardinen för att där köra två nya Lanciamodeller – SW och Z-Mpv. Bodde på det exklusiva strandhotellet Cala di Volpe som ligger på Costa Smeralda där alla de fina hotellen finns och där de "fiiiina" italienarna helst semestrar. Trots en dagstemperatur på 30 grader var det helt ok att några damer uppenbarade sig på kvällen iklädda minkpälsar.

Men Cala di Volpe tar nog priset av att vara det dyraste men också kanske det mest kända på hotellet på Sardinien. Det var här som James Bond i filmen "The Spy Who Loved Me" dyker upp på stranden, öppnar sidorutan och släpper ut en fisk ur sin Lotus Esprit S1 som i filmen var konverterad till en ubåt av Q.

2014 lär Elon Musk, grundare till Tesla ha köpt bilen – eller båten om man så vill. Men han blev oerhört besviken då han upptäckte att den inte alls gick att köra under vatten. Han bestämde sig då för att sätta in en elektrisk drivlina från Tesla för att åtminstone göra den användbar.

Efter en kort förmiddagskörning hann jag med lunch innan det var dags att åter äntra det lilla jetplanet för hemfärd.

Lancia hade mer att visa varför jag var i Rom tio dagar senare för en lätt provkörning, snarare en introduktion av Lancia Kappa och gjorde en intervju med Fiats vd Paolo Cantarella.

Oktober och halva november var hektiska dagar med bland annat provkörningar av Opel Tigra i Barcelona, BMW 318 i München liksom Audi A4. Ännu en gång bjöd Lancia in till en ordentlig provkörning av Kappa men till franska Biarritz där jag bodde på Hotel du Palais som Napoleon III lät bygga 1854.

I början av november körde jag för första gången en Skoda och det var då nya Felicia på dess hemmaplan i Tjeckien, Prag. Felicia var den första modellen som kom efter att VW tagit över den tjeckiska biltillverkaren. Som så ofta var Hasse Britth med som jag delade bil med på många av mina provkörningar och då vi var i Tjeckien så var det många som ville hälsa på honom då han under åren tidigare gjort sig ett namn som en duktig rallyförare. Hasse kunde köra bil som få.

Det gula helvetet - 1994

Bara namnet Egypten och Kairo doftar äventyr. Lägger man sedan till Sinaiöknen, Israel och Jordanien är det verkligen äventyr med inslag av bilmord, sand, sand och mer sand att köra fast i som en extra krydda men inget man bett om. Inte jag i alla fall.

Klockan var knappt sex på morgonen den 23 november då Kairoborna gäspade och gnuggade sömnen ur ögonen. Ute var det redan varmt och lite kvalmigt trots den tidiga timmen.

Snabbfotade gatuförsäljare iklädda vita kaftaner som mer liknade nattskjortor sprang mellan bilarna i den hetsiga trafiken med sina brickor med rykande hett kaffe och te. En doft som blandade sig med odören av diesel samtidigt som det låg ett töcken av mystik i luften.

Enligt eventet och det program som Peugeot någon månad tidigare skickat mig som var döpt till Fredsrallyt skulle vi en samling motorjournalister köra 115 mil. Starten skulle gå från Kairo i Egypten till Eilat i Israel för att sedan köras vidare därifrån till Amman i Jordanien.

Vi – sex svenska motorjournalister hade flugit ner kvällen innan och landade i ett regnigt Kairo som bara bjöd på 18 graders värme där vi sedan blev bussade till vårt hotell – El Salam för natten.

Vi var ett fyrtiotal motorjournalister där den svenska truppen var som sagt sex personer stark.

Veckan innan hade vi alla fått hemskickat till oss varsin grön bag och med den packinstruktioner. Med tanke på att vi skulle vara ute i öknen ett par dygn så var det här med packningen väldigt noga. Allt måste läggas i plastpåsar som gick att försluta ordentligt. Speciellt då flera av oss hade kamerautrustning som är känslig. Lika viktigt var klädseln då det skulle vara stekhett på dagarna men svinkallt på nätterna. Grova kängor, termobrallor lämpade Arktis packades ner tillsammans med gympadojor, kortbrallor och lätta T-shirts.

Morgonen dag två bjöd på fint väder och strålande sol. Efter en kort briefing av vad som skulle hända delades det ut sovsäckar, matpaket och naturligtvis vattenflaskor. Vi var alla sjukt peppade på vårt förestående äventyr. Som sagt taggade till tusen.

Kanske inte alla, kanske inte min irländske vän Andrew Hamilton som alltid och även då var klädd i loafers, gabardinbyxor och mörkblå dubbelknäppt blazer. Schysst svid men kanske inte direkt lämpat för ett ökenäventyr.

Jag kom att dela bil med Rolf G som tog sig an första etappen att ta oss ut genom Kairos trafikkaos som inte verkade ha några som helst trafikregler överhuvudtaget. Folk körde hur som helst och att köra med två - tre meter högt lass på taket var lika vanligt som att det hängde människor i klasar längs bilsidorna. Huvudsaken var att man kom fram. Snudd på död eller levande.

60 000 kvadratkilometer av – ingenting - 1994

Efter att ha kört under Suezkanalen närmade vi oss Sinaiöknen, som någon benämnt som "60 000 kvadratkilometer av ingenting".

Vid Ras el Sudr började äventyret. Först stannade hela kolonnen – 32 stycken Peugeot 306 på en lång rad för att toppa upp med bränsle i tankarna. Sedan släpptes det ut en hel del luft ur däcken. Kanske så mycket som 1 bar i vardera däck. Mjuka pösiga däck går bäst på sand och sanddynor då de har större anläggningsyta. Med det var vi klara - äventyret kunde börja.

Och det gjorde det verkligen då den asfalterade vägen framför oss bara ett par kilometer fram hade fullständigt kollapsat där stora delar av den asfalterade vägbanan hade spolats bort. *(se bild i början av detta kapitel)*

Senare efter tjugo avverkade mil rakt ut i Sinaiöknen där dagstemperaturen kan få kvicksilvret att rusa upp till fyrtio graders värme möttes vi av hundratals, kanske tusentals rostiga, sönderbombade och förvridna lastbils- och stridsvagnsvrak. Tanks som bombarderats och rullat av sina larvfötter och sedan brunnit likt facklor och därefter exploderat. *(se bild nästa sida)*

De finns kvar än idag lik spöklika, makabra och hemska minnen från kriget mellan Egypten och Israel som kallades för sexdagars-

kriget mellan den femte och tionde juni 1967.

Striden stod mellan Israel och de muslimska grannländerna Egypten, Jordanien och Syrien. Men muslimska länder som Irak, Kuwait, Algeriet och Saudiarabien ville inte direkt lägga sig i utan nöjde sig med att bidra med trupper och utrustning till den egyptiska – arabiska sidan.

Vi körde vidare och helt plötsligt började det – regna! Temperaturen var inga fyrtio eller ens trettio grader varmt utan snarare sexton. Den gula fina sanden tillsammans med regnet gjorde väglaget till en slipprig lera. Det var minst sagt halt och den gula leran kändes som klister eller kall, klibbig välling och värre skulle det bli.

Vindrutetorkarna jobbar frenetiskt och varningslampan för en överhettad motor på instrumentpanelen lyste ilsket rött.

För att mildra motorvärmen satte vi på full kupévärme och vevade ner sidorutorna i ett försök att vädra ut värmen.

Inte nog med det. Bilen började också rulla konstigt. Geggan under hjulen tilltog och packades och gjorde att det var som att köra genom ett riktigt blötsnööväder.

På framförvarande bil såg vi hur den gula lervällingen fyllt hjulhusen fram och bak så till den grad att bakhjulen inte längre snurrade utan var låsta. Vår bil och även de andra bilarna runt oss hasade sig fram på framhjulen med stillastående bakhjul som fungerade mer som medar. De enda växlar vi kunde använda var ettan och tvåan.

Mörkret kom väldigt snabbt och då blev det riktigt svårkört.

Då och då passerade vi bilar som kört fast med förare som försökte gräva fram sina bilars hjul ur leran.

När jag klev ur bilen så fastnade en centimetertjock lerkaka under skosulorna för varje steg jag tog. Till sist känns det som att jag skulle ha på mig platåskor, såna som var poppis på 70-talet tror jag.

Det enda som hjälpte var att dyka ner i leran med en domkraft och försöka lyfta upp bilen, skruva av hjulen och sedan försöka rensa hjulhusen, hjulaxlar, stötdämpare, bromsar från leran.

Det här var lite mer äventyr än vad de flesta av oss hade önskat.

Servicebilarna (fyrhjulsdrivna terrängbilar från Peugeot) jobbade febrilt med att bogsera loss bilar.

På tvären, halvt sidledes hasade, gled vi fram tills plötsligt kopplingspedalen försvann ner i golvet.

Som en extra säkerhet var alla bilar utrustade med kommunikationsradio. Men kommunikationen gick bara en väg. Det vill säga de som satt någonstans ovan oss i en helikopter tror jag och kollade ner på oss kunde när de ville prata med oss. Men vi kunde inte svara dem. Den enda svarsfunktion vi och alla andra bilar hade var en panikknapp att trycka på om det skulle uppstå någon kris, olycka eller liknande.

Det enda som lös upp inne i kupén var den ilsket röda varningslampan för överhettning av motorn när vi plötsligt hörde en röst i komradion som sa på engelska med stark fransk accent:

- Bästa journalister, vi vet att situationen är svår för er men vi ber er att vara försiktiga med bilarna och behandla dem som om de vore era egna bilar.

Va? Vad sa dom? Snacka jag då önskade att det hade funnits en svarskommunikation. Det jag skulle ha sagt skulle nog ändå inte förbättrat läget – snarare tvärt om. Men jag var inte långt ifrån att trycka på panikknappen.

Under de närmaste minuterna växlade jag utan koppling. Men även växellådan började då kännas ansträngd. Till sist blev vi stående i lervällingen. En stund senare kom en servicebil och vi blev upphissade och i hällregnet byttes kopplingslänkaget i skenet från ett par ficklampor på mindre än fem minuter. Snacka duktiga mekar!

Donal och Andrew bjuder på Bushmills - 1994

Klockan blev 21:00 och vårt tidsschema har spruckit med råge.

Framför oss hade vi ett översvämmat vattendrag som vi måste passera. Men vattnet strilade inte utan forsade snarare som i en vild flod. Visst skulle vi med god fart kunna ta oss över, men för varje sekund tilltog vattenmassorna och strömmen blev allt starkare.

En och en bogseras bilarna över. När det är vår tur att bogseras över så hade vi en fyrhjulsdriven bil framför oss förankrad med en vajer och på samma sätt en bakom oss. För några sekunder kändes det som om vår bils däck lättade och vi flöt med i den starka strömmen vilket nog var riktigt. Har denna situation på video från Peugeot.

Vid halv tio var läget var hopplöst. Där stod vi allihopa med bara sex mil kvar till asfaltbelagd väg men vi var då tvingade att parkera för natten.

Alla bilar stannade på en lång rad och tog kväll.

De enda som såg positivt på tillvaron var mina irländska vänner Donal Byrne och Andrew Hamilton som kom klafsande i lervällingen upp till knäna med ett par flaskor Bushmills whiskey och en stapel medicinkoppar och bjöd på en whiskeyhutt. Undrade hur Andrews loafers såg ut.

Temperaturen föll ner till ynka tolv grader och senare ännu längre. Som minst hade vi nog bara tre kanske fyra plusgrader. För att inte frysa ihjäl så startar vi motorn och lät den vara på ett par minuter då och då under natten.

Regnet fortsätter ihärdigt att trumma på biltaket till klockan fyra den morgonen.

Klockan fem började det ljusna och vi åt de sista kexen som sköljdes ner med juice som fanns med i våra matpaket.

Kunde då konstatera att regnet började avta och en halvtimma senare startade vi och kunde något ansträngt rulla iväg. Vid niotiden blir det kladdigt igen och vi blev bogserade sedan vid flera tillfällen.

Sista sträckan, kanske de sista kilometerna knäckte oss totalt – åtminstone vår bil. Utan förvarning la växellådan av. Bilen saknade plötsligt växlar och med det drivning.

En bogservajer kopplades på och dragbilen slirade sig uppför backen med oss dansande bakefter. Men till och med den fyrhjulsdrivna dragbilen hade fått nog, den klarar det inte utan ytterligare en fyrhjulsdriven servicebil fick kopplas till innan vi var uppe.

Då vår bil där och då givit upp avslutades vår ökenkörning och vi fick istället lift till hotellet i El Qusseima för en god natts sömn och sedan en stadig frukost morgonen därpå.

De flesta bilar som hade kommit fram till hotellet under kvällen och natten hade haft lika mycket lera inuti bilen som undertill och i hjulhusen.

Servicefolket som gjorde rent bilarna måste ha jobbat hela natten och morgonen med sina högtryckstvättar och efter frukost stod de bilar som överlevt ökenfärden nytvättade och fina på rad redo för nästa dagsetapp.

Vi fick en ny bil som säkert körts av någon eller några av funktionärerna då det fortfarande fanns spår av lera inne i bilen.

När vi körde ut ur El Qusseima stod militär och polis och stoppade all annan trafik så att vi i samlad tropp kunde köra mot gränsen till vårt nästa etappmål som var Israel.

Det märktes tydligt att vår "nya" bil även den körts genom den leriga öknen. Inte bara det att det fanns lite lerkladd inne i bilen

och den sand och lera som packats in i bilens fjädring och hjulupp-
hängning och börjat torka var delvis kvar. Det gjorde att det blev
som att åka utan stötdämpare och på ett rullbräde eller en grov
kullerstensbeläggning fastän asfalten var jämn och len som en babyrumpa.

Den 26 november passerade vi gränskontrollen till Israel där
varje bil genomsöktes minutiöst.

Då jag klev ur bilen hade jag en israelisk soldat framför mig
och en bakom mig. Vi tre stod tätt ihop och gick tätt tillsammans
runt bilen – som att dansa. Vitsen med det är att om bilen skulle vara
apterad med bomber så skulle inte bara soldaterna som genomsökte
bilen, även med speglar inunder bilen sprängas utan också jag i
det här fallet.

Det tog tid för gränspolisen att söka igenom alla våra bilar där
inga bomber hittades.

Efter avklarad dans och gränsvisitering körde vi till Rimonim
Hotel Eilat i Israel som ligger vid Röda Havet, precis mitt emellan
sina forna arabiska fiender – Jordanien i öster och Egypten i väster.

Det var fantastiskt skönt att få vara tillbaka i civilisationen ska
erkännas och efter incheckning tog jag en dusch. För att inte falla
för frestelsen att lägga mig på sängen gick jag ut och tog en promenad.

När jag kom tillbaka möttes jag av ett par riktiga skrattsalvor
inifrån baren. Jag tyckte mig också känna igen rösten som fram-
kallade skrattsalvorna. Jag kunde inte motstå utan gick dit. Där
stod min kollega och journalistvän Gösta Nilsson som skrev för
Östersunds Posten och stöttade baren samtidigt som han drog en
rolig historia på engelska med stark norrlandsdialekt. Något som
jag aldrig hört honom tala tidigare. Engelska alltså.

- Vill de höra mig prata så får de lära sig norrländska, sa Gösta.

"Bombhot – lämna alla era tillhörigheter…" - 1994

Dagen efter bussades vi till Tel Aviv där vi checkade in till
Parisflyget.

På den lilla sträckan, en kö på kanske hundra meter fick vi visa
våra pass kanske fem gånger. Varje gång så skärskådades de minutiöst.
När vi äntligen via den snitslade banan kom in i inchecknings-
hallen gick larmet.

- Bombhot – skränade det ut högtalarna – ställ ifrån er alla era
tillhörigheter och gå till utgångarna. Incheckningshallen har blivit
bombhotad...

Lysrören i taket blinkade till ett par gånger innan de släcktes och
folk strömmade mot utgångarna.

- Aldrig, sa kollega Roffe G och jag.
- Här gås ingenstans. Har vi äntligen kommit in i inchecknings-

hallen som säkert är lika svårt som att ta sig in i Fort Knox så stannar vi. Och se vi fick rätt. Det small inte. Vi överlevde det också om någon skulle undra.

Äntligen kom vi ombord på Air France planet som efter ett par timmar senare landade i Paris där vi fick sova över på Hotel Hyatt innan vi dagen efter flög till Sverige och landade på Arlanda.

Av de 32 Peugeot 306 som startade kom 29 fram till Amman. 2 bilar bröt vid olyckor och en skadades vid bogsering. Ett bra slutresultat ändå tycker jag.

Bilarna som vi körde hade modifierats med förstärkt koppling. Tyvärr hade man inte förstärkt växelreglagen eller kopplings-vajrarna varför 25 kopplingsvajrar fick bytas under resans gång. 14 drivaxlar byttes på grund av skadade gummidamasker och sedan byttes stötdämpare på 20 bilar. 15 oljetråg gick det åt liksom 1 kopplingsskiva och 1 handbromsvajer. Till det fick funktionärerna ta hand om cirka ca 3 punkteringar varje dag.

Men vilket äventyr det blev. Helt sanslöst och otroligt. Det var fantastiskt att ha gjort det men jag skulle inte vilja göra om det. Säkert liknande den känsla som folk har då de seglat över atlanten och får då enligt tradition ha röda långbyxor.

Miami, Florida och vår Vodka - 1994

Två dagar efter att jag kommit hem från Egypten flög Kjell och jag till Miami.

Upprinnelsen till vår tripp till Miami var att vi hade genom en massa konstiga kontakter bland dem Eduard Sjevardnadze som

då var Georgiens andre president men hade innan dess varit Sovjetunionens siste utrikesminister. Affärsuppgörelsen gjordes av Kjell och Nils-Börje G i Georgien och gick ut på att vi skulle knyta kontakter åt Eduard med nordiska företag att köpa kol och olja från Georgien. I gengäld skulle vi få köpa en del intressanta veteranbilar – bland dem en bepansrad Packard 12 som Stalin hade fått av USA's dåvarande president Roosevelt. Bilen var helt ok, stor som ett hus visserligen men vägde över fem ton. Så den var inte så intressant för oss. Vad som däremot lockade oss var att vi skulle få agenturen på en georgisk vodka – Petroff Vodka som vi tidigare fått ett par lådor hemlevererat till oss i Sverige.

Så långt var det kul. Men att vid sidan om vår tidningsverksamhet och med allt jobb som det innebar att börja stångas med System-bolaget för att få sälja vodkan gjorde att vi ganska snabbt kände att – det här var inget för oss så med lite hjälp fick vi tag i en agent för ett fransk/spanskt bolag som var intresserad av vår agentur och ville träffas i Miami.

Vi flög med Finn Air till soliga Miami men först efter en mellan-landning i Helsingfors och därefter tio timmar i luften tog planet mark i Miami som ställde upp med 29 graders värme och strålande sol. Det var en bra flygning med bara ett halvfullt plan, god mat och fin-fin service. Finn Air dom kan.

Kvitterade ut vår hyrbil som vi hade bokat från Sverige och som visade sig vara en så gott som ny Buick Le Sabre och med mig bakom ratten körde vi till vårt hotell Dezerland på Collins Avenue. Vi var då i det exklusiva Surfside där ägaren Michael Dezer på 70-talet tog sitt biltokeri på fullt allvar i sitt hotell. Där bodde gästerna inte i numrerade rum utan i rum som hade bilnamn.

Frukost, lunch och kanske middag åt man i en 50-talsjänkare och för den som gillade att bada fanns en stor pool med en Cadillac i mosaik på poolbotten. ”It´s crazy, man!”.

När vi svängde in på Dezerland´s uppfart från Collins Avenue i Miami Beach så förstod vi direkt att hotellet var något speciellt. I taket över entrén hängde lampor från gamla bensinstationer och intill trappan stod en Cadillac Convertible med sidepipes (avgasrör som går ut under sidotröskeln, om nu ingen visste det). Recep-tionen välkomnade oss med en iskall luftkonditionering som kunde ge vem som helst frossbrytningar. Överallt fanns det mängder av reklamskyltar, gamla bensinpumpar och tre klassiker från 50-talet: Studebaker Hawk, en Kaiser Jeep och en Ford Thunderbird.

Kakel på väggarna och neonskyltar – allt likt en bensinstation från den tiden och imponerade stort på oss. Allt var visserligen lite muggigt och ganska slitet, men gillar man jänkare från 50-talet så bryr man sig nog inte om den flagnande målarfärgen eller den lätt unkna lukten.

Frukost i en Impala - 1994

Bilarna som fanns där var inte vad vi svenskar skulle kalla fina. Vem skulle vilja kapa en Chevrolet Impala från -59 i två delar för att sätta ett restaurangbord för fyra personer i mitten? Just detta hade man gjort i restaurangen, där fem personbilar och en pickis hade fått sätta livet till på samma sätt. Samtidigt var mängden av detaljer imponerande som jukeboxar, skyltar, stålrörsmöbler och batteriställ, allt från 50-talet.

Varje rum hade som sagt speciella namn som Shelby GT 500, De Soto, Edsel, Mustang och Powerglide bara för att nämna några. Rummen var rena men mycket slitna, jag vågade till och med gå barfota på heltäckningsmattan. Uttrycket "king-size bed" stämde verkligen på sängarna i rummen. Jag skulle tippa att den säng jag sov i var något över två meter lång men säkert tre meter bred.

Tyvärr måste jag meddela att stället idag inte finns kvar i den goda anda utan har införlivats i en stor modern amerikansk hotellkedja. Så borta är nog bilarna och hela 50-talstuket, det som gjorde hela hotellet så fantastiskt och unikt.

Miami är underbart med sina art deco-hus på strandreven utanför Miami vilka är över 70 år gamla. Men det är inte åldern utan själva stilen som är det som lockar och i de tidiga timmarna precis när solen gått upp är fotografer och modeller redan på plats för att fotografera och fotograferas med art deco-miljön som bakgrund. För kanske trettio år sedan ansågs arkitekturen "tacky" men då hade man inte heller myntat stilbegreppet Art Deco. Däremot visste alla att husen som såg lite lustiga ut lystes upp av billigt neonljus.

Vodkan då? Jodå, det blev en snabb förhandling och finns idag att köpa i ett flertal länder utan vår inblandning.

Det här får avsluta tillbakablickarna fram till och med 1994 då jag kastar mig över 1995 i ett hastigt och flygande tempo.

- Monaco, 10 kvadrat i Tokyo och med BMW Z3 i USA *(bild inunder: kvällstrafik i Tokyo)*

Lyxigt på Ritz med Lexus - 1995

Ett soligt Barcelona i januari är inte fel. Hemma var det snö och djupfryst när jag flög iväg. Okej, det var inte heller direkt sol i Barcelona utan molnigt och femton plusgrader. Vi ett litet svenskgäng skulle köra Lexus och bodde inne i Barcelona på Hotel Ritz vars namn förpliktigar men som lovade mer än vad hotellet egentligen förmådde.

Det blev pressinformation på kvällen. Både en internationell sådan och därefter en för oss svenskar anpassad pressinfo innan en gemensam middag.

Dagen efter – samma trissiga väder men också med inslag av regn. Vi – kollega Rolf G och jag tråcklade oss ut ur Barcelona city som jag alltid upplevt smått kaotiskt varje gång jag kört där. Det var ungefär lika stökigt som då vi kvällen innan hade kört in till hotellet. Bara det att nu hade regnet övergått till ösregn.

I baksätet hade vi Bengt D, då PR-ansvarig för både Lexus och Toyota och som har ett brett bilintresse och kunskap inte bara av de egna märkena utan även vad gäller konkurrenterna.

Vi körde ut ur stan, uppåt mot klostret Montserrat som betyder "sågtandat berg" och som ligger på 1 236 meter och fem mil nordväst om Barcelona.

Ju högre vi kom desto tätare blev dimman. Då vi bläddrade fram i roadbooken såg vi att klostret Montserrat var den punkt – en vändpunkt för oss att efter det bar det nedåt igen mot slättlandet. Men vi var inte där än då färden hela tiden gick uppåt.

Till sist såg vi ingenting. Det var som att köra i den värsta tjockan.

Bengt erbjöd sig att gå ut och gå framför vår bil. Sagt och gjort, han klev ur, gick längs bilen men då han ställde sig framför kylaren på Lexusen såg vi inte honom. Vi hade alltså en sikt på knappt en meter. That's it.

Vi rullade framåt i kanske i max tre till fem kilometer i timmen vilket nästan motsvarar hastigheten för att gå och med sidorutorna nedhissade kunde vi höra Bengts instruktioner och hans navigering. Det var faktiskt riktigt obehagligt ett tag.

Plötsligt lättade dimman och vi kunde ta vägen ner mot Barcelona.

Lunchen på Hotel Ritz blev ett bra plåster på morgonens lilla trauma uppe i bergen för att sedan få skjuts till flygplatsen där jag i taxfreebutiken köpte hem saffran till både Gunilla och min mor. Till lussebullar i januari? Kanske det men mer för en mustig bouillabaisse (fiskgryta) eller kycklinggryta.

Med Fiat till Jerez - 1995

I februari blev jag inbjuden att besöka Fiats fabrik Melfi i Neapel. En fabrik som det stormat om och gör så än idag.

Två veckor senare flög kollega Hasse Britth och jag till Jerez i södra Spanien för att få köra det italienska och sportiga nytill-skottet Fiat barchetta.

Vi lämnade ett knappt plusgradigt Sverige för Köpenhamn för att där borda en av Fiat chartrad Boeing 737 för 140 personer där vi åter igen bara var trettio resande. För övrigt samma flyg-

plan och faktiskt samma personal som jag flög med ett par veckor tidigare till Neapel. Gott om utrymme för oss alla med andra ord. Landade sedan 14:30 i ett soligt Spanien och bussades till vårt hotell Monasterio Puerto Santa Maria.

Vi svenskar, Roffe G, Hasse och jag tog en öl tillsammans på min balkong för att också få lite vårsol. Ibland var livet underbart.

Kvällsmat avnjöts vid 21-tiden tillsammans med österrikare, tyskar, holländare, spanjorer och irländare. Tidigt i säng för min del.

Upp klockan åtta och iväg efter frukost i den lilla men fina Fiat barchetta – där just ordet barchetta betyder liten båt och ska skrivas med litet "b" enligt Fiat. barchetta var och är en öppen tvåsitsig så kallad "roadster" med en enkel vinylsufflett och en heltäckande gummimatta med små noppror likt runda pastiller som för tankarna till just en båt. (på vilket sätt förstår jag inte.)

barchettan tillverkades till en början av den italienska karossfirman Maggiora mellan 1995 och fram till 2003 då Maggiora tyvärr samma år dukade under och gick i konkurs. Det gjorde att Fiat fick ett uppehåll i produktionen på något år innan Fiat själva kunde ta upp tillverkningen. Och då fick barchetta också ett ordentligt designlyft både fram och bak.

Bilen var riktigt rolig att köra. Framhjulsdriven och hade en fyrcylindrig lagom motor på 1.8 liter och 131 hästar.

Totalt tillverkades 57 700 exemplar innan man la ner produktionen 2005.

Fiat barchetta fick direkt och då en plats i mitt hjärta. Jag ser att det finns en och annan barchetta då och då till salu även här i Sverige för en billig penning. Absolut en kommande klassiker.

Från Jerez i Spanien och Fiat barchetta flög jag i princip hem och vände i dörren för att ta flyget till Köpenhamn där det serverades Honda Civic femdörrars. Femdörrars? Jo, det blir två dörrar på varje sida och med en bagagelucka så skulle det vara den femte dörren. Men att ta sig in eller ut genom den femte dörren har jag aldrig sett någon göra.

Men då var det lite mer spännande att den förste mars flyga till Genève och därifrån köra den då nya fyrhjulsdrivna Opel Frontera till Annecy i Frankrike. Bodde på Imperial Palace som bjöd på sen kvällsmat. Dagen efter blev det körning upp – 1000 meter mot Le Grand Bornand.

Där var det gott om snö och medan vi satt ute i strålande sol och åt en välkryddad vildsvinsgryta hade vi en snowboardåkare som då och då kom flygande ovan våra huvuden. Kul underhållning tyckte Opel som hade även arrangerat det.

Portofino – igen - 1995

23 mars – vår dotter Camillas födelsedag – tolv år det året – men det kunde inte hindra mig från att flyga tillsammans med ett gäng nordiska motorjournalister i en chartrad Boeing 7 B7-300 till Italien och landa i Genua där Hasse Britth, Hasse C och jag styrde till hotel Imperial Palace Hotel, Santa Margherita. Där bodde jag även året innan då jag körde Fiat Punto Cab.

Hotellet ligger lite ovan byn Santa Margherita och på promenadavstånd från själva Portofino. Efter presskonferens och info om morgondagens körning av nya Alfa Romeo Spider (cabriolet) och den täckta versionen GTV tog vi en promenad ner till hamnen i Portofino för att reka inför morgondagens fotografering.

Dagen därpå var vi alla uppe ganska tidigt och hade som sagt redan kvällen innan bestämt att vi skulle köra ner till hamnen och ställa upp en bil för fotografering. Men detta måste ske innan klockan elva vartefter hamnen stängs för bilar att köra in.

Vi åt frukost och vid niotiden fick vi äntligen ut ett par bilar.

Tog – medåkarbilder längs den vackra kustvägen ner mot Portofino och rullade till sist in i hamnområdet, förbi restaurang- och caféborden och ut på kajen vid tiotiden. Perfekt!

Vi hann knappt arrangera och ställa upp bilen förrän polisen – carabinieri kom fram och sa åt oss att flytta bilen för området var bilfritt.

- Men klockan är inte elva… Nähä.., men nu var det tio som gällde, men de var bussiga. Kamerorna smattrade och efter en kvart rullade vi ut från hamnen och carabinieri gjorde till och med honnör när vi passerade. Vilka bilder det blev! Helt fantastiska.

Mycket tack vare den otroligt fina miljön. Bland de bästa brukar jag tänka.

Diamanternas Monte Carlo - 1995

- Även om Lancia inte säljs i Sverige – så får ni svenskar aldrig glömma bort oss, sa den alltid jovialiske och vänlige Tom Pleterski, PR-ansvarig för Lancia och skickade mig en flygbiljett till Monaco, Monte Carlo som gällde den 7:e april -95.

Monte Carlo är staden som ligger i det obetydligt större furstendömet Monaco. Här väser det från luftkonditioneringsaggregaten på alla de Rolls, Bentley, Ferrari, Lamborghini, Porsche och andra mer exotiska bilar som trängs på de smala gatorna med de exklusiva butikerna.

Bodde på det snudd på överdådiga Hotel Hermitage med bekvämt gångavstånd till Casino de Paris som man ser en skymt av under F1- racen i Monacos Grand Prix.

Att promenera i Monte Carlo är som att bevittna ett skådespel. Nyss hade jag fått stanna till för att ge en grånad herre lite bättre svängrum att baxa in sin Maserati i den minimala parkeringsficka han gett sig den på att ta sig in i. Och visst såg det fint ut med den svarta Maseratin som speglade sig i Cartiers skyltfönster.

Kvinnan, som säkert var hälften så gammal som föraren – kanske hans dotter? på Maseratins passagerarsida hoppade ur och med sin juvelprydda arm vinkade ett nådigt tack för att jag så tålmodigt väntat. Ett mirakel att hon ens kunde lyfta handen med den ballasten…

Monte Carlo formligen sjuder av rika människor. Det frasar från damernas silkeskjolar och rasslar från briljanterna. Överallt talas det naturligtvis franska, amerikanska, tyska, italienska och numera till viss del även ryska. Shopping är populärt och var och varannan bär på eleganta kassar och påsar från Chanel, YSL, D&G, Prada, Louis Vuitton eller något annat svindyrt märke.

Bilarna ringlar vidare. En och annan, men ändå sällsynt Saab och Volvo sticker ut i mängden bland lyxbilarna.

Utanför Hotel de Paris, granne till Casino Monte Carlo står de på rad – lyxbilarna, en Bentley Turbo R, en lila Lamborghini Diablo, en knallgul Bizzarrini (vilket man inte se var dag), en handfull Ferraris av olika sifferkombinationer, 348, 512, 456 och därtill en hoper Rolls-Royce. Måste medge att Rollsarna känns i Monte Carlo som dussinbilar.

Ur en Rolls Corniche med reg.numret "Joes" lyfte två uniformerade piccolos från Hotel de Paris ur ett tjusigt kostymfodral och några nätta läderväskor innan bilen parkerades för natten. Mitt emot hotellet ligger Café de Paris – där sitter man med fördel och sörplar i sig något dyrt medan man beskådar vimlet av bilar och folk.

När jag sitter där och dricker en öl – Kronenbourg 1664 blanc (god öl men ganska söt smak så två är max för min del) noterar jag att det var tredje gången en vit Ferrari passerar rondellen. Vit Ferrari?... vet inte. Även de rike tycks tycka det är kul att åka på en cruising genom stan som den vita Ferrarin. På Café de Paris kan man också värma upp inför kvällen i den stora spelhallen som är fylld med enarmade banditer och allehanda penning-slukande spelautomater, lagom träning alltså innan allvaret och det riktiga kasinot öppnar.

Luca Badoer och Gabriele Tarquini

Mörkret faller och nere i hamnen är det lika trångt mellan lyx-båtarna som mellan bilarna utanför kasinot. Efter en kort promenad smet jag in på Rosies Pub, i backen på väg nedåt vattnet. Detta mest för att se om puben var kvar vilket den var.

Under tävlingsdagarna Monte Carlo-rallyt som under Formel 1-racet varje år är det praktiskt taget omöjligt att ta sig in till bar-disken för en pint öl – men lyckas man armbåga sig fram så kan man där träffa flera av de stora världsmästarna, både de aktiva och de som numera lagt ratten på hyllan och som smitit iväg från sina paparazzis och lyxhotell för att få vara lite privata en stund. Det gäller också även de bofasta här som David Coulthard och Riccardo Patrese. Rosie själv var en rustik medelålders dam som flängde runt och serverade kall, god, mustig öl men också bubbel. Det har hon gjort de senaste tjugo åren och gör så även då detta skrivs, förhoppningsvis.

Jag hade turen var på min sida och lyckades komma in på Rosies. Den första jag såg var den irländske före detta F1-föraren Eddie Irvine som satt vid ett bord med att par andra. Eddie är inte känd för att vara speciellt vänlig så det är ingen person man rusar fram till. Snarare till Riccardo Patrese som är känd för att vara just vänlig.

När jag stod där och smuttade på min Kronenbourg 1664 blanc (ja ja, den andra för dagen) öppnades dörren och in kom två kända ansikten – åtminstone ett och det var Luca Badoer som försökte få mig att bli racerförare året innan på Varanobanan bakom ratten på en Alfa Romeo 155. *(se tidigare kapitel 13)* Den andre var Gabriele Tarquini som det året körde för Tyrrell då Luca körde för Minardi. Jag kunde inte låta bli utan gick fram och hälsade på de båda. Märkligt nog kom Luca ihåg mig – sa han i alla fall. Det blev ytterligare en öl och då jag gick ut genom pubdörren möttes jag av David Coulthard som sedan flera år tillbaka bor i Monaco.

I maj var jag hos Mercedes i Stuttgart och körde E-klass för att dagarna därefter det vill säga innan midsommarafton spendera tre dagar med Mitsubishi Carisma i München.

Månaden därpå blev det repris på destinationen – München men då med BMW M3 som verkligen visade vad den gick för.

Till Lingotto med 1 208 journalister - 1995

Den 28:e augusti vankades det en storslagen italiensk pampig premiär i form av Fiat Brava och Bravo. Den ena fyrdörrars – Brava och den andra lite busigare och tredörrars – Bravo. Hon (Brava) och han (Bravo) som italienarna själva sa.

Flög på morgonen till Köpenhamn och därifrån i en av Fiat chartrad kärra. Ett halvrisigt flyg inhyrt från Belfast Air som tog oss journalister – bland dessa Hasse Britth och mig till Turin där vi landade på eftermiddagen till 28 graders värme.

Bussning tillhotellet som var Jolly Ligure – som alltid.

En timme senare släpade Fabbe – vår svenske PR-representant ut oss på en öl. Okej då, det var inte så mycket släpande utan vi följde snällt med. Artiga som vi är men gratis är gott som det heter. Senare på kvällen blev det mat på underbara, fantastiska, otroliga, fenomenala, makalösa Urbani. Trodde du något annat, eller?

Dagen efter bussades vi till Lingotto där vi först bjöds på kaffe och fick sedan ta fick ta plats i föreläsningssalen eller auditoriet tillsammans med 1 208 journalister för att vara exakt. Fattar inte hur italienarna lyckades fixa det. Men dom gjorde det och det här var som du säkert läst inte första gången. Efter pressmötet, information från Fiats ledning och en i italiensk ordning fantastisk lunch för oss alla ett tusen två hundra åtta som efter det bussades tillbaka till stan.

Själva citykärnan var smyckad med Fiat Bravo- och Brava-prylar – överallt. Bildelar i skyltfönster, affischer, skyltar på lyktstolpar och med vanligt folk som gick omkring klädda i T-shirts från Fiat. Turins stad var verkligen dekorerad inför premiären och laddade för ett klimax som skulle komma mot kvällen.

Klockan 20:00 blev vi bussade från vårt hotell till den Kungliga Parken som var fyllt med partytält och i dem dukats upp till gala-middag för oss alla inklusive hela Fiatledningen.

Allt gick som ett klockverk med trerätters och dryck.

Lagom till desserten smällde man av ett fyrverkeri som hette duga. Kort därpå startades en ljusshow som projicerade på hus-fasaderna runt den Kungliga Parken.

Den ena ljusshowen mer fantastisk och häftigare än den andra. I mitt stilla sinne undrade jag hur många Fiat Brava och Bravo Fiat måste behöva sälja för att få den kvällens räkning att gå ihop?

De båda syskonbilarna tillverkades mellan 1995 och 2001 och under de åren producerades det 1 230 000 av de båda modellerna så matnotan gick nog ihop. Ursäkta min oro, Fiat.

Året därpå blev Brava och Bravo valda till Årets Bil 1996. En stor seger med tanke på att Fiat Punto också hade blivit Årets Bil året innan – 1995. Detta är bara ett bevis på att Fiat visste vad de gjorde och som den alltid lätt stressade presschefen Giampietro Mantovani ansvarade för.

Under de 52 år – från 1964 till 2016 (där min bok i princip slutar) har man utsett Årets Bil i Europa och som efter 2016 rullar vidare. Under dessa 52 år har Fiat som märke kammat hem de flesta utmärkelserna.

- Inte undra på, sa före detta presschef Giampietro Mantovani hos Fiat som jag hade god kontakt med på 80- och 90-talet då vi pratade om det vid ett senare tillfälle då han pensionerats.

- Jag vet hur man ska ta motorjournalister. Syns inte det på antalet utmärkelser? sa han frågande och skrattade.

Jo, Fiat med Lancia och Alfa Romeo toppar utmärkelserna med tolv Årets Bil-utmärkelser. Giampietro kunde sin sak.

Kalkoner och höjdare genom åren

Årets Bil har varit och är fortfarande en prestigefylld hederstitel ända sedan 60-talet. I juryn satt och sitter ett femtiotal ledamöter (motorjournalister) från de flesta europeiska länder, däribland Sverige. Hur många juryledamöter ett land får ha avgörs av storleken på den inhemska bilindustrin och bilmarknaden. Tävlingen är öppen för alla bilmodeller som är helt eller "väsentligt" nya. För att bli godkänd som tävlande måste bilen i fråga som ställer upp säljas i minst 5 000 exemplar per år i Europa och finnas ute på minst fem marknader per den förste december.

Tittar man igenom listan på Årets Bil-vinnare hittar man också inte bara vinnare utan också en farlig massa kalkoner. Bilar som vi så här efteråt vet att de redan då var trafikfarliga. Men hur kunde vissa av dem bli nominerade till Årets Bil är en gåta. Sanningen ligger nog hos skickliga marknadsförare hos vissa bilföretag som verkligen ansträngt sig för att ge juryn de bästa förutsättningarna för att kunna göra sin bedömning. Då kan man också fråga sig, varför har aldrig Saab eller Volvo kammat hem titeln? Kanske ville de inte vara med i den jippobetonade cirkusen – Årets Bil. Men Volvo tog faktiskt hem titeln Årets bil 2018 med sin Volvo XC40.

Bland kalkonerna och värt att notera är att NSU Ro80 blev Årets Bil 1968. Men man kan fråga sig vad som gjorde att NSU skickade ut en bild till pressen föreställande en vacker blondin med bar överkropp och texten: "Om Lady Godiva hade levt idag hade hon säkert klippt av sitt långa hår men dolt sina behag med elkabelhärvan från en Ro80". Vilken text. Undrar hur många bilar man sålde på den pressreleasen. *(se bild på föregående sida)*

Den 11 och 12 september var vi, Hasse Britth och jag på bilsalongen i Frankfurt, en salong som då var alldeles för stor och som tycktes växa år efter år. En mardröm för många av oss motorjournalister. Så också för mig.

Frankfurt Motorshow var och är vartannat år och alternerar med Paris Motorshow. Två tunga bilutställningar men då bilindustrins fokus nu börjar vändas från Europa för att istället låta Kina så smått bli dess centrum.

Vi – Hasse och jag flög inte utan körde bil till Frankfurtsalongen det året.

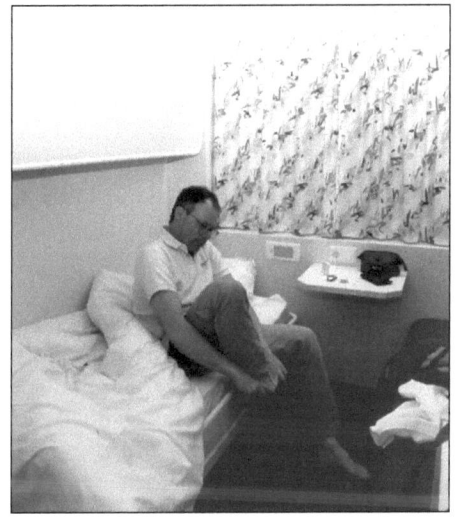

Från Stockholm till Trelleborg är det 65 mil som tar sju timmar att avverka. Sedan är det färjeöverfarten mellan Trelleborg och Travemünde som tog och tar cirka åtta timmar och därefter ytterligare 57 mil som även det tar sju timmar innan man är framme i Frankfurt. Innan kojning åt vi kvällsmat på båten och tog varsin "chaufförs-pilsner" som inte var nån chaufförs-pilsner direkt då alkoholhalten höll 5,7 procent. Starköl!

Klockan sex på morgonen rullade vi av färjan och körde mot Frankfurt och till ett litet hotell i staden Offenbach där vi bokat varsitt rum.

Dagen efter var vi på mässan.

Hängde på låset klockan vid nio. Jag samlade ihop material som en ekorre och hann också faxa hem en egen rapport om mässan till redaktionen efter lunch.

Middag på kvällen med Ford. Fint värre. Men oj, vad trött jag var när jag äntligen kom i säng vid halv ett.

Who the fuck is Alice? - 1995

Tredje dagen – den 13 september var det dags att packa ihop. Allt pressmaterial stuvades in i bilen och vi vände kylaren norrut

mot Travemünde.

Rullade ombord på färjan Nils Dacke vid 20:00 efter att vi ätit "schweinshaxe mit kartoffel und sauerkraut" (fläsklägg med potatis och surkål) på en krog inne i Travemünde.

Det gungade bra när färjan som inte ens var fylld till en fjärdedel när det gällde passagerare la ut från hamnen.

Ändå fanns det ett band som spelade i restaurangen. Det var ett band med fyra killar och en ung yppig sångerska på kanske 21 år iklädd de minsta rosa kortbyxor – eller hotpants som de också kallas jag någonsin sett. Med tanke på att fartyget eller färjan bara hade knappt en fjärdedels beläggning var det inte så många som satt nedanför scenen.

De som satt där var kanske ett tjugotal stadiga långtradar-chaffisar med varsin pilsner i handen. De satt alla precis nedanför scenen – så nära de kunde komma och åt med sina ögon fixerade upp mot den stackars tjejen som gjorde sitt yttersta för att sjunga Smokies hit Living next door to Alice då beundrarna nedanför i refrängen klämde i med "Who the fuck is Alice". Stackars tjej, tänkte jag och kojade vid midnatt.

Jag sov eller rättare sagt slumrade till 04:30. Då gungade det lite väl mycket så jag klev upp. Gick ut och satte mig i kafeterian och jobbade tills vi kom iland 07:30 i Trelleborg.

Sedan körde vi raka spåret hem – 66 mil vilket vi nådde 15:00.

7:e september -95 presenterade Opel sin Vectra i tyska Königswinter på samma hotell som Michael Schumacher hade haft sin bröllopsfest bara någon månad innan. Vecta kämpade på i 13 år innan den ersattes 2008 av Opel Insignia.

26:e september var jag i Amsterdam för att köra Nissans senaste tillskott Almera. En bil som i mitt tycke kom att vara lättmjölk. Är man i Amsterdam så är det båtar och vatten som gäller och även så då. Kvällsmat intogs på ett fartyg från 1800-talet som la ut från kaj medan vi avnjöt maten och en och annan holländsk öl.

Tufft schema och hem dagen efter för att sedan dagen därpå flyga till Paris för att se och köra den då nya Honda Civic. Den 4:e oktober var jag så i Marseille för att köra Peugeot 406.

På tio kvadrat i Tokyo - 1995

Efter detta så kom en av årets höjdpunkter – Japan och på inbjudan stod – för att ta arrangörerna i bokstavsordning Mazda, Mitsubishi, Nissan och Toyota.

Restid var satt till tio timmar och trettiosex minuter om jag kan tro min flygbiljett som jag har kvar.

Väl nere på japansk asfalt blev det buss från Narita Airport in till Tokyo – sju mil och direkt till Shinjuku Washington Hotel. Checkade in och sov en timme.

Gick sedan ut för att kolla av området. Köpte lite nötter och till det ett par öl ur en myntautomat eller "vendingmachine" som det heter och som det då fanns gott om i Japan.

Tillbaka till hotellet och mitt lilla rum som var så litet att jag knappt hade 40 centimeter runt min säng, det var allt. Jo, en toa med badkar fanns också. Resväskan som annars tog liten plats hade jag fått trycka in inunder sängen för att vinna lite utrymme.

I väntan på den gemensamma middag som vi skulle ha tog jag ett bad. Vid tidigare besök i Japan har jag gjort likadant – tagit ett bad alltså. Inte ett utan snarare ett halvt sådant. Detta låter kanske märkligt men så har det varit. Badkaren är nämligen så små – inte på längden men väl på djupet att jag inte lyckats sänka ner merparten av min kropp inunder vattenytan, detta då badvattnet hela tiden rann ut genom överfyllningsskyddet.

Men den här gången var jag beredd.

Jag hade nämligen packat ner en rulle stark packtejp så jag tejpade helt enkelt igen överfyllningsventilen och kunde därefter tappa upp mitt bad och sänka ner hela min lekamen i det varma vattnet. Mysigt.

Middagen blev en traditionell sådan vilket betyder att vi alla satt på golvet och petade i maten som knappt var död, med pinnar. Nejdå, maten var god och det här att äta med pinnar är jag ganska bra på om jag får säga det själv.

Efter maten tog jag och ett par kollegor en promenad på stan i den behagliga kvällstemperaturen som säkert var uppåt 20 grader varmt. Tokyo är riktigt imponerande på kvällen med alla sina färgglada neonljus som blinkar, rullar och rinner.

De få uteserveringar vi såg var fulla med gäster och överallt kilade folk in och ut ur butikerna. Vi hamnade på en bar som hade uteservering och tog varsin öl. När vi stod där kom en flicka ut från baren med en mugg fylld med smala pinnar. Hon ville att vi skulle dra upp varsin pinne ur muggen vilket vi gjorde. I den ände på pinnen som man inte kunde se förrän man höll upp pinnen var antingen röd- eller grönfärgad. Jag drog en pinne som var röd, vilket de flesta av mina kollegor också gjorde. Hasse C däremot fick en grön vilket gjorde att flickan rusade iväg in i baren och kom sedan ut med en liten kartong med ett ölglas från det japanska ölbryggeriet Kirin som hon gav till Hasse C.

Efter det var vi på den baren varje kväll och plockade pinnar och gick hem med japanska ölglas.

Vaknade upp utsövd vid 07:30 den 23 oktober. Den dagen var det Nissans dag att underhålla oss. Men först japansk frukost och sedan iväg i buss – med kristallkronor som japparna är så förtjusta i, till Lake Kawaguchi dit vi anlände efter ett par timmar.

Först på agendan, lunch högt uppe i ett höghus där vi hade en magnifik utsikt mot Mount Fuji. Berget är egentligen inte ett berg utan en 3 776 meter hög och aktiv vulkan. Senast den hade ett utbrott var 1707 så det är kanske dags snart...

Är det bara klart väder kan man se Fuji från Tokyo. Väl nere på marken stod ett antal Nissanbilar parkerade och för oss att prov-köra. Flera av de med intressant design – sådana som vi aldrig fått se i Sverige.

Nissan Skyline GT-R och Fairlady - 1995

Högst i kurs stod den fyrhjulsdrivna Nissan Skyline GT-R som tillverkades mellan 1969 och ända till 2002 då den ersattes av Nissan GTR.

Skyline GT-R har en rak turboladdad sexa med 276 hästar som standard men kunde vässas till betydligt fler. Ytterligare en finess

var fyrhjulsstyrning. Inte så att bakhjulen kunde svänga men de styrde så att säga med. En finess som flera japanska tillverkare hade och som idag kommer tillbaka. Bland annat har Renault detta på ett par modeller. Inte så konstigt då Nissan och Renault samarbetar.

Tekniskt sett var Nissan Skyline GT-R ett mästerverk för sin tid. Men inredningsmässigt saknade den om jag törs säga "god" design och finess vill jag minnas. Ljudet från den turboladdade sexan var fantastiskt både utanför och inne i kupén. Att sedan köra var lika fantastiskt det med – även om ratten satt på fel sida och att jag fick växla med vänster hand.

Motor och drivning reagerade så snabbt och precist som man bara kunde önska sig. Men tyvärr var det ganska mycket trafik så jag kunde aldrig känna på bilen fullt ut.

En annan läckerbit från Nissan som vi fick prova på var Nissan 300ZX som hade det fjolliga namnet Fairlady Z i Japan, vilket kanske kan översättas med schyssta tjejen.

Vid 17-tiden satt vi åter på bussen och i trafikköerna mot och i Tokyo dit vi anlände klockan nio på kvällen. Istället för att köra oss till hotellet blev vi avsläppta vid en restaurang som låg högt upp i ett höghus och på 51:a våningen. Restaurangen hade västerländsk stil med bord och stolar. Även underhållningen var västerländsk med ett självspelande piano som spelade Abba-musik medan vi åt sushi och svindyr kobebiff.

Kobebiff är till viss del en myt. Köttet kommer från nötdjur – kossor uppfödda i Hyogo-området där storstaden heter Kobe. Köttet är berömt för sin mörhet och smak, något som den fått genom att korna får dricka öl, lyssna på klassisk musik och bli masserade i timmar varje dag.

Struntprat! Snarare beror det på att kossorna inte får röra på sig så mycket och att det foder de är uppväxta på är snålt på vitamin A. Det gör att köttet blir extremt fett. Ett köttfett som smälter redan vid tjugofem graders värme. Tar man en bit fett från en kobebiff och lägger det i handen så smälter det likt en isbit. Jämför det med vanligt köttfett som smälter först vid 45 till 50 grader.

Full – inte jag inte - 1995

Som alla restauranger hade även den här restaurangen en herr- och damtoalett och utanför dess dörrar fanns en liten soffa. På den soffan låg en frodig äldre dam och snarkade.

Vad hade hänt? Somna på en restaurang?

Jo, snarare var det så att hon var full. Men det var inte hon – utan någon annan. Saken är den att om jag eller du blir full i Japan så är det inte någon av oss som blir det utan det är en ande som flugit in i den fulles kropp och orsakat det hela. Det gör att det är fritt fram att bli packad i Japan.

Dagen efter den 24 oktober var det Mazdas dag och efter en stadig amerikansk frukost som Hasse C insisterade på att vi skulle äta, blev det buss till Mazdas kontor där vi fick träffa Mazdas ledning men också ett par av Mazdas designers.

Det pratades en del om framtiden och framtida design som utmynnade i att vi blev tilldelade ritpapper och pennor. Hasse C och jag ritade ihop vår framtidsvision av hur en bil skulle se ut om tjugo år. Nu har det gått lite över tjugo år och kanske vår framtidsvision stämde.

I alla fall så skulle Mazda låta göra en modell i 1/8-dels skala vilket de också gjorde och som Hasse C köpte och fick levererad hem till Sverige ett halvår senare.

Dagen avslutades med ett besök på Tokyobaren och med det ytterligare ett ölglas till samlingen.

Dagen efter vaknade jag redan klockan sex och gjorde mig en kopp te på hotellrummet och fick lite jobb gjort. Japansk frukost på det och sedan buss ut till Tokyo Motorshow.

Klockan fyra på eftermiddagen var jag färdig med bilutställningen och hade då skickat hem ett par texter till redaktionen från pressrummet innan jag tog bussen till hotellet.

Den kvällen var både Hasse C och jag ritigt hungriga och då sugna på västerländsk mat så vi letade upp en McDonalds och där formligen vräkte vi i oss deras läckerheter. Gissa om det smakade bra.

Efter det tog vi en sväng om till "vår" bar där ännu fler kolleger samlats då ryktet hade spridits bland kollegorna som drog pinnar och på borden stod ett flertal kartonger med de fina ölglasen i.

Min första jordbävning - 1995

Den 26 oktober följde jag med bussen ut till bilmässan. Kastade i mig en god lunch hos Volkswagen. Gick sedan över till BMW där jag kunde sitta och skriva mitt reportage om Tokyo Motorshow som skulle in i nästa nummer av Premium Motor och som jag sedan faxade hem från pressrummet. Då fanns det inga mail eller sms utan det var fax som gällde.

Tillbaka till hotellet för att sortera allt pressmaterial och sedan svida om inför en buffémiddag tillsammans med 300 inbjudna gäster på Imperial Hotel där arrangören för kvällen var Toyota.

Efter aväten buffé tog vi – den svenska truppen taxi hem till vårt hotell där vi sedan tog hissen upp till 25:e våningen för att få något i baren.

När vi väl satt oss kom en ung servitris iklädd kimono fram till vårt bord och tog upp vår beställning. Efter bara ett par minuter kom hon tillbaka bärande på en bricka med det vi beställt.

Jag fick min öl, Bengt sin cola osv. När det bara var ett par glas kvar på brickan så tappade hon den varpå ett glas med likör spilldes ut över Hasses C kavaj och byxor.

Hon – servitrisen blev som tillintetgjord och började nästan gråta. Sprang ifrån vårt bord men kom lika snabbt tillbaka med ett gäng servetter och ett gäng fuktiga trasor.

Där blev hon sedan sittande en halvtimme på knä nedanför Hasse C och torkade och torkade. Till sist tyckte han att det började bli lite pinsamt och tackade för hennes omsorg.

När vi sitter där börjar plötsligt bordet vibrera, innehållet i våra glas rörde sig, lampan över bordet gungade lite lätt. Detta varade bara ett par till kanske 5 - 7 sekunder men vi alla hann känna att det var en jordbävning. De sekunderna kändes som en kvart – minst. Snacka man kände sig liten så där uppe på 25:e våningen. Det här var min första jordbävning.

Dagen efter den 27:e oktober och efter min japanska frukost träffade jag Hasse som ätit amerikansk frukost som vanligt. Frågade om han kunnat vika ihop sina brallor och kavaj efter likörattacken kvällen innan eller var de hårda och stela som av wellpapp. Hasse pekade på byxorna som han hade på sig och som inte hade en enda fläck. Samma sak med kavajen. Klart var att servitrisen hade nog haft något japanskt mirakelmedel i sina trasor.

Samma eftermiddag var vi inbjudna till den svenska ambassaden i Tokyo, något som flera av oss hoppade över, så även jag.

Istället blev det shopping till de därhemma. Köpte bland annat ett japanskt samurajsvärd, nja inte ett äkta så klart som kan kosta från 20 till 40 000 kronor. För min del fick jag ett snyggt svärd för en femhundring eller så. Ovanpå det en liten McDonalds meny till lunch.

Tillbaka till hotellet för att jobba till 17:00 då det stod taxibilar och väntade på oss som skulle ta oss till hotell Ana där vi skulle äta middag med Mitsubishis ledning men innan dess höra på ett litet anförande.

På inbjudan hade det stått "mottagning mellan 18:00 och 21:00". Det var en trevlig tillställning med god mat. Jag hade knappt hunnit torka brödsmulorna ur mungiporna med servetten då klockan var exakt 21:00 då värden reste sig och klappade i händerna och bugade vilket betydde att festen var över och i samma sekund började folk lämna lokalen. I Japan håller man på tiderna.

Fågelkvitter som guidar - 1995

Dagen efter den 28:e oktober var den sista dagen och då Toyotas dag.

Vi blev upplockade av buss som körde oss till tågstationen och därifrån med Shinkansen som tog oss till Higashi-Fuji och där Toyotas tekniska center och deras testbana.

En liten lustig sak med tågstationen var att genom allt sorl och oväsen kunde man höra fågelkvitter. Men några kvittrande småfåglar syntes inte till då fågelkvittret är inspelat och är till för att vägleda synskadade och blinda att hitta till sina tåg. Smart då det ljusa kvittrandet liksom skär genom det dova oväsendet.

Fint väder men november månad började göra sig påmint då det så här i slutet av oktober var rejält kallt. Fick köra ett par testbilar med olika nya tekniska finesser. Fick även en intressant lektion om bränslecellsbilar. Där och då fick jag en känsla av att Toyota inte kommer att ha elektricitet som sitt framtida största fokus. Snarare är det olika sorters hybrid där bensin i någon form kommer att ha en stor betydelse. Att fossila drivmedel i nya och olika former skulle ha stora utvecklingsmöjligheter var det jag fick höra men naturligtvis är deras primära fokus på bränslecell men det kommer att ta tid men det är också framtiden.

Bullettrain eller Shinkansen tillbaka till Tokyo och därifrån direkt till en japansk Teppanyaki-restaurang. Detta kan man säga är det moderna japanska köket där den visuella upplevelsen är lika viktig som smakupplevelsen. I en Teppanyaki-restaurang har varje bord en egen kock som tillagar maten framför sina gäster på en glödhet stekhäll. Vi tog plats och tittade hänförda på den skickliga kocken som med sin rakbladsvassa kniv skalade av de stora räkornas skal – medan de fortfarande levde. De sprattlade faktiskt! Chipp chopp, chipp-chopp! Snabbt blev det en lång rad av nakna räkor som sedan föstes över till den glödheta stekhällen. Skalen tog han hand om medan huvuden och ben skjutsades ner i ett slaskhål i bänken. Det fräste till under kloschen som han satt över räkorna som fick stå på värmning medan han stekte räkskalen som vi blev serverade direkt. Hade inte en aning om att man kunde göra – steka räkskal till att bli räkchips. De var utsökta. Räkorna som följde därefter var också helt fantastiska.

Ovanpå det varsin fin, mörad köttbit samt ett fång hackade och stekta grönsaker som sköljdes ner med en Kirin-öl.

När vi sedan lämnade restaurangen och tog taxi hem kände jag stekoset i mina kläder. Nåt man fick på köpet. Men gott var det – helt fantastiskt gott.

Tillbaka till hotellet för att packa inför morgondagens hemresa. Det blev en avslappnade flygresa. Jag var helt slut. Landade på Arlanda på utsatt tid men fastnade naturligtvis i tullen på grund av det japanska samurajsvärdet men fick till sist igenom det.

Nu hänger det på väggen bland alla andra för mig värdefulla souvenirer.

Bobadilla – i spanska nowhere och BMW - 1995

Var hemma i två dagar för att den 31 oktober flyga iväg till Spanien med Renault för att där köra nya Renault Mégane. Först blev det reguljärflyg till Bryssel och därifrån i egen chartrad kärra till Granada, Spanien där Mégane-bilar stod uppradade.

Delade bil med Hasse Britth från Motorföraren. Körde till vårt hotell Barceló Bobadilla där jag bodde med Gunilla inbjuden av Alfa Romeo något år tidigare. Ett häftigt ställe – "mitt ute i spanska nowhere" som vi redan sa då.

Det stället skulle kunna ha varit en herrgård en gång i tiden då hotellet och alla byggnader ger ett intryck av att vara väldigt gammalt då det mer ser ut som en liten by med en egen kyrka. Men det hela – rubbet är från 1980-talet då en rik affärsman och advokat lät bygga det som idag är ett femstjärnigt hotell och som har plats för 140 gäster.

Den kyrka som finns på området används vid bröllop som hålls där eller som konferenslokal då det är behov av en sådan. Sedan finns här en riktigt fin spa-anläggning.

Men även i soliga Spanien började den siste oktober bli höstkallt.

Knappt en vecka efter, den 7:e november satt jag åter på ett flygplan som tog mig till Frankfurt medan jag åt min frukost.

Vidare i ett privatchartrat flyg, även det från Lufthansa klockan 11:30 med destination Greenville, USA för att där köra nya BMW Z3. Själva hade vi en Z3 mellan 2015 och fram till sommaren 2022 men som då Gunilla bytte in mot en svart Porsche Cayman.

Utöver BMW Z3 som syns på bilden på nästa sida och som är tagen under filminspelningen är det Pierce Brosnan som James Bond och "Bondbruden" i filmen vår svenska Izabella Scorupco.

Vi var sjuttio motorjournalister ombord på planet som kanske tog nittio passagerare så det var inte så gott om plats speciellt

med tanke på den långa flygningen.

Jag som hade klivit upp klockan 05:00 och kört ut till Arlanda var lite trött och mosig när jag hittade en bra plats ombord på planet. Lyckades greppa en tresitsrad där jag la mig och försökte sova. Planet flög över pölen (atlanten) och då vi haft motvind hela vägen fick vi gå ner på Newfoundland för att tanka. Blev sittande där i en timme innan vi kunde flyga vidare. Jag sov.

Efter fyra timmar i luften landade vi i självaste Greenville och blev efter avstigning stående i "immigration" för koll av våra pass osv. Det gick inte fort utan det verkade snarare som att personalen i immigration var satta där för att jävlas med oss. Undrar var de hittar alla dessa otrevliga och sura personer som jobbar i säkerhets-, pass- och immigrationskontrollerna? Det gäller inte bara i USA utan i så gott som hela världen.

Min kollega Jonas Borglund från Teknikens Värld gjorde ett halvt försök att muntra upp stämningen och frågade kontrollanten om detta var "USA or is it USSR?". Jag har väl aldrig sett en person bli så sur och få så svarta ögon så snabbt som den passpolisen. Han till och med knäppte upp säkerhetsspännet till sin revolver som han hade i ett höfthölster.

Vi fick, var och en fyra olika dokument att fylla i innan vi kunde äntra bussen till vårt hotell Marriott där jag checkade in vid 19:00 lokal tid som för mig var 01:00 dagen efter.

Hann bara ställa upp väskan på rummet för att inte missa bussen som skulle ta oss till ett pressmöte i BMW's fabrik i Spartanburg.

- Välkomna, sa BMW's pressdirektör (tjusig titel eller hur) för Spartanburganläggningen och fortsatte, jag vet att ni har många flygtimmar bakom er och är trötta så jag ska fatta mig kort.

Men han malde på. Malde i 45 minuter men många av oss sov igenom den pressinformationen.

Därefter skuffades vi ombord på bussen igen som tog oss till en typisk amerikansk restaurang med ett gigantiskt kohorn hängande ovanför entrén där servitriserna hade kort-kort, revolverbälte med en förhoppningsvis leksaks puffra, cowboyhatt och stövlar.

Krogen serverades typiska amerikanska jättebiffar – T-bone steak och stora isfrostiga stånkor med genomskinlig öl. För mig var klockan 03:00 svensk morgontid så jag var varken speciellt törstig eller hungrig. Kom då på den lysande idén att istället för att få en hel ko på tallriken beställde jag bara filén. Smart drag tyckte jag själv.

In kom enliters djupfrysta ölstånkor och sedan maten. Mitt smarta drag visade sig funka men ändå var filén som en gigantisk biff. Tryckte i mig halva köttbiten och halva ölen. När lämnade jag en öl senast? Har nog aldrig hänt.

Skjuten på fläcken - 1995

Från att ha varit trött blev jag nu proppmätt och ovanpå det ännu tröttare – matkoma som är ett enklare ord för postprandiell trötthet om någon ville veta. För att inte somna vid bordet reste jag mig och gick omkring lite.

Ute i entrén stod en gigantisk amerikansk buffel – uppstoppad. Jag synade besten och såg att den bland annat hade ett stort kulhål i sidan. Helt omedvetet om vad jag gjorde stoppade jag in mitt pekfinger i hålet samtidigt som jag läste på skylten ovan "Den som rör vid buffeln blir skjuten på fläcken!" Jäklar vad snabbt fingret kom ur hålet. Och inte blev jag skjuten. Phu..!

Kom sedan i säng vid 23:30, det vill säga 05:30 hemmatid.

Vaknade härligt utsövd fastän det som alltid hade varit svårt att somna då man är i så att säga andra andningen. I Spartanburg var det lika kallt som hemma i Sverige med frost på vägarna och med bilrutor som måste skrapas. Tog ett varmt bad för att sedan äta frukost och därefter iväg till BMW's fabrik och där ta in pressinformationen och en guidad tour genom vissa delar av fabriken. Efter det stod det Z3:or i långa rader utanför för oss att provköra.

Körde nedcabbat genom ett höstfruset South Carolina. Lunch sedan på andra sidan gränsen då i North Carolina.

Körde upp i bergen i indianland. Tillbaka sedan till BMW-fabriken och lämnade ifrån mig bilen. Redan då kände jag ett lätt habegär efter en egen Z3:a vilket det kom att bli tio år senare – 2015.

Klev därefter på bussen där mitt bagage redan fanns som tog mig och kollegorna till flygplatsen där vårt plan stått och väntat sedan dagen innan då vi klev av.

Lyckades även en andra gång få en tresitsrad för mig själv som gjorde att jag kunde slumra lite under flygningen hem.

Trots motvind tillbaka till Europa landade vi tidigare än beräknat – efter 8 timmar och 40 minuter i Frankfurt och därefter två timmars flyg med SAS hem. Åh, vad jag längtade hem till Gunilla och hela familjen.

President Bill Clinton - 1995

Året 1995 avslutades med Honda Accord i slutet av november i Spanska Barcelona som hade hyfsat varmt för årstiden med 18 grader som en svensk sommardag i bästa fall.

Vi motorjournalister skulle ha bott på hotellet Juan Carlos men då USA's president Bill Clinton var på besök fick vi hålla tillgodo med hotel Ritz som jag bott tidigare då i januari med Lexus.

Körde även samma sträcka upp till klostret Montserrat som då var inhöljt i en fruktansvärd dimma men nu med Honda Accord var det strålande väder som gav oss en vidunderlig utsikt över hela Barcelona.

30:e november blev årets sista provkörning och som gick till Nice med Audi A4 Avant (kombi). Bodde på hotel Carlton ett stenkast från strandpromenaden Promenade des Anglais.

- Boston - New York. Biff, pommes och en stor stark till frukost

Efter att ha varit ledig från resor under december och över till januari -96 rullade det igång igen den femte februari med provkörning av Volvo V40 och V50 i Malaga i det soliga Spanien. Bodde på hotell Don Carlos i Marbella. Från att ha haft en solig spansk dag förbyttes solen till ösregn dag två.

Körde med Hasse Britth mot Marbella och sedan en bit nedåt mot San Pedro där den märkliga bilverkstaden ligger som servar Ferrari, Lamborghini, Bentley, Rolls och Saab (som jag skrivit tidigare om) och som nu var mer eller mindre bortbyggd då vägen hade fått en annan dragning med en ny motorväg. Istället för den lilla fina landsvägen som kanske var lite väl krokig och sliten körde vi på en motorväg som om vi följt den skulle ta oss ända ner till Gibraltar.

Efter lunch slutade det att vräka ner och den berömda, värmande spanska solen tittade fram igen.

Dagen avslutades med middag nere i Malagas hamn.

Dagen efter var det hemfärd till kalla Norden. Privatchartrat plan till Köpenhamn och där en väntan i två timmar då det var snöstorm hemma och på Arlanda flygplats som var stängd nån timme på grund av det.

Jag och Bruce Springsteen - 1996

På bilsalongen i Genève mars 1995 hade Renault presenterat sin roadster – Sport Spider.

Nästan året därpå den 19 februari -96 klev jag och en handfull kollegor, bland dem Christer Glenning – känd från TV's Trafik-magasinet som det brukade heta ombord på ett litet niositsigt plan – Westwind på Arlanda med destination Marseille.

Ett par timmar senare då planet landat fortsatte resan med buss till Franska Castellet och hotel de Fregate som jag även bodde på i oktober förra året då det var premiär för Peugeot 406. Men nu

skulle jag få köra den vassa Sport Spider på den mytomspunna racerbanan Paul Ricard. Häftigt värre tyckte jag.

Det hade varit en otroligt kall natt så det var faktiskt skönt att få kliva upp klockan sju på morgonen den 20 februari och klä på sig.

Frukost och strax därpå buss genom storm och störtregn till racerbanan Paul Ricard. Termometern visade bara sex plusgrader där vi möttes av en handfull gula Renault Sport Spiderbilar. Alla Spiders utan tak eller ens vindruta (så var det i original). Kul... men vi hade alla hjälmar men det hjälpte inte så mycket – det var svinkallt i alla fall.

Efter några varv på banan for vi iväg upp i bergen i de öppna bilarna och sedan mot flygplatsen där vårt plan som skulle ta oss till Monaco väntade.

Förväntade mig en riktig praktförkylning efter det här.

Renault Sport Spider var en mycket speciell bil. Plattformen som bilen byggde på var inte säregen på nåt sätt då den var lånad från den vanliga Renault Mégane liksom motorn som var en Renaultfyra på 150 hästar. Men speciellt var att både ram och chassi var av aluminium och som kom från norska Hydro-Aluminium.

Utanpåverket – karossen var tillverkad till största delen av glasfiber.

Totalt tillverkades det 1 640 stycken Renault Sport Spider mellan 1996 och -99.

Vi lyfte mot Monte Carlo vid fyratiden på eftermiddagen och landade sedan på Monte Carlos flygplats. Den lilla flygplatsen formligen kryllade av människor – de flesta med kameror i högsta hugg där vi passagerare från ett par olika plan stod i kö för att passera både pass- och säkerhetskontroll. Bredvid mig hade jag en liten kort snubbe med snusnäsduk knuten på huvudet. När vi båda passerade säkerhetsbågen såg jag att det var – Bruce Springsteen. Något som också kvällstidningen Expressens utsände talade om för mig efter det att kamerablixtarna hade slutat blixtra och kamerorna smattra som knatterband.

Från tumultet på flygplatsen blev vi svenska journalister skjutsade i limousiner till hotel Loews i Monaco.

Brucan tog väl bussen, kan jag tänka :o).

Hotell Loews finns inte längre då det bytt namn och heter idag Fairmont Monte Carlo. Men standarden är nog densamma då som nu (halvdant men dyrt förstås...) så jag förstår inte hur hotellet lyckats få fyra stjärnor.

Jag bodde på fjärde våningen. Så fort en välljudande motorcykel eller kanske en vass Ferrari vilket det är gott om i Monaco körde genom tunneln som går under hotellet hörde jag det upp i mitt rum. Undrar då vilket väsen det måste vara när Formel 1:orna drar igenom tunneln.

Hotellet har bland annat ett kasino. Men standarden är som sagt sådär och knappast värt 2 600 kronor som rummen kostade per natt.

När det är tävlingsdags – Formel 1 kan man från TV men också på plats från flera av hotellets balkonger se hur F1-bilarna kommer ner från Café de Paris, ner genom hårnålskurvan och sedan dyka in inunder hotellet för att köra vidare ner mot hamnområdet där stallens depåer ligger. *(se bild på nästa sida)* Under själva racet ligger ett par dykare i vattnet beredda på att rädda om någon av tävlingsbilarna skulle köra av banan och ner i plurret. Det har faktiskt hänt. Det var under Monacos GP 1965 som australiensaren Paul Hawkins körde av banan nere vid hamnen och hamnade i vattnet med och i sin Lotus Climax.

En annan kanske mer lustig incident var när Kimi Räikkönens bil började brinna och han fick bryta Monacos GP 2006. Och efter att ha ställt bilen på ett säkert ställe gick han genom tunneln under Fairmont till vad alla trodde var för att gå ner till hamnområdet och till stallets depå. Där tappade kameramannen bort honom.

Kimi gick genom tunneln men väl nere i hamnen vek han av och gick ombord på sin yacht "One More Toy" där sedan kameramannen zoomade in honom sittandes på sin yacht med en öl i handen med sina kompisar. Hur länge Kimi hade båten vet jag inte men den var till salu så sent som 2021 då med en prislapp på 12.900.000 dollar.

Att hyra ett rum med utsikt längs den del av banan där F1:orna kommer ner genom hårnålskurvan och för att sedan se dem köra in inunder hotellet på Fairmont Monte Carlo under Monacos GP är möjligt. Men då kostar just dessa rum uppåt 25 tusen kronor per dygn och det går inte att bara hyra rummet för en dag utan man måste boka rummet för minst tre dygn vilket då blir runt 75 tusen kronor. Mycket pengar men många gör det och då är det kanske ett femtiotal personer på varje balkong där var och en säkert betalt sin del i rumshyran. Plötsligt blev det inte så svidande dyrt utan kanske en lönande affär. He, he...

Biff, pommes och en stor stark, tack! - 1996

Klockan nio på morgonen dagen efter satt jag i frukostrestaurangen och tuggade lite spånplatta – müsli var det och till det en macka med Nutella och väntade på min beställda champinjonomelett. Då kom Christer Glenning in och frågade om han fick slå sig ner vid mitt bord.

- Javisst, svarade jag varpå Christer satte sig ner.

Snabbt som blixten infinner en servitör till vårt bord.

Christer tittade igenom menyn, la ner den, petade upp glasögonen och beställde,

- En biff, pommes och en stor starköl, tack.

Servitören rörde inte en min, bockade och gjorde helt om.

Fem minuter senare kom Christers frukost in som han satte i sig med stor frenesi.

Knappt en vecka därpå, siste februari var jag och Opels och GM's PR-ansvarige Håken Engström för att i spanien provköra en Opel-prototyp – Maxx. En smart liten bil med en trecylindrig motor som visserligen lät en del men den gjorde ett bra jobb. De flesta innovationer man testade i Opel Maxx kom sedan att användas i Opel Corsa som jag provkörde ett år senare på Teneriffa.

Från nassehögkvarter till lyxhotell - 1996

1989 föll Berlinmuren och sju år senare var jag där för att köra Cadillac STS tillsammans med PR-ansvarige Håkan Engström.

Efter att ha landat på den gamla slitna flygplatsen Tegel blev det buss till Schlosshotel Vier Jahreszeiten (slottshotell de fyra årstiderna). Ett otroligt fint hus eller snarare slott som uppfördes 1914 av familjen Pannwitz som där höll stora fester där bland annat kejsaren av Tyskland Kaiser Wilhelm II ofta var gäst.

Under andra världskriget hade huset en betydande roll för de styrande nazisterna även om man talar tyst om det idag. Men innan krigets slut blev byggnaden ambassad för den då nybildade staten Kroatien.

När tyskarna kapitulerade 1945 och ryssarna intog Berlin fanns det bara en boende i huset. Det var den gamla hushållerskan som då gjorde allt för att hindra ryssarna från att plundra huset på dess möbler och inredning. Tack vare hushållerskan var huset så gott som intakt då det 1951 öppnade som ett hotell.

1991 blev designern Karl Lagerfeldt kontrakterad att göra om och modernisera hotellet som sedan öppnade tre år senare -94 med den standard det har idag och med femtiofyra fantastiska individuella rum.

Berlin den 22 mars: Upp vid åtta efter en god natts sömn på hotellet. Möttes av en god frukost men ett halvbra väder.

Körde genom Berlin i Cadillacen, genom Brandenburger Tor och ut genom forna Östtyskland.

Såren var fortfarande tydliga och hade inte läkts på de gångna sju åren sedan muren föll.

Det var fortfarande en klar skillnad mellan öst och väst. I öst var allt slitet, grått och trist med vägar i ett miserabelt skick. Måste erkänna att det var skönt att till sist få köra tillbaka till väst med riktigt asfalterade vägbanor och senare till flygplatsen Tegel och få ta flyget hem.

Något jag aldrig tackade nej till var bilsalongen i Turin som de senaste åren blivit mer och mer en designmässa. Som alltid var det Fiat som stod för fiolerna och biljetter. Bodde på hotel Concorde och som alltid när det var Turin så blev det en god middag på Urbani.

Två veckor senare - den 6:e maj propsade Nissans svenska PR-ansvarige Lars Strid att jag skulle provköra den fyrhjulsdrivna Nissan Terrano II i riktigt tuffa förhållanden eller i som han sa i passande miljö. Vi var fyra personer som flög till Paris och därifrån sedan vidare till den lilla franska byn Pau som kanske inte är så liten längre med sina 83 000 invånare och som gränsar till bergskedjan Pyrenéerna.

Värt att veta är att från den franska byn Pau kom vår förste kung av Bernadotte-släkten, Karl XIV Johan. Det gör att vi svenskar enligt Pau's borgmästare har förtur att bosätta oss i Pau som har en underbar medeltemperatur runt 18 grader året runt. Kända svenskar som bott här var stjärnkocken Tore Wretman och artisten Povel Ramel.

Där... försvann den vänstra yttre backspegeln! - 1996

07:30 var det uppstigning och avfärd mot bergen där det väntade en läskig testkörning med smala bergsvägar och lodräta stup rakt ner. På vägarna som inte ens var grusvägar låg det här och var stora stenar eller stenblock om man så vill. Något jag fullständigt struntade i och utan att väja istället körde rakt över dem. Skulle kanske väja för en groda men aldrig för en sten med tanke på stupet på andra sidan bergsvägen utan det blev attack rakt på! Värre blev det då vi kom högre upp. Plötsligt vart det stopp. Framför oss gick vägen eller snarare den smala getstigen i en vid sväng eller i en kraftig bankning om man så vill.

Nissans funktionärer som var iklädda fiskebrallor eller sjöstövlar som det heter upp till armhålorna berättade att passet framför oss var fyllt med smält snö och is som blivit en enda lervälling kanske en meter djup.

- För att kunna passera måste ni ta sats och stå på gasen och bara köra igenom skiten, var budskapet.

Det gick inte att se runt hörnet så det var bara att ladda fullt och köra rakt ut i intet vilket vi också gjorde. Snacka om rock-and-roll som vi sa.

Bilen gick högt upp på passets sida och klarade det första lerhålet men där försvann också den vänstra yttre backspegeln. Därefter kom en avsats med torrmark.

Men sedan var det kört vilket gjorde att funktionärerna fick spänna bogservajrar till vår bil och dra oss genom resten av lervällingen. Nästan som körningen genom Sinaiöknen.

Fy för... ja, så kan också en dag på jobbet se ut.

Juni och juli -96 var otroligt varma med 30 grader varmt och däröver. Månaderna blev fullbokade av bland annat Peugeot som ville visa upp sin nya modelltrio – 306, 406 och 806. I Luxemburg körde jag samma månad en faceliftad Audi A3 och sedan i Italienska Florens Mercedes SLK som fått någon mindre uppdatering och till sist Fiat Marea även den i Italien.

I augusti toppade Nissan med att bjuda in en handfull europeiska motorjournalisterna att köra Nissan Primera på bland annat den legendariska Monzabanan som också bjöd på 27 graders värme.

När vi väl landat på Milanos flygplats väntade en helikopter som flaxade iväg med oss till Monzabanan där vi mjukstartade med en lunch. En början bra som vilken annan.

Här fick vi också prova på att köra en Nissan DTM-bil med sekventiell växellåda. Likt den Alfa Romeo jag tidigare körde på Varanobanan.

Pang-pang-pang, det lät som pistolskott då jag växlade. Vilken kraft, vilken energi, helt otroligt – ur en Nissan Primera – nja, något (mycket) modifierad.

Körde därefter en "vanlig" Nissan Primera till St Moritz, Schweiz, en resa på femton mil och tog in på det femstjärniga hotellet Kulm Hotel. Här var det betydligt svalare – bara tio plusgrader – utomhus alltså.

När jag vaknade på morgonen den 20 augusti och drog upp rullgardinen och kikade ut fick jag en chock – det snöade! Det hade kommit så pass mycket snö att vår väg över bergspasset var stängd och vi fick vänta i en halvtimme på att vägarna skulle plogas innan vi kunde köra över passet till Lugano och sedan åter in i Italien där temperaturen ånyo klättrade upp mot 27 plusgrader.

Chappaquiddick Island - 1996

11 september har idag en sorglig klang efter det fruktansvärda terroristattentatet 2001. Men så var det inte 1996. Snarare tvärt om.

Hasse Britth och jag träffades på Arlanda vid tio på förmiddagen.

Syftet med resan var lite udda.

Men innan dess hade Hasse och jag besökt Skoda i Prag, Tjeckien där vi fick en guidning genom den nybyggda Skodafabriken Mlada Boleslav. Prag som sådan är en fantastiskt fin stad och ett värd ett besök.

Åter till 11 september där vi skulle provköra familjefraktaren - flexbilen eller MPV'n (Multi Purpose Vehicle) Opel Sintra i USA.

Till att börja med såldes eller säljs inte Opel i USA, utan då det var GM som ägde Opel så kom ändå vissa Opelmodeller att hamna i USA men under till exempel GM's märke Saturn eller idag som Buick. Opel delade även med sig av komponenter till sin amerikanska familj. Inte bara komponenter utan även hela Opelmodeller som då Cadillac bytte ut Opelemblemet mot Cadillac och vips blev en Opel Omega till Cadillac Catera. Ett annat exempel är då Saab 9-3 bytte kostym och blev Cadillac BLS. Opel finns även i England men heter då Vauxhall eller som Holden i Australien. Kärt barn har många namn som det heter.

För det andra så hade samtliga Opel Sintra som vi körde tyska registreringsplåtar vilket nog inte undgick någon där vi for fram.

Med SAS rakt över pölen till Newark i New York eller Newark Liberty International Airport som den egentligen heter och är en av New Yorks största flygplatser av tre.

Därifrån fortsatte vi i ett litet sexsitsigt plan österut till Boston och där till ön Martha's Vineyard eller kort och gott the Vineyard där familjen Kennedy brukade hålla till på somrarna liksom andra presidentfamiljer. Förutom presidentfamiljerna Kennedy, Bush och Clintons var ön också inspelningsplats för Steven Spielbergs film Hajen där ön i filmen hade fått namnet Amity Island.

Martha's Vineyard skapade också rubriker 1969 då Ted Kennedy körde av bron Dike Bridge som sträcker sig över vattnet till den närbelägna ön Chappaquiddick Island.

Där, någonstans på bron körde han av och ner i plurret varpå hans sekreterare Mary Jo Kopechne drunknade.

På flygplatsen blev vi upplockade av en shuttlebuss i härliga 25-gradig värme och körda till hotellet som var typiska sydstats trähus med stora altaner eller verandor om man så vill.

Jag var något trött så jag drog för gardinerna och sov någon timme.

Klockan 19 samlades vi svenskar i receptionen där var och en fick en liten pennficklampa som delades ut av Håkan Engström, då PR-ansvarig för Opel/GM Sverige. Kul grej då det precis hade börjat skymma. Men då vi skulle gå ner till stranden där en båt skulle vänta var min ficklampa oumbärlig för att jag skulle kunna se var jag satte mina fötter.

Ombord på den lilla båten som tog oss till en närbelägen ö var ficklamporna ännu mer nödvändiga.

På stranden brann ett flertal brasor som ledde oss upp till ett stort vitt tält där det skulle serveras kvällsmat som började med färska ostron. Därefter fick vi följa med ut på stranden där våra värdar började gräva och kratsa ur en av brasorna och efter att ha plockat bort ett antal glödande stockarna så grävdes det någon decimeter ytterligare ner i sanden där de fick upp ett flertal paket av aluminiumfolie som de drog upp på stranden.

Då paketen vecklades upp så fanns där grönsaker som majs, morötter, ärtor och lök men också potatis och annat ätbart, allt placerat runt en gigantisk hummer i vart och ett paket. Humrarna var enorma och säkert på 2 - 3 kilo stycket. Vilken skaldjursdröm, något liknande har jag aldrig sett och kommer säkert aldrig få uppleva igen.

I hummerhimlen - 1996

Inne i tältet var det dukade bord. Öl serverades och vi fick köa till buffén. Jag tog så lite som möjligt av grönsakerna (sånt har man ju hemma..!) men när det kom till hummern var jag inte sen att ta för mig. Är du som läser skaldjursälskare så tänk dig en hummerrumpa tjock som en falukorv, nej tjockare och kanske tjugo centimeter lång. Det var alltså en hel hummerrumpa men jag kanske tog för mig - en halv... Men jisses så god. Har aldrig ätit något i den klassen. Det absolut bästa, mesta och så otroligt fantastiskt. Jag var i hummerhimlen! Att sedan ta sig tillbaka på strandpromenaden behövdes inte då vi plötsligt hade en större shuttlebuss som tog oss landsvägen till vårt hotell dit vi kom 22:30 lokal tid vilket var 04:30 i min kropp och hemma i Sverige.

Upp vid sjutiden till ett duggregn och en näringsrik amerikansk frukost (knappast light men det är däremot hummer).

Rullade ombord på färjan i våra Opelbilar. Färjan var minst sagt skabbig men tog oss över till fastlandet torrskodda på en halvtimme.

Vädret klarnade upp då vi körde i riktning mot Stockbridge och glufsade lunch ur våra medhavda kylväskor medan vi körde.

Senare på eftermiddagen nådde vi Stockbridge och checkade in på vårt hotell Red Lion Inn. Staden har sina rötter från 1739, hemstad för en av världens absolut bästa tidningsillustratör – Norman Rockwell som var i klass, nja snarare ett strå vassare än den danske illustratören Kurt Ard.

Hotellet som är en stor träbyggnad är från 1773 har en typisk altan, veranda eller porch som jänkarna säger med soffa, kanske en gungsoffa som hänger i kedjor, bord och stolar där man kunde och säkert än idag kan sitta hela dagarna och slötitta ut över trafiken och det passerande folkvimlet med en öl i handen.

Efter en liten shoppingrunda och en dusch tog vi – jag och ett par av kollegorna en promenad till stadens stolthet – brandstationen på Elm Street där vi blev mottagna av brandchefen och personal som stolt visade upp sina röda och välputsade brandbilar och all imponerande utrustning.

Därifrån blev vi sedan skjutsade i bil till restaurangen och där en genomgång av vad som skulle hända dagen efter då vi skulle styra mot New York som även kallas "the bigapple". Vaddå äpple... något jag aldrig fattat. Men att invånarna kallas New Yorkers förstår jag, det är ju logiskt. Att de sedan är över nitton miljoner invånare i själva storstadsområdet fattar jag inte heller.

Harlem, Tom Selleck och The Mark Hotel - 1996

Vaknade den 13 september till duggregn och efter frukost styrde Hasse och jag mot New York.

Spännande.

Vi stannade alla till på Old Drovers som ska ha varit ett gammalt vägstopp och matställe från långt innan amerikanska inbördes-kriget (1861 - 1865). Stället hade lågt i tak och såg ut som varit direkt hugget ur en gammal gigantisk ek. Här hade säkert Davy Crocket, Buffalo Bill och Kanada Jim stannat till för en öl och en välstekt biff – om man fick tro det som stod på baksidan på Old Drovers meny. Under lunchen berättade Håkan Engström lite om vad vi skulle mötas av i New York.

- Vill ni ha spännande bilder så stanna till och fotografera i Harlem, hö-hö.

Harlem var på den tiden ett riktigt rövarställe där allt stals.

- Åk dit och du blir garanterat rånad. Parkera i Harlem och sekunden därefter är bilen stulen. Kör inte för sakta, då snor dom kanske era navkapslar, sa Håkan.

Okej, vi tog till oss budskapet och körde igenom Harlem så snabbt det bara gick. Kollade både en och två gånger att dörrar och fönster var stängda och låsta.

Vi klarade oss. Bilen var intakt med både navkapslar och torkarblad kvar. Ingen hade kommit rusade fram och viftade med pistol, revolver eller ens en machete.

Vi körde upp mot Madison Avenue och där The Mark Hotel som är ett femstjärnigt svindyrt höghushotell som har stått där sedan 1927 och är mitt i New York. Idag kostar ett ordinärt dubbelrum där 12 000 kronor natten. Att hyra sviten högst upp kostar en nolla till per natt. De som brukar bo i sviten bor oftast inte en natt utan snarare en vecka eller till och med månadsvis.

Jag hade en trerummare och vidunderlig utsikt över New York där också då World Trade Center, de båda Twin Towers ingick i utsikten. De båda byggnaderna 110 respektive 109 våningar höga fullständigt kollapsade efter att terrorister flugit in i dem den 11 september 2001.

Efter middag och en liten promenad hittade Hasse Britth och jag en liten oansenlig bar där vi gick in för att ta en kvällsöl och summera dagen.

Bredvid oss, vid bordet bredvid satt en gäst som läste en dagstidning och drack även han en öl. Jag kände igen honom direkt. Mustaschen saknades men jag kände igen honom ändå – skådisen Tom Selleck som han heter. Jag försökte tala om för Hasse vem vi hade som bordsgranne men han bara skakade på huvudet. Till sist vände jag mig till bordsgrannen och frågade,

- Excuse me, are you the actor Tom Selleck?

Han lyfte blicken från tidningen och sa,

- Yeah, thats right, I´m Tom Selleck! Varpå han dök ner i sin tidning igen.

Dagen efter serverades det en bastant amerikansk frukost med stekt, fett bacon och travar med plättar dränkta i lönnsirap till den som ville ha.

Ut och ner mot Madison Avenue och 77:e gatan. Förvånades över den dåliga vägbeläggningen.

Trafiken var ganska gles och lugn då vi stannade vid ett trafikljus. Plötsligt bröts lugnet då en bil bokstavligt talat kom flygande över korsningen. Mitt i korsningen landar bilen med ett brak på ett avloppslock och spräcker då oljetråget varpå svart oljan sprider sig över asfalten och bilen dör direkt.

Det kändes som att vi satt och såg på en amerikansk actionfilm där vi satt vid trafikljuset och bara glodde. Bilen som i rimlighetens namn borde ha varit en jänkare var istället en Jaguar som tvärdött och ur bilen hoppade tre ungdomar med knutna snusnäsdukar på huvudet likt Bruce Springsteen. Men så var det inte. Polisen var på plats lika snabbt och tog hand om grabbarna och stuvade in dem i sina bilar. Vilda western hundra år senare skulle man kunna säga även om inte ett enda skott avlossats.

Efter lunch blev det sightseeing genom New York och besök på Ellis Island för att spana in Frihetsgudinnan som var stängd för renovering. Ja, även en staty kan behöva ett lyft. "So much for culture", som det heter. Därefter åter till hotellet för att slå ihop väskan, säga hej då till The Mark och New York och ner till den väntande limon som tog mig och kollegorna till flygplatsen.

Ombord på planet mot Sverige som lyfte vid 18 USA-tid. Längtade hem. Kanske inte så konstigt efter fyra dagar.

Sååå grinig - 1996

17:e september, var jag först i Paris för att se en ny Renaultmodell. Vilken vet jag inte än idag. Så spännande var det. Och inte blev det mer spännande då jag till middagen hamnade ensam vid ett bord med bara portugiser. Jag pratar inte portugisiska men väl engelska och "ein wenig deutsch". Portugiserna pratade varken engelska eller tyska och allra minst svenska. Middagen blev med andra ord snabbt avklarad för min del.

Dagen efter tog jag flyget till den franska staden Dijon som givit sitt namn till den starka men goda senapen. Bodde på ytterligare ett franskt slott – Chateau som det då heter och som var ganska blekt i jämförelse med ortsnamnet – Dijon. På programmet stod en provkörning av nya Jaguar XK8 både i coupéform och cabriolet vilket gjorde livet lite lättare – även om det regnade.

Träffade som så ofta då det var Jaguar kompisen Colin Cook, PR-manager för Jaguar som började prata om att gå i pension och ägna sin tid åt golf istället. Han sa att han också tänkte börja dra ner på rökningen – "tänkte", sa han och snudd på tände nästa cigg med fimpen från föregående cigg något som han alltid gjort.

Behållningen den tredagarsresan var att jag fick köra min hundkoja Mini 850. Den 7:e eller 8:e i raden som den gången var grön (almond green med gräddvitt tak) till och från Arlanda. Guuu, så grinig han blev på den där resan kanske nån säger och jag håller med.

Samarbetet med Statoil var inte friktionsfritt och inte blev det bättre då vår kontakt och kompis på marknadssidan Carl-Henric Svanberg slutade gick till konkurrenten BP och ersattes hos Statoil av en icke motormänniska. Det gjorde att det sista numret av Premium Motor kom ut i juli -96, knappt tre år efter lansering där faktiskt Carl-Henric varit en drivande kraft.

Efter det följde ett par månader av brevväxling med krav och en hel del juridiska termer. Detta då Statoil inte ville göra rätt för sig och betala oss vad de var skyldiga. Men till sist löste även det sig. Och som en liten bonus till oss själva lyckades vi sälja både titeln – Premium Motor och prenumerationsstocken till Bonniers.

Vi tappade där vår födkrok men lika snabbt hade vi där blivit upplockade av en annan – Telia. Detta var i början av internet-vågen och Telia ville vara den som "ledde tåget ut på nätet" som de sa. Projekten var många och en av de så kallade portalerna som Telia ville ha var en motorsajt som döptes till Svensk Bilweb där vi – Gunilla, Kjell och jag skulle stå för innehållet. Bilweb blev det därefter rätt och slätt som det heter idag.

Våra kontakter på Telia – Lars J och Stefan S var motorintresserade till skillnad från Statoil som vi lämnat. Vad vore bättre än att göda det intresset. Sagt och gjort. Vid ett möte föreslog vi att Lars och Stefan skulle följa med oss och besöka Parissalongen något som åtminstone Lars gick igång på.

Förste oktober besökte vi Parissalongen och när vi två dagar senare tog flyget hem still Sverige var både Lars som Stefan övertygade bilentusiaster.

Året avslutades med en körning till vackra Sardinien för att där köra Ford Ka och Ford Mondeo.

Därefter, de sista dagarna det året och i slutet av oktober bar det av till Frankrike för att köra ett par versioner av Peugeot 406. Flyg till Charles de Gulle för att ta buss till flygplatsen Le Bourget som bara används för privatflyg och där äntra ett betydligt mindre flygplan som sedan landade i Tours.

Målet var L'Abbaye de Fontevaud och där ett hotell som visade sig vara ett ombyggt kloster – Hotellerie du Prieuré St. Lazare. Idag 5 stjärnigt men lite spooky tyckte jag då.

- Le Mans 24, Riccardo Patrese, Martin Brundle, Getty och fåglarna

Men vilket fett år 1997 blev med 21 pressresor med bland annat Le Mans 24-timmars i juni på både gott och ont men som för mig blev årets absoluta höjdare. Men innan dess ett möte i april, ett möte med de båda F1-förarna Riccardo Patrese och Martin Brundle som bara två månader senare skulle köra Nissans nya R390 GT1.

Redan första veckan i februari var jag på gång och med Nissan flög jag med Alitalia till italienska Sicilien där jag körde Nissan Primera GT. På en närliggande bana fick jag också tillfälle att prova på BTCC-versionen. BTCC är en förkortning av British Touring Car Championship och är det engelska standardvagns-mästerskapet och kördes första gången 1958.

Andra standardvagnsserier eller sportvagnsserier som är större är DTM (Deutsche Touren wagen Meisterschaft) och WTCC (World Touring Car Championship).

Efter ett par varv med Primera GT i BTCC utförande tog jag den normala (gatversionen) Nissan Primera GT som dög gott och körde upp mot den aktiva vulkanen Etna. Under huven fanns en rak fyra på två liter, för övrigt samma motor som i den mer vanliga Primera 2.0 SLX men uppskrämd från 130 till 150 hästar.

Allt i omgivningen, hus, fält, trädgårdar och vägar runt Etna är täckt av svart lavasten. Hur deprimerande som helst men inte den där dagen då det snöade och det svarta blev plötsligt vitt och naturligtvis snorhalt om uttrycket tillåts. Körde vidare till staden Taormina för att stanna över på Hotel San Domenico som har en magnifik utsikt.

Slapp presskonferensen -1997

24:e februari visades Mitsubishi Galant i Barcelona som jag kom att köra med Hasse Britth. Har säkert nämnt tidigare att han hade en bakgrund som en erfaren och duktig rallyförare vilket ibland syntes igenom det lugn han alltid hade. Störst avtryck har han gjort i Tjeckien och Slovakien där han ofta varit och tävlat. Det gjorde att när vi till exempel var på någon introduktion med Skoda som håller till i Tjeckien så hälsade Skodafolket speciellt på Hasse. Han var kult om man så säger.

Testbilarna – Mitsubishi Galant hämtade vi ut direkt på flygplatsen i Barcelona.Körde därifrån till hotellet som låg i ett typiskt semesterområde vilket betydde att så gott som allt – förutom vårt hotell var stängt för säsongen. Området var så igenbommat och tråkigt så istället för att hänga på hotellet så beslutade vi oss för att köra en extraslinga i det döa området.

Hasse tog ratten och jag passade på att ta lite bilder. Jag blir lätt åksjuk om jag inte koncentrerar mig på vägen och efter att ha kollat på mina bilder i kameran – jo, jag hade en digital kamera, så jag blev då lite lätt åksjuk.

Hasse gasade på då de vägar vi körde på var grusvägar och likt rallyslingor. Jäklar vad han laddade det gamla rallyesset. Till sist fick jag säga åt honom att dämpa sig.

- Ingen fara, sa Hasse, grussträckan är snart slut och efter det blir det slät asfalt och motorväg tillbaka till hotellet.

Men precis innan slutet på grusvägen hade det hänt något otroligt. På den smala grusvägen låg ett biltransportsläp med en stor grävmaskin där hela ekipaget vält och blockerar vägen. Det skulle inte gå att ta sig förbi.

Det kan inte vara sant, tänkte jag men så var det.

Hasse fick vända och körde mycket försiktigt tillbaka längs grusvägen till hotellet.

Väl framme berättade jag för Perry Lidström – dåvarande svensk PR-ansvarig för Mitsubishi – senare för Mazda om vad som hade hänt.

- Jag måste gå och lägga mig, sa jag.

- Jo, jag ser det, du är grön i ansiktet, svarade Perry, du slipper presskonferensen. Det är faktiskt den första presskonferens jag missat under alla mina år. (Förutom de som du "sov" dig igenom, – ha ha. "Gunillas anmärkning")

Café de Paris och Genèvesalongen - 1997

Träffar man inte sina kollegor på provkörningarna så träffas man säkert på någon av årets alla bilsalonger. Parissalongen eller Mondial de l'Automobile som den heter likt Genève – Salon international de l'automobile de Genève var de två salongerna som var lagom stora, greppbara så att säga och därför populära bland oss motorjournalister. Med greppbar menar jag också att om man var effektiv kunde man dra över mässan, se det viktiga på en dag och då ta flyget hem på kvällen.

Paris var vartannat år och alternerade då med Frankfurtsalongen som blev större och större för varje gång den öppnade. Genève var däremot varje år. Under flera år hade Fiat hyrt en båt nere i hamnen dit de bjöd journalister att komma på ett glas och umgås lite utanför arbetstid. Stämningen var alltid på topp och höll på så ända in på småtimmarna. Fiatbåten som den kom att kallas blev otroligt populär. Gratis gott som det heter.

Vid ett tillfälle hade ett par kollegor - Gösta och Åke som inte tidigare besökt Genèvesalongen kommit dit och hade naturligtvis hört talas om den fantastiska Fiatbåten. Fulla av förväntan hade de tagit sig till hamnen och hittat båten som var öppen. Ombord möttes de av en lång bardisk och ovan den en skylt som annonserade att det fanns vin i baren. Bakom bardisken stod ett par uniformsklädda servitörer fullt sysselsätta med att hälla upp vin i glas som täckte hela bardisken.

De båda tittade sig omkring och kunde konstatera att de nog var först på plan så att säga. Men de försatte ingen tid utan tog varsitt glas vin. Äh, de var så små så de tog två var. Så höll de på i kanske en timme när det började komma lite folk ombord men konstigt nog inga kollegor. Det pratades engelska, tyska, franska och italienska. Men ingen svenska. Efter ytterligare någon timme eller kanske två så hade de fått smak på ett vin de tyckte var gott och gick igen fram till bardisken för att få påfyllning. När de står där så står där ett par som läppjar på ett vinglas, Sätter ned det och spottar ut vinet i en liten silverhink som också står på bardisken. Då förstår de att de kommit fel speciellt då de förstår skylten ovan baren där det stod Dégustation du vin – Vinprovning på svenska. Men det var gott och gratis fick jag höra dagen efter.

Genèvesalongen inträffade 1997 den tredje mars då Kjell och jag var på plats med vår samarbetspartner – Telia och där chefen Lars J som vi byggde upp Svensk Bilweb åt som du tidigare läst.

Drog inte över mässan på en och samma dag utan vi bodde på hotell Warwick vilket inte var någon höjdare som ingen av Genèves hotell är, utan är bara dyra och sunkiga.

När man är i och ser Genève – som är en av världens rikaste städer undrar man lite hur det egentligen står till. Jag har väl aldrig träffat på en skitigare stad än just Genève där husfasaderna som en gång varit vita men som idag är sotsvarta. Har folk ont om det – pengar alltså? Knappast, snarare tvärt om.

Men där och då hade jag under bilsalongen ett par höjdpunkter som inte gick av för hackor.

Första kvällen hade jag en inbjudan till kvällsmat eller middag om man så vill på Café de Paris vilket är ett måste om man är i Genève och som Nissan bjöd mig på.

Café de Paris är alltid fullbokat, speciellt under mässdagar och mässor är det många förutom bilsalongen varje vår. Nissan hade i alla fall bokat bord och där satt jag.

Någon direkt meny har inte restaurangen utan på Café de Paris finns bara en maträtt och det är entrecôte med pommes frites och kryddsmöret som skapades av Boubier i början av 30-talet "C´est tout", som man säger i Frankrike. Men det är den absolut bästa entrecôte som finns så det är inte så konstigt att restaurangen alltid är full. *(se bild här ovan)*

På vägen in längs den snitslade banan till mitt bord passerade jag ett bord för två. Vem sitter inte där om inte Tom Pleterski (då PR-chef för Lancia) som på sitt bullrande och charmiga sätt hälsade på mig och presenterar sitt middagssällskap, en rödhårig vacker kvinna i trettioårsåldern. Tom hade alltid ett gott öga till vackra kvinnor.

Dagen efter hade vi bestämt att trampa igenom bilsalongen där Kjell och jag samlade ihop pressmaterial – 28 kilo blev det som vi sedan släpade med oss på flyget hem.

Men innan dess hade jag fått en inbjudan att få se en ny Fiat-modell som inte fanns utställd på salongen och det ville man ju se.

Där stod vi, en hel hoper motorjournalister på något som såg ut som en fotbollsplan med höga belysningsstolpar som lyste upp planen. Showen kunde börja.

Plötsligt öppnades en stor garageport och ut kom en Fiat Siena som hade haft sin premiär året innan men som vi som stod där fick se i en modifierad form kom farande i en farlig fart. Bilen defilerade förbi framför oss i hög fart samtidigt som kamerablixtarna smattrade då bilen körde i åttor och cirklar.

Plötsligt la föraren i backen – accelererade bakåt och dammade rakt in i en av belysningsstolparna varpå bakrutan splittrades och hoppade ur.

I samma sekund insåg tydligen föraren vad som skett och petade i ettan och körde med skrikande däck in i garaget igen där porten stängdes blixtsnabbt.

End of show.

Där stod vi som fågelholkar allihopa tills vi fattade vad som hänt varpå alla började skratta. Vilket fiasko, skulle man kunna säga. Men Fiat tog det som alltid med jämnmod. Siena kom aldrig att säljas i Europa.

Ett par veckor därpå – tisdag den 25 mars möttes jag av 26 värmande grader på semesterön Teneriffa och där den trecylindriga Opel Corsa som hade sitt ursprung i konceptbilen Opel Maxx som jag körde på en testbana utanför den spanska staden Sitges, sydväst om Barcelona i slutet av februari -96.

Körde den lilla Corsan uppåt mot observatoriet och den aktiva vulkanen Teide – 3 700 meter över havet – på vilken det går bra att steka ägg bara strax under sandytan. Här kan man också köpa färskgrillad kyckling. Grillen är själva vulkanen där man grävt ner ett kanske fem meter långt rör i vilket man sänker ner ett långt grillspett med råa kycklingar som då grillas sakta till perfektion av vulkanvärmen.

Vi var alla lite undrande över att Opel valt att köra så mycket uppåt med en sån klen motor. Men ändå klarade den sig perfekt, även med lite högljutt stånk och stön från trepipen.

Från tre cylindrar, 54 hästar till V8 och 345 hästar var ett stort kliv som jag tog i början av april. Det skilde nästan 300 hästar mellan lilla Opel Corsa och den Chevrolet Corvette som jag körde i spanska Sevilla. Lika stor skillnad var priset de båda bilarna emellan då Corsan kostade lite över 93 000 mot Corvettens 566 000 kronor i cabrioletutförande eller som täckt "bara" 507 000 kronor.

Riccardo Patrese och Martin Brundle - 1997

15 april var jag åter på den franska racerbanan Paul Ricard, då

med Nissan och Le Mans-debutanten Nissan R390 GT1 som två månader senare – den 13 juni skulle stå på startgridden till årets Le Mans 24-timmars.

Jag hade flugit till Paris och sedan vidare till Marseille. Med på resan var den alltid påläste racingfantasten Lasse Strid som också var svensk PR-ansvarig för Nissan Sverige.

I Marseille fortsatte vi med taxi till vårt hotell där vi åt en tidig middag för att sedan ta oss till banan där det tränades för fullt och med full bemanning i depån.

På plats var också den alltid trevlige italienska F1-föraren Riccardo Patrese som kört 257 F1-lopp mellan 1977 och -93 och kammade hem sex segrar under dessa år.

Den andre föraren var engelsmannen – Martin Brundle som var aktiv F1-förare mellan 1984 till -96 och gjorde 165 F1-race men några segrar blev det inte.

Superbilen Nissan R390 GT1 togs fram för att tävla och naturligtvis vinna Le Mans 24-timmars race först och främst 1997 och 1998.

Bilen var designad av Ian Callum som då jobbade hos Tom Walkinshaw Racing (TWR).

Ian som är född i Skottland vann som 14-åring en designtävling hos Jaguar. Med åren hann han designa bilar åt Ford, Aston Martin men framför allt åt Jaguar. Så det var inte så konstigt att Nissan R390 GT1 hade klara drag av Jaguars supersportbil XJR-15 som Ian Callum och Tom Walkinshaw – Major Tom kallad, tog fram. Man hade till och med använt sig av samma design av cockpit – kupé som XJR-15. Även fram- och bakparti var väldigt lik Jaguars.

Vi stannade den kvällen på banan tills det började bli riktigt mörkt vid 23.

Upp vid sju och till en snabbfrukost innan vi tog shuttle bussen ut till banan där det redan var full aktivitet. På plats var som kvällen innan både Riccardo och Martin. De hade kört ett par timmar till under natten och var i stort sett nöjda med bilarna.

- Men vi vet inget om tillförlitligheten och mycket kan hända på tjugofyra timmar vilket Le Mans är, var Riccardos kommentar som la till,

- Starten går om knappt två månader.

I klassen GT som R390 GT1 tävlade i var reglerna sådana att de deltagande stallen även måste bygga en homologiserad (typgodkänd) gatversion av den bil som de skulle tävla med. Nissan började kanske baklänges med att först bygga en gatversion som kom att heta R390 och utvecklade därefter själva tävlingsbilen.

Det första som Nissans motorsportsavdelning Nismo och TWR diskuterade var valet av motor som till sist blev en mittmonterad V8 på 3.5 liter med 641 hk. Det var betydligt mer än gatversionen som hade 550 hk. Ändå hävdade Nismo att gatversionen toppade 220 miles per hour vilket är 354 km/tim som även Jaguar XJ220 (därav namnet 220) skulle toppa och som Jaguar påstod att den gjorde men som troligtvis var mer på pappret än på vägen.

Paul Getty och fåglarna - 1997

Veckan därpå var jag i ett kylslaget och kallt Rom trots att det var den 24 april. Jag var där med anledning av att jag skulle få se en prototyp eller stilstudie av den kommande nya Toyota Corolla.

Det var mycket hysch-hysch och hemlighetsmakeri ett bra tag från Toyota innan den officiella inbjudan kom. I inbjudan nämndes inget om vad jag skulle få se förutom att det rörde sig om en stilstudie av en ny Toyota i den italienska storstaden Rom. Inte heller avslöjades var någonstans i Rom den hemliga visningen skulle ske.

Bara dagarna innan avslöjades det.

Efter att ha landat på Roms flygplats blev jag och en kollega som de enda svenskar på detta event upplockade av en chaufför som körde oss till det insynsskyddade stället där vi blev insläppta innanför de höga murarna. Tänkte i stunden att hade jag kört själv skulle jag aldrig ha hittat. Vad passade då bättre än att det hela bara hölls för en liten exklusiv klick på kanske tjugo av världens motorjournalister indelade i olika grupper över en vecka. Vi var i oljemagnaten Paul Gettys Roman Villa som vetter ut mot Tyrrenska havet.

Jean Paul Getty var en av världens första dollarmiljardär och under flera år även en av de mest förmögna personer i världen. Paul Getty som köpte Roman Villa på 60-talet då han beslutat

sig för att flytta från USA till Europa. Valet av Roman Villa var för att den låg så centralt – 35 minuter från stadskärnan i Rom och 25 minuter från flygplatsen och lika långt från hamnen.

I Gettys Roman Villa samlade han på sig mängder av konst och antikviteter.

Tio år senare – på 70-talet längtade han tillbaka till USA och sålde då Roman Villa och flyttade tillbaka till USA men hade ändå kvar ett par ställen i Europa. 1976 tog det slut och han lämnade in för gott 83 år gammal i sitt eget slott Sutton Place i Surrey, England som idag ägs av en rysk miljardär.

Den som köpte Roman Villa gjorde om det till ett litet och lyxigt hotell med nitton rum och en restaurang som blivit tilldelad en Michelinstjärna.

Som de flesta rum hade även jag en fantastisk utsikt ut över Tyrrenska havet. Det var kallt och rått men hotellet eldade på ordentligt så när jag kom upp på mitt rum var det så pass varmt att jag blev tvingad att öppna fönstren för att vädra ut bastuvärmen.

Dagen efter var det strålande sol. Men under natten hade det stormat ute till havs och fortfarande på morgonen gick det höga vågor som slog in mot husets grund.

Till frukost hade jag sällskap inte bara av den svenske PR-ansvarige utan också av en kvinna från Toyotas europeiska PR-avdelning.

Hon berättade att PR-staben hade varit i Roman Villa i ett par dagar och under den tiden tagit dit små grupper med journalister likt den gruppen jag ingick i. Till en början hade de också haft samma lite konstiga väder med kyla men att hotellet då eldade på så att elementen nästan glödde. Vid ett sådant tillfälle sa hon att det hade varit bastuvärme i hennes rum varpå hon öppnat ett fönster och lät det stå öppet under natten. Den natten hade det också varit storm till havs.

Vid sextiden hade hon av någon anledning vaknat till och tittat upp och till sin fasa sett att hennes rum var fyllt med fåglar som satt på gardinstängerna, golvlamporna, tavlorna och överallt på möblerna. Stormen till havs hade skrämt in fåglarna som satt knäpptysta och bara tittade på henne. Spooky...

Maj månad var ganska lugn på resefronten för min del. Om du som läser boken tycker att jag reste mycket ska du veta att vi på redaktionen delade på resorna förutom Gunilla som utöver att hålla ordning på vår familj och höll i allt det administrativa och annat viktigt som rörde Automobil. Gunilla var också ofta med och hjälpte till under biltesterna och att hämta och lämna testbilar. Under vår, sommar och höst hade vi olika testbilar så gott som hela tiden. Att hämta och lämna en testbil inför eller efter en veckas provkörning engagerade kanske inte hela redaktionen men i alla fall två personer. Men sedan då vi provkörde så var vi alla ofta inblandade. Våra grannar, ja inte de närmaste för de visste vad vi höll på med men resten av grannskapet undrade varför det alltid, veckovis stod nya bilar – ofta tre – fyra stycken på vår garage-uppfart. Ibland bilar som ännu inte ens gick att köpa.

Två resor i maj -97 blev det i alla fall för min del. I början av maj bar det av till Italien och Turin för att köra en ny version av Fiat Punto där behållningen var att bo på Jolly Hotel som numera tydligen heter Principi di Piemonte där vistelsen toppades av middag på Urbani. Presskonferens och presentation på Lingotto innan provkörning.

I slutet av maj var jag med Volkswagen i Hamburg och körde där en ny Passat.

Le Mans 24-timmars - 1997

Fredag den 13 juni tog jag och Lasse Strid från Nissan oss med flyg till Paris och därefter tåg vidare till Le Mans som ligger 21 mil sydväst om Paris.

Le Mans 24-timmars eller 24 heures du Mans har körts sedan 1923 med undantag för åren under andra världskriget och körs på en bana som delvis består av vanlig landsväg och som när det gäller Le Mans 24 då heter Circuit de la Sarthe.

Två svenska namn kan stoltsera som segrare där och det är Stanley Dickens 1989 och sedan Stefan "Lill-Lövis" Johansson 1997 den senare samma år som jag var på plats. Men Jocke eller Jo Bonnier som han kallades? kanske någon frågar. Jo, han körde där men vann aldrig utan omkom i en fasansfull olycka på Le Mans 1972 i en vässad Lola T280 som hade en Ford modifierad

Cosworth DFV formel 1-motor.

Kockan var halv nio på söndagsmorgonen den 11 juni 1972 i den då näst snabbaste delen av Mulsanne i högfartskurva innan Idianapolis då Bonnier beslutade sig att i 290 km/tim varva en Ferrari Daytona 365. Precis innan på själva Mulsannerakan försökte Bonnier köra om Ferrarin på höger sida men träffade då skyddsräcket varpå hans bil lyfte och flög upp i luften, över skyddsräcket och in i skogen där den slog emot ett flertal träd.
Jo Bonnier dog omedelbart.
Sedan dess har flera bilar lyft och flugit upp i luften. Bland dem australiensaren Mark Webber som i en Mercedes CLR GTR den 12 juni 1999 gjorde en luftfärd under Le Mans 24-timmars.

Tillbaka till Le Mans 1997. Dagen innan race, det vill säga fredag eftermiddag och kväll var och är det ingen körning eller träningskörning utan istället "pit-lane-walk", vilket betyder att publik får promenera längs garagen och titta in på den aktivitet, förberedelser som pågår i de flesta garage. Innan på dagen hade det också varit en parad med alla teamen längs Le Mans huvudgata.

Då vi hämtat våra pressleg tog vi någon timme senare Nissans shuttle till tågstationen där Lasse förbokat en hyrbil som sedan tog oss till staden Tours cirka åtta mil bort där vi hade våra hotellrum och åt kvällsmat.

Dagen efter – lördag och racedag regnade det. Kul… Lasse och jag checkade ut och körde de åtta milen tillbaka till tågstationen för att lämna tillbaka hyrbilen och sedan ta oss till banan.

Men på väg dit stod ett helt gäng – säkert tjugo Jaguarer parkerade vid en rastplats. De var alla klassiska Jaguarer från XKSS, XK120, C-type, D-type, E-type till XJ220, alla med engelska registreringsplåtar och mörkgröna – British Racing Green som det heter.
Vem står inte där bland bilarna ivrigt blossande på en cigarett om inte Colin Cook. Jovisst, var det han. De hade alla tagit den fem mil långa kanaltunneln som invigdes 1994 och var nu på väg till Le Mans för där skulle de om någon timme köra ett uppvisningsvarv innan starten av årets Le Mans 24-timmars. Fett värre!

Behöver jag säga att det regnade också då vi lämnade tillbaka hyrbilen och tog en taxi till banan. Då och där uppstod kaoset.

Alla vägar var minst sagt igenkorkade. Bilar överallt och hysteriska franska poliser som inte visste vad de skulle göra. Ändå har de viftat trafik till Le Mans under 65 år. Eller i alla fall 65 gånger då det var ett par år – bland annat under kriget som Le Mans inte kördes.

Vi kom i alla fall till sist fram till banan och till Nissans VIP-område. Där hade man i mitten av banan byggt upp en tältstad Nissan Village som det stod på en skylt vid entrén med flera stora tält där det fanns alla tänkbara förnödenheter som matplatser, soffgrupper men också ett flertal sovrum med tältsängar för den som ville sova lite på småtimmarna. Till allas förfogande fanns också ett par shuttlebussar som pendlade mellan banan och Nissan Village. Nissan var inte den enda som hade en "gästby" utan här hade också Chrysler ett liknade arrangemang som de kallade Chrysler City och Porsche hade även de hade något liknande.

Samma dag – lördagen den 14 juni klockan 16 (normalt annars klockan 15) gick starten för årets Le Mans 24-timmarsrace – det 65:e i ordningen.

På startgridden stod tre svart- och rödlackerade Nissan R390 GT1. R390 GT1 med nummer 22 startade som nummer fyra men också som nummer två i sin egen klass med Riccardo Patrese bakom ratten. Syskonbilen 21 med Martin Brundle bakom ratten startade från 12:e startruta medan bil 23 med Erik Comas rullade igång från startplats 21.

Så gott som överallt i huvudbyggnaden fanns det högtalare som rapporterade, gav direktinformation men enbart på franska och all pressinformation var bara på franska. Så typiskt franskt...

Men som tur var hade vi journalister fått trådlösa radiomottagare i form av en hörlur ur vilken det hördes en engelskspråkig röst som kommenterade vad som hände på banan.

Jag och de som hade pressackreditering kunde besöka de flesta av de olika teamen som hade VIP-rum ovanför sina garage. Därifrån kunde man hänga ut och på säkert men ändå nära avstån följa tankningar och däckbyten. I de flesta VIP-rum serverades det snacks och i flera av dem kunde man stöta på kändisar. En "kändis" som jag stötte på var kollegan PeO Kjellström från Teknikens Värld som var där för att som jag bevaka racet.

De tre R390 GT1-bilarna var alla med i matchen ända till halva tävlingsdistansen, det vill säga då 12 timmar av racet var avklarat. Men då började problemen så gott som samtidigt för bil 21 och 22 som då bröt med havererade växellådor.

Panos och Viper som bröööölade fram - 1997

Det ösregnade hela den natten och vid tvåtiden hade jag fått nog av regn och kyla och tog shuttlebussen till Nissan Village. I normala fall – då det inte regnar på Le Mans kan man besöka det tivoli som är som en stor nöjespark med allt inklusive både mat- och öltält. Men som sagt nu ösregnade det så det var nog inte så många där. Jag gick till tält-sov-avdelningen och hittade ett tomt krypin som de andra omgivet av tältduk till väggar och där en tältsäng med madrass, täcke och kudde som jag intog och la mig tillrätta i för att sova.

Jag hann precis somna till för att bli väckt ett par minuter senare.

Så höll det på ett par timmar. De som höll mig vaken var de ljudliga Panosbilarna som formligen dånade fram i nattmörkret.

Att ha ett racingstall kostar pengar vet vi alla men varifrån kommer pengarna? I Red Bulls fall kommer pengarna till racingverksamheten från deras energidryck. Bakom raceteamet och biltillverkaren Panos fanns ett lukrativt patent på Nikotinplåstret som gjorde att Don Panos kunde både tillverka gatbilar (7 modeller) men också ha ett stundtals framgångsrikt racestall mellan 1997 och 2007.

Vart efter timmarna tickade på så fick jag sova lite längre mellan varje varv. Värst var som sagt Panos. För dem hade det gått bra till dess de fick problem under småtimmarna kanske var jag skyldig till detta då mina tankar till dem inte var de gulligaste. Det var så illa ett tag att Panosmekanikerna fick gå ut till parkeringen där de hade en standard Panos parkerad som de plockade delar från som de kunde använda.

Samtidigt gav den andra av de två Panosbilarna upp.

Vid fyratiden tror jag var det slutkört då även den andre Panosen gav upp. Efter det var det bara Viperbilarna som bröööölade fram tillsammans med ett koppel Porschar som i det närmaste viskade fram. Men även Viper gav till sist upp. Jag sov…

Vid halv sex kunde jag inte sova eller snarare slumra längre utan klev upp och tog shuttlebussen ut längs banan genom regnet som fortsatte att vräka ner till värmen i pressrummet.

Utanför, i mitten av banan där till exempel Nissan Village hade sina tält fanns också en massa entusiaster och deras bilar. Bland dem en hel hoper Porscheentusiaster. Det var tragiskt att se hur flera av deras tält stod i vatten och hur de själva plumsade fram i vattnet och lervälling.

Den tredje och sista R390 GT1 bil 23 klarade sig igenom hela tävlingen och gick i mål på söndagseftermiddagen klockan fyra på en femteplats i sin klass och "over all" på en tolfte plats. Inte alls så dumt faktiskt för att vara första året.

Av 49 startande kom bara 17 i mål.

Segrare i 1997 års 24 timmars Le Mans blev Joest Racing i Porsche med dansken Tom Kristensen bakom ratten som delade bil med Michele Alboreto och vår Stefan "Lill-Lövis" Johansson.

Innan målgång hade Lasse, PeO och jag beslutat att vi skulle lämna banan då det redan stod klart att Porsche skulle ta hem det. Hellre lämna nån timme innan än vänta till målgång och då fastna i det med all säkerhet kommande trafikkaos som skulle uppstå och sedan fastna i den proppen ett par timmar.

Sagt och gjort. Vi lämnade banan och PeO körde oss till Paris i sin hyrbil där Lasse bjöd på en god entrecôte med pommes frites innan vi alla tre tog flyget hem.

Året därpå 1998 ställde Nissan upp med fyra uppgraderade R390 GT1. Det året

kom alla fyra bilarna i mål på en tredje, femte, sjätte och en tiondeplats over all.

Men reglerna för GT-klassen i Le Mans 24 ändrades efter 1998 års race vilket gjorde att Nissan övergav sin R390 GT1 och tog istället fram en LMP prototyp – R391 till 1999 års Le Mans. Men det försöket blev kortvarigt vilket resulterade i att Nissan lämnade Le Mans. Tanken att Nissan skulle bygga en gatversion av just R391 GT1 gick även det i stöpet. Men den enda R390 GT1 som byggdes hamnade bredvid den tävlingspreparerade versionen från 1998 i Nissan Heritage Collection, Zama i Japan. *(se bild på föregående sida)*

För min egen del så kan jag stoltsera med att jag hade varit på Le Mans 24 timmars liksom att jag varit på Daytona 24 timmars - inte en utan två gånger (den andra gången kom 2016) och att jag flugit med Concorde. Ett par kanske obetydliga saker men som jag är tacksam för att jag fått göra under mitt liv. Bucket list som det visst heter.

Fallskärmshoppare, hästar och ormar - 1997

Efter att ha klarat av midsommarafton som 1997 som var den 20 juni med allt vad det innebar med midsommarstång, barn, små grodorna var det dags för den internationella pressen att se och köra den produktionsfärdiga Toyota Corolla den 25 juni i Barcelona.

En provkörning som inte berörde mig det minsta och knappt orsakade att man ens lyfte ett ögonbryn. Intressant, spännande, kul? Knappast, men absolut bra på alla sätt.

Två månader tidigare hade jag fått se den som förseriebil i Gettys berömda Roman Villa som du säkert läst här innan. Då fick jag även en intervju med den japanska designern som verkade lika entusiastisk som mitt omdöme av den nya bilen.

I augusti kallade BMW till Österrike för att köra nya BMW 323i compact. Det kom att bli årets hemskaste resa då vi körde på fruktansvärt höga höjder genom bland annat Brennerpasset. Skrev i min dagbok – "detta gör jag aldrig om". Ja, ja… men så fel jag fick… det kommer mera av den varan.

21 augusti visades Golf i sin nya och fjärde generation och som skulle tillverkas mellan åren 1997 och 2003. Golf är en bilmodell som hela tiden växt ett par centimeter i storlek vid varje generationsskifte liksom syskonmodellen Polo och den större Passat.

VW annonserade att det skulle bli en storslagen presentation vilket det också kom att bli. Platsen för festiviteterna var Köln, Tyskland.

Vi flög från Arlanda i en privatchartrad turbopropp till Köln och efter det bussning till Bonn och incheckning på Hotel Maritim.

Efter någon timme eller så blev vi åter bussade då till en gammal nedlagd fabriksbyggnad som blivit ombyggd till någon sorts kulturcentrum. Genom de stora fönstren kunde vi se att inne var det fint dukat för ett hundratal – flera hundratal personer medan vi – middagsgästerna fick stå ute på den öppna gården med en välkomstdrink i handen (jag med ett glas öl). Inte så dumt det heller.

- Jaha, vad händer nu, frågade kollegan Hasse Britth och såg mig omkring.

Jag hann inte tänka tanken klart förrän ett flygplan, kanske en DC3:a med ganska låg fart och på låg höjd flög ovan fabriksbyggnaden och släppte ut ett femtotal fallskärmshoppare som dinglade ner genom luften för att minuterna senare ta de mark på den öppna gården där vi stod. Snacka precisionshopp.

Överraskningsmomentet blev en succé varpå dörrarna öppnades och vi blev insläppta i matsalen som var lite mer än en matsal då man hade byggt upp olika scener med en ormtjuserska, i en annan en trubadur, sedan en cigarrförsäljare och en bar.

I samband med att förrätten kom in så kom också en stor vit häst in med ryttare som kryssade mellan borden. Fantastiskt. Volkswagen kan mer än bara bygga bilar :o).

Efter maten kunde jag inte låta bli utan ställde mig vid cigarrförsäljaren som inte var någon försäljare utan snarare en som bjöd oss gäster på cigarrer. Före mig i kön stod ingen mindre än Volkswagens då högste chef Ferdinand Piëch, en otroligt dynamisk person men som säkert hade stål i nyporna med tanke på vad han åstadkommit de senaste åren med företaget.

Han bjöd mig på eld till min cigarr och vi blev stående där ett par minuter och blossade så gott vi kunde. Klockan 23 var kalaset slut då den första shuttlebussen körde mot hotellet och "hit the sack" som det heter. En otroligt minnesvärd kväll.

Dagen efter var det provkörning av den nya Golfen och sedan hem till Sverige.

Chateau de Chailly och Jaguar XJ8 - 1997

Den 8 september öppnade bilsalongen i Frankfurt. Mastodontsalongen som man fasade för att besöka då den var snudd på ogreppbar och så fruktansvärt stor.

Den gången hade jag resesällskap av Bilwebs redaktion det vill säga Lars J, Stefan S och Kjell med vilka jag åt kvällsmat med.

Dagen efter travade vi alla runt på mässan men skildes på kvällen då Mercedes bjöd mig på sin årliga middagsbjudning.

Den 10 september flög Kjell, telianerna (det kallas de som jobbade på Telia) Lars och Stefan hem medan jag och ett litet gäng motorjournalister samlades på mässan och i Jaguars monter för att därifrån bli bussade till flygplatsen där ett plan väntade som tog oss till Dijon och Chateau de Chailly för middag och övernattning men också en provkörning av nya jaguar XJ8 dagen därpå.

Slottet som egentligen heter Chateau de Chailly-sur-Armançon är ett renässansslott från 1700-talet och blev efter sin renovering en av de mest populära hotellslotten i Burgundyområdet. Hotellet har 45 rum, restaurang, bar och en 18-håls golfbana.

Jag sov kungligt, vilket kanske inte var så konstigt med tanke på att jag var på ett slott. Men jag hade inte gjort det tidigare då jag bott där vid flera tillfällen vilket är ett tecken på att saker och ting faktiskt kan förändras till det bättre.

Dagen efter var det provkörning av Jaguar XJ8. En Jaguarmodell som tyvärr inte gjorde något större avtryck hos mig trots att det var en Jaguar.

Här är det tvära och snabba kast mellan bilmodellerna och veckan därpå flög jag i privatplan till Strasbourg för att köra Citroëns nya mellanklassbil Xsara.

196 veckor och 6,3 miljarder kronor (svenska) sa Citroën att det tagit och kostat att ta fram den modellen. Undrar hur bra den egentligen blev?

Månaden därpå hade Alfa Romeo sin premiär av Alfa 156 i Lissabon, Portugal.

Det blev privatcharter från Köpenhamn som vi delade med ett journalistgäng från Finland, Norge och Danmark.

Tre timmar tog flygningen till Lissabon där vi sedan blev stående en bra stund. Detta då Fiat-ledningen farit i taket för "journalisterna ska inte behöva åka i några andra bussar än de bästa som är från Fiat", hette det.

Där blev vi alltså stående i säkert en timme innan det rullade in ett knippe Fiattillverkade bussar.

Iväg till sist till hotellet och för middag. Undrar så här efteråt hur många av oss journalister som uppskattade bussbytet?

9 oktober uppstigning klockan sju och iväg i Fiatbussarna till det stora Portugisiska konferenscentret där det serverades presskonferens inför 1 022 journalister och därefter en överdådig men som alltid härlig lunch.

1 022 journalister på 50 testbilar - 1997

För att alla skulle få köra den nya Alfa 156:an som det bara fanns ett femtiotal av så blev vi alla ett tusen tjugotvå journalister uppdelade i olika grupper där vi – svenskgruppen skulle få provköra ungefär mellan klockan 15 och 17.

Precis utanför konferenscentret hade Alfafunktionärerna som höll noga koll på att man inte bytte grupp satt upp en startskylt där journalisterna för den aktuella gruppen kunde köa för att få ta en testbil. Meningen var att när man kört klart provrundan skulle man köra in på konferenscentret och lämna över bilen vid startskylten till nästa journalist.

Systemet funkade en stund, kanske en halvtimme. Men sedan började journalisterna gå ut mot infarten för att där stoppa de inkommande bilarna och köra vidare därifrån.

Sättet att få en testbil eskalerade och till sist stod det journalister ute på gatan och stoppade inkommande test-alfor. Jisses, vilken röra...

Alfa Romeo 156 designades av Walter dé Silva som med det satte igång trenden med att ha bakdörrarnas öppningshandtag halvdolt uppe i fönsterkarmen. Det gav bilen ett lite coupéliknade utseende som en coupé eller tvådörrarsbil har.

Till en början fanns 156:an med två motoralternativ: en tvåliters rak fyra med twin-spark-teknik på 103 hk eller en V6 på 190 hk. Men det skulle komma fler vassa versioner på upp till 250 hk.

Alfa 156 kom till Sverige året därpå – 1998 med en prislapp från 197.900:- och blev samma år utsedd till Årets Bil. Två år senare kom också en kombimodell – 156 Sportwagon.

Alfa Romeo bjöd sedan på middag i en flott fiskrestaurang vid hamnen till behagliga 27 grader. Dagen efter regnade det och det blev otroligt fuktigt då temperaturen + 27 grader var densamma som dagen innan.

Volvo XC AWD och Nice x 2 - 1997

22 oktober bjöd Volvo in för provkörning av Volvo AWD XC – Cross Country till Sevilla, Spanien. Efter tre olika flyg landade jag i Sevilla med 25 grader. Definitivt bättre än de minus två grader som Stockholm bjöd på.

Bodde på ett sprillans nytt och stort hotell som heter Ancona. Ställde upp väskan på rummet för att sedan dra iväg på en sju mil lång provkörningssträcka.

Dagen efter besökte vi en ranch där man födde upp tjurar till tjurfäktning och dresserade hästar till att användas vid just tjurfäktning. Kom att tänka på Disneys tecknade film Ferdinand. Dagen därefter

trettio mils provkörning med målgång i ett gammalt kloster och
där lunch och därefter en krånglig flygning hem till Arlanda men
innan dess byte av flyg i London.

Årets sista resor som totalt blev 21 stycken avslutades med
provkörning av bland annat Lexus GS300 i Nice, Frankrike den
10 november.

Veckan därpå var jag åter på samma plats – Nice då var det nya
Toyota Avensis som skulle provköras. Lite försenade kunde prov-
körningen starta och trots att jag körde ganska fort blev jag något
sen till incheckningen på Hotel Royal Riviera, i St Jean Cap Ferrat.
Ett fantastiskt hotell som jag kom att bo på igen med VW 2012
då jag träffade en liten svart gris.

Hann knappt byta om till presskonferens och middag men hann
ändå notera i min dagbok att jag hade utsikt ut över Liguriska
havet som är den del av Medelhavet och som ligger mellan den
italienska Rivieran och öarna Korsika och Elba. Liguriska havet
gränsar till länderna Italien, Frankrike och Monaco. Otroligt
vackert trots duggregn och bara fjorton grader.

1998 - Mitt Liv Bakom Ratten - kapitel 18
- Älgtestet, utfryst av Volvo - igen, mot finkan i Monaco

1998 sparkade igång redan den åttonde januari med en körning till Frankrike för att se och köra den då nya skåpet Renault Kangoo. Desto mer liv i luckan blev det ett par veckor senare även det i Frankrike. Det var med viss tvekan inte bara från min sida utan även från mina kolleger som jag tackat ja till en inbjudan från Mercedes den 22 januari att få köra älgtestet med "nya" Mercedes A-klasse.

Det var just det svenska älgtestet då man kör slalom mellan koner i en viss hastighet som gjorde att Mercedes A-klasse välte året innan i en undanväjningsmanöver som vilken bil som helst ska klara i en hastighet av 60 km/tim. Men det gjorde inte Mercedes A-klass.

Efter omkullkörningen fick A-klasse smeknamnet vältklass och inte "weltklasse" som på tyska betyder världsklass. I så gott som alla motortidningar världen över skrev man om Mercedes stora flopp och det gjordes nidteckningar på A-klasse med stödhjul och liknande. De som hade gjort omkullkörningen och fick bära hundhuvudet var just svenska motorjournalister som Mercedes ansåg bar skulden till katastrofen. Något fel på deras bil var det definitivt inte ansåg de.

Vi landade på eftermiddagen i ett soligt Montparnasse, Frankrike men med bara ett par plusgrader.

Dagen efter väntade ett par shuttlebussar som tog oss till Goodyears testbana där vi skulle få göra det svenska "älgtestet", som faktiskt Trafikmagasinets Christer Glenning introducerat en gång i tiden. Ett testform som Mercedes tekniker innan vår ankomst hade bearbetat och analyserat till punkt och pricka och som gjort att A-klassen hade fått antisladdsystem, hårdare och fastare fjädring och säkert nåt mer som man inte talade om.

Tonen var påtagligt stel och syrlig från vårt värdfolk,

- Ni ska f...n få se vad vi gjort och att vi har gjort det rätt, var det outtalade meddelandet kändes det som.

Efter utförda tester och innan vi blev skjutsade tillbaka till flygplatsen fick vi var och en ett diplom som ett kvitto på att vi och Mercedes klarat älgtestet och till det ett gosedjur – en liten älg. Så symboliskt och samtidigt så tramsigt. Inga glada miner där inte, vare sig från oss eller Mercedes.

Första dagarna i februari var jag i Paris med Citroën och Peugeot som tillsammans var de som då ingick i PSA-gruppen. Någon körning stod inte på programmet men de hade kallat till presskonferens om de nya HDi-dieselmotorerna som skulle hållas uppe i själva Eiffeltornet. Med tanke på att Eiffeltornet är 324 meter över marken så var jag och flera av mina kolleger tacksamma för att vi höll till på andra avsatsen som ligger 115 meter vilket räckte mer än väl.

Vill man inte gå de 668 trappstegen upp till andra avsatsen där jag befann mig så finns här en hiss. Högst upp till den tredje avsatsen får man inte gå i trapporna utan då är det bara hiss som gäller. Från första trappsteget och upp till toppen är det faktiskt 1665 trappsteg, men många fransmän vill mena på att det är 1792 trappsteg vilket är liktydigt med att man utropade Frankrike som en republik det året. Ja ja, de får väl tro och tycka det då även det är fel.

Napoleons sommarstuga, flickor i Saabkepsar - 1998

Den 10:e februari visade Audi upp sin A6 Avant i det underbara Biarritz, Frankrike. Biarritz ligger vid gränsen till Spanien och har Biscayabukten som närmaste granne.

Hotellet du Palais som vi bodde på byggdes från början som en sommarstuga av Napoleon III år 1855 och kom att heta Villa Eugénie efter Napoleons fru – kejsarinnan Eugénie. Något jag tidigare skrivit om.

Många kungligheter har bott här och på 1880-talet blev Biarritz en exklusiv resort för de välbeställda. Under den perioden blev också Villa Eugénie sålt och ombyggt till hotell och kasino och fick namnet Hotel de Palais.

I början av 1950 började hotellet bli lite väl slitet varpå det stängdes under ett par år då det renoverades till vad det är idag. Vilket är helt fantastiskt och snudd på överdådigt. Bilen då? Jovisst, Audi är lika med oslagbar kvalité som alltid.

Veckan därpå var jag i Rom. Då med Saab 9-3.

Bodde på det obeskrivligt intressanta hotel Villa Grazioli i Frascati som har sina rötter eller ska man kanske säga sin grund i 1700-talet. Här har det bott kardinaler och aristokrater och skäms inte för sitt förflutna då man erbjuder "spänning av att bo i en villa med historia". Troligtvis så syftar de inte på att byggnaden också har ett mörkt förflutet då Gestapo hade sitt högkvarter där under kriget.

Efter bussning till Villa Grazioli och att ha hälsat på den alltid trevlige Erik Carlsson "på taket" så tog jag plats bakom ratten på en av de uppställda Saabarna tillsammans med Hasse Britth som min co-driver.

Prostitution är ganska vanlig och accepterad i Italien. Det var och är inte så ovanligt att då man kommer ut lite på landsbygden plötsligt kan se mycket lättklädda flickor stående vid rastplatser, sittande på en tältstol med ett parasoll som solskydd eller liknande väntande på kunder.

Vi körde ut längs landsvägen och där stod flickorna. Flera av dem vinkade och på huvudet hade de kepsar – med Saabs logotype! Det var inte bara en som hade en sådan keps utan snarare hade varenda prostituerad saabkeps på sig på de rastplatser vi passerade.

På kvällen till middag frågade vi om detta med tjejerna som var iklädda Saab-kepsarna varpå Erik sken upp och svarade att det hade han fixat dagen innan.

- Jag körde runt hela teststräckan och pratade med alla flickorna som gladeligen tog emot varsin keps, sa Erik lite stolt.

Personligen tycker jag att det var en kul grej. Ett riktigt bra joke. Så tyckte alla då – 1998 men hade det hänt idag hade det blivit ett jäkla liv. Idag kan man inte skoja om något då allt blivit så mycket stelare och så mycket tråkigare. Det är knappt att jag vågade avslöja att det har hänt, här i min bok.

Dagen efter Saab-köret flög jag, Gunilla och våra bästa vänner till London för både lite semester men också för att göra lite jobb.

Bodde då på hotell Radisson Grafton med adress Tottenham Court Road som sedan dess byggts om från att ha varit ett mysigt engelskt hotell till ett modernt trist och tråkigt hotell med en neutral europeiska känsla.

Då var det ett sånt där mysigt hotell med en heltäckningsmatta i baren – nja kanske inte en heltäckningsmatta snarare kanske två, tre lager av heltäckningsmattor och därinunder ett knarrande trägolv där sedan rummet kröntes av ett flertal bylsiga, något nedsuttna engelska fåtöljer och soffor. "So British!"

Gunilla och jag såg naturligtvis på något färskt avsnitt av Emmerdale Farm – eller Hem till Gården som serien heter i Sverige och drack varsin ljummen öl och åt lite chips. So British… Kvällen avslutades med en italiensk middag och efter det en sängfösare i hotellets bar där jag satt nedsjunken till hakan i en öronlappsfåtölj. So Br...

Den 20:e februari bjöd på bra Londonväder, vilket betyder grått men det regnade inte. Än...

Tog ut stegen mot veteranbilsspecialisterna Coys of Kensington och sedan vi till en annan veteranbilsspecialist – Gregor Fisken och fotograferade ett antal bilar för kommande reportage. Bland dem en Jaguar XKSS. *(se bild här inunder)*

Eftermiddagen veks åt pubbesök och lite shopping. Då fanns det lite unikt att handla i London – idag har vi samma utbud i London och samma butiker som i Sverige.
Att det blivit tråkigare kunde vi konstatera redan då.

Mölle by the sea -1998

9 mars var jag på den svenska exotiska orten som oftast benämnts som Sveriges Riviera – Mölle i Skåne. Det var inte så ofta det var pressvisningar i Sverige utan på sin höjd ett par gånger om året. Men "Mölle by the sea", som det heter är en riktig svenskpärla och får mitt hjärta att klappa lite extra.

Syftet med att jag var där var att vi, ett litet gäng svenska motorjournalister skulle få köra då nya Chevrolet Camaro genom det vackra skånska landskapet.

Jag lämnade ett igensnöat Stockholm bakom mig som under helgen fått 30 centimeter snö. Jag som hatar snö... Flög till Ängelholm där jag mottogs med strålande väder. (Så är det i Skåne!)

Därifrån i en shuttlebuss med kollegorna till Mölle, en tur på fyra mil och tre kvart.

Bodde inte på Hotel Kullaberg men väl på det otroligt trevliga Turisthotellet i backen ovanför.

Det var nästan så att jag för min inre syn kunde se och höra Thor Modéen och John Botvid sitta och tjafsa över varsin pilsner i den lilla matsalen någon gång på tidiga 1930 - 40-talet i någon av de otaliga svartvita filmer de spelade med i. Det charmiga Turisthotellet som jag bodde på under Camaro-körningen öppnade 1903 som pensionat med arton rum. Men inget är för evigt och 2012 tog man ner skylten och anrika Turisthotellet byggdes då om till en bostadsrättsförening.

Hotel Kullaberg har funnits för mig ända sedan min barndom. Det var där som min farmor så gott som varje sommar bjöd ut mamma, pappa och oss barn - syster och bror på en söndagsmiddag. Jag åt inte så mycket (på den tiden) utan sparade en och annan köttbulle i fickan som jag sedan gav till familjens hund, skotten Mumin (den förste) då vi kom tillbaka till vårt landställe i Ängelholm. Hotel Kullaberg är det äldsta hotellet i Mölle med anor tillbaka till 1890.

Banden till Mölle går tillbaka till min pappa – arkitekten och Jaguarentusiasten som extraknäckte som musiker och spelade med sitt band där ett par år under brinnande världskrig på 1940-talet, men då på Grand Hotel som funnits sedan 1909.

Utöver den mytomspunna fyren högst upp på Kullaberg var Mölle ett syndens näste på 30 - 40-talet där män och kvinnor badade tillsammans. Visserligen iklädda ordentliga badkläder men det var syndigt ändå, ansågs det. Ryktet om Mölle och det syndiga liv som rådde där spred sig även ut i Europa då intresset för synden var stort varför det även gick direkttåg mellan Berlin och Mölle. Mölle hade då också en egen tågstation.

Fabrikör Carlsson

En som var där då var vår vän Bert Carlsson eller snarare hans far fabrikör Carlsson som hade tillbringat flera somrar i just Mölle. Men han och familjen tog inte tåget utan hade bil – en Hudson Terraplane från 1936. På vintern bodde de i Ängby i västerort utanför Stockholm. Torsdagar var bastudag för familjen Carlsson så även en torsdag i slutet av fyrtiotalet.

- Eh, pojkar, ni kan väl köra in bilen när ni bastat klart? sa fabrikör Carlsson samtidigt som han tryckte in sin stora röda näsa genom garageportsöppningen för att sedan med igenimmade glasögon hasa uppför de snö- och isiga trapporna till boningshuset.

Problemet var att det minimala garageutrymmet delades av den stora bilen och bastun där den senare var längst in i garaget. Att ta ett bastubad innebar alltså att bilen måste ut ur garaget. Och när det var färdigbastat återstod det bara för Bert och hans tre kompisar att ta på sig sina badrockar, kliva ut i vinterkylan och hoppa in i Berts pappas Hudson och köra in den i garaget.

Vanligtvis fick inte Bert och hans kompisar köra Hudsonen för ingen av de glada gossarna hade körkort. Men på den tiden, hade inte alla körkort och ofta lånade grabbarna olovandes Berts pappas bil, en operation som krävde raffinerad teknik och absolut tystnad.

Enklast var det då fabrikören inte var hemma eller då han hade affärsbekanta hemma. Då var det bara att öppna garageportarna, putta ut Hudsonen varpå siste man slängde igen dörrarna för att sedan springa ikapp den nedför backen ljudlöst rullande bilen och hoppa in. Sedan, på behörigt avstånd kunde motorn startas varpå färden gick genom Ängby mot storstadspulsen i Stockholms city.

Men det var betydligt svårare att ta sig hem.

Först måste någon springa uppför backen och öppna garage-dörrarna. Den som körde måste se till att bilens hastighet var så pass hög att motorn kunde stängas av i rätt tid och att den tunga bilen ljudlöst kunde rulla upp och in i garaget.

Ofta gick det, men ibland räckte inte farten till och då kunde man se en vilt skenande Hudson rullande baklänges och ljudlöst nedför backen för att sedan starta motorn ett kort ögonblick och sedan komma farande lika ljudlöst upp igen.

Den kvällen ansåg de fyra att de hade ett indirekt OK från fabrikören att köra den magnifika bilen varpå de beslutade sig för att ta en liten tur. På den tidens smala diagonaldäck gick färden genom ett snötäckt, iskallt Ängby, genom Judarskogen i Bromma som redan på den tiden var fridlyst område. Här fick man inte rida, än mindre åka bil och nåde den som över huvud taget ertappades med att bryta en gren. Då väntade dryga böter och kanske till och med något ännu strängare straff.

De glada gossarna hade inte haft tid att klä på sig efter bastu-badet, utan satt insvepta i filtar utanpå sina badrockar då de körde genom detta naturskyddade område när plötsligt de smala sommar-däcken tappade greppet, varpå den tunga Hudsonen brakade sid-ledes in bland träden. Det blev ingen hård islagning men ändå stod bilen inkilad mellan två träd, en gran mot nosen och en stor tall bara ett par centimeter från bakluckan. Snacka de hade haft tur.

De hoppade ur bilen insvepta i sina filtar likt fyra kokonger och inspekterade eventuella skador varpå de sprang tillbaka upp till garaget i tofflor och fladdrande badrockar för att leta fram en motorsåg som de sedan tog med sig till haveriplatsen. "Man får absolut inte ens bryta en rutten gren här!", hette det...

Efter ytterligare en stund, under ett fasligt väsen från motorsågen och knakande trädgrenar var den bastanta tallen fälld. Snön bort-skottad och bilen hade letat sig upp på vägen igen.

Kort därefter rullade Hudsonen ljudlöst in i sitt garage. Ljudlöst och för sista gången ska tilläggas.

- Ett vederværdigt brott hade visserligen begåtts men som tack och lov är preskriberat idag, avslutade Bert sin historia.

Utfryst av Volvo – för andra gången - 1998

1998 var året då Volvo kom med sin första fyrhjulsdrivna version av V70 Cross Country (V70 XC) som hade en enkel viskokoppling som automatiskt skulle koppla in drivning på bakhjulen vid behov.

Perfekt för den som till exempel drar ett hästsläp eller till den som har båt och som lätt kan sjösätta eller ta upp båten när det är så dags. Men systemet funkade inget vidare vilket vi bevisade.

Till vår hjälp hade vi en riktig fyrhjulsdriven bil – en Subaru Outback.

Testet som jag videofilmade gjorde vi i en ganska kraftig backe i Knutstorp (precis utanför motorbanan) där vi lät de båda bilarna visa vad de gick för.

Vi simulerade att vi stod i ett vattenbryn med en båttrailer på dragkroken. Båda bilarna hade med andra ord då merparten av tyngden på bakaxeln. I med växel och… När det gällde Volvon så hände ingenting. Framhjulen hade lättat något och hjulen stod bara och tuggade lite lätt och hade som sagt inte samma kontakt med underlaget som bakhjulen vilket resulterade i att bilen stod helt still.

Subarun däremot klättrade uppför backen utan någon som helst tvekan och hur lätt som helst. Även med extralast i baksätet.

Videosnutten som jag filmade finns fortfarande att se på YouTube och lättast att hitta den är att söka på "subaru outback versus volvo xc 70" och var uppe i över 380 000 visningar när jag såg den senast för ett par år sedan. Så gott som alla motortidningar världen över plagierade vår film även de svenska och kallade testet deras eget vilket är en lögn. Sammanlagt har vår video resulterat i över 2,5 miljoner visningar. Tråkigt måste jag säga är att den video jag filmade och som vi la upp på vår site Bilnytt är otroligt suddig. Något som teknikerna på Bilnytt klantat till.

Videon i perfekt skick visades på svensk TV och Aftonbladet ringde och ville publicera hela testet vilket de också fick. Men då blev det ett herrans väsen. Volvo började med att idiot-förklara oss,

- Det fattar väl vem som helst att man måste backa ner så långt att trycket blir jämnt mellan fram- och bakvagn eller ha med sig en planka i bilen och slänga inunder framhjulen om man ska göra så som dom gjort, sa den alltid så självsäkra kvinnliga kommunika-tionsdirektör Karin Larsson på Volvo. Tyvärr kan man bara konstatera att hon inte visste vad hon pratade om.

Vi replikerade – om man nu inte hade en planka med sig i bilen skulle man då backa ner tills vattnet nådde taklinjen eller?

Efter att ha muckat med Volvo blev vi inte bara kallade idioter utan helt utfrusna av dem under ett par år.

Men det var inte fösta gången vi fick smäll på fingrarna. Några år innan hade vi fått en rapport och ett testresultat där man kört en Volvo 760 på en riktigt tuff testbana där testbilen helt enkelt vek sig. Testbilen hade haft soltak i plåt så på grund av påfrestningarna gick inte takluckan att stänga. Vi skrev något i stil med att Volvo testar bananbil. Det mottogs som sagt inte väl i Göteborg varför vi redan då blev satta i skamvrån nåt år så vi hade vanan inne.

Då liksom nu – 1998 fick vi inga inbjudningar till provkörningar. Inte ens några pressreleaser fick vi. Vi var strukna från deras listor. Diktatorsfasoner sa vi.

Senare visade det sig att även polisen hade haft stora problem med fyrhjulsdrivningen i V70 XC.

Bara ett par år efter vårt avslöjande bytte Volvo den enkla viskokopplingen till den dyrare men också mer avancerade Haldexkopplingen.

När jag fjorton år senare i maj 2012 var i Italien för att provkörda den då nya Volvo V40 (se kapitel längre fram) kom jag att prata med Volvos dåvarande PR-ansvarig Bo Larsen som sa,

- Vad rätt ni hade den gången ni bevisade att V70 Cross Country inte var fyrhjulsdriven!

- Tack för den, tråkigt att Volvo inte kunde erkänna detta då det hände istället för att måla ut oss som idioter under ett par år, svarade jag. Noteras bör att på den tiden då vi gjorde avslöjandet jobbade inte Bosse hos Volvo utan var istället kompis och journalistkollega.

En strid ström av blondiner och brunetter - 1998

Efter ett par provkörningar i både Österrike (Opel Astra) och Nice (Renault Laguna) flög jag åter till Turin för att närvara vid premiären av Fiat 600.

I Köpenhamn hade vi vårt egna chartrade plan som tog oss, fyra svenskar inklusive Fabbe – PR-ansvarig för Sverige samt ett gäng journalistkollegor från Finland, till italienska Turin.

Fabrizio eller Fabbe som han kallades var en fin kompis om än kanske lite "laid-back" som många italienare kan vara och Fabbe är italienare ända ut i fingerspetsarna.

På eftermiddagen tog vi oss ut till Lingotto för att få i oss pressinformation men också höra på Fiats högste chef Giovanni Agnelli, mer känd som Gianni eller L'Avvocato (advokaten) som han också kallades.

Gianni föddes i början av 1920 och var barnbarn till Fiats grundare med samma namn – Giovanni Agnelli. Man kan säga att Gianni var född med silversked i mun och började inte jobba förrän vid femtio års ålder. Innan dess levde han livet som playboy fullt ut i bland annat New York där han på Fiats bekostnad hade en stor lägenhet.

Vanliga människor har rinnande kallt och varmt vatten. Gianni hade en strid ström av blondiner och brunetter som underhöll honom. Bland dem Jackie Kennedy och den svenska skådespelerskan Anita Ekberg som i en film sågs bada i Fontana di Trevi i Rom. Giovanni var också Italiens rikaste man i modern tid men dog 2003 81 år gammal.

Efter Agnellis tal som faktiskt blev ganska långrandigt öppnades dörrarna till matsalen och vi – säkert femhundra middagsgäster tog plats. Maten var fantastisk som alltid. Italien är Europas matkungar, anser jag. När maten ätits och serveringspersonalen dukat av borden öppnades dörrarna in till en intilliggande stor lokal.

Där serverades efterrätten – det största godisbord jag någonsin sett. Där fanns olika sorters choklad i drivor, praliner i femtielva sorter. Karameller, kola, segt godis, syrligt godis. Allt, allt allt. Jag har aldrig förr eller senare sett så mycket godis. Inte ens i den största godisaffär i något land. Det var nästan för mycket.

Fina herrar i sina svarta skräddarsydda kostymer mumsade men stoppade samtidigt på sig godis i sina fickor. En lite annorlunda syn må jag säga.

Dagen efter var det så dags för provkörning från Lingotto varför vi var på plats redan vid niotiden som alla andra. Som vid tidigare körningar blev vi alla journalister indelade i olika grupper då testbilarna inte var så många. Vår lott blev att få köra först vid klockan tre på eftermiddagen.

Vi fördrev tiden med att lyssna på ett par föredrag och därefter vankades det lunch med allt vad det innebär. Tiden sniglade sig fram.

När klockan till sist blev tre var det vår tur att köra. Men då hade inte bara den svenska gruppen utan också fler andra landsgrupper som hade inbokad körning ätit och druckit lunch lite för länge eller snarare för mycket.

Det slutade med att jag hade kollegan och kompisen Tompa glad i hatten fastspänd i säkerhetsbältet på Fiatens passagerarsäte. Tompa körde inte en meter av förståeliga skäl kan tilläggas. Men hans artikel blev suverän som alltid.

Veckan därpå var det Turinsalongen så det blev ännu ett besök i Turin. Gunilla som för en gångs skull skulle varit med blev tyvärr sjuk och stannade hemma. Dag två i Turin toppades med restaurangbesök på Urbani. Något jag verkligen hade sett fram emot att få dela med min Gunilla.

BMW Z3, MX5, Paris och Jaguar - 1998

I juni bjöd Renault oss journalister till Paris för att besöka det helt nybyggda Renaults Technocentre. Centret som kallar Renault för sitt "kompetenskluster" är i storleken som en egen liten stad med en yta på 150 hektar mark vilket är cirka 215 fotbollsplaner med fina grönområden och till det 240 000 kvadratmeter kontorsbyggnader. Ett gigantiskt ställe med andra ord. Där jobbar över tusen personer för att utveckla fordon, drivsystem och design. Allt med fokus på framtiden. Men 20 år senare framkom det att många av de anställda inte klarade av de arbetsförhållande som rådde på Technocentre utan slutade. Ett par på ett mycket tragiskt sätt.

Efter midsommar fick jag i Tyskland provköra kupéversionen av BMW Z3. En fulsnygg bil men som hade och har något visst.

Därefter duggade det tätt mellan provkörningarna under hösten: Mazda 323F och MX5 i München, Audi TT i Italien, Alfa Romeo 166 i Madrid, Honda Accord i Tyska Baden-Baden. I slutet av september var det Parissalongen och då var också Gunilla med. Utöver salongen turistade vi ett par dagar i Paris och såg bland annat Eiffeltornet, Notre-Dame och Sacré-Cœur.

I mitten av oktober var det återigen dags för Gunilla och mig att ta oss till London. Vi flög den gången mellan Arlanda och Stansted Airport som ligger fem mil norr om London.

Därefter tog vi tåget från Stansted till London vilket tog en timme och därefter taxi till Liverpool Street och där London Guards Hotel vid Lancaster Gate.

Uppstigning dagen därpå vid behagliga niotiden och efter intag av frukost iväg med tunnelbana till bilförsäljaren Straight Eight på Goldhawk Road för att kolla in ett par bilar som jag hemifrån sett var till salu i tidningen Classic Car. Straight Eight ligger där än idag och är värt ett besök för den som är bilentusiast.

Därefter blev det shopping på Queensway i Bayswater men också runt spännande Soho och som sig bör middag på den indiska restaurangen Gaylord på Mortimer Street som Gunilla och jag åt första gången vi åt indiskt i London.

Veckan därpå den 19 oktober flög jag i ett chartrat flyg från Arlanda till Birmingham för att se Jaguars nykomling S-Type en Jaguarmodell som inte har ett dugg med den Jaguar S-type som fanns mellan 1963 och -68 förutom då namnet.

Bodde på Marriot Forest of Arden i Birmingham. På kvällen middag med Jaguar på Castle Bromwich. Dagen efter bussades jag till Birmingham Motorshow där Jaguar bjöd mig och ett femtiotal journalistkollegor på lunch i sin monter.

Efter att ha trampat runt på mässan så blev det fabriksbesök hos Jaguar där jag fick se valda delar ur produktionen av nya S-Type. Men någon provkörning blev det inte utan det skulle komma senare.

Innan jag slängde mig i kast med Audi A8 i Monaco var jag ytterligare en gång i Turin för en provkörning av den faceliftade Fiat Brava/Bravo. Säkert en bra bil men det blev en gäspning för min del. Ursäkta, Fiat.

Samma omdöme ger jag till Seat Toledo som jag körde i slutet av oktober i utkanterna av Barcelona. Kommer knappt ihåg att jag ens kört bilen. Även Fiat Multipla "farmor-Anka-bilen" där man kunde sitta tre i bredd i framsätet men som inte såldes i Sverige fick sig en facelift vilket jag kollade in den 2 november i Turin.

Tro´t eller ej – men det blev middag på Urbani den kvällen. Tackar!

18:e november hade Saab bokat en del av OS-stadion i Barcelona från vilken vi provkörde Saab 9-5 kombi. Varför man bokat just OS-stadion förstår jag fortfarande inte.

Mot finkan i Monaco? - 1998

SAS via Köpenhamn för att landa i Nice och därifrån med Jonas Borglund för att köra top-of-the-line från Audi – Audi A8 till Monaco.

Vi bodde på det fantastiska men samtidigt inte så lite skrämmande hotellet Vista Palace som ligger uppfluget likt ett getingbo högt uppe och hängande utanpå berget ovanför själva Monaco. Jag ryser fortfarande bara jag tänker på det.

Hade jag öppnat ett fönster och bara från fönsterkarmen puttat ut en apelsin eller liknande som kanske vägde ett hekto hade den haft en

fallhöjd rakt ner på 330 meter och sedan – splatt i marken. Undrar då hur effekten blivit om den träffat ett biltak från den höjden och vad islagsvikten hade varit. *(se bild föregående sida)*

Har bott på samma hotell tidigare och jag måste erkänna att jag sov lika dåligt den gången.

Kom ihåg att jag skummade igenom listan på dricka och små delikatesser som fanns i minibaren. Bland chokladbitar och chips hade de också en liten förpackning med tre små kex och en minimal liten burk med rysk kaviar för nån tusenlapp eller så – om man hade råd vill säga. Jag åt inget sådant men väl frukost dagen efter.

För att komma till frukostrestaurangen så innebar det hiss ner – ännu längre ut på utsidan av berget. För att slippa se avgrunden från den glasade hissen så backade jag in i hissen och blev stående där med näsan mot hissdörren och tryckte då på knappen ner till frukostrestaurangen.

Efter aväten frukost och hissfärd upp igen tog Jonas och jag plats i en Audi A8 med våra press-id brickor från Audi hängande runt våra halsar och körde ner mot stan.

Tänkte att vi kanske skulle kunna plåta bilen runt casinot och Café de Paris där de rike håller till, en passande miljö så att säga. Så blev det. *(se bild nästa sida)*

Efter lite bök och stök hade vi ställt upp bilen lite så där elegant och började fotografera.

Efter bara ett par minuter kom en polis. "Har ni tillstånd att fotografera?", frågade han på vad jag förstod först på franska och sedan på knagglig engelska.

- Vaddå tillstånd? utbrast jag, vi är journalister och är här för att provköra och fotografera nya Audi A8.

Polisen skakade oförstående på huvudet och såg bister ut.

- Vi bor för övrigt där uppe, sa jag och pekade på vårt skräckinjagande hotell som hängde där på bergssidan samtidigt som jag visade honom min pressbadge.

Polisen tittade ointresserad på idkortet,

- Det är fotoförbud i Monaco för journalister, sa han surt på knackig engelska. Så ta hit era kameror och pass, sa han och sträckte fram handen mot Jonas.

Jonas som hade en vanlig kamera med film lämnade över kameran. Jag hade en ny digital sådan och puttade istället in den inunder bilens golvmatta.

- Stanna här, jag måste ringa stationen, sa polisen och gick till en telefonkiosk ett par steg ifrån oss.

- Jaha, vad gör vi nu? Han vill nog sy in oss i finkan, sa Jonas.

- Ingen fara, svarade jag, vi är i Monaco och jag är säker på att

de har både linnedukar och riktigt porslin även i häktet.

När vi så stod och väntade på att polismannen skulle komma tillbaka från sitt telefonsamtal kom plötsligt en snubbe förbi i en ljusblå joggingdress. Runt halsen hade han en grov guldkedja med en stor Mercedesstjärna som säkert vägde nåt kilo eller så och i ena handen höll han ett koppel som ledde till en liten nervös hund.

- Vad står på? frågade han vänligt varpå vi förklarade vårt dilemma.

- Ah, motorjournalister, sa han och berättade i nästa andetag att han hade tre Mercor. En SL som han körde till jobbet med, en C-klasse som hans hustru rattade och sedan en Merca-SUV som de hade då de körde till sommarstugan. Pengar var tydligen ingen bristvara där inte. Men så bodde han tydligen i Monaco.

Polisen kom tillbaka med raska energiska kliv.

Nu var vår pyjamasklädde vän på vår sida och började ifrågasätta polisen om vad han höll på med. Han blev till och med arg som ett bi vilket nu även den nitiske polisen blev och terriern morrade hotfullt.

Polisen vände sig till oss och gav tillbaka Jonas kamera och sa,

- Tyvärr, fanns det ingen plats på häktet i kväll så ni slipper undan – den här gången.

Vi tackade och satte oss i bilen så fort vi kunde. Då var pyjamasgubben riktigt arg liksom hans hund då han högljutt anklagade polisen för att ha varit nonchalant och ignorerat honom. Vi gjorde en rivstart och körde därifrån i all hast.

Det sista jag gjorde var att sträcka ut kameran genom bilfönstret och ta ett par bilder med min kamera - gissa det blixtrade.

- Jättekalas hos VW, Volvo C70, hej Spray

1999 gjorde jag tjugoen utlandsresor. Vintern var tuff i början av -99 och säsongen kom det året igång ganska sent med en första resa den 26:e januari med Opel Vectra till Lissabon.

Var därefter i Marseille, Frankrike med Toyota i februari. Skulle ha landat på Arlanda efter den Toyotakörningen men flygplatsen var insnöad så jag blev istället sittande fem timmar på Landvetter i Göteborg.

Därefter tre resor på raken till Frankrike, den senare i slutet av februari och där provkörning av Jaguar S-type som jag i oktober året innan hade fått se produktionen i Jaguars Birminghamfabrik. Bodde än en gång på Napoleons fantastiska Hotel de Palais i Biarritz. *(se bild här ovan)*

Hejdå Telia – hej Spray - 1999

Det kom att visa sig att Telia blev för oss väldigt tungrott och svåra att ha och göra med.

På marknaden dök det plötsligt upp ett antal internetföretag likt svampar ur marken som kom att konkurrera med Telias internetsatsning Svensk Bilweb som vi byggt upp åt dem. Telia var inte längre ledare som de tidigare hade utnämnt sig som.

En av dessa "internetsvampar" var Circus som satt i en kontorslokal, snarare ett kontorshav på Riddargatan i Stockholm.

Vi kontaktade dem och fick till ett par möten för att diskutera motormaterial på nätet.

Den stora frågan de här första åren som alla internetföretag jobbade med var att se hur man skulle kunna ta betalt av alla de som surfade.

Circus växte och vi – Gunilla, Kjell och jag blev anställda i Spray som hade bytt namn samma år till Spray och flyttade in i Statoils gamla lokaler på Nybrogatan 55 en adress som vi var väl bekanta med då vi gjorde tidningen Premium Motor åt Statoil som härskade i hela i byggnaden.

Tempot hos Spray var högt. På alla de sju våningsplanen rådde full aktivitet på såväl dagtid, kvällstid och helger. Jag skulle tippa att det som mest var 300 anställda. Tillsammans med Spray startade vi då Spray Bilnytt i vilken vi även fick en liten ägarandel.

Pengar fanns det gott om och utöver riktigt bra löner hade vi också fyra parkeringsplatser i det underjordiska garaget vilket vi nyttjade en gång i veckan då vi var på plats med inte fyra utan en bil under och bara ett par timmar för ett veckomöte. I samband med alla olika internetbolag som till exempel IconLab, Framtid-fabriken eller Framfab som det kom att heta så hörde man mer och mer det magiska ordet "riskkapitalister" och Investor var en av dem och de som stod för det mesta åt oss och Spray.

Förste mars bjöd BMW att jag skulle få provköra den för året nya 3-serien i spanska Malaga.

Jag flög till München och därifrån i en charterkärra till solvarma Malaga och sedan vidare i buss till Marbella. Fick en härlig känsla av charterresa. Trevligt!

20 grader och en stålande sol var helt underbart då jag också bodde på det flotta Marbella Club Hotel.

Dagen efter tog jag en testrunda uppåt de svindlande höjderna till Ronda för att sedan köra tillbaka ner igen och åt lunch vid hotellets pool.

På eftermiddagen flög jag tillbaka till München men då det var snökaos på Arlanda som var stängt (igen!) så fick jag sova över på Hotel Kempinski (nu bytt namn till Hilton Munich Airport) och först dagen efter – den tredje mars flyga hem. Det kändes som tre dagars transport och bara någon timmes provkörning vilket det säkert också var.

Den 9 mars var det Genèvesalongen eller "Salon international de l'automobile de Genève" som den heter på franska. En under alla år (sedan 1905) välbesökt bilsalong som under salongens mäss-dagar hade runt 250 till 300 utställare från ett trettiotal länder som visat upp kanske 900 bilmodeller inför ungefär 800 000 besökare. Under pandemin ställdes 2020 års Genèvesalong in på grund av pandemin. 2023 då pandemin var över så valde man ändå att inte ha någon bilsalong i Genève utan den flyttades 2023 till Qatar. Men 2024 gjorde bilsalongen i Genève come-back.

Som det ser ut i skrivandes stund så blir det inga flera Genève Motorshow.

Här ett axplock av godbitar, eller 16 av de 40 bilmodeller som premiärvisats på Genève under åren: Ford Model A (1926), Mercedes SSK (1929), Fiat 500 Topolino (1937), Jaguar E-type (1961), Ferrari Dino (1965), Lamborghini Miura (1966), Maserati Bora (1971), Ford Granada (1972), Ford Capri (1973), Lamborghini Countach (1973), Porsche 928 (1977), Audi quattro (1980), Bentley Mulsanne (1982), Ferrari 288 GTO (1984), Volvo 480 (1986), Porsche 911 GT3 (2007).

Kjell och jag satt på flyget 07:45 som mellanlandade i Köpenhamn innan vi landade i Genève och kunde efter en kort promenad ta oss in på årets bilsalong. Rusa runt som förgiftade råttor och samla in pressmaterial, hälsa på folk och sedan ta oss tillbaka till flygplatsen för att 22:30 stå på Arlanda. Så gör man en bilsalong på en dag.

Den 15:e mars var jag på Mallorca med Renault Mègane. Var där senast 1987 då med Ford.

Men tidigare än så då jag i början av 70-talet sällskapade med en ung och otroligt vacker flicka – Gunilla. I februari ville vi till solen och värmen – Mallorca. Då Gunilla bara var sexton år så var det bäst att fråga om lov av hennes föräldrar som gav oss sitt medgivande. Jag var väl en svärmorsdröm, kan jag tänka.

Vi var då på Mallis en vecka och bodde på ett ställe som hette Bar Ancora strax utanför Palma. Ett redan då ganska nedgånget hotell men välstädat och rent.

Men den bild jag hade haft sedan 70-talet på Mallorca kom att ritas om helt och hållet.

Mallorca hade sedan mitt besök på 70-talet blivit modernt och under flygningen med Renault till Mallis funderade jag lite om vårt gamla hotell – Bar Ancora kanske fanns kvar.

Hasse Britth som var min co-driver var inte svår att övertala att vi skulle köra in till Palma från flygplatsen då vi klivit in i vår testbil istället för den testslinga som Renault lagt upp runt vårt hotell Son Vida som ligger nordväst om Palma.

Sagt och gjort. Vi körde mot Palma. In genom stan och körde vidare norrut. Jag hade en klar vision om hur hotellets fasad såg ut och var det skulle ligga och följde kustremsan noga medan Hasse körde.

- Där är det! sa jag då jag plötsligt fick syn på det då vi körde på den fyrfiliga vägen ut ur Palma längs småbåtshamnen. Vi stannade

till och jag kunde peka
ut byggnaden utan
tvekan.

När jag och Gunilla
var där 27 år tidigare
fanns där ingen väg
över huvud taget. Där
den fyrfiliga vägen är
idag var själva hamn-
inloppet – en liten vik
in till Bar Ancora där
det låg ett par små fiskebåtar och roddbåtar. Det var allt.

Jag tog ett par bilder med min kamera med så mycket tele som
möjligt. Huset såg förfärligt ut och minst sagt rivningsfärdigt.
Men jag kände igen det och hittade det!

I mars var jag och provkörde Lexus IS200 laddad med 155 hk
för 249 000:- i Saint-Tropez – Troppan kallad av de som bor där
och knappt månaden därpå var jag i Genève för att klämma lite
på Peugeot 206 GTi med 137 hk förutom att bokstäverna GTi
kanske var lite överdrivet men att priset 136 000:- var mer ok.

Volkswagens största kalas - 1999

Den femte maj smällde Volkswagen av ett gigantiskt kalas igen
likt det man bjöd på 1997 i Köln i samband med introduktionen
av nya VW Golf. Då bjussade VW på en minst sagt fantastisk
show med fallskärmshoppare, ormtjusare och en och annan häst
som gick mellan middagsborden. Häftigt. Ja, ja du har läst det.
Men den här showen skulle inte heller gå av för hackor, snarare
tvärt om.

Föremålet för festen var nya Golf Variant, Golf med ryggsäck
som kollegorna kallade den då det var en liten kombi. I mitt tycke
kanske inte lika häftigt festföremål som då VW slog på trumman
för den då helt nya Golf -97.

Jag flög till Berlin och därifrån vidare i buss fylld med kollegor
från Sverige och andra länder till centrala Berlin. Berlin var då som
en enda gigantisk byggarbetsplats sedan muren fallit tio år tidigare
1989 och fortfarande kunde man se delar av Berlinmuren och där
muren var helt borta kunde man ändå se gasledningarna som
tidigare följt muren kanske fyra meter upp i luften och ner på
andra sidan.

Vi blev alla avsläppta utanför en skyskrapa som höll på att
byggas på Potsdamer Platz. Det skulle bli när bygget stod klart

elektronikjätten Sonys nya huvudkontor – Sony Center Berlin. Byggnaden var som sagt under konstruktion sedan fyra år tillbaka.

Vi fick alla på oss bygghjälmar på huvudet och en ölflaska i handen. Sedan skjutsades vi in i en bygghiss som tog oss upp till 22 och 23:e våningen där VW hade hyrt de två våningsplanen som var någorlunda klara.

Utsikten över Berlin var enorm. Bäst var att man tittade ner på den också nybyggda Mercedesbyggnaden och inte tvärt om, tyckte våra värdar som skrattade gott.

Efter ett kort anförande av VW-chefen Ferdinand Piëch, chef för hela VW-koncernen, han som tände min cigarr den 23 augusti 1997. Utöver det var han också dotterson till legenden Ferdinand Porsche. När Ferdinands lilla anförande var klart kunde underhållningen börja.

Vi journalister släpptes loss på de två våningsplanen som var som ett gigantiskt tivoli där det hela tiden hände något på alla håll och kanter. Det serverades mat överallt och från olika delar av världen. Hamburgare, korv, amerikanska gigantiska biffar, mexikansk tortilla, italiensk pizza, japansk sushi, kinamat. Allt, allt, allt. Serveringspersonal cyklade omkring på trehjulingar med lådor där gästerna själva kunde plocka olika sorters öl, vin eller läsk.

Men det var också en massa aktiviteter. Själv blev jag klippt av en frisör, andra stylade sig och vissa fick massage. Det bjöds också på underhållning av ett flertal jonglörer, trollkarlar, clowner osv. Det hände som sagt något hela tiden under kvällen.

Som sista överraskning kom det in ett par dragkärror fyllda med gympaskor. Var och en av oss gäster som ville fick ett par sprillans nya Adidas. Otroligt. Vad hade inte den kvällen kostat? Magiskt var det i alla fall.

Helgonets nya bil – ännu en Volvo - 1999

I maj var jag med Volvo i Rom och körde C70 cabriolet. Bodde på Hotel Villa Grazioli som jag även bodde på då jag körde Saab 9-3 året tidigare.

Det här med att – där har jag bott tidigare, där har jag kört tidigare. Jo, så blev det till sist. Många i bilindustrin använde sig av samma eventföretag som fixade allt ifrån flyg, hotell, provkörningssträckor med lunch- och fikastopp, så det var inte så konstigt att jag som då varit med ett par år – ganska många år ofta kände igen såväl hotell som provkörningssträckor. Det jag mest satte värde på var då jag hade hittat perfekta fotospotar – det vill säga ställen där jag kunde fotografera testbilen för dagen i en fin och passande miljö.

Även flygplanspersonal eller kabinpersonal som de mer riktigt heter och då flygvärdinnor, flygvärdar och stewards kom jag att känna igen liksom de som jobbade inom de olika flygplats-loungerna. "Välkommen Mr Svedenborg", var alltid trevligt att få höra då jag klev in på någon lounge, någonstans på någon europeisk flygplats.

Tillbaka till Volvo C70 cabb som jag körde i Rom och väckte då mycket uppmärksamhet där vi körde, och visst var den snygg. C70 var i grunden en mångsidig tvådörrars kupé, cabriolet med en tygsufflett och kom senare med plåttak.

Storyn bakom C70 är lite kul då det hela började 1995 med att Volvo tillsammans med Tom Walkinshaw Racing bildade bolaget Autonova i det nedlagda Uddevallaverket.

Året därpå -96 rullade de första exemplaren av C70 av bandet. Nej, riktigt så var det inte. Fabriken – Autonova hade nämligen inget löpande band. Där jobbade man istället i grupper eller team. Det betydde att samma team byggde sina bilar från scratch till helt färdig bil. Volvo C70 blev med andra ord tillverkad med mer hantverk än andra bilmodeller. *(se bild här inunder)*

C70 premiärvisades samma år på Paris Motorshow 1996 och lanserades sedan i Europa året därpå.

C70 fick även den en roll i TV-serien Helgonet med Val Kilmer i rollen som den nya Simon Templar. Tidigare var det Roger Moore som var TV-seriens hjälte med sin P1800. Utöver dessa har det sedan gjorts en och annan one-off av the Saint.

Designen av C70 gjordes av engelsmannen Peter Horbury som var med i teamet runt Volvo 480 ES, därefter S40 och V40, S80 och slutligen C30.

Designen av C70 generation ett förblev i stort sett oförändrad under de nio år den var aktuell. Men innan dess slutade man tillverka kupé-versionen år -02 men cabrioleten fick leva vidare ytterligare tre år.

2002 kom det grus i maskineriet vilket resulterade i att när det blev dags att ta fram generation två av C70 så backade Volvos samarbetspartner TWR ur projektet. Volvo tog då in Pininfarina som partner och som tillverkade C70 generation två med det tredelade plåttaket.

På Parissalongen 2005 visade Volvo och Pininfarina upp C70 cabriolet men samarbetet med Pininfarina blev inte speciellt långvarigt varpå Volvo 2011 beslutade sig för att lägga ner produktionen av C70 vilket också skedde den 25:e juni 2013. Orsaken till nedläggningen var produktionssvårigheter men också att C70 hade svårt att konkurrera med de tyska cabbarna.

Totalt sett tillverkades Volvo C70 i 76 809 exemplar varav 27 014 kupéer och 49 795 cabrioleter.

Pininfarina som både designat och byggt bilar åt bilmärken som Alfa Romeo, Ferrari, Fiat, Lancia, Peugeot och Cadillac, den senare först med Cadillac Eldorado i slutet av 50-talet och sedan också Cadillac Allanté *(se tidigare kapitel)* kom efter åren med Volvo C70 att ha ett par svåra år och bara två år efter skilsmässan från Volvo gick luften ur det italienska designhuset som då la ner sin bilproduktion. Samma år såldes återstoden av det en gång så stolta Pininfarina till indiska Mahindra Group.

Audi TT cabriolet - 1999

Det blev en handfull resor även under sommaren -99 för att den nionde augusti flyga med Audi till Gubbio, Italien.
Titta där, enligt dagboken var jag bara ett år tidigare i Gubbio och körde den tuffa Audi TT coupé.

Åter till augusti -99 där Audi då presenterade sin TT i cabrioletutförande på samma ställe – Gubbio, norr om Rom. En klar konkurrent till Volvo C70 som du nyss läst om men i TT's fall bara tvåsitsig men med två små så kallade nödsäten bak men ändå betydligt sportigare. Även om den idag i mina ögon ser ut som en tvålkopp. Men designen håller än idag. Enligt min mening ska en cabriolet vara bara två-sitsig. Punkt slut!

Enda nackdelen med valet var platsen – Gubbio var att förbindelserna till den italienska orten som ligger vid staden Perugia är snudd på obefintliga. Men visst, man kan flyga till Rom och sedan köra de tjugo milen till Gubbio men det tar över tre timmar då det är mycket små och krokiga vägar. Kul om man hade fått hämta testbilarna vid flygplatsen då det inte var någon höjdare att kuska runt i en taxi eller buss.

Som tidigare blev lösningen ett privatchartrat flygplan från Bromma flygplats.

Sex timmar senare hade planet guppat och hoppat klart och vi tog mark på Umbriens flygplats där en hoper nedcabbade TT väntade på den lilla flygplatsen. Då vi körde iväg var asfalten som klister under däcken då det var 36 grader i luften och säkert ett par – säkert fem grader ytterligare i vägbanan.

Bodde på hotel Ai Cappuccini. Dagen efter var det provkörning men också flyg tillbaka i det lilla skumpiga planet till Bromma.

Efter ytterligare åtta resor och provkörningar med bland annat Renault i Paris där vi besökte en hästranch som födde upp och tränade stunt- och filmhästar. Opel visade sin sista version av Omega i München som skulle tillverkas till 2003 då modellen ersattes av Vectra.

Därefter två vändor till Italien. Först till Florens med Mitsubishi Pinin som var en robust liten rackare och var en något krympt Pajero och som hade fyrhjulsdrivning. Design..? Pininfarina som namnet antyder. En bilmodell man minns? Därefter bara dagarna därpå repris på Italien då till Rom för att köra Toyota Celica. Kul bil på många sätt men ingen raket något som däremot Celica som rallybil var. Däremellan tre hektiska dagar då jag besökte Frankfurtsalongen. Hälsade på ett flertal kontaktpersoner, knöt nya kontakter, hälsade på kollegor, samlade pressmaterial som sedan kom att resultera i ett par artiklar.

Innan året stängde blev det en sista resa i mitten av november till Faro i Portugal för att där köra nya Skoda Fabia som hade fått en lite sportig look. Säkert en bra bil men ganska ointressant och som inte etsat sig fast i mitt minne eller knappt gett upphov till så många textrader av mig. Då var flygningen desto intressantare. Vi var femton personer i ett sprillans nytt, en månad gammal Boeing 737 med plats för 145. Men det kändes samtidigt lite som att vi var försökskaniner innan planet skulle sättas in i reguljärtrafik efter vår flygning. Gott om plats alltså. Bodde på Sheraton Algarve och köpte med lite julgodis från taxfree hem.

- Marrakech, Bizzarini, på 3 hjul genom öknen

Hej då, 1900-talet och välkommen 2000 där jag kommer att tugga bland mina 20 utlandsresor om exotiska varma platser som Jordanien, Marrakech men också dess kyliga motsatser som Ivalo och Jokkmokk.

Sista dagen i januari klev jag ombord på Finnair och flög österut till Helsingfors och därifrån vidare till Ivalo. Ivalo ligger i Finska Lappland och snudd på så långt upp man kan komma. En sträcka som det skulle tagit tolv timmar och 111 mil att köra från Helsingfors eller ännu värre från Stockholm 143 mil och då 18 timmar non-stop. Nej tack, så kul är det nog inte, speciellt inte i vinterväglag.

I januari oh till mars månad kan man i Ivalo på sena kvällar ibland få se norrsken. Något som vi i Norden är ganska vana vid men som söder över eller i Asien betraktas som något väldigt exotiskt och till och med magiskt och trolskt.

Kylan slog verkligen emot mig då jag klev av flyget och gick raskt över och in i flygterminalen där vi journalister snabbt slussades ut på andra sidan till en väntande buss som tog oss genom snölandskapet till Nokians vintertestbana som låg och säkert fortfarande ligger mitt ute i ingenstans, så fråga inte var. Snacka jag längtade hem.

Som så många däckföretag har Nokian testbanor och testcenter för såväl sommar som vinterdäck i bland annat Ivalo. När det gäller vinterdäck så är det lite enklare då man kan använda sig av de frusna sjöarna som ger naturliga testbanor.

Bilarna vi körde var hyrbilar och som hade skotts med Nokians senaste vinterdäck avsedda för Europa – dubbade men även dubb-fria. Vi fick köra på olika banor som var preparerade på olika sätt. Blankis, ruggade isbanor, banor med packad snö och när det gick, banor med snöslask.

Vi testade väghållning, acceleration, bromsförmåga, slalom-körning och undanväjning – som man kanske kan likna vid ett älgtestet. På en testslinga hade Nokians funktionärer riggat upp en älg av tyg som de kunde få att hoppa fram framför den passerande bilen då de ryckte i ett snöre. Avancerat? Kanske inte men verkligen effektivt.

Där låg vi och nötte däck och is till klockan åtta på kvällen då det var mer än kolsvart ute.

Det var ingen bra idé att hoppa ur bilen för utomhus var det under femton minus så det var bäst att sitta kvar i bilen eller byta bil för att prova en bil med andra däck.

Göra "det" under norrskenets ljus - 2000

Dagen efter till frukost var vi motorjournalister inte ensamma i frukostrestaurangen.

Snarare var vi i minoritet. Merparten av frukostgästerna var japaner. Klädda i rosa och ljusblåa pyjamasliknande one-piece-dressar och flipp-flopp-tofflor.

- Vad är detta? frågade jag, är vi i Japan eller?

Nä, vi var i Norrskenets land, och norrsken är magiskt tycker japaner. Skulle ett barn bli till under ett norrsken ger det barnet evigt lycka enligt japansk sägen. Därav alla dessa unga japaner som trängdes vid frukostbuffén. De var uppe tidigt men upptagna på kvällar och nätter.

Vid ett tillfälle i Ivalo pratade jag med en person som var hund-förare till ett hundspann som man kan hyra på flera av hotellen där. Hon berättade att hon en kväll för en tid sedan hade en bokning för två par som ville åka hundspann på kvällen. Hon körde sin vanliga slinga och rätt som det var när hon kom ut ur ett skogs-parti så uppenbarade sig norrskenet på himmelen varpå hon stannade till så hennes passagerare skulle kunna få se norrskenet ordentligt. När hon så vände sig om i släden för att prata med sina passa-gerare var släden tom. De båda paren hade då slängt av sig sina renfällar och sprungit in i skogspartiet för att göra "det" under norrskenets ljus.

Det här med det magiska norrskenet håller i sig än idag. Så bli inte förvånad om du får köa med en massa japaner vid frukost-buffén alla i flipp-flopp och ser ut som seriefiguren Hello Kitty.

Från minus tjugo grader i norr flög jag söderöver till Marrakech som ligger i Marocko, Nordafrika. Temperaturskillnaden blev nästan 45 grader, från minus 20 till plus 24 grader. Dagens övning var att köra Renault Scénic RX4. En tuffare Scénic med lite plastbeklädda trösklar – kosmetika som vi säger men ändå med fyrhjulsdrivning var vad som erbjöds och till det en tvåliters fyrcylindrig motor på 140 hk vilket var 45 hk mer än i den klenaste Scénic. Inte bara det utan den var också 70 tusen kronor dyrare då det stod 220.000 på prislappen. Undrar än idag om det var värt de extra pengarna.

Först SAS till Köpenhamn och därifrån i ett specialchartrat flyg från Marocko Air Royal till Marrakech. Det var ett stort flygplan, säkert för 150 personer som vi 45 personer fick dela på och där vi då kunde flytta runt lite som man ville. Vissa ville sova och kunde ta en hel rad för sig själv i lugn och ro medan andra ville sitta läsa och jobba.

I planet fanns också en förstaklassavdelning, märkligt nog i planets mitt från låt säga rad nio till rad femton. Där var det tjocka och pösiga fåtöljer och där gick det bra att röka om så önskades. De enda som rökte och satt i dessa fåtöljer var ungefär fem personer från flygbolaget i fråga som följde med som någon sorts ballast eller vad de hade där att göra.

När vi landat tog vi klivet ut ur planet och in i våra testbilar och körde enligt anvisningarna i road-booken till hotellet som var ett fantastiskt ställe.

Efter att ha hämtat andan samlades vi alla för att följa med på en guidad tur till Djemaa el-Fna med dess basarer i medinakvarteren eller gamla stan som det betyder. Allt som taget ur sagan Tusen och en natt. *(se bild i början av detta kapitel)*

På torget höll man på att fixa och göra iordning med långbord där man senare skulle äta och festa när solen gått ner.

Trots den tidiga timmen kryllade torget av folk och gycklare. Ett flertal ormtjusare visade upp sina färdigheter med sina ormar och andra hade på sig någon sorts stickade mössor med meterlånga tofsar som de svingade runt, runt som någon sorts snurra. De verkade i alla fall helt galna av sitt snurrande.

Det röktes överallt, bland annat vattenpipa och här och var gick försäljare med kaffe och te som de sålde från stora mässingsflaskor som de hade fastspända på sina ryggar likt ryggsäckar.

I medinakvarteren och på torget kunde man också köpa mat. Allt möjligt men ofta något som liknade piroger med nån sorts fyllning. Kommer inte ihåg om varorna hade någon datumstämpling med bäst-före-datum-märkning men jag betvivlar det.

Eller vad sägs om nyhuggna fårskallar, eller kanske bara fårögon, stora som hönsägg eller fårtestiklar? Mums – eller?

Innan det blev för mycket folk på torget blev vi hemskjutsade till vårt egna palats mitt inne i stan som hade flera meter höga murar där ingen varken kunde se eller ta sig in dit. Där hade vi en bastant dörr i muren som bara vi eller de som bodde och jobbade i palatset tog sig in eller ut genom.

Vårt palats var en lugn och tyst oas mitt inne i medinan då det utanför murarna rådde ett ständigt sorl av människoröster och djurläten. Ett evigt väsen dygnet runt. Men innanför murarna infann sig för mig ett hörbart lugn.

I mitten av vårt palats fanns en liten trädgård med träd och buskar och runt det tre – fyra hus i två våningar.

På kvällen samlades vi alla med då PR-ansvarige för Renault Sverige – Benoît Passard, en fransman ut i fingerspetsarna som är lika stor bilentusiast som fransman. Fullt ut alltså. Vi satt alla samlade i husets stora gemensamma vardagsrum med husens eller snarare palatsets ägare – en fransman även han som berättade att han själv bara bodde där under vinterhalvåret för att komma bort från det regntrista och kalla Paris. Då hade han också lite uthyrning av ett par av palatsets kanske tio rum. Smart affärsidé då det inte kostade en förmögenhet för oss européer att göra en investering här. Hur det är idag med den saken har jag inte en susning om.

Jag hade ett rum, eller snarare en husdel i två våningar där nedervåningen hade ett ojämt klinkerlagt golv, en kokvrå med matplats, en liten soffgrupp och WC med dusch. Själva sovrummet låg en trappa upp.

Natten var kall men jag sov ändå hyfsat trots alla minaretutroparna som var det enda som ljud som trängde in i vårt palats.

Sandfylld bil och kamera - 2000

Vaknade för egen maskin vi sjutiden. Kokade mig en kopp te som jag tog med mig upp och ut på takterrassen som bjöd på en fantastisk utsikt över själva medinan och dess gränder, skogen av TV-antenner och paraboler men också den uppgående solen som sträckte ut sina värmande strålar längre och längre vartefter minuterna gick och den steg upp.

Efter en gemensam frukost tågade vi alla ut genom den lilla men bastanta dörren i muren och ut i gränden till medinan. Lika snabbt blev vi i gränden eskorterade av ett par lokala poliser förbi den folkmassa som samlades längs vår väg till den shuttlebuss som tog oss ut ur byn och till våra väntande testbilar Scénic RX4 där vi som vanligt körde två och två.

Vi körde igenom den snustorra öknen. Vissa av oss visade sig vara mer ambitiösa än andra. Att vara ambitiös är bra men det får inte gå till överdrift vilket det gjorde den där dagen. En kollega – Alrik ville ta ett par medåkarbilder. Planen, hans plan var att han skulle ta plats i bagageutrymmet på sin testbil och därifrån med öppen baklucka fotografera bilarna bakom. Okej!?
Okej..! Vi körde iväg. Sanden dammade och virvlade något otroligt.
Bara ett par meter framför med öppen baklucka fotograferade Alrik för glatta livet.
Efter fem minuters körning stannade vi och han hoppade ur bilen.
Jag kikade in i den tidigare rena och fina Scénicen som nu var full med sand. Det var sand överallt. Även framtill där den som kört var alldeles gul av sand liksom instrumentpanel, säten, innertak – allt, allt var täckt av fin sand. Så också den något överambitiöse kollegan. Även hans en gång – för fem minuters sedan fina kamera var täckt av gul sand. När han vred på objektivets skärpeinställning så knakade och sprakade det om den. Jo, hela kameran var fylld med sand. Förstörd – köp nytt! Men han var inte speciellt smart...

Vi fortsatte vidare genom öknen, träffade inte på en enda kotte förrän vi kom till en liten by som omgavs av en hög mur. Det verkade som om hela byn samlats för att titta på veckans, kanske månadens händelse – oss, att få se en massa nya Renault-bilar köra förbi.
Jäklar vilket sandmoln vi drog upp då vi for förbi. Jag kunde inte ens se de vinkande barnen i backspegeln. Så rörande men samtidigt så tragiskt då jag känner den stora klyftan mellan hur vi som har allt i Europa och de som inte har någonting – enligt vårt tankesätt. Men de är kanske lyckligare än vi – vad vet jag.

Efter ett mellanspel i Rom för att köra ytterligare en version av Nissan Almera vilket tråkigt nog var en gäspning laddade jag för Peugeot 607 vilket jag körde den sjätte mars 2000 i Aqaba, Jordanien.
Inbjudan gällde att få köra Peugeots nya stora flaggskepp 607. Peugeot ville med 607 nå lyxkunder – de som körde Mercedes, Jaguar och prestigemärkena Audi och BMW.
Flög med Royal Jordan Air från Köpenhamn till Aqaba. Checkade in på Radisson Aqaba i Jordanien.

Dagen efter var det inget strålande väder men ändå hyfsat sommarvarmt efter svenska mått.
Teststräckan gick mot Döda Havet där den som ville kunde ta sig ett dopp i det otroligt salta vattnet där man flyter som en kork

vare sig man vill eller inte på grund av saltet i vattnet. Så att dränka kollegan som var från Vi Bilägare var inte att tänka på. Det fick vänta till ett bättre tillfälle :o).

Vissa delar av teststräckan var spikrak och asfalterad vilket gjorde att jag kunde komma upp i nästan 200 km/tim.

Men stundtals betedde sig bilen lite lustigt eller snarare konstigt då vi tyckte att den kastade lite lätt med bakvagnen. Precis som att bakvagnen letade spår eller som om den hade haft två olika däck med olika däckmönster på bakaxeln eller ännu värre att bilen var skev. Det vill säga att fram och bakhjul inte var exakt linje med varandra. Så kan det ofta vara efter en krock då att bilar kan bli ramsneda som det heter.

När jag kom tillbaka till hotellet på kvällen pratade jag med min irländske kollega och vän Donal Byrne som hade samma uppfattning. Han berättade att hans engelska kollegor även de haft samma åsikt och känsla. Klart var att det var något konstigt med bilen – det var vi överens om.

På tre hjul genom öknen - 2000

Dagen efter frukost tog jag en liten promenad runt hotellet och hamnade bakom hotellet där garage och varuinfart var. Här höll de som tvättade och servade testbilarna till.

På en liten avskärmad plats stod ett par bilar – kanske fem stycken delvis övertäckta med presenningar. Nyfiken gick jag dit lyfte på flera av presenningarna och såg att inunder stod det demolerade och krockade Peugeot 607:or. "Wow, vad har hänt här", var min första tanke.

Jag pratade sedan med Donal om detta innan presskonferensen började.

Vi var sannerligen inte de enda som uppmärksammat det konstiga hos 607:an vilket kom fram på presskonferensen. Peugeot surade märkbart till på oss och skyllde på däcken och att de bilar vi kört var förseriebilar plus en handfull ursäkter därtill.

Frågan som jag ställde mig då och än idag – varför lät man världens motorjournalister testa en bil som inte är riktigt klar.

Dagen efter flög jag hem och skrev min artikel efter att ha pratat än en gång med Donal som var lika brydd som jag.

När jag publicerade min test blev rubriken "På tre hjul i en öken" dröjde det inte länge förrän Peugeots då nya svenska PR-ansvarige hörde av sig. Jag kan säga så mycket som att det inte blev nån trevlig konversation. Men det skulle visa sig längre fram att jag hade rätt.

Dagarna efter kom samma avslöjande i flera TV-kanaler. Även Teknikens Värld uppmärksammade detta – efter att vi publicerat det. Ha!

Vi var än en gång först och före den stora draken.

I mars presenterades den lilla Suzuki R+ som hade kommit redan 1993 i Japan men till oss i Europa 2000 – alltså sju år senare och hade då en tvilling i Opel Agilia.

Vi var i Monaco och bodde än en gång på Fairmont Monte Carlo. Det är där vägen går inunder hotellet i en tunnel ner till hamnen och när F1-bilarna kör hörs det genom hela hotellet... ja ja, du har läst det tidigare.

Innan vi skulle flyga hem dagen efter den upphetsande prov-körningen... satt jag utanför hotellets entré för att vänta på kollegor och den svenske PR-ansvarige.

Medan jag satt där kom och gick det hotellgäster. Vid ett tillfälle svängde det in en Porsche 911 Turbo. Ut klev en ung vacker blondin och från förarplatsen en vithårig äldre herre. Portiern som varit snabb att öppna bilens båda dörrar och tog också flinkt ut parets medhavda bagage ur bagageutrymmet fram. I samma veva tar den vithårige föraren fram inte en sedel utan en liten rulle sedlar, om än tunn men som hamnade sekunden därefter i portierns ficka.

Dricka blod och hoppa över en ren - 2000

1995 var jag hos Mercedes i Sindelfingen och gjorde reportaget från plåtrulle till färdigbil. *(se tidigare kapitel)* 20:e mars 2000 var jag där igen då för premiären av Mercedes C-klasse.

Sindelfingen är Mercedes äldsta fabrik – från 1915 och syssel-sätter över 25 000 personer. En gigantiskt stor bilfabrik.

Trevligare, nja... men det blev det att veckan därpå den 27:e mars besöka Jokkmokk trots snö, is och kyla.

Inbjudningen gällde att köra vinterdäcket Gislaved Nordfrost 3. Gislaved är inte ett svenskt däck om någon fortfarande tror det. Det hela startade visserligen 1895 och då som Svenska Gummi-fabriks AB och tillverkade galoscher (gummiöverdrag till skor) men ägs sedan -92 av tyska Continental AG. Kul i det hela är att Gislaved fortfarande får stoltsera med sitt namn på ett däck. Så länge det nu kommer att vara.

Först blev det reguljärflyg till Luleå och därefter två timmars bussfärd längs det insnöade landskapet.

På väg och vid polcirkeln stannade bussen och vi passagerare, både journalister och däckåterförsäljare blev uppmanade att kliva av för som guiden sa få hoppa över en ren och dricka blod vilket enligt sägnen ska ge stor tur i livet.

Hoppa över en ren… som har en mankhöjd på säkert en meter undrade jag om jag skulle fixa. Och dricka blod… näe, inget för mig tänkte jag när jag och alla andra klev av bussen.

Så mycket blod blev det inte utan istället en mugg lingondricka vilket jag faktiskt föredrar före blod. Renar är inte direkt några högresta djur men att hoppa över dessa är ändå svårt så för att göra det lättare för oss så hade arrangörerna haft godheten att hålla renen liggande på marken (troligtvis bunden den stackaren) så vi alla enkelt och säkert kunde kliva över "besten". Efter genomfört uppdrag gick vi alla på bussen igen som körde vidare till vårt hotell. Undrar fortfarande när den utlovade turen ska komma.

Dagen efter var det testkörning på de frusna sjöarna. Mellan passen hade vi tillgång till en typisk kåta med bänkar klädda med lurviga renfällar där man kunde gå in och värma sig och få en varm kopp kaffe, the eller nån sorts soppa.

Det var mjukt och riktigt mysigt att få sätta sig på renfällen – ett tag. Men när jag reste mig upp så var jag alldeles blöt om baken då den snö som tydligen funnits nere i renpälsen smält av min varma rumpa. Troligtvis hade renfällarna tidigare legat utomhus. Tack för den.

Betydligt trevligare och framför allt torrare var det i mars då jag var i vårvarma Barcelona och körde en off-roadtest med Mitsubishi Pajero och veckan därpå bar det av till den franska Rivierans västliga utpost Saint-Tropez för att köra Audi A2. Bilen var avancerad på många sätt. Bland annat byggd i aluminium och fanns med både 3- och 4-cylindriga motorer där 3-pipen som hade en dieselförbrukning på 0,31 liter milen satte med det rekord för en serietillverkad bil. 175 000 stycken Audi A2 blev det mellan 1999 och 2005. I Sverige kostade Audi A2 från 163 000:-.

Fetast av alla – Bizzarrini och ISO Grifo - 2000

I juni var det åter dags för Turinsalongen. Så värst mycket stora nyheter brukade det aldrig komma på Turinsalongerna de åren men ibland – då och då kom det riktiga guldkorn. Turinsalongen var annars mest inriktad de senaste åren på design, men vid ett sådant tillfälle kom det ett "guldkorn" och det var när jag träffade självaste Giotto Bizzarrini.

Bilmärken som Bizzarrini och ISO är legender då det gäller udda, exklusiva sportbilar där grundaren, utvecklaren och hjärnan bakom det hela var Giotto Bizzarrini som föddes i Livorno, Italien 1926 och dog 2023.

Giotto började hos Alfa Romeo på 50-talet som testförare och gick sedan över till Ferrari där han satt som nyckelperson när det gällde utveckling av GT och sportbilar och utvecklade bland andra den legendariska Ferrari 250 GTO. Kort därefter fick han av någon anledning sparken från Ferrari. Varför han fick sparken ville han inte svara på då vi satt och pratade.

Åren därpå jobbade han med att förfina Ferrarimodeller åt kunder som inte var nöjda med vad deras Ferraris levererade men som kunde betala för sig för att få det lilla extra som Bizzarrini kunde erbjuda och leverera. En av dessa missnöjda Ferrariägare var Ferruccio Lamborghini. Bizzarrini byggde även helt egna bilar som Bizzarrini 5300 GT, *(se bild här ovan)* Iso Rivolta och Lele och sedan den mäktiga Iso Grifo.

Mondial de l'Automobile - 2000

Paris är aldrig fel och den 26 september i ett sensommarvarmt Paris var jag och Gunilla där. Vi hade lyckats få ett hotellrum som jag lyckades greppa två månader tidigare vilket är en bedrift då i princip alla hotellrum i Paris med omnejd är uthyrda under Mondial de l'Automobile – bilsalongens pressdagar.

Från flyget som landade på Charles de Gaulle tog vi taxi till vår hotellsvit som det måste ha varit med tanke på det höga priset och namnet på rummet som var Hemingway Suite.

Ha! Vilken blåsning. Snarare ett kryp-in i turistklass C eller kanske lägre. Men hotellet var otroligt centralt. Rummet hade bara en säng och en utdragssoffa som vi fick dela på.

Dagen efter hade vi blivit lovade ett mer anständigt rum och tog hissen ner från vårt rum på takvåningen till våningsplan sex där receptionen konstigt nog låg. Om vårt rum var litet så var hissen ännu mindre. Den servitris som hade kommit upp med frukosten timmarna innan måste ha haft frukostbrickan på huvudet annars förstår jag inte hur hon fick plats. När vi skulle ta oss upp eller ner till receptionen fick vi åka i hissen en och en och sedan skicka våra väskor i en tredje hisskörning.

Vi anlände till Paris samma dag som det var första pressdagen på bilsalongen till vilken vi tog oss med tunnelbanan – Le métro på franska.

Tillbaka på eftermiddagen för att åka en och en upp i hissen och på rummet piffa till oss innan vi tog hissen ner – var och en för sig för att sedan tillsammans gå ut och äta en god bit mat. Faktiskt lite romantiskt..!

Pariskvällen var ljum och behaglig varför vi efter maten satte oss på en uteservering. Satt där i kanske en halvtimme när ett par svenska kollegor dök upp. Efter en halvtimme var vi ett helt gäng svenska motorjournalister
på vår uteservering. Kul.

Efter ytterligare en dag på Parissalongen flög vi så hem. Tre dagar i Paris räckte så bra.

Efter Paris bar det av till Sardinien den 19 oktober där Volkswagen visade nya VW Passat som fått ett lyft av VW's designguru Walter de Silva och hans designteam. Använde mig av en av mina fotospots bakom häcken vid vattnet på baksidan av hotellet Casa de Volpe. *(se bild här inunder)*

Året därpå skulle Passat även komma med fyrhjulsdrivning men också med en dubbel W8:a-motor. En motor med fyra cylinder- bankar, två cylindrar per cylinderbank. Passat höll verkligen på att skaka av sig gubbstämpeln för gott.

Sista dagen i oktober körde jag Peugeot 206 CC (Coupé-Cabriolet) i Saint-Tropez. Därifrån är det inte så långt till franska Toulouse dit jag skulle i november för att provköra den nya Renault Laguna men också för att

se flygplansfabriken Airbus. Air France till Paris som landade vid 13:55 för att sedan ta inrikesflyget till ett regnigt Toulouse. Förseningar gjorde att vi kom fram till hotellet först 21:00.

Dagen efter blev det bussning till Airbus-fabriken där man som sagt bygger de väldiga flygplanen. De roligaste planen var Airbus transportplan som såg ut som väldiga humlor och transporterade stora flygplanssektioner till och från olika leverantörer.

Årets två sista resor och provkörningar gick först till Nice i mitten av november för att köra AudiA4. Dagarna därpå till Malaga den 20 november för att köra och klämma lite på Opel Astra Coupé Turbo vilket var en positiv överraskning.

- Fika hos Branson, kretskort från BMW, "can you smell the gas?"

Tillbringade två dagar från 22 februari 2001 med Opel Speedster i Algarve, Portugal *(se bild ovan)* och på ett av de finare hotellen – Hotel Sheraton Algarve Pine Cliffs, Praia da Falesia. Där satt adressen!

Hotellet är ett sånt hotell som man säger till sig själv "det har inte jag råd med". Men tiderna har förändrats och hotellpriserna är inte så vansinniga som tidigare trots att det är ett femstjärnigt hotell. Fastän det bara var i slutet av februari hade Algarve underbara tjugo grader varmt och sol. Behöver jag säga att det snöade hemma.

Till den storslagna middagen på kvällen höll Opels högste PR-chef ett litet anförande och berättade i slutet av sitt tal att den mat vi skulle få äta alldeles strax var tillagad av en av Portugals mest meriterade kockar som också var stolt innehavare av en stjärna från Guide Michelin. Kocken i fråga gjorde entré, lyfte på sin höga kockmössa, bugade och rev ner en ljudlig applåd.

Men vistelsen kunde ha blivit längre för mig än de planerade två dagarna. Detta då jag samma natt, efter middagen drabbades av någon form av matförgiftning likt vad jag kan föreställa mig Montezumas hämnd och som var det mest obehagliga jag upplevt. Kollar man wikipedia så står det: Montezumas hämnd är ett samlingsnamn för turistdiarré där skurken är en koli-bakterie. Sjukdomen är uppkallad efter aztekernas härskare Montezuma II, född omkring 1465.

Lotus som Opel eller Opel som Lotus - 2001

Opel Speedster var det tyska svaret på Renault Sport Spider *(se tidigare kapitel)* och byggdes både som höger- och vänsterstyrd i Lotus fabrik i Hethel, Norfolk, England och på samma plattform som Lotus Elise.

Speedstern såldes i England som Vauxhall VX220 och som Daewoo Speedster på den asiatiska marknaden mellan år 2000 och -05. Den nya Lotus Elise hade Toyotas 1.8-liters fyra – samma som även fanns i Toyota Celica men Opel Speedster kom att använda GM's Ecotec-motor som även satt i Opel Astra och levererade 147 hästar, tre häst mindre än Renault Spider hade eller 200 hk då den hade turboladdning.

Till skillnad från Renault som tillverkade sin Spider i 1 640 exemplar under tre år (1996-99) kom Speedster i både Opel, Vauxhall och Daewoo att tillverkas i 8 000 ex under fyra år (2001-05).

Utfallet av min test blev att Opel Speedster var riktigt kul att köra med allt vad det innebar vad gäller väghållning och styrning och med sådär lagom effekt men samtidigt lite mer bil då den till exempel hade vindruta och ett tygtak, enkelt men ändå ett tak något som Renault Sport Spider inte erbjöd.

Underleverantörer bygger bilen

En bil är inte en egen produktion i verkliga mening hur mycket det än står Audi, Jaguar, Toyota eller Volkswagen på bakluckan. Snarare är det så att biltillverkarna i sig är ett sammansättningsföretag som med hjälp av ett hundratal underleverantörer sätter ihop eller snarare bygger en bil.

Design är kanske egen även om den också kan köpas liksom själva bilens plattform eller bottenplatta. Det är inte alls ovanligt att ett företag tar fram en plattform som man sedan lånar ut eller mer troligt säljer till andra bilföretag, till och med konkurrenter men också att man låter andra modeller inom den egna koncernen få användning av plattformen. Samma sak gäller hela drivpaket.

Och samma sak gäller så gott som alla i bilens tusentals olika komponenter som alla, var och en är lika viktiga för bilens helhet, funktion och säkerhet.

Delaktiga i det är specialister, var och en på olika områden som alla slåss om att få ett leveranskontrakt och där bidra med bromsar, stötdämpare, fjädring, däck och fälg, chassi, styrning, transmission, säkerhetssystem, inredning, elsystem, elektronik, infotainmentsystem, vindrutetorkarsystem och ända ner till detaljer som tätningslister, dörrstopp, reglage, knappar osv.

Det biltillverkaren själv bidrar med är sitt varumärke – Audi,

BMW, Citroën, Fiat, Jaguar, Peugeot och Volvo med flera där de alla jobbar på samma sätt.

Det är inte alls ovanligt att flera av bilmärkena har exakt samma komponenter även om det kanske står Volvo på delen så kan den vara tillverkad på samma fabrik som också tillverkar samma del till Ford eller Opel och som då också kan ha respektive bilmärkes namn instansat eller ingjutet på komponenten.

Vid ett tillfälle hade jag en diskussion med en PR-ansvarig på Volvo om just tillverkning av reservdelar och i det fallet bromsok. Att erkänna att man hade samma del som ett konkurrerande bildelsföretag som specialiserat sig på att sälja reservdelar ville man absolut inte kännas vid.

- De delar som vi låter tillverka har vi noga specificerat. Delen kan mycket väl se ut som någon av bildelsföretagens men vi har en högre kvalité på våra delar då vi ställt högre krav och att delen också har vår logo ingjutet eller liknande. Delen är då lika med kvalitetsstämplad.

En av de största underleverantörerna till bilindustrin är Robert Bosch som är ett gigantiskt tyskt elektronikföretag med runt 250 000 medarbetare. Bosch utvecklar och tillverkar många komponenter till bland annat Audi, Mercedes, Porsche, Volvo, ja till så gott som alla i bilindustrin. De levererar också allt från vindrutetorkare, blad till desamma, elmotorer för olika funktioner, säkerhetssystem, bromssystem, strålkastare ner till den minsta lilla lysdiod.

Can you smell the gas? - 2001

I april var jag hos teknikföretaget Bosch i den fina tyska staden Boxberg som har ungefär 6 000 invånare och ligger nio mil nordost om Stuttgart där Bosch har sitt huvudkontor i samma område som storkunderna Daimler-Benz, Porsche och även Audi i Ingolstadt på lagom avstånd.

Boxberg är en av Bosch många testanläggningar som man även har inte bara i Tyskland utan också över hela världen.

Då jag var hos Bosch i Boxberg var det för att där få se en ny generation strålkastarlampa som enligt inbjudan skulle vara både starkare och effektivare än de strålkastarlampor som då (2001) fanns på marknaden.

Efter att ha checkat in på det lilla hotellet som mer var ett pensionat blev jag och ett femtiotal kollegor från Danmark, Finland, England, Italien och Spanien bussade till Der Alte Kirsche, som är just som det låter – en gammal kyrka. Här hade man iordningställt en för dagen fungerande restaurang för oss journalister och dukat upp med långbord.

Fick direkt en flasch-back från min skoltid och där matbespisningen. Vad rätt jag hade. De som öste upp maten på våra tallrikar var ortskolans mattanter. Inget ont i det. Har för mig att man kunde välja mellan en fiskrätt och en kötträtt. Kötträtten kommer jag definitivt ihåg som var fläskfilégryta med currysås och ris. Otroligt gott! Så gott att jag backade en – två gånger.

Dagen efter fick vi först höra på ett par föredrag om olika och nya innovationer som Bosch nyligen tagit fram innan det var dags att se den nya revolutionerande strålkastarlampan.

Inför det blev vi först ombedda att gå en trappa ner till deras mörkrum som var som en biograf. På scenen stod ett par montrar uppställda med bilstrålkastare.

- Och nu till vår höjdpunkt – meine Damen und Herren – den nya banbrytande strålkastarlampan som kommer att sätta en ny standard på både ljusbild och effekt, hördes det ur högtalarna – på tyska som vi fick översatt till engelska i våra hörlurar på samma gång som ljuset i lokalen släcktes och det blev kolsvart.

Vi satt i spänd förväntan men ingenting hände. Det var knäpptyst och mörkt i lokalen.

- Es beginnt in Kürze.., lät det tvekande ur högtalarna. Men fortfarande hände inget. Än en gång hördes samma budskap ur högtalarna. Sedan tyst ett par sekunder då det ur mörkret plötsligt hördes en röst,

- Can you smell the gas?

Oj, oj, det var ett hårt skämt – nästan på gränsen. Sånt skojar man inte om. Speciellt inte i Tyskland. Panik utbröt hos värdarna och sekunden därpå startade föreställningen.

Efteråt pratade alla mer om det smaklösa skämtet än om den nya strålkastarlampan.

Säkerhet säljer och bland de bästsäljande produkterna när det gäller bilar har varit och är ljus och strålkastare. Se och synas som det heter.

Bilstrålkastare har länge varit föremål för nytänk och förbättringar och genom åren har olika tekniska lösningar avlöst varandra från olika sorters glödlampor till utvecklingen av halogen, xenon och LED-dioder till laser där det senare är det som kommer om kanske bara ett par år.

Men LED är det som idag ger den bästa ljusbilden men här finns också en del problem. LED-ljus eller LED-strålkastare är inte outslitliga om någon tror det. De går visserligen inte sönder som vanliga glödlampor utan de mattas istället successivt och ger då ifrån sig mindre och mindre ljus.

Att en LED-lampa i hemmet kan lysa i många år är en sak men i en bil är det desto tuffare med temperaturskiftningar och vibrationer.

LED-belysning kan gå sönder och då blir det dyrt. Inte bara vid en kollision vilket är vanligast men också bara sluta fungera. Det senare ofta beroende på dålig kvalitet.

Att byta LED-belysning i ett baklyse eller i en strålkastare går inte utan man är då tvingad att byta hela enheten, armaturen vilket kan kosta uppåt 50 000 kronor. Så att påstå att LED-belysning är outslitliga är en klar överdrift.

Spray – upp som en sol, ner som en... - 2001

Internetföretaget Spray där vi var anställda hade stora utvecklingsplaner och vittgående idéer och en av dessa var att de skulle köpa vår lilla ägarandel i Bilnytt. *(Sprays logo här bredvid nedan)*

Det räcker kanske att säga att betalningen för vår andel var hisnande – sjusiffrig.

- Javisst, varför inte, sa vi och började räkna pengar. Vi till och med skrev ett "aktieöverlåtelseavtal" med Spray där allt fanns svart på vitt. Själva överlåtandet av vår aktiepost skulle ske bara månaderna därpå varpå vi skulle bli rika.

När dagen "D" kom och vi skulle få betalt satt vi som på nålar. Men nåt stämde inte.

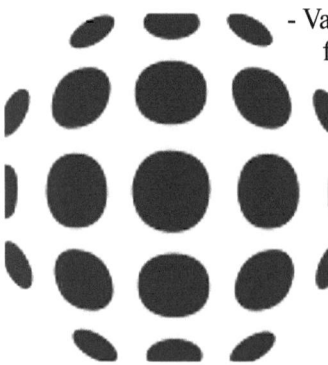

- Varför ringer de inte och säger att pengarna finns på våra konton?

Efter lunch började vi jaga vår Spray-kontakter.

Ingen sa nåt, ingen visste nåt.

Senare, samma eftermiddag fick vi tag i en av nyckelpersonerna – Patrik som befann sig i Oslo av alla ställen. Vilket jag än idag inte förstått.

- Vad har hänt? Var är pengarna? frågade vi och fick till svar med viss fördröjning,

- Investor har idag stängt plånboken så det blir ingen affär, var hans svar kort och gott.

Vilken chock! Med detta sprack IT-bubblan samma dag och Spray slog vantarna i bordet liksom ett par andra av de stora internetaktörerna.

Kort därpå flyttade Spray ut ur sina extravagant renoverade lokaler på Nybrogatan 55 i Stockholm där man hade byggt egna och mycket speciella rum, bland annat en stor biosalong i källaren med nedsänkta och skålade säten och ett flertal andra rum byggda likt pyramiderna där väggarna lutade lätt inåt och där dörrarna öppnades som i Star Wars-filmerna genom att man förde in sin hand i en mörk öppning vid dörren varpå dörren då gled upp med en väsning. En annan finess var att då något av rummen var upptagna så blev det tidigare klara dörrglaset mjölkigt och ogenomskinligt. Spookie!

Jag häpnade när jag gick genom rummen. Allt minst sagt överdådigt.

Där fanns också en egen restaurang med kock och annan personal, relax- och konferensrum. Det ena rummet mer fantastiskt än det andra. Övernattningsrum som vem som i ledningen kunde boka och när som helst. Som på ett hotell.

Översta våningen var bara för den absoluta trojkan och var minst sagt speciell med bland annat en specialbyggd glaspyramid och en massa överdådigt och dyrt trams.

Slut var det med alla fester ute på gården sommartid där Spray bjöd på after-work-öl som man kunde plocka ur utställda badkar eller lek och nojs inomhus sena kvällar.

Men efter den dagen var det slut och Riksrevisionen av alla trista företag tog över de 6.100 kvadrat som lokalerna var på under ett par år. Vilka kontraster.

Wolfsburg grundades 1937 men fick sitt nuvarande namn Wolfsburg (översatt: vargborg, vargslott eller vargfästning) efter kriget. Utöver att jag skulle få köra VW's minsting Lupo som även det betyder varg skulle jag också få besöka VW nyöppnade och storslagna bilmuseum – Autostadt.

VW Lupo tillverkades från 1998 till 2005 och fanns med både 3- som 4-cylindriga motorer med effektuttag från 50 till 125 hk. Svenska priset för den minsta Lupo var 93 000:-. Lupo hade flera nya och intressanta komponenter men också att man använde sig av moderna och avancerade material som gjorde den lilla Lupo intressant och ännu en kvalitetsprodukt från VW. Autostadt var och är fantastiskt och något som jag verkligen kan rekommendera och är man där så går det att bo på gångavstånd vilket man då gör på Hotel Ritz Carlton med fyra stjärnor.

En lite kul och udda sak med VW Wolfsburg är att där bygger

man inte bara bilar. Där finns också korvtillverkning. Inne i fabriken finns en avdelning med 30 anställda som sedan 1973 tillverkat och tillverkar currykorv – currywurst. Korv kryddat med curry och som är otroligt populär i Tyskland. Korven säljs i VW's sex olika tyska fabriksrestauranger och på vissa stormarknader och under vissa fotbollsmatcher men ges också bort till VW-kunder. Sedan gör man också en egen senap. Allt finns att köpa och både korven och senapen har sina egna VW-reservdelsnummer.

Fika hos Richard Branson - 2001

Efter att ha konsumerat ett antal currykorvar var jag än en gång i Nordafrika och den gången med Peugeot som skulle premiärvisa nytillskottet Peugeot 307.

Landade med Peugeots privatchartrade kärra på Agadirs flygplats på eftermiddagen den 17 maj. Buss till hotellet i Taroudant som ligger i södra Marocko, öster om Agadir.

Än en gång bodde jag i ett litet palats – en kasbah – som betyder hus omgärdat av en hög mur. Och än en gång hade var och en av oss små egna tvåvåningslägenheter som vette ut mot den grönskande innergården. Magiskt värre.

Dagen efter höll Peugeot en kort briefing om vad som skulle hända innan vi kunde köra ut ur Taroudant och mot ett ställe som heter Tizgui-Ida om nån kanske känner till det. Inte? Jo, en person gör det – Richard Branson.

Richard Branson startade sitt egna skivbolag Virgin som tjugoåring där den första skiva eller mer albumet som det heter var Mike Oldfields Tubular Bells och som blev en enorm framgång men gjorde också att de blev bästa vänner.

1984 bildade Richard flygbolaget Virgin Atlantic Airways som under åren hade ett storbråk med först och främst British Airways som på alla sätt försökte – även med de fulaste knep få bort Virgin Air som flygbolag men Branson vann till sist. 1999 blev han adlad "Sir" Richard Branson av Englands drottning Elisabeth.

Läs hans biografi – Richard Branson som den heter rätt och slätt och är verkligen värd att läsa. Så bra!

När vi kom fram till vårt mål – en större villa i Tizgui-Ida möttes vi journalister av säkert ett hundratal kvinnor som sjöng och dansade. Kvinnorna var klädda i fotsida klänningar och sjalar som dolde håret och alla hade hennamålade handflator som såg ut som tatueringar. Det var fantastiskt att se och höra hur de välkomnade oss till deras lilla by.

Efter en halvtimme var underhållningen slut och vi kunde gå in i villan där det serverades lite frukt och något svalt att dricka.

Villan var verkligen ett fint ställe och med en viss stolthet berättade Peugeot-representanten att villan tillhörde ingen mindre än Sir Richard Branson som brukade komma dit på helgerna i sin helikopter för att festa lite med sina vänner och bekanta. Förra helgen hade Richard haft Phil Collins med familj där.

Kort och gott så blev Peugeot 307 en succé då den också blev vald till Årets Bil samma år.

"Over-the-top" på 3 000 meters höjd - 2001

Den 27 juni ville Volkswagen visa upp sitt nya och revolutionerande motorkoncept – W8 eller snarare dubbel V8 på fyra liter och 271 hk som mest. Det betydde att motorn hade fyra cylinderbankar med två cylindrar per bank. Alltså ett V med 2 cylinderbankar och 2 cylindrar per cylinderbank vilket blir 4 cylindrar. Plussa det med ytterligare ett V med 2 cylinderbankar och där 2 cylindrar per bank. Totalen blir ett dubbelt V (V+V) och då 8 cylindrar. Det låter kanske lite konstlat men med den motorlayouten blev motorn extremt kort och passade till exempel i nya VW Passat.

- Ingenting är omöjligt, sa Volkswagen.

Själv tyckte jag att idén och själva konceptet blev i mitt huvud lite "over-the-top".

Landade i Gstaad, Schweiz och körde från flygplatsen i nya VW Passat med W8:an. Imponerades över att motorn var så mjuk

och följsam men samtidigt så stark.

Teststräckan gick till den omtalade bergbanan Glacier 3000 som då ägdes av bland annat affärsmannen och fd F1 bossen Bernie Ecclestone.

Men innan jag klev på bergbanan så passerade ett helt koppel med grymma prestandabilar. Det var ett knippe Ferrari, Jaguarer, Porsche, Bentley osv. Alla med "cannon-ball-race"-dekaler på bilarna. *(se bild föregående sida)*

Klev med en viss skepsis på bergbanan som skulle ta mig upp längs berget till de utlovade 3 000 meterna över havet. Varför? frågade jag mig.

Från början hade kvicksilvret visat på kanske tio plusgrader och strålande sol men uppe på halva vägen sjönk temperaturen till säkert tio minus då en snöstorm passerade.

Halvvägs upp hade VW ställt upp en bil som dekoration i bergs-sluttningen. Hur den kommit dit var inte via någon tillfartsväg då det inte fanns några sådana. Säkert var det istället så att VW ställt dit bilen med hjälp av en helikopter.

Stormen var så pass kraftig att bergbanan skakade ju högre upp vi kom och sikten blev till sist lika med noll vilket jag och några andra kollegor uppskattade då bergbanan gick upp genom molnen och vi slapp då se hur högt upp vi var.

Uppe på 3 000 meters höjd tilltog ovädret ytterligare. Det snöade, stormade till och med blixtrade. Ett riktigt busväder med andra ord. Jag blev också lätt illamående och fick lite huvudvärk. Men det var inte av vädret utan snarare på grund av den tunna luften som det är på så pass höga höjder. Där uppe på stationen och i restaurangen hade VW samlat en rad tekniker från hela VW-gruppen som vi kunde prata med samtidigt som vi åt middag tillsammans. Minns att jag kom att prata med en utvecklingschef från Bentley som jag även träffat tidigare på någon bilsalong.

När vi timmen senare tog bergbanan ner igen hade vädret lugnat sig och vi mer eller mindre gled lugnt nedför berget.

VW dubbel V motorer fascinerar mig och senare skulle det också komma en V12:a med tre cylindrar per cylinderbank. Alltså V med 2 cylinderbankar och 3 cylindrar per cylinderbank vilket blir 6 cylindrar. Plussa det med ytterligare ett V med 2 cylinder-bankar och där 3 cylindrar per bank. Totalen blev ett dubbelt V (V+V) med 12 cylindrar. Tjatigt? Nåja, den motorn kom först att sitta i konceptbilen W12 Roadster som Volkswagen utvecklat tillsammans med ItalDesign 1998. *(se bild på nästa sida)*

Motorn var liksom W8 kompakt och var i princip två stycken

sammansatta VR-6-motorer (V6 + V6) och som fick en cylinder-
volym på 5.6 liter och hela 420 hk.

Men den förutspådda succén för Volkswagens W-motorer uteblev
och efter 11 000 tillverkade W8:or la man efter bara tre år 2004
ner tillverkningen. Tekniken var nog för avancerad för tiden men
också lite för att visa – vill vi så kan vi. Eller som jag tidigare
skrev – ingenting är omöjligt.

Storstilad Fiat - 2001

I slutet av augusti var jag i Berlin och provkörde den då nya
versionen av Audi A4 ett reportage som Svenska Dagbladet köpte
av mig och publicerade.

Månaden därpå, även det för Svenska Dagbladet var det stor
premiär för Fiat Stilo i Barcelona. Fiat Stilo kom då att bli ersättare
till syskonmodellerna Bravo/Brava.

- Fiat Stilo har fått ett namn som säger vad den är – en Fiat med
stil, sa Fiat. En kraftfull och elegant stil som även ska spegla den
som äger och kör bilen.

Vid pressmötet berättade också Fiat att man gjort en otrolig och
grundlig undersökning om och av vad kunden vill ha för bil. Pa-
rametrar som utseende och framtoning, funktion, säkerhet och
vilken teknisk nivå kunden vill ha var de viktiga. Fiat sa att de
lagt ner tusentals timmar på undersökningen där man också
intervjuat flera tusen personer.

I undersökningen hade man också låtit personer se ett flertal
designskisser på både exteriör som interiör design. Förslag på
instrumentering, olika inredningar och inredningsmaterial. Man
hade också gjort ett antal förseriestudier med inredningar som
testpersonerna kunde sitta i för att ha synpunkter på ergonomi
och liknande.

Fiat hade sannerligen inte sparat på resurserna utan menade "bara det bästa är gott nog åt våra kunder och det ska de få". Stora ord men som lät väldigt övertygande.

Men sedan gick något snett. Otroligt snett.

Fiat Stilo blev inte så väl mottagen som Fiat hade lovat trots sin genuina och grundliga kundundersökning. Inte heller blev Fiat Stilo någon storsäljare, snarare en flopp men något som Fiat som alltid tog med jämnmod.

Efter sex år -07 hade Fiat Stilo så gott som tynat bort och ersattes då av Fiat Bravo som gjorde storslagen come-back.

Ge det kunden vill ha..!

Glassbolagen tillverkar den glass som kunderna tycker om och vill ha. Annat vore vansinne. Samma sak är det med bilindustrin som tillverkar och säljer den bil som kunden vill ha.

Visst försöker man påverka och locka till sig nya kunder på alla möjliga sätt men samtidigt behålla gamla kunder. Bilen har liksom många andra prylar ett statusvärde och är liksom ett kvitto på framgång. En framgångsrik person vill helst synas i en modern och elegant bil än i en 15 år gammal och sliten sådan.

En bil är inte gratis utan för de flesta är det en stor investering som man gör genom att köpa en ny bil. Men kunden ställer också krav och har förväntningar på tillverkaren och bilen som i två ord kan vara – förtroende och nytänkande.

Att premiärvisa en ny bilmodell eller en ny generation av en tidigare modell så måste biltillverkaren även kunna visa upp någon ny teknisk innovation för att visa att just det bilmärket ligger i framkant, till och med vill hävda att man leder utvecklingen. Kanske en teknik som kan locka till ett köp. Det kan till och med vara just det som gör att kunden köper bilen.

Ett stort mått av nytänkande visade VW då de introducerade dubbel-W-motorerna. Ett mästerverk i ingenjörskonst men som inte uppskattades lika mycket av kunden varför tillverkningen av W-motorerna las ner.

När det gäller Fiat så gjorde de säkert ett bra och grundläggande jobb för att ta reda på vad kunden ville ha och inte ha och som resulterade i Fiat Stilo.

Men något gick snett. Kanske var inte deras undersökning och analys så grundläggande som de trodde eller sa. Kanske hade de för lite av just nytänkande.

Men vem bestämmer vad jag, vad kunden vill ha? Vem skapar behoven och trenderna? Inte är det industrin utan snarare vi men som sedan industrin med sitt koppel av specialister tar till sig och vidareutvecklar till ett attraktivt och säljande lockbete.

De senaste åren har så gott som alla biltillverkare basunerat ut att de inom tio år ska fasa ut sina förbränningsmotorer och ersätta dem med rena elmotorer och vätgas. Ett tufft sätt att mota kunden till att köpa ny och dyr teknik för att samtidigt underförstått mena på att förbränningsmotorn är död.

Men el är faktiskt inte så rent som många vill göra gällande. Om vi alla ska köra på el så måste elproduktionen byggas ut vilket betyder fler och större kraftverk, vattenkraftverk, nya och flera atomkraftverk, mer och fler vindkraftverk som förfular vårt land.

Det finns fortfarande många biltillverkare och forskare som menar att förbränningsmotorn inte alls är död utan den har fortfarande stora utvecklingsmöjligheter och går att utveckla vidare.

När det gäller elmotorn så är den bara ett mellanspel innan vätgasen och bränslecellsmotorn kommer på bred front och då är det rent ur alla synvinklar.

Men ska man inte tro på vad industrin säger om att de ska sluta tillverka bilar med förbränningsmotorer?

Nej, bilindustrin tillverkar bilar åt kunderna och inte åt sig själva.

Så länge kunden efterfrågar bilar med förbränningsmotorer av något slag till exempel med en elmotor så kallade hybrider så kommer industrin att fortsätta tillverka dem. Dumma vore de väl annars. I slutändan är det kunden som bestämmer vad hon eller han vill ha för bil och betala för.

I nästa avsnitt här kan du läsa om ytterligare en i raden – BMW som alltid givit sina kunder ett stort mått av förtroende och som oftast med det legat i framkant vad gäller nytänkande och innovationer. Men det höll snudd på att bli för mycket av just det.

Ett extra kretskort - 2001

Den 15:e oktober var det internationell provkörning av BMW's mest datoriserade modell någonsin – BMW 7-serie som kom att bli ett elektronikmonster med sin iDrive som styrde allt i bilen.

7-serien som sådan var ingen ny modell utan hade varit med ända sedan 1994.

Motorvalet var som tidigare ett par dieslar – raka sexor och V8. Med bensin fanns valet rak 6:a, V8 eller V12:an där den senare fått direktinsprutning. De svenska priserna var från 697 000:- till 795 000:-.

Flaggskeppet i sin fjärde tappning hade bara månaden innan haft sin premiär på bilsalongen i Frankfurt. Den internationella provkörningen hade BMW se förlagt till det 25 grader varma Rom i oktober där vi journalister intog Grand Hotel Palazzo della Fonte. Ett hotell som är lika imponerande som dess namn och som ligger en bit utanför själva Rom.

Efter att ha installerat mig i mitt hotellrum tog jag och en svensk kollega oss an en testbil och körde ut på en av de föreslagna teststräckorna.

Utöver säkerhetsfinessen som aktivt rundslagningsskydd, sex-växlad automatlåda var det infotainmentsystemet iDrive som var den stora nyheten och som styrdes genom ett vred, stor som en rund snusdosa på mittkonsolen framför mittarmstöden där egentligen växelväljaren till automaten borde ha suttit men även den var bortrationaliserad. Med vredet styrde man bland annat vissa av bilens chassiinställningar, sätesvärmen, luftkonditionering, mobil-telefon men också navigation som var baserad på CD-skivor.

Efter att ha kört halva sträckan stannade vi till vid en lätt överväxt rastplats för att ta lite bilder. Jag viftade och pekade medan kollegan parkerade bilen snyggt och prydligt som jag ville ha den.

Som alltid tog jag helhetsbilder först för att sedan ta detaljbilder.

Då jag gick runt bilen upptäckte jag att någon slängt en gammal tjock-TV som låg i diket bakom bilen. Plasthöljet baktill var spräckt så jag kunde se in bland kondensatorer eller vad det var och ett flertal kretskort, sladdar och annan elektronik.

Efter lite pillande hade jag lyckats få loss ett kretskort stort som min hand. Det såg riktigt spännande ut.

Jag berättade för kollegan vad jag skulle göra med det varpå vi körde tillbaka till hotellet där det serverades lunch.

Vid ett bord satt Nils S som var svensk PR-ansvarig tillsammans med ett par av de tyska BMW-höjdarna och några tekniker.

Efter att ha hälsat på dem tog jag fram kretskortet och la det på bordet och sa,

- När jag öppnade motorhuven för att ta ett par bilder så ram-lade det här datakortet ur.

Det blev dödstyst vid bordet.

- Var det kommit ifrån har jag ingen aning om, sa jag, men vi kunde i alla fall köra bilen tillbaka hit utan problem.

Nils och hans tyska kolleger såg ut som fågelholkar i ansiktena. Ingen av dem sa nåt utan stirrade bara skräckslagna på kretskortet. De satt så där i kanske en halv minut tills jag sa,

- Äh, jag bara skojade. Så berättade jag att kretskortet kom från en TV som jag hittat.

Undrar om mitt lilla skämt uppskattades eller inte. Tyskar är ju lite stela.. eller? Jag blev i alla fall inte portad hos BMW som jag säkert skulle ha blivit om jag dragit samma skämt med Volvo utan fick pressinbjudningar även framöver.

BMW 7-serie är bland de bästa bilar jag kört och har en komfort och lyx som anstår ett flaggskepp utan att för den saken bli överdådig vilket vissa andra bilar i samma klass kan vara. Men köparna hängde inte riktigt med i BMW's elektronikfrossa då de tyckte att systemet var för avancerat och med andra ord för krångligt.

En kollega – Jonas Borglund köpte senare, säkert år 2015 en begagnad men välskött 7-serie. Han tyckte att bilen fastän den var nästan 15 år gammal var helt fantastisk. När det gällde teknik-hysterin i iDrive var hans kommentar att han lärde sig något nytt varje dag.

Tre dagar senare satt jag på flyget till Köpenhamn efter att Gunilla kört mig till Arlanda.

Från Köpenhamn skulle jag sedan vidare till Paris och därifrån till Marrakesh i Marocko. Men då jag och mina svenska kollegor satt och väntade på vårt flyg ringde Hyundai och meddelade att körningen med den nya modellen Terracan var inställd.

Samtidigt hände en fruktansvärd flygolycka med SAS 686 på Milanos flygplats. SAS-planet hade precis startat och var uppe i 270 km/tim när det kolliderade med en privatjet – Cessna Citation med 4 personer ombord som av någon konstig anledning också var på startbanan. Samtliga – även de 110 som var på SAS-flyget omkom.

Det var med en hel del olust och obehag jag klev på Stockholms-planet till Arlanda någon timme därpå.

4 japanska bilmärken, rensa fisk med ståltråd - 2001

Hösten hade ett flertal körningar men årets höjdare var på väg bara dagar efter att jag kommit hem från BMW-körningen i Rom.

Den 20 oktober avgick SAS 13:30 till Köpenhamn för att två timmar senare flyga vidare till Narita – Tokyos International Airport – en flygtid på elva timmar.

Landade 9:30 lokal tid till sjutton graders värme med mina svenska kollegor och därefter buss till Roppongi Prince Hotel som var och säkert fortfarande är ett mycket bra hotell. Roppongi är för övrigt ett livligt nöjesdistrikt där både lokalbor och turister samlas på nattklubbar och barer.

Än en gång var det här en gemensam resa arrangerad av de fyra – Mazda, Mitsubishi, Nissan och Toyota.

Dagen efter tog jag och ett par kollegor tunnelbanan som fungerar otroligt bra till området Akihabara där man framför allt köper elektronik. Efter att ha frestats av alla nya elektroniska prylar utan att köpa något ska tilläggas tog jag tunnelbanan tillbaka hem till hotellet.

Gick sedan själv ut till en liten restaurang där jag efter mycket om och men lyckades beställa friterade räkor. Enda problemet var att de var friterade med skalen på. Lite pill men det gick till sist.

25 oktober blev jag upplockad av Mitsubishi från hotellet för att på en annan plats få köra det nya fyrhjulsdrivna spjutet Lancer Evo 7. Tyvärr blev det en dålig provkörning då jag inte riktigt kunde utvärdera bilen då vägarna där vi körde inte alls gav utrymme för bilen och dess prestanda som låg på 265 hk. Lite besviken på dagens event blev vi sedan skjutsade hem till hotellet vid sjutiden för att i lobbyn vända och direkt iväg till en amerikansk restaurang där det serverades amerikansk biff och bakad potatis. Japanskt så säg…

Kvällen blev inte sen för dagen därpå hade Toyotas PR-ansvarige Bengt D lovat att ta oss - de av oss morgonpigga till Tokyos fiskmarknad vilket inte var mitt första besök men är lika intressant varje gång.

Men då väckarklockan ringde klockan fyra på morgonen måste jag erkänna att det inte var så kul.

Nere i receptionen väntade Bengt och utanför stod ett par taxibilar som tog oss till fiskmarknaden i Tokyo som är bland det häftigaste jag fått vara med om.

Vi kom fram kanske tjugo minuter senare och slussades in i de fuktiga och kalla lokalerna. Det var fisk överallt och hela tiden rullade det in truckar med lådor fyllda med ispackad fisk och de fiskar som var för stora för lådor var lastade ovanpå.

De stora färska tonfiskarna låg som djupfrysta tunnor i rader och var de som drog till sig den största uppmärksamheten och de fetaste plånböckerna. Färsk tonfisk är svindyrt – ursäkta uttrycket. Uppköparna tog prover, luktade klämde och kände. Lös till och med in i tonfiskarnas munnar med sina ficklampor. *(se bild nedan)*

Sedan blev det blev ett fasligt väsen då auktion kom igång. Det plingade och det slogs med klubbor då folk skrek ut sina bud.

Samtidigt pågick stor aktivitet runt om.

I vattenfyllda lådor simmade olika sorters fiskar, skaldjur, snäckor och ålar. I en av dessa lådor fanns blåsfisk eller Fugu som den också heter. Fisken är extremt giftig då fiskens gift även i en liten oansenlig dos kan ta livet av en människa på bara 20 minuter. Idag krävs det ett års speciell utbildning för att få tillaga den eftertraktade delikatessen fugu.

Bakom en provisorisk disk stod en fiskrensare som höll på med att rensa fisk. Framför sig hade han en stor balja med fisk där han stoppade ner ena näven och drog upp en av fiskarna. I andra handen hade han en grov ståltråd som han tryckte ned genom fiskens gap och ut den andra vägen. Fy faa... så barbariskt. Kunde inte se detta utan lät bara min videokamera filma.

Nästan samma sak utspelade sig i ståndet bredvid där killen hade en balja med ålar framför sig. Med flinka fingrar och en sylvass kniv tog han upp en ål. Spetsade den på en spik och sedan med två snabba snitt avlägsnade han ålen från dess skinn. Ålen sprattlade

fortfarande när han var klar och tog nästa ål som gick samma öde till mötes.

Fy, vad människan är brutal och hänsynslös mot allt vi lever tillsammans med, i symbios, som det så vackert heter, på vår jord.

Vid sextiden – då jag hade vaknat till liv – speciellt efter fiskrensningen gick vi ut från fiskmarknaden och på väg mot tunnelbanan gick vi in i ett buddisttempel för ett par minuters eftertänksamhet vilket faktiskt gjorde gott.

Tunnelbana hem till hotellet klockan åtta och där en väntande frukost. Efter den japanska frukosten bar det iväg till det gigantiska hotellet New Ontani som jag bott på tidigare för att därifrån köra Toyotas senaste hybrid, men också ett par bränslecellsbilar vars planerade premiär var satt till tjugo år fram i tiden – runt 2020 alltså, sades det då. Snacka man var med i framtiden.

Dag fem – den 27 oktober var det dags att checka ut och ta flyget hem. Betalade då min telefonräkning på 3500 kronor för de få minuter jag ringt hem och pratat med Gunilla.

Året avslutades med tre resor. Den siste oktober var jag i Nice och provkörde en ny version av Toyota Camry. Dagarna därpå hade VW sin europeiska debut av nya VW Polo på Sardinien och då som så ofta på Hotel Cala di Volpe. *(se bild här inunder)* Årets sista resa den 12 november gick till Nice för att provköra Hyundai Coupé i trakterna av Cannes där jag också bodde.

Tommy "Tompa" Viking, jag och Hasse Britth vid frukostbordet på Hotel Cala di Volpe.

- Niki Lauda, Fernando Alonso, Jenson Button

En ung Jenson Button med sitt team Renault F1.

Nytt år och nya förutsättningar som det heter. Det kom att bli ett magert år vad gäller internationella provkörningar vilket jag och familjen uppskattade.

Ändå kickade säsongen igång den siste januari med en körning till Sicilien för att köra Alfa Romeo 156 GTA på anrika Targa Floriobanan. Bara vägskylten Targa Florio väckte ett visst habegär hos mig. Men jag insåg att den var för stor att få plats i min hand-bagage-väska.

- Men vi har verktyg i bilens verktygslåda, sa kollega och co-driver Bengt Dieden. Men jag besinnade mig. Det fick vara.

Audi lanserade sin A4 cabriolet och på soliga och 25-gradiga Teneriffa i mitten av februari. Bodde på Gran Hotel Bahia del Duque. Varför ska de alltid ha så krångliga och ofta långa namn? Bodde i alla fall på samma hotell i mars -97 då med Opel. Än en gång en fyrsitsig cabriolet. A4 cab fanns i Sverige i två versioner. Båda med V6:or med 170 respektive 220 hk och till ett pris från 350 000 för den mindre och 393 000:- och uppåt för den med stora motorn. Det var 30 000 mer än vad motsvarande BMW Z3 3.0 roadster (rak 6:a) kostade och som då hade 10 hästar mer och ren tvåsitsig som det ska vara. Tycker i alla fall jag.

Veckan därpå var jag åter i Spanien men då på fastlandet och i Barcelona för att köra Opel Vectra. Privatcharter från Köpenhamn. Bodde på hotell Arts nere vid Olympiahamnen. Delade bil med rallyesset Hasse Britth som verkligen trampade på gasen längs vägarna upp 1200 meter till benediktinerklostret Monserrat så pass att jag blev ganska åksjuk.

I början av mars var jag inbjuden av Citroën att i Paris få se och köra Citroëns minsting C3 en kul liten bil för under 100 000:-.

Tre dagar senare var jag tillbaka i Paris efter att ha varit hemma ett dygn. Redan då började jag fundera på att försöka slå ihop resorna.

Det vill säga att jag skulle kunna åka från ett event direkt till nästa istället för att flyga hem och vända. Så kom det att bli kommande år.

Okej, åter i Paris den 21 mars för att köra Peugeot 307 SW. En ganska intetsägande kombi men praktisk och lagom stor.

Efter årets första resor trampade jag åter engelsk mark och som så ofta i Birmingham där solen sken som omväxling. Efter landning buss från Birminghams flygplats till den underbara engelska staden Oxford och där incheckning på Royal Oxford Hotel. Efter att bara ha ställt in väskan på rummet så körde bussen oss journalister till Renaults F1-fabrik i Enstone som ligger en halvtimmes bilväg från Oxford och tio mil väster om London. Renault hade detta år köpt Benetton Formula, rubb och stubb och döpt om F1-stallet till Renault F1 och var precis nyinflyttade när jag besökte dem.

Enstone är en liten ort med bara 1100 invånare och ligger på bekväma fyra mil från racerbanan Silverstone. I det böljande landskapet har Renault grävt ner sig för att inte synas och är insynsskyddad från nyfikna konkurrenterna och pressen. Men i området fanns eller finns även ett par konkurrerande F1-team.

Vi klev ur bussen och blev hänvisade till ett flott konferensrum med stora fönster. Men någon utsikt över något landskap förutom en jordslänt, buskar och den blåa himmelen var det inte. Efter en stund kom ingen mindre än Flavio Briatore in och hälsade oss välkomna och berättade att han som F1-chef skulle ge oss lite information om var vi var och framför allt om Renault F1.

Flavio Briatore var från början ekonom hos modeföretaget Benetton men blev senare teamchef för Benetton Formula och sedan Renault F1 som vann Formel 1 VM 1994 och -95 samt 2005 och -06. Men efter att ha beordrat teamets andreförare Nelson Piquet Jr att köra in i banräcket under Singapores GP 2008 blev Briatore avstängd av F1's högsta tävlingsledning på livstid. Planen med att Piquet skulle köra in i räcket var att då skulle säkerhetsbilen komma ut varpå racefältet skulle dras ihop och omkörningar var då förbjudna vilket skulle hjälpa teamets försteförare Fernando Alonso att vinna loppet vilket han också gjorde.

Tillbaka till år 2002. Där satt vi – kanske åtta - tio svenskar och lyssnade på Flavio. Lyssnade gjorde vi men så gott som alla tittade ut genom det stora fönstret. Där ute var det fullt med hål i den jordslänt som vi såg ut mot och under buskarna ovanför. Men inte nog med det. Ur och i hålen kilade fem kanske tio vildkaniner fram och tillbaka eller om det var harar låter jag vara osagt. Vårt fokus var inte hos Flavio utan hos de långörade vännerna.

När Flavio tystnat och vi blev utsläppta från konferensrummet fick vi en guidad tur genom F1-fabriken och se det mesta från själva byggandet och produktionen till testande av olika F1 komponenter.

Otroligt intressant att se hur de skar och klippte kolfiber likt tygbitar som sedan formades och limmades samman för att till sist bakas i en stor ugn för att därefter som en färdig karossdel provas i vindtunneln. Samma precision gällde då man för hand formade och svetsade de superlätta avgassystemen som är gjorda av en nickelbaserad superlegering – Inconel 625 som har höga hållfasthetsegenskaper och klarar extremt höga temperaturer.

Vi fick också besöka motoravdelningen där de byggde ihop motorer och sedan se ett par F1-bilar som stod i olika testbänkar där man testade fjädring och stötdämpning.

Efter besöket hos Renault F1 blev vi bussade tillbaka till Oxford för middag och därefter en kvällsöl på stan. Det var sådär april-kallt även i Oxford men ändå satt vi utomhus.

I kvarteret bredvid, i en gammal kyrka var det full aktivitet. Inte för att det hade kommit någon nedstigande från himlen men väl Harry Potter som spelade in en scen där.

Dagen efter tog bussen oss till Silverstonebanan efter en bastant "english breakfast".

Då det var träning var så gott som alla teamen på plats.

Under bussresan delades det ut passerkort – speciella press-passerkort till oss som gjorde att vi kunde gå in i de olika teamens garage som vi ville. Naturligtvis när det passade teamen.

Väl framme slussades vi in under sträng övervakning av väktare på området. Ingen – absolut ingen släpptes in utan giltigt passerkort.

Jag gick längs pit-lane och noterade att Arrows, BAR, Ferrari, Jaguar, McLaren, Renault och Sauber var på plats. På plats var också Niki Lauda som gav mig en autograf tillägnad sonen Max.
(se bild nästa sida)

Ljudet från F1:orna var minst sagt öronbedövande. I Renaults VIP-trailer hade man satt fram bord och stolar där vi alla satte oss.

Försteförare Jenson Button skymtade till vid ett par tillfällen likaså då testföraren Fernando Alonso. Alla var så upptagna att ingen av dem hade tid att ens undvara trettio sekunder för att svara på ett par frågor. Ändå lyckades jag också få Jenson Buttons autograf på en keps hem till Max.

Mot eftermiddagen slussades vi ut från området till vår väntande buss. Utanför grindarna stod då en hel hoper superbilar parkerade. Det var de värsta Ferraris, Lamborghini, Porschar, McLaren men också ett par av Pagani Zonda. Bilar värda mellan sju och femton miljoner – stycket. Mellan den bakom oss låsta grinden och bussen passerade jag ett tiotal personer som stod där med plånböckerna öppna. "Sell me your pitlane-pass, please", sa flera av dem och visade sina feta plånböcker.

Säkert skulle jag kunna fått ett par tusen – inte kronor utan snarare pund för mitt presspasserkort, men vad är pengar...

Ludvig XV och tavlor med kulhål - 2002

Sydfrankrike benämns ofta som en enda stor kultur- och smaksensation.

Den 13 maj fick jag chansen att kolla om det stämde och körde sydöst från Toulouse ned mot den lilla underbara staden Sorèze. Det var och är en snabb väg som tar cirka en timme men det finns flera andra och betydligt lugnare och trevligare vägar.

Färden går då genom ett otroligt vackert landskap. "Här skulle man kunna tänka sig slå sig ned på sin ålders höst", tänkte jag då jag körde genom de allékantade vägarna. Vitsen med dessa alléer – de långa raderna av träd var förr att ge de resande lite svalka från den stekande solen.

I Sverige hade vi också vackra träalléer men då bilen tog över efter hästen så ansåg man att de långa alléerna av träd var en olycksrisk så de blev nedsågade. Ett träd som står still är knappast en olycksrisk? Eller? Snarare är det väl bilen som är det.

Vissa av dessa träd som jag passerade i allén var valnötsträd och på sina ställen var det inte grus som knastrade under bildäcken mot vägbanan utan just valnötter. De bastanta träden är säkert ett par hundra år gamla och knappt hade jag åkt igenom en by förrän nästa lilla by tog vid.

På flera ställen verkade det som att tiden hade stått still, speciellt i flera av de små pittoreska byarna vars gator och torg var belagda med handknackad gatsten och med hus av typ korsvirkeshus. Ett måste på min resväg var den medeltida staden Carcassonne som är värd ett längre besök än vad jag hade tid med.

Landsvägarna är överlag ganska smala och fransmännen håller gärna ett högt tempo så det gäller att se upp.

För finsmakaren finns det mycket att smaka på då vingårdarna som på flera platser i Frankrike står som spön i backen. De är kanske inte så stora men väl värda ett besök där man oftast också kan handla till hyfsade priser.

Något som jag också kan rekommendera är gås- och ankfarmarna där man producerar den syndigt goda Bloc de Foie Gras' Oie, gåslever som vi säger på svenska eller anklever som då heter "de Canard" istället för "d'Oie". Vi får inte heller glömma de goda franska ostarna.

Men även stormarknaderna har ett brett sortiment av läckerheter både i fast och flytande form till riktigt bra priser.

Samma eftermiddag var jag framme i Sorèze som är helt underbar med sina knappt 3 000 invånare och checkade in på mitt hotell, Hôtel Abbaye Ecole de Sorèze som kort och gott kallas l'Abbaye och är ett trestjärnigt hotell som ligger på Rue Lacordaire, i Sorèze. *(se bild här inunder)*

Här kan man känna historien vina runt öronen samtidigt som man förnimmer att de lärda står i kulisserna och observerar. Egentligen är detta ett kloster som Benedictiner-munkarna öppnade 1682 som en pojkskola. Här planterade munkarna också olika

sorters träd, bland annat en Sekvoja som när jag såg den hade växt till sig och var då över 400 år gammal påstods det. Munkarna byggde också en stor bassäng där man hade sin egna fiskodling.

När så Ludvig XVI, säkert mer berömd för att varit gift med Marie Antoinette kom till makten så gjordes klostret om till militär- skola – kunglig sådan. Den gamla bassängen fick då en ny funktion – att lära soldaterna simma, för vem vet, en vacker dag kanske måste någon soldat rädda kungen ur vattnet och då är det bra att kunna simma, tyckte det franska majestätet som var livrädd för vatten. Men det hände aldrig

I mitten av 1800-talet blev Abbaye Ecole skola för de välbeställda. De som då hade råd satte sina barn i skolan där flera av eleverna kom sedan att bli framstående och för den tidens bildade personligheter.

Längs korridorerna hänger det tavlor med namn på alla avgångs- klasser som varit där från 1682 till 1991 då sista klassen gick ut.

Det syns tydligt vilka år det varit krig då de tavlorna i ett fall var lätt bränd och att det fanns kulhål i en och annan. Mycket dramatiskt. På området finns också den enda kvarvarande hela staty av Ludvig XVI då alla andra halshöggs och förstördes i samband med den franska revolutionen.

Från kulturen i Frankrike till snö och kyla i Nokian. Ofta då det kom inbjudan från däcktillverkaren Nokian betydde det vinter- däck, snö och minusgrader. De två senaste – snö och minusgrader är bland det värsta jag vet. Men något sådant stod det inte på den inbjudan jag fick i slutet av augusti. Istället var det fabriksbesök hos Nokian i självaste staden Nokian. Vi fick se en del prototyp- däck även där det satt ett par tekniker som borrade och slog in dubbar i ett par testdäck. På den presskonferens som följde berättade Nokian att man nu hade en ny dubb kallad Björnklo som hade en ny revolutionerande botten, den del som satt inborrad i däcket. Den var nu inte rund som tidigare utan fyrkantig. Då undrade jag hur den borren sett ut som de använde. Nåt svar på det har jag ännu inte fått.

Det snöade ordentligt när jag körde ut till Arlanda den 14 november klockan 05:20. På Porsches inbjudan stod det "Porsche Cayenne - Jerez". Något jag inte ville missa. Misstänkte att det skulle bli förseningar vilket det också blev. Först två timmar på Arlanda med kö till avisning av flygplanet. Sedan när planet väl lyfte och landade i Madrid ett par timmar senare blev anslutande flyg stående där i 3 timmar innan det lyfte mot Jerez i södra Spanien.

Där öste regnet ner. Jag rusade till shuttlebussen som tog mig till det femstjärniga hotellet Grand Hotel Palmera Plaza. Fin så det förslog. Åtminstone vad gällde namnet. 25 - 26 grader varmt på rummet och ingen luftkonditionering. Inte heller något varmvatten. Så lätt irriterad blev det till att byta rum. En företeelse som kom att bli ganska vanlig för mig framöver. Började jag bli kinkig? Nja, lite kanske…

Middag på kvällen i en halvfylld matsal. Flera av kollegorna bland annat de från England som skulle ha landat klockan 18 landade på grund av busvädret som rådde över hela Europa kom till hotellet först klockan 01:00.

Dagen efter duggregnade det men glädjeämnet var Porsche Cayenne. Trots en klump till kaross så fanns Porsches DNA överallt. Väghållning, styrrespons, motoreffekt och motorljud. Ett ljud som talar till sin förare. Det kryddiga namnet Cayenne för mina tankar till scoville som inte har något med bilar att göra men väl hur man mäter styrkan hos bland annat chilifrukt och peppar. Starkast är ren capsaicin som har en styrka på 16 miljoner scoville. Cayennepeppar har i skalan 30 - 50 000 vilket jag tycker är ganska mesigt när det gäller Porsche Cayenne och ger den i min bedömning 2 690 000 som även Pepper X har. Själv nöjer jag mig med 1000 scoville i maten. Fegis..?

Walk the dog - 2003

Det blev bara tio provkörningar utomlands under 2002 och mindre skulle det bli både 2003 och året därpå på grund av ett par nya utmaningar på jobbsidan för Gunilla och mig.

10:e februari flög jag till Birmingham för att besöka MG-Rover och provköra ett par av modellerna som enligt Jan Reander som var den som bara året innan (2002) blivit svensk representant för de båda engelska bilmärkena.

Naturligtvis regnade det men temperaturen var ändå plus åtta grader då vi ett tiotal journalister klev av planet för att kliva på en shuttlebuss som skulle ta oss till historiska Stratford-Upon-Avon som är känd för att vara Shakespeares födelsestad.

Bodde i ett läckert gammalt slott som heter Ettington Park Hotel med anor från mitten av 1300-talet men har under århundraden hela tiden byggts om och renoverats.

Ettington Park hade en roll i skräckfilmen "The Haunting" om nån sett den. Inte jag.

Vår värd affärsmannen och entreprenören Jan Reander bjöd till middag på slottet. Slottet var lite udda på många sätt. Bland annat fanns där en hund som hette Molly och som man kunde låna för att ta en promenad med. Även stövlar fanns att låna om man ville ge sig ut på hedarna. För egen del avslutades kvällen med en öl framför den stora öppna spisen.

Det blev en riktigt kall natt. Regnet smattrade ihärdigt utanför på fönstret hela natten men inga spöken störde min nattsömn.

Efter frukost stod testbilarna uppradade utanför hotellet där det regnade precis lika intensivt som det också gjort under natten.

Teststräckan gick till MG-Rovers gamla fabrik som byggdes i slutet av 1800-talet i Longbridge där vi fick en guidning genom fabriken. Mycket av storhetstiden för MG och Rover under 40, 50 och 60-talet var påtaglig och satt i väggarna som det heter.

Senare samma kväll blev det middag inne i Stratford-upon-Avon på restaurang The Vintner – ett namn som går tillbaka till 1600-talet men byggnaden som restaurangen är inhyst i är från 1400-talet.

Tillbaka till hotellet för en "night-cap" där jag också fick tillfälle att prata lite med Jan Reander vilket kom att resultera i att jag skrev MG-Rover Sveriges pressreleaser de kommande åren till dess att huvudmannen engelska MG-Rover slog vantarna i bordet och allt tog ett hastigt slut 2005. Jan Reander dog 2009 66 år gammal.

Vårt egna bokförlag - 2003

Från 2003 gav vi också ut fem boktitlar i Gunillas och mitt bokförlag där vi gjorde det mesta av översättning och layout på böckerna.

Vi började med den tecknade barnboken "Vännerna i Sagobyn" som är i stil med den mer berömda "Det Susar i Säven". Vår version lät vi trycka i Italien vilket skulle bli lite vanskligt. Mitt i tryckningen så tappade italienarna bort en svartfilm till en sida där texten fanns. Vad gjorde de? Jo, de hittade på nån sorts svenska. Ungefär som den svenska kocken pratar i The Muppet Show. Suck, sa vi bara men lyckades ändå reda ut det hela.

Därefter gav vi ut boken "Beatles och Jag" som var skriven av Alistair Taylor, en kille som var Beatlarnas allt-i-allo i flera år men fick aldrig något erkännande för det förutom på en affisch.

Vi lyckades också i vårt bokförlag få rättigheterna till boken "Lyckigt Lottad" skriven av skådisen Michael J. Fox som kämpade mot sin Parkinson och som vi sett i filmerna "Tillbaka till Framtiden".

Ännu en bok som berörde var Christopher Reeve mer känd som sin rollfigur – Stålmannen. Med boken "Ingenting är omöjligt" berättade Christopher om sin kamp för att tillåta stamcellsforskning som säkert skulle lett till hans tillfrisknande men hans liv ville annorlunda.

Den femte boken hette "Sir Mick" och handlar om den då nyligen adlade rockikonen Mick Jagger och hans brokiga och stundtals stökiga liv.

Sist men inte minst blev det 2004 en tät thriller "I skugga dold" av Michael Marshall som är bästa kompis med skräckförfattaren Stephen King och som skrev förordet som vi satte på omslaget.

I vårt förlag gav vi också ut en korsordstidning som faktiskt blev en riktigt bra affär på slutet.

Men att ge ut böcker var segt och som att sitta och titta på när färg torkar. Inget för oss, i alla fall inget för mig.

Samma år 2004 som sista boken kom ut fick jag vara inhoppare och representera tidningen Motorföraren på en körning med Citroën C5 som skulle visas i Frankrike. Körde min då nyrenoverade Fiat Panda till Arlanda och därifrån flyg i en privatchartrad turbopropp. Efter en mellanlandning i Köpenhamn för att ta ombord ett par journalister flög planet vidare för att ett par timmar senare landa i 25-gradig värme i franska Nanteas.

Kollega Tompa Viking skulle ha varit med men fanns av någon konstig anledning bland oss journalister. Fick då en förfrågan från hans uppdragsgivare CNP som är en bilnyhetsbyrå om jag även kunde provköra, skriva och plåta även för dem vilket jag naturligtvis gjorde. Detta blev för övrigt årets enda pressresa för min del.

- Trafik & Motor, Orientexpressen, MX5 krockas i Faro

Efter två sömniga år 2003 och -04 tog allt fart igen 2005 då Gunilla och jag började jobba med Trafik & Motor som var Försvarets Motorklubbs tidning.

För kanske tjugo år innan när det fanns ett svenskt försvar var upplagan på nästan hundra tusen exemplar varannan månad. Då när vi tog över tidningen och när försvaret mer eller mindre lagts ned hade vi en upplaga på trettio tusen, knappt det. En upplaga som ständigt minskade. Mycket beroende på att man inte värvade prenumeranter förutom bland de som tidigare sagt upp sin prenumeration. Eller bland de som dött. Ingen succé direkt.

Vi inte bara skrev och fotograferade allt utan vi gjorde också all layout. Rubbet – från ax till limpa så att säga. Något vi gjort så många gånger tidigare.

Det var väldigt kul att få göra Trafik & Motor som vi rattade till 2011 då även den sagan tog slut. Varför det tog slut berodde mest på inkompetens, misskötsel och ren klantighet från den då sittande vd:n Bengt W. Otroligt att en sådan människa över huvud taget kom så långt.

Att vi drev Trafik & Motor gjorde att vi samma år fick en rivstart och under det första året blev det nitton provkörningar utomlands plus ett antal tester på hemmaplan.

Första pressresa blev till spanska Tarragona med Audi A6 Avant – kombi alltså. Datumet var den 15 februari. Lufthansa till München och där byte till flyget som tog mig till Barcelona och därifrån körde jag till hotell RA i Tarragona. Variationerna på Audi A6 Avant var brett med både fyrcylindriga, V6:or och V8.or med effekt från 140 till 335 hk. Med eller utan fyrhjulsdrivning – quattro och priser från 299 000:- och upp till 584 000:-.

GM har under åren gjort en del lite konstiga affärer. En av dessa var då man plötsligt köpte på sig det sydkoreanska bilmärket Daewoo 2003 som man året därpå döpte om till Chevrolet. Utöver en rad olika modeller var den minsta modellen Matiz. Men innan den kom med ett Chevroletmärke i nosen tillverkades den som Daewoo Matiz 1998. Bakom linjerna stod ingen

mindre än Giorgetto Giugiaro på Italdesign som hade tänkt sig att det han ritat skulle bli en ny liten Fiat. Men Fiat hade då inte de pengarna att dra igång tillverkningen av en ny liten bilmodell varför designen såldes till Daewoo.

10 mars 2005 var det premiär av den faceliftade Chevrolet Matiz och körningen var förlagd till italienska Perugia. Matiz var en kul liten bil som var lika hög som den var bred - 150 cm med en liten fyra på 1 liter och 64 sprattlande hästar till ett pris av 78 400:-.

Lika snabbt som GM köpte bilmärket gjorde man sig av med det vilket hände 2015. Undrar vad slutnotan gick på..?

Måndagen den 21 mars hämtade Hasse Britth mig klockan 04:45... fy för den lede, vilken tid.

Ut till Arlanda och därifrån flyg till Frankfurt och sedan vidare till Rom där testbilarna – Renault Laguna väntade.

Stannade till för lunch i ett gammalt kloster. Hann knappt svälja sista tuggan parmaskinka och parmesan förrän vi i ett lätt duggregn med kanske bara fyra, fem plusgrader satt i bilen igen och körde mot målet som var hotellet Terme di Saturnia.

Vägarna var smala och krokiga och naturen i området vi körde genom var stenig och verkade väldigt karg. Det luktade konstigt också. Här och var stod det bilar parkerade där folk gick omkring i badkläder – i kylan!?

Efter en stund fick vi förklaringen. Folk badade i de rykande varma källorna med bubblande svavelhaltigt vatten som också pös ut här och var från den aktiva vulkan som låg långt nere inunder markytan. Faktiskt flera tusen meter ner. I flera av de varma källorna bubblade de så hårt att det stänkte upp vattnet i kaskader och det luktade – pyton. Många kom även dit vid skymningen för att bada i de termiska källorna som det heter och se på de dansande eldflugorna.

Vi fortsatte längs de smala och krokiga vägarna mot hotellet där lukten av svavel blev ännu mer påträngande. Till en början nästan kväljande innan man vande sig.

I hotellet hade man gjort som en inomhuspool och lett in det varma vattnet från en öppen svavelkälla utanför. Ville man så var det bara att simma ut från hotellet då vattnet inne och utanför höll samma behagliga temperatur på minst trettiosju grader.

Även om temperaturen säkert är behaglig så är det farligt att bada i svavelrikt vatten. Svavlet är bra för hyn, ja och bra för nästan allt men om man har ett svagt hjärta kan ett svavelbad vara det sista man gör. Så därför stod det på anslagen att man rekommenderade maximalt tre minuters badning per gång. Om man nu kan tro på det vet jag inte.

Store Kro, Fredensborg - 2005

I ett vårvarmt Danmark i april var det Honda som bjöd in till att provköra två nya modeller – Hona FR-V och CR-V.

Det blev som så ofta SAS till Köpenhamn och därefter en kort promenad genom terminalen vidare inomhus och över till Hotel Hilton (numera Clarion Copenhagen Airport) som ligger inne på flygplatsen.

Efter en kort pressinformation körde vi mot Fredensborg där den danska kungafamiljen har sin sommarstuga eller snarare sommarslott – ett av flera sommarresidens.

Kungen Fredrik den IV som lät bygga slottet 1719 var en stor sällskapsmänniska och då det ständigt kom gäster till slottet lät han bara ett stenkast från det kungliga sommarslottet 1723 uppföra Kongens Kro som idag heter Store Kro. Här finns det en diger samling av bilder på det danska kungahuset från förr och idag.

Bland dem märktes målningar föreställande kung Fredrik IV och Anna Sophie Reventlow som hänger i kungens salong inne på Store Kro.

Store Kro hade också 49 individuellt inredda rum som var lika fantastiska som de olika sällskapsrummen och den stora matsalen med sitt knarrande parkettgolv.

I krogens matsal och lite var stans var väggarna smyckade med otroligt fina oljemålningar. Bland dem en serie på 58 målningar av konstnären Emil Poulsen som hade målat av sin far som varit skådespelare. Målningarna var humoristiska och otroligt skickligt gjorda.

Det verkade som om hotellet hade genomgått en större renovering någon gång under 60-talet men sedan dess hade det nog tyvärr inte hänt särskilt mycket. Då jag gästade stället var skicket på hotellet ganska slitet och skulle verkligen behöva en uppfräschning vilket också skulle ske.

Ändå hade huset en sådan charm med så fina, pittoreska rum att det gjorde att jag ville återse stället men då också med familjen vilket också skedde året därpå.

I maj var jag i Barcelona för att besöka Barcelona Motorshow där det stora dragplåstret var nya Seat Leone.

I slutet av maj flög jag från Bromma flygplats till den exotiska orten Göteborg. En ort som jag bara besökte då det gällde att hälsa på Volvo eller Saab eller ta färjan över till England. Körde första dagen den nya Saab 9.3 SportCombi och vandrade igenom Saabs museum. Efter en natt på hotellet Gothia Towers körde jag den vassa familjefraktaren Opel Zafira OPC med 240 hk. Lyckades sedan ta ett tidigare flyg hem. Om någon undrar så betyder OPC Opel Performance Center och är en avdelning inom Opel som jobbar och utvecklar prestandaversioner av just Opel.

Grand Hotel Borromees och Orientexpressen - 2005

På tal om vackra platser så är Lago Maggiore i Italien en sådan plats som jag besökte den 6 juni 2005 som även var första året som vi svenskar på just den dagen firade Sveriges Nationaldag. Alla andra länder har sedan länge haft en nationaldag men inte det slätstrukna och gråa Sverige förrän 2005.

Från Milano körde jag testbil Mazda5 genom ett sommarvarmt

Italien och till det fantastiska hotellet Grand Hotel des Iles Borromees. Hotellet byggdes 186 skulle bli en av knutpunkterna till Orient-expressen. *(se bild föregående sida)*

Långt uppe i norra Italien, precis nedanför alperna i en dalgång ligger Lago Maggiore som är den näst största sjön efter Garda. Maggiore är inte helt italiensk då den med sin 166 kilometer långa kuststrand även sträcker sig – 42 kilometer in i Schweiz. Klimatet i området är milt och nästan överallt kan man se rhododendron-buskar eller snarare rhododendronträd växa, liksom azaleor.

I själva sjön Lago Maggiore, på den italienska sidan finns fyra, men av dessa tre speciellt intressanta öar. Det mesta i och runt Lago Maggiore har alltid ägts av familjen Visconti och Borromeo. Till och med staden Stresa som man vet har anor tillbaka till år 998 lydde under familjen Borromeo.

På strandpromenaden i Stresa ligger hotellen, de tjusiga villorna och parkerna på rad och blickar man ut över sjön med de tre vackra öarna – Bella, Madre och Pescatori – även de ägda av familjen Borromeo.

Ett av de mest magnifika hotell finns där – Grand Hotel des Iles Borromees. Ett hotell som är det mest fantastiska jag bott på och slår det mesta.

Hotellet har fem stjärnor och placeringen är i det närmaste perfekt – mitt emot de tre öarna. Man hade sannerligen inte sparat på lyxen och extravagansen då man 1863 välkomnades de första gästerna till hotellet varpå staden Stresa plötsligt hamnade på kartan.

Stresa kom att bli en så pass viktig ort att till och med Orient-expressen stannade till för att ta emot eller släppa av passagerare.

Orientexpressen blev senare i modern tid för de flesta lika med mystik, farliga spioner och under-sköna kvinnor än att vara så mycket mer än bara en tågförbindelse mellan London och Venedig vilket det var om än i lyx.

Orientexpressen var och är snarare en legend som berättats om i många år genom sex större filmer, nitton böcker och faktiskt också på skiva - en stenkaka. Låten "Orient-Expressen" var en foxtrot och blev en hit (om ens ordet fanns då) 1933.

Idag är det mytomspunna tåget mer ett rullande lyxhotell, men en gång var det ett för tiden snabbt och effektivt sätt att ta sig österut mot det som då hette främre Orienten. Inte ens de första reguljärflygen var snabbare än Orientexpressen som nådde Istanbul i Turkiet på tre dygn efter starten i franska Calais.

När den första Orientexpressen rullade ut på rälsen från Paris den fjärde oktober 1883 var det en sensation. Ombord fanns fyrtio passagerare, däribland London Times Paris-korrespondent, som skulle få vara med om något så märkvärdigt som att få resa non-stop till Istanbul i lyx och högsta komfort.

Att sova på tåg var inget nytt, men att kunna göra det mellan sidenlakan och medan tåget rusade vidare genom natten och att ha tillgång till en restaurangvagn med en kock som lagade frukost, lunch och middag var något nytt.

Att ta sig till Istanbul med båt tog då flera veckor. Med tåg tog äventyret sju till åtta dagar. Men nu med Orientexpressen skulle det gå på tre dygn.

London Times reporter skrev dagliga upphetsande rapporter från resan.

Men ett par oplanerade stopp på vägen blev det som när Kung Karl av Rumänien absolut ville syna nymodigheten.

Kung Boris III av Bulgarien

De flesta passagerare åkte inte så långt som till Istanbul i Turkiet utan stannade i italienska Venedig, som blev de rika britternas tummelplats på det glada 1920-talet. De med stor plånbok var naturligtvis välkomna men inte alla.

Kung Boris III av Bulgarien var en pinsam huvudvärk för Orient-expressens direktion.

När tåget kom till Sofia stod ofta den tågtokige monarken där och "tog befälet" över tåget. Han hoppade helt enkelt upp på tåget och tog över kommandot och körde Orientexpressen genom sitt land så snabbt att passagerarna höll sig skräckslaget i bordskanterna.

Vid ett tillfälle körde kung Boris så hårt att lokets eldare blev illa bränd. Tåget stannade då på närmaste station och eldaren lämpades av varpå tåget fortsatte med kung Boris ensam på loket, vilt körande och skyfflande kol för att ta in förseningen.

Till slut såg ledningen för Orientexpressen ingen annan råd än att låta utbilda Kung Boris till lokförare för att ge passagerarna en något lugnare och säkrare resa.

Orientexpressen har varit relativt skonad från olyckor. Men 1929 snöade tåget fast i de turkiska bergen och blev stående där i tre dagar. En dramatisk händelse som kom att inspireras till filmen "Mordet på Orientexpressen".

En annan händelse var urspårningen på sträckan öster om Italien. Då kopplades flera av de luxuösa och specialbyggda vagnarna helt fräckt bort under tiden passagerarna var i restaurangvagnen. När vagnarna hittades var de tömda på både bagage och inredning. En av Orientexpressen vagnar – nummer 2419 – fick ett våldsamt slut. Fransmännen använde nämligen den luxuösa salongsvagnen när tyskarna skrev under kapitulationshandlingarna efter första världskriget.

1940, under andra världskriget då Frankrike var ockuperat av tyskarna tvingade Hitler fransmännen till samma förnedring och då i samma tågvagn. Det hela kunde ha upprepats en tredje gång, 1945 om inte en specialenhet ur SS hade beordrats och sprängt vagnen 2419 just för att tyskarna inte skulle förödmjukas ännu en gång.

I perioden mellan de båda världskrigen fick Orientexpressen ett rykte om sig att ha två kategorier passagerare; vilt festande överklass och smygande spioner. Även om den sistnämnda gruppen överdrevs i romaner och filmer, så fanns det en viss sanning i spiontåget. Kurirer och diplomater, med eller utan rent mjöl i UD-portföljerna, använde Orientexpressen eftersom det var ett snabbt färdsätt för leverans av het information.

Andra världskriget gick hårt åt både på världsekonomin men också Orientexpressen då det inte längre fanns så många som hade råd att resa kungligt. Orientexpressen var fortfarande då ett snabbt färdsätt, men strålglansen var borta. Passagerarna var turister med ryggsäck, gästarbetare från Turkiet och tågentusiaster.

I maj 1977 tog det slut och järnvägslinjen las ned.

Men då kom James Sherwood som hade gjort sin förmögenhet på containers och var som så många andra en tågentusiast.

Han började med att köpa in två gamla och slitna Orientexpressvagnar på Sotheby's auktion i Monte Carlo hösten 1977. Köpet födde då en dröm men som skulle kosta Sherwood 200 miljoner kronor.

Han var som besatt och sökte igenom Europas skrotar, museer och hos privata samlare för att få tillräckligt många vagnar för en ny Orientexpress.

Allt Sherwood fick tag i fraktades till engelska, tyska och belgiska experter som satte igång en mödosam renovering. All exklusiv träinredning, alla utsökta kristallornament och allt skinn, läder och plysch restaurerades varsamt och vagnarna lackades i Orient- expressens färger.

Den 25 maj 1982 avgick Orientexpressen på nytt från Victoria Station i London mot italienska Venedig. Då handlade det inte om att ta sig till Orienten på snabbaste och bekvämaste sätt, utan snarare erbjöds några nätter ombord på ett rullande lyxhotell, inrett i magnifik 20-talsstiloch med den bästa betjäning, kockar, mat och dryck man kunde få för pengar.

Hotellet Iles Borromees blev snabbt synonymt med societeten och 1935 träffades där premiärministrarna för Italien - Mussolini och Englands McDonald samt för Frankrike utrikesminister Laval för att föra världsliga förhandlingar.

Under andra världskriget blev hotellet först ockuperat av tyskarna och sedan av amerikanerna för att sedan fram till 1946 fungera som rehabiliteringshem åt krigets offer.

Efter krigsåren återgick Borromees till att vara hotell. En titt i gästboken avslöjar en rad kungligheter inklusive vår egna kung, men också namn på legender som Rockefeller, George Bernard Shaw, Ernest Hemmingway, skådespelarna Clark Gable och David Niven för att nämna några.

Hotellet är magnifikt om än kanske lite väl prålígt. Det är byggt med ett enormt överflöd av finaste marmor, ädelträ och dyrbara textilier. Alla dörrar och paneler i trä är smyckade i otroligt vacker intarsia. Nästan lite väl mycket, tycker jag men som sagt det mest fantastiska jag sett och bott på. *(se bild i slutet av detta kapitel)*

Isola Bella, Pescatori och Madre - 2005

För ett par euro kan man få följa med en turistbåt som ligger vid kajen nedanför hotellet och tar intresserade ut på Lago Maggiore och runt de tre öarna.

På Isola Bella byggde greve Vitaliano Borromeo sitt barockpalats med den magnifika trädgården 1632. Men det var först senare som ön antog utseendet av ett skepp med en trädgård föröver och en akteröver som också gjort ön vida berömd. En som ofta bodde där var Napoleon.

På Isola Bella tillbringar
än idag familjen Borromeo
ett par veckor varje sommar
och då vajar den blå-röda
flaggan.

Isola Pescatori – fiskarnas
ö, ligger norr om Bella och
var förr hemvist åt de lokala
fiskarna. Där kan man idag
promenera på de smala
gatorna längs de gamla trä-
husen med sina balkonger
där varje liten gata leder ned till vattnet.

Isola Madre har ägts av familjen Borromeo sedan 1500-talet.
Där odlades från början oliver och andra frukter innan ön gjordes
om till en engelskinspirerad botanisk trädgård på åtta hektar i början
av 1900-talet. Bland de exotiska blommorna finns här också påfåglar,
papegojor och fasaner. Men mest berömd är Madre för sina växter
som azaleor, rhododendron och kamelior. Här finns också en 200 år
gammal cypress. 1978 öppnades ön för turister som nu kan se de
fantastiska växterna men också beundra Isola Madres porslins-
och docksamling.

Maten i Italien går inte av för hackor och sannerligen inte i Stresa.
Här kan man med fördel äta fisk och extra populär är Pesce in
Carpione vilket är vinägermarinerad fiskfilé från sjön. Inhemskt
gott är också risotto med bacon, grönsaker, bönor och vin.Blodkorv
med gorgonzolaost är också en specialitet men inget för mig.

Efter ytterligare fem resor, bland dem till Spanien för att köra
Seat Leone, i Franska Dijon för Peugeot 107 och sedan till Pisa
för att köra en faceliftad Mazda6. Efter att ha klappat en gris på
lunchstället i tyska Heidelberg och provkört VW Passat Variant
(kombi) var jag åter i Italien och då i Turin den 5 september.

På inbjudanstod det ”Galamiddag för Fiat Grande Punto på
Lingotto”.

Förr skojade vi kollegor emellan alltid om att ju sämre bil desto
bättre present eller tvärt om. Nu var presenterna sedan länge borta
men ibland verkade det som att ju större baluns desto sämre bil.

Jo, nog var det galamiddag alltid med ett tusen inbjudna gäster
sittandes till bords med kanske tio, femton personer runt varje

bord som hade vita linnedukar som hängde ner på golvet.

Bland de inbjudna var vi – en handfull svenskar och stjärnorna för kvällen förutom nya Grande Punto, Formel 1-förarna Michael Schumacher och Rubens Barrichello plus ett par till digniteter från F1-världen. Från svensk sida var kollega Tompa vår stjärna.

Efter avnjuten middag med allt vad det innebar var det så dags för oss middagsgäster att resa på oss och gå ut till de väntande shuttle-bussarna som skulle ta oss tillbaka till våra olika hotell.

Då och där gjorde Tompa den klassiska avdukningen. Nej, han hade inte satt duken innanför skjortkragen utan istället stoppat ned den innanför byxlinningen vilket resulterade i att han höll på att duka av hela bordet då han reste sig upp.

Octavia RS i Brno och MX5 krockas i Faro -2005

En dag hemma och den 8 september var jag i Brno, Tjeckien för att i all hast provköra den vassa Skoda Octavia 1.8T RS. Vass och vass… Octavia i vanlig version hade 101 hk under huven medan RS-modellen som hade lite större motor och turbo bjöd på 180 hk (187 900:-). Men Octavia fanns också med en V6:a på 193 hk men då utan RS emblemet som utläses Rally Sport.

Jo, det var bråttom då flyget var rejält försenat. Blev efter landning körd till hotellet där jag bara hann ställa in väskan på rummet för ta plats bakom ratten på en Octavia RS till vår destination – en vingård cirka fem mil utanför stan.

Det gick verkligen undan på motorvägen. Höll en hastighet på ungefär 190 till 200 km/tim till så mycket bilen kunde prestera.

Däcken slog hårt mot vägbanan av betong och lät dunk, dunk, dunk, dunk. Det lät som om jag hade fått punka. Tydligen tyckte ledarbilen samma sak varpå vi styrde in mot vägrenen för att kolla. Men ingen punka. Säkert berodde detta på de breda betongskarvarna i motorvägen. Iväg igen och upp i de tidigare hastigheterna.

Väl framme serverades en stor svalkande öl och sedan helstekt gris. Rustikt och gott så det förslår. Efter avslutad middag och kväll blev vi alla hemskjutsade i de långa och bekväma Skoda Superb.

Månaden därpå 5 oktober flög jag från Köpenhamn tillsammans med ett gäng danska, norska och finska motorjournalister i en av Renault chartrat plan som landade på Sardinien. Bodde som tidigare på hotel Cala di Volpe. Dagen efter var det provkörning av Renault Clio.

Därpå blev det en flygning till Lissabon för att köra en ny Nissan och veckan därpå landade jag i Spanien för att köra Peugeot 407 coupé som ersatte den tidigare 406 coupé.

Näst sista resan 2005 gick till Faro i Portugal. Detta för att köra den då nya Mazda MX5. Det enda man desigmässigt låtit följa med till den nya generationen var de runda blinkersglaset på framflyglarna. Annars var allt nytt.

Jag bodde på det fin-fina hotellet Sheraton Pine Cliff Algarve som jag bland annat bodde på då jag körde Opel Speedster i februari 2001. Ett för mig starkt minne på många sätt. *(se tidigare kapitel)*

Vi var ett litet svenskgäng som direkt cabbade ner och körde upp mot bergen, mot och genom de körglada och krokiga vägarna.

Då hände det som inte får hända.

En av våra testbilar blev krockad. Inte med eller mot någon annan bil utan snarare berodde det på att föraren Norbert säkert inte var så van vid en snabb, lätt sportbil som Mazda MX5 eller att han bara helt enkelt körde slarvigt och gjorde att han satte bilen i ett skyddsräcke vilket var det som hände.

Följden blev att höger hjulhus var helt avskalat på hjul, hela hjulnavet med broms och stötdämpare – allt fullständigt rensat.

Kollega Bengt Dieden som suttit på passagerarsidan hade verkligen haft änglavakt som det heter. Tur i oturen att bilen ändå hamnade i skyddsräcket och inte körde av vägen och ner i något djup dike eller värre då det är gott om stup uppe i bergen. Dagen efter kom själva chocken för Bengt som hade sovit dåligt den natten.

Årets sista resa var med Honda till Nice och då Honda Civic som utöver den tama versionen på 90 hk hade en Type R laddad med 200 hk för 208 400:-. Senare fick den hela 320 hk.

Mitt rum - snarare svit på Iles Borromees.

- I måsvinge på Mallis, KwaZulu-Natal och en häftig pubrunda i Dublin

Med det bläddrar jag fram till 2006 och där däcktestet i finska Ivalo kom som kom att bli som ett kyligt mellanstick mellan två svängar till värmen i Malaga med Seat Altea och därefter den 25 januari med Mazda6 MPS. Bodde på Puerto Romano, Malaga som var ett av de första hotell jag bott på då 1984 och som nu i februari men då när jag provkörde Ford Ercort cabriolet.

Det var däcktillverkaren Nokian som den 30 januari ville visa vad deras vinterdäck gick för. Det blev privatflyg med Golden Air från Arlanda till Ivalo där det naturligtvis väntade en massa snö. Det finska samhället Ivalo ligger högt uppe i den finska lappmarken, till och med högre upp än vårt svenska Kiruna, Torne träsk och Karesuando. Utomhus var det nitton minusgrader och den dagen kom jag att tillbringa med att testa dubbdäck på den då djupfrysta sjön – Enare Träsk som ligger strax utanför Ivalo.

Efter avslutad däckgnuggning på den isfrusna sjön stod det matlagning på schemat. Men istället för att sätta sig till bords och sleva i sig en middag skulle vi den dagen få tillaga vår mat själva. Spännande för mig som max kan lägga kallt vatten i blöt eller koka två ägg. Det blev i alla fall en intressant kväll men inget jag direkt brinner för så att säga.

Genom Mallorca i en måsvinge - 2006

Från bitande kyla i Ivalo och matlagning vilket jag än idag knappt behärskar till behagliga 22 grader på Mallorca, Spanien den 8 februari var inte fel där jag var för att först köra en ny Seat. Vad för Seat kommer jag inte ihåg.

Dagen efter bussades jag och ett par svenska kollegorna ut till flygplatsen där de flög hem medan jag stannade kvar och anslöt mig till de journalister som fått inbjudan från Mercedes att köra den nya Mercedes 500 SL.

Utanför Mallorcas flygterminal stod ett gäng Mercedesbilar snyggt uppställda. Men inte den nya generationen 500 SL utan istället en handfull Mercedes veteranbilar. Själv hamnade jag i en 350 SL "Dallasmoppen" kallad som jag körde till den del av ön där vi skulle äta lunch och ha presskonferens.

Väl framme möttes jag av en ännu större samling av alla Mercedes SL-vagnar som tillverkats under åren. 190 SL, 300 SL, 230, 280 SL (Pagoda), 350, 450, 500 SL. Även de modernare 300 SL från -89 och 350 SL från -01 fanns på plats.

Mercedes hade tydligen tömt hela sitt museum på dyrgripar. Det var bara för oss journalister att välja – vilken Merca ska jag börja med? Helt otroligt! En Mercedes-entusiast skulle säkert ha gått i spinn vid åsynen av dessa klenoder. Utan att tveka tog jag mig an en 300 SL Måsvinge från 1955. Men innan det måste jag än en gång upprepa: man ska aldrig låta gamla drömmar förverkligas, då blir man bara besviken, något som jag tidigare skrivit om. Nu har jag aldrig haft några drömmar om Måsvingen så det var ok för mig.

Gemensamt för alla SL-modellerna är att de alla har bokstavskombinationen SL i sin modellbeteckning som står för Sport und Leicht (sport och lätt) på tyska.

Mercedes-Benz började använda bokstavskombinationen SL 1951 då Tyskland var mitt uppe i sitt lands återuppbyggnad som slukade det mesta i penningväg efter kriget.

Motortävlingar började då åter bli populära och bidrog till att höja tyskarnas positivitet. Mercedes-Benz kände av folkets positiva framtidsdrömmar och såg även reklamvärdet i det och lät sina tekniker ta en standardmotor från den då nya 300-modellen och bygga en aluminiumkaross med en säker och stark rörram runt motor och drivlina. Med det hade man skapat en tävlingsbil.

Resultatet blev över förväntan och redan året därpå kom man tvåa i italienska Mille Miglia-loppet. Ännu mer uppmärksamhet fick Mercedes med sin W194 då man tog en dubbelseger i La Gran Carrera Panamericana Mexico 1952.

Efter ytterligare segrar beslutades det att man skulle göra en gatversion av 300 SL som fick namnet 300 SL Coupé men som kom att kallas Måsvingen. Där det var placeringen av dörrarnas gångjärn som gav den namnet.

Varför man hade satt dörrgångjärnen i taket var inte av estetiska skäl utan för att rörramen krävde så pass höga och breda trösklar.

Rörramen i bilen var hämtad från flygplanstekniken och bestod av en mängd tunna stålrör som svetsats samman. Konstruktionen blev både lätt och stark. Bilen presenterades sedan den 6 februari 1954 och fick ett fantastiskt och positivt mottagande.

Att ta sig in bakom ratten i en Måsvinge är inget man gör i en handvändning. Inte jag i alla fall. Tur var att den stora ratten gick att vika ned, annars hade det inte gått.

Det är inte bara jag som haft problem att komma ned i förarsätet. Vissa Måsvingeägare lät till och med göra en avtagbar ratt som gjorde det lite lättare att ta sig i och ur bilen.

Ventilationen var ytterligare ett problem för tidens SL-ägare då det efter ett par timmars körning i vackert väder och värme likt min dag på Mallis kom att bli bastuvarmt i den instängda kupén.

Som en förklädd tanks - 2006

Den öppna roadstern är en betydligt trevligare bil då den känns mer normal och mer lätthanterlig men har inte den läckra design som Måsvingen har.

Ljudet ur både motor och avgasrör är ett härligt, respektingivande djuriskt vrål. SL "sport und leicht", jo jag tackar jag.

Men både roadstern och Måsvingen förmedlade en känsla som att jag körde och styrde en förklädd tanks (hoppas ev Mercedesägare ursäktar). Ändå knuffade den raka 3-literssexan iväg riktigt hyggligt. Motorn med direktinsprutning från Bosch (bensin som sprutas direkt in i cylindrarna, inte i inloppsröret som på de flesta av dagens insprutningsmotorer) ger 215 hästkrafter, vilket var mycket för sin tid.

Varje motor som tillverkades provkördes i testbänk där även var sjätte motor kördes på fullgas en viss tid. Efter provet plockades motorerna isär och kontrollerades i detalj innan de åter sattes ihop för att köras ytterligare åtta timmar i bänk. Det kallar jag noggrannhet som inte existerar idag. Först därefter var motorerna godkända och kunde monteras i en ny bil.

Toppfarten låg mellan 240 och 260 km/tim beroende på vilken bakaxelutväxling kunden valt. Måsvingen har som bekant pendelaxel, en bakaxelkonstruktion som i det närmaste brukar benämnas som livsfarlig. Även roadstern har pendelaxel men en modifierad sådan och betydligt säkrare.

Någon storsäljare blev aldrig Måsvingen. Mycket beroende på priset då Måsvingen var dyr till och med dyrare än en dåtida Ferrari. Prislappen för en SL var 1955 i Sverige 60 000 kronor. Det låter kanske inte så mycket men då kostade en Ferrari 40 000:-, en Volvo PV 444 futtiga 5 500:- och samtida Saab 92 en hundring mindre än Volvon. Men för gemene man var det mycket pengar 1955.

Totalt tillverkades den i 1400 exemplar av SL mellan 1954 och 1957 där merparten – 850 stycken gick till USA. 1957 kom cabrioletversionen 300 SL Roadster som i princip såg likadan ut, förutom taket förstås. Men till skillnad från de runda strålkastarna på Måsvingen hade den öppna roadstern stående strålkastare sammanbyggda med blinkers.

Från 1958 kunde man också få – köpa roadstern med en elegant plåthardtop.

1961 hade SL skivbromsar runt om något som Jaguar XK150 var först med 1957.

Jag kan inte påstå att Mercedes 300 SL roadster direkt rann genom kurvorna. Nej, det krävs verkligen ett fast handlag att styra in bilen i varje kurva. Lika tung var den att bromsa då de stora trumbromsarna krävde ett ganska hårt tryck – speciellt om de inte har blivit uppvärmda. Men jag tog det väldigt försiktigt. Inte minst med tanke på att dessa två bilar representerade ett värde då av fyra – sex miljoner kronor.

Vägarna på Mallorca är vackra men också lite speciella. Att avvika, köra av från själva landsvägen någonstans på landsbygden för att kunna fotografera är i stort sett lika omöjligt liksom på andra ställen som till exempel på Sardinien.

Uppe i bergen, på Mallorca mot Soller är vägarna väldigt krokiga och under sommarhalvåret är det inte ovanligt att man stöter på klungor med cyklister vilket ofta betyder problem då de oftast ligger flera cyklister i bredd och blockerar vägen.

Dagen efter tillbringade jag bakom ratten på den nya då Mercedes

500 SL som var anledningen till mitt Mallorcabesök – en bil som där och då väckte att starkt habegär.

"Céad Mile Fáilte!" - 2006

I mars flög Gunilla och jag till Dublin, Irland. En flygning som tog två timmar och trettio minuter från Arlanda. Här är en som kan klockan.

Céad Mile Fáilte! Det är gaeliska och betyder att man är hundratusen gånger välkommen. Något som faktiskt kändes så, då vi besökte Dublin under ett par dagar.

Dublin är republiken Irlands huvudstad ligger i en dal och har ett milt klimat men ofta kommer det regnskurar på dagarna så vi var beväpnade med paraplyer för säkerhets skull.

Längs floden Liffey finns ett flertal broar och en av de mest kända gångbroarna är Ha´Penny Bridge från 1816. Då, på den tiden kostade det en halv penny att gå över – därav namnet.

Vi gick över på andra sidan och uppför trapporna och in på Merchants Arch. Vi var på "Rock N Stroll Trail" och i området Temple Bar.

På vår väg som shopping på Grafton Street passerade vi en staty i brons av Molly Malone som levde där på 1700-talets mitt. Vem har inte i skolan sjungit "In Dublin fair city the girls are so pretty I first set my eyes on sweet Molly Malone…".

I folkvimlet stötte vi på ett par gatumusikanter. Någon spelade säckpipa, en annan den för Irland typiska harpan, som också är Irlands vapen. Från början var harpan bryggeriet Guinness symbol, men Irland fick tillåtelse av att använda den fast då spegelvänd.

Dublin är omtyckt av kändisar. Den före detta Formel 1-föraren Damon Hill bor där liksom Eddie Irvine och som där också äger ett antal pubar. Det är inte heller helt ovanligt att man kan träffa på Bob Geldof eller någon av medlemmarna i den irländska popgruppen U2 som tidigare ägde hotell Clarence som öppnade 1852 och där den omtalade puben Octagon Bar. 1992 köpte U2-medlemmarna Bono och gitarristen The Edge det då tvåstjärniga hotellet som  de lät renovera till ett femstjärnigt hotell med sina 49 rum till en kostnad av 77 miljoner kronor.

En riktig pubrunda - 2006

Vid lunchtid gick vi in på en pub för att se vad som bjöds att äta: traditionell hemlagad pubmat, skinka (som vår julskinka), kalkon, olika sorters pajer, smörgåsar, vin och öl naturligtvis. Var och varannan person drack och dricker den svarta ogenomskinliga ölen Guinness, som är ganska mäktig och mättande bara den. Guinness är populärt över hela världen och dagligen bryggs det 1,5 miljoner liter av det svarta "guldet".

Det finns över 1 000 pubar i Dublin. De mest insuttna är Davy Byrne´s på Duke Street, Doheny och Nesbitt på Baggot St Lower, liksom Stags Head på Dame Court och sedan den puben som vi kom att hamna på efter en god middag en timme innan stängningsdags. Varför jag inte nämner pubens namn är på grund av det som kommer att hända den kvällen.

Det var ett nästan öronbedövande sorl inne på den irländska puben, trots att de tre glada musikanterna hade slutat spela. Vi hade precis blivit serverade Guinness fastän vi beställt en lager då pubvärden Paddy (som jag kallar honom) slog på sin klocka samtidigt som han gjorde sitt yttersta för att överrösta pubgästerna och gastade "time please, gentlemen time!" Ropen är inte en förfrågan om vad klockan är utan betyder "stängningsdags!" De flesta gästerna drog i sig en sista klunk och ställde ner glasen på bardisken och droppade ut genom pubdörren. Paddy som inte kände igen oss frågade lite nyfiket var vi kom ifrån och när han fick höra "sweden" utropade han,

- Abba… Bjorn Borg! Do you know them?

Förr var publivet något komplicerat. Pubarna öppnade vid 11 på förmiddagen och stängde vid 15 för att sedan öppna igen vid 17 och till sist stänga klockan 23. Idag kan pubarna hålla öppna från 11 på förmiddagen ända till 23.

Men tyvärr börjar antalet pubar minska på grund av att priserna på en pint öl blivit dyr. Många köper numera istället hem sin öl och annan dricka från kanske den lokala off-license butiken eller spritbutik som bara säljer sådant. Istället för mysiga pubarna har verksamheten där bytts till att bli thaihak, glassbar och till exempel nån form av libanesiskt kafé där man även kan få röka vattenpipa. Ur led är tiden, tycker jag.

Men vad som fortfarande gäller på pubar är att barn under sexton år inte får vistas i själva pubdelen utan får istället hålla till inne i den mer städade "loungen" som inte har några ölkranar eller sprit-flaskor på hyllorna. Skulle nu inte puben i fråga ha en lounge får det stackars barnet snällt sitta utanför puben i snålblåsten och kanske ösregnet tills föräldraskapet skrålat klart och fått i sig sitt dryckjom. Samma sak gällde även för kvinnor, men det var ännu längre tillbaka i tiden. Men hundar är som tidigare alltid välkomna – om de kan uppföra sig.

Klockan var 23:00 och även Gunilla och jag hade fått i oss de sista dropparna av den becksvarta irländska "hälsodrycken" med sitt gräddliknande vita skum – denna dryck som enligt reklamen också ger omåttlig styrka. Vilket vi hade sett på TV kvällen innan så det måsta vara sant.

- No hurry, Sweden, sa Paddy när han gick förbi med famnen full med tomma glas.

- I hope you will join the party later, sa han och menade att vi skulle hänga med det glada gänget som flockades vid bardisken istället för att gå ut och gå hem. De – det glada gänget fortsatte att beställa medan Paddy släckte ner i lokalen. Vad som förvånade oss var att de lämnade sina nyinköpta skummande Guinness stående kvar på borden slängde på sig jackor och rockar och gick ut i det irländska duggregnet. Vi förstod ingenting men gick ut vi också.

Utanför såg de grå husen i skenet från gatlyktorna ännu gråare ut. Undrade om de kunde bli gråare. Regnet och dimman gjorde luften rå och kall.

Plötsligt började gänget röra på sig och med oss i släptåg gick lämmeltåget runt kvarteret, genom en liten trädgård, förbi ett gäng soptunnor och tomma ölkaggar och till sist in genom en grind och fram till vad vi senare förstod var en bakdörr. Dörren öppnades och vem stod inte där om inte den glade Paddy.

- Welcome back, my friends! And you two Sweden! sa han riktat till Gunilla och mig.

Efter att nu ha traskat igenom köket immade glasögonen igen då pubvärmen slog emot mig som en våtvarm handduk.

- Så här går det till nästan varje kväll, sa Paddy och tappade upp en öl, den gången en lager.

- Enda skillnaden är att efter 23:00 är ni alla pubvärdens privata gäster och då är det inte olagligt, liksom...

Han hällde också upp ett glas vitt vin som han ställde på disken framför Gunilla.

- Ni är mina gäster så jag kan ju inte ta betalt. Men skulle det varit pub-tider hade det kostat – varpå han pekade på en tavla med pubens drickapriser. Bredvid stod en stor kruka med pengar och vi förstod att vi skulle lägga vår betalning där som alla andra.

Ganska snart kom samma sorl igång igen. Musikanterna kom igång och gästerna fuktade strupen och stämde upp i allsång. Vid ettiden trodde jag att "nu är det kört" då lagens långa arm i form av en storvuxen poliskonstapel kom in genom draperiet. Men ingen tog någon direkt notis om honom utan hälsade och drack vidare.

Polismannen tog av sig sin officiella polismössa, fick en halv pint och la ett par mynt i krukan och höjde glaset som Paddy knappt hunnit ställa framför honom och sa "slainte", som betyder skål på irländska. Efter vad jag förstod var han ortens patrullerande polis som var på puben för ett uppfriskande glas och värma sig under sitt nattpass. Själva passade vi på att smita ut från Paddys "privata" fest då klockan var morgon, och medan konstapeln fortfarande hade lite kvar i glaset.

Store Kro och Fredensborgs Slott - 2006

14 juni körde Gunilla, sonen Mas och jag till Danmark för att återse Store Kro vid Fredensborgs Slott.

Det var nätt och jämt att vi han sätta i oss den goda räkmackan, ett måste lika stort som danska röde pölser och en elefantöl (om man inte kör bil förstås) innan vi var över på andra sidan Öresund och rullade av i Helsingörs hamn.

Därifrån körde vi söderöver längs den underbara smala Strand-vejen där vi inte kunde låta bli att stanna vid Kystens Perle som byggdes redan 1925 och som var det stora innestället på 50- och 60-talet. Där och då bodde man på det fina och då trendiga hotellet och åt av den bästa danska maten. Men allt har ett slut och ett par

Gunilla och jag njuter av danska smörrebröd i trädgården på Store Kro.

decennier senare lades Kystens Perle ned för att som idag återuppstå med tjugotre exklusiva bostadsrätter. Men en liten hotell- och restaurangdel finns fortfarande kvar.

Det var sannerligen skönt att slippa motorvägen då vi rullade vidare mot dagens etappmål Hilleröd, som ligger två mil inåt landet. Men vårt mål var ändå inte själva Hilleröd utan hotellet Store Kro som ligger i anslutning till Fredensborgs Slott.

Den danska drottningen syntes ofta på Fredensborgs Slott och ett säkert tecken på att hon var där var då ett fönster eller två stod öppna för att vädra ut drottningens cigarettrök. Hon rökte mycket.

Ytterligare ett närvarotecken är den kungliga livvakten som bär björnskinnsmössor som även engelska drottningens livvakt bär och tutar i luren klockan 8:00 och 22:00 för att markera vaktombyte för dag- och nattskift.

Det var riktigt trevligt att få återse Store Kro där vi kom att bo ett par dagar innan vi skulle köra vidare kustvägen norröver till Skovshoved men däremellan göra ett besök på konstmuseet Louisiana för att spana in ett par tavlor av Picasso och sedan mot Helsingör och färjan där över till Helsingborg.

Store Kro var sig likt om än lite mer slitet än året innan och det var nästan så att hotellet skrek efter att få bli renoverat och ombyggt vilket också kom att ske ett par år senare 2014 då hotellet varit stängt en tid. Vi fick i alla fall uppleva den mysiga atmosfären och se de fantastiska målningarna av Emil Poulsen.

Jag kom att besöka Store Kro ytterligare en gång och det var i samband med en provkörning av en Subarumodell 2015. Då var Store Kro nyrenoverat. För att kunna finansiera renoveringen så hade hotelledningen lagt ut Emil Poulsens 58 oljemålningar till försäljning på auktion. Hotellet hade hoppats på att få in 200 000 danska kronor men det blev bara 80 000 för målningarna.

Tavlorna var borta, säkert för all framtid och med det hela den sköna charmen och den atmosfär som hotellet haft vart som bortblåst då det var ombyggt om det till ett själlöst och piffigt designhotell.

Månaderna därpå blev det 3 svenska resmål: Åre med Audi, Båstad med Volvo S80 och Smögen där jag plåtade Volvo C70 cabriolet vid sjöbodarna. Sedan blev det en sväng till Prag med Skoda och därefter 4 vändor till Spanien med Peugeot, Ford, Seat och där Lexus GS 450h som var den intressantaste av de körningarna förutom det att en dansk kollega som hade med sig en gps vilket inte var så vanligt och som jag inte tror fanns i mobilerna heller och som mätte upp vår flyghastighet till 940 km/tim.

Den 16 oktober -06 fick jag ett trevligt återseende då jag åter var tillbaka på klostret L´Abbaye de Sorèze – Hôtel Abbaye Ecole de Sorèze som jag besökte senast i maj 2002. På plats höll Peugeot där sin premiärvisning av 207 GT Turbo och 607 HDi.

Volvo C30 på Mallis - 2006

Kort därefter – den 24 oktober var jag för tredje gången under samma år åter på Mallorca. Då gällde det Volvos nya tvådörrars C30 som hade sin premiär.

Trots att det var i slutet av oktober var det 25 grader varmt. Härligt. Bodde mitt inne i Palma och på Hotel Tres som har svensk/norskt ägande. Ett helt fantastiskt och elegant hotell som Gunilla och jag kom att bo på senare. Hotellet ligger precis bakom katedralen i Palma som så många av oss sett i Jönssonligan på Mallorca från 1989 där de smyger omkring.

Det kändes då lite som om Volvo höll på att damma av sin image från att ha varit lite gubbig till att bli lite sådär hipp som folk som just fyllt fyrtio ofta brukar bli. Ny är kostymen – kanske lite väl liten för att vara en Volvo men nytt är också hela tänket när Volvo presenterar C30. Eller..?

- Med en sportig design, två dörrar, fyra individuella säten siktar Volvo C30 in sig på en ung, dynamisk kundgrupp, unga singlar eller par med högt tempo och är mitt i livet, sa Håkan Abrahamsson, projektledare för C30.

Det var som att höra ett pressuttalande daterat 1980. Trams tyckte och tycker jag även idag då jag anser att kundgruppen snarare var 45 eller till och med 55 plus som varken är mitt i livet eller vill

ha ett högt tempo utan är ganska passiva, men har pengar och kanske har råd att lägga upp de närmare 280 000 kronor vilket testbilen med utrustning då kostade.

Designen tycker jag var lyckad och känns rätt än idag. Okej, den andas en smula retrokänsla från 70-talets Volvo 1800 ES eller "feskebilen" som den också kallades och finns tydligt i bakpartiet med den stora glasbakluckan. Inget negativt i det utan snarare tvärt om. Även 80-talets holländska bojsänke Volvo 480 ES hade vissa drag från 1800 ES då också Volvo ville förstärka designen med orden dynamik och personlighet. Då stod Volvos chefsdesigner Jan Wilsgaard och John de Vries bakom designen men också Peter Hourbury. Samma Peter var också med och designade C30 tillsammans med Steve Mattin som fick sparken helt plötsligt varför Hourbury fick ta över rodret. C30 kom att bli hans sista hos Volvo.

Fram satt jag (182 centimeter) mycket bra i de rejält tilltagna sätena och lika så även i baksätet. Baksätets delade ryggstöd går var och en att fälla eller båda om så önskas. Med två baksäte-passagerare fick man in 364 liter bagage eller då båda baksätenas ryggstöd fälldes 1010 liter. Sett från bakluckan är bagaget bland de elegantaste jag sett oavsett om ryggstödet är fällt eller ej.

Dagens bildesigner verkar ha som mål att skapa något unikt. Det är skarpa linjer, karossveck men som inte blir till en samman-hängande och harmonisk design utan snarare spretig. Titta bara på flertalet japanska biltillverkare. En sådan design tröttnar man nog på efter ett halvår och efter några år känns säkert en sådan design märkbart daterad och omodern. I dag 18 år senare efter premiärköret av C30 tycker jag att designen står sig och är lika fin och god som den var vid första ögonkastet.

Dagen efter gick teststräckan uppåt Port Soller där det förutom en fyr finns en liten och fin restaurang – Es Faro. Plus i kanten för deras meny som även är på svenska.

C30 var och är en bra bil och säkert fanns här en mängd utvecklingsmöjligheter över de år som Volvo planerade att C30 skulle byggas. Redan från början räknade Volvo med att C30 skulle bli en storsäljare varför man siktade på 65 000 C30 årligen varav 5 000 till den svenska marknaden och det redan under 2007. Men så höga produktionssiffror blev det aldrig.

2013 rullade den sista C30 av bandet och då hade man under de åren tillverkat 208 652 av Volvo C30.

Designhotellet Semiramis - 2006

Två dagar senare – den 26 oktober var jag i Aten för att köra Opel Antara – en stor SUV. *(se bild här nedan)*
Aten var då väldigt slitet och minst sagt skitigt. Att slänga skräp rakt ut i naturen tycktes vara okej där. Bodde på ett fint designhotell – Semiramis i Kifisia som är en liten men lyxig förort till det stora och bullriga Aten. Här finns dyra och restauranger och kitschiga kaféer och naturligtvis en rad högklassiga hotell. Ett av de då mest omtalade hotellen var Semiramis. Semiramis är som många moderna hotell ett så kallat designhotell. I mitt tycke ändå ganska tråkigt och livlöst. Här hade designern Karim Rashid, som tidigare arbetat med Armani, Prada och Ralph Lauren, fått fria händer att skapa något speciellt.

När jag kom till hotellet var det eftermiddag, men balkongerna med gult neonfärgat glas lyste upp den vita fasaden då jag klev in i den rosaglasade foajén. Överallt är det glas. Väggar, trappor, dörrar är klädda i olikfärgat glas.

Min rumsnyckel var inte

en nyckel i vanlig bemärkelse utan ett kort – rosa till färgen, utan rumsnummer men hade en lustig symbol som ett öga.

För att ta hissen upp till den våning jag bodde på så tryckte jag på den våningsknapp som hade samma färg som mitt nyckelkort.

Utanför varje rumsdörr rullade en ljusslinga i golvet likt det man är van att se på pendeltåg och bussar som välkomnar mig med mitt namn. Bra, då visste jag var jag bodde. Inget av rummen hade som sagt några rumsnummer men väl olika symboler. Ett öga, en stiliserad blomma, fyrklöver, en romb. Bra kanske om man har svårt att memorera siffror, men desto svårare om man ska ringa ned till foajén och beställa rumsservice. Ja, varför göra det enkelt när det kan var svårt...

När jag öppnade dörren till mitt rum möttes jag även där av starka neonfärger, från mattan till de färgade glasdörrarna, garderoben samt i dusch/toaletten. Att ha svart toalettpapper har jag aldrig varit med om vare sig tidigare eller efter mitt grekiska hotellbesök. Det mest lysande var nog min balkong som sträckte sig ut mot och över poolområdet. Speciellt på kvällen då poolområdet är upplyst badar hela hotellet i neonfärger. Designern Karim Rashid har också designat mycket av hotellets möbler och ansvarar också för ljussättningen på Semiramis.

Så nästa gång du är i Aten, väg upp det kulturella intaget och bo ett par nätter på Semiramis. Det blir ett starkt minne – nästan lika slående som Parthenon men på ett annat sätt – liksom.

Toyota Hilux i KwaZulu-Natal - 2006

Fyra dagar efter det grekiska äventyret – den 30 oktober stundade ett ännu men också större äventyr – Sydafrika och där KwaZulu-Natal. De som höll i arrangemanget var Toyota och där Bengt D som ville visa på pickisen Toyota Hilux duglighet i en riktigt tuff miljö.

Vi flög till Paris och därifrån till Johannesburg i Sydafrika. När vi landat efter tretton timmar välkomnades vi på flygplatsen av en infödingsstam som dansade en traditionell dans och spelade trummor för oss.

Från Johannesburg flög vi vidare efter ett par timmar till Durban och möttes där av plus 30 grader, lite skillnad mot svensk temperatur i oktober.

Första natten innan djungeln väntade bodde vi på Fairmont Zimbali Lodge, ett verkligen flott safariinspirerat hotell. Döm om min förvåning då det stod en ganska så sliten vit Jaguar E-type fixed-head-coupé (fhc) från tidigt 60-tal parkerad utanför receptionen. Lacken var vit men det fanns ingen glans kvar i den utan den var matt sådär kritmatt efter vad jag förstått många år under den blagande sydafrikanska solen.

Middag på hotellet och därefter innan jag skulle släcka för kvällen gick jag ut på min balkong och lyssnade fascinerat på alla nattljud från olika insekter, djur och säkerligen ett tiotal olika fågelläten då det plötsligt började regna men temperaturen var ändå behagliga 22 grader.

Jag sov mycket gott den natten.

Dagen efter väntade ett femtontal nya svarta Toyota Hilux på oss utanför hotellet som vi körde mot djungeln.

Det kändes konstigt, men det tycker jag alltid att köra vänstertrafik som det är i Sydafrika och att då bilarna vi körde var högerstyrda. Speciellt på asfalterade vägar genom små byar

och städer, även ute på landsbygden. Vad som var riktigt förvånande var att folk gick helt obehindrat på motorvägen där de även drog sina kärror och ledde sina djur utan den minsta oro för bilar som blåste förbi.

Sydafrika är lika stort som Frankrike och Spanien tillsammans och har ungefär 46 miljoner invånare som pratar elva olika officiella språk där de flesta – 84 procent talar zulu. Landet är republik och styrs av en president fastän zulufoket har sin egen kung. Sydafrika har 250 mil kust med välbesökta sandstränder och gränsar till två oceaner och där de många stora och blodiga krigen mellan boer, britter och zulus utkämpats finns också några av Afrikas absolut finaste viltreservat.

Efter ett par timmars körning på landsbygden tog vägen till sist slut och vi styrde in bland grönsakerna. Redan då kunde vi här och var se en del vilda djur.

Utanför på landsbygden i den så kallade bushen kan man bo förstklassigt på så kallade Lodge eller Game Camps. Själv hade jag förmånen att få bo i en game camp inne i Zululand – Rhino

Reserve. Som namnet säger så är det ett noshörningsreservat med både svart och vit noshörning men där finns betydligt fler djurraser än så.

På reservatets 1 800 hektar finns "de fem stora" som; buffel, elefant, lejon, leopard och noshörning, men också ett stort antal av fläckig hyena, giraff, vårtsvin, zebra och ett flertal olika gaseller och antiloper. Till det över 300 olika fågelarter inklusive örn och hök men också den lilla kolibrin och ett flertal ormar förstås.

För att komma in i de olika parkerna måste man lösa biljett. Och på biljetten står det klart och tydligt att parken i fråga inte tar något ansvar för eventuella skador eller i värsta fall – dödsfall. Man kan visserligen bli vaccinerad mot såväl skorpion som mot de flesta giftormar, men knappast mot lejon, noshörning, elefant eller buffel som det finns ganska gott om i Hluhluwe-Imfolozi Park (uttalas shla-shloo-weeoom-fa-low-zee) som jag besökte dagen efter. Där är vakterna beväpnade med automatgevär och har stenkoll på vilka som släpps in och ut ur parken.

Innan vi körde in upplystes vi flera gånger om att hastigheten är max 40 kilometer i timmen. Det var med viss spänning jag rullade in genom grindarna till ett av Sydafrikas bästa viltreservat, till och med bättre än den världsberömda Krügerparken påstår vissa kännare.

Redan efter bara ett par minuter på området siktades dagens första giraffer som stack upp sina huvuden bland trädkronorna.

Här kan djuren ströva helt fritt i och uppe på toppen av parken finns också ett hotell och en fin restaurang som förutom bra mat bjuder på en fantastisk utsikt över hela landskapet. Ett bra ställe att spana efter djurlivet med kikare.

Sanibonani - 2006

På långt håll hördes de afrikanska trummorna och vi möttes av sjungande Zulukrigare i full stridsmundering då vi körde in på camp-området.

Sanibonani! (hej, på Zulu) hälsade mig en brett leende Njabillo som skulle vara min butler under de kommande dagarna. Njabillo som pratar engelska visar mig mitt tält i Safari Camp som har sådan lyx som en dusch och informerar mig samtidigt om att middag serveras i stortältet klockan nio. Innan han bugar och drar sig tillbaka säger han också att jag ska kalla på honom när jag vill gå ut och upp till stortältet. *(se bild på mitt tält nästa sida)*

Vid kvart i nio började det skymma och jag tyckte att det var dags att gå till stortältet som jag faktiskt såg från mitt tält. I normal samtalston sa jag,

- Njabillo... och sekunden därpå stod han vid min tältöppning.

Vi gick mot stor-
tältet. Njabillo
före som med en
käpp i handen
som han slog i
gräset längs stigen
framför oss.
- Snakes, sa
han och fortsatte.
Efter en god
middag blev det

dags att sova och utanför stortältet stod Njabillo som med sin käpp
och en brinnande fackla följde mig till mitt tält.

Precis när mina ögonlock föll ihop föll ett stilla regn på tältduken.

Nio timmar
senare vaknade
jag utsövd och
genom tältduken
viskade Njabillo
att klockan var
åtta och att det
fanns varmt
duschvatten.
Jo, i mitt tält hade
också en toalett.
Duschvattnet
kom från en

tunna ovanför tältets tak som blivit uppvärmt av en gasolflaska.

Njabillo berättar att under natten hade det regnat ordentligt men
också blixtrat. Inget som jag hörde. Och inte heller hade jag varken
sett eller hört den lilla (knappast lilla) elefantfamilj som hade
strukit förbi mitt tält.

- Vilda elefanter är inte att leka med, sa Njabillo, speciellt inte
då de har med sig sina kalvar och om det finns leoparder i deras
nerområde, därför har vi beväpnade vakter överallt, dygnet runt.

Njabillo serverar mig en kopp te och berättar samtidigt att det
snart ska flytta in en lejonflock i området.

En bra början på dagen är att först skaka skor och byxor – helst
innan man sätter på sig dem. Då slipper man de ibland irriterande
skorpioner, larver eller ormar som kan tycka att det varit mysigt
att få ha sovit där i ens kläder.

Jag tog min temugg och gick ut och satte mig i tältstolen utanför tältet för att göra ett par noteringar i min dagbok. Men jag var inte ensam… det gick eller kanske snarare kröp en stor gul-svart lurvig larv i storleken prinskorv längs armstödet på min tältstol… Bra, tänkte jag, att jag ändå var noga med att skaka ur skorna som jag nyss gjort.

På väg hem efter dagens utflykt, till min Safari Camp och mitt tält körde jag genom ett par byar.

Överallt längs vägarna – även mitt ute på landsbygden möts jag av människor. Barn och ungdomar som vinkar för glatta livet som om de aldrig sett en bil förr. Inte en unge hade skor på fötterna men de strålade av en sådan lycka som vi sällan får se hos västerländska barn. De var lyckliga helt enkelt.

Vi stannade till i en by för att se hur man lever i Zululand 2006.

Avståndet till närmaste storstad är kanske inte mer än trettio mil men där jag för stunden är känns det som att utvecklingen stannat upp för tusen år sedan.

Barnen har som i alla andra länder skolplikt men i skolan har man inte tillgång till vare sig TV, dator eller internet. Man lever familjevis med sina släktingar och är helt ovetande om världen utanför byn. Vatten hämtar barnen och ungdomarna fem kilometer därifrån som de bär hem i plastdunkar på huvudet – på samma sätt som man gjort i urminnes tider.

Man vet inte vad popmusik eller spotifie är för något och har inte ens elektricitet i sina hus. Så där finns heller varken spis, kyl eller frys. Vad värre är att man inte ens vet vad AIDS är för något. Bara att släktingar och bekanta dött och dör i alltför unga år. Tragiskt kan jag bara konstatera. Men mitt i tragiken så kan jag inte låta bli att återkomma till den strålande glädje och vänlighet jag möttes av längs vägarna.

Innan jag tog farväl Safari Camp gjorde vi en avstickare till St. Lucia Wetland park som nu räknas in bland världsarven. Här finns Afrikas längsta kanal som förbinder sjön St. Lucia och Indiska Oceanen. Här finns också en rik fauna av vattenfåglar men också flodhästar och krokodiler och en tur på floden fick avsluta mitt Sydafrikabesök.

Mitt äventyr i Sydafrika var därmed slut och när jag skrev det satt jag på flyget hem till ett betydligt kallare Sverige än de trettiofem varma grader och sol jag lämnat bakom mig.

-7000 gäster hos Fiat, Château de Champlâtreux, Jarno Trulli och Ralf Schumacher

I mitten av januari 2007 var jag i Barcelona för att provköra den då nya Toyota Auris som hux flux bytt namn från Corolla till Auris. Märkligt val tyckte jag och säkert de flesta motorjournalister men inte Toyota och allra minst den svenske PR-chefen Bengt Dalström som aldrig skulle erkänna inte ens det minsta fel hos sina bilmärken Toyota och Lexus.

Corolla som Toyota eller madrass? - 2007

Corolla hade varit och var ett väl inarbetat namn som sålts i över 40 miljoner exemplar (2013) sedan 1966. Namnet Corolla har ett flertal betydelser. Bland dem "liten krona" på latin. Men namnet ska ha kommit till då Toyotachefen var på besök i England på 60-talet då han passerade i taxi en fabrik som hette Corolla varpå han ska ha sagt "bra namn, det ska vår nya bil heta". Men att den engelska fabriken Corolla var en madrassfabrik för sängar hade han ingen aning om.

Så man kan ha en viss förståelse att Auris som betyder konstigt nog öra på latin skulle klinga lite bättre än en sunkig madrass. Toyota tolkade namnet Auris däremot som guld. Fem år senare hade tydligen Toyota insett sitt misstag då man 2018 ersatte modellnamnet Auris med Corolla. Ordningen var återställd. Men ändå så undrar jag vad den då fd PR-chefen skulle sagt om detta? Nåt svar lär jag nog inte få då det idag är en ny person på den positionen hos Toyota Sverige.

Bodde på det 29 våningar höga Hesperia Tower i Barcelona men bara på 17:e våningen, men det var tillräckligt högt upp för mig.

Efter en svindlande provkörning uppe i bergen med nya Toyota Auris körde vi direkt ut till flygplatsen. Planet till Frankfurt var försenat på grund av dåligt väder med 40 sekundmeters blåst vilket klassas som mycket svår storm. Men till sist lyfte planet och vi kom vi iväg. Inbillar mig att det nog är lättare att lyfta i storm än att landa.

Redan på väg mot Frankfurt började det stora Airbus-flygplanet vingla, fladdra och kastade stundtals ordentligt. Planet som tar lite över 180 passagerare gick ostadigt in för landning och skulle precis ta mark när piloten drog på för fullt med motorerna varpå planet steg brant. Kraften var så pass att jag riktigt trycktes mot ryggstödet på mitt säte.

Alla undrade nog liksom jag vad som hänt.

Efter nån minut sprakade det till i högtalarna och kapten sa att han inte vågat sätta ner planet men att de snart skulle göra ett nytt försök.

Planet steg och planade sedan ut och flög i vad jag förstod i en vid cirkel i kanske tio minuter i väntan på att få ett nytt klartecken att landa. Så gör flygen också då det ibland kan vara flera plan längs inflygningssträckan och planen måste vänta på sin tur och får då ligga och cirkla ovanför flygplatsen.

Kollega Jonas B som satt på andra sidan mittgången satt bredvid en ung amerikanska som grät och bad att få hålla handen med Jonas vilket han – artig och väluppfostrad som han är gjorde.

På andra försöket satte kapten ner planet och vi kunde i säkerhet taxa in mot gaten.

I transithallen bytte vi plan för att ta det som skulle flyga mot Arlanda. Väl ombord en halvtimme senare taxade planet ut men även på marken kändes stormvindarna av då de slet och ryckte i vingarna och flygplanskroppen.

Då vårt plan taxade ut på startbanan för att starta mötte vi plötsligt ett flygplan som skulle landa och då sidvinden var så otroligt stark hade det mötande planet drivit in och över till vår startbana.

För att undvika en olycka blev vårt plan snudd på tvingad ut utanför startbanan och fick med det avbryta starten och istället köra ett varv runt flygplatsen innan planet åter igen kunde ställa sig på startbanan, varva upp motorerna starta och lyfta mot Arlanda.

Toyota F1, Jarno Trulli och Ralf Schumacher - 2007

5:e februari var jag åter med Toyota i Spanien. Först provkörning av Toyota Yaris på Mallorca för att direkt dagen därpå flyga vidare med Toyota till Jerez i södra Spanien där jag skulle få vara med under en träningsdag med Toyotas F1 eller Panasonic Toyota Racing som teamet egentligen hette.

Efter landning sen eftermiddag blev jag skjutsad till en restaurang där jag skulle få äta lunch med F1-teamet och Toyotas båda förare Jarno Trulli och Ralf Schumacher.

Det märktes tydligt vilken förare som var teamets favorit och vem av de två som var – the bad guy. Jag säger inte mer än att Jarno var den trevlige av de två och den som jag fick en pratstund med under lunchen. *(se bild här ovan)*

Formel 1 är världens dyraste men också den mest glamorösa sport som faktiskt har flest tittare världen över per deltävling. Notera per tävling. Mer än en fotbollsmatch i högsta ligan.

Oljudet är minst sagt öronbedövande. Upp- och nedväxlingar hörs och känns nästan som om någon bankar in sjutumsspikar med en slägga och antalet decibel bara accelererar när antisladdsystemet då och då greppar in och ljudet blir så vansinnigt högt – likt en sågklinga som håller på att skära. Jag vet... har skrivit detta tidigare.

Vi var inte ensamma på Jerez-banan utan de flesta team var på plats, allt från BMW till Williams. Trots att det bara var i början av februari värmde vårsolen gott och temperaturen var snudd uppe på 18 grader.

Jarno Trulli började sin F1-karriär 1997 och körde då för Minardi. Men hans bästa resultat skulle vänta på sig men kom -04 då han i en Renault kom etta i Monacos GP. Året därpå skrev han på för Panasonic Toyota Racing.

Jarno är inte direkt lång, snarare ganska kort (173 cm) och spenslig utan ett uns fett (60 kg). Att köra F1 är faktiskt mycket påfrestande.

Speciellt för nacke och axlar och det gör att Jarno tränade en hel del.

- Hellre träna än att hänga i depån och göra mekarna på dåligt humör, skrattade Jarno som brukade få in minst ett träningspass om dagen utöver en hel del löpning.

- Men den bästa träningen är att köra, köra och köra ännu mer. Vilket man kan förstå.

1999 var året som Toyota tog beslutet att börja tävla i Formel 1. Team-ansvarig var då svensken Ove "påven" Andersson som tidigare med stor framgång varit teamchef i Toyotas Rallyteam.

2001 kontrakterades förarna – skotten Allan McNish och finnen Mika Salo, som plockade hem Toyotas första F1-poäng 2002.

De kommande åren blev "läroår" för Toyota och i slutet av 2004 års säsong kontrakterades den italienska racerföraren Jarno Trulli som fick sällskap av tyska Ralf Schumacher året därpå.

2005 blev ett hyfsat år för Toyota men tyvärr så blev -06 inte en förbättring från föregående år utan snarare tvärt om.

- Det var en lika stor besvikelse för Ralf som för mig och för hela teamet, sa Jarno i den intervju jag gjorde, men när det bara återstod två tävlingar för säsongen började det gå riktigt bra.

2007 körde Toyota med en nya bilar men motorerna var i princip desamma som man även hade använt i slutet av förra säsongen. Vad som var nytt var att Jarno körde med en växellåda som Toyota fått från Williams. I motprestation levererade Toyota motorer till Williams.

Det året -07 fanns en däckleverantör som då bara hade två sorters torrdäck – ett mjukt och ett något hårdare samt två olika regndäck. Ytterligare åren därpå hade teamen fem hårdhetsgrader av torrdäck att välja mellan och två olika regndäck.

Allt övervakas och analyseras - 2007

Men om jag får återknyta till hur det var då - 2007.

Det mesta styrdes redan då av datorer, snudd på förarna också.

För att exakt veta hur tävlingsbilarnas motorer och växellådor uppförde sig under ett race hade Toyota liksom konkurrenterna en identisk motor gående i labbmiljö och för Toyotas del i sin F1-fabrik i Köln, Tyskland. Den motorn höll hela tiden samma varvtal och utsattes för exakt samma påfrestningar som den motor som i samma stund genomled ett race eller ett tufft träningspass. På så sätt kunde Toyota hitta de svaga punkterna i sina motorer. Det gjorde också att man kunde förutse när och om ett motor- eller växellådshaveri var på gång.

Teknikerna kunde också simulera ett race eller köra igenom olika svåra partier och kurvkombinationer då de hade samtliga tävlingsbanor inlästa i sina avancerade datorer. Där fanns också de olika banornas specifika inställningar för vingar, bromsar och stötdämpare för att nämna några av parametrarna.

I Jarno och Ralfs bilar fanns det ungefär 300 sensorer som bland annat talade om var på banan bilen befann sig samtidigt hur de olika komponenterna uppförde sig. Bara motorn hade mellan 50 och 75 sensorer. Sedan satt det också sensorer i växellåda, fjädring, bromsar osv.

Utvecklingen har sedan dess gått framåt och dagens F1-bil har liknade övervakning med sensorer som säkert är minst det dubbla till antalet och är ännu mer avancerade.

Även förarens sätt att köra noteras "varför bromsade du in så tidigt där eller varför gick du inte på gasen hårdare efter den kurvan osv" är frågor som förare kan få tack vare alla analyser som datorerna spottar ur sig. Det är analyser som någon tusendels sekund senare skickats till Köln för registrering och naturligtvis noga utvärdering.

I Panasonic Toyota Racing ingick totalt sett 650 personer. Flertalet av dem jobbade i F1-fabriken i Köln, där man också hade tillgång till en vindtunnel som testade varenda liten kaross- och chassidetalj för att få ett så exakt idealiskt luftmotstånd som möjligt på tävlingsbilarna.

Att driva runt ett så här stort Formel 1-team som var jämbördig med Toro Rosso kostade då runt 1000 miljoner kronor per år men 2018 var kostnaden uppe på 1,6 miljarder kronor och säkert hundra miljoner mer hos McLaren Mercedes som det året kördes av Lewis Hamilton (2:a) och Fernando Alonso (3:a) eller Ferrari med Kimi Räikkönen som vann det året.

Vid varje träning eller race hade Toyota mellan 70 och 90 personer på plats som ingick i teamet. Det var allt ifrån teamchef, kockar och värdinnor som tog hand om viktiga gäster, sponsorer, ägare som kom på besök liksom vi journalister... ähum, till själva depåmekarna, de som fixade allt från att se till att bilarna kommer ut på banan till byta hjul på under 3 sekunder.

Till teamet hade man då 14 gigantiska långtradare varav 3 som var inredda som husbilar för bland annat förarna. I de andra 11 långtradarna fraktades all tänkbar mekanisk och elektronisk utrustning, reservdelar och naturligtvis en massa verktyg och inte att förglömma tävlingsbilarna.

Allt var och är möblerat in i minsta detalj där allt är på exakt samma plats som man har i sina mekarmoduler i F1-fabriken. Skulle mekarna ha ett speciellt verktyg så vet de att det finns i den eller den lådan men också var i låda. Precis som i fabriken eller i garaget under förra racet. Allt är alltid på sin plats vare sig man är i Monaco eller Abu Dhabi.

Livet på testbanan är många gånger ganska enformigt. Ofta är det en evig väntan och speciellt i början då inget är inställt så innebär det ännu mer väntan och testande.

I Jarnos fall höll han på till 2011 och gjorde på de åren 252 starter och lyckades knipa en seger. För Ralf gick det sämre som bara gjorde 181 starter men lyckades aldrig ta någon seger. Ralf körde sitt sista F1-race -07 och då för Toyota.

I mars var jag åter i Jerez då för att köra Peugeot 207 CC (coupé – cabriolet) och i slutet av den månaden i Nice för att köra samma modell, det vill säga Peugeot 207 men i RC-utförande (Rally Championship) vilket betydde en vass motor. När en bilmodell förnyas eller får en ersättare är det vanligt att modellen kanske blir lite större och får troligtvis lite mer hästkrafter. Men inte i det fallet blev det tvärt om. Peugeot 206 RC hade 177 hk men ersättaren 207 RC fick 174 hk under huven. Ok, tre häst mindre men den nya turbomotorn som Peugeot tagit fram tillsammans med BMW var mer avancerad och kom även att hamna i BMW's Mini Cooper S.

På Mallorca körde jag två veckor senare Opel Corsa OPC (Opel Performance Center). En direkt konkurrent till 207 RC. Även där var motorn en turboladdad 1,6-liters bensinare men på 192 hk. Corsa OPC toppade 225 km/tim mot 207 RC som toppade 220 km/tim men 207 RC tog sprinten på 7,1 sekund mot Corsa OPC på 7,2. Sedan hade Corsa OPC ytterligare en fördel tyckte jag och det var att den hade en 6-växlad manuell låda och var 5 tusen billigare än konkurrenten. Opel Corsa OPC kostade när den kom till Sverige 209 900:- mot Peugeot 207 RC 214 900:-.

Data för miljarder - 2007

Det kändes redan då som att datortekniken höll på att få större och större betydelse inom bilindustrin för varje år som gick och ett av de största dataföretag som då specialiserat sig på bilindustrins behov och önskemål träffade jag hos Audi i Ingolstadt i april -07.

För en sådär sjuttio år sedan kunde vi aldrig ens drömma om att en dag ha robotar och så kallade intelligenta maskiner att göra de tunga och enformiga jobben i våra fabriker.

Ännu ett steg i datoriseringen är att överlåta delar av utveckling med hjälp av den för dagen vassaste teknologin – AI (artificiell intelligens) som även kommer att överskrida den mänskliga hjärnkapaciteten då man med AI kan lagra, bearbeta och därifrån utveckla ny teknologi och nya lösningar av så gott som allt. Inom alla områden, som exempel: Tänk bara om man kunde mata in alla världens sjukdomar, även de som man idag ansett som utrotade men också mata in diagnoserna. Alla fakta, sjukdomsförlopp men också botemedel. Detta kan inte en mänsklig hjärna klara men väl en dator som sedan kan ställa en diagnos och på det föreslå en behandling.

När det gäller bilindustrin får man nog räkna Audi som en pionjär inom AI som genom lagrad information kunde konstruera en helt ny motor i datamiljö och där som nästa steg se den provkörd. Efter att ha klarat av en rad förprogrammerade prov och svårigheter skickades den elektroniskt vidare till fysisk produktion.

Att ta fram en ny bilmodell eller motor ansåg man tidigare skulle ta fyra år. Under de åren gjordes också ett flertal kostsamma prototyper som man skrotade efter att ha provkört dem. Tid är pengar som bekant och 48 månader är inte längre en acceptabel produktutveckling anser bilindustrin.

Ännu en gång är inte biltillverkaren ensam i utvecklingsarbetet. På lönelistan finns ett helt koppel specialistföretag som genom sina omfångsrika kunskapsbanker kan utveckla till exempel nya drivenheter eller helt nya bilmodeller.

Processen börjar med analysering av olika produktkrav som att ta reda på vad marknaden det vill säga vad slutkunden vill ha till att ta fram idéskisser, prototypbyggnad och vilka förutsättningar man ställer på designpartners, leverantörer och underleverantörer, och i ett sista steg utformning av tillverkningsutrustningen - verktyg som sedan ska tillverka den tilltänkta bilen eller produkten.

Dagens bilar blir mer och mer komplexa och elektroniken ökar från år till år. Andelen elektroniskt innehåll i ett genomsnittligt fordon har ökat med 40% sedan år 2010. 90% av innovationerna drivs av elektroniska system – och 80% av sistnämnda genom så kallade mjukvaror. För att inte tala om drivlinan där bensin och dieselmotorn nu håller på att fasas ut till förmån av 100%-iga elmotorer vars räckvidd blir längre och länge mellan laddningarna. 45 till 65 mil är inte längre fantasisiffror vad gäller körd räckvidd på en laddning. Ändå ska man inte helt räkna ut de fossila drivmedlen där det fortfarande finns mycket att göra.

Kunderna som ska köpa de nya produkterna är ofta tekniskt medvetna och tekniska nyheter är ofta ett plus för kunden vid nybilsköpet. Något kunden gärna pratar med kolleger, vänner och bekanta om. Även det blir en social koppling.

Kunderna kräver inte bara modern design av både kaross och

interiör utan också hög säkerhet och långa garantier. Detta samtidigt som priserna enligt kund ska vara oförändrade. Som exempel kan nämnas att priset för en VW Golf i basutförande har inte höjts speciellt mycket mellan 1996 (128 000:-) och 2008 (157 000:-) trots att storlek, motoreffekt, säkerheten och kvalitén förbättrats avsevärt.

De viktigaste punkterna då man lanserar en ny bilmodell är att man ska ha en lagom stor men kontrollerad teknisk nyhet och vid rätt tillfälle. För mycket eller en för tidig nyhet driver upp produktionskostnaderna och kan leda till sämre kvalitet, medan en för lite eller gammal nyhet minskar produktens habegär hos kunden som till exempel ett krångligt multimediasystem. Säkerheten är också ett viktigt kapitel där man tack vare datorsimuleringar kan konstruera kaross och chassi på så sätt att den krockkraft, eller krockvåld som uppstår vid en kollision sprids ut och absorberas i de olika balkkonstruktioner som finns i karossens olika delar som i t.ex. motorrum, motorhuv, dörrar och takkonstruktion. Säkerheten var tidigare det som efterfrågades mest hos kunderna men då i princip alla bilmodeller har högsta säkerhet så har kundens intresse flyttats från det till nya andra smarta tekniska innovationer.

Från datamiljö till Le Mans-seger

Sedan många år tillbaka har Audi Sport haft ett nära samarbete med ett av de största dataföretagen inom bilindustrin, både vad gäller utveckling och produktion av tävlingsbilar där man räknar in de modeller man haft med i Le Mans 24-timmars.

Ett exempel på ett sådant samarbete är Audis Le Mans-seger 2006 då man blev först att ta segern med en dieseldriven bil.

På bara 10 månader utvecklade Audi Sports teknikavdelning i

Neckarsulm, Tyskland, tillsammans med dataföretaget en 12-cylindrig dieselmotor med fantastiska prestanda vad gäller såväl vridmoment som uteffekt. Men det mest otroliga var att man inte byggde en enda prototyp eller provkörde någon förseriemotor. Allt hände och skedde i datamiljö där man till och med provkörde den 12-cylindriga motorn – i datamiljö innan den direkt mailades till produktion. *(se bild föregående sida)*

I sin första Le Mans-tävling slog R10 TDI inte bara varvrekordet, utan också distansrekordet med 380 varv på 24 timmar.

- Det nya, datoriserade designflödet gör det lättare att undvika och rätta till fel tidigt i vår produktdesign, vilket underlättar projektteamets arbete och chanser för att redan den första och kanske enda prototypen ska bli framgångsrik, berättade Wolfgang Ullrich, då chef för Audi Sport.

Det är inte bara bilindustrin som finns bland de 40 000 kunderna som de kompetenta dataföretagen har. Industripaletten är varierande från tillverkning av Barbiedockor, medicin, tandborstar, skor till grävmaskiner och golfklubbor.

Var och en förstår att detta kostar pengar, men hur mycket är svårt att få reda på. Det enda jag lyckades få fram var att Volkswagen-gruppen men också Toyota satsade en handfull miljarder kronor i runda slängar per år från 2007 på datastyrning och utveckling. Inga småslantar precis.

Det har sannerligen hänt en hel del inom bilindustrin de senaste åren och utvecklingen står inte still en enda sekund och de närmaste åren kommer utvecklingen och datatekniken att accelerera fortare och fortare och de tekniska innovationer jag nämnt här kommer snart att vara glömda eller ersatta av mer effektiva lösningar. Vänta bara…

Maj månad 2007 var fullspikad med inbjudningar. Miljötänket började märkas av och vissa biltillverkare ville visa upp sina miljöplaner och mål för de närmaste åren. En av dessa var Renault som hade arrangerat en miljö-workshop på sitt testcenter utanför Paris.

Därefter blev det körning med Volvo som hade radat upp ett antal modeller: S40, V50, V70 och XC70 på Schloss Bensberg i tyska Köln.

De flesta pressresor hade tidiga flygavgångar vilket innebar att man måste släpa sig upp tidiga mornar.

Att kliva upp klockan halv fem för att påklädd, kammad smyga ner i garaget och sätta sig i bilen där redan mitt handbagage låg sedan kvällen innan blev till sist en ganska trevlig vana. Trycka på fjärrkontrollen till garageporten. Vrida om tändningsnyckeln till kanske Ferrarin eller något annat kul. Låta motorn gå på tomgång en halvminut och sedan backa upp och ut ur garaget och se porten fällas ned var speciellt som blev ännu mer speciellt då när jag skulle körs iväg såg en hand i dörrspringan till vår villa där Gunilla som hade vaknat av motorljudet vinkade hej då.

Ut på motorvägen till Arlanda. Trafiken så dags var ganska gles och jag kunde dra på lite extra känna motorn bakom ryggstödet. Exakt 25 minuter senare kunde jag köra in i parkeringsgaraget – oftast det i anslutning till terminal 5. Då och där hände något som gjorde att jag alltid körde in med sidorutan nere. Ljudet, det vassa, fantastiska ljudet från den lilla V8:an var otroligt. Nedre planet i P-garaget fylldes av Ferrarins lite ilskna raspiga avgasljud. Vilken känsla. Ett par år senare ersattes vår röda Ferrari 308 GTB QV av en mindre krävande men trevlig blå BMW Z3.

Château de Champlâtreux och Luis Buñuel - 2007

Mitt i sommaren den 26 juni bar det av till Paris för att köra tre nya modeller från Peugeot: 207 SW (kombi), 308 och SUV:en 4007.

Efter halva teststräckan nådde vi vårt lunchställe och svängde in genom ett par höga järngrindar till något som hette Château de Champlâtreux.

Château som är slott på svenska var minst sagt bedagat, slitet och såg riktigt ledset ut och var allra minst ett château. Château de Champlâtreux byggdes mellan 1751 och 1757 och hade en fantastisk historia som en av de boende kom att berätta.

Efter lunch i ett av de fyra stora rummen på bottenvåningen hade slottet väckt min nyfikenhet varför jag gick uppför stentrappan till övervåningen.

På andra våningsplanet fanns 23 sovrum på tillsammans 450 kvadrat med separata toaletter, garderober och rum för boendes tjänare. Där möttes jag av en korridor med ett oändligt antal dörrar. En av dörrarna stod öppen så jag kikade in. Där stod en person och målade vid ett staffli. Då han såg mig hälsade han mig att kliva in vilket jag gjorde. Jag frågade om det var han som var slottsherren vilket han förnekade men berättade istället om slottet på knackig engelska.

Slottsherren – markisen som då var 97 år bodde i ett av de stora rummen på nedervåningen tillsammans med sin son – 61 år som bara väntade på att farsgubben skulle lägga näsan i vädret så han kunde få överta markistiteln och göra något av slottet, berättade konstnären.

På slottet hade också den excentriske filmskaparen Luis Buñuel bott då och då och som var bästa kompis med

markisen och som var den som sponsrade så gott som alla hans mer eller mindre bisarra filmer. En annan kompis till Buñuel var den surrealistiske konstnären Salvador Dali som även var med i Buñuels filmen "Den Andalusiske Hunden".

Hela 21 filmer och några TV-filmer har spelats in på slottet.

Markisen som hade bott där i hela sitt liv vurmade för konstnärer som han lät bo på slottet gratis som då i gengäld fick hjälpa till med den ständigt pågående renoveringen – i sin egen takt vilket betydde noll.

- Jag målade rören till elementen här förra våren, berättade konstnären med viss stolthet.

Vi gick ut och gick in i en annan korridor. Golvet som var lagt i någon sorts klinker var böljande och längs väggarna stod stolar och små bord på vilka det låg travar med böcker och tavlor staplade på varandra. När jag gick förbi råkade jag dra ett finger över den översta högen med böcker och fick med mig en centimeter tjock dammkorv. Här hade det inte dammats eller städats på de senaste 20 åren.

Konstnären öppnade en dörr till ett rum som var överbelamrat med fina gamla stolar där stoppningen spruckit men de antika stolarna var fullt renoverbara. Även golvet hade spruckit och var uppspänt för att inte möblerna skulle braka igenom golvet och sedan genom taket till rummet inunder. *(se bilder föregående sida)*

Vi gick in i ett annat rum som konstnären berättade var nyrenoverat. Parketten som var restaurerat i gammal stil som sig bör var av tjocka trästavar om kanske fem gånger fem centimeter och kanske 40 cm långa var nylagt. Väggarna hade nyspända textiltapeter och där fanns också en nyrenoverad säng. I bakre delen av rummet fanns en dold dörr som ledde till betjänten eller husans lilla rum. Renoveringen gick framåt – om än sakta.

Sonen till markisen fick till sist som han ville och då han ärvde markistiteln sålde han av slottet som idag är renoverat och hyrs ut för fina fester som bröllop, seminarier och filminspelningar.

Fiat firar nya 500 med sju tusen gäster - 2007

Med en baluns i storleksordningen "grande" presenterade Fiat den 4 juli i Turin den nya Fiat 500. Det var pånyttfödelsen av Fiat 500.

En bilmodell som min mor haft ett antal av och en bil som jag som privatist körde upp i. Det enda körskoleinspektören ville var att få ta av sig eller mer bokstavligt kliva ur mammas Fiat 500 så fort som möjligt då han var ganska stor till omfånget.

Landade på Milanos flygplats Linate till 27 graders värme. Märker att jag har koll på både klockslag och temperaturer. Kanske en fix idé hos mig. Men så stod det i dagboken.

Bodde på Hotel Ligure i Turin. Som alltid då jag är i Italien vill jag ut på stan så fort som möjligt. Tog en liten prommis på stan och såg den otroliga utsmyckningen man gjort med en massa gamla Fiat 500 utplacerade överallt på torg, rondeller men också väl valda bildelar i skyltfönster.

För exakt 50 år sedan (då detta är 2007 enligt dagboken), den 4 juli 1957 introducerades Fiat Nuova 500, där det italienska ordet nuova betyder nya. Fantasilöst men så var det. Den då nuova 500 kom att tillverkas i 3,9 miljoner exemplar och som inte bara italienarna utan hela Europa tog till sitt hjärta under de 18 år modellen fanns. Nu 50 år senare var det dags igen.

Det var fullständigt kaos i Turin som stod som värd för de sju tusen inbjudna gästerna, varav ett tusentals journalister som invaderade staden för att vara med i festligheterna och se nykomlingen – Fiat 500.

Nere vid floden Po hade Fiat dagen till ära byggt upp en gigantisk scen och läktare för alla gäster.

Vid 21-tiden drog jippot igång och det kom att bli musikframträdande, vattenshower liksom fantastiska fyrverkerier som varken jag eller staden Turin sent ska glömma. Vid 23:30 var jippot slut och då jag gick hem till hotellet och passerade jag en hel flotta med svarta Maseratibilar som stod parkerade på rad med sina uniformsklädda chaufförer väntande utanför.

En legend blir till

Vissa bilmodeller är ihågkomna för sina tekniska innovationer medan andra för sin odödliga design, komfort eller brutala effekt. Bland dessa berömdheter fanns en liten bil som kom att bli en av de största – Fiat 500.

Det här med småbilar var inget nytt för Fiat som redan 1936 byggde sin första modell av Fiat 500 som fick smeknamnet Topolino efter Disneyseriefiguren Musse Pigg som i Italien kom att heta Topolino. Själv har jag lite svårt att se någon direkt likhet mellan Fiaten och Musse Pigg men italienarna kunde det tydligen.

Topolino var en liten bil med bara plats för två åkande och saknade bagagelucka vilket gjorde att resgods fick lastas in genom förareller passagerardörren på samma sätt som de första tillverkade Saab 92 (1947-1951). Först 1952 fick Saab som modell 92B till en baklucka.

Krigsutbrottet 1939 kom att sätta stopp för fortsatt produktion och vidare planer för Fiat Topolino.

Efter kriget blev livet annorlunda för alla och från 1946 och en bit in på 50-talet fanns det ett stort behov och en önskan av att vara mobil.

Bilen var inte så vanlig men däremot tvåhjulingar som motorcyklar och scooters av märkena Piaggio, Innocenti, Vespa och Lambretta fanns det gott om. Som exempel kan nämnas att 1946 tillverkades det 2 500 Lambrettor för att 10 år senare, 1956 ha tillverkats i en miljon exemplar.

Så snart det gick att få tag på material rullade produktionen åter igång av Fiat 500 Topolino. Samtidigt letade man nya drivkällor till kommande modeller. Fler försök gjordes med motorcykel-motorer som var enkla att tillverka men också bensinsnåla.

1954 kom man fram till att den bästa lösningen på drivkälla till den nya Fiat Nuova 500 var en tvåcylindrig luftkyld fyrtaktsmotor. Detta till skillnad från Topolinon som hade en fyrcylindrig, vatten-kyld motor på 13 hk.

1955 hade Fiat byggt 509 000 exemplar av Fiat 500 Topolino i Lingottofabriken som samma år ställdes om för att bygga den nya modellen Fiat 600 och likt föregångaren Topolino var motorn fyrcylindrig, vattenkyld men med 21 hk (tillverkades 1955-1969).

Två år senare – 1957 kom den mindre Fiat Nuova 500 med den nya tvåcylindriga luftkylda motorn. Just orden fem hundra låter inte så vackert på svenska men däremot på italienska –cinquecento.

7 miljarder lire (ca 36 575 658 svenska kronor) – en på den tiden astronomisk summa blev öronmärkta till produktionen som skulle dra igång under förutsättning att man utöver de 300 producerade bilar per dag även tillverkade lika många bilar som då skulle vara reservdelslager. Karosspressarna och monteringsbanden stod aldrig stilla en enda timme det sista halvåret innan premiären i juli 1957 när så Fiat Nuova 500 gjorde sin debut inför världen.

Effekten i Nuova 500 var för sin tid riktigt hyfsad med 13 häst-krafter ur den lilla luftkylda tvåcylindriga bensinmotorn på 479 kubik. Växellådan var fyrväxlad och bromsarna var hydrauliska trumbromsar på alla fyra hjulen. Med en toppfart på 85 km/tim hade Fiat 500 en snittkonsumtion på ynka 0,45 liter milen, vilket får ses som en riktig miljöbedrift i dagens ögon sett. Bensintanken var som en liten tunna på 20 liter och låg framme under huven i princip i förarens knä (ingen höjdare vad gäller säkerhet). Okej,

folkan hade nästan samma placering av bensintanken.

Fiat Nuova 500's stjärna lyste klart i 18 år från att den tändes den fjärde juli 1957 och falnade först efter 3 893 294 byggda bilar den fjärde augusti 1975.

Värd att nämna är designen eller bilkonstruktören som han hellre ville kalla sig – Dante Giacosa som stod bakom de tre fiatmodellerna.

Fiat Nuova 500, går inte till historien som något innovativt mästerverk men har ändå tagit sin plats i bilhistorien, kanske som den sexigaste bilen någonsin som det engelska TV-programmet TopGear utnämnt den lilla - stora bilen till. Detta 2006 och då före skönheter som Aston Martin DBS, Maserati Quattroporte och Alfa Berera.

Dagen efter "födelsen" av nya Fiat 500 var det dags för mig att ta en första provkörning i trakterna runt Turin.

Vid första kontakten fick jag en direkt och positiv förhållande till bilen, nästan mänsklig. Kanske berodde det på att jag är uppvuxen med Fiat 500 som min mamma alltid körde när hon inte på senare år rattade en hundkoja – originalet Mini 850.

Fiats primära mål har inte varit att göra en modell som liknar Fiat Nuova 500 utan att snarare göra en ny Fiat 500 med samma attribut och funktion, fast bättre än originalet. Men det går inte att ta miste på utseendet som är Fiat 500 och även om den nya versionen är betydligt större så är likheten och proportionerna riktiga.

Från en minsting till en annan. I oktober premiärvisades Mazdas minsting Mazda2 i italienska Toscana och på den sagolika hotell-resorten Borgo La Bagnaia som funnits där sedan 1300-talet och som från början var en liten by med åtta hus och en egen kyrka. *(se bild nästa sida)*

En som var uppfödd och bodde där var Marisa Monti Riffeser som i mogen ålder gifte sig med en entreprenör som gjorde stora pengar på sina olivodlingar. Så stora att han blev mångmiljonär på sin olivolja.

Marisa som länge haft en dröm att få göra om sin lilla by till en exklusiv hotellresort började köpa upp de hus som efter hand blev till salu. Till sist hade hon köpt upp hela sin barndomsby med alla hus inklusive kyrkan. Ett efter ett renoverades husen och har som mest nu 72 rum alla individuellt och smakfullt inredda. Senare kom det också till en restaurang och konferenslokal samt en stor spaavdelning och ett ännu större stort poolområde.

Än en gång mötte jag David Coulthard, fd F1-förare. Det var i samband med en inbjudan från Renault att i september provköra Renault Laguna i Österrikiska Gschwendt. Men strunt i det. Det stora och helt oförglömligt var att vi journalister fick besöka Red Bulls Hangar 7 på Salzburg flygplats som ägs av Red Bull-grundaren Dietrich Mateschitz. I själva hangaren finns en samling med historiska flygplan men är också flygakrobaterna Flying Bulls hemmabas. Där finns också en samling med F1-bilar och för dagen var David Coulthard där och berättade lite för den som ville höra.

Från att ha varit i Frankfurt och då under två dagar kört Mercedes AMG C63 som hade en 6-liters V8:a med 457 hk under huven och som såg till att sprinten 0 till 100 avverkades på 4,5 sekunder gick det lite lugnare till i Franska Alsace med introduktion och prov-körning av Peugeot 308.

Årets resterande 5 resor gick till Frankrike med Citroën C5, Mazda6, Citroën Nemo, Ford Focus och sedan ett säkerhetsevent med Volvo hos Stora Holm trafikövningsplats i Göteborg.

- Corvette och Saab på Paul Ricard, med AMG i Palm Springs

2008 toppade med 32 körningar. Men det skulle bli betydligt mer ett par år senare. Det började bli riktigt tufft då antalet provkörningar och resor ökade hela tiden. År efter år.

8 januari startade med en tripp med Kia i en privatchartrad Fairchild Metro III från Bromma flygplats. Ett 2-motorigt propellerplan med en marschfart på 520 km/tim för 8 passagerare. Landade efter 3 timmar i Tjeckien där vi blev bussade över gränsen till Slovakien och efter 2 timmar kunde vi kliva av vid entrén till Kias nybyggda fabrik i Zilina. Fabriken är gigantisk och har ett löpande samman-sättningsband på över 5 kilometer. Utöver 500 robotar så jobbar där 3800 personer.

Kanske du inte vet men Kia och Hyundai har samma ägare som är Hyundai Motor Group. Lite märkligt kan man tycka men så är det. De båda bilmärkena försöker hela tiden kommunicera sitt bilmärke som att vara företagets premiummärke av de två. Vilket som är premium vill jag ha osagt men det vankades provkörning av Hyundai i10 i Palermo, Sicilien. Det går knappt att nämna Sicilien och Palermo utan att man tänker på den italienska maffian.

Bodde på flotta Hilton i Palermo. Efter sedvanlig incheckning gick svenskgänget (8 pers) med Hyundais svenska PR-ansvarig Ann Sundfeldt i spetsen ut för att äta nåt italienskt – en god pizza på den lokala pizzerian – Staffa. Nästan som mitt namn men Staffa är också en liten ö i ögruppen Inre Hebriderna i Skottland. Långt ifrån där jag var.

Dagen efter tog Hasse Britth och jag en testbil.

Någon fysisk roadbook eller ens karta fanns inte utan vi skulle köra enligt det nya och moderna sättet – GPS-navigator enligt den inlagda rutten på vår lösa GPS som var snyggt fastsatt på instrumentpanelen.

GPS'en visade oss vägen ut från Palermo och tog oss vidare norrut. Trafiken var ganska gles och efter det att motorvägen tog slut färdades vi på landsvägar och genom ett flertal mindre orter och byar som jag aldrig hört talas om än mindre varit i.

Efter två timmars körning närmade vi oss kusten där vi kunde se havsbandet och Tyrrenska Havet som ligger väster om fastlandet Italien men som omger Sicilien.

GPS'en guidade oss ner mot vad vi förstod var hamnen. Området var kanske inte det område jag själv skulle ha uppsökt. Allra minst om det var mörkt. Snarare var det ett ställe där kostymklädda gubbar med fiollådor i ena handen och en fet cigarr i den andra instruerade sina underhuggare hur de ska få till ett par betongskor på ett par alltför nyfikna journalister.

Ja, ja GPS'en ville väl bara att vi skulle köra ner och vända för att sedan ta oss tillbaka till civilisationen, sa vi.

Då hände det.

GPS'en la av! Det sista som syntes på GPS-skärmen var "battery low" och sedan de två orden "bye, bye!" varpå skärmen blir svart och släcktes.

- Men vad i he... sa vi båda två och stirrade på den mörka skärmen.

Hasse, lugnet själv sa att han överlät det tekniska till mig och passade på att kliva ur bilen och ta en lugnande cigg medan jag satt kvar och stirrade på den lilla jäv... apparaten. Vi var redan ovänner, dödsfiender.

Sladden från GPS'en gick in bakom instrumentpanelen. Men vad är felet..?

Hasse hann knappt ta ett bloss förrän han slet upp dörren och hoppade kvickt in i bilen.

- Kolla dem, sa Hasse och pekade på ett par stora hundar som var väldigt intresserade av bilen men framför allt av oss och tryckte sina blöta nosar på bilens sidofönster.

Jag fortsatte,

- Med vad i he… men det löste ju inga problem.

Hasse kom på den lysande idén att ringa Ann.

- Hejsan Ann, sa Hasse lugnt, vår GPS har lagt av. Vad gör vi och var är vi? frågade han.

Det tog inte många sekunder innan svar kom,

- Hur tusan ska jag kunna veta var ni är, svarade Ann torrt.

I bilen fanns inte heller någon vanlig karta och inte ville vi heller ta oss ut och gulla med hundarna utan vi satt där vi satt och de kostymklädda gubbarna med sina fiollådor började kännas mer och mer närvarande. Kanske hade de redan börjat blanda cement..?

- Vad i he… vart leder sladden nånstans? sa jag.

Jag började lirka med sladden som var snyggt instoppad bakom instrumentpanelen. Tålamodet höll på att ta slut så jag slet ut sladdjäv... och upptäckte då att den inte var ansluten till någon laddning eller el utan var bara snyggt instoppad.

- Vad i hel… Jag anslöt sladdens kontakt till cigguttaget och plötsligt lös skärmen upp och skrev "hello!" Vi letade fram vår rutt och vinkade hej då till de dreglande hundarna och körde därifrån tillbaka från ingenstans mot hotellet.

Vårt lilla äventyr resulterade i att alla testbilar dagen efter försågs med en karta över ön.

Med Saab och Corvette på Paul Ricard - 2008

14 februari 2008 var det sista jag såg och körde vad gäller Saab och då på den franska Paul Ricard-banan.

- Här är något helt nytt, sa Saabs vd Jan-Åke Jonsson som var med oss journalister.

Men vi visste alla att vad vi såg och skulle få köra var Saab 9-3 som egentligen då var tio år gammal och hade kommit -98 men som nu fått ett lätt lyft och fyrhjulsdrivning och med namnet – Saab Turbo X. Cool... eller?

- Uppvärmda matrester, som en kollega kallade anrättningen. Vi andra var heller inte speciellt imponerade. Men det jag såg och körde var ändå inte så illa. V6:an hade fått dubbelturbo som plockade fram 280 hk. Och på instrumentpanelen satt en turbomätare som från gamla tider och på prislappen stod det 410 000:-.

Jag har aldrig haft något speciellt tycke eller känsla för Saab. "Utseende är inte allt" som det heter och det stämmer in på Saab's

bilmodeller som aldrig haft någon beundransvärd design, tycker jag. Snarare ganska tråkig men ändå en bra och slitstark bil. Med tre ord – tråkig, slitstark och svensk. Samtidigt har Saab Automobile varit en stor del av den svenska historien som började 1947 men som fick ett tragiskt slut sextio år senare.

Spiken i kistan var då amerikanska GM köpte upp Saab år 2000 och lovade en ljus framtid för det svenska bilmärket. Men då det inte gick som planerat försökte GM som även ägde Opel att slå samman de båda märkena. Men Saab var för egensinnig och ville inte bli styrd utan snarare styra.

Då såldes den illa tilltufsade Saab vidare till den holländska sportbilstillverkaren Spyker. Men Saab gick inte att rädda utan vi fick tyvärr se den svenska biltillverkaren gå i graven. Beklagligt tycker även jag.

Efter att ha tillbringat förmiddagen med Saab Turbo X där även ett par varv på Paul Ricard-banan ingick fick jag efter lunch lägga ytterligare ett par varv men då bakom ratten på den nya Chevrolet Corvette som däremot imponerade.

Vilka kontraster – Saab Turbo X mot nya Corvette C6 som hade fått frilagd strålkastardesign inspirerat från 1962 års Corvette. Under motorhuven satt förstås en V8, small-block på 430 hk som standard till ett pris på 662 000:-.

Corvetten körde jag samma eftermiddag från Paul Ricard till Marseille där jag bodde för natten innan det var dags att dagen efter ta flyget hem.

Att testa däck eller bromsar är nog bland det tråkigaste som en motorjournalist får göra, men måste göra. Dagarna efter den lustfyllda körningen med Corvette på Paul Ricard var jag tillbaka till den franska hamnstaden Marseille då för att testa däck på Michelins testbanor våta som torra. Det gällde då att nöta, nöta och nöta däck. Michelins område är stort och på flera platser stod det olika maskiner eller snarare robotar som nötte däck i blagande sol, ösregn, dag ut och dag in i kanske månader med bara korta stopp för att mäta och ta prover utöver det som skickas från testmaskinerna direkt till laboratorierna för analys.

Efter däcktestet var det riktigt trevligt att veckan efter – 28 februari få ladda inför provkörning av Mazda6 i Italienska Genua. Men det är sällan något går som det ska. Jag och kollega Hasse Britth var i god tid (05:30) på Arlanda bara för att få reda på att vår flight med Air France till Paris skulle vara försenad en timme. Till sist kom vi i alla fall iväg.

Alla flygplatser har sin egen flygplatskod eller IATA-kod (International Air Transport Association) och som ofta är en förkortning av flygplatsen eller närmaste stads namn. Arlanda heter ARN, Köpenhamn CPH, Paris (Paris-Charles de Gaulle) CDG osv. Flygplatskoder som alltid finns på biljetter och bagagetaggar.

Väl i Paris sprang vi till gaten där flyget till Genua skulle avgå men såg då att gaten var stängd och vi hade missat flyget. Gick till infodisken för att se om vi kunde boka om och något annat flyg till Genua. Personen i infodisken tittade på våra biljetter där det stod att vi skulle till Genua GOA.

- Ingen fara, sa personen bakom disken som sa,

- Om vi skyndar er så hinner ni med planet som precis stängt gaten. Gaten låg bara nån minuts promenadväg därifrån.

Vi rusade dit och välkomnades av en flygvärdinna som var i färd med att stänga dörren och välkomnade oss in och sa samtidigt.

- Två passagerare till Indien, ser jag sa hon och smällde av ett leende.

Hasse hörde inget men väl jag.

- Indien? Vaddå Indien?

Hon skulle precis låsa flygplansdörren då jag räckte fram min biljett som hon synade och utbrast.

- Nej, nej! Ni ska till Genua vars IATA-kod är GOA. Inte till Indiska Goa vars IATA-kod är GOI.

Suck, vi var en hårsmån från att hamna i Indien.

Efter 5 timmar på flygplatsen kom vi äntligen iväg vid 16:15 till Genua och kunde därefter checka in på Hotel Excelsior där namnet är betydligt finare än själva hotellet.

Dagen efter blev det provkörning av Maxda6 och sedan Lufthansa och Genua - München - Arlanda. Allt flöt på och jag var hemma för en gångs skull tidigt - 17:30. Men vilken resa…

Stockholm – Los Angeles och AMG-burgare - 2008

Mellanrubriken låter som ett riktigt härligt äventyr vilket det också blev.

13:24 (för en gångs skull en anständig tid) gick startskottet den 13 mars. Detta då SAS-planet lyfte från ett regnigt och ruggigt Arlanda där temperaturen knappt nådde upp till fem plusgrader.

Bara ett par minuter senare skar planet igenom molntäcket och möttes av en strålande sol.

En timme senare landade jag i Köpenhamn och bytte flyg till en stor Airbus som tog ungefär 20 minuter på sig att fylla de 245 sittplatserna innan dörrarna stängdes och vi rullade ut på startbanan.

Efter det väntade 9 timmar i luften över Atlanten innan vi skulle landa i Chicago.

Dessförinnan skulle Shetlandsöarna passeras liksom Island på 10 600 meters höjd och i 850 km/tim då jag åt jag min kvällsmat. Ännu en dag på jobbet...

En timme därefter flög planet in över Grönlands sydspets och efter det in över Kanada och därefter i rak linje mot Chicago där planet landade lokal tid 18:30 eller 0:30 svensk tid.

Det var inte utan att jag ofta kände mig lite trött då vi alla – inklusive mina fem kollegor på denna resa motades från planet likt en boskapsflock fram i en snitslad bana, vidare till passpoliserna som både fotograferade och tog mina fingeravtryck (har inte fått tillbaka dem än).

Sedan kom det som alltid frågorna som haglade om de stämplar jag hade i passet från andra länder. Vissa inte rumsrena hos jänkarna.

- Hur länge ska du vara i USA? Vad ska du göra här? Vad har du för yrke? Var ska du bo första natten? Kan du visa upp en bekräftelse på hotellbokningen? Och till sist: Hur mycket pengar har du med dig i kontanter och vilka kreditkort har du?

Jag la upp mina futtiga två hundra dollar och mina två kontokort. Passpolisen rörde inte en min utan tog kopior på rubbet.

Till slut, efter att jag också fått visa upp min returbiljett hem till det fria Sverige tog den humorfria passpolisen även en kopia av den innan jag motvilligt släpptes in.

Inget trevligt eller varmt välkomnande precis utan snarare en ganska otrevlig och obehaglig händelse tyckte såväl jag som mina reskamrater. Men så är det i USA.

Efter det återstod ännu ett flyg och det till Los Angeles som skulle ta fyra timmar. Tidsskillnaden mellan Sverige och Chicago är sex timmar minus, och i Los Angeles är den ytterligare två timmar back så när jag landade var klockan 23:15 lokal tid eller 07:15 svensk tid. Då var jag ruggigt trött efter att varit vaken i 25 timmar i sträck men hade faktiskt svårt att somna då jag intog sängen på mitt hotell i Santa Monica Bay.

Kalifornien blev amerikanskt efter Mexikanska kriget 1846 och på 1920-talet etablerade sig i Los Angeles området två helt nya industrier – flyg- och filmindustrin. I förorten Santa Monica började flygplanstillverkaren Douglas Aircraft bygga flygplan och det var också där som DC-3:an föddes. Samtidigt slog filmindustrin ned sina bopålar i den då lilla förorten Hollywood.

Omgivningarna runt Los Angeles har under åren använts flitigt i otaliga filmer.

Utanför mitt hotellfönster hade jag Santa Monica Pier som byggdes 1909 och som varit med i bland annat filmer som "Blåsningen" med Paul Newman och Robert Redford och i filmen "Forrest Gump".

Dag 1 var ledig varför jag då shoppade lite och gick sedan ut på den långa piren och tog en öl i solskenet och tittade ut över Stilla Havet.

Dag 2 hände det äntligen något. Efter en stadig frukost bestående av en skinkomelett och till det cola så checkade jag ut och tog plats bakom ratten i en Mercedes 350 SL tillsammans med kollega Anders K. Lämnade Los Angeles nedcabbad förstås och körde den fyrfiliga motorvägen 134 mot Pasadena.

Första stopp blev Silverwood Lake som är ett naturskyddsområde och har världens största vattenreservoar,

- Som förser 23 miljoner amerikaner med färskvatten, men också 6 500 gigawattimmar elektricitet per år, berättade Mike, skogsvaktare men också områdets sheriff som förde mina tankar till den tecknade seriefiguren Yogi Bear. *(se bild här bredvid)*

Jag fortsatte vidare österut mot Palm Springs där jag också enligt roadbooken senare skulle checka in på Parker Hotel för natten som så många filmkändisar gjort.

Men på vägen såg något som jag inte bara kunde köra förbi. Det jag nyligen hade passerat fick mig att göra en u-sväng för att ta en närmare titt på ett antal uppställda skrotbilar. Vid första anblicken orörda 20-, 30-, 40- och 50-talsbilar med bara ett lätt rostlager och de flesta i renoverbart skick.

I samma ögonblick som jag tog fram kameran kom en långhårig kepsförsedd person ut ur en av bilarna.

- Är jag i vägen? frågade han artigt.

Det visade sig att han hette Jeff och var ägare till de gamla något bedagade skönheterna och som alla hade en – sin egna historia.

- Varför har du de här bilarna? frågade jag.

- Det är min samling, min familj. Jag renoverar nån bil om året och får in lite pengar som jag klarar mig på. Det räcker. Men min fru gillar det inte men accepterar det istället för att jag ska hänga på nån bar.

Så där blir jag kvar en halvtimme – timme.

Parker Hotel och kändisar - 2008

Lagom då solen höll på att gå ner och spred ett nästan trolskt ljus rullade jag in i Palm Springs som är liksom Las Vegas en helt konstgjord stad byggd ute i en öken.

På väg mot mitt hotell – Parker Hotel – ett halvrisigt 60-tals hotell som blev en reality-serie på TV år 2007 *(se bild här nedan)* och som även sändes på svensk TV passerade jag Hotel California som kanske är det hotell som Eagles sjunger om med samma namn. Vad vet jag?

Överallt och även i mitt rum hängde foton, de flesta signerade på kända skådisar som till exempel Al Pacino, Marlon Brando, Robert De Niro och Jack Nicholson som tydligen alla bott på hotellet.

På 40- och 50-talet då "de rike" ville ha ett mildare vinter-klimat likt de rike i Europa och vårt egna kungahus som flyttade till Nice så kom Palm Springs till för rika jänkare.

Palm Springs måste vara golfarnas paradis då här finns över 85 golfbanor, och än i dag flockas kändisarna på hotellen men också på kyrkogården som har både Bob Hope, Frank Sinatra och Sonny Bono, den senare fd man till sångerskan Cher men också borgmästare på orten, som permanenta gäster.

Efter en god natts sömn och en stadig frukost bestående av pannkakor med lönnsirap körde jag vidare mot en liten by uppe i bergen som heter Idyllwild. Den ligger bara 2 mil från Palm Springs, fågelvägen, men åtta mil genom de slingrande bergsvägarna som tog över en timme att köra. Men vilket ställe. Här kan nog vem som helst som inte vill synas försvinna. Dit brukade Cahuillaindianerna komma när det var för varmt under somrarna. Andra som hittade dit på 70-talet var hippierörelsen.

Här spelades också vissa delar av Bröderna Cartwright in, om det nu är någon som kommer ihåg den cowboyserien från 60-talet. Det kändes faktiskt som att tiden där stått stilla sedan femtiotalet. Vad som är så härligt är att i Idyllwild finns ingen supermall (shoppingcenter), Starbucks eller McDonalds... ännu.

Dagen efter, lördag förmiddag fick jag och kollegorna lägga vantarna på de vassa Mercedes AMG-versionerna som de heter. Utanför hotellet stod en handfull AMG SL 65, alla grå-mattlackade vilket var något nytt men så var priset också 2 078 000:- styck.

Jag körde ut ur Palm Springs som fortfarande sov så jag var ganska ensam på den trefiliga motorvägen och kunde blåsa på ordentligt.

Lämnade varma 18 grader i Palm Springs och körde upp mot bergen, mot San Bernadino. Ganska snart möttes jag av bilar med – snö på taket… Temperaturen sjönk för varje minut ju högre upp jag körde. Till sist hade jag snö på vägen framför mig och min AMG började dansa längs vägen på sina breda däck. Inte speciellt kul med 612 hk under huven. Kort därefter vände jag och körde tillbaka ner mot värmen i Palm Springs.

Fem intensiva dagar i USA gick ganska fort och intrycken var otroligt många. Sista dagen blev bara en kort körning till den lokala flygplatsen. Där skulle jag och mina kollegor lämna pressbilarna och ta ett litet privatflyg till Los Angeles för att därefter ta flyget hem.

När jag lämnat min bil blev jag slussad till poolområdet där Mercedes och AMG hade dukat upp en riktig brunch.

Lite trött men också drabbad av hemlängtan kollade in utbudet på brunchen som var gigantiskt och kom på mig själv med att jag inte ätit någon hamburgare under det här USA-besöket som jag då på ort och ställe beställde. Visst måste man äta en hamburgare om man är i hamburgerlandet nummer ett. Men mitt i allt-i-hopa kom vår värd springande och sa att vårt plan hade landat och att vi måste gå ombord. Tusan också, ingen hamburgare!

När vi alla satt på planet och väntade på att dörren skulle slås igen och motorerna startats kom grillkocken springande mot planet. I handen hade han en liten tårtkartong som han pekade skulle till mig. När jag öppnade locket spreds en ljuvlig doft från de sex små helt underbara hamburgarna, de mest fantastiska hamburgare jag någonsin sett och ätit, alla med en kärna i själva burgaren med anklever och med ett hamburgerbröd med AMG inbränt ovanpå. Så läckert och så gott. Bästa någonsin! (noteras bör att jag inte åt upp alla själv).

Fulaste OK-förlaget - 2008

Efter att vi skilt oss från Automobil på 90-talet levde tidningen vidare. Inte i bästa välmåga vilket gladde mig måste jag erkänna. Men den hankade sig fram med sjunkande upplagesiffror mycket beroende på att tidningen de senaste fem åren blivit som en vindflöjel som ändrat inriktning hela tiden efter de olika redaktörernas intresse och viljor. Bland dem historisk racing, budget-klassiker, nymoderna klassiker osv. Det vi hade skapat från början var en stark entusiasttidning som nu var helt söndrad och borta.

Men… de nya ägarna – OK-förlaget som 2008 tog över tidningen efter den siste redaktören Tord S som verkligen körde tidningen i absoluta botten och gav då tidningen till OK-förlaget mot att de sanerade skulderna.

OK-förlaget såg en chans att göra pengar på gammalt tidigare publicerat material ur Automobil. Material som de inte hade någon rätt till, vare sig texter eller bilder. Det var mitt/vårt material, mina/-våra texter, mina/våra bilder.

Utan att fråga la de helt enkelt ut allt gammalt Automobil-material på nätet.

Hade de åtminstone haft anständigheten att fråga så skulle vi säkerligen sagt ja. Men när man inte ens hade hyfs att göra det stängde vi dörren.

Alla mina/våra gamla artiklar från 80- och 90-talet fanns att tillgå. Texter, bilder – rubbet.

OK-förlaget betalade inte en krona men de ville ha som sagt

rubbet gratis till sina i sin tur betalande prenumeranter. Fy fa...
jag kan inte med ord förbanna de som var skyldiga till detta.

Kanske borde jag publicera en redaktionsruta från Vi Bilägare
på de skyldiga?

Vi var så nära att stämma dem men då de insåg att de snattat och
backade i sista sekund även om de spred en massa fulheter och
lögner för att försöka rättfärdiga sitt oschyssta och snudd på
kriminella beteende.

När det från vår sida rättsligt började brännas för OK-förlaget
ringde dåvarande chefredaktör Nisse Frendin mig och gjorde en
pudel och bad om ursäkt för förlagets usla beteende.

Mitt i den svenska försommaren - 2008

Efter USA-besöket och körningen av AMG SL 65 blev det av-
smakning av lite enklare bilar som VW Golf 4Motion, VW Passat
CC, Peugeot 308 SW och GT, Ford Kuga, Skoda Superb. Destina-
tionerna var som så ofta Paris, Sardinien, Jerez och Salzburg.
Det enda som stack ut något var premiär och körningen av Seat
Ibiza som jag gjorde på den lilla spanska ön Ibiza. Så lämpligt.

Men det skulle bli roligare.

I slutet av maj kunde jag innan flyget till Paris gå in och sätta
mig på SAS Guldlounge då jag veckan innan fått mitt Star Alliance
Guldkort. Nice!

Datumet vad den 25 maj och Renault ville visa upp sin SUV
– Koleos. (se bild här nedan) En bil som Renault köpte med hull
och hår från Samsung
som vi är mer vana vid att tillverka och sälja TV-apparater, mobiler,
mikrovågsugnar och annan elektronik. Sedan var namnet lite konstigt
och lät i mina öron mer som en sjukdom. Prova själv,

- Hur är det?

- Jo, tack, men jag har nog fått en släng av koleos.

Det låter inte så friskt, eller?

Från Paris flög vi, ett blandat
nordiskt motorjournalistgäng
i ett av Renault chartrat plan
till staden Fèz som utöver att
vara något man kan ha på
huvudet är den tredje största
staden i Marocko efter Casa-
blanca och Rabat. Bodde på
Sofitel, Palais Jamai.

Dagen efter skjutsades vi
tillbaka till flygplatsen där

testbilarna stod uppställda för en testrutt upp bland bergen.

På eftermiddagen besökte jag medinan (gamla stan) med sin souk (marknad) med alla sina vindlande smala gränder och ett myller av gångar, tält och väggar av tyg eller tunn plywood. Min tanke var – tänk om det skulle börja brinna här, vad händer då? Hur hittar man ut? Var finns brandsläckare? Jag såg inte en enda.

Golf i storm och småspik - 2008

Ibland har jag med viss oro faktiskt genomlidit provkörningar i andra länder som till exempel Island där jag i september provkörde nya Golf 6.

Inför mottagande av världspressen hade Volkswagen byggt upp en riktigt flott barack uppe i berget där vi journalister från så gott som hela världen skulle träffas och få ta del av presentationen, välkomstmiddag och presskonferens.

Men innan dess startade dagen för min del med SAS-flyg från Arlanda till Oslo. Därifrån med Volkswagen i ett chartrat plan från Malmö Aviation till isländska Reykjavik som förvånande nog tog hela 3 timmar.

När vi klev av så möttes vi av storm och ösregn. Inte nog med det, det regnade inte bara uppifrån utan också på tvärsan – vågrätt. Det var som att få en hink med småspik i ansiktet. Det var nästan så att man fick ha ett drivankare knutet runt midjan för att inte blåsa iväg.

Flertalet av oss journalister och annat löst folk bodde på hotellet Radisson 1919 som betyder att huset byggdes det året. Smart tänk..? Personalen var ingalunda islänningar utan istället ryska ungdomar.

På eftermiddagen var det inga provkörningar utan vi skulle alla transporteras upp till VW-baracken, lite oförskämt namn på den fina stugan för middag och lite mingel. Men min kollega Hasse Britth var inte så pigg på att över huvud taget ge sig ut i stormen utan vi beslutade – med Marcus Thomasfolk (PR-ansvarig hos Volkswagen Group, Sverige) välsignelse att vi kunde stanna på hotellet och där inta middag.

Dagen efter var det uppstigning klockan 8:00 lokal tid – 10:00 hemma i Sverige.

Utanför var det fortfarande samma ihållande storm och hinkvis med småspik.

Fick höra att gårdagens middag i VW-stugan fick avslutas ganska abrupt då det fanns risk att hela "kojan" skulle flyga all världens väg.

Island är ett lite annorlunda ställe. Kargt och avskalat skulle man kunna säga och så långt ifrån vacker man kan tänka sig – i mina ögon i alla fall. Inget gräs eller vare sig träd eller buskar utan bara svart, svart och vass svart lavasten. Att köra av vägen var och är inte att tänka på då det garanterat resulterar i punktering.

Ändå har Island ett vackert inslag – de otroligt fina hästarna – islandshästen där det på google står att läsa: "Islandshästen är en tålig och robust hästras som tål Islands ofta dåliga väder. Islandshästen hålls vanligtvis i ett halvvilt tillstånd i stora flockar som själva får leta sin föda och skydda sig mot dåligt väder. Islandshästarna är kända för sina gångarter tölt och passgång. Även om islandshästen sällan växer över tillåten gräns för ponny (148 cm), så kallas rasen ändå för häst. På Island betraktas islandshästen med kärlek och vördnad då hästarna funnits på ön i över 1200 år. En islandshäst som lämnat Island tillåts aldrig att återvända då risken är för stor att de blandats med andra raser samt att de kan bära på sjukdomar". Det var allt om den lille krabaten som bits i ena änden och sparkas i den andra.

Efter att ha deltagit i både presskonferensen och innan dess genomfört provkörningen på ön fick vi skjuts i Volkswagen Phaeton till flygplatsen – fortfarande i storm och ösregn.

Under de tio till fjorton dagar som VW's eventet höll på hade man flugit in kanske fem – sju hundra journalister som både skulle bo och äta där under sin vistelse.

Till det flög man även över ett hundratal Golfbilar – testbilar för oss journalister och fraktade även över med färja ett sextiotal Phaetonlimousiner för att skjutsa journalisterna fram och tillbaka då det behövdes. Sedan ska man lägga till all personal, chaufförer med flera som servade alla under dessa dagar.

Efter ovädret följde katastrofen – den isländska bankkrisen som bröt ut i november samma år. Stackars Island, tänkte jag.

2008 hade mycket mer att ge men jag måste sålla för att boken inte ska svälla och bli som en tegelsten därför bläddrar jag förbi årets sista tio provkörningar och kastar mig över 2009 som hade 23 internationella körningar.

Gigantiska big-foot är en ganska vanlig syn på island.

- 23 gäspiga körningar, Dubrovnik och Hasse i depå

Under 2009 bläddrar jag fram till den nionde resan som gick med Peugeot i april till Dubrovnik, Kroatien. Syftet med resan var att provköra 308 CC – coupé och cabriolet. Än en gång en fyrsitsig cabriolet där det hela hade börjat 2001 med 206 CC och därefter 307 CC till 308 CC med ett tvådelat plåttak. Förutom möjligheten att åka öppet och få lite vindrufs i håret var det inte så mycket mer för de 265 000:- som den kostade i sin billigaste version.

Dubrovnik tycker jag är lite exotiskt med sitt Medelhavsklimat. Där finns också alla de växter man ser på Rivieran inklusive vajande palmer vilket jag utnyttjade då jag fotograferade.

Fastän det då gått fjorton år sedan krigsslutet syntes såren från kriget tydligt. Inne i den gamla staden som är omgärdad av en medeltida ringmur – stundtals sex meter tjock syntes krigets sår. Till att börja med så finns vid porten till den gamla stadsdelen en skylt där man kan läsa "de hus som har fått nytt rött tegeltak är de hus som blev bombade av Bosnien, Serbien och Montenegro under frihetskriget 1991 till -95."

Bara där märktes det fortfarande inneboende hatet mot de forna antagonisterna.

Själva gamla stan är idyllisk på alla sätt och vis med sina smala gränder, trappor och de vackra gamla byggnaderna. Där finns många små butiker, de flesta souvenirbutiker men också barer, restauranger där flera av dem serverar läckra skaldjursrätter och kaféer med sina uteserveringar på de olika torgen. Det finns också mycket vackert att se på då jag promenerade längs den marmor-belagda huvudgatan – Stradun som har ett dominikanerkloster från 1301 i början av gatan och ett stort torg i slutet av densamma.

Men överallt är det kratrar i husväggarna från såväl maskingevär som granater. Till och med kyrkan hade fått sina träffar.

Någon i mitt sällskap (troligtvis Maria L, då svensk PR-ansvarig hos Peugeot) fick för sig att motorjournalisttruppen skulle ta sig upp på ringmuren som är två kilometer lång vilket vi också gjorde.

Okej, trapporna upp ledde kanske fem till åtta meter upp. Men efter de metrarna var det en tvär sväng med lika många meter därtill osv… Till sist var jag väl 25 kanske 30 meter upp på ringmuren som inte hade något räcke utan därifrån var det snarare fritt fall.

På sina ställen är muren två meter bred och som mest sex meter bred.

Fy f… för att slippa se ut över taken och få svindel koncentrerade jag blicken på mina skor. Tänkte – ska jag backa och gå tillbaka?

Men det kändes inte som någon bra idé utan jag tog mig likt en sköldpadda sakta, sakta framåt. Till och med en människa med gipsat ben och kryckor gick om mig. Om det var en kvinna eller man vet jag inte då min blick var fäst vid mina skor och "marken" jag hasade fram på.

45 timmar

Om jag skulle som en tidsstudieman tidsanalysera provkörnings-resorna som ofta var upplagd på två dagar så skulle själva "jobbet" det vill säga provkörningen ta sex timmar i anspråk. Utöver det:

1/ Information, in- och utcheckning på hotell och presskonferens
= tre timmar.
2/ Matintag = fem timmar.
3/ Ledig tid = två timmar.
4/ Sömn = åtta timmar.
5/ Transport till och från flygplatser, väntan, incheckning, byten av plan och flygtid = 21 timmar.

Totalt blir det 39 timmar + 6 timmars provkörning = 45 timmar.

I maj var det åter dags för en ny VW Polo som skulle visas på Sardinien som är en svåråtkomlig destination. Därav först flyg till München för övernattning på flygplatshotellet. Efter frukost promenad till flygterminalen och incheckning till VW privatchartrade flyg som tog mig och ett gäng kolleger till Sardinien där planet landade på Olbias flygplats 2 timmar senare. Togs emot av 30 graders värme. Bodde på Romazzino i Port Cervo där Riva-båtarna ligger och guppar i hamnen. Provkörning både dag ett och dag 2 som av-slutades på flygplatsen.

De sista resmål och bilmodeller som avverkades 2009 var bland annat Mazda3 som fått ett nytt start/stopsystem, ett par nya Kia-modeller i Wien, Skoda Yeti i Slovakien och sedan en andra körning i snöiga St Moritz. Snö vart det också då jag körde Mazda CX-7 i Kitzbühel. Seat Ibiza Cupra-Bocanegra i Seats hem-maplan Barcelona. Opel visade upp sin Insignia Opc i Frankfurt. Tragisk nyhet var att kollega Hasse Britth gick bort eller som vi säger gick i depå för gott i oktober 72 år gammal.

- Porsche Driving School, Korsika i Land Cruiser och Marquès de Riscal

Från att ha gjort 23 internationella premiärkörningar 2009 ökade det till 30 stycken där den första pressresan blev torsdag den 4 februari och då till Paris för att köra det lilla franska konstverket Citroën DS3 till ett annat konstverk – villa Masion Louis Carré. *(se bild här inunder)*

Upphovsman till det konstverket var finländaren Alvar Aalto som inte bara var en framstående designer utan framför allt en berömd arkitekt. Ett av hans fantastiska byggnadsverk – en villa, finns fyra mil sydväst om Paris vilket var vårt mål för DS3.

Villan som ritades 1956 fick namnet Masion Louis Carré efter konsthandlaren som hade beställt huset där han även planerade att

ha sina vernissager. Villan byggdes i vit sandsten och finsk furu och stod klart tre år senare. Alvar ritade även trädgården och tog även hand om inrednings-designen där han också ritade så gott som alla möbler och de fasta belys-ningsarmaturer.

1996 blev villan kultur-minnesmärkt och fungerar idag som ett museum.

Med kung Carl Gustaf och prins Carl Philip - 2010

2010 var det vinter-OS i Vancouver, Kanada något som inte direkt intresserade mig.

Satt på planet som skulle avgå till Frankfurt den 19 februari för att därifrån köra en ny Opel Corsa som hade fått en facelift och ett par nya motorer men noterade att planet inte lyfte på utsatt tid.

Sånt är bland det värsta jag vet – speciellt då det inte sägs något om varför det blivit en försening. Att sedan draperiet till business-klass var fördraget var även det lite annorlunda då vi fortfarande stod så att säga på backen.

När vi så äntligen kom iväg fick jag svaret till förseningen och varför gardinen till businessklass var fördragen. Svaret var att vår monark kung Carl Gustaf och prins Carl Philip satt där och skulle vidare till OS-spelen i Vancouver efter planbyte i Frankfurt.

Kungafamiljen är som kanske bekant idrottsintresserade och säkert skulle hela familjen till Kanada men av säkerhetsskäl får inte alla i kungafamiljen flyga samma plan. Så troligtvis flög drottning Silvia och de båda prinsessorna i ett annat plan.

Veckan därpå blev det en visit till Barcelona med Toyota där jag bodde på Hotel W som själv hade haft sin premiär samma år. Under själva inflygningen till Barcelona kan man vid klart väder se hotell W som ligger nere vid hamnen och ser ut som ett stort segel. Hotellet ligger också i början av Ramblan och orkar man kan man därifrån gå hela vägen upp till storstan.

Hotel W har 26 våningar, 473 rum och 67 sviter och en personal på 400 personer som ser till att allt är ok för sina gäster.

Fem – sex gånger har jag bott på hotel W och alla gånger har jag haft utsikt mot havet från rummets fönster som täcker en hel vägg från golv till tak. Tror förresten inte att det finns några gäst-rum än de med havsutsikt.

Iskörning med Porsche - 2010

Så gott som alla provkörningsresor under januari och februari hade förseningar på flygavgångar från Arlanda. Snö och kyla var orsaken och mer skulle det bli av både snö och kyla då jag var på däcktest med Nokian i Ivalo.

Det lilla planet slickade nästan de snöklädda trädtopparna innan vi landade på den nyplogade landningsbanan i Ivalo.

Ivalo är den nordligaste flygplatsen i Finland och Lappland och som ligger en bra bit norr om Kiruna och lite obehagligt nära ryska Murmansk.

Temperaturen var bitande minus femton grader då jag klev ut och ner för flygplanstrappan. I två dagar skulle här testas Nokians då nya vinterdäck Hakka 7. Men Nokian hade spetsat tillställningen lite med att vi skulle få köra gräddan från Porsche skodda med Nokian-däck på den frusna sjön.

Att klimatet är tufft är inget mot testbilarna då det knakade lite väl oroväckande i isen under däcken på de Porsche Cayenne och Panamera 4S som försiktigt rullar ut på den frusna och nyplogade sjön.

Inte i min vildaste fantasi skulle jag ens komma på tanken att få sitta så där i en bil med en turboladdad V8 på 500 hästkrafter och ett makalöst vrid på över 700 newtonmeter och som kostar en bra bit över 1,5 miljoner (pris 2010) som jag respektlöst behandlade som en vante på de plogade isbanorna. Cool...

Porsche har haft förarkurser sedan 1974. Vitsen med dessa kurser är att lära framför allt porscheägare att hantera sin bil och då bli en säkrare och bättre förare i alla situationer. En sådan kurs som varar i tre dagar kostar mellan 35 000 och upp till 50 000 kronor (pris 2010, räkna med betydligt högre pris idag). Då ingår också en kursbil, mat och husrum under dessa dagar. Att kursen är värd sina pengar bevisas av att man har ungefär 10 000 deltagare årligen. De flesta är nya elever men många har gjort kursen tidigare. Ungefär tre fjärdedelar av dessa kurser äger rum på tävlingsbanor sommartid medan man på vintern kör på frusna upplogade sjöar i norra Finland.

Det knastrade till i radion och vår instruktör hälsade oss välkomna till en första dag på isen där vi bara skulle värma upp och lära oss känna bilen och vår egna begränsning.

Det lät faktiskt bra.

Medan tiden gick höjde instruktören ribban och svårighetsgraden i de övningar vi skulle göra. Han fanns i kommunikationsradion hela tiden – som ett plåster.

Vi fick bland annat träna på att köra slalom mellan koner. Mer

avancerad körning blev det med så kallad kontrollerad drifting då jag körde och styrde bilen med gaspedalen – inte ratten. Bilen åker alltså sidledes. Kan man verkligen göra det med en fyrhjulsdriven bil? Jovisst.

- Push, push, puuush! More throttle, step on it! skrek han i falsett i radion och efter ett par timmar på rundbanan kunde till och med jag göra det utan att ha händerna på ratten.

I vinterkörning gäller det också att kunna bromsa på rätt sätt, kunna häva en sladd, byta färdriktning. Med 1,5 millimeters dubbutstick i däcken fick jag lära mig att kontrollera bilen på riktig blåis och snö i varierade farliga situationer som naturligtvis i detta fall är simulerade för oss deltagare. Vid det laget börjar vissa moment, hur man ska kontrollera ratten, bromsarna och gaspedalen sitta i ryggraden.

Jag är övertygad om att jag kommer ha nytta av vad jag lärt mig på isen i Pasasjärvi men en sådan här kurs räcker inte. Nej, helst ska man göra en kurs vart tredje år för att vara så att säga uppdaterad. Kanske ta en sommarkurs på någon tävlingsbana vartannat år och varva med vinterkörning.

Porsche Driving School har också körkurser för de som vill lära sig köra off-road. Okej, det är mycket pengar men man behöver inte ta den dyraste av kurserna. Kanske räcker en endagskurs för att fräscha upp minnet och skickligheten.

Kanonerna på Navarone - 2010

Efter ett besök med Toyota i Nice och sedan med VW i Florens flög jag i mars till den lilla ön Korsika som tillhör Frankrike och ligger ute i Medelhavet i Genuabukten, sydväst om Italien, sydost om Frankrike och norr om Sardinien. Hängde du med?

Korsika är Medelhavets fjärde största ö och är mest känd som Napoleon Bonapartes födelseplats.

Det luktade äventyr redan då flyget som tagit mig från Nice och landat på Figari som flygplatsen heter på södra Korsika.

Under tre dagar ska jag och en kollega samt Toyotas PR-ansvarige Bengt D köra över Napoleons gamla hemvist, södra Korsika bakom ratten i en Toyota Land Cruiser 150. En då helt ny fyrhjulsdriven bil i sin fjärde generation som byggde vidare på Land Cruisers DNA som gjort den till den mest sålda fyrhjulsdrivna bilen i världen.

Vem kan slå det rekordet med en försäljning på fem miljoner i 176 länder sedan premiären i början av 50-talet? Några kommentarer?

Korsika är en fascinerande ö med ett fantastiskt landskap med inriktning på bad-, familje- och äventyrsturism. Här kan man följa med på en guidad visning i båtar som tar en in i underjordiska grottor som då också passerar de lodräta klipporna med sina uthuggna trappsteg som leder upp till de små byar och husen som ligger svindlande långt ut på klipporna ut över havet.

Skådespelaren Anhony Quinn ska ha köpt en av dessa klippor som också var med i filmen Kanonerna på Navarone från 1961.

Den som skulle ta mig över ön var en verkligt kompetent reskamrat, vilket gjorde att jag kände mig ganska trygg då vi lämnade asfalten och tog oss in i den oländiga terrängen riktning nordväst mot Conca efter första natten i Porto Vecchio.

Toyota Land Cruiser är tekniskt hypermodern som bygger på ett rambygge som är mycket vridstyvt, och faktiskt är ett måste om man ska ha en fyrhjulsdriven bil som tål riktigt tuffa utmaningar.

Det här med rambygge behöver kanske en förklaring: Många biltillverkare idag skryter över att de gått från ramverk till en självbärande kaross på sina SUV'ar. Ok, det är i många fall bra men en SUV som körs i otillgänglig terräng mer än på asfalt behöver verkligen ett vridstyvt chassi och då är det bara ett ramverk som gäller. Toyota Land Cruiser är en av de få riktiga fyrhjulsdrivna bilar som då finns att välja på.

Att köra i svårtillgänglig terräng är inget man gör sådär direkt då det krävs en hel del erfarenhet. Men har man ett par hjälp-

system som man kan få i nya Land Cruiser så tar systemen över körningen.

Ett system som håller kvar bilen ett par sekunder då man gör start i backe har många bilar idag. Så även Land Cruiser.

Till Land Cruiser kan jag också välja på fyra olika körprogram för att passa de underlag jag kör på; Mud & Sand (lera, slask och sand), som tillåter nödvändigt hjulspinn utan att hjulen gräver ner sig. Loose Rock (större stenar) är avpassat för avancerad klättring. I läge Mogul som kan beskrivas som att köra i en mjuk puckelpist tillåts lite hjulspinn för att behålla en kontrollerad, sakta och säker körning. Till sist är Rock Mode (hårt underlag) det som ger minst hjulspinn men mest grepp samtidigt som att bromsarna används mer.

Runtomsikten var i det närmaste perfekt när bilen kröp uppför de smala bergsvägarna. Jag kan försäkra att vägen ner – om man hamnar utanför kanten kan gå snabbt då det ofta är 300 meter – rakt ner.

Till min hjälp hade jag inte bara en backkamera utan även fyra små effektiva kameror (Multiterrain Monitor) som gav mig en bra bild runt om bilen. Varenda sten, snigel eller skalbagge noterades på instrumentpanelens färgskärm. Men bilden var inte alltid så lättydd tyvärr. Ofta var det lättare att sticka ut huvudet genom sidorutan men också låta co-drivern göra detsamma för att kolla läget från passagerarsätet.

Normalt sett är kraften i Land Cruiser fördelad till 90% eller mer på bakaxeln men kan när som helst, automatiskt bli till exempel 60/40 mellan fram- och bakaxel eller 70/30 eller kan också låsas manuellt i 50/50 mellan axlarna. Markfrigången är hela 22 cm och klarar en lutning på 42 grader framöver eller i sidled gör att det är inga problem att vada ner i vatten till ett djup av 70 centimeter. Hade min testbil haft en snorkel hade vadningsdjupet kunnat bli närmare en meter.

GPS'en var inte till någon direkt nytta då den inte kunde navigera åt oss då vi inte hade någon teckning där vi var. På skärmen stod det ”utanför vägnät” och visade bara en pil i den riktning jag körde.

- Ta höger i stigen här framme, sa Benke vilket jag också gjorde. Det tog inte så lång tid förrän jag började undra om vi verkligen svängt av åt rätt håll.

Att kalla det grus eller terrängväg det jag hade framför mig och bilen var löjligt. Ett militärt övningsfält var inte heller rätt. Det var för milt. Ett krondike stämde inte heller in. Det liknade mer något man sett på TV från något naturprogram där en katastrof inträffat som till exempel då en meteorit slagit ner.

Framför mig hade jag stenblock som stod rakt upp en halvmeter, efter det djupa potthål – snarare kratrar som lätt kunde rymma ett eller en hel kull vildsvin eller mufflonfår som det finns gott om på Korsika och som springer omkring överallt.

Hur i helsike ska vi ta oss igenom detta steniga helvete, tänkte jag. Jag måste erkänna att jag var lite skärrad.

Lugn och besinning. Jag stannade till och med växelläget i neutral och vred reglaget från fyrhjulsdriven högväxel till fyrhjulsdriven lågväxel. Med det kopplades antispinnsystemet ur vilket ändå inte behövdes då jag kom att köra i läge Crawl (krypa).

Potthålen var så många, stora och djupa att något av de fyra hjulen ständigt hängde fritt i luften.

Jag tryckte då på knappen för att höja bilens markfrigång. Med fjädringen inställd på mjuk och körprogrammet inställt på Mud & Sand tog körsystemet över och det enda jag behövde göra var att välja spår och bromsa lätt någon gång då när det börjar se för jäkligt ut.

Första tanken var att vi kört fel. Tagit in på någon militär tränings-bana för tanks eller provsprängningar. Men nej. Vi fortsatte. Co-driver Bengt fick stundtals gå ut framför bilen för att dirigera körningen.

Tre kilometer avverkades på en och en halv timme. Varje meter beräknades noga. Det kändes som att jag körde någonstans i Amazonas djungler, eller var jag på månen? Den akrobatik, smidighet som Toyota Land Cruiser uppvisade var inte av denna värld.

Sakta, sakta och makligt gick jag ner i en jordfåra, lutningen framlänges var över 35 grader och jag var glad att säkerhetsbältet spände åt så jag höll mig kvar i förarsätet.

Då jag la om ratten hördes ett svagt knirkande ljud från hjulupp-hängningarna då bilen makligt gled över sidledes i säkert 40 grader och hjulen började sakta men säkert tugga oss framåt, framåt, framåt. Snacka äventyr.

Peugeot RCZ och Marqués de Riscal - 2010

Från äventyret på Korsika till en mer estetisk och arkitektonisk upplevelse blev det när Peugeot bjöd in till provkörning av sport-bilen Peugeot RCZ.

Flyg först till Köpenhamn och sedan i egen kärra till den lilla staden Logrono i Rioja, Spanien.

En bra bit norrut på landsbygden öster om Burgos, nordväst om Zaragoza men rakt söder från Bilbao ligger vindistriktet Rioja. Där tillverkas över 100 miljoner liter vin om året.

Jag besökte där en av dessa vinproducenter – Marqués de Riscal – som också har ett av de mest spektakulära hotellen i världen

(byggt 2006) i den lilla byn Elciego. Själva byn Elciego ligger mitt i vindistriktet Rioja med anor från 1095 och med en egen fin gammal katedral som är en otrolig kontrast mot det ultramoderna hotellet.

Bilen då? Peugeot RCZ kändes då jag backade upp bilen mot hotellet som att den var som gjord för att fotograferas framför ett sånt spektakulärt ställe som Hotel Marqués de Riscal. Jag har tidigare skrivit om Peugeot RS-modeller där bokstäverna RS står för Rally Sport. När det gäller RCZ ska det betyda Rally Concept Z där bokstaven Z skulle lite tillgjort syfta på Zagato. Okej, Zagato… det fantastiska designhuset Zagato. Men där fanns ingen koppling.
Zagato går tillbaka till 1919 och har gjort en mängd undersköna bildesigner främst åt den italienska bilindustrin som Abarth, Alfa Romeo, Ferrari, Fiat, Lancia och Maserati. Även åt storheter som Aston Martin som man byggde i små serier. Zagato ritade och byggde även "one-off" det vill säga prototyper åt bland annat Ford, Jaguar, MG, Rolls och Volvo.
Men bildesignern Zagato har inte gjort designen av RCZ. Men… Peugeot menar att designen är inspirerad av Zagato vars känne-tecken var att ha bulor i taket som också RCZ har. RCZ är en 2+2 bil. vilket betyder att den har ett baksäte mer avsett som nödsäten något som flera kollegor bedömde som "anpassat för huvudlösa". I Sverige började priset 2011 på 250 000:-.

Marqués de Riscal då? Säger man namnet Frank O. Gehry så är det inte så många som reagerar, men säger man Guggenheim-museet i Bilbao får man ofta ett "jaha, han!" till svar. Den kände kanadensiske arkitekten har ritat ett flertal spektakulära byggnader världen över. Marqués de Riscal är ett av dem och när man kommer in i den lilla byn Elciego med sina gamla hus och kyrkor står hotellet där i en skrikande kontrast till omgivningen och de gamla husen. Men de matchar faktiskt varandra.

Hotellets böljande tak i kompositmaterial, titan och aluminium kröner själva byggnaden. 100 miljoner dollar har bygget kostat och har 43 luxuösa rum och två restauranger.

Men Marqués de Riscal är mycket mer. Vinhistorien sträcker sig tillbaka till 1858 då den var först att producera vin enligt den franska Bordeaux-metoden.

Här blandar man modern teknik med gammeldags metoder och fyller först upp de hundra rostfria tankarna med två ton druvsaft vardera. När så jäsningen är klar tappas vinet upp på stora ektunnor där det sedan lagras och tappas för att renas och sedan tappas igen på rengjorda ekfat. Efter det flyttas de fyllda vintunnorna till de gamla byggnaderna där man från början i slutet av 1800-talet gjorde allt vin för hand utan några som helst moderna maskiner eller kemiska tillsatser. Här är det fortfarande hantverk som gäller och varje dag inspekteras tunnorna och rullas ett par centimeter.

Då jag gick genom de långa korridorerna med sin lätt råa och fuktiga luft passerade jag överallt tvärgångar fyllda med vintunnor som låg på lagring. Det var inte hundratal utan snarare tusentals välfyllda tunnor som var staplade på varandra från golv till tak.

I en av dessa tvärgångar kom jag till något som kallades "katedralen". Där har man sparat ett tiotal flaskor varje år av alla de olika sorters vin man gjort ända sedan den första skörden i mitten av 1800-talet. Antalet flaskor är oräkneliga och flertalet går fortfarande att dricka.

Efter tre till fyra år, så lång tid tar hela processen att göra

ett grand reserva vin, är det
röda vinet moget att tappas på flaska. Men även efter att det är
buteljerat och klart ska det ligga en tid innan det kan säljas.

Fem miljoner liter vin tillverkar Marqués de Riscal årligen, både
rött och vitt där merparten går på export till över åttio länder,
däribland Sverige. Någon öl såg jag tyvärr inte…

Prag, Barcelona och sightseeing i total mörker - 2010

Prag tycker jag är som en fristad i de annars så likriktade europeiska
storstäderna. Inte nog med att ölen och maten är god utan är också
förhållandevis billig liksom boendet. Prag, en stad att njuta i, som
det stod i turistbroschyren.

Jag var där den 19 oktober för att köra Skoda Greenline där
kvällen avslutades på en typisk tjeckisk restaurang som utöver sin
rustika mat och dryck underhöll med zigenarmusik. Mat och under-
hållning som jag varmt kan rekommendera.

Då jag skulle upp dagen efter för att ta flyget till Barcelona klockan
åtta blev det en tidig kväll för min del. Dagen efter landade jag i
ett soligt Barcelona där jag blev upplockad av en chaufför från
VW som körde mig till hotel W som jag skulle bo på under eventet
med Volkswagen Passat dagen efter. Kändes ovanligt att ha nästan
en hel dag ledigt men jag hann å andra sidan skriva lite.

Dagen efter träffade jag mina kollegor och vi fick under dagen
provköra den nya Passaten som internt hade beteckningen Typ B7
och tillverkades mellan 2010 och 2015. Totalt blev denna lilla tripp
fyra hela dagar så det var skönt att få komma hem sen eftermiddag
fredagen den 22 oktober.

Tio dagar senare bjöd Opel till något som höll på att bli en
mardrömsresa till Istanbul, Turkiet.

Flyg som vanligt från Arlanda till Wien och sedan vidare därifrån
till Istanbul. Istanbul är en riktig storstad och att ta sig från flyg-
platsen till stadskärnan med bil där vårt hotell Radisson Blu låg
var enligt arrangörerna ingen höjdare varför man istället skulle ta
oss journalister dit med båt så vi också kunde få se den vackra staden
från vattensidan så att säga. Vad man inte räknade med att när vi
klev ombord på båten var klockan åtta på kvällen och halvtimmen
efter var det var kolsvart ute. Det gjorde att vi inte såg ett smack
av "den vackra staden" förrän vi efter nån timme nådde Bosporen-
bron som var väl upplyst och där vi sedan klev av för att gå till
vårt hotell.

Checkade in och vände i princip i rumsdörren för att samlas i
receptionen där nästa båtfärd väntade på att ta oss ut i mörkret på

vattnet och till restaurangen.

På båten serverades det juice och läskedrycker. När ett par kollegor frågade efter något starkare som till exempel en öl eller ett glas vin fick de till svar att man inte serverade alkoholhaltiga drycker på båtar då det fanns risk att det skulle kunna hända en olycka. Förståndigt visserlig men...

Efter en god middag tyckte flera av oss att det var kanske dags att vid 22-tiden ta båten tillbaka till vårt hotell. Då fick vi reda på att vårt hotell bara låg fem minuters promenadväg bort. Ja ja, det var väl nån som tjänade en slant på båtfärden antar jag.

Efter att ha intagit frukost dagen därpå satt jag bakom ratten på den nya Opel Astra som skulle ta mig på en teststräcka genom Istanbul. *(se bild här ovan)*

Först skulle jag bara passera den långa Bosporenbron som sammanbinder Turkiets asiatiska och europeiska sida. Men där stod köerna stilla och alla tutade. Härligt med temperamentsfulla människor som kan hantera en tuta. Det kändes som att alla de 14 miljoner invånarna i Istanbul skulle över bron samtidigt som jag och alla tutade.

Efter kanske en halvtimme i denna otroliga tutkakafoniska trafikstockning var jag äntligen över på andra sidan bron. Men det hjälpte inte så mycket. Jag hann inte stanna till för att plåta bilen eller än mindre stanna till vid lunchstoppet utan hade bara siktet inställt på flygplatsen som enligt klockan och roadbooken skulle då ligga alldeles för långt bort.

Det blev alltså ingen lunch men jag hann med nöd och näppe till flygplatsen och ombord på planet som tog mig till Hamburg och därifrån vidare till Stockholm. Vilken lättnad det var att efter landning på Arlanda få gå ner i flygplatsgaraget, andas in den råa, kalla oktoberluften och sätta mig i bilen och köra hem.

Tio dagar senare var jag i sommarvarma Barcelona för att köra Seat Ibiza ST. Middag på kvällen på en flott fisk- och skaldjursrestaurang – Barceloneta. *(se bild föregående sida)* Lyckades efter middagen vid 22-tiden få komma med en av de första shuttlebussarna till hotellet Miramar där jag hade en otrolig utsikt över hela Barcelona. Dagen efter bjöd på en rejäl provkörningsrunda som slutade vid ett lunchställe – Kauai Gavà Mar som ligger precis på stranden med utsikt över Medelhavet. En strandrestaurang jag skulle vilja besöka fler gånger.

Lyckades än en gång ta ett tidigare flyg hem då jag dagen efter (20 maj) skulle med Renault till spanska Valencia för att köra Mégane CC (coupe - cabriolet) vilket passade bra då temperaturen var 27 grader varmt.

Veckan innan midsommar – den 17 juni flög jag till Wien för att sätta mig bakom ratten på en pickis – VW Amarok som jag därifrån körde till Bratislava, Slovakien. Enligt resplanen skulle jag flyga hem lördag den 19:e men Audi hade hört av sig och ville att jag skulle provköra minstingen Audi A1 i Berlin redan dagen efter – den 18:e.

Så det blev flyg till Berlin där jag körde Audi A1 i Berlin som badade i 30 graders värme. Efter en sen men snabb lunch blev jag skjutsad till flygplatsen Tegel i limo för att ta SAS till Arlanda där jag landade 21:30. Phu!

Då och där efter snart 28 flygande år med fler och fler resor per år började det så smått kännas påfrestande både fysiskt och psykiskt fastän jag inte har så mycket av någondera.

Springa in i väggen som var och varannan gjorde och gör förstod jag inte. Jag har väl alltid varit mer en ensamvarg än en lagspelare så att köra på var min melodi vilket jag också gjorde. Okej, som så många i min omgivning sagt och säger så har jag säkert nån sån där bokstavskombination. Men det har ju alla mer eller mindre vilket nog är helt normalt.

Erfarenhet är bra men ofta kan det också leda till slentrian. ”Jag har varit där, sett det, gjort det”.

Efter körningen med Audi A1 blev det 15 körningar till innan år 2010 packade ihop.

Besök på Toyotas fabrik i engelska Burnastone, introduktionerna av Volvo V60 i Verona, Audi A7 på Sardinien, Mazda2 i Monaco, Chevrolet Orlando i Valencia plus ytterligare tio för året nya bilmodeller och lika många resmål. Men ”I'm not impressed”.

2011 - Mitt Liv Bakom Ratten - kapitel 29
- Tiguan som hundbil, valbiff och slaget vid Narva i repris

Tredje resan för året gick till Portugal med anledning av Lexus CT200h. Lexus som benämner sina modeller för att vara lyxiga är i mitt tycke något överdrivet. Sedan när har en lyxbil en järnpinne för att hålla upp motorhuven? Någon av Lexusmodellerna som även säljs i USA säljs under syskonmärket Toyota. Så värst mycket utpräglad lyx är det nog inte frågan om förutom det höga priset.

Efter att dag två lyckats fotografera bilen mellan regnskurarna i Lissabon blev jag skjutsad till hotellet Radisson Blue medan mina svenska kollegor tog flyget hem. Själv skulle jag dagen efter till spanska Jerez för att köra den nya versionen av Ford Focus som även det skedde i regn.

Efter ytterligare ett par resor utomlands sticker Malmö och Mercedes C-klass kombi ut ur min dagbok.

28 mars flög jag till Sturups flygplats för att där bo på ett hotell knappt värt namnet. Jo, det finns dåliga hotell även i Skåne.

Dagen efter var det provkörning med första anhalt den gastronomiska höjdpunkten och restaurangen Kulturen i Östarp och därefter vidare mot Svaneholms Slott - byggt 1538 där jag fotograferade bilen. Mercedes – bra men vilket sömnpiller...

VW Tiguan är en stor bil men kan den ta en stor hund?

Jag kollade det den 7 juni 2011 men flög först till München som badade i 27-gradig sommarvärme. Tillsammans med kollega Jonas Borglund körde vi i den VW Tiguan som vi blev tilldelade från flygplatsen och mot Österrike och där med Kitzbühel som slutmål.

Orten Kitzbüel som sådan är mest berömd för sina skidaktiviteter så det var lite lustigt att se alla skidliftar av olika sort stå där stilla i de gräsgröna backarna. Det var som att de alla väntade på snö.

På den slingrande vägen upp till toppen som säkert tog oss en kvart – tjugo minuter att köra passerade vi en äldre man med en stor hund på halva vägen där de båda lufsade uppåt. Det såg riktigt kämpigt ut.

Väl uppe tog Jonas och jag en kaffe och satte i oss lite kakor. Nyttigt? Men gott.

Tog ett par bilder också på bilen innan det var dags att ta plats bakom ratten igen för att köra ned längs den slingrande vägen. Efter ett par minuter stötte vi på gubben med hunden igen. Han vinkade åt oss att stanna vilket vi gjorde. Gubben var så andfådd och slut att han knappt kunde prata. Hunden såg lika slut ut den och var smutsig så det förslog där den satt.

Han – gubben alltså frågade om vi kunde skjutsa ner dem till den stora parkeringsplatsen vid foten av berget där hans bil stod.

Väl inne i vår bil föll den stora hunden ihop i baksätet bredvid sin husse. Gubben berättade att han och hans hund som bara var en unghund av rasen Berner Sennen hade gått uppför i fyra timmar men att de missat att ta med sig något vatten.

Det var snudd på att också gubben somnade innan vi var nere på säker mark. Han var så medtagen att det svårt att höra vad han sa då han bara svamlade och det var knappt att han kunde peka ut sin bil som vi till sist hittade och kunde lasta ur hunden.

När vi efter provkörningen lämnade tillbaka bilen var vi tvungna att förklara varför baksätet var så skitigt vilket faktiskt mottogs med leenden från servicefolket från Volkswagen som tyckte att vi hade gjort rätt.

Med Air Berlin flög jag den 13 juni till Mallorca inbjuden av Mazda att på testbanan Circuito Mallorca Rennarena hade Mazda ordnat en workshop för en handfull motorjournalister om Mazda Skyactive. Där togs förresten bokomslagets fotot av mig.

Sen eftermiddag fick jag skjuts till flygplatsen då jag skulle vidare till Zürich för att där samma kväll vara med på presskonferens och dagen efter köra Chevrolet Aveo. Aveo tidigare Daewoo Kalos men som GM givit en ganska elegant design med dubbla strålkastare. Men som Teknikens Värld skrev "inuti lika rolig som en deklarationsblankett".

Norge och valbiff och vinst i Haag - 2011

22 juni gjorde jag en riktigt exotisk utflykt som gick till Larvik i Norge. Det är inte ofta det varit provkörningar i vårt grannland

Norge, kanske någon vart annat eller vart tredje år men då den 22 juni var det dags.

Flyg till Gardemoen Flyplass som norrmännen säger och som ligger en bit utanför Oslo. Utanför ankomstterminalen väntade en buss som efter två timmar släppte av oss journalister vid Torp där en rad med Hyundai i40 kombi stod och väntade medan vi åt lunch. Och vilken lunch!

Gamla barndomsminnen uppenbarade sig då jag högg in på – val. Jo, i Norge äter man val som är otroligt gott. Jag vet. I Sverige åt vi val på 60-talet. Då fanns det att köpa i frysdiskarna i de flesta matvarubutiker. I min familj åt vi val säkert varannan vecka. Val är gott och det smakar som vilken god biff som helst men kan ibland ha en liten lätt smak av tran men det är ok.

Delade bil med Karlskogas stjärnreporter Lasse Sjöberg som styrde oss till vårt hotell där vi på kvällen åt de bästa och finaste skaldjur man kan tänka sig. Helt fantastiskt – vilket bilen också var, men bäst var nog valbiffen.

För att vara ett så pass litet land som ändå Holland eller kungariket Nederländerna som är dess rätta namn där en av de finaste städerna utan tvekan är Haag, underbar men dyr. Syftet med besöket var att jag skulle få köra Opel Ampera – en elhybrid med 6 mils eldrivning med 150 hk. När så elen tog slut så kickade en 82 hästars bensinmotor in och färden kunde fortsätta tills bensinen tog slut. Kärt barn har många namn som det heter. I England heter modellen Vauxhall Ampera, i USA Chevrolet Volt och i Australien Holden Volt. I Sverige kom bilen att kosta 440 000:-. *(se bild här nedan)*

Under provkörningen till Hilton Hotel i Haag ingick en snålkörningssträcka där Opelfolket skulle mäta hur snålt vi journalister kunde köra. Det var en liten tävling alltså. Ganska obetydlig men...

Gissa vi – jag och kollegan Bengt Dieden laddade. Först fälldes de yttre backspeglarna in, sedan slipstreamade vi bakom lastbilar och bussar, växlade snabbt upp, la ur växel och frirullade när det gick, lät bilen rulla så långt det gick innan en växel måste i.

Medtrafikanter tutade men det struntade vi i. Vi skulle vinna.

Vi kom i alla fall till hotellet och checkade in.

Innan middagen bjöds det på en fördrink och då harklade sig Opels PR-manager och ville meddela utgången av snålkörningen som jag redan hade glömt.

Jag och Bengt D stod som solklara vinnare.

- Inte kunde vi tro att Ampera skulle kunna köras så snålt som ni bevisat, sa Opels representant och överräckte varsin tavla till oss båda.

Det var en stor inramad originalskiss på Ampera gjord av Opels designer i format kanske 50 gånger 70 centimeter. Ganska stor alltså och som inte skulle gå ner i min väska insåg jag direkt. Vad göra? Att vika den var nog ingen bra idé. Inte för att vara otacksam men lämnar jag den kvar på hotellrummet så lär det väl komma fram till den svenske PR-ansvarig Annicka och jag skulle få stämpeln som otacksam. Inte bra alls.

Efter den lite högtidliga prisutdelningen serverades det middag och då kom jag på det.

- Tack Annicka för det fina priset men den som jag tycker ska ha det är du och ska ha tavlan hängande på ditt kontor, sa jag och överlämnade tavlan till henne. Meddelas kan att gåvan mottogs positivt. Ibland har jag mina ljusglimtar.

Veckan efter det holländska äventyret var jag i Berlin för att köra VW Beetle coupe och cabriolet som även hade fått sig en facelift. Det var ingen hemlighet att nya Beetle bygger på VW Golf. Bland nyheterna var ett större kupéutrymme och ett mer utdraget frontparti.

Första gången jag såg nya Beetle var på Tokyo Motorshow 1995. Då hette skapelsen Concept 1 och i Volkswagens monter fick jag ett certifikat som intygade att jag skulle få köpa en av förseriebilarna – nummer 1133 i ordningen. Undertecknat av min gamle kompis Herr doktor Ferdinand Piëch, styrelseordförande för Volkswagen. Kompis och kompis… nja tror inte det men han tände i alla fall min cigarr då jag var på ett tidigare VW event som du säkert läst tidigare om. Designen av Concept 1 var äggformad och gjord av J Mays. Ja, han heter bara "J" i förnamn efter sin farfar. J Mays jobbade då på VW's designstudio i Kalifornien.

Den Beetle jag körde i Berlin hade 2011 hade fortfarande en stor portion retro och var som VW gärna ville framhäva – en livsstilsbil.

En sista notering om J Mays var att han även var chefsdesigner hos Ford Motor Company där han var involverad i de flesta Ford-modeller som bland annat Ford Thunderbird som kom 2002 men las

ner bara 3 år senare. J Mays var också inblandad i Volvo SCC (Safety Concept Car), en bil som sedan blev Volvo C30 där man angav att det varit Peter Horbury som gjort designen. Peter Horbury dog 2023 73 år gammal.

J Mays ingick också i designteamet bakom Aston Martin DB9 och designen av Ford Mustang 2015. Tre år senare ansåg han sig vara färdig med bildesign och blev designchef och vise vd på Whirlpool. Så det kan gå...

Sörpla skaldjur och lyssna på säckpipa - 2011

Sju resor senare den 22 september lockade Peugeot till Bretagne, Frankrike för att köra Peugeot 3008 Hybrid4 en hybrid som kom att kosta 335 000:- i Sverige.

Bytte plan i Köpenhamn till Peugeots specialchartrade kärra.

Vi var kanske 30 pers men planet tog säkert 120 personer. De hade för att skapa mer plats åt oss lyft ut varannan stolsrad. Ja, vad gör man inte för journalister...

Där satt jag på min egna rad och hur jag än sträckte mig – liggandes i mitt säte kunde jag inte ens nudda framförvarande stolsrad. Snacka gott om plats.

Landade två timmar senare på Dinards flygplats i Bretagne och körde därifrån i 3008 Hybrid4 teststräckan till Grand Hotell Barriere där vi skulle bo för natten. Peugeot 3008 var som det hette då en crossover vilket betyder att den var allt. Det vill säga en personbil, familjefraktare eller MPV som det heter. Men trots den tilltagna storleken skrev jag i min provkörningsartikel att jag tyckte att den var ganska trång i kupéutrymmet liksom i bagaget.

Efter presskonferens blev vi ombedda att gå ner till stranden där ett par motorbåtar skulle ta oss till en liten ö ute i plurret. Det blåste ljumma vindar och regnade lätt så vi blev alla ganska snabbt stuvade ombord och som sedan guppade iväg mot den lilla ön föröver.

På ön möttes vi av en stor stenbyggnad och en öppen dörr där restaurangpersonalen hälsade oss välkomna. Normalt sett var säsongen över för den lilla örestaurangen men hade öppnat enkom för Peugeots event.

Allt var så härligt rustikt. Det serverades öl och vin och vi tog alla plats vid ett par långbord. Efter ett kort välkomstanförande från Peugeot förklarade sedan krögaren,

- Bon Appétit!

In kom stora fat med humrar, krabba och andra skaldjur, bröd och ost. Den som var utan öl eller vin kunde gå fram till den lilla baren och hämta dryckjom från krogvärden.

Efter någon timmes ätande och sörplande på skaldjuren tog underhållningen över i form av säckpipeblåsare och dansare. Stämningen steg ett par grader liksom temperaturen i lokalen så pass att restaurangvärden slet av sig sin T-shirt och serverade vatten, läsk, öl och vin med större frenesi än tidigare. Nu hade han också en cigg i mungipan (undrar vad det var för sorts tobak?) och började även flirta med de kvinnliga gästerna.

Det blev en fantastisk kväll, så annorlunda men också så trevlig kunde jag konstatera när båten vid elvatiden tog oss tillbaka till fastlandet och hotellet.

Camaro, Chrysler och Renault med spagetti - 2011

Hur ofta kör man en ny Chevrolet Camaro? Senast i Mölle 1998 och då i en generation 4. Men därefter i sin nästa generation (5) i Bern, Schweiz den 17:e oktober. Fet bil som en jänkare ska vara men så plastig. Visserligen med en mullrande V8 under huven på 6 liter som puttade ut 432 hk. Snygg men kändes tung på de smala och stundtals krokiga vägarna. Priset var inte heller så kul 377 000:- för coupéversionen eller 425 000:- för cabriolet.

Tre dagar senare var jag i Turin för att köra ett par andra jänkare – Chrysler 300C och Voyager. Två Chryslermodeller som över en natt bytt namn till Lancia Thema *(se bild här inunder)* och Lancia Voyager då Fiat och Chrysler gått samman. Övernattning på hotell Golden Palace som inte riktigt nådde upp till den guldstatus namnet angav. Dagen efter bussades vi journalister till Piazza San Carlo där det stod ett hundratal bilar uppställda till vårat förfogande av de båda modellerna.

Att bara hux flux byta kylaremblem från Chrysler till att bli Lancia med lite extra lull-lull i hopp om att det skulle locka de europeiska kunderna så var de båda modellerna ändå som tidigare Chrysler 300C och Chrysler Voyager även om de nu seglade under italiensk flagg.

Åtta resor senare till München sedan en sväng till Lissabon, två vändor till Barcelona och efter tre turer till Malaga var jag i Bilbao, Spanien med Renault Twingo.

Bodde mitt inne i Bilbao vilket är en otroligt härlig stad med puls. Inte bara det, bodde på Silken Domine Hotel som ligger precis framför Guggenheimmuseet som ritats av arkitekten Frank O. Gehry.

I hotellets foajé hade Renault ställt upp en handfull Twingobilar där lika många konstnärer fått göra sina konstnärliga installationer. Den ena knasigare än den andra. En hade gjort om inredningen i pasta och en annan hade byggt in ett litet bibliotek i bilen.

- Och vad ska det här vara bra för? sa en kollega.

Slaget vid Narva – repris - 2011

Årets sista resa – den 38:e gick den 14 december till Tallin och ett dimmigt Narva.

Historiskt sett går tiden tillbaka till den 20 november 1700 och det var där som den då 18-årige Karl XII med en svensk armé på 10 500 man krossade den ryska armén. 12 000 ryska soldater stupade mot 667 svenska sådana.

Enligt schemat från Subaru skulle det här bli ett över-dagen-event så det var knappt om tid. Flyget som skulle avgå från Arlanda till Tallin 08:40 blev inställt till 11:25 för att sedan äntligen komma iväg 12:00.

Landade i ett dimmigt Tallin, nordöstra Estland klockan 14:00 lokal tid där det redan började skymma. Innan vi kunde slänga oss i testbilarna ville Thomas P på Subaru hålla en liten och kort pressinformation om nya Subaru XV som blev allt annat än kort. När han äntligen tystnat delades nycklarna ut till de väntande test-bilarna men då var så gott som allt dagsljus borta och dimman hade lagt sig.

Det var nästan så jag kunde se Karl den tolftes trupper galoppera ute på de dimhöljda fälten och höra kanonerna mullra. Sikten var väldigt dålig och tillsammans med den skrala skyltningen så var det ett vågspel att ge sig ut längs de dåligt underhållna vägarna.

Vid ett tillfälle kom jag och min co-driver fel och beslöt oss då att köra till flygplatsen då vi hade ett flyg hem om bara ett par timmar. Men inte heller det – att hitta till flygplatsen var det lättaste. Stannade och frågade på ett par ställen men lokalbefolkningen pratade varken engelska eller tyska men väl ryska och naturligtvis sitt eget modersmål. Till sist hittade vi rätt och kunde flyga hem och lämna ett mörkt och dimmigt Estland bakom oss.

- Carrera på Gran Canaria. Niki Who?
Troppan och en liten svart gris

2012 med 45 resor blev faktiskt i det mesta laget då jag också fyllt 60 sparkade året igång den 18 januari med en tredagarskörning till Girona, Spanien och där den lilla men naggande goda Audi A1 Sportback. Men först med Lufthansa till München där jag och kollegorna fick sova över på flygplatshotellet som då hette Kempinski då vi skulle flyga vidare med egen kärra först dagen efter.

I vanlig ordning stod testbilarna uppradade då vi landade och jag delade bil med Jonas Borglund. Körde till det spektakulära och lyxiga hotellet Alva Park som var en stor kontrast till själva Girona som kändes som en spökstad som drabbats hårt av den ekonomiska kollaps som bland annat PIGS-länderna Portugal, Italien, Grekland och Spanien angripits av.

Veckan därpå var jag i Nice som inte visade några som helst tecken till ekonomisk obalans och för att där köra den faceliftade Volkswagen CC.

Det är flera bilmodeller som har just bokstavskombinationen CC som i de flesta fall betyder Coupé Cabriolet. Men inte så i VW:s fall där bokstäverna istället står för Comfort Coupé. Vilken skillnad..?

2008 kom den första versionen av den fyrdörrars VW CC som då hette Volkswagen Passat CC. Mest markant var den svepande taklinjen som gav sken av en elegant coupé vilket den i mina ögon också var. Men det kostar på att vara fin och de eleganta linjerna gjorde utrymmet begränsat både vad gäller bagagevolymen men också att nya CC bara tog fyra åkande. Namnet Passat skalades av och 2011 presenterades en facelift av VW CC.

Vi journalister var än en gång inkvarterade på fina Hotel Royal Riviera, St Jean Cap Ferrat som ligger ungefär 30 minuter och 15 kilometer med bil genom Nice och längs Promenade des Anglais från Nice flygplats. Här bodde jag också med Toyota 1997.

David Niven och en svart gris - 2012

I St Jean Cap Ferrat eller Cap Ferrat som man säger har det bott många skådespelare och annat känt folk i de exklusiva husen. Ett sådant hus är Villa Nellcôte som ligger lite utanför Cap Ferrat. Det är en 16-rumsvilla som var Gestapos högkvarter under andra världskriget och som under åren därefter bytte ägare ett otal gånger men som hyrdes sommaren 1971 av Keith Richards från Rolling Stones. Där spelade Stones in sitt album "Exile on Main Street".

Den kändaste villan är nog Le Fleur du Cap. Här har Leopold III, Belgiens kung bott men också Charlie Chaplin innan skådespelaren David Niven köpte villan 1960.

Där lät han bygga en swimmingpool som han själv hade ritat. Men för att slippa byggkaoset så skulle poolen byggas då han var iväg under en filminspelning.

När så Niven kom hem efter några veckors filminspelning stod poolen klar. Men den var inte riktigt som han tänkt sig. Som han sa till sin bästa kompis, Roger Moore:

- Jag har Cap Ferrats djupaste pool, som är 8 meter djup.

Saken var den att Niven angivit måtten på ritningen i fot som man gör i England men att byggföretaget tolkat 8 foot som 8 meter och inte 2,45 meter vilket avsågs.

Både Niven och Moore var gifta med varsin svenska. Nivens fru – Hjördis ska enligt Moore ha varit "en riktig ragata".

På min väg till Hotel Riviera så upptäckte jag att man kunde komma ner ända till vattenbrynet på hotellets baksida med utsikt över vattnet.

Perfekt ställe för fotografering tänkte jag och trixade ner bilen till strandkanten.

Började plåta men upptäckte att jag inte var ensam utan där fanns också en liten svart gris. Liten och liten… Den var kanske på sådär 20 kilo och grymtade ganska

aggressivt. Som tur var hade grisens matte det lilla svinet (grisen alltså) i koppel som efter att ha undersökt bilen istället koncentrerade den sig på att böka runt bland tången som låg längs strandkanten.

Har kanske nämnt det tidigare – men snö är bland det värsta jag vet. Ändå var det jag som den 2 februari i nådens år 2012 klev ner från flygplanstrappen till den frusna och snöiga plattan på Östersunds flygplats där kvicksilvret visade på ungefär 25 grader minus.

Bussning genom det frusna landskapet till Goodyears garage där ett gäng Audibilar skodda med Goodyears senaste vinterdäck väntade på oss journalister. Körde ett par timmar på den frusna Andsjön innan jag körde den flera kilometer långa vägen upp till hotellet Kopperhill i Åre.

Presskonferens och ett par intervjuer gjordes innan vi deltagare hade en timme för fria aktiviteter.

Jag tänkte passa på att checka in till morgondagens returflyg till Arlanda och gick till receptionen för att checka in.

När jag stod där i receptionen kom tre norrmän in och frågade om de kunde få hyra ett rum över natten. De fick till svars att hotellet var helt fullbokat.

- Okej, sa en av norrmännen, men kan vi få sätta upp vårt tält här utanför och sova där?

- Jo, det ska nog gå bra, sa tjejen i receptionen, förutom att termometern visar på minus 32 grader.

Något som inte avskräckte de norska gutterna.

Då var det betydligt varmare den 15 februari. Inte i Sverige men väl på Gran Canaria där Porsche tyckte att jag skulle provköra nya 911 Carrera Cabriolet. Både på bana men också runt och på Gran Canaria.

Under motorhuven bak ruvar en 6-cylindrig boxer på 3,4 liter som ger 350 hk. Svenskt pris var 2013 från 998 000:- till 1.198 000:- det senare då för versionen Carrera 4S vilket betyder att den är fyrhjulsdriven men har också 400 hk som lovar att toppfarten är 299 km/tim och att sprinten 0 till 100 klaras på 4,5 sekunder.

Först blev det flyg till Madrid vilket tog 4 timmar där jag landade i lätt duggregn.

Sov över för att dagen därpå ta nästa flyg som efter 3 timmar landade på Gran Canaria. Totalt sett hade resan dit tagit över ett dygn istället för kanske 5 timmar direkt. Men varför göra det enkelt när man kan göra det svårt? Å andra sidan – den som väntar på nåt gott väntar aldrig för länge.

Vi inbjudna – en liten skara svenska journalister varav ett par motorjournalister blev hämtade i ett par Porsche Cayenne som raskt tog oss till en liten racerbana där det stod en handfull 911 Carreror Cab uppställda där det först blev nån timmes bankörning.

Sätt dom i fängelse! - 2012

Efter banövningen var det dags att ta ut bilarna på allmän väg vilket jag gjorde med en kollega från Dagens Industri. Vi körde uppåt bergen. Nedcabbat förstås. Vilket ljud!

På mittkonsolen finns en knapp med symbolen av ett avgasrör. Genom att trycka på den så kunde motorljudet förstärkas ytterligare. Sound-composer som tekniken kallas med olika stavningar och fungerar i princip genom att ett litet membran som sitter i insugs-röret ger ett intensivt och högljutt motorljud. Men inte bara på gaspådrag utan ger också det gurglande ljudet då jag lyfte av foten från gaspedalen. Totalt värdelöst men så otroligt och fantastiskt roligt.

Efter en vända uppe i bergen körde jag ner mot Puerto de Mogan. Innan själva samhället passerade vi genom en lång tunnel. Åh.., vilket ljud Porschen genererade. Vilken musik, speciellt om man kör genom en lång tunnel där det vrålar, bluddrar och gurglar så pass att man önskar att tunneln var dubbelt så lång.

Men tunneln tog snart slut och ute igen i solskenet, mitt framför oss stod en polis – Guardia Civil som vinkade in oss till sidan längs en lång parkering utanför ett trevånings bostadshus.

På så gott som varje balkong stod en person och hötte med näven och skrek uppfordrande till polisen, "sätt dom i fängelse!".

- Damerna på balkongerna är som ni kan se fly förbannade för att ni kört här så gott som dygnet runt den senaste veckan. In och ut genom tunneln och fört väsen! sa polisen på knackig engelska.

Jag försökte förklara att vi kommit hit först idag och att vi ska åka hem till vårt land dagen efter och att vi ingår i ett event med ett gäng journalister som flygs in varannan dag under kanske tio dagars tid.

Men han hörde inte på eller snarare fattade inte vad jag sa. Tanterna fortsatte att skrika vad jag förstod skällsord mot oss och viftade med sina knutna nävar.

- Jag ska sätta upp en fartkamera här och nu, sa polisen och vinkade till sist iväg oss.

Jag väntade bara på att det skulle börja hagla tomater, ägg och blomkrukor runt om när jag startade Porschen och lämnade trottoarkanten, för att köra till banan och lägga ett par varv igen innan det var dags att köra till hotellet.

Sex resor senare – den 25 mars var jag i Stuttgart, Tyskland för att på ort och ställe provköra Audi A6 allroad quattro och den stora sedanen A8 Hybrid.

Hann kolla F1-racet på SAS-loungen på Arlanda innan flyget gick till Köpenhamn och sedan vidare till Stuttgart där jag sedan landade 21:20. Därefter Audi-limo till hotellet som var 1,5 timme bort. Någon direkt mat hade ingen av oss fått så med Audis då svenska PR-ansvarige Eva-Maria E i spetsen gick vi ut för att få något att äta och kanske en öl eller två. Kollade in ett par små restauranger och gasthaus innan vi gled in på ett rustikt joddlarställe om man får uttrycka sig så.

Det var precis innan stängningsdags men vi välkomnades av restaurangens ägare tillika krögare och kypare. En snubbe i kanske övre 50-årsåldern med en klassisk hockeyfrilla. Det vill säga lugg i pannan, kortklippt på sidorna och långt hår i nacken. Lika modern som hans gasthaus.

Vi blev serverade bratwurst i långpanna med lök som mer såg ut som stora skivor av falukorv. Gott men då klockan redan var 23:00 och vi hade väntat kanske 45 minuter på maten började vi också bli trötta. Men då var värden i gasen och spelade någon sorts cover på kända låtar medan vi åt.

Men avätna tallrikar dukade han flinkt av och serverade oss en bricka med små snapsglas med nån sorts likör. Svårbestämt vad men sprit var det i alla fall. Själv hann han få i sig ett par stycken medan han dukade ut och fyllde på våra snapsglas.

Han tittade också extra mycket på Eva-Maria.

- Vad är det här för musik? frågade hon varpå han verkligen gick i spinn.

Han försvann som en blixt med nackhåret stående i 90 grader gentemot nacken och kom tillbaka med en trave CD-skivor som han bredde ut på bordet framför oss. På samtliga omslag var – han. Han hade gjort kanske tio CD-skivor med coverlåtar. Då vi lyckades ta oss därifrån hade vi alla en CD-skiva var och Eva-Maria minst tre, fyra stycken plus hans adress och telefonnummer.

Så kan det gå till en söndagskväll i Stuttgart.

"Niki who?" - 2012

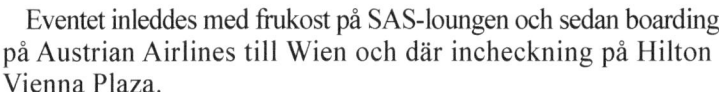

Niki Lauda kommer väl de flesta ihåg. Om inte så var han en österrikisk före detta Formel 1-förare som körde 177 lopp och vann 25 av dessa och var trefaldig världsmästare i F1 (dog 70 år 2019). En del av hans karriär kan ses i den spännande och fartfyllda filmen "Rush".
Den 24 april var jag i Wien för att köra SUV:en Mazda CX-5.

Eventet inleddes med frukost på SAS-loungen och sedan boarding på Austrian Airlines till Wien och där incheckning på Hilton Vienna Plaza.

Dagen efter bussades vi journalister tillbaka till flygplatsen men då till den lite mindre och privata delen där många välbärgade österrikare har sina privata flygplan stående. Det där var så att säga vårt nav varifrån vi skulle utgå på de olika teststräckorna. Där skulle vi också få fika och sedan äta lunch i den lilla privata restaurangen.

En annan håller hårt på lunchtiderna och jag var tillbaka efter en första testvända i god tid till lunch. Jag hade precis dammsugit mig igenom den uppdukade lunchbuffén och satt mig vid ett bord tillsammans med min journalistkollega Lasse Sjöberg när en kändis som jag direkt kände igen på bland annat hans röda keps kom in i restaurangen och tog en tallrik och börjar plocka från lunchbuffén.

Det var ingen mindre än Niki Lauda. Niki satte sig vid ett eget bord en lien bit bort och högg in på maten vilket vi också gjorde.

Då uppenbarar sig plötsligt en Mazdarepresentant – en av de otaliga, söta unga flickor som alltid finns med som värdinnor under Mazdas olika event.

Hon ställde sig framför Niki och sa mycket artigt och diskret på engelska,
- Ledsen att behöva störa, men restaurangen är stängd och bara öppen för Mazdas inbjudna journalister och vad jag kan se så är ni inte bland dem, sa hon.

Niki tittade upp på henne och svarade,
- Jag brukar äta här så gott som varje gång innan jag tar mitt privata plan någonstans.

Så mycket mer sa han inte utan la ned sina bestick. Torkade sig på servetten, reste och ursäktade sig och gick ut ur restaurangen.

Restaurangdörrarna hann knappt slå igen förrän Mazdaflickan blev omringad av sina Mazdakollegor och PR-ansvariga.
- Vad har du gjort? Hur kunde du? Vet du att du körde precis ut Niki Lauda! Niki Lauda!!!

Flickan tittade på sina kollegor med stora ögon och svarade:
- Niki who?

Tydligt var att hon aldrig hört talas om den då levande legenden Niki Lauda men visste säkert efter denna fadäs allt om honom.

Helikopter till Troppan, GT86 och Volvo V40 - 2012

Fjorton dagar senare landade jag i Nice inbjuden av Mercedes för att i Saint Tropez köra det då nya rivjärnet AMG SL 63. Ett rivjärn som då kostade 995 000:- i basutförande men som med något större motor på 564 hk betingade ett pris på 1.613 000 kronor. Detta alltså 2012.

Flyg till Nice där ett par helikoptertaxis väntade på oss journalister.

Om jag skulle ha kört de 12 milen mellan Nice och Saint Tropez skulle det tagit knappt 2 timmar. Istället tog helikopterturen cirka 20 minuter men kostade runt 4 000 kronor per person – enkel resa vilket inte tycktes bekymra Mercedesfolket.

Personligen tycker jag att helikopter är det mest primitiva man kan flyga. Det skakar och för sånt väsen att man knappt kan tänka.

Efter lunch på fashionabla Polo Club där det finns en massa hästar som används i polospel så vidtog provkörningen. Efter det var det åter igen den primitiva och dyra helikoptertaxin tillbaka till Nice.

Jag hade som sagt hellre kört de 12 milen längs den vackra kust-sträckan till Nice för att få njuta av naturen, kusten och natur-ligtvis ljudet från den turboladdade V8:an som utsöndrade 537 hk än bara runt själva Saint Tropez. Än en gång – pang – pang, snabbt in och lika snabbt ut.

Efter det ett besök på Mallorca för att testa Audi A3 och därefter till Barcelona för att köra Toyotas nya tvåsitsiga sportbil GT86 den 24 maj. *(se bild här inunder)* GT86 är ett samarbete som Toyota har ihop med Subaru som bygger sin version BRZ på samma platta och som jag provkörde i Cannes två månader tidigare.

BRZ och GT 86 är vad man skulle kunna kalla en klassisk sportbils-kopia med allt det som en sportbil hade på 70- och 80-talet med bakhjulsdrivning och en sugmotor under huven.

Varför just siffran 86? Jo, den härrör från den Toyota AE 86 som kom i början av 80-talet och som egentligen var en tvådörrars Corollaversion laddad med 130 hk under huven. Inte speciellt upphetsande kanske men bilen blev faktiskt i modifierad form framgångsrik på japanska tävlingsbanor med betydligt fler hästar under huven.

Men naturligtvis hittar vi också linjer från James Bondbilen 2000 GT och Supra. Arbetsfördelningen har varit ganska klar redan från projektets start då Toyota köpte in sig i Subaru -05. Toyota är den som svarat för både den yttre och inre designen medan Subaru tagit fram bottenplatta, chassi och en 2-liters boxermotor på 200 hk. Sedan byggdes de båda bilmodellerna i Subarus fabrik – sida vid sida. Subarun kostade 310 000:- medan Toyotan kostade 305 000:-.

Fyra dagar därpå – den 28 maj var jag i Italien med Volvo för att delta i premiärköret av Volvo V40.

Bodde på det lite bisarra hotellet Byblos Art Hotel i Verona som är lyxigt men också lite ekivokt vad gäller konst om man är känslig för sådant. På kvällen åkte vi alla iväg till en närbelägen vingård där det bjöds på en fantastisk och gigantisk buffé.

Vaknade upp dagen efter till nyheten att det hade varit jordbävning i området och att tio personer då omkommit i italienska Modena. Även vårt hotell hade skakats lätt men inget som jag direkt märkte av.

En handfull resor och lika många veckor senare (25 juni) var jag i Köln med Chevrolet Cruze kombi. Med på resan var vårt svenska raceress Rickard Rydell som bland annat varit mästare i British Touring Car Championship och Scandinavian Touring Car Championship, samt tagit flera segrar i världsmästerskapet, World Touring Car Championship. Utöver det har han vunnit GT1-klassen i Le Mans 24-timmars. Men driver sedan dess familjeföretaget Rydells Trädgårdsprodukter och jobbar som expertkommentator i TV när det är motorsport som till exempel Formel 1.

Dagen efter var det provkörning på landsbygden med ett fikastopp i Remagen och minnesmärket av det som finns kvar av bron över Rhen som var ett fruktansvärt slag under andra världskriget. Finns som film också med samma namn – "Bron över Rema-gen" från 1969 med stjärnor som George Segal, Robert Vaughn och Ben Gazzara om någon kommer ihåg dem.

Istället för att flyga hem så hakade jag på nästa event direkt som tog mig till München och där BMW X1. Autobahn till all ära men ibland, till och med ganska ofta kan man råka ut för totalstopp även på Autobahn. Ofta är hastigheterna där mycket höga och smäller det så smäller det ordentligt. Som tur var hade vi varit ute i god tid med att köra tillbaka till flygplatsen för annars hade vi fastnat i den "stau" som flera kollegor råkade ut för bara en kvart efter att vi lämnat BMW's event.

Saknad stjärnstatus - 2012

Tidigare under åren hade somrarna varit lugna med knappt några provkörningar alls men under sommaren 2012 var det allt annat än lugnt med sju internationella körningar.

När hösten kom kallade Mercedes till pressmöte i Köpenhamn för att där visa upp sin nykomling Mercedes Citan. En liten skåpbil avsedd som service- och hantverksbil.

Vi var väl kanske ett par hundra motorjournalister från ett flertal länder som satt i spänd förväntan för att höra om Mercedes nykomling som egentligen var en Renault Kangoo med Mersastjärna i grillen och i rattnavet. Presskonferensen hann knappt komma igång förrän frågorna började hagla.

- Varför köper ni en bil från Renault istället för att tillverka en egen?
- Vad händer med stjärnstatusen?
- Anser ni att en Renault är likvärdig med en Mercedes?
- Är det bara Mercedesmärket som är Mercedes?
- Är motorn också från Renault?

Alla var upprörda. Inte bara journalisterna utan också den på scenen sittande panelen från Mercedes.

- Vad vill ni ha? Ska vi uppfinna hjulet en gång till åt er? replikerade Mercedesfolket surt. Och visst. Det vi såg var och är ingen Mercedes men väl en Renault Kangoo som är kostnadsmässigt det billigare alternativet än att tillverka en egen liknande produkt. Att byta kylarmärke som från Renault till Mercedes kallas "badge engineering" 2017 hände det igen då Mercedes kom med sin pickup Mercedes X-klass som i princip var en Nissan Navara med Mersastjärna. Men modellen försvann lika snabbt som den kom och slutade tillverkas 2020.

I september genomled jag den stora utställningen i Hannover, där det visades upp lastbilar och all sorts transportbilar. Tack och lov att det fanns shuttlebussar som gick mellan de olika utställningshallarna. Ändå tog det tre dagar att trampa igenom hela mässan som var på 25 000 kvadrat. Nästan som 4 fotbollaplaner.

Under åren har det känts som att VW så gott som varje år visat upp antingen en ny eller facliftad version av sina Golf, Polo eller Passatmodeller.

Den 16 oktober var det dags igen och på schemat stod VW Golf som skulle visas på Sardinien. Lufthansa till München och sedan ett VW-chartrat flyg till Sardinien. Bodde som så ofta på Hotel Romazzini.

Golfen jag såg och körde var den nya generationen benämnd Golf 7. Golf som tillverkats sedan 1974 har under åren visat upp försiktiga designförändringar men ändå behållit sitt ursprungliga utseende. Den helt nya Golfen byggde på den då nya plattformen (MQB) som även Seat, Audi osv använde och kunde då också använda sig av en rad komponenter och teknik som man då delade mellan VW's olika märken. Nya Golf hade även i sin 7:e generation blivit 5,6 cm längre och 3 cm bredare.

St. Peter-Ording är en underbar och populär tysk badort kanske likt vårt Mölle och ligger i norra Tyskland upp mot den danska gränsen i distriktet Nordfriesland, Schleswig-Holstein. Memorera distriktet och uttala det sedan.

Där hade Opel riggat sin internationella körning av SUV:en Mokka. Det var lite höstkyla i luften när jag klev av planet i Hamburg och körde norrut den 20 mil långa sträckan på 2,5 timme. Att det är en populär badort går inte att ta miste på med sina mjuka och tolv kilometer långa sandstränder. Jag måste benämna St. Peter-Ording som en riktig pärla. Inte så olik sommarstaden Ängelholm där jag bor idag.

Många bilmodeller har gått oss svenskar förbi. Detta på både gott och ont. En av dessa udda fåglar är Opel Adam som jag provkörde i Lissabon i mitten av november. Det verkade som att de som namngivit utrustningsnivåer och karossfärger var i det barnsligaste laget. Vad sägs om basversionen "Jam" eller den lite finare "Glam" eller "Slam" som skulle attrahera de tuffa. I pressmaterialet stod det att det fanns 12 karossfärger att välja mellan med namn som "I'll be Black", "Papa don`t Peach", eller varför inte "James Blonde". Trams säger jag och så töntigt. Någon svensk försäljning blev det inte av den lilla stadsbilen. Tackar för det.

27 november var jag i Rom för att köra nya Ford Fiesta. Bussades till Roms berömda filmstad Cinecittà där man bland annat spelat in delar av filmen "Ben Hur" 1958 och en massa andra storfilmer.

Stället var överfyllt med gigantiska kulisser som flera av oss hade som fotobakgrunder till våra testbilar. *(se bild nästa sida)*

Delade bil med Gustav Liljeberg, då chefredaktör för MHF´s medlemstidning Motorföraren. Bodde inne i Rom på hotel Bernini Bristol som kanske inte klingar så italienskt men det var det verkligen med en touch av 50-talet och höll hög klass. Har bott där tidigare någon gång vill jag minnas.

Det blev en tidig kväll för mig då jag hade en taxi som väntade redan klockan 07:00 för skjuts ut till flygplatsen för att ta flyget till Malaga där jag skulle köra nya en ny Seat vilket jag också gjorde. Vad det var för modell har jag tyvärr förträngt.

Dag tre, den 29 november var det äntligen dags att flyga tillbaka till kalla Norden där jag på Arlanda möttes av snöoväder.

Bobadilla - 2012

Den sista resan 2012 gick även den till Spanien och där Malaga på eftermiddagen den 3 december för att först bo en natt på hotel Marriott innan jag dagen efter körde Dacia Sandero tillsammans med Jonas Borglund. Liksom alla Daciamodeller bygger de på gamla Renaultmodeller. I Sanderos fall byggde den på förra generationen Renault Clio som var gammal redan då.

Bodde på det spanska hotellet Bobadilla som jag och Gunilla bott på tidigare med då Alfa Romeo. Den spanska versionen av Bobadilla kallar sig också för "a royal hideaway hotel" vilket man kan förstå då det visserligen ligger i Malaga men långt ifrån all civilisation. Namnet Bobadilla finns lite här och var och när det gäller Sverige så var Bobadilla från 70-talet en inneklubb och diskotek på adress Svartmangatan 27 i Stockholm som både Beatles och Bob Dylan besökte då de var i stan för sina konserter. Bland annat spelade Hep Stars (Benny Andersson & Co) där. Dagen efter flög jag till Zürich men där tog det stopp då flyget till Arlanda blivit inställt på grund av snökaos. Så det blev ännu en natt utomlands och med en övernattning på Hilton. Men dagen efter så gick bussen till flygplatsen 05:00 där Swiss Airlines tog mig till Arlanda och landade i snömodd klockan 09:15. Då var jag trött både till kropp och själ.

- Cruising i Monaco, Audi RS alpentour, gåslever och London

2013 blev även det ett riktigt maratonår med 41 resor och vanligt blev att jag flög från en testkörning direkt därifrån till en annan utan att som mer vanligt flyga hem mellan de olika eventen. Det gjorde att jag ofta var borta dubbelt så lång tid. Två dagar blev allt som oftast fyra eller i bästa fall tre. Ändå hade jag vunnit en dag eller så på att göra på detta sätt.

Årets första körning blev den 15 januari till Faro, Portugal för att delta i premiären av nya Skoda Octavia i sin tredje skepnad eller generation tre om man så vill. En första grundversion av Octavia kom redan 1959 då som typ 958 och höll sig kvar i tolv år innan generation ett tog över 1996 och som tillverkades till 2004 då generation två kom.

Stängt och igenbommat utan livstecken - 2013

Förutom stundtals trist väder märktes det tydligt att lågkonjunkturen slagit klorna i Portugal. Allt var så gott som stendött. Stängda butiker, kaféer och restauranger var det som mötte mig i städer och samhällen längs vägarna där jag körde Oktavian. Bodde på Hotel Quinta do Logo.

Dagen därpå körde jag till lunchstoppet och sedan till ett fikastopp där jag och kollegorna lämnade bilarna för att sedan bli bussade tre timmar tillbaka till Lissabon i ösregn som tack och lov upphörde och förbyttes i strålande sol när bussen kom fram till Lissabon.

Istället för att flyga tillbaka till Sverige med mina kollegor stannade jag kvar över natten på hotellet Jerònimos 8 inne i Lissabon men i närheten av flygplatsen i väntan på nästa event som jag var inbokad på med Mazda. Det gjorde att jag kunde koppla av lite och ta en promenad i omgivningarna men ringde först hem. Det var nästan som svensk vårvärme och gjorde att jag satte mig ute på en servering, tog en öl och njöt lite.

Dagen efter tog jag efter hotellfrukosten en taxi till flygplatsen där jag skulle träffa de svenska kollegorna då vi alla skulle köra den nya Mazda6. Fick då höra att de kollegor som flugit från Sverige på morgonen till Lissabon hade fastnat i snökaoset i Amsterdam och likaså de som flugit via München och Frankfurt.

De skulle bli minst tre timmar försenade så jag gick till Mazdas representant som fanns på flygplatsen och kvitterade ut en testbil med vilken jag sedan tråcklade mig igenom det alltid hårt trafikerade (läs kaosartade) Lissabon med sikte mot Grândola och där Hotel Troia Designhotel som ligger längst ut på en udde.

På väg dit passerade jag ett flertal semesterbyar, hotellanläggningar och butiker. Överallt satt det skyltar "till salu". Alla sålde men ingen köpte. Allt var stängt och igenbommat. Inte en kotte syntes till. Ett tag på väg mot hotellet trodde jag att jag kört fel för jag möttes inte av något som helst livstecken från vare sig människor eller ens någon bil.

Till sist kom jag fram och möttes av en tomhet som bara ett tomt hotell kan uppbåda. Inte ens en Mazdaskylt hade det uppgivna hotellet lyckats få upp. Det var minst sagt en kuslig, ödslig och spöklik känsla.

Sen eftermiddag kom kollegorna fram till hotellet och det blev både presskonferens och middag.

Dagen efter körde jag tillbaka till flygplatsen för att ta Lufthansa till Arlanda där jag landade 19:30 och välkomnades med 15 minus.

Volvo ville visa absolut visa hur kompetent V40 Cross County var och bjöd in till körning i Åre som hade minus 10 grader när jag landade på Östersunds flygplats där testbilar stod uppradade. Körde genom det snötäckta landskapet till hotellet i Kall. Möttes där av att hotellets värmesystem hade pajat varför det stod ett par elelement på mitt rum.
Så värst mycket terrängkörning som skulle bevisa V40 Cross Countys kompetens var det inte på den tillrättalagda banan som säkert hade varit roligare med en snöskoter. Dagen efter bjöd på 23 minusgrader vilket gjorde att jag verkligen längtade hem.

Sista dagarna i januari var jag med Toyota i behaglig vårvärme i Nice bara för att åter igen flyga till snötäckta breddgrader. Den gången ännu en vinterdäcktest med Nokian.

Därefter tre resor till både Barcelona och Nice för att sedan två gånger i rad besöka Monte Carlo och det penningprasslande Monaco. Först den 12 mars med Kia Carens och sedan veckan därpå den 19 mars var jag där igen då med Opel. En Opel bland alla lyxåk?

I Monaco körs Bentley, Ferrari, Maserati, Porsche och Rolls som är de vanligaste bilmärkena medan Volvo är sällsynt. Vad kan då vara mer exotiskt än att glida runt de flotta kvarteren i en öppen Opel. Men inte vilken Opel som helst utan i en Opel Cascada som är en fyrsitsig cabriolet. Själva ordet cascada betyder vattenfall på spanska men i Spanien heter bilen Opel Cabrio, Vauxhall Cascada i England, Holden Cascada i Australien och på Nya Zeeland och till sist som Buick Cascada i USA och Kina. Kärt barn har många namn som det heter.

Jo, vi fick lite undrande blickar, kollega Jaques Wallner och jag där vi kryssade runt i en cabriolet som ingen kände igen eller tidigare hade sett, iklädda våra svarta kepsar och med vårvinden fladdrande runt öronen.

Bodde lite utanför själva centrum – på Monte Carlo Bay där kvällsmat intogs på det läckra stället Buddha Bar i Monaco. Allt enligt min dagbok.

Opel Cascada blev ingen hit i Sverige eller någon annan stans heller. Den nådde helt enkelt inte upp till den status de andra cabbarna som Audi, BMW och Mercedes erbjöd.

Första åren gick bra men sedan droppade försäljningssiffrorna mycket beroende på att Opel blev en del i franska PSA-gruppen 2017 men sedan tog det helt slut två år därpå 2019.

Gåslever – sjukt gott x 2 till Ribeeauvillé - 2013

Så är det, sjukt gott, jag vet. Men först - den 16 april flög jag till Nice för att där få bekanta mig med Peugeots svar på den lilla raketen Ford Fiesta ST som i Peugeots motsvarighet heter 208 GTi.

I en jämförelse har båda snudd på samma mått. Båda har en turbo-laddad 1,6-liters 4-cylindrig motor under huven. Men när det blir till att jämföra effekten så skiljer kombattanterna sig åt. Fiesta ST har 182 hk medan 208 GTi har jämna 200 hk. Accelerationen 0 - 100 avverkas på 6,8 sek för Peugeot medan Forden behöver 6,9 sekunder till 100. Det som talar till Ford Fiesta ST's fördel är att det svenska priset var 185 000:- mot Peugeot 208 GTi för 230 000:-.

Bodde på Hotel Mas d`Artigny som jag bott på tidigare.

Körde med kollega Lasse Sjöberg som så ofta. Även Gustav Liljeberg var med på den här körningen och jag kom att sitta bredvid Gustav på middagen.

Förrätten kom in, trodde inte mina ögon men det var för mig oemotståndlig gåslever. Stor som en rostbrödskiva. O så gott. Jag njöt i fulla drag.

Gustav tittade lite avmätt på sin förrätt som han inte var så förtjust i och jag var inte sen att fråga om jag även kunde få vräka i mig hans gåslever, vilket han genast tillät varpå jag slök även den.

Nu hör det till saken att gåslever och anklever är bland det fetaste man kan äta. Kanske som att äta smör. Låter ganska äckligt men... Ska man äta ank- eller gåslever så bör man äta något fiberrikt samtidigt så det uppstår en balans i magen. Sånt vet ju gastronomer men inte ett matvrak som jag, som satte i mig två stora förrätter av gåslever.

Den natten sov jag inte speciellt bra. Jag snarare stod upp och sov. Magen jobbade däremot för högtryck för att bryta ner allt fett jag vräkt i mig och höll mig därför vaken.

Månaden därpå i maj besökte jag en av de mest fantastiska och förtjusande byar jag någonsin varit i för att provköra Peugeot 2008. Jag var i kommunen och byn Ribeauvillé *(se bild här inunder)* som ligger mellan Strasbourg och Mulhouse i det välbärgade vin-distriktet Alsace i nordöstra Frankrike.

Vi bodde på ett kanske inte så glamoröst hotell men omgivningen i Ribeauvillé var istället helt fantastiskt med de vackra korsvirkes-husen, de smala gränderna belagda medkullersten, butiker – allt verkar som taget ur en saga.

Även då blev jag serverad gåslever till förrätt vid middagen men då höll jag mig till min egna "lilla" portion fastän Gustav som

var med även på det köret och erbjöd mig sin bit.

Man ska inte vara glupsk hade jag lärt mig sedan tidigare och nöjde mig som sagt med bara min bit.

Natten la sig och jag med den. Men jag måste erkänna att jag sov dåligt även den natten. Tänk vad man ska få lida för det som är så gott.

I slutet av maj var jag inbokad på en körning med Citroën till Lissabon. Var i god tid på Arlanda för att borda Lufthansa 07:40 till München. Där blev det stopp då det plan som skulle ta oss svenska journalister vidare till Lissabon var trasigt. Med det blev det en väntan på ett par timmar tills ett nytt plan uppenbarade sig vid vår gate. Vi radade upp oss vid incheckningen men hann inte ens gå ombord förrän vi fick meddelandet att även det planet var trasigt.

Ytterligare väntan innan nästa ersättningsplan kom och vi kunde äntligen gå ombord.

Tre timmar senare tändes lamporna för säkerhetsbältet i planet ovanför våra säten och i högtalarsystemet annonseras att vi skulle landa. Allt var som vanligt tills att planet skulle sätta hjulen i landningsbanan men då plötsligt lyfte igen. Upp i luften för att kanske fem minuter göra om landningsmanövern och då landa och taxa in till ankomstgaten. Någon förklaring på varför inte planet landade första gången gavs inte.

På flygplatsen fick vi sedan köra iväg i testbilarna Citroën C4 Picasso till hotellet La Pousada i Cascais. När jag kom fram var jag både irriterad, trött och hungrig. Vi var grymt försenade men det skulle bli mat klockan halv åtta, om en kvart alltså. Men först ville våra värdar att vi alla skulle bege oss ner till stranden för att se på hur effektiva Citroënens strålkastare var. Ett litet kort event på en timme, sas det.

- Aldrig i livet sa jag och la till att jag inte ätit något sedan frukosten innan jag åkte hemifrån i morse. Jag vill ha mat nu och tänker inte alls gå ner till stranden.

Den svenska PR-ansvarige blev mycket upprörd, rent utsagt förbannad för att jag nobbade det här nyinsatta och enligt henne trevliga eventet.

- Du får tycka vad du vill, sa jag till henne. Jag äter här och nu.

Så blev det och en kvart senare så åt jag en fantastiskt god och stor hamburgare. Kollegerna kom tillbaka efter två timmar.

Vissa saker ska man inte ändra på. Det är något jag håller fast vid. En cabriolet ska vara tvåsitsig, absolut inte fyrsitsig som jag skrivit ett par gånger. En jänkare ska ha en mullrande V8, en Jaguar ska varken finnas som kombi eller ha en diesel under motorhuven och en Porsche ska låta vasst och hotfullt. Så är det bara.

Första anhalten var till Mallorca med Toyota och dagen efter den 27 juni klockan 7:00 därifrån ta Condor Airline till München för att på flygplatsen sätta mig i en Porsche Panamera och köra ut ur München och mot det sommargröna och lummiga Bayern där jag bodde på Hotel Schloss Elmau som har anor från 1916. Ett pampigt hotell. Kan det bli mer Bayern än så?

Utanför hotellet stod det Porsche Panamera i långa rader i väntan på att provköras. Men höjdpunkten för eventet var Panamera S E-Hybrid där ett par stod inkopplade med sina laddsladdar. Jag kopplade loss laddningen och gled ned bakom ratten och tryckte på startknappen. Inte ett ljud hördes och dödstyst rullade jag iväg.

Porsche Panamera har allt, en snygg design både vad gäller utanpå som inuti. Allt är så genomtänkt och elegant – perfekt minst sagt. Efter ett par mil på de krävande alpvägarna som passar en Porsche mycket bra saknade jag ändå något – ljudet.

Det heter ju att vi har fem sinnen: lukt, smak, syn, känsel och hörsel.

Att betala över en miljon kronor för en så gott som fulländad bil men inte få något ljud för pengarna skulle jag aldrig kunna tänka mig, hur perfekt den än är. Trots en V6:a på 333 hästar och 95 hk elmotor som absolut inte skäms för sig så tilltalar den mindre, vanliga och klenare Panamera 4 med sin 6-cylindriga motor på 310 hästar mer – den har allt och även ljudet.

London i tid och otid

Under 70- och 80-talet när jag, som jag tidigare skrivit om jobbade med Helgonet och Leslie Charteris och hans spökskrivare Donne Avenell var jag i London kanske två gånger om året. Ofta försökte jag synka det så att även Gunilla kunde följa med och att vi då hade ett par dagar i London för avkoppling och shopping men också för att göra något eller ett par motorreportage.

Minns såväl då vi 1980 bodde i Queensway, Lancaster Gate och där på ett hotell som då hette Charles Dickens.

Vi – Gunilla och jag hade en lugn "hemmakväll" framför TV:n vilket då mest berodde på att Gunilla var gravid med vårt första barn – Jennifer så det blev inga direkta utsvävningar. När vi väl sitter där i godan ro och kanske ser på Hem till gården (Emmerdale Farm som gått i över 10 000 avsnitt och går fortfarande) så ringer det från receptionen.

- Vi har en bekant till er här – en Mister Omar som vill träffa er.
- Nej tack, sa jag, jag känner ingen Mr Omar, och la på luren.

Det dröjde inte många minuter förrän det ringde igen,

- Mr Omar insisterar på att träffas.
- Det var en envis jä…, sa jag till Gunilla och smög nedför trapporna till receptionen för att smygtitta vem denna Mr Omar var.

Vem stod inte där, jo min far! Vilken överraskning.

Vi gick upp till vårt rum och senare på kvällen bjöd han oss till en fin restaurang. Ett minne för livet.

5 september 2013 var vi – Gunilla och jag åter i London.

Vi bodde nu inte ute vid Queensway utan centralt vid Oxford Circus och på Saint Georges Hotel, Langham Place, kanske 200 meter från själva Oxford Circus med sin tunnelbana och bussar.

Hotellet eller snarare byggnaden var lite märkligt då det var 15 våningar högt och att vi bodde på 11:e våningen. Receptionen var på nollan men sedan fanns inga hisstopp förrän våningsplan 9. Undrar vad det var på våningsplan 1 till och med 8? Några hiss-knappar med 1 till 8 fanns inte heller. Mystiskt.

Vi åt indiskt, pubmat och kinesiskt. Det märktes tydligt att pubarna

höll på att försvinna i rask takt till förmån för olika sorters kaféer, ofta med orientaliska förtecken.

Tog bussen, vilket är ett utmärkt transportmedel i London till Notting Hill Gate där tanken var att vi skulle gå upp till Portobello Road och kolla marknaden där vilket vi ofta gjort förr. Men det var bara att glömma. Det var så mycket folk att man inte ens kom in på gatan i fråga.

Vi vände och gick istället till puben Churchill Arms på Kensington Church Street där det påstås att Churchill skulle ha suttit under andra världskriget och därifrån ha pratat till det engelska folket över radio. Stället är översållat med blomkrukor på sommaren och med julgranar och allsköns tingeltangel till jul. *(se bild föregående sida)*

Inne i puben är den överbelamrad med bilder, modeller och prylar från andra världskriget. Här finns också en Thairestaurang (en av de första i London) vilket får ses som ett udda inslag i det engelska publivet. Men stället är väl värt ett besök för en pint eller två.

Nästgårds vårt hotell hade vi BBC's enorma byggnad men där fanns också utanför hotellet en turkisk restaurang vid namn Özer som då hade en Michelinstjärna. Flott värre.

Vi fick ett bord och Gunilla åt sina älskade scampi och jag tog det billigaste på menyn – leverstuvning. Leverstuvning eller kalv- lever Anglais som är dess rätta namn älskar jag men som jag sällan får men är den enda maträtt jag kan laga någorlunda utöver koka ägg och lägga kallt vatten i blöt vilket jag också behärskar.

Leverstuvningen var sååå underbar. Det godaste jag ätit på länge.

Dagen efter tog vi tunnelbanan till Heathrow där SAS-planet lyfte en timme försenad vilket gjorde att vi landade på Arlanda 22:10.

Ja, ja de här styckena som du nyss läst hade inget med provkör- ningar eller bilar att göra men jag ville bara skriva om de fina minnena med Gunilla.

Jag har tidigare nämnt de höga hastigheterna som man håller på vissa delar av tyska Autobahn som har fri fart. Samtidigt är disciplinen stenhård och tyskarna är duktiga bilförare.

19 september var jag i tyska Mainz för att på ort och ställe prov- köra en faceliftad Opel Insignia.

Insignia som kom redan 2008 blev ingen försäljningssuccé i Sverige, mycket beroende på att de svenska handlarna som även var återförsäljare för Saab föredrog att framhålla Saab som ett bättre köp för kunden. Men för mig var Opel Insignia en betydligt bättre bil. Insignia blev även vid ett tillfälle kallad Insomnia av en elak motorjournalist (säkert Saab-entusiast). Men det var en mycket bra bil med hög kvalité och allt annat än ett sömnpiller.

Efter att ha tillbringat dagen bakom ratten på en Opel Insignia styrde jag mot hotellet då det plötsligt blev tvärstopp på motorvägen. Det stod helt still i alla fyra filer på min sida och i de mötande fyra filerna kröp trafiken fram.

Efter en timmes i helt stillastående började vissa förare – de med fyrhjulsdrivna SUV:ar köra ut i motorvägens grässlänter där vissa av dem tog sig upp till anslutande småvägar. Men för mig var det bara att sitta stilli kön.

Till sist, efter över en timmes stillastående släppte proppen och jag kunde köra de sista kilometerna till hotellet Hyatt Regency Mainz.

Så gott som alla kollegor hade fastnat på motorvägen. Dagen efter då jag lämnade hotellet fick jag höra att det hade varit en riktigt svår trafikolycka med sju bilar inblandade och som hade krävt sex dödsoffer. Som sagt när det smäller på Autobahn då smäller det ordentligt.

Höga berg och jääää… med Audi A3 - 2013

29 september -13 var det sagt att jag skulle bestiga alperna med en Audi RS Q3. Inget jag kände sådär woooow inför.

Från avstampet på Arlanda blev första nedslag München och sedan till Nice där jag och den lilla svensktruppen checkade in på hotell Le Meridien i Monte Carlo för natten. Så långt kändes allt bra.

Stärkt av frukosten dagen därpå fick vi våra testbilar och jag styrde mot Megève, som mest är känt som en skidort då det finns snö vill säga och ligger i regionen Rhône-Alpes i sydöstra Frankrike cirka 45 mil bort. Men då bilens GPS lagt av och istället hittat en egen route åt mig och co-driver David J samt vår ballast som bestod av Irene Bernald, PR-ansvarig för Audi Sverige i baksätet så körde vi 25 mil fel.

Stundtals var vägarna otroligt smala och gick längs de lodräta bergsvägarna nedanför, utan räcken. När vi helt ovetande om var vi var men tyckte att vi började närma oss civilisationen dök en skylt upp som talade om att vi hade tio mil kvar till Monaco. Kul. Vi hade alltså kört i en cirkel.

Klockan var lunch då vi stannade till vid ett franskt kafé och beställde varsin kaffe. Vi blev inte direkt välkomnade utan det tog en stund för bartendern att servera oss då han var upptagen med att prata med en kund som satt och sörplade pastis, något som även bartendern gjorde så där dags på förmiddagen.

När väl kaffet serverades så tackade David bartendern förutom med att betala men också med en liten kul ramsa på franska. Då sken bartendern upp och även hans kund som mer eller mindre låg på bardisken. De båda skrattade så de kiknade. Så bröts isen.

Vi berättade att vi var från Sverige och hade kommit vilse. De skrattade ännu mer.

Tydligen hade bartendern trott att vi var tyskar, ett folkslag som fortfarande ses med viss skepsis hos vissa fransmän sedan andra världskriget då över 80 år tillbaka.

Bartendern hällde upp ännu mer pastis och insisterade på att vi också skulle ta ett glas. Efter en stund kom det in ett par byggarbetare som även de beställde ett par glas pastis. Lunchdricka? Stämningen var minst sagt hög då dagen hade kryddats med de tre vilsna svenskarna i kaféet redan innan lunch. Någon lunch blev det inte utan istället varsin Snickers och en full tank med bensin på närmsta bensinstation som bartendern och hans gäster pekade ut vägen till.

RS betyder RennSport på tyska och är Audis svar på de vässade modellerna från BMW – M och Mercedes – AMG. Audi RS Q3 blev då när jag körde den, den åttonde Audimodellen i RS-familjen och har 310 hästar under huven.

Det var ingen vanlig Audi jag satt i. Nej, den hade finlirats av quattro GmbH, ett dotterbolag till Audi AG och står bakom hela RS-uppgraderingen. RS Q3 är en nöjesmaskin av stora mått. Noll till hundra avverkas på 4,2 sekunder och att accelerera är ett rent nöje.

Lägg i växel, håll vänsterfoten på bromsen, ge gas upp till 3 000 varv och släppte sedan bromsen varpå bilen kommer att fara iväg som en katapult. Launch control heter tekniken och är hämtad från Formel 1.

Topphastigheten är elektroniskt spärrad vid 250 km/tim. Sången från den femcylindriga motorn är fantastisk. Okej, det är inte helt äkta utan kommer från ett membran som sitter i grenrörets avgasdel (sound composer likt Porsche Carrera jag tidigare körde).

Sedan har man jobbat lite extra med luftintaget men också med själva avgassystemet. Väljer jag att köra Dynamic på Drive Select så blir det ännu mer morr från motorn, och morr vill man ju ha. Eller hur?

På Audis tredagars "alpentour" fick jag köra så gott som alla RS-modellerna. Vad sägs om en V8 med dubbelturbo, 560 hästar, 700 newton där sprinten 0 till 100 avverkades på futtiga 3,9 sekunder och har toppfarten 305 km/tim. Det är en racerbil! Nja, inte riktigt men väl en Audi RS6 kombi – åh förlåt, Avant heter det ju.

Motorresponsen är ögonblicklig när jag trycker ner gaspedalen. Jag riktigt hör hur de två turboaggregaten som sitter tillsammans med laddluftkylaren mellan cylinderbankarna drar efter andan. Det känns som om den lilla V8:an på knappt fyra liter håller på

att vända ut och in på sig själv. 560 hk har jag i varvtalsområdet 5 700 till 6 600 varv där maxvridet på 700 newtonmeter finns från låga 1 750 och upp till 5 500 varv. Då har jag också en snittförbrukning på 0,98 liter milen. Men det är glädjedroppar så det är ok.

Den motorn är både en fyra och en åtta. När motorn har låg belastning kopplas insug- och avgasventilerna bort på fyra av de åtta cylindrarna. Det betyder att motorn plötsligt blir en tam fyra till dess att jag trycker ner gaspedalen. Då tar det bara en hundradels sekund för att alla åtta cylindrarna börjar vråla igen.

För att få en mer livlig körning kan jag ställa stabiliseringskontrollen i ett sportläge eller helt enkelt koppla ur den. Motorn är sedan kopplad till en 8-växlad Tiptronic automat med korta växlingstider och vill jag så kan jag växla med paddlarna bakom ratten. Men automatiken gör det bättre.

Normalt sett så är topphastigheten spärrad vid 250 km/tim. Men med Dynamic-paketet höjs topphastigheten till 280 km/tim för att med Dynamic Plus toppa till 305 km/tim. Motorljudet är mer än fylligt och genom att trycka på en knapp blir det ännu fylligare (än en gång sound-composer). Det här är absoluta toppen om man vill ha en snabb kombi vilket gör Audi RS 6 Avant till världens snabbaste serietillverkade kombi.

Vilket underbart racerskåp. Det enda problemet är att det står 1 050 000:- på prislappen, men man kan ju alltid ta lån.

Efter den hisnande resan i alperna vilket jag aldrig kommer att göra om (låter som om jag har sagt det tidigare…) återstod tio pressresor detta år med bland annat Audi A8, BMW i3, Skoda Yeti, Audi A3 Cab och Seat Leone ST, den senare i Barcelona och bodde då på Hotel W. Kanske resmålen låter intressantare som München, Sardinien, Amsterdam, Rom och igen Monaco.

- Akropolisrallyt, the Cavendish och Seattle

Bild från mitt äventyr på Akropolis då mekarna byter ett punkterat däck

I början av året var jag först i Madrid och körde en faceliftad Nissan Qashqai för att sedan halka omkring på de snöiga och frusna isarna och testa vinterdäck i finska Ivalo.

Som så många gånger tidigare hade Nokian chartrat ett eget plan från Arlanda. Eftermiddagens halkkörning avslutades med att vi alla blev bussade till en nybyggd lokal som mer liknade en lång hangar med blankis som golv och som fungerade som testbana för vinterdäck, även sommartid.

Där stod vi uppradade längs ena väggen och väntade på nåt. Vad?

Plötsligt hörde jag hur en bil startade och ett par strålkastare tändes längs bort i hangaren. Bilen kom sedan åkande i kanske tio femton kilometer i timmen. Det rasslade som det brukar göra om dubbarna i bilens däck mot isen. Plötsligt tystnade dubbljudet och bilen rullade vidare helt tyst för att sekunderna efteråt åter ge ifrån sig dubbrasslet.

Bilen stannade och föraren vred på ratten varpå vi kunde se däckets slitbana som inte hade några dubbar. Plötsligt stack det ut dubbar ur slitbanan.

Vad vi hade fått se var ett prototypdäck där föraren genom en knapptryckning kunde fälla in eller ut däckets dubbar. Tekniken var något i klass med en extra innerslang som med lufttryck pressade ut dubben och när trycket minskade så åkte de in. Men än idag tio år efteråt har jag inte hört talas om detta nya däck "stud eller spike-on-demand" eller vad det skulle kunna kallas.

Åre kom att bli mitt resmål ett par gånger i februari då jag även var där och körde VW Transportbilar åt bland annat Expressen och sedan i mars med Audi S3 cabriolet som naturligtvis skulle köras nedcabbad. Var det kallt eller? Jo, det kan jag nog säga.

Efter ett par vändor till Barcelona där jag körde Ford Transit för kvällspressen (Expressen, Kvällsposten och Göteborgs tidningen - GT) bjöd Peugeot in till körning av Peugeot 308 SW i Frankrike den 23 april.

SAS till Köpenhamn och därifrån i ett Peugeotchartrat flyg till Le Touquet, Frankrike som är ett underbart litet samhälle. En riktig idyll. Under andra världskriget hade stranden där varit en landstignings-plats för de allierade där många hade stupat i vattnet innan de ens kom upp på sandstranden och där de som kom upp möttes av en mördande beskjutning.

Jag och kollega Ola Thelberg körde en liten testslinga med vår testbil och av en händelse fick vi se då vi passerade en hög häck längs vägen att där innanför fanns en militärkyrkogård. Ett stopp var bara ett måste.

På den militärkyrkogården - Etaples ligger över tio tusen, de flesta unga soldater som kämpade under första världskriget. Merparten som var där var engelsmän, fransmän men också en liten del tyskar. Det var tragiskt att se, "21 år gammal, från den och den byn i England".

På en del gravstenar kanske tio, kanske ett hundratal eller mer kunde man läsa ut att de dött på samma dag. Vissa redan under krigets första dag och vissa under krigets sista dagar. Unga människor som inte ens börjat leva livet. *(se bild här inunder)*

Uppe i kapellet fanns ett par tjocka böcker där man kunde få mer information om var och en av de som vilade ute på kyrko-gården. Allt var så snyggt och välhållet och då vi var där så höll man på med det aldrig minskande jobbet att fräscha upp såväl gravstenar som själva gravvårdarna. Måste erkänna att det var tungt att gå där och ta in de olika och i slutänden allas grymma öden.

- Vem har inte velat köra en sträcka på klassiska Akropolisrallyt? frågade Toyota och Lexus PR-ansvarig Bengt D som bjöd in att prova på det med Toyotas RAV4 den 14 maj.

Bilen i fråga hade jag redan kört i slutet av februari året innan så det var ingen direkt nyhet men visst vore det kul att få köra den under andra förhållande än en vanlig provkörning.

Där vi befann oss för körningen i Aten var det minst sagt högt och det var nästan i mesta laget för mig som knappt hade smält det jag upplevt med Audi i alperna i september året innan. Första dagen var det körning till hotellet Pallas Athena för övernattning men innan dess presskonferens och kvällsmat.

Dagen efter utcheckning och körde vidare i fullt blås med nytvättade bilar där servicefolket även kontrollerat däcken inför rallysträckningen Goura-Ziria. *(se bild i början av detta kapitel och här ovan)*

Tidig eftermiddag var jag framme vid Pliadon Gi Resort som ligger högt uppe på berget Ziria där vi gjorde stopp för natten. Vilka vägar.., snarare inga vägar. Inget jag önskade mer av. Den 16 maj fortsatte resan – ännu högre upp...

The Cavendish - 2014

London är alltid fantastiskt och är så mångsidigt. "Den som är trött på London är trött på livet", heter det. Så var det kanske förr. Idag tycker jag att London är närmast överbefolkat. Man kan sällan gå två i bredd då det är så mycket folk på trottoarer som ilar in och ut ur butiker.

Lexus hade valt visa sin nya Lexus NX för en liten skara motor-journalister i London fredagen den 23 maj. När jag skriver visa så var det just vad det var frågan om – att de visade upp sin nyhet som en teaser för att senare bjuda in till att en provkörning – vilket det också blev den 15 juli i USA.

När vi – Bengt D och jag väl landat i London blev vi upphämtade av en limo som tog oss till visningen av den nya Lexus NX. Var vi var vet jag inte men det var inte i de flottaste kvarteren snarare kändes det som något industriområde med lagerlokaler. På plats träffade jag min irländske kollega Donal Byrne.

Själva visningen var mycket informell och snabbt avklarad och med en drink i handen blev det ett kort eftersnack innan det blev taxi till vårt hotell The Cavendish i korsningen St. James Street och Jermyn Street. I samma korsning ligger också den berömda matbutiken Fortnum and Mason. Utöver att man kan handla godsaker där så har butiken även en restaurang där man kan äta fint och dyrt. Bland annat rysk och iransk Belugakaviar. Priset är två pund per gram som vägs och serveras vid gästens bord.
Undrar hur många korn man får för två pund? Två kanske? Då kanske "traditional afternoon tea" är att föredra eller att shoppa loss bland alla extravaganta delikatesser.

Hotellet – the Cavendish som jag bodde på har en fantastisk historia som jag fick läsa mig till på hotellrummet och som jag tror kan intressera.
I begynnelsen, i början av 1800-talet hette hotellet Millers Hotel men fick namnet The Cavendish 1836.
1902 köptes hotellet av kokerskan Rosa Lewis som lät sin man och hans syster sköta hotellet men då de inte skötte sina åtaganden så slängde Rosa helt enkelt ut dem efter bara två år samtidigt som hon tog ut skilsmässa från sin man. Efter det skötte Rosa allt själv. Hon till och med utvidgade hotellet till att ha över hundra rum. Gästböckerna kan avslöja fina namn som kung Edward VII, Lord Northcliffe och hertigen av Windsor. Vissa hyrde till och med sviter där de sedan bodde resten av sina liv.
Under första världskriget gjorde Rosa om hotellet till ett hjälpcenter vilket hon även gjorde under andra världskriget.
Hotellet blev illa sargat 1941 under de tyska lufträderna över London som kom att kallas Blitzen. I genomsnitt flög då 200 tyska bombplan in över London varje natt under Blitzen som varade från september 1940 till maj -41.

Innan krigsslutet 1944 blev Rosa sjuk och lämnade då över ansvaret till sin vän Edith. Edith tog hand om Rosa till hennes död 85 år gammal 1952. Edith drev hotellet vidare ytterligare tio år till 1962 då hon dog och man stängde hotellet för att återigen öppna 1966.

1970 gjorde engelska BBC TV-serien The Duchess of Duke Street som visserligen var en påhittad historia men som hade sina rötter i Rosa och Cavendish Hotel.

När jag är i London har jag likt min far svårt att sitta still då jag vill ut och nöta lite skosulor. Tog därför en prommis och hamnade på en fullspikad pub inte långt från hotellet. Det var ett tydligt "after-work"-ställe. Stämningen var hög och det pratades jobb.

Efter en pint gick jag tillbaka till hotellet för att byta om då vi, Benke och jag skulle ses i receptionen för att gemensamt gå och äta en bit mat.

Någon timme senare träffades vi och tog ut stegen till en närliggande restaurang men den verkade tråkig så vi gick vidare till en pub. Där var det drag och mycket folk. Benke lyckades få ett bord och vi beställde ett par pint öl och goda hamburgare. Klockan 23 avslutade vi och tog en promenad mot hotellet.

Dagen därpå – lördag skulle vara ledig vilket gjorde mig lite rastlös med tanke på att mitt rum var bokat ända till söndag. Vad skulle jag göra i morgon – lördag och sedan på söndag innan det var dags att flyga hem klockan 19:00. Det stod still i luvan.

Jag gick helt sonika till hotellet och in i receptionen där det fanns en dator. Flink som jag är knappade jag in mig på SAS och flyttade avresan från London till söndag morgon istället för söndag kväll.

Den natten sov jag dåligt. Inte för att det var något fel på hotellet utan snarare var felet hos mig. Vaknade vid 06:00 lördag morgon, klädde mig och gick ner till frukost som öppnade 30 minuter senare. Jaha, vänta... ser datorn som jag kvällen innan ändrat min flygbiljett med. Det kändes nästan som att datorn försökte locka mig till sig.

Tänk om jag skulle kunna flyga hem idag? Vad har jag här i London ensam att göra? Detta då Benkt D åkt vidare på semester. Tanken slog mig – tänk om jag kunde flyga hem redan idag? Gick fram till fönstret och tittade ut på gatan som jag såg genom ösregnet.

Satte mig vid datorn och vips – jag var inbokad på SAS flight till Arlanda klockan 11:00.

Åt frukost i en hast. Upp på rummet och slog ihop väskan och checkade ut. Det kändes nästan som att datorn – min kompis där i hörnet önskade mig en trevlig flygresa hem.

Jag sprang genom regnet till tunnelbanan som tog mig till Heathrow. Landade på Arlanda 14:00 lördag den 24 maj. Vilken resa!

Opererad svans och i Seattle för Expressen - 2014

Den 9 juni var en otroligt varm dag då jag körde ut till Arlanda för att ta flyget till München där jag som ende svensk skulle få köra nya Opel Vivaro – en skåpbil. Enligt programmet skulle jag köra till Tegernsee som är ett helt fantastiskt ställe och där inta middag och övernattning.

Men det hade blivit lite komplikationer på hemmaplan så varken Tegernsee eller middag hägrade. Saken var den att Gunilla hade dagarna innan genomgått en ögonoperation och vår vovve den strävhåriga foxterriern som ibland lystrade till sitt namn Ettan hade fått en knöl på svansen bortopererad.

Jag hade alltså två sjuklingar hemma. En som inte kunde se och den andra som hade svansen i bandage. Jag ville mer än gärna hem.

Jag förklarade situationen för mina tyska värdar som faktiskt lyckades vrida till det så att jag efter lunch och efter presskonferens kunde ta min testbil tillbaka till Münchens flygplats. Temperaturen var över 30 grader. Mördande varmt.

Efter säkerhetskontrollen på flygplatsen styrde jag stegen mot VIP-loungen. Inte så mycket för att äta eller dricka utan snarare för att där kunde man få låna en dusch och en dusch var det jag behövde. Detta är ytterligare en fördel med att ha ett bonuskort, guld eller diamant som medger att man kan nyttja en lounge. I "gratisduschen" fick jag även en handduk, schampo osv. Det enda mindre trevliga i situationen är att man måste ta på de svettiga kläderna igen. Om man inte handlat nytt innan i taxfree.

Sju resor senare 2014 flög jag till USA och till Seattle för att köra den bil – Lexus NX 300h som jag i maj såg och klappade på i London.

Klockan fyra var det uppstigning den 15 juli då sonen Max körde ut mig till Arlanda så att jag kunde ta en Cola i loungen en timme senare.

Klockan 6:00 lyfte Lufthansa mot Frankfurt. I Frankfurt blev det en timmes väntan men då man har tillgång till loungen så är det som sagt inget problem.

Utöver den alltid evige PR-ansvarige för Toyota och Lexus Bengt var vi tre svenska journalister.

Över pölen och i businessclass med bra flygsäten som alltid men i vanlig ordning hade jag svårt att sova. Bläddrade mellan filmerna som var mer än hundra stycken. Strölyssnade lite på musik, jobbade lite på min laptop. Försökte slumra.

I god tid innan vi skulle landa började det klirra välbekant av porslin och glas på serveringsvagnarna som rullades ut och folk började vakna till. De som sovit och de som fortfarande sov, sov vidare. Varm frukost, äggröra, en bit bacon med stekt tomat serverades, till det kaffe, te eller varför inte en Cola.

Vi flög in över Seattle och landade lokal tid 10:25 på en flygplats som verkade vara orörd sedan början av 50-talet. Sunkig alltså.

Efter sedvanlig kontroll av tredje graden blev vi utsläppta i det fria där sedan en shuttlebuss väntade på oss fyra som tog oss efter en halvtimme till Hotel Alexis på First Avenue där vi välkomnades av Lexusrepresentanterna. Checkade in på hotellet som även det verkade vara från samma tidsepok som flygplatsen, även om receptionen och de allmänna utrymmena var uppfräschade och moderna. Mitt rum var ganska stort men mörkt och murrigt med en brun heltäckningsmatta som verkade ha sett sina bästa dagar. Så fyra och en halv stjärna av fem var att ta i tycker jag.

Åt lite lunch och gick sedan ut, ner mot hamnen för att inte bara somna på ort och ställe.

Hamnade på en servering där jag beställde en isande kall öl vilket satt bra då temperaturen var en bra bit över 25 grader. Satt bara där i solen och tittade på folk och trafiken som stundtals blev riktigt intensiv när det kom någon hysteriskt ylande brandbil eller polisbil.

Så amerikanskt.

Gick tillbaka till hotellet för att försöka sova lite men det gick inte.

Hade fått en beställning från sonen Max som spelade amerikansk fotboll att köpa en T-shirt från Seattle Seahawks. Inte visste jag var man kunde köpa sådant så jag frågade en av de vänliga Lexus-värdinnorna om hon kunde tipsa mig om vart jag kunde få tag i en sådan. "Inga problem", sa hon, "jag bor alldeles i närheten av en sportaffär så det fixar jag". T-shirten skulle jag kunna hämta i receptionen redan dagen efter.

Kungskrabbeben och svindyr T-shirt - 2014

Innan pressinformationen, sen eftermiddag bjöd Bengt D på en öl på hotellets uteservering som vette ut mot First Avenue där vi blev sittande ett par timmar. Kunde konstatera att den amerikanska bilparken var betydligt nyare än vår europeiska och att de hade en massa bilmodeller som jag aldrig sett i våra trakter.

Efter pressinformationen blev vi bussade ner till hamnen och till en fisk- och skaldjursrestaurang vid namn Cutters Crabhouse. Gissa vad det serverades? Jo, kungskrabba. Den där krabbsorten med de långa benen och som vi alla beställde.

Först kom det in en sallad där en portion säkert skulle räckt till oss fyra att dela på. Sedan kom höjdpunkten – de efterlängtade krabbenen. Vi fick alla ungefär sju-åtta tjocka ben vardera. Gissa om jag än en gång var i skaldjurshimlen.

Jag jobbade, kämpade, för att få i mig alla krabbenen men jag lyckades inte utan fick med mätt mage men med en tår i ögonen lämna två – de minsta två krabbenen.

Gick tillbaka till hotellet och kom i säng 22 lokal tid eller 07:00 hemma.

Sov som en stock den natten men vaknade klockan 04:00 lokal tid då min kropp trodde att det var dags att kliva upp. Jobbade lite och gick sedan ner till frukost klockan åtta.

Jänkarna kan det här med frukost. Frukosthamburgarna, jo det är ok att äta hamburgare till frukost och de var fantastiska. Där gör man inte hamburgare av köttfärs utan av mald riktig biff och på olika sorters kött. Då blir det riktiga grejor.

Efter intagen frukost rullade jag till receptionen för att betala T-shirten som skulle finnas där vilket

den också gjorde. Men jag fick titta två, tre gånger på kvittot innan jag la fram mitt kontokort och betalade. På prislappen stod det 109 dollar… det är 1 060 svenska kronor. Jag har aldrig i hela mitt liv köpt en T-shirt för över tusenlappen och kommer troligtvis inte heller att göra det igen. Men Max har en. Okej, det var en bättre T-shirt – en spelartröja.

Efter frukost var det dags för testkörning av det jag flugit dit för – NX 300h där testrouten gick upp mot Snoquamie Falls som är ett åttio meter högt vattenfall och som syns i den något udda TV-serien Twin Peaks. Om du kommer ihåg.

Drivning i NX 300h är en 4-cylindrig bensinare på 155 hk och till det en elmotor på 143 hk som driver på framhjulen. Väljer man

den fyrhjulsdrivna versionen så sitter det också en elmotor på 68 hk som driver bakhjulen. Sammanlagt blir det 197 hk efter alla kopplingsbortfall. Växellådan är av typen steglös CVT-låda men som Lexus kallar E-CVT och som enligt teknikerna skulle ge en upplevelse likt en vanlig automatlåda där man kan känna de olika växellägena. Okej, det lät riktigt bra. Men det var bara fusk. Vad man hade gjort var att lägga in ljud som skulle ge en känsla av att lådan växlade upp eller ner. Men så var det inte. Hur jag än körde med fartökning, acceleration så låg motorvarvet enligt varvräknaren på samma varvtal. Det enda som ändrades var ljudet. Så vad som växlar är en vanlig CVT-låda med simulerade ljud som växellägen. Okej, men överlag så var Lexus en trevlig reskamrat på alla sätt och med ett pris på 362 000:- som inte avskräckte då den kom. Önskades fyrhjulsdrivning blev det 12 000:- till.

När vi stannade till där för att se på fallet och ta en glass var det säkert en bra bit över 25 grader varmt.

När glassen väl var uppäten körde vi vidare för att mitt ute på landsbygden få syn på en vapenaffär. En kollega i den andra bilen som var förtjust i pang pang propsade på att vi skulle stanna och kolla butiken. I dörren hängde en skylt "open" så vi stannade till och klev in och blev hälsade välkomna.

Jag har väl aldrig sett så mycket vapen i hela mitt liv. All sorters vapen som knivar men framför allt, pistoler, revolvrar, automatkarbiner och sådant tycker jag är obehagligt då de bara har ett syfte – att döda – hur snygga och eleganta de än må vara. Där fanns allt ifrån små pärlemorbeströdda pistoler som tydligen var en populär julkapp till frun och olika versioner av Magnumrevolvrar till stora

Rambokanoner som man sett i flera av Stallones filmer lämpliga som julkapp till en man. Den butiksyta som inte upptogs av vapen upptogs av tillbehör men framför allt av ammunition. Där stod det pallar med olika ammunition. Hittade en hel stapel kartonger med Svensk skarpskytte-ammunition stämplade med svenska tre kronor och allt. Hade jag velat så kunde jag ha köpt en pistol – en Glock eller nåt sånt genom att bara visa upp min legitimation eller pass och sedan betala med mitt bankkort. Sjukt.

Vände därefter hemåt – till hotellet med en termometer som visade på över 30 grader varmt.

Bestämde med kollegorna att vi skulle träffas vid 19-tiden för att gemensamt gå iväg till en grillrestaurang – Metropolitan Grill ungefär tio minuter bort.

Menyn som valdes var förrätt – fyra grillade jätteräkor och därefter skulle det serveras en oxfilé.

Räkorna var så stora och så mättande att det knappt blev plats för någon oxfilé som även den var gigantisk. Promenerade tillbaka i kvällsvärmen och packade mina prylar och fixade med flyg-biljetterna inför morgonensflygning hem.

17 juli. Vaknade i vanlig ordning vid 05:00. Frukost vid 07:00 där den sista frukosthamburgaren intogs. Sedan blev det en kort prommis och väntan på vår shuttlebuss som hämtade oss klockan 10:00 för skjuts till flygplatsen.

Samma flyg tillbaka till Frankfurt och faktiskt samma personal som jag ett par dagar tidigare flugit med. Slösåg på lite filmer och förberedde min provkörningsartikel som då jag kommit hem skulle skickas direkt till Expressen.

Väl framme i Tyskland efter tio timmars flygning blev det en 45 minuters promenad till passkontroll och till gaten och planet som stod på andra sidan flygplatsen kändes det som och som skulle ta oss till Arlanda.

Landade till sist på Arlanda där kärleken Gunilla och vår foxterrier Ettan hämtade. Vilken fantastisk resa men guuu vad skönt att vara hemma.

Tolv resor längre fram den 22 oktober men fortfarande 2014.

Efter introduktion av en nya VW Passat blev det ytterligare fem resor innan året var slut. Undrar hur många gånger jag varit på den lilla italienska ön Sardinien och hur många gånger tidigare har jag inte bott på Hotel Romazzino, Costa Smeralda.

Jag hittade mina invanda foto-spottar så bilderna satt som en smäck, om jag får säga det själv. *(se bild nästa sida)*

Ford hade två dagar tidigare visat sin nya Mondeo – en direkt konkurrent till nya VW Passat i Malaga. Skillnaden var att Mondeon i princip redan då var ett par år gammal på grund av att den globala ekonomiska krisen bromsat ner bilindustrins snurrande hjul. Inte bara Ford utan för de flesta inom bilindustrin.

Ryska fulingar - 2014

Det var med kritiska ögon vi svenska journalister och ett glatt ryskt gäng var i Malaga. Provkörningen var samma eftermiddag och för min del så tyckte jag att Mondeon var en helt fantastisk och fräsch bil men att VW Passat var ett stå vassare.

Dagen efter skulle vi flyga hem i den privatchartrade kärra som dagen innan plockat upp oss svenskar på Arlanda. Planet hade från början startat från Moskva med ett stort gäng ryska journalister och skulle sluta sin flygning där.

Packade och klara stod vi och väntade på bussen som kom på utsatt tid och alla stuvades ombord. Men bussen hann knappt åka ut genom områdets grindar förrän den stannade och det sprakade till i bussens högtalare.

- Ledsen men vårt flyg kommer att bli försenat fyra timmar så vi kör tillbaka till hotellet och väntar där, sa den Fordrepresentant som hållit i mikrofonen. Vi stönade men ryssarna applåderade.

Sagt och gjort. Nu var det bara att vänta.

Flera av oss svenskar använde tiden att börja skriva medan ryssarna istället gick till baren. Bricka efter bricka med glas och flaskor passerade oss till ryssarna som satt lite längre bort.

Efter fyra sega timmar kom bussen och vi klev alla åter ombord – även ryssarna där de flesta var lite i hatten.

Halvtimmen senare lyfte vårat plan mot Arlanda som första anhalt innan den därefter skulle ta sista benet till Ryssland. Ryssarna hade samlat ihop sig i den främre delen av planet med oss svenskar följaktligen i planets bakre del.

Flygpersonalen hade märkt att merparten av ryssarna var berusade och sa i högtalarna att det inte skulle serveras några alkoholhaltiga drycker på flygresan utan bara dela ut vattenflaskor varpå de små vattenflaskorna snabbt delades ut tillsammans med kaffe, te och läsk.

Från min plats kunde jag se framåt och såg då hur ett par liter-flaskor med vodka skickades mellan sätena bland ryssarna.

Flygpersonalen hade också sett det och sa i högtalarna att om inte detta genast upphörde skulle planet gå ner i Stockholm och polis skulle få ta hand om dem. Ryssarna visade inte någon som helst reaktion ungefär som att de plötsligt inte förstod engelska.

Bara ett par stolsrader framför mig satt den ryske PR-ansvarige som strax efter uttalandet i högtalarna fick besök av flygplanets styrman. Jag hörde hur han sa till den ryske PR-ansvarige att han måste upprepa det som nyss sagt i högtalarna men på ryska.

Ryssen tvekade men till sist ljöd budskapet i högtalarna. Exakt vad han sa vet jag inte men jag såg inga mer flaskor som dansade mellan sätena.

Efteråt fick jag höra att ryssarna inte hade haft nåt emot att missa flygets slottime tillbaka till Moskva utan såg snarare fram emot en helkväll i Stockholm på Fords bekostnad.

Luftrummet ovan Europa är ofta fullt och för att få ett fungerande flöde av plan i luften får alla flygplan som ska upp i luften en slot-time eller tidslucka som de måste hålla sig till.

Senare samma år skulle Årets Familjebil utses och som utses av tidningen Motorföraren. Bland kandidaterna fanns både Ford Mondeo och Volkswagen Passat. VW Passat tog hem titeln vilket också var min kandidat. Häpp

- Mustang med 4:a, MX-5 blev till Z3 och Juke-R kryddad med mögel

2015 kom att bli oslagbart med 44 pressresor och internationella premiärprovkörningar. Jäkla långt ord... Detta då jag även jobbade med provkörningar åt ett par hantverkstidningar där önskemålen ofta provkörningar av lätta transportbilar. Något som jag hade provkört, skrivit och fotograferat sedan 2012.

Den 4 februari var jag inbjuden av Fiat att i Turin provköra den då nya Fiat Doblò. Italien bjöd inte på sitt bästa väder. Bodde inne på fd fabriksområdet Lingotto som i princip bara har provkörningsbanan kvar på taket kvar. Annars är all ombyggt till att vara stora konferens-, event och annan sort lokaler där man tidigare plockade ihop Fiatbilar. Där finns också idag några restauranger – bland annat en uppe på taket och sedan ett par bling-bling butiker och ett par hotell. Men för min del så går inget går upp emot restaurangen Urbani och hotellet Jolly Hotel Principi di Piemonte i Turin. Basta som italienarna säger eller som vi - punkt slut!

Vi var bara 2 svenskar på det Fiateventet. Dagen efter var det provkörning som började med ösregn som sedan övergick i snö uppåt bergen där lunch intogs. Efter lunch blev jag och min svenska kollega skjutsade till flygplatsen i en Maserati Ghibli. Wow, tänkte jag då jag klev in i det välkomnande, stora skinnklädda baksätet. Men oj vad besviken jag blev. Framför mig – framsätets ryggstöd och mittkonsolen var inte skinnklätt utan hade någon skinnimitation – plast alltså som inte alls hade någon som helst passning. Maserati Ghibli är ett italienskt fullblod med en dubbelturboladdad V6:a under huven med effektuttaget 300 till 410 hk när detgäller bensinmotorer. Men det fanns också en V6:a, även den turboladdad men från Chrysler på 275 hk. Priserna var 2015 från 700 000:- upp till 870 000:-, den senare då med 410 hk och fyrhjulsdrivning.

I april hade jag avverkat elva resor varav fem av dessa till Barcelona. Bland provkörningarna var Volvo XC90, Lexus NX200t och en ny Renault Espace i franska orten Nimes. Den senaste utflykten med Renault till Nimes var inte så munter. Detta då det skett en hemsk flygolycka bara 2 dagarna innan jag körde ut till Arlanda. Det var en andrepilot som hade fått kortslutning i huvudet och kraschade medvetet sitt plan rakt in i det 2961 meter höga Tête de l'Estrop i franska alperna. 146 personer dog inklusive den galne piloten den 24 mars.

15 april flög jag med Volkswagen Transportbilar till Amsterdam. Amsterdam som i mitten av april bjöd på ett fint försommarväder med 22 grader och strålande sol där VW skulle fira ankomsten av nya Folka-bussen Transporter T6.

Vid 18-tiden samlades alla inbjudna journalister – kanske 300 till antalet till eventet som började med en ut-ställning av VW's transportbilar genom tiderna från Typ 1 som kom 1950 fram till nykomlingen T6.

Efter en timmes mingel ombads vi att lämna trädgården och utställnings-bilarna för att inta konferenslokalen för att där få pressinformation om debutanten under det att det rullade in ett par Transporter på scenen och därefter bjöds det till buffémiddag.

Lagom till kaffe och efterrätt byggdes scenen om för under-hållning av Mark Knopfler men inte med sitt gamla band Dire Straits utan som soloartist då han precis släppt CD:n – Tracker.

Mustang med en fyra - 2015

Den 6 maj var det dags att provköra en ikon – Ford Mustang i sin nya tappning. Platsen var München och inte någonstans i USA som många hade förhandstippat.

Än en gång kommer jag in på "vissa saker ska man inte ändra på" som jag tog upp senast under provkörningen av Porsche Panamera S E-Hybrid och som inte hade något förföriskt, mullrande motorljud.

För de flesta är Ford Mustang likvärdigt med en mullrande, hotfull V8 men under åren har även en sådan storslagig ikon haft en del skämmiga motorer. Både sexor och fyror till och med på klena 88 hästar (1978) vilket inte var någon höjdare.

Troligtvis var det räknenissar från Ford som bestämde det och inte motorentusiasterna.

Nya Mustang 2015 kom också som både cabriolet och coupé där den senare kallas fastback som den även gjorde på 60-talet. Sedan var det motorerna igen...

Vid provkörningen hade jag och kollega Jonas Borglund två val: en femliters V8 på 418 hk eller en 2.3-liters, fyrcylindrig turboladdad snurra på 314 hk. Undrar vem som drivit igenom valet av den fyrcylindriga motorn?

Men okej, jag trodde att det skulle vara betydligt större skillnad effekt- och ljudmässigt mellan de båda motorerna men det var det inte. 393 000:- kostade Mustang GT 5.0 medan Mustang laddad med ecoboostmotorn kostade 347 000:-. Båda modellerna fanns som cabriolet och kostade då + 36 000:-.

V8:an hade sitt naturliga vrål medan den fyrcylindriga hade genomgått en lätt röstoperation för att med hjälp av en soundcomposer få lite gurglande bastoner.

V8 eller fyra? Snarare hade det väl med känslan att göra – att veta vad som ruvar under huven.

Alla så gott som alla som har det minsta motorintresse förutsätter att har man en Mustang så är den naturligtvis laddad med en råbarkad V8 under motorhuven. En motor som får asfalten att vibrera. Så är det bara.

Bil är ett samtalsämne som män ofta utbyter med vänner och arbetskompisar.

Lek med tanken att dina arbetskompisar får reda på att du köpt och kör en Mustang så skulle så gott som alla förutsätta att det sitter en förhärdad V8 under huven. Säkert skulle det göra att du stiger i aktning och anseende. Men skulle det komma fram att du har en fyrcylindrig motor under huven som även finns i Ford Fiesta men med färre hästar skulle du knappast få någon beundran utan snarare hånfulla leenden och en töntstämpel.

Så resonerade tydligen även Mustangkunderna varför Ford slutade att erbjuda nya Mustangen med den fyrcylindriga EcoBoostmotorn 2021. Undrar fortfarande vem som drev igenom beslutet om fyran? Tror räknenissarna än en gång varit med i spelet.

Audi Q7 insnöad i Verbier och L200 i Nice - 2015

Några dagar senare – den 15 maj då sommaren ofta verkligen börjar göra sig påmind flög jag till München för att sedan bussas till terminal 1 där en privatchartrad kärra skulle flyga oss – både svenska och andra nordiska journalister till Verbier i Schweiz. Verbier är en av Europas mest kända skidorter och ligger i den schweiziska delen av Alperna.

Dagens övning var den stora suv:en Audi Q7. I väntan på charter-kärran hade arrangören Audi dukat upp ett litet smörgåsbord med mackor, bullar, småkakor, kaffe te och läsk men också weisswurst. Tog ett par weisswurst som jag först skalade skinnet av vilket man ska göra innan jag slök dem sedan med grov sötstark senap vilket det ska vara. Den vita korven är egentligen ämnat som frukostmat i Bayern men jag kan äta den när som.

När jag stod där och tuggade fick jag höra att det plan som skulle hämta upp oss inte kunnat lyfta då planet stått insnöat i Verbier.

Dagen innan hade det varit 20 grader varmt i Verbier men sedan tidiga morgonen så hade snön vräkt ned och på bara någon timme hade det kommit 20 centimeter blötsnö.

Någon weisswurst senare, klockan 14 kom ett annat plan men som flög oss till Genève och därifrån blev det sedan shuttlebussar till Verbier där vi möttes av snön men som hade börjat smälta. I orten Verbier bor cirka 2000 personer varav många svenskar vilket givit platsen smeknamnet "Rikeby".

Trots alla förseningar blev det i alla fall en timmes provkörning upp i berget till hotel W. Ja, hotell W med samma namn som det i Barcelona och tillhör samma hotellkedja där W också finns i London, Dubai, Miami och i ytterligare en handfull länder.

Vid 19 bjöds det på ett glas i baren innan middag.

Från att ha varit riktigt fint och soligt väder den senaste timmen förbyttes det till snöoväder på bara tio minuter.

Det formligen vräkte ner. Så pass att jag inte kunde se berget som omgav hotellet inifrån restaurangfönstret där jag stod. Lika plötsligt upphörde snöandet varpå solen tittade fram. Märkligt väder – den 15 maj...

Månaden därpå var jag på en betydligt behagligare plats – Nice. Solen verkligen gassade och temperaturen visade på 28 grader varmt när jag tillsammans med en handfull svenska motorjournalister landade den 11 juni för att där köra Mitsubishis senaste version av pickisen L200.

Jag hade spetsat på två dagars jobb men för en gångs skull var första dagen ledig. Va? När hände det senast? Det blev i alla fall en fantastisk dag med först incheckning på Boscolo Hotel och därefter tog Lotta Thulin, PR-ansvarig då på Mitsubishi Motors oss till en restaurang som låg på 6:e våningen – takvåning med en magnifik utsikt över Nice. Åt något dyrt och fint vilket också merparten av lunchgästerna gjorde och som var i övre medelåldern vilket gav en vink om att det är så man lever som "pancho" i Nice.

Dagen efter bjöd på samma fina väder och efter frukost fick vi en shuttlebuss som tog oss till flygplatsen där bilarna väntade för att ta oss på en trevlig testslinga.

Lunch och efter det tillbaka till flygplatsen och sedan blev det en väntan på flyget som var försenat till Frankfurt.

Till sist kom vi i alla fall iväg och landade 0:15 på Arlanda, ändå bara en halvtimme sent.

I en bubbla, dubbelbokad och min första miss - 2015

Två dagar senare, 15 juni bar det av till Zaragoza som ligger i norra Spanien, öster om Barcelona. Men att ta sig dit var lite halvstruligt då jag först flög till Paris och därifrån med Karin Lyrborn, PR-ansvarig för Renault och Dacia Sverige tog flygplatståget till en terminal där det blev någon timmes väntan innan Renaults chartrade kärra landade.

Efter en halvtimmes flygning landade planet och utanför på plattan stod ett gäng av Renaults senaste skapelse – en riktig elegant bil med namnet Kadjar. *(se bild nästa sida)*

Teststräckan gick till en ort som heter Tudela och där hotel Airede Bardenas. Ett märkligt ställe mitt ute i öknen i nationalparken Bardenas of Navarra.

Hotellet som fått ett flertal utmärkelser för sin design hade vanliga rum men också ett tiotal runda stora plastbollar som även de fungerade som hotellrum.

Dagen efter var det körning genom öknen som åg ut som ett månlandskap eller kanske en filmkuliss tagen från någon Sci-Fi-film.

Vi var sedan ett litet svenskgäng som tog tåget från Zaragoza till Barcelona efter att Renaults event var slut.

I Barcelona skulle jag enligt min agenda köra nya Seat Ibiza... och en bil till – Honda.

Då började det... Vid 19-tiden ringde det på mobilen med en mycket upprörd representant från Honda – Maria J i andra ändan av linjen.

- Var är du Staffan? frågade Maria, vi står här på flygplatsen i Wien och väntar på dig.

- Va? men det är ju i morgon, svarade jag.

- Nej, i morgon flyger vi hem, svarade hon sakligt och något syrligt.

Jag hade tagit för givet att Seat och Honda gemensamt hade synkat detta men tydligen hade de pratat förbi varandra. Samtidigt så här efteråt så gick det kanske lite väl smidigt. Lite för bra för att vara sant då det så att säga sket sig.

Alltså skulle det inte bli någon flygning mellan Barcelona och Wien för min del. Värre var att jag då inte hade någon flygbiljett hem från Barcelona. Jag var alltså strandsatt i Spanien.

Som tur var så fixade Seats för stunden tillförordnad PR-ansvarig en flygbiljett åt mig så jag kom hem. Tackar för det.

Men det skulle bli mer. Under alla mina år har jag aldrig missat ett flyg – förrän onsdagen den 1 juli 2015.

Den morgonen körde jag ut till Arlanda vid halvsjutiden och väl där gick jag in på loungen. Det skulle bli Lufthansa först till Frankfurt och sedan vidare till Lissabon.

Kollade skärmen med avgångarna. Jodå, där stod flighten, Lufthansa – Frankfurt avgång 7:00. Va!? 7:00! Det var just vad klockan var.

Jag kollade biljetten, även där stod det 7:00. Hur kunde jag sett så fel? Jag rusade till gaten som naturligtvis var längst bort bara för att komma dit med andan i halsen och se gaten stängd och att se baken på planet som rullade ut mot startbanan.

Panik! Vad göra? Kan jag boka om och ta en senare flight? Svar nej. Biljetten var som så ofta inte ombokningsbar.

Nya biljett fanns att få för ungefär 10 000 kronor men då skulle jag landa 23:00 vilket hade resulterat i att jag skulle ha missat hela körningen av nya Honda HR-V. Honda... Maria J – igen! Nej, det kan inte vara sant. Om Maria var förbannad på mig för incidenten två veckor tidigare då jag inte dök upp i Wien lär hon väl mörda mig efter detta, tänkte jag.

Det var inte mycket jag kunde göra utan gick till parkerings-garaget, satte mig i bilen och körde hem och ringde samtidigt Maria som skulle flyga från Kastrup till Frankfurt och som ännu inte gått ombord på sitt plan och svarade då jag ringde.

Jag förklarade vad som hade hänt och bad därefter tusen gånger om ursäkt, och sa att jag förstod henne om hon aldrig någonsin ville bjuda in mig till en körning igen.

Maria exploderade inte utan tog det förvånansvärt lugnt. Hon höjde inte ens rösten utan tyckte snarare att det var synd om mig. Phu... detta var en svart dag för mig. Nästa tanke som slog mig – är det kanske dags att hoppa av ekorrhjulet?

MX-5 som ledde till Z3 - 2015

25 augusti -15, sex resor efter den nesligt missade flighten, var jag åter i Spanien och för sjätte gången det året i Barcelona – en stad som jag aldrig blir trött på.

Avgång 06:40 (tidiga avgångar kallas fakiravgångar för det är bara självplågare som gillar dessa) till Frankfurt för vidarebefordran till Barcelona som värmde – 29 grader. Perfekt väder för att köra nedcabbat vilket jag gjorde i den Mazda MX-5 som jag var där för att köra. Jag kunde då konstatera att det hade gått 25 år sedan första MX-5 gjorde sin debut. Förlaga till MX5 Jaguar E-type, Austin-Healey för att nämna några. Kopia som kopia men MX-5 kom och blev en succé och nu ett eget original.

Nya MX-5 hade blivit något kortare, lite bredare, lägre och lättare med 100 kilos viktbesparing i jämförelse med föregångaren. Det låter som ett bra recept på en fin sportvagn vilket det också är. Tre generationer av MX-5 har jag sett och provkört genom åren och även den fjärde generationen med en design som är mer busig än bussig som föregångaren var. Borta var den lite buttiga kaross formen som istället fått skarpa snitt och veck. Strålkastarna är

verkligen kattlika och är LED-
strålkastare med LED-dags-
ljusdioder som standard. Och
visst hittade jag små design-
grepp som förde mina tankar
till Corvette, Ferrari och
också till Jaguar.

Sittbrunnen är precis som
den ska vara. Lite trång och
nära med plats för två. Snyggt
med paneler på dörrsidorna lackerade i samma kulör som resten
av karossen.

Här finns visserligen en startknapp men ingen elektronisk P-broms,
inga körprogram eller någon elmotor till cabben som man då får
dra upp och fälla ner för hand. Det enda jag kände igen var växel-
spaken som stack upp ur sin runda skål och bredvid p-bromsspaken.

Förarstolen kändes sportigt bekväm utan att för den skull vara
hård som de annars brukar vara och min hand hamnade automatiskt
på växelspaken när jag sjönk ner i det låga sätet. Styrservot var
perfekt avvägt men ratten är som tidigare bara justerbar i höjdled.

Framför ratten finns ett instrumentkluster med tre runda instrument
där det största – i mitten är varvräknaren och till höger om den
hastighetsmätare. Bagageutrymme, finns det? Jovisst, längst bak
med plats för 130 liter eller kanske tre matkassar.

Två motorer finns att välja mellan där båda har en kortslagig
sexväxlad manuell låda. Minstingen på 1.5 liter och 131 hk kom
att kosta 225 000:-. Den räcker till om man växlar flitigt och låter
motorn varva ur ordentligt över 7 000 varv så funkar den – till och
med riktigt bra. Den större motorn på 2 liter har 29 hästar mer –
det vill säga 160 hk och kändes mer som en sportbil då för 240 000:-.

Då jag lagt i ettans växel, varvat upp motorn och släppt upp
kopplingen sätter sig bilen lite lätt på bakhjulen för att låta däcken
få maximalt grepp i asfalten. Som tidigare är MX-5 bakhjulsdriven
och har en idealisk viktfördelning – 50/50 mellan fram- och bakvagn.

- En sån bil ska jag ha, sa jag till kollegan Gustav Liljeberg som
också var med på körningen. - Du bara snackar, så har du sagt nu
i flera år men inte blir det någon cabb i ditt garage, blev svaret.

Två år sedare i januari 2017 provkörde jag MX-5 RF där bok-
stäverna står för Retractable Fastback, det vill säga att plåttaket
går att fälla för extra 20 000:-.

Bodde än en gång på hotel W nere i hamnen som nu började
bli lite lätt slitet. Barbeque på kvällen och dagen därpå flög jag
och alla kolleger hem.

På planet bestämde jag mig för att leta upp en Z3. Gustav ska minsann få för "Det blir inte nån cabb...".

Tre dagar senare hade jag köpt vår BMW Z3 och tack vare det lyckats byta in Gunillas Renault Clio som hos mig aldrig var någon höjdare bilmässigt.

Audi i Venedig, Juke-R kryddad med mögel - 2015

Venedig är en bilfri stad som det heter. Inte så konstigt säger säkert någon då det bara finns vatten där. En massa vatten och båtar också men inga vägar. Staden är belägen i och omkring en lagun vid Adriatiska havets norra del och att köra bil där är som sagt inte att tänka på. Ändå bjöd Audi in att köra nya Audi A4 till just Venedig den 11 september.

Två dagar innan hade jag kört ut till Arlanda nercabbat i min Z3:a. Big!

Jag hade då först deltagit en provkörning i München med en ny version av VW Passat och flög direkt till Venedig och landade på Marco Poloflygplatsen där testbilarna stod uppradade och väntade. Så någon egentlig provkörning i själva Venedig skulle det inte bli.

Efter provkörning som slutade där den startat – vid flygplatsen bussades vi till taxibåtar som tog oss genom det fantastiska Venedig och ut på mer öppet vatten till ön Isola delle Rose och där hotellet J.W. Marriott. Bara båttaxiresan till mitt hotell kostade 160 euro, enkel resa. Entrén till hotellet var som tagen ur en James Bondfilm där taxibåten gled in i en grotta, genom ett draperi av hängande växter och in under hotellet var lika spektakulär som priset på mitt hotellrum som visade sig kosta 2 020 euro per natt. Ingick frukost? Näe, ytterligare 60 euro kostade den, per person.

Med detta fick jag än en gång bekräftat att Venedig är en av Europas största turistfälla.

Vad skönt det var att sedan få komma hem den 12 september redan vid 14:00 och få glida ner i sätet bakom ratten på min Z3:a, cabba ner och köra ut genom flygplatsgaraget och höra den raka sexans lite råa motorljud eka mellan betongväggarna och styra hemåt.

Det är nästan så att bilar som Aston Martin Vanquish för 2,5 mille känns som en dussinbil liksom Lamborghini Avenator för 3 mille vid sidan av en Nissan Juke. Okej, nu var det inte en vanlig Juke jag skulle provköra utan en Juke-R 2.0 för kanske 6,4 miljoner och som då skulle byggas i 15 exemplar, sa Nissan då.

Nissan har en tradition av att alltid ha en eller ett par rivjärn bland sina modeller. GT-R är ett sådant exempel som har både fyrhjulsdrivning och ett muskelknippe på 530 hk i standardutförande.

Flög därför den 22 september till Genève, Schweiz på den franska sidan gränsen där vi, en liten grupp svenskar skulle få tillfälle att köra Nissans senaste monster Nissan Juke-R, en liten krabat som då fått 600 hästar under huven. Det fanns tre lika monster till men bara ett exemplar där jag var och skulle få köra på en bana i Megève.

För att alla skulle få köra så gjorde Nissan upp en kölista där var och en av oss journalister fick sin körtid. Min körtid var klockan 19:00 och istället för att sitta och vänta i tre timmar så tiggde jag till mig skjuts till hotellet i som där jag befann mig bara låg tio minuter med bil därifrån.

Men innan min hotellskjuts kom hann jag ta en närmare titt på monstret.

Framför ratten sitter varvräknaren i mitten och till vänster om den – något mindre, hastighetsmätaren som är graderad till 340 km/tim. Till höger instrument som kyltemp och bränslemätare. I mittkonsolen finns en stor skärm och på den finns fem instrument: Oljetemp, turbotryck, oljetemp och oljetryck för transmissionen, vridmoments-kurva. Under det knappar och reglage för kommunikationsradio och luftkonditionering. Därefter växelväljaren till den sexväxlade dubbelkopplingslådan och till sist P-bromsspaken och två mugghållare. Det senare fattar jag inte vad det hade där att göra.

Första versionen av Juke-R som kom 2011 hade också V6:an från den fyrhjulsdrivna Nissan GT-R. 21 stycken Juke-R byggdes och prislappen var 4,5 miljoner kronor – styck.

Grunden var nu också densamma – Juke och efter ombyggnad Juke-R. Förenklat sagt har Nissan slaktat en GT-R och slitit ur V6:an på 3.8 liter och tryckt ner den i Jukens motorrum men som man innan dess skruvat upp till 600 hk. I all hast följde även fyrhjuls-drivningen med som ser till att alla hästar går rakt ner i backen. Det blev ett schysst kraftpaket – "one of a kind", åtminstone på pappret.

Det är fler än Nissans prestandaavdelning Nismo som haft ögonen på Nissans bilar. För ett par år sedan dök det ryska företaget Shpilli Villi upp på Nürburgring med sin hemsnickrade Juke-R med en GT-R-motor som de hade pumpat upp till 710 hk. Med 109-oktanig bensin ökades effekten till 800 hk. I samma veva vässade brittiska Severn Valley Motorsport en Qashqai +2 till att få 1013 hk ur Nissans GT-R-motor.

Att hantera 600 hästar kräver en hel del. Till att börja med att ta sig i och ner i förarstolen är ingen lätt match. Jag vet. Men väl där satt jag som i ett skruvstäd. Skulle jag eventuellt ha nyst så skulle jag väl ha flugit ur sätet som en champagnekork ur sin flaska.

Föregångaren toppade 275 km/tim och klarade sprinten 0 till

100 på 3 sekunder blankt. Nykomlingen skulle vara lite raskare och göra 0-100 på 2,8 sek och ha en toppfart på ca 300 km/tim. Om den utlovade topphastigheten var där kunde jag inte testa på den lilla banan.

Hotellet som jag bodde på var mer en ski-resort med ett flertal timrade stugor som hade haft stängt under våren och sommaren men öppnat tillfälligt för Nissans event.

Då jag klev in i receptionen och fick jag direkt en förnimmelse av min barndoms landställe. Den doft jag möttes av då man öppnade ytterdörren till sommarstugan på våren som varit stängd under hela vintern. Det luktade så välbekant, så familjärt på något sätt.

Fick min rumsnyckel och gick upp till mitt rum som var ett allrum/kök med ett sovrum bredvid. Mysigt.

Försökte koppla upp mig på mailen men det fanns typiskt nog ingen anslutning.

Tänkte duscha, men när jag stod där och öppnade kranen som hostade och spottade kom inget vatten utan snarare välde en svart-grå sörja ut ur kranen. Först efter tre-fyra minuters kranande som kändes som en evighet kom det rent vatten.

Nyduschad och redo för att anta körningen av Juke-monstret blev jag hämtad av hotellskjutsen och fick då reda på att den bil – den enda Juke-R som fanns där och som jag skulle få köra hade pajat. Den klarade inte ens ett varv med en av sina instruktörer innan den lämnade in.

Åkte i alla fall tillbaka till banan där vi skulle få utlovad kvällsmat. Men det blev det inte heller. Så vi – 8 svenskar, 5 norrmän, 10 danskar och lika många finnar blev skjutsade till vårt hotell. Vi var alla hungriga så danska, norska och då svenska PR-ansvarig (Alexandra Österplan) tog saken i egna händer och ringde den lokala hämt-pizzerian och beställde ett tjugotal pizzor som kom en halvtimme senare. Så gott har väl aldrig en pizza smakat mig innan det var dags att nanna.

Dagen efter kom jag hem och tog av mig kavajen som jag hängde på en galge i hallen.

Lite senare på kvällen då Gunilla skulle släppa ut vår vovve Ettan passerade hon kavajen och utbrast,

- Det luktar mögel här! Vad har hänt?

Det kan inte vara möjligt tänkte jag och luktade på kavajen. Men visst, det var mögel! Det var den välbekanta doften jag hade från min barndom då vi åkte till landet och öppnade sommarstugan efter vinteruppehållet. Mögel!

Jag la försiktigt ner kavajen i en plastpåse och knöt ihop påsen ordentligt. "Släng in kavajen i tvättmaskinen", föreslog syster Anette. Nja, tänkte vi som istället kom överens om att ta den till vår lokala kemtvätt.

Sagt och gjort, dagen efter åkte vi till kemtvätten. Berättade att min relativt nya kavaj av renaste kashmir blivit angripen av mögel. Vi hann knappt avsluta meningen förrän butiksföreståndaren snudd på körde ut oss med vår påse med kavajen.

- Vi kan inte tvätta den. Sätter vi den i en av våra tvättmaskiner så har vi smittat ner hela anläggningen. Har man en gång fått mögel så försvinner det inte. Er kavaj är bara att slänga – bränna.

Hårda ord men sanna. Hade vi gjort som syster Anette föreslagit hade vi även fått byta tvättmaskin. Mögel är hemskt.

Efter detta återstod bara 7 resor innan 2015 ringde ut och 2016 var ett faktum. Bland de sista resorna var en provkörning av Lexus GS F i Madrid där jag fick lägga ett par varv på anrika Jarama-banan eller Circuito del Jarama som den heter på spanska och ligger 3 mil norr om Madrid. Här kördes 11 F1 race där det sista var 1981 och vanns av Gilles Villeneuve i Ferrari. Han var för övrigt bror till F1-föraren Jacques Villeneuve.

Veckan därpå var jag i Hamburg med provkörning av Toyota Mirai – en vätgasdriven bränslecellsbil. Ful som stryk men ett tekniskt under – tycker i alla fall jag. Då vätgas och syre blandas blir det elektricitet som laddar batteripacken och som därifrån skickar el till en elmotorn sedan driver bilen via framhjulen. Fulltankad med vätgas är räckvidden upp till 40 mil. Enda problemet är var man kan tanka vätgas.

- Daytona och Miami – igen

31 år efter mitt första besök på Daytona Beach var jag där igen – på Daytona Beach in the USA.

Jag bodde då som nu på Daytona Hilton. Men med det är alla liknelserna som bortblåsta.

Då – 1985 fanns där en asfalterad gata men inga trottoarer, inga butiker, inget förutom hotellet – Daytona Hilton som serverade gigantiska drinkar i ett hav av krossad is. Skulle jag då behöva ta mig nånstans så var det bara att ta bilen eller gå längs vägrenen.

Inte långt från mitt hotell låg då liksom nu stranden – Daytona Beach där bilarna "cruisade" sena kvällar medan solen höll på att gå ner. Och redan då var det ordning då det där fanns trafikljus och tuffa poliser på stranden som ingen muckade med.

Min resa till Daytona vars ort kanske är mer känd för att ligga i den amerikanska staten Florida började den 27 januari då Gunilla skjutsade ut mig till Arlanda 07:00.

Nattsömnen hade i vanlig ordning varit lite orolig. Att kliva upp tidiga mornar var okej på sommarhalvåret men inte under årets kalla och mörka månader.

Frukost intogs på Arlandas SAS-lounge där den alltid trevliga personalen hälsade "god morgon, herr Svedenborg" och under de senaste åren även med mitt namn vilket var ett tecken på att jag passerat loungen ett par gånger.

Lufthansa till tyska Frankfurt för att där byta plan. Trodde att jag skulle träffa någon kollega men så blev det inte. Inte en enda känd nuna dök upp. Inte ens den svenska representanten Mattias

P från däcktillverkaren Continental. Vill minnas att så var det också för 31 år sedan när jag skulle till Daytona då inbjuden av däcktillverkaren BF. Goodrich.

På nästa flight i en Boeing 747 hade jag min plats uppe i "bulan" vilket är i övervåningen på jumbojeten. Snacks, mat på porslinstallrikar, drinkar konsumerades tillsammans med ett gigantiskt musikutbud.

Flyget mellan Frankfurt och Orlando som tar cirka tio timmar har även ett digert filmutbud. Skulle mot förmodan någon filmentusiast försöka sig på att se samtliga filmer skulle det säkert kräva ett flertal resor tur och retur mellan Europa och USA.

Att sova under flygning är inget jag under mina flygande år gjort, vilket jag nämnt tidigare. Inte ens på flygningar inom Europa, än mindre interkontinentala sådana, även om det varit möjligt på de långa transatlantiska flygningarna mellan Europa och Asien eller USA. Det trots att jag haft "businessäte" som gått att fälla till att bli en halv-ligg-säng har det för mig ändå inte funkat. Jag har med andra ord alltid haft svårt att sova på flyg vilket resulterat i att jag istället jobbat frenetiskt på min medhavda laptop vars lysande skärm säkert hållit flera av mina medpassagerare vakna. Men ändå har jag stundtals lyckats slumra och på snudd sova lite för att till flera av mina kollegors lättnad inte komma fram som ett grymtande, morrande vrak x antal timmar senare.

När man flyger så här långt känns det stundtals som att tiden står stilla. Det är mörkt i kabinen och så gott som alla sover. Då och då går någon upp för att besöka toaletten eller bara röra på sig. Det enda som hörs är luftkonditioneringens susande som även det är sövande.

Två timmar innan landning serverades små varma och lätt fuktade frottéhanddukar som gjorde att man kände sig något fräschare. Ett diskret skrammel hördes från pentryt och kort därpå serverades frukost med varm äggröra, stekt tomat, nån korv och lite bacon av flygvärdinnor och värdar som smög omkring av hänsyn att inte störa de som ville sova vidare. Ska kanske tillägga att detta i businessklass och att det är något enklare om man flyger turistklass.

Kabinen började vakna och här och var drog folk upp fönstergardinerna för att kolla ut. En del av mina medpassagerare hade sovit från det att planet lyfte i Frankfurt medan de flesta hade upplevt flygningen som det äventyr det är.

Ett par timmar senare landade jag på Orlandos flygplats och träffade då Mattias Palmgren, PR-ansvarig hos Continental Tires Sverige och som hade förbeställt en hyrbil – en snygg, ny Buick.

Plättar och lönnsirap - 2016

29:e januari var en gråtrist dag med ett lätt duggregn och 17 grader i luften vilket var cirka 20 graders skillnad mot hemma som hade ett par minusgrader. Då jag vaknat tidigt – vid 05:00 blev det tid att jobba lite, kollade och svarade på en massa mail. Tog sedan en promenad ner mot stranden och ut på den långa träpiren. Här fanns bara jag och de inrullande vågorna samt ett par entusiastiska fiskare med sina långa och kraftiga fiskespön som jag sett i filmen Hajen och som säkert kan ta en tonfisk.

Istället för den ofta tråkiga hotellfrukosten tog Mattias med mig till ett typiskt amerikanskt Diner klockan 09:00 lokal tid eller 15:00 hemma i Sverige där det serverades amerikansk frukost precis som man sett på TV. Vad sägs om hamburgare med smörstekta bröd, tjocka pommes, jättestora stekta champinjoner, gröna tomater, fettdrypande underbar bacon och ett berg av små plättar indränkta med segt rinnande lönnsirap. Ähum... 5 000 kalorier – per tugga skulle jag tippa på. Allt nedsköljt med amerikanskt kaffeblask eller för min del en liten hink cola.

Efter att ha gått tillbaka till hotellet och hämtat ut bilen mot ett par obligatoriska dollar i dricks var vi tjugo minuter senare på banan – Daytona International Speedway som den heter och som mäter 5,7 kilometer på varvet med svepande rakor och sina tryckande "bankings". Här har man sedan 1962 kört 24-timmarsrace.

Efter tio minuter hade jag fått ut min pressackreditering. Därefter var det bara att köra igenom tunneln inunder banan och in på det stora området innanför banan – "infield" som det heter. Som på Le Mans kan man på Daytona hela tiden vara i händelsernas centrum, i infield alltså.

Här parkerar man sin husbil, slår upp tältet och på eftermiddagen tänds grillarna och ett svagt os av tändvätska lägger sig över området samtidigt som ölburkarna öppnas. Men naturligtvis finns här både öltält och foodtrucks till den som vill ha. Daytona 24-timmars blir då till en folkfest som håller igång i 24 timmar som sig bör.

Nu var det träning och ljudet som slog emot mig var fantastiskt – precis som för 31 år sedan. Men tiden har gått framåt och nu hade man byggt ut läktarna att ta 101 000 besökare – tio gånger

mer än vad Globen i Stockholm tar och inte behövde man gå upp och nedför läktarna då här nu finns både hissar och rulltrappor.

Donuts och färsk skinka - 2016

Nu visste vi var banan var och styrde tillbaka till hotellet i ett lätt duggregn.

En populär avstickare från motorvägen är Dunkin Donuts. Donuts eller munkar med hål i som vi säger i Sverige är lika poppis som hamburgare i USA. Men i USA är det något helt annat och färska, till och med minutfärska munkar är det som gäller. Så fort en laddning nygräddade munkar kommit ut ur ugnarna och blivit toppade med choklad, sockerglasyr eller någon annan godis tänds en lampa utanför på taket som signalerar att "nu finns här färska munkar" varpå bilar radar upp sig på drive-in-vägen för att få take-away.

Så snart lampan på taket släckts är drive-in-vägen tom på bilar igen tills nästa laddning nygräddade munkar gör sin entré och lampan åter tänds. Man kan även gå in och bli serverad och ta en kopp kaffe till det. Dunkin Donuts finns i 36 länder och har totalt 12 000 kaféer världen över men inte i Sverige.

Eftermiddagen var fri och då Mattias skulle shoppa så tänkte jag vila lite.

Lite senare på eftermiddagen började det regna ordentligt och vid 18:00 ringde Mattias och frågade om jag ville ta en öl och kanske äta en hamburgare med honom på ett ställe bara hundra meter eller så från hotellet. Okej, det lät bra.

Jag drog på mig jackan och gav mig ut i regnet som då övergått till ösregn. Vad gör man inte för en eller ett par öl och en burgare.

Efter tio minuter gled jag in genom dörrarna på haket Wings där Mattias satt vid bardisken. Ölen och hamburgaren kom fram med blixtens hastighet. Första tuggan höll jag på att sätta i halsen. Detta då den lilla söta servitrisen och för övrigt också de andra servitriserna var klädda i svarta T-shirts och... tanga, som visade mer av deras skinkor än de dolde. Jag har väl aldrig sett så mycket färsk skinka på en bar någonsin...

Vid 22:00 lokal tid knatade jag hem till hotellet och kröp till kojs.

På lördagen den 30 januari gick starten. Startfältet hade som tidigare år en hel del kända namn, som före detta F1-förarna Rubens Barrichello, Jan Magnussen och Alexander Wurz.

Många svenskar har också kört här. Bland dem Stefan "Lill-Lövis" Johansson, Calle Rosenblad, Anders Olofsson och Eje Elg där den senare är den av de som har mest erfarenhet av Daytona.

Klockan 14:40, efter det att en lokalt känd förmåga sjungit den amerikanska nationalsången i en lite väl hög tonart, även för henne, gick starten.

54 bilar stod i startfältet eller på gridden som det heter och ljudet var minst sagt öronbedövande då hela flocken med rusande motorer brakade iväg.

I de fyra olika klasserna rullade tävlingsbilar i tre av kategorierna (Prototype P, Prototype PC och GTD) på däck märkta Continental. Okej, riktigt så var det inte utan de däck man körde på hade Contis logo och är utvecklade och tillverkade tillsammans med däcktillverkaren Hoosier som specialiserat sig på racingdäck och som Conti köpte upp samma år för 140 miljoner dollar (ca 1,3 miljarder svenska kronor). I den fjärde klassen rullade tävlingsbilarna på Michelin.

Sedan 2010 är Continental partner och sponsor till IMSA's racingserie (International Motor Sports Association) där 12 långlopp ingår.

Till racehelgen hade Conti haft med sig 7 000 däck lastade i 16 långtradare plus en massa verktygsutrustning. Till det en personal på 68 personer som tog hand om vippare och inbjudna journalister. Till det ett femtiotal personer som skötte däckservicen till 43 av de 54 tävlingsbilarna.

Kapaciteten är hög hos gummigubbarna som på bara en timme kunde lägga om 200 däck. Däcken var inte gratis för teamen om någon skulle ha trott det utan en uppsättning – fyra däck kostade teamen 21 000 svenska kronor i runda slängar. Det låter kanske mycket men då ska man veta att det är ett kraftigt subventionerat pris.

Tävlingsdäck är inte gjorda för att hålla i så många mil som ett vanligt personbilsdäck. Ett set racedäck håller cirka 50 minuter på banan. Jämför det med ett personbilsdäck som ska klara av upp till kanske 5 år och 6 000 mil. Den mjuka gummiblandningen ger ett extremt bra grepp i asfalten och ska och klara av 120 graders värme.

Dagen efter, söndag den 31 körde vi ut igen till banan där racet pågick för fullt.

Strax innan lunch inträffade en av racets höjdpunkter då bil 73, en Porsche 911 GT3 R med Patrick Lindsey vid ratten skulle ta sig till depån men hamnade helt fel. Så fel att han hamnade inne i infield där kamerorna följde hans dråpliga framfart i flera minuter tills han lyckades ta sig tillbaka ut på banan.

Efteråt sa han i en intervju att även om han inte lyckats placera sig bra i racet så var hans sponsorer överlyckliga för hans avåkning då de fick så mycket kameratid på hans bil med alla sina sponsordekaler. Så kan man också vinna ett race.

Mot Hooters och till Miami - 2016

I god tid innan målgång och för att inte fastna när alla andra skulle ut genom grindarna lämnade vi banan. Nu skulle det smaka med en kall amerikansk öl – en Budweiser.

Jo jo, men så värst amerikansk är inte Budweiser som snarare kommer från Tjeckien men jänkarna anser att Budweiser är amerikanskt ändå, trots att ölmärket sedan 2008 är belgiskägt. På väg ut till banan hade vi passerat ett matställe som heter Hooters.

Namnet Hooters refererar till ugglans hoande läte men också till att det betyder tuttar på amerikanska. Det var med viss tveksamhet som jag svängde in på den stora parkeringen utanför restaurangen. Kanske var det här fräckare än Wings som vi besökte häromdagen.

För ett par år sedan visades ett program på svensk TV om just Hooters. Kontentan av programmet var att de som jobbade på Hooters var unga lättklädda och bystiga flickor som inte fick någon lön utan lockade istället till sig ordentligt med dricks från sina kunder. Hooters finns det gott om – restauranger alltså – 430 stycken i USA.

För att vara strax efter 15:00 var det ganska mycket bilar på parkeringen. Jaha, tänkte jag, här är det väl fullt med öldrickande snuskgubbar. Men se så fel jag hade.

Okej, serveringspersonalen var unga välpumpade flickor men de var på intet sätt stötande lättklädda.

Vilka satt då här? Snuskgubbar?

Nej, inte alls. Snarare var det familjer med småbarn där också farmor och farfar satt med på söndagsmiddagen och mumsade på hamburgare eller revbensspjäll. Hur anständigt och familjärt som helst. Undrar varifrån det där TV-programmet som visades i svensk TV fått sin information ifrån. Vilket var en stor lögn.

Vaknade vid 05:00 måndag den 1 februari. Inte för att jag – min hjärna ville det, utan snarare var det min matsmältningsapparat som var sju timmar före eller efter som ville göra sig påmind. Ibland undrar man vem som bestämmer i kroppen – kontrollcentrat hjärnan eller den ultimata utvägen – baken.

Då även Mattias vaknat tidigt så beslöt vi oss för att ta bilen och köra ner till Miami. Checkade ut från hotellet och ställde in GPS:en mot Miami och gatuadressen till hotell Kent som sedan visade sig varar ett riktigt lopphotell men där Mattias bokat varsitt rum.

Iväg, ut ur ett sovande Daytona och nästan direkt var vi uppe på den fyrfiliga motorvägen. Där det blev en bilresa på 42 mil som tog oss 4,5 timme inklusive ett stopp för tankning.

Att tanka bilen i USA är enkelt. Först går man in på stationen och lägger upp kontant eller drar tank/kontokort och talar om hur mycket "soppa" man vill ha.

När det är betalt så knappar expediten in de antal liter jag betalt för till den pump bilen står vid. Sedan är det bara att tanka och man får exakt den mängd soppa man betalt för. Inga problem där med gratistankare som smiter från notan.

Efter en timme svängde vi av och körde in på en Diner där vi åt en närande frukost bestående av ägg och bacon samt grillat bröd tillsammans med ett gäng matglada amerikaner som åt som om de aldrig sett mat tidigare. Men av deras kroppsvolymer att döma hade de gjort det.

På vägen ner mot Miami passerade vi ett par jättehögar eller snarare berg om man så vill. Men det var inga berg utan istället gigantiska högar av sopor och annat avfall. Och jag menar gigantiska. Högst uppe jobbade ett par caterpillars som plattade ut soporna och över alltihopa svävade ett gäng vråkar, och säkert nån gam också som spanade ner på sopberget efter nåt ätbart.

Vi passerade både West Palm Beach och Fort Lauderdale för att fyra timmar och lite mer köra in i Miami och hittade vårt lopp-hotell nästan direkt. Okej, jag är bortskämd men sämre hotell har jag inte bott på. Efter att vi lämnat bilnyckeln i receptionen och installerat oss i respektive rum tog vi en promenad i stan.

Miami är mysigt och har en enorm puls. Majoriteten är spansk-talande och väldigt många är kubaner som pratar sin kubanska dialekt vilket kanske inte är så konstigt då Kuba bara ligger ett stenkast från Miamis stränder. Tidigare fanns där en färjeförbindelse men som stängdes 1963. Men 52 år senare sedan 2015 finns det en färjeled som går mellan Miami och Bimini 8 gånger i veckan och har en restid på ca 2 timmar.

Vi gick in i det spanska området där vi tog solskydd under ett par palmer och drack varsin läskande öl. Vädret var verkligen fantastiskt och som man förväntar sig att det ska vara i Miami. Vi gick vidare och hamnade på en mexikansk restaurang. Guacamole med nachochips och sedan en mexikansk eller var det kanske en kubansk gryta med kött, skaldjur och ett par starka såser som "siders". Till det ett par eller tre öl vardera.

Vid 20:30 var det dags att lämna över bordet till nya matgäster som nu började strömma till varpå vi letade oss tillbaka till vårat lopphotell.

2 februari. Upp lokal tid 6:30 där klockan hemma i Sverige visade på 12:30.

Tittade ut genom mitt skitiga fönster och såg att det regnade, vräkte ner. Vilket väderomslag från strålande sol dagen innan mot ösregn. Duschade och packade ihop och gick sedan ner i receptionen för att se om det kanske fanns någon frukost men icke.

Vi hade kvällen innan kommit överens om att vi skulle mötas klockan 9:00 för avfärd. På klockslaget nio kom Mattias in och såg ut som en dränkt katt och rapporterade att han varit nere på stranden – en halvtimmes promenad trots ösregn.

Bilens GPS ställdes mot Orlando och där flygplatsen.

Regnet förföljde oss hela vägen. Frukost intog vi längs vägen på nåt som heter iHope och jag kunde inte motstå en stor, fet, härlig amerikansk hamburgare med än en gång smörstekta bröd, något som förhöjer en hamburgare.

Ut igen på motorvägen mot Orlando. Regnet fortsatte att ösa ner.

I USA är man inte så noga eller snarare så medveten om däckens betydelse för bland annat säkerheten. Här räknas bara hur många mil och hur många år man kan köra på "svålarna" innan de är slut. Och man byter inte förrän de är helt slut. Så det var inte så konstigt att vi på vägen mellan Miami och Orlando under regn vid minst tio tillfällen fick sakta ner på grund av att sheriffen stod och bromsade ner hastigheten på motorvägen av den anledningen att en eller flera bilar helt enkelt åkt av, fått vattenplaning under sina "backelitrullar".

Flyget hem - 2016

Klockan 15 kom vi fram till Orlando och möttes av strålande sol och tropisk värme på minst 27 grader.

Vi var en bit före i tidsschemat och beslöt oss för att besöka en "shoppingmall" som kanske Gallerian i Stockholm eller Väla utanför Helsingborg. Där fanns allt – som hemma.

Även priserna var desamma så varför släpa hem nåt som både finns hemma och som kostar detsamma.

Vi körde till flygplatsen och droppade bilen. Ja, så går det till. Vi körde in hos biluthyraren.

Ställde bilen, tog våra väskor och gick bara därifrån. Så enkelt och problemfritt är det numera. Sedan får man hoppas att det inte kommer någon överraskning på kontokortet som använts.

Genom incheckningen och sedan säkerhetskön.

In på loungen och sedan till boarding – 19:40 lokal tid. Längtade hem. Skulle ha suttit i bulan igen men bytte plats till nedervåningen då utan någon person bredvid mig. Tackar för det. Såg nån film… vet inte vad och lyssnade sedan på lite musik. Åt och slumrade. Längtade hem…

Landade 10:15 lokal tid i Frankfurt.

Tog därefter flyget till Stockholm och Arlanda medan Mattias tog flyget till Göteborg och Landvetter.

De sista två timmarna mellan Frankfurt och Arlanda njöt jag verkligen av. Dels för att få komma hem och dels för att jag visste att det här skulle bli en av mina sista resor.

14:15 landade jag på ett vinterfruset Arlanda där min älskade Gunilla och vovve Ettan välkomnade mig. Det var skönt att vara hemma. Visst, det var en fantastisk resa. Helt otrolig så här efteråt, men "nu får det vara nog med långresor" skrev jag i dagboken, skrev till och med "nog med resor". Ett löfte som jag hoppas jag kan hålla. Man är ju inte 25 år längre. Okej, det blev ett par till resor det året men sedan var det slut.

Under de år som den här boken spänner över har jag gjort över tusen provkörningar varav cirka 650 så kallade internationella sådana som då inneburit att jag flugit till en plats där jag fått provköra en ny bil ofta tillsammans med andra journalister. Det betyder att jag varit på resande fot i 1456 dygn. Det låter kanske inte så mycket men när jag räknade efter så blir det – fyra år. Jag har alltså varit borta i fyra år.

Det passar bra att sluta här med besöket på Daytona i USA som på sätt och vis även blev början på alla mina resor för över 31 år sedan. Jag avslutar med att tillägna boken till min älskade Gunilla som rycktes bort från mig 2023 då jag hade påbörjat redigeringen av boken du nu läst. Tack för mig.

Mitt Liv Bakom Ratten pressresor 1983 – 2017

Under 34 år blev det 650 pressresor, och över 1456 dygn vilket är ca 4 år.
- notera att alla provkörningar är nog inte med då även solen har fläckar.
Till detta tillkommer alla de otaliga provkörningar som gjorts på hemmaplan.
* betyder: Från detta event till nästa. – betyder: Ej övernattning. # betyder: Att jag missat
hotellets namn.

1983 = 3 pressresor Land - Stad Testbil/provkörning/hotell
?? jan Belgien - Bryssel Saab 900 Aero, #
?? maj Italien - Turin Lancia HF Volymex, Jolly Hotel Pricipal di Piemonte.
28 juni Tyskland - Wiesbaden Lancia HF Delta, Hotel Schwartzer Bock.

1984 = 15 pressresor
?? jan Frankrike - Perpignan Honda CRX, #
9 feb Spanien - Marbella Ford Escort Cab, Hotel Puerto Romano.
5 mars * Frankrike - Clemont-Ferran Michelin däck, #
6 mars Schweiz - Genève Genevé Motorshow, #
4 april England - London redaktionen, Mornington Hotel.
9 maj Frankrike - Paris Peugeot/Talbotfabriken, Hotel Meridien.
?? maj Österrike - Innsbruck BMW M5, #
29 maj Italien - Rom Fiat Uno SX, Hilton Rom.
30 aug Tyskland - Frankfurt Opel Kadett S, #
2 sept England - London redaktionen, Coys of Kensington, Charles Dickens Hotel.
13 sept Italien - Milano Alfa Romeo 90, Hotel Brun.
13 okt England - Birmingham Birmingham Motorshow, Hotel Anabell.
29 nov Österrike - St Moritz Audi Quattro, Palace Hotel.
13 dec – Italien - Turin Fiat Fire 1000.
?? dec Italien - Turin Lancia S4, Jolly Hotel Pricipal di Piemonte.

1985 = 12 pressresor
31 jan USA - Daytona Daytona 24, BF Goodrich, Hotel Daytona Hilton.
6 feb Frankrike - Nice Porsche 944 Turbo, Hotel Cote D' Azur.
5 mars Schweiz - Genève Genevé Motorshow, #
19 mars Tyskland - Frankfurt Opel Kadett, #
22 juni Italien - Milano Alfa Romeo 75, Hotel Brun.
24 juni Italien – Turin Lancia Mobil Economy Run, #
14 aug Tyskland - München BMW 325i, BMW 325 4WD, Alphotel Tyrol.
25 sept Italien - Elba Lancia S4, Lancia Delta HF Turbo, Hotel H.B.
?? okt Tyskland - Stuttgart MB, Zender, AMG, Koenig, Silberfalke, Kodiak, #
22 okt Portugal - Estoril Opel Kadett Saloon, Hotel Palacio.
19 nov Frankrike - Nice Toyota Celica Twincam 16, Hotel Meridien.
1-8 dec England - London redaktionen, Hotel Berner.

1986 = 9 pressresor
11 mars Italien - Rom Alfa Romeo 75 Turbo, Sheraton Rom.
17 mars *Österrike - Wien Saab 9000i, SAS Palais Hotel.
18 mars Ungern - Budapest Saab 9000i, Hotel Atrium-Hyatt.
1 april Marocko - Quarzazate Peugeot 309, Peugeot 205, Hotel Les Ryads.
2 juni USA - Los Angeles Saab 900 Turbo Cab, Sea Bucket + Morro Bay + Spinndrift Inn.
22 juli USA - Detroit Cadillac Allanté, Westin Hotel.
11 sept Italien - Milano Alfa Romeo 33 Super 1.7, Gand Hotel Gandone Riviera.
22 sept Italien - Turin Pininfarina/Cadillac, Jolly Hotel Pricipal di Piemonte.
12 okt England - Birmingham Birmingham Motorshow, Jensen, Jaguar, Ladbrook Hotel.

1987 = 5 pressresor
5 feb Spanien - Mallorca Ford, Hotel Mallorca Hilton.
13 aug Luxemburg Toyota Corolla, #
14 sept England - London Allers, Hotel London Hilton Park Lane.
21 sept Italien - Milano Alfa Romeo 164, Hotel Brun.
27 sep Japan - Tokyo Honda, F1 Suzuka, Hotel New Ontani + Toba Int + Wako.

1988 = 13 pressresor
17 jan Portugal - Faro BMW 5 serie, Hotel Dona Filipa i Vale del Lobo.
25 jan Tyskland - Frankfurt Fiat Tipo, Hotel Gravenbruck Kempinski.

19 april	Italien - Turin	Fiat/Alfa Romeo, Hotel Majestic.
27 april	Frankrike - Nice	Jaguar XJS Cab, Hotel Juliana Juan les Pins.
2 maj	USA - Las Vegas	Volvo, Hotel Ceasars Palace + Westwood Marquis.
22 aug	Holland - Maastricht	Volvo, Hotel Maastricht.
25 aug	Tyskland - Nürnberg	VW Corrado, Hotel Atrium.
4 okt	Skotland - Edinburgh	Suzuki Vitara, Sheraton Hotel + Old Waverly.
11 okt	Italien - Florens	Lancia Thema 8:32, Park Hotel i Siena.
17 okt	England - Birmingham	Birmingham Motorshow, Hotel Holiday Inn.
25 okt	Schweiz - Zürich	Porsche 944, Hotel Öschberghof.
2 nov	Spanien - Madrid	Alfa Romeo 75 FC, Hotel Villa Magna.
29 nov	Tyskland - München	Audi Coupé, Hotel Sonnenalp.

1989 = 11 pressresor

16 mars	Italien - Milano	Alfa Romeo 3.0, Hotel Brun.
28 mars	Italien - Sardinien	Peugeot 405, Peugeot 4x4 Mi16, Hotel Hilton.
4 april	Tyskland - Travemünde	Toyota Supra, Stena Line Trelleborg-Travemünde.
26 april	Italien - Turin	Lancia Delta Integrale 16v, Jolly Hotel Pricipal di Piemonte.
8 maj	England - Stratford-upon-Avon	Rover 827, Shakespeare Hotel.
16 juni	Japan - Hiroshima - Sapporo	Mazda, Ana Hotel + Keio Plaza.
10 sept	Skottland - Edinburgh	Jaguar XJ 4.0, Dunkeld House Hotel.
18 sept	Japan - Tokyo - Asahikawa	Lexus LS, Hotel Imperial + Nagoya Hilton.
11 okt	Italien - Turin	Ferrari/Pininfarina, Jolly Hotel Principi di Piemonte.
17 okt	England - London	London Motorshow, Berner Hotel.
14 dec	Italien - Modena	Maserati Shamal, Hotel Europe.

1990 = 8 pressresor

29 jan	Spanien - Sevilla	Alfa Romeo 33, Hotel Bobadilla.
12 mars	Italien - Genua	Fiat Uno Turbo, Hotel Santa Margherita Ligure.
19 mars	Egypten - Assuan	Peugeot 605, Hotel Nil Ritz.
25 juni	USA - Detroit	GM, Radison Resort + Traverse Village.
23 aug	Schweiz - Genève	Ford Escort, Royal Club Hotel.
27 aug	Luxemburg	Saab 9000 CD, Hotel Schloss Wolfsbrunnen.
3 sept	England - Newcastle	Jaguar XJ 2.3, Hotel Linden Hall.
17 sept	England - Birmingham	Birmingham Motorshow, Midland Hotel.

1991 = 3 pressresor

19 mars *	Österrike - Wien	Alfa Romeo 33S, Imperial Hotel.
20 mars	Italien - Turin	Fiat Tipo 16v, Jolly Hotel Principi di Piemonte.
17 april	Frankrike - Nice	Jaguar XJS, Hotel Juliana i Juan-les-Pins.

1992 = 10 pressresor

24 jan	Spanien - Malaga	BMW 3 Coupé, Byblos Art Hotel Andaluz.
5 maj	Italien - Parma	Alfa Romeo 155 Q4, Hotel Bajlioni.
7 maj	Italien - Portofino	Lancia Dedra, Grand Hotel Bristol.
22 juni	Tyskland - Stuttgart	Mercedes A klasse, #
29 juni	Holland - Amsterdam	Toyota Corolla, #
10 aug	Österrike - Salzburg	Jaguar XJ220, Hotel Salzburg Hof.
8 sept	Tyskland - Frankfurt	Mitsubishi 3000GT, Hotel Gravenbruck.
23 sept	Italien - Florens	Alfa Romeo 164, Hotel Baglioni.
29 okt	Frankrike - Avignon	Peugeot 405T, Hotellerie du Prieuré St Lazare.
23 nov	Belgien - Bryssel	Monroe stötdämpare, #

1993 = 5 pressresor

13 juni	Tyskland - Travemünde	Lexus, StenaLine Trelleborg-Travemünde.
21 juni	Frankrike - Paris	Promotor i Concorde, Hotel Meridien Montparnasse.
9 aug	Tyskland - Hamburg	Toyota Supra, Hotel Trevdelberg.
30 aug	Italien - Turin	Fiat Punto, Hotel Diplomatic.
4 okt	Frankrike - Annecy	Peugeot 306 XSi, Peugeot S16, Peugeot 106 Rally, #

1994 = 24 pressresor

12 jan	Frankrike - Paris	Renault Laguna, Hotel Montroyal.
22 jan	Spanien - Grand Canaria	Statoil kongress, Hotel Bahia Feliz.
9 feb	Portugal - Lissabon	Toyota Celica, Ceasar Park Hotel.
28 feb	Portugal - Algarve	Opel Omega, Hotel Sheraton Algarve Pine Cliffs.

14 mars	Italien - Rom	Saab 900 Turbo, Hotel Maga Circe.
12 april	England - Manchester	Finn Air + BTA, Albert & Victoria Hotel Manchester.
18 april	Italien - Turin	Promotor Turinsalongen, Hotel Majestic.
25 april	Irland - Galway	Saab Cab, Limerick Inn Hotel.
5 maj	Italien - Genua	Fiat Punto Cab, Hotel Imperial Palace.
31 maj	Italien - Florens	Fiat Ulysse, Hotel La Pace.
13 juni	Italien - Parma - Varano	Alfa DTM, Palace Hotel Maria Luigia.
6 juli	Frankrike - Paris	Alfa Romeo 145, Hotel Royal Monceau.
4 aug	England - London	redaktionen Bristol, Forte Hotels.
31 aug	Frankrike - Reims	Saab 9000 V6, #
4 sept	Skotland - Inverness	Jaguar XJR, Hotel Skibo Castle.
14 sept	Italien - Sardinien	Lancia SW, Z-MPU, Hotel Cala di Volpe Porto Cervo.
27 sept	Italien - Rom	Lancia Kappa, Hotel Shangri La.
6 okt	Spanien - Barcelona	Opel Tigra, Hotel Arts Barcelona.
13 okt	Tyskland - München	BMW 318 tds, #
24 okt	Tyskland - Ingolstadt	Audi A4, Hotel Kempinsky München.
26 okt	Frankrike - Biarritz	Lancia K, Hotel du Palais.
9 nov	Tjeckien - Prag	Skoda Felicia, Hotel Atrium.
23 nov	Egypten, Jordanien, Israel	Peugeots fredsrally, Suizz Hotel el Salman + Neptune.
30 nov	USA - Miami	Petroff Vodka, Hotel Dezerland.

1995 = 21 pressresor

17 jan	Italien - Barcelona	Lexus, Hotel Ritz.
2 feb	Italien - Neapel	Fiat Melfi fabrik, Hotel Vesuvio.
22 feb *	Spanien - Jerez	Fiat barchetta, Hotel Monasterio.
23 feb	Danmark - Köpenhamn	Honda Civic, Hotel SAS Globetrotter.
1 mars	Frankrike - Annecy	Opel Frontera, Hotel L´Imperial Palace.
23 mars	Italien - Porto Fino	Alfa Romeo Spider, Alfa Romeo GTV, Hotel Imperial.
7 april	Monaco - Monte Carlo	Lancia Delta, Hotel Hermitage.
10 maj	Tyskland - Stuttgart	Mercedes E-klass, Hotel Schlossgarten.
20 juni	Tyskland - München	Mitsubishi Carisma, Hotel Bayerischer Hof.
27 juli	Tyskland - München	BMW M3, Arabella Airport Hotel.
28 aug	Italien - Turin	Fiat Brava/Bravo, Jolly Hotel Principi di Piemonte.
7 sept	Tyskland - Königswinter	Opel Vectra. Steigenberger Grand Hotel.
10 sept	Tyskland - Frankfurt	Frankfurt Motorshow, Scandic Hotel Offenbach.
26 sept	Holland - Amsterdam	Nissan Almera, Barbizon Palace Hotel.
28 sept	Frankrike - Paris	Honda Civic, #
4 okt	Frankrike - St Cyr sur Mer	Peugeot 406, Hotel de Frégate.
21 okt	Japan - Tokyo	Mazda, Mitsubishi, Nissan, Toyota.
31 okt	Spanien - Granada	Renault Mégane. Hotel Bobadilla.
7 nov	USA - Spartanburg	BMW Z3, Hotel Mariott.
27 nov	Spanien - Barcelona	Honda Accord, Hotel Ritz.
30 nov	Frankrike - Nice	Audi A4 Avant, Hotel Carlton.

1996 = 20 pressresor

5 feb	Spanien - Malaga	Volvo V40, Volvo S40, Hotel Don Carlos.
19 feb	Monaco - Monte Carlo	Renault Sport Spider, Hotel Frégate + Fairmont Monte Carlo.
28 feb	Spanien - Barcelona	Opel Maxx. Hotel La Dolce Sitges.
21 mars	Tyskland - Berlin	Cadillac STS, Schlosshotel Vier Jahreszeiten.
10 april	Italien - Milano	Monroe stötdämpare, Hotel Palace Pavia.
22 april	Italien - Turin	Turinsalongen, Hotel Concorde.
6 maj	Spanien - Pyrenéerna	Nissan Terrani II, Royal Tanau Hotel.
12 juni	Frankrike - Mégéve	Peugeot 306, Peugeot 406, Peugeot 806, #
25 juni	Luxemburg	Audi A3, Hotel Sofitel Kirchberg.
4 juli	Italien - Florens	Mercedes SLK, Hotel Relais Cerlosa.
11 juli	Italien - Parma	Fiat Marea, Hotel Baglioni.
19 aug	Italien - Monza	Nissan Primera, Kulm Hotel St Moritz.
3 sept	Tjeckien - Prag	Skoda Octavia, Hotel Forum.
11 sept	USA - Boston - New York	Opel Sintra, Hotel Marthas Vineyard + Mark Hotel New York.
17 sept *	Frankrike - Paris	Renault, Golf Hotel Blue Green.
17 sept	Frankrike - Dijon	Jaguar XK8, Hotel Chateau de Chailly.

23 sept	Italien - Turin	Fiat Multipla, #
30 sept	Frankrike - Paris	Parissalongen, Hotel Holiday Inn.
10 okt	Italien - Sardinien	Ford Ka, Mondeo, Cervo Hotel.
28 okt	Frankrike - Tours	Peugeot 406 Break, Hotellerie du Prieuré St Lazare.

1997 = 21 pressresor

7 feb	Italien - Sicilien	Nissan Primera GT, BTCC, Hotel San Dominico Taormino.
24 feb *	Spanien - Barcelona	Mitsubishi Galant, Hotel Arts
25 feb	Spanien - Lanzarote	Seat Arosa, Hotel Meliá Salinas.
3 mars	Schweiz - Genève	Genève Motorshow, Hotel Warwick.
25 mars	Spanien - Teneriffa	Opel Corsa 3-cyl, Gran Hotel Bahia del Duque.
9 april	Spanien - Sevilla	Chevrolet Corvette, Hotel Hacienda Benazuza.
15 april	Frankrike - Le Mans	Nissan R390 GTi, #
24 april	Italien - Rom	Toyota Corolla, Hotel Roman Villa.
7 maj	Italien - Turin	Fiat Punto, Jolly Hotel Principi di Piemonte.
22 maj	Tyskland - Hamburg	VW Passat, Hotel Lindtner Heimfelder.
13 juni	Frankrike - Le Mans	Le Mans 24timmars, Hotel Nissan på raceområdet.
25 juni	Spanien - Barcelona	Toyota Corolla, Hotel Arts.
4 aug	Österrike - Innsbruck	BMW 323ti compact, Interalpen Hotel.
21 aug	Tyskland - Köln	VW Golf, Hotel Maritim Bonn.
8 sept *	Tyskland - Frankfurt	Frankfurt Motorshow, Hotel Concorde + Bristol.
9 sept	Frankrike - Dijon	Jaguar XJ8, Hotel Chateau de Chailly.
16 sept	Frankrike - Strasbourg	Citroën Xsara, Hotel Chateau de Lille.
8 okt	Portugal - Lissabon	Alfa Romeo 156, Hotel Altis.
22 okt	Spanien - Sevilla	Volvo XC AWD, Hotel Alcona.
10 nov	Frankrike - Nice	Lexus GS300, Hotel Chateau de la Messardere.
26 nov	Frankrike - Nice	Toyota Avensis, Hotel Royal Riviera Cap Ferrat

1998 = 30 pressresor

8 jan	Luxemburg	Renault Kangoo Express, Hotel Royal.
22 jan	Frankrike - Montparnasse	Merrcedes A klass älgtest, #
2 feb	Frankrike - Paris	Citroên/Peugeot HDi-motorer, Hotel Meridien Etoile.
5 feb	Schweiz - Lugano	Cadillac Seville, Grand Hotel Villa Castagnola.
10 feb *	Frankrike - Paris	Audi, Hotel Lutelia.
11 feb	Frankrike - Biarritz	Audi A6 Avant, Hotel du Palais.
17 feb	Italien - Rom	Saab 9-3, Hotel Villa Grazioli Frascati.
19 feb	England - London	redaktionen, Hotel Radison Grafton.
2 mars	Schweiz - Genève	Genève Motorshow, Hotel Calvy.
9 mars	Sverige - Mölle	Chevrolet Camaro, Mölle Turisthotell.
25 mars	Österrike - Graz	Opel Astra, Bad Blumau Hotel.
15 april	Frankrike - Nice	Renault Laguna, #
20 april	Italien - Turin	Turinsalongen, #
6 maj	Italien - Rom	redaktionen, Hotel Alpi.
15 maj	Italien - Turin	Fiat 600, Hotel Liore Torino.
11 juni	Frankrike - Paris	Renault Technocentre, Hotel Astor.
23 juni	Tyskland - München	BMW M-coupé, #
13 aug	Tyskland - München	Mazda 323F, Hotel Interalpen.
8 sept *	Italien - Gubbio	Audi TT, #
9 sept	Tjeckien - Prag	Skoda Mlauden fabrik, #
16 sept	Spanien - Madrid	Alfa Romeo 166, #
23 sept	Tyskland - Baden-Baden	Honda Accord, #
26 sept	Frankrike - Paris	Paris Motorshow, redaktionen, Hotel Holiday Inn.
11 okt	England - London	redaktionen, London Guard Hotel.
19 okt	England - Birmingham	Jaguar S-type, Marriot Forest Arden Hotel.
22 okt	Italien - Turin	Fiat Bravo/Brava, Jet Hotel Torino.
26 okt	Spanien - Barcelona	Seat Toledo. Hotel La Dolce Sitges.
2 nov	Italien - Turin	Fiat Multipla, Ligure Hotel.
18 nov	Spanien - Barcelona	Saab 9-5 kombi, Hotel Claris.
26 nov	Monaco - Monte Carlo	Audi A8, Vista Palace Hotel.

1999 = 21 pressresor

26 jan	Portugal - Lissabon	Opel Vectra, #

1 feb –	Frankrike - Paris	Renault Scénic.
23 feb	Frankrike - Marseille	Toyota Yaris, Hotel Frégate.
26 feb	Frankrike - Biarritz	Jaguar S-type, Hotel du Palais.
1 mars	Spanien - Malaga	BMW 3-serie, Marbella Club Hotel.
9 mars –	Schweiz - Genève	Genève Motorshow.
15 mars	Spanien - Mallorca	Renault Megané, Hotel son Vida.
29 mars	Frankrike - Nice	Lexus IS200, Hotel Chateau de la Messardiere.
26 april	Frankrike - Divonne	Peugeot 206 GTi, Grand Hotel Divonne.
5 maj	Tyskland - Berlin	VW Golf Variant, Grand Hotel Esplanade.
27 maj	Italien - Rom	Volvo V70 cab, Hotel Villa Graziole.
30 juni	Frankrike - Strasbourg	Nissan Primera, Hotel Chateau del´Ile.
11 juli	Italien - Turin	Fiat Punto, Jet Hotel.
9 aug	Italien - Gubbio	Audi TT Roadster, Hotel Al Cappuccini.
31 aug	Frankrike - Paris	Renault Scénic, Hotel Charles de Gaulle.
8 sept	Tyskland - München	Opel Omega, #
13 sept	Tyskland - Frankfurt	Frankfurtsalongen, Hotel Rema Bristol.
27 sept	Italien - Florens	Mitsubishi Pinin, Grand Hotel Bella Vista.
4 okt	Italien - Rom	Toyota Celica, Grand Hotel Palazzo della Fonte.
14 okt –	Tyskland - München	Audi Tiptronic.
17 nov	Portugal - Faro	Skoda Fabia, Hotel Sheraton Algarve Pine Cliffs.

2000 = 20 pressresor

13 jan	Frankrike - Nice	Toyota Corolla, Hotel Martinez Cannes.
24 jan	Frankrike - Nice	Volvo V70, Hotel Le Mas d´Artigny.
31 jan	Finland - Ivalo	Nokian Tyres, Hotel Riekonlinna.
8 feb	Marocko - Marrakech	Renault Scénic, Hotell i Djema el Fna.
16 feb	Italien - Rom	Nissan Almera, Hotel Eden.
6 mars	Jordanien - Akaba	Peugeot 607, Hotel SAS Radison.
9 mars	Monaco - Monte Carlo	Suzuki Wagon R+, Monte Carlo Grand Hotel.
20 mars	Tyskland - Sindelfingen	Mercedes C-klass, Hotel Marriott.
27 mars	Sverige - Jokkmokk	Gislaved Nordfrost, #
30 mars	Spanien - Barcelona	Mitsubishi Pajero, Hotel S 'Agaro.
4 april	Frankrike - St Tropez	Audi A2, Hotel Chateau de la Messardiere.
15 mars –	Tyskland - München	BMW 330.
7 juni	Italien - Turin	Turinsalongen, Hotel Concorde.
14 sept	Holland - Maastricht	Opel Corsa, #
26 sept	Frankrike - Paris	Parissalongen, Hotel Hemingway Suit.
19 okt	Italien - Sardinien	VW Passat, Hotel Casa di Volpe Porto Cervo.
31 okt	Frankrike - St Tropez	Peugeot 206 cc, Hotel Chateau de la Messardiere.
5 nov	Frankrike - Toulouse	Renault Laguna II, Hotel Sofitel.
13 nov	Frankrike - Nice	Audi A4, Hotel d´ Artigny.
20 nov	Spanien - Malaga	Opel Astra Turbo, #

2001 = 19 pressresor

22 feb	Portugal - Algarve	Opel Speedster, Opel Astra cab, Sheraton Algarve Pine Cliffs.
6 mars	Spanien - Malaga	Citroën C5, Hotel Meridien Los Monteros.
20 mars	Italien - Como	Alfa Romeo 147 5dr, Hotel Villa Erba.
25 mars	Spanien - Malaga	BMW 316 ti, Hotel Quinta Golf Resort.
21 april	Tyskland - Boxberg	Bosch, #
7 maj	Tyskland - Wolfburg	VW Lupo, Hotel Ritz Carlton.
17 maj	Marocko - Agadir	Peugeot 307, Hotel Taroudant.
28 maj	Frankrike - Dijon	Jaguar X-type, Hotel Chateau de Chailly.
30 maj	Holland - Amsterdam	Hyundai Sonata, Hotel Grand Kranapolsky.
27 juni	Schweiz - Gstaad	VW Passat W8, Palace Hotel Gstaad.
28 aug	Tyskland - Berlin	Audi A4Avant, Schlosshotel Fleesensee.
3 sept	Spanien - Barcelona	Fiat Stilo, Hilton Barcelona.
19 sept	Schweiz - Zürich	Lexus IS300 SportCross, Park Hotel Vitzhau.
8 okt –	Danmark - Köpenhamn	Hyundai Terracan.
15 okt	Italien - Rom	BMW 7-serie, Grand Hotel Palazzo della Fonte.
20 okt	Japan - Tokyo	Tokyosalongen, Roppongi Price Hotel.
31 okt	Frankrike - Nice	Toyota Camry, Vista Palace Hotel.

| 6 nov | Italien - Sardinien | VW Polo, Hotel Cala di Volpe Porto Cervo. |
| 12 nov | Frankrike - Nice | Hyundai Coupé, Hotel Carlton InterContinental Cannes. |

2002 = 9 pressresor
31 jan	Italien - Palermo	Alfa Romeo 156 GTA, Grand Hotel des Palmes.
12 feb	Spanien - Teneriffa	Audi A4 cab, Gran Hotel Bahia del Duque.
27 feb	Spanien - Barcelona	Opel Vectra, Hotel Arts.
18 mars	Frankrike - Paris	Citroën C3, Hotel Dolche Chantilly.
21 mars	Frankrike - Paris	Peugeot 307 SW, Hotel Hyatt.
15 april	England - Silverstone	Renault F1, Hotel Royal Oxford.
13 maj	Frankrike - Toulose	Peugeot 206 SW, Hotel L'Abbaye de Soreze.
29 maj	Finland - Tammerfors	Nokian, Spa-hotell Eden.
14 nov	Spanien - Jerez	Porsche Cayenne, Grand Hotel Palmera Plaza.

2003 = 2 pressresor
| 21 jan | Frankrike - Paris | Citroën Picasso, Hotel Manoir de Gressy. |
| 10 feb | England - Birmingham | MG-Rover, Ettington Park Hotel. |

2004 = 2 pressresor
| 13 mars | England - London | London Bookshow, Hotel SAS Vanderbuild. |
| 16 sept | Frankrike - La Baule | Citroën C5, Hotel du Golf. |

2005 = 19 pressresor
15 feb	Spanien - Tarragona	Audi A6 Avant, Hotel RA Tarragona.
10 mars	Italien - Perugia	Chevrolet Matiz, Hotel Tre Vaselle Torgiano.
21 mars	Italien - Saturnia	Renault Laguna, Terme di Saturnia Hotel.
14 april	Spanien - Valencia	Peugeot 1007, Hotel AC.
20 april	Danmark - Fredensborg	Honda FR-V, Hotel Fredriksborgs Kro.
4 maj	Spanien - Barcelona	Seat, Hotel Torre Catalunya.
25 maj	Sverige - Göteborg	Saab 9-3 Sport Combi, Hotel Gothia Tower.
6 juni	Italien - Lago Maggiore	Mazda5, Grand Hotel del lies Barromees.
21 juni	Spanien - Barcelona	Seat Leone, Hotel La Dolce Sitges.
30 juni	Frankrike - Dijon	Peugeot 107, Peugeot 307, Hotel Sofitel.
21 juli	Italien - Pisa	Mazda6, Gran Hotel Tombola.
10 aug	Tyskland - Heidelberg	VW Passat Variant, Hotel der Europäischer Hof.
5 sept	Italien - Turin	Fiat Grande Punto, Hotel Jolly Ambasciatori.
8 sept	Tjeckien - Brno	Skoda Octavia RS, Holiday Inn.
5 okt	Italien - Sardinien	Renault Clio III, Hotel Cala di Volpe Porto Cervo.
17 okt	Portugal - Lissabon	Nissan Micra C+C, Hotel Cascais.
25 okt	Spanien - Granada	Peugeot 407 Coupé, Hotel Santa Paula Alhambra.
10 nov	Portugal - Faro	Mazda MX5, Hotel Sheraton Algarve Pine Cliffs.
30 nov	Frankrike - Nice	Honda Civic, Hotel Four Seasons Resort.

2006 = 24 pressresor
11 jan	Spanien - Malaga	Seat Altea FR, Hotel Elba Estepona.
25 jan	Spanien - Malaga	Mazda6 MPS, Hotel Puerto Romano.
30 jan	Finland - Ivalo	Nokian Tyres, Hotel Riekonlinna.
1 feb	Frankrike - Marseille	Nissan Note, Hotel Sofitel Palm Beach.
8 feb *	Spanien - Mallorca	Seat, Hotel Balu Porto Petro.
9 feb	Spanien - Mallorca	Mercedes SL, Mardvall Hotel & Spa.
8 mars	Sverige - Åre	Audi Q7, Hotell Granen.
31 mar	Irland - Dublin	redaktionen, Morrison Hotel.
10 april	Sverige - Båstad	Volvo S80, Hotell Skansen.
18 april	Spanien - Mallorca	Peugeot 207, Hotel Dorint Camp de Mar.
27 april	Spanien - Sevilla	Ford S-Max, Ford Galaxy, Hotel Hacienda la Boticaria.
17 maj	Spanien - Malaga	Lexus GS 450h, Hotel Villa Padierna.
29 maj	Sverige - Smögen	Volvo C70, Hotell Smögens Havsbad.
7 juni	Tjeckien - Prag	Skoda Roomster, Hotel Hilton Prag.
13 juni	Danmark - Fredenborg	redaktionen, Hotel Fredriksborgs Kro, Hotel Skovshoved.
20 sept	Frankrike - Toulouse	Citroën C4 Picasso, Hotel Crowne Plaza.
5 okt	Spanien - Barcelona	Seat Altea XL, Hotel Puerto Aventura.
16 okt	Frankrike - Toulouse	Peugeot 207 GT Turbo, Hotel L'Abbaye de Soreze.
24 okt	Spanien - Mallorca	Volvo C30, Hotel Tres.

26 okt	Grekland - Aten	Opel Antra, Hotel Semiramis.
30 okt	Sydafrika - Zululand	Toyota HiLux, Sheraton Tälthotell i Zululand.
9 nov	Spanien - Barcelona	Honda CR-V, Hotell AC.
27 nov	Italien - Rom	Kia ceed, Hotel Sheraton Golf Parco de Medici.
29 nov	Frankrike - Nice	Lexus LS460, Hotel Four Seasons Provence.

2007 = 27 pressresor

17 jan	Spanien - Barcelona	Toyota Auris, Hotel Hesperia Towers.
30 jan	Sverige - Stöten	Goodyear-Dunlop, Hotell Stöten.
5 feb *	Spanien - Mallorca	Toyota Yaris, Castillio Hotel.
6 feb	Spanien - Jerez	F1 träning Toyota, Hotel Guadalete.
28 feb	Spanien - Jerez	Peugeot 207CC, Hotel Montecastillo Resort.
15 mars	Spanien - Mallorca	Opel Corsa OPC, Castillo Hotel Son Vida.
27 mars	Frankrike - Nice	Peugeot 207 RC, Hotel Riviera Cap Ferrat.
29 mars	Spanien - Mallorca	redaktionen, Hotel Binibona + Hotel Tres.
17 april	Tyskland - Ingolstadt	Audi/PTC, Hotel Kult.
9 maj –	Frankrike - Paris	Renault Miljö.
14 maj	Tyskland - Köln	Volvo V50, Volvo S40, Hotel Schloss Bensberg.
21 maj	Italien - Sardinien	Ford Mondeo, Hotel Romazzino Porto Cervo.
29 maj	Sverige - Kolmården	Jeep + Dodge, Vildmarkshotellet Kolmården.
19 juni	Frankrike - Paris - Pau	Citroën C-Crosser, Hotel Le Rex Pau + Hilton.
26 juni	Frankrike - Paris - Mulhouse	Peugeot 207 SW, Hotel Marriott.
4 juli	Italien - Turin	Fiat 500, Hotel Ligure.
23 juli	Frankrike - Paris	Mazda CX-7, Hotel Chateau de Villers-le-Mahieu.
13 sept	Österrike - Gschwendt	Renault Laguna + Red Bull, Hotel Scala.
19 sept	Tyskland - Frankfurt	Mercedes AMG 63, Hotel Hyatt Regency Mainz.
22 sept	Frankrike - Nice	redaktionen, Hotel Cigal, Hotel Mercure.
27 sept	Frankrike - Alsace	Peugeot 308, Hotel Chateau Isenbourg Rouffach.
1 okt	Italien - Florens	Mazda2, Hotel Borgo la Bagnaia.
17 okt	Frankrike - Paris	Citroën C5, Hotel Concorde St Lazare.
5 nov	Sverige - Göteborg	Volvo safety, Hotell Elite.
26 nov	Frankrike - Saint Tropez	Mazda6, Hotel Chateau de la Massardiere.
4 dec	Frankrike - Bordeaux	Citroën Nemo, Hotel Sofitel Bordaux.
11 dec	Frankrike - Nice	Ford Focus, Hotel La Mas de Pierre Saint-Paul-de-Vence.

2008 = 31 pressresor

8 jan	Slovakien - Zilina	Kia Zilina fabrikbesök, Hotel Dubna.
4 feb	Spanien - Madrid	Kia pro-ceed, Hotel Puerta America.
10 feb	Italien - Palermo	Hyundai i10, Hotel Hilton.
14 feb	Frankrike - Marseille	Saab XWD + Corvette, New Hotel Marseille.
18 feb	Frankrike - Marseille	Michelin, Hotel SAS Radison.
28 feb	Italien - Genua	Mazda6 kombi, Hotel Excelsior.
11 mars	Portugal - Lissabon	Citroën C5, Hotel le Meridien.
13 mars	USA - LA - Palm Springs	Mercedes AMG SL, Hotel Casa del Mar + Parker Hotel.
27 mars	Österrike - Salzburg	VW Golf Variant, Hotel Sheraton.
16 april	Tyskland - Tegernsee	VW Passat CC, Seehotel Überfahrt Rottach-Egera Tegernsee.
24 april	Spanien - Jerez	Ford Kuga, Hotel Fairplay Golf & Spa.
5 maj	Frankrike - Paris	Peugeot Partner, Hotel Chateau de Montvillargenne.
13 maj	Italien - Sardinien	Peugeot 308 GT, Hotel Melia Poltu Quantu.
15 maj	Spanien - Ibiza	Seat Ibiza, Ibiza Grand Hotel.
19 maj	Österrike - Wolfgangsee	Skoda Superb, Hotel Scala.
25 maj	Marocko - Fez	Renault Koleos, Hotel Sofitel Palais Jamai.
28 maj	Tyskland - Berlin	Mercedes A, Mercedes B, Mercedes NTG, Gran Hotel Berlin.
17 juni	Spanien - Barcelona	Mitsubishi Lancer Sportback Rallyart, Hotel OMM.
13 juli	Spanien - Valencia	Audi Q5, Quality Hotel + Hotel Westin.
15 sept	Spanien - Valencia	Volvo XC60, Hotel Palau de la Mar.
18 sept	Island - Reykiavik	VW Golf 6, Hotel Radisson 1919.
24 sept	Italien - Sienna	Ford Fiesta, Hotel Borgo la Bagnaia.
5 okt	Österrike - Salzburg	Opel Insignia, Hotel Schloss Fuschl.
21 okt	Tjeckien - Prag	Skoda Octavia, Hotel Angelo.
5 nov	Spanien - Mallorca	Mazda 2.2 d, Hotel St Regis Mardavall Calvia.

13 nov	Spanien - Ibiza	Ford Ka, Hotel Aguas de Ibiza.
19 nov	Italien - Milano	Toyota iQ, Hotel Nhow.
1 dec	Spanien - Madrid	Renault Mégane, Silken Puerta America Hotel.
8 dec	Spanien - Valencia	Kia Soul, Hotel Opera.
10 dec *	Danmark - Köpenhamn	Hyundai, Hilton Köpenhamn.
11 dec	Spanien - Barcelona	Hyundai, Hotel ME.

2009 = 23 pressresor

5 feb	Tyskland - Hannover	VW Touareg Hybrid, #
9 feb –	Frankrike - Paris	Dacia Sandero, Dacia Pickup.
15 feb	Spanien - Malaga	Seat Exeo, Hotel Marbella Gran Melia Don Pepé.
10 mars	Italien - Rom	Suzuki Altor, Hotel Sheraton Golf Parco dei Medici.
26 mars	Portugal - Lissabon	Toyota Urban, Toyota Verso, Westin Campo Real Hotel.
29 mars	Spanien - Madrid	Seat Altea, Seat XL, Seat Leon, Rafael Hotel.
31 mars	Portugal - Lissabon	Mazda3, Hotel Grande Real Villa Italia.
15 april –	Frankrike - Paris	Nissan 370Z, Nissan Pixo.
28 april	Kroatien - Dubrovnik	Peugeot 3008, Peugeot 308 CC, Rixo Hotel.
13 maj	Ungern - Budapest	Lexus RX 450h, Four Seasons Hotel.
25 maj	Italien - Sardinien	VW Polo, Hotel Ramazzino Porto Cervo.
16 juni	Slovenien - Ljubljana	Skoda Yeti, Mons Hotel.
24 juni	Tyskland - Berlin	Mazda3 i-stop, Hotel Resort Schwielowsee Petrow.
5 juli	Spanien - Barcelona	Seat Ibiza Bocanegra, Le Meridien Ra Beach Hotel.
9 juli –	Tyskland - Frankfurt	Opel Insignia OPC.
1 sept	Österrike - Wien	Kia Sorento, Kia ceed, Hotel Pannonia Tower.
14 okt	Österrike - Kitzbühel	Mazda CX-7, Hotel Gran Spa Resort A-Rosa.
19 okt	Tyskland - Frankfurt	Opel Astra, Radisson Blu Hotel.
29 okt	Italien - Rom	Citroën C3, Hotel Argentario Golf & Resort.
2 nov	Tyskland - Hannover	VW BlueMotion, Hotel Maritim Hannover Airport.
30 nov	Spanien - Barcelona	Seat Leon Ecomotive, Hotel Melia.
8 dec	Italien - Rom	Kia Venga, Aran Mantegna Hotel.
14 dec	Schweiz - St Moritz	Skoda Yeti, Hotel Schweizerhof.

2010 = 30 pressresor

4 feb	Frankrike - Paris	Citroën DS3, Hotel Crowne Plaza.
8 feb	Italien - Rom	Hyundai ix35, Grand Hotel Palazzo.
16 feb	Spanien - Jerez	Ford S-Max, Ford Galaxy, Fairplay Golf Hotel & Spa.
19 feb –	Tyskland - Frankfurt	Opel Corsa.
23 feb	Spanien - Barcelona	Toyota Auris, Hotel W Barcelona.
16 mars	Finland - Ivalo	Porsche Driving School, Nokian Tyres, Hotel Gielas.
22 mars	Italien - Florens	VW Touareg, Kempinski München + La Maschere.
25 april	Frankrike - Korsika	Toyota Land Cruiser, Hotel Goeland + Le Turisme + Marquis.
29 april –	Holland - Amsterdam	Honda CR-Z.
3 maj	Spanien - Rioja	Peugeot RCZ, Hotel Marques de Riscal.
19 maj	Spanien - Barcelona	Seat Ibiza ST kombi, Hotel Miramar.
20 maj	Spanien - Valencia	Renault Megané CC, El Saler Hotel.
11 juni –	Tyskland - Düsseldorf	VW Touran
17 juni *	Slovakien - Bratislava	VW Amarok, Hotel Sheraton.
18 juni –	Tyskland - Berlin	Audi A1.
28 juni –	England - Manchester	Toyota Burnaston fabrik.
6 juli –	Sverige - Gotland	Toyota Prius Plug in.
9 juli –	Tyskland - München	VW Sharan.
30 juli	Italien - Verona	Volvo V60, Byblos Arts Hotel.
7 sept	Italien - Sardinien	Audi A7, Hotel Ramazzino Porto Cervo.
14 sept –	Tyskland - München	Ford Mondeo.
15 sept	Frankrike - Paris	Peugeot iOn, Hotel Novotelvid Charles de Gulle.
20 sept	Spanien - Barcelona	Seat Alhambra, Gran Hotel La Florida.
12 okt –	Tyskland - München	Mazda5.
13 okt	Kroatien - Dubrovnik	Hyundai ix20, Hotel Radisson Blu.
19 okt *	Tjeckien - Prag	Skoda Greenline, Hotel Holiday Park Benice.
20 okt	Spanien - Barcelona	VW Passat, Hotel W Barcelona.
1 nov	Turkiet - Istanbul	Opel Astra, Hotel Radisson Blu.

4 nov	Frankrike - Nice	Mazda2, Hotel Le Meridien Beach Plaza.
5 dec	Spanien - Valencia	Chevrolet Orlando, Hotel Barcelo Valencia.

2011 = 39 pressresor

17 jan	Italien - Sicilien	Mazda5, Hotel San Domenico Palace Taormina.
8 feb *	Danmark - Köpenhamn	Peugeot, Hilton Kastrup.
9 feb	Spanien - Alicante	Peugeot 508, Hotel Hospes Amerigo.
14 feb	Portugal - Lissabon	Lexus CT 200h, Hotel The Oituvos + Radison Blu.
16 feb	Spanien - Jerez	Ford Focus, Fairplay Golf Hotel & Spa.
22 feb –	Tyskland - Frankfurt	Honda Jazz Hybrid.
23 feb	Spanien - Madrid	Toyota Verso S, Hotel Hilton Toledo.
28 mars	Sverige - Malmö	Mercedes SLK, Mercedes C-klass, Best Western Hotell.
11 april	Spanien - Barcelona	Kia Picanto, Le Meridien Ra Beach Hotel & Spa.
14 april	Frankrike - Nice	Peugeot 308, Hotel Radisson Blu Promenade d Anglais.
4 maj	Spanien - Barcelona	Citroën DS4, Hotel W Barcelona.
23 maj –	Frankrike - Paris	Renault Scénic dCi 130.
31 maj	Köpenhamn - Malmö	VW Crafter, Renaissance Hotel.
7 juni –	Tyskland - München	VW Tiguan.
13 juni *	Spanien - Mallorca	Mazda Skyactiv, Hotel Hilton Sa Torre.
14 juni	Schweiz - Zürich	Chevrolet Aveo, Hotel Radisson Blu.
22 juni	Norge - Larvik	Hyundai i40, #
30 juni	Schweiz - Zürich	Audi Q3, Dolder Grand Hotel.
20 juli	Holland - Haag	Opel Ampera, Hilton Hotel.
27 juli	Tyskland - Berlin	VW Beetle, Hotel Mandala.
22 aug	Portugal - Lissabon	Kia Rio, Hotel Penhalonga.
24 aug	Danmark - Köpenhamn	Toyota Yaris, Hilton Kastrup.
29 aug	Sverige - Gotland	Audi RS3, Audi A6 Avant, #
5 sept –	Tyskland - München	Ford Transit.
7 sept	Spanien - Jerez	Audi A5, Hotel Fairplay Golf & Spa.
22 sept	Frankrike - Bretagne	Peugeot 3008 Hybrid4, Grand Hotel Barriere.
13 okt	Österrike - Wien	Mercedes B-klass, Hotel Sofitel Wien.
17 okt	Schweiz - Bern	Chevrolet Camaro, Hotel Les Endroits.
20 okt	Italien - Turin	Lancia Thema, Lancia Voyager, Hotel Golden Palace.
24 okt –	Tyskland - München	Opel Zafira Tourer.
31 okt *	Spanien - Malaga	Nissan Juke, Hotel Vinci Estrella del Mar.
1 nov	Portugal - Lissabon	Renault Kangoo ZE, Hotel Onyria Cascais.
9 nov	Spanien - Malaga	Honda Civic, Hotel Finca Cortesin Spa & Golf.
21 nov *	Spanien - Barcelona	BMW 3-serie, #
22 nov	Spanien - Malaga	Nissan NV200, Hotel Vinci Estrella del Mar.
30 nov	Spanien - Barcelona	Seat Mii, Hotel Alma Barcelona.
1 dec	Portugal - Lissabon	Audi A4, Hotel The Oitauos.
7 dec	Spanien - Bilbao	Renault Twingo, Sliken Domine Hotel.
14 dec –	Estland - Tallin	Subaru XV.

2012 = 45 pressresor

18 jan	Spanien - Girona	Audi A1 Sportback, Hotel Kempinski + Alva Park.
25 jan	Frankrike -Nice	VW CC, Hotel Riviera Cap Ferrat.
2 feb	Sverige - Åre	Goodyear, Hotel Copperhill Mountain Lodge.
8 feb	Sverige - Luleå	Bridgestone, Storforsens Hotell.
13 feb	Spanien - Sevilla	Hyundai i30, #
15 feb	Spanien - Grand Canaria	Porsche 911 Carrera Cab, Hotel Melia Barajas.
19 feb	Portugal - Lissabon	Skoda Citago, Altis Belem Hotel.
22 feb *	Spanien - Marbella	Peugeot 508 RXH, Hotel Pullman Provence.
23 feb	Tyskland - München	VW Alltrack, Hotel Kempinski Münich.
21 mars	Frankrike - Cannes	Subaru BRZ, Hotel Majestic Barriere.
25 mars	Tyskland - Stuttgart	Audi A6, #
13 april	Spanien - Marbella	Kia ceed, Hotel Don Carlos.
16 april	Portugal - Lissabon	Peugeot 208, Hotel Oitavos Cascais.
24 april	Österrike - Wien	Mazda CX-5, Hilton Vienna Plaza.
26 april –	Tyskland - München	Audi S7.

1 maj	Frankrike - Sant Tropez	Mercedes SL AMG 63, Hotel Sazz.
22 maj	Spanien - Mallorca	Audi A3, Hotel Jumeirah Puerto Soller.
24 maj	Spanien - Barcelona	Toyota GT86, Gran Hotel Florida.
26 maj	Italien - Verona	Volvo V40, Byblos Art Hotel.
4 juni	Holland - Amsterdam	Toyota Yaris, Hilton Amsterdam.
7 juni	Tyskland - München	Lexus GS 450h, Hotel Kempinski Tirol.
14 juni	Slovakien - Bratislava	Toyota Prius+, Hotel Sheraton Bratislava.
25 juni	Tyskland - Köln	Chevrolet Cruze kombi, Hotel Mariott.
27 juni –	Tyskland - München	BMW X1.
6 juli –	Holland - Amsterdam	VW Polo BlueGT.
9 juli	Tyskland - München	BMW Mi35, BMW 328 i, Hotel Grand Westin München.
26 juli	Slovakien - Bratislava	Skoda Rapid, Hotel Kempinski Bratislava.
15 aug	Tyskland - München	Ford B-Max, Hotel Sofitel München Bayerpost.
6 sept *	Tyskland - Frankfurt	Opel OPC.
7 sept	Danmark - Köpenhamn	Mercedes Citan, Hotel Admiral.
10 sept –	Tyskland - Düsseldorf	Hyundai Santa Fe.
12 sept	Tyskland - München	Honda CR-V, Hotel Charles München.
17 sept	Tyskland - Hannover	IAA Motorshow Lastbil, Grand Palace Hotel Hannover.
2 okt *	Sverige - Arlanda	Kia, Hotel Radisson Blu Sky City.
3 okt	Spanien - Barcelona	Kia ceed SW, Kia Sorento, Hotel Le Meridien Ra Beach.
15 okt	Italien - Florens	Renault Clio, Hotel Le Mashere.
16 okt	Italien - Sardinien	VW Golf, Hotel Romazzini Porto Cervo.
23 okt	Tyskland - St Peter-Ording	Opel Mokka, Hotel Strand Gut.
14 nov *	Portugal - Lissabon	Opel Adam, Onyria Marinha Hotel.
15 nov	Spanien - Malaga	Seat, #
20 nov *	Sverige - Arlanda	Audi/Clarion, Sky City Arlanda.
21 nov	Monaco - Monte Carlo	Audi A3 Sportbakk, Hotel Monte Carlo Bay.
27 nov *	Italien - Rom	Ford Fiesta, Hotel Bernini Bristol.
28 nov	Spanien - Malaga	Seat Leon, Hotel Vincci Posada del Patio.
3 dec	Spanien - Malaga	Dacia Sandero, Hotel Bobadilla + Hilton Zürich.

2013 = 40 pressresor

15 jan *	Portugal - Faro	Skoda Octavia, Hotel Quinta do Lago + Jeronimos 8.
17 jan	Portugal - Lissabon	Mazda6, Hotel Troja.
21 jan	Sverige - Åre Kall	Volvo V40 Cross Country, Hotell Kall.
23 jan	Frankrike - Cannes	Toyota Verso, Hotel Radisson Blue Cannes.
29 jan	Finland - Ivalo	Nokian Tyres Hakka 8, Hotel Riekonlinna.
6 feb –	Österrike - Kitzbühel	VW Golf 4Motion.
21 feb	Frankrike - Nice	VW Beetle Cab, Hotel Royal Riviera Cap Ferrat.
27 feb	Spanien - Barcelona	Toyota RAV4, Hotel La Dolce Sitges.
12 mars	Monaco - Monte Carlo	Kia Carens, Hotel Le Meridien Beach Plaza.
19 mars	Monaco - Monte Carlo	Opel Cascada, Hotel Monte Carlo Bay.
25 mars	Frankrike - Nice	Ford Fiesta ST, Hotel Le Mas de Pierre Saint-Paul de Vence.
2 april –	Sverige - Malmö	Mercedes CLA, Mercedes E300.
16 april	Frankrike - Nice	Peugeot 208 GTi, Hotel Mas D'Artigny.
22 april	Kroatien - Zadar	Chevrolet Trax, Hotel Recidence Park Skala.
7 maj	Österrike - Kitzbühel	Skoda Octavia kombi, Hotel Kitzbühel.
15 maj	Frankrike - Ribeauville	Peugeot 2008, Hotel Lucien Barriere Ribeauville.
20 maj	Italien - Sicilien	Jeep Grand Cherokee, Hotel Verdura Resort Scincca.
23 maj –	Österrike - Wien	Skoda Superb.
23 maj	Portugal - Lissabon	Citroën C4 Picasso, Hotel La Pousada Cascais.
24 juni –	Sverige - Göteborg	Volvo självkörande bilar.
26 juni *	Spanien - Mallorca	Toyota Auris, Hotel Son Anten.
27 juni	Tyskland - Bayern	Porsche Panamera SE, Hotel Schloss Elmau Bayern.
3 juli –	Sverige - Gotland	Toyota bränslecell.
5 juli –	Holland - Amsterdam	VW Golf Variant.
2 sept –	Finland - Åland	Honda CR-V 1.6.
5 sept	England - London	redaktionen, Hotel Saint Georges Langham Place.
12 sept	Frankrike - Nice	Volvos nya motorer, Hotel Le Mas de Pierre.

19 sept	Tyskland - Frankfurt	Opel, Hotel Hyatt Regency Mainz.
24 sept *	Spanien - Barcelona	Mazda3, Hotel La Dolce Sitges.
25 sept	Schweiz - Ribeauville	Peugeot 308, Ribeauville Resort.
29 sept	Monaco - Monte Carlo	Audi RS Q3, Hotel La Meridien + Le Fermes de Marie Megeve.
8 okt	Tyskland - München	Citroën Grand C4, Hotel Inter Continental Berchersgarten.
10 okt	Italien - Verona	Skoda Rapid Spaceback, Hotel Principe di Lazise.
16 okt	Italien - Sardinien	Hyundai iQ, #
23 okt –	Tyskland - München	Ford Transit Connect.
24 okt –	Tyskland - Düsseldorf	Audi A8.
1 nov	Holland - Amsterdam	BMW i3, Hotel Conseratorium.
14 nov	Monaco - Monte Carlo	Audi A3 Cab, Hotel Hermitage.
19 nov	Spanien - Barcelona	Seat Leon ST kombi, Hotel W Barcelona.
26 nov	Italien - Rom	Honda Civic Tourer, Hotel Gran Melia.

2014 = 40 pressresor

27 jan	Spanien - Madrid	Nissan Qashqai, Hotel Eurostars Towers.
29 jan	Finland - Ivalo	Nokian Tyres, Hotel Riekonlinna.
4 feb	Sverige - Åre	Goodyear, Hotel Copperhill Mountain Lodge.
6 feb	Sverige - Åre	VW Transporter, Hotel Holiday Club.
12 feb	Spanien - Barcelona	Ford Transit, Hotel Miramar.
17 feb	Spanien - Barcelona	Seat Leon Cupra, Hotel Hilton Barcelona.
11 mars –	Sverige - Malmö	Mercedes GLA.
17 mars	Sverige - Åre	Audi S1, Audi S3, Hotel Copperhill Mountain Lodge.
19 mars	Tyskland - Berlin	VW e-Golf, Hotel Grand Hyatt Berlin.
23 april	Frankrike - Le Touquet	Peugeot 308 SW, Hotel Westminster.
28 april	Tyskland - Tegernsee	VW Polo, Seehotel Überfahrt Rottach-Egera Tegernsee.
8 maj	Portugal - Lissabon	Nissan X-Trail, Hotel Evidencia.
13 maj –	Tyskland - Frankfurt	Ford Transit Courier.
14 maj	Grekland - Aten	Toyota RAV4, Hotel Pallas Athena + Pliadon Gi.
23 maj	England - London	Lexus NX, Hotel The Cavendish.
4 juni –	Österrike - Wien	Skoda Driving Experiance.
9 juni –	Tyskland - München	Opel Vivaro.
12 juni	Holland - Amsterdam	Citroën Cactus, Hotel Aitana Amsterdam.
17 juni	Holland - Rotterdam	Toyota Aygo, Hotel nhow Rotterdam.
23 juni *	Frankrike - Paris	Peugeot 108, Hotel Complexe Molitor.
25 juni *	Spanien - Barcelona	Nissan e-NV200, Hotel Olivia Plaza.
26 juni –	Österrike - Wien	Audi A3 e-tron.
9 juli	Tyskland - Hamburg	Skoda Octavia Scout, Hotel Zollenspieker Fährhaus.
15 juli	USA - Seattle	Lexus NX, Hotel Alexis First Avenue Seattle.
26 juli –	Danmark - Köpenhamn	Fick SAS Diamantkort.
10 sept *	Schweiz - Zürich	Golf GTE, Dolder Grand Hotel.
11 sept	Frankrike - Grenoble	Toyota i-Road, Hotel Mercure Alpen.
16 sept *	Spanien - Girona	Nissan Pulsar, Hotel Hilton Double Tree.
17 sept	Spanien - Malaga	Ford Focus, Hotel Barcelo Malaga + Bobadilla.
22 sept –	Tyskland - München	VW Touareg.
23 sept	Spanien - Mallorca	Peugeot 508, Hotel Hilton Sa Torre.
8 okt	Spanien - Bilbao	Mercedes Vito, Hotel Parador Argomanitz Vitoria Gasteiz.
15 okt	Spanien - Barcelona	Seat Leon X-Perience, Hotel La Dolce Sitges.
20 okt *	Spanien - Malaga	Ford Mondeo, Hotel Bobadilla.
22 okt	Italien - Sardinien	VW, Hotel Romazzino Porto Cervo.
27 okt	Tyskland - Frankfurt	Opel Corsa, Hotel Jumeriah Frankfurt.
30 okt	Portugal - Lissabon	Skoda Fabia, Hotel Oitavos Cascais.
12 nov	Spanien - Barcelona	smart, Hotel Olivia Balmes.
17 nov	Spanien - Malaga	Hyundai i20, Hotel Bobadilla.

2015 = 42 pressresor

19 jan	Spanien - Barcelona	Kia Sorento, Hotel La Dolce Sitges.
29 jan	Spanien - Barcelona	Ford Focus ST, Hotel Florida.
4 feb	Italien - Turin	Fiat Doblò, Hotel NH Lingotto.
9 feb	Spanien - Barcelona	Mazda2, Hotel Pullman Barcelona.

23 feb *	Spanien - Barcelona	Mazda CX-5, Hotel La Dolce Sitges.
24 feb	Spanien - Barcelona	Volvo XC90, Le Meridian Ra Beach Hotel.
4 mars	Finland - Kuusamo	Falken Tyres, Hotel Sokos Kuusamo.
9 mars –	Frankrike - Nice	Lexus NX 200E.
12 mars –	Danmark - Köpenhamn	Subaru Outback.
18 mars	Sverige - Åre	Suzuki Vitara, Hotel Åregården.
26 mars	Frankrike - Nimes	Renault Espace, Hotel Domaine de Manville.
15 april	Holland - Amsterdam	VW Transport, Bilderberg Garden Hotel.
20 april	Spanien - Mallorca	Ford S-Max, Ford C-Max, Hotel Hilton Sa Torre.
29 april	Spanien - Bilbao	Opel Corsa OPC, Hotel Lopez de Haro.
6 maj	Tyskland - München	Ford Mustang V8, Mustang 4, Seehotel Überfahrt Tegernsee.
11 maj –	Danmark - Köpenhamn	Iveco Daily.
15 maj	Schweiz - Verbier	Audi Q7, Hotel W Verbier.
20 maj	Italien - Florens	Skoda Superb, #
26 maj	Sverige - Göteborg	Volvo V60 Cross Country, Hotel Vann Brastad.
1 juni	Österrike - Graz	Peugeot Partner, Peugeot Tepee, #
8 juni	Schweiz - Verbier	Toyota Auris, Hotel W Verbier.
11 juni	Frankrike - Nice	Mitsubishi L200, Hotel Boscolo Nice.
15 juni*	Spanien - Zaragoza	Renault Kadjar, Hotel Aire de Bardenas Navarra.
16 juni *	Spanien - Barcelona	Seat Ibiza, #
17 juni –	Tyskland - Hannover	VW Sharan.
22 juni –	Belgien - Bryssel	Toyota Auris.
6 juli *	Tyskland - München	Skoda Superb Combi, Hotel Bachmain Weissach.
7 juli	Holland - Amsterdam	VW Touran, Hotel De Hallen.
15 juni	Italien - Turin	Fiat 500, Hotel NH Lingotto.
21 juli	Frankrike - Strasbourg	Mercedes GLC, Hotel Les Haras Strasbourg.
25 aug	Spanien - Barcelona	Mazda MX-5, Hotel W Barcelona.
1 sept	Slovakien - Zilina	Kia ceed GT-Line, Hotel Holiday Inn.
10 sept –	*Tyskland - München	VW Passat.
11 sept	Italien - Venedig	Audi A4, Hotel Antony + JW Marriott Isola delle Rose.
22 sept	Frankrike - Megève	Nissan Juke-R, Hotel i Mègeve.
1 okt	Slovakien - Bratislava	Opel Astra, Kempinski Grand Hotel River Park.
6 okt	Spanien - Madrid	Lexus GS F, Hotel Eurostar Madrid Towers.
12 okt –	Tyskland - Hamburg	Toyota Mirai.
16 nov	Spanien - Mallorca	Nissan Navara, Hotel Hilton Sa Torre.
23 nov *	Italien - Florens	Renault Talisman, Hotel Il Salviatino.
24 nov	Portugal - Lissabon	Lexus RX450h, Hotel Myriad Lissabon.
10 dec	Finland - Kittilä	Continental, Hotel Panorama.

2016 = 7 pressresor
27 jan	USA - Daytona - Miami	Daytona 24, Continental, Hotel Daytona Hilton + Kent Miami.
14 mars	Italien - Malaga	Giti Tires, Hotel Catalonia Reina Victoria.
29 mars	Frankrike - Paris	Peugeot Expert, Citroen Jumpy, Novotel Charles de Gulle.
5 april	Ungern - Budapest	Hankook Tires, Hotel InterContinental.
16 mars	Tyskland - München	Ford Edge, Hotel Sofitel.
14 juni	Tyskland - Berlin	Cadillac CT6, Cadillac XT5, Hotel Stue Berlin.
31 okt	Marocko - Errachidia	Nissan NV300, Hotel Clarion Arlanda + Xaluca.

2017 = 2 pressresor
17 jan	Spanien - Barcelona	Mazda MX-5 RF, Hotel Hilton Diagonal Mar.
26 jan	Norge - Golsfjell	Mini Countryman, Hotel Golsfjellet Fjellstue.

* betyder: Från detta event till nästa.
– betyder: Ej övernattning.
betyder: Att jag missat hotellets namn.